U0840684

【传世经典 文白对照】

阅微草堂笔记

上

〔清〕纪昀 撰

韩希明 译

中華書局

图书在版编目(CIP)数据

阅微草堂笔记/(清)纪昀撰;韩希明译. —北京:中华书局,2014.10(2018.3 重印)
(传世经典 文白对照)
ISBN 978-7-101-10450-9

Ⅰ.阅… Ⅱ.①纪 …②韩… Ⅲ.①笔记小说-小说集-中国-清代②《阅微草堂笔记》-译文 Ⅳ.I242.1

中国版本图书馆 CIP 数据核字(2014)第 222375 号

书　　名　阅微草堂笔记(全二册)
撰　　者　〔清〕纪　昀
译　　者　韩希明
丛 书 名　传世经典　文白对照
责任编辑　刘胜利
出版发行　中华书局
　　　　　(北京市丰台区太平桥西里 38 号　100073)
　　　　　http://www.zhbc.com.cn
　　　　　E-mail:zhbc@zhbc.com.cn
印　　刷　北京瑞古冠中印刷厂
版　　次　2014 年 10 月北京第 1 版
　　　　　2018 年 3 月北京第 3 次印刷
规　　格　开本/880×1230 毫米　1/32
　　　　　印张 44½　字数 840 千字
印　　数　11001-14000 册
国际书号　ISBN 978-7-101-10450-9
定　　价　99.00 元

出版说明

《阅微草堂笔记》是清代鸿儒纪昀晚年所作的文言笔记志怪小说。

纪昀（1724—1805），字晓岚，又字春帆，晚号石云，道号观弈道人，直隶河间府（今河北献县）人。纪昀历雍正、乾隆、嘉庆三朝，乾隆十九年中甲戌科进士，授翰林院庶吉士、编修，历任詹事府左春坊左庶子、福建学政、翰林院侍读、贵州都匀知府、《四库全书》总纂官、翰林院侍读学士、詹事府詹事、兵部侍郎、内阁学士、都察院左都御史、礼部尚书、兵部尚书、协办大学士、太子少保。嘉庆帝御赐碑文“敏而好学可为文，授之以政无不达”，谥号文达。

《阅微草堂笔记》全书二十四卷。从66岁到75岁，纪昀断断续续写了十年，在朝廷值班的办公室或者暂住地，在跟随皇帝出京的路途中，纪昀利用点点滴滴的时间，最终完成了这部书。提起《阅微草堂笔记》的写作，纪昀曾淡淡地说，因为编纂《四库全书》的工作已经接近尾声，闲暇时间多了，于是开始动笔，随手写来。《阅微草堂笔记》记录了作者亲身经历过的、道听途说的各种新奇故事，包括奇闻轶事、风土人情、京师风尚、边地民俗、文人世界，以及官场的种种见闻、自己和亲友的家庭轶事。全书约1200则故事，每一则故事前，纪昀都认真标明了出处，以显示这些故事并非虚构。在这些作者号称的“原生态”故事里，我们可以了解当时人们对神仙的信仰，对鬼怪的态度，对家庭关系、主仆

矛盾的看法；可以窥见“人情练达即文章”的为官之道，做人技巧，处世哲学。

纪昀以一个高官的身份，絮谈民间的家长里短，似乎显得好事；在书里，他怒斥腐儒，讥讽高官，嘲笑和责骂屠夫、奴仆一类的人，似乎又表现得小家子气十足；其实，这些文字标志着一个儒者当时所能达到的思想深度。作为生活在封建社会式微时期的儒者，纪昀对当时社会的道德伦理状况怀着深深的焦虑，感觉到沉重的责任感，因而作品浸染了浓烈的伦理色彩，试图以此唤醒人们在生活中遵循既定的伦理规则；纪昀再三强调，自己是为了对民众进行伦理教化，才顺应当时民众的阅读需求，写了这样一本书。因而，《阅微草堂笔记》的创作宗旨是希望读者通过道德自律回归上古那样的理想世界。儒学既有上层的官方匡世之学，又有下层的为民请命之学，儒学伦理以其贴近世俗的特点融进了当时人们的生活。在这一点出发评价《阅微草堂笔记》，此书堪称是儒学伦理的普及教本。

纪昀创作目的首先在于劝世。他把作品的劝诫、教化这种社会功用看得很重。他居高临下，站在当政者的立场上，从“上以风化下”的角度感化下民，并警诫“下愚”，“驯天下之强梗”；他还试图使含冤受屈者“怨尤都泯”。对于他的作品能够传世，纪昀似乎并未怀疑，因此，《阅微草堂笔记》中还有一些真实的人物故事，作者希望作为正史的补充。因为是正常任职以外的副产品，因此《阅微草堂笔记》也有一些笔调轻松的记载。

《阅微草堂笔记》完成后，在当时，一度“洛阳纸贵”，受到热烈追捧。由于历史的原因，《阅微草堂笔记》在建国后一度未能进入大众的视野。近年来，人们逐渐认识到《阅微草堂笔记》的历史价值，越来越多的出版机构推出有关纪昀的通俗读物，甚至小学课本、各类职业准入考试也开始将《阅微草堂笔记》的相关内容纳入选题范围，彰显了作品的现代价值。

本书原文以北平盛氏刻嘉庆五年庚申（1800）本为底本，道光十五年乙未（1835）郑开禧序本为参校本，除个别如果改成简

体就影响原意的文字，全书一律采用简体、新式标点；译文以直译为主，部分文字意译。全书以文白对照的形式对开排版，为读者提供阅读最方便的文本，相信广大读者在阅读原典的同时，也能感受到经典的无穷魅力。囿于本人的水平，译注难免有疏漏或谬误，希望得到读者和方家的教正。

韩希明

2014 年 9 月

目录

【上册】

【下册】

《阅微草堂笔记》原序

文以载道，儒者无不能言之。夫道岂深隐莫测，秘密不传，如佛家之心印，道家之口诀哉？万事当然之理，是即道矣。故道在天地，如汞泻地，颗颗皆圆；如月映水，处处皆见。大至于治国平天下，小至于一事一物、一动一言，无乎不在焉。文，其道之一端也。文之大者为六经，固道所寄矣；降而为列朝之史，降而为诸子之书，降而为百氏之集，是又文中之一端，其言皆足以明道；再降而稗官小说，似无与于道矣，然《汉书·艺文志》列为一家，历代书目亦皆著录，岂非以荒诞悖妄者？虽不足数，其近于正者，于人心世道亦未尝无所裨欤！

河间先生以学问文章负天下重望，而天性孤直，不喜以心性空谈标榜门户；亦不喜才人放诞诗社酒社，夸名士风流。是以退食之馀，惟耽怀典籍，老而懒于考索，乃采掇异闻，时作笔记，以寄所欲言。《滦阳消夏录》等五书，俶诡奇谲，无所不载，洸洋恣肆，无所不言，而大旨要归于醇正，欲使人知所劝惩。故诲淫导欲之书，以佳人才子相矜者，虽纸贵一时，终渐归湮没；而先生之书，则梨枣屡镌，

文章是用来阐释道理的，读书人都可以通过文章做到这一点。那么所谓的大道难道真的是高深莫测、秘不外传，就像佛家的心印，道家的口诀一样么？万事万物本质的道理，就是所谓的道了。所以道在天地之间，好像水银泻地，颗颗圆润；好像月亮映照在水上，处处皆见。大到治国平天下，小到一事一物、一言一行，都有着道的踪迹。文章，只是其中的一个方面。文章中的最高层次是《诗经》、《书经》、《礼经》、《乐经》、《易经》、《春秋》，这是道的寄托所在；再下面就是历朝各代的史书，再下面就是各位贤人的著述，再下面就是所谓百家的文集，这又是文章里的一个方面，它们的言论足以阐明道理；再下面就是稗官野史、演义小说，看起来似乎与道毫无关联，可是《汉书·艺文志》将其列为一家，历代书目也都收录，难道能因为内容荒诞悖妄一概而论吗？它们的言论也足以阐明道理，虽然不能归入层次较高之列，其宗旨也是近于正道，对于世道人心也未尝没有助益呀！

河间先生学识渊博却著作不丰，辜负了天下厚望，而天性孤傲耿直，不喜欢空谈宋明理学借以标榜门户；也不喜欢才人放肆荒诞、结诗社酒社，夸耀名士风流。所以在茶馀饭后，只是专心考证典籍，老来懒于考经索典，就开始收集异闻，不时写写笔记，用来寄托心里想说的话。《滦阳消夏录》等五卷，奇幻诡谲无所不载，博大放旷无所不言，而宏观大旨则归结于醇厚方正，想要使人知道什么才是劝善惩恶。以前那些引诱别人产生淫秽欲望的书，以才子佳人的故事吸引世人，虽然在当时流行传诵，最终还是被人渐渐遗忘湮没；可是纪先生的《阅微草堂笔记》，则再刻发行数版，

久而不厌，是则华实不同之明验矣。顾翻刻者众，讹误实繁，且有妄为标目，如明人之刻《冷斋夜话》者，读者病焉。

时彦夙从先生游，尝刻先生《姑妄听之》，附跋书尾，先生颇以为知言。迩来诸板益漫漶，乃请于先生，合五书为一编，而仍各存其原第；篝灯手校，不敢惮劳。又请先生检视一过，然后摹印。虽先生之著作不必借此刻以传，然鱼、鲁之舛差稀，于先生教世之本志，或亦不无小补云尔。嘉庆庚申八月，门人北平盛时彦谨序。

流传时间很长却没有令人生厌，这就是华而不实与敦实笃厚两相比较的最好见证。但是翻印盗版的太多，其中舛误错漏不胜枚举，而且还有妄自标出回目，弄得像明朝人翻刻的《冷斋夜话》似的，受到读者的批评。

时彦以前一直跟随先生学习，曾经刊刻过先生的《姑妄听之》，并且还在他的书后作跋，先生很是赞同，认为是知己之言。近来这部书的各种版本愈加模糊难辨，于是我得到先生的允许，将《滦阳消夏录》、《如是我闻》、《槐西杂志》、《姑妄听之》、《滦阳续录》五卷合为一本，但还各自保存原来的次序，长夜里在灯下亲自校正不避辛劳，不敢怠慢。又请先生检视一遍，然后摹版刻印。虽然先生的著作不一定仅仅借助此次的刻本用来流传，但是诸如“鱼”、“鲁”二字之舛谬一定会少于先生存世的其他刻本，或许也是一种小小的帮助。嘉庆庚申八月纪先生门人北京盛时彦恭谨作序。

《阅微草堂笔记》郑序

河间纪文达公，久在馆阁，鸿文巨制，称一代手笔。或言公喜诙谐，嬉笑怒骂，皆成文章。今观公所著笔记，词意忠厚，体例谨严，而大旨悉归劝惩，殆所谓是非不谬于圣人者与！虽小说，犹正史也。公自云："不颠倒是非如《碧云騢》，不怀挟恩怨如《周秦行纪》，不描摹才子佳人如《会真记》，不绘画横陈如《秘辛》，冀不见摈于君子。"盖犹公之谦词耳。公之孙树馥，来宦岭南。从索是书者众，因重锓板。树馥醇谨有学识，能其官，不堕其家风云。道光十五年乙未春日，龙溪郑开禧识。

河间的文达公纪昀，长时间置身馆阁，所做的文章气势宏大，堪称一代手笔。有人说文达公喜欢幽默诙谐，嬉笑怒骂，都是信手拈来而成为锦绣文章。今天我看到先生所著的《阅微草堂笔记》，内容质朴厚实，体例规范严谨，而且主要的中心思想都归结于劝善惩恶，这不就是人们通常所说的“圣人善于分辨是非”么！虽然体裁是小说，简直像是正史。文达公自己说：“不像《碧云騢》那样颠倒是非；不像《周秦行纪》那样私挟恩怨；不像《会真记》那样描摹才子佳人；不像《汉杂事秘辛》那样描摹刻画淫秽，希望正人君子不要嫌弃。”这不过是文达公的谦词吧。文达公的孙子纪树馥，到岭南来做官。向他要这本书的人很多，于是决定重刻再版。树馥为人醇厚严谨富有学识，勤政爱民，是一个好官，没有堕落先生的家风。道光十五年乙未春日，龙溪郑开禧鉴此。

卷一　滦阳消夏录一

乾隆己酉夏，以编排秘籍，于役滦阳。时校理久竟，特督视官吏题签庋架而已。昼长无事，追录见闻，忆及即书，都无体例。小说稗官，知无关于著述；街谈巷议，或有益于劝惩。聊付抄胥存之，命曰《滦阳消夏录》云尔。

胡御史牧亭言：其里有人畜一猪，见邻叟辄瞋目狂吼，奔突欲噬，见他人则否。邻叟初甚怒之，欲买而啖其肉。既而憬然省曰："此殆佛经所谓夙冤耶！世无不可解之冤。"乃以善价赎得，送佛寺为长生猪。后再见之，弭耳昵就，非复曩态矣。尝见孙重画伏虎应真，有巴西李衍题曰："至人骑猛虎，驭之犹骐骥。岂伊本驯良，道力消其鸷。乃知天地间，有情皆可契。共保金石心，无为多畏忌。"可为此事作解也。

沧州刘士玉孝廉，有书室为狐所据。白昼与人对语，掷瓦石击人，但不睹其形耳。知州平原董思任，良吏也，闻其事，自往驱之。方盛陈人妖异路之理，忽檐际朗言曰："公为官颇爱民，亦不取钱，故我不敢击公。然公爱民乃好名，不取钱乃畏后患耳，故我亦不避公。公休矣，毋多言取困。"董狼狈而归，

乾隆己酉年夏天，由于编排皇家藏书，我在滦阳从事公务。当时早已校理完毕，只是督察相关官吏题写书签、上架而已。白天时间很长无所事事，便追述以往见闻，想到了就写下来，没有一定的体例。都是细小琐屑的故事，明知与著述无关；但是这些街谈巷议的内容，也许有益于劝诫。因此叫办事员抄写了存放起来，题名为《滦阳消夏录》。

御史胡牧亭说：他家村子里有人养了一头猪，见了邻居老人便瞪着眼睛狂吼，奔来跑去地想要咬他，而它见到别人就不是这样。邻居老人开始时非常恼怒，想把猪买下杀掉吃肉。过后忽然醒悟道："莫非这就是佛经中所说的宿冤么！人世间没有解不开的怨仇。"老人出了高价把猪买下来，送到佛寺中作为长生猪养起来。从此，猪见到老翁，就耷拉着耳朵亲热地靠近他，不像往日那种凶恶的样子了。我曾见过孙重画的伏虎罗汉图，巴西人李衎题诗说："至人骑猛虎，驭之犹骐骥。岂伊本驯良，道力消其鸷。乃知天地间，有情皆可契。共保金石心，无为多畏忌。"这首诗可以用来解释这个故事。

沧州举人刘士玉家，有间书房被狐精占了。这个狐精大白天同人对话，扔瓦片石块打人，只是看不到它的形状。担任知州的平原人董思任，是个好官，听说这件事后，就亲自来驱逐狐精。正当他在大谈人与妖路数不同的道理时，忽然房檐那里传来响亮的声音说："您做官很爱护百姓，也不捞钱，所以我不敢打您。但您爱护百姓是图好名声，不捞钱是怕有后患，所以我也不躲避您。先生还是算了吧，不要说多了自找麻烦。"董思任狼狈地回去了，

咄咄不怡者数日。刘一仆妇甚粗蠢，独不畏狐，狐亦不击之。或于对语时，举以问狐。狐曰："彼虽下役，乃真孝妇也。鬼神见之犹敛避，况我曹乎！"刘乃令仆妇居此室，狐是日即去。

爱堂先生言：闻有老学究夜行，忽遇其亡友。学究素刚直，亦不怖畏，问："君何往？"曰："吾为冥吏，至南村有所勾摄，适同路耳。"因并行。至一破屋，鬼曰："此文士庐也。"问何以知之。曰："凡人白昼营营，性灵汩没。惟睡时一念不生，元神朗彻，胸中所读之书，字字皆吐光芒，自百窍而出，其状缥缈缤纷，烂如锦绣。学如郑、孔，文如屈、宋、班、马者，上烛霄汉，与星月争辉；次者数丈，次者数尺，以渐而差；极下者亦荧荧如一灯，照映户牖。人不能见，惟鬼神见之耳。此室上光芒高七八尺，以是而知。"学究问："我读书一生，睡中光芒当几许？"鬼嗫嚅良久曰："昨过君塾，君方昼寝。见君胸中高头讲章一部，墨卷五六百篇，经文七八十篇，策略三四十篇，字字化为黑烟，笼罩屋上。诸生诵读之声，如在浓云密雾中。实未见光芒，不敢妄语。"学究怒叱之，鬼大笑而去。

东光李又聃先生，尝至宛平相国废园中，见廊下有诗二首。其一曰："飒飒西风吹破棂，萧萧秋草满空庭。月光穿漏飞檐角，照见莓苔半壁青。"其一曰："耿耿疏星几点明，银河时有片云行。凭阑坐听谯楼鼓，数到连敲第五声。"墨痕惨淡，殆不类人书。

董曲江先生，名元度，平原人。乾隆壬申进士，入翰林。

惊惊乍乍好几天都闷闷不乐。刘士玉有一个女佣人长得粗粗笨笨的，只有她不怕狐精，狐精也不打她。有人在与狐精对话时问起这件事。狐精说："她虽然是个卑贱的佣人，却是一个真正孝顺的女人呵。鬼神见到她尚且要敛迹退避，何况是我们这样的呢！"刘士玉就叫女佣人住在这间房里，狐精当天就离开了。

爱堂先生说：听说有一位老学究在夜里赶路，忽然遇到了他死去的朋友。老学究一向性情刚直，也不害怕，问亡友："你上哪儿去？"亡友答："我在阴间当差，到南村去勾人，恰好与你同路。"于是一起走。到了一间破房子前，鬼说："这是文人的家。"老学究问鬼是怎么知道的。鬼说："一般人在白天都忙忙碌碌，以致掩没了本来性灵。只有到了睡着时，什么也不想，灵魂清朗明彻，读过的书，字字都射出光芒，透过人全身的窍孔照射出来，那样子缥缥缈缈，色彩缤纷，灿烂如锦绣。学问像郑玄、孔安国，文章像屈原、宋玉、班固、司马迁的人，发出的光芒直冲云霄，与星星、月亮争辉；不如他们的，光芒有几丈高，或者几尺高，依次递减；最次的人也有一点儿微弱的光，像一盏微光闪烁的小油灯，能照见门窗。这种光芒人看不到，只有鬼神能看见。这间破屋上，光芒高达七八尺，因此知道是文人的家。"老学究问："我读了一辈子书，睡着时光芒有多高？"鬼欲言又止，沉吟了好久才说："昨天到你的私塾去，你正在午睡。我看见你胸中有解释经义的文章一部，选刻取中的试卷五六百篇，经文七八十篇，应试的策文三四十篇，字字都化成黑烟笼罩在屋顶上。那些学生的朗读声，好似密封在浓云迷雾之中。实在没看到一丝光芒，我不敢乱说。"老学究听了怒斥，鬼大笑着走了。

东光人李又聃先生曾在宛平县相国的废园里，看到走廊墙上有两首题诗。第一首写道："飒飒西风吹破棂，萧萧秋草满空庭。月光穿漏飞檐角，照见莓苔半壁青。"第二首道："耿耿疏星几点明，银河时有片云行。凭阑坐听谯楼鼓，数到连敲第五声。"字迹暗淡无光，好像不是人写的。

董曲江先生名叫元度，平原人。乾隆壬申年进士，进入翰林院。

散馆，改知县，又改教授，移疾归。少年梦人赠一扇，上有三绝句曰："曹公饮马天池日，文采西园感故知。至竟心情终不改，月明花影上旌旗。""尺五城南并马来，垂杨一例赤鳞开。黄金屈戌雕胡锦，不信陈王八斗才。""箫鼓冬冬画烛楼，是谁亲按小凉州？春风豆蔻知多少，并作秋江一段愁。"语多难解，后亦卒无征验，莫明其故。

平定王孝廉执信，尝随父宦榆林。夜宿野寺经阁下，闻阁上有人絮语，似是论诗。窃讶此间少文士，那得有此。因谛听之，终不甚了了。后语声渐出阁廊下，乃稍分明。其一曰："唐彦谦诗格不高，然'禾麻地废生边气，草木春寒起战声'，故是佳句。"其一曰："仆尝有句云：'阴碛日光连雪白，风天沙气入云黄。'非亲至关外，不睹此景。"其一又曰："仆亦有一联云：'山沉边气无情碧，河带寒声亘古秋。'自谓颇肖边城日暮之状。"相与吟赏者久之，寺钟忽动，乃寂无声。天晓起视，则扃钥尘封。"山沉边气"一联，后于任总镇遗稿见之。总镇名举，出师金川时，百战阵殁者也。"阴碛"一联，终不知为谁语。即其精灵长在，得与任公同游，亦决非常鬼矣。

沧州城南上河涯，有无赖吕四，凶横无所不为，人畏如狼虎。一日薄暮，与诸恶少村外纳凉，忽隐隐闻雷声，风雨且至。遥见似一少妇，避入河干古庙中。吕语诸恶少曰："彼可淫也。"时已入夜，阴云黯黑。吕突入，掩其口，众共褫衣沓嬲。俄电光穿牖，见状貌似是其妻，急释手问之，果不谬。

经甄别考试后，改授知县，又改任府学教授，后来上书称病辞职回家。他年轻时梦见有人送给他一把扇子，上面有三首绝句说：“曹公饮马天池日，文采西园感故知。至竟心情终不改，月明花影上旌旗。”“尺五城南并马来，垂杨一例赤鳞开。黄金屈戍雕胡锦，不信陈王八斗才。”“箫鼓冬冬画烛楼，是谁亲按小凉州？春风豆蔻知多少，并作秋江一段愁。”诗中的语句很难懂，后来也没有什么应验，弄不清是什么缘故。

平定的举人王执信，曾经跟随父亲到榆林赴任。夜里住在一座野庙的藏经阁下面，听见经阁上面有人嘀嘀咕咕说话，好像在讨论诗。王执信感到很奇怪，这里没几个文人，怎么会有人在这儿讨论诗。于是侧耳谛听，但是听不清楚。后来说话声音渐渐传到走廊里，才稍稍听得清楚了。一个人说：“唐彦谦的诗格调不高，不过‘禾麻地废生边气，草木春寒起战声’倒是佳句。”另一个说：“我曾写过这样的句子：‘阴碛日光连雪白，风天沙气入云黄。’不亲身到过关外，是看不到这种景象的。”前一个又说：“我也写过一联：‘山沉边气无情碧，河带寒声亘古秋。’自己认为这两句诗描绘边城日暮的景象极为贴切。”两个声音吟诵、欣赏、讨论了好久，寺里的钟忽然响了，讨论的声音就消失了。天亮之后，王执信到经阁上面去看，只见门紧紧关闭着，锁上落满了灰尘。“山沉边气”这一联诗，后来见之于任总镇的遗稿中。任总镇名字叫举，出师金川时，身经百战而阵亡。“阴碛”这一联诗，最终还是不知道是谁写的。但诗作者的精灵长在，并能与任公相处，一定也不是普通的鬼。

沧州城南的上河涯，有个无赖名叫吕四，横行霸道，什么坏事都做，人们就像害怕虎狼一样怕他。一天傍晚，吕四和一群恶少在村外乘凉，忽然隐隐约约听到雷声，风雨马上就要来临。远远望见好像是一个少妇急急忙忙躲进河岸的古庙里。吕四对恶少们说：“我们去玩玩那个女人。”当时已经入夜，阴云密布，一片漆黑。吕四突然冲进庙内，捂住了女人的嘴，众恶少扒光了女人的衣服，一拥而上猥亵她。突然一道闪电穿过窗棂射进庙内，吕四发现这个女人好像自己的妻子，急忙松手问她，果然不错。

吕大恚，欲提妻掷河中。妻大号曰：“汝欲淫人，致人淫我，天理昭然，汝尚欲杀我耶？”吕语塞，急觅衣裤，已随风吹入河流矣。旁皇无计，乃自负裸妇归。云散月明，满村哗笑，争前问状。吕无可置对，竟自投于河。盖其妻归宁，约一月方归。不虞母家遘回禄，无屋可栖，乃先期返。吕不知，而撄此难。后妻梦吕来曰：“我业重，当永堕泥犁。缘生前事母尚尽孝，冥官检籍，得受蛇身，今往生矣。汝后夫不久至，善事新姑嫜；阴律不孝罪至重，毋自蹈冥司汤镬也。”至妻再醮日，屋角有赤练蛇垂首下视，意似眷眷。妻忆前梦，方举首问之，俄闻门外鼓乐声，蛇于屋上跳掷数四，奋然去。

献县周氏仆周虎，为狐所媚，二十馀年如伉俪。尝语仆曰：“吾炼形已四百馀年，过去生中，于汝有业缘当补，一日不满，即一日不得生天。缘尽，吾当去耳。”一日，輾然自喜，又泫然自悲，语虎曰：“月之十九日，吾缘尽当别。已为君相一妇，可聘定之。”因出白金付虎，俾备礼。自是狎昵燕婉，逾于平日，恒形影不离。至十五日，忽晨起告别。虎怪其先期，狐泣曰：“业缘一日不可减，亦一日不可增，惟迟早则随所遇耳。吾留此三日缘，为再一相会地也。”越数年，果再至，欢洽三日而后去。临行呜咽曰：“从此终天诀矣！”陈德音先生曰：“此狐善留其有馀，惜福者当如是。”刘季箴则曰：“三日后终须一别，何必暂留？此狐炼形四百年，尚未到悬崖撒手地位，

吕四大为恼恨，拽起妻子要扔到河里淹死她。妻子大哭道："你想玩弄别人，反而弄得别人玩弄我，天理昭昭，你还想杀我吗？"吕四无话可说，急忙寻找衣裤，可衣裤早已被风刮到河里漂走了。吕四无计可施，只好自己背着一丝不挂的妻子回家。雨过天晴，月色明亮，满村人哗然大笑，争相上前问他们这是怎么一回事。吕四无言以答，竟羞愧得自己投河自尽了。原来是吕四的妻子回娘家，说定住满一月才回来。不料娘家遭受火灾，没地方住，所以提前回来了。吕四不知道这个情况，结果弄出了这桩祸事。后来吕四的妻子梦见吕四来说："我罪孽深重，应该堕入无间地狱。因为生前侍奉母亲还算尽了孝道，冥府官员核查档案，我得受一个蛇身，现在就要去投生了。你的后夫不久就要来了，要好好侍奉新公婆。阴间法律不孝罪最重，千万别弄到自己今后到阴曹地府要下汤锅。"到吕四妻改嫁那天，屋角上有条赤练蛇垂头向下看，好像恋恋不舍的样子。吕妻想起梦中的事，正想抬头问蛇，不一会儿门外传来迎亲的鼓乐声，赤练蛇在屋上窜起摔下好几次，鼓起劲儿来离开了。

河北献县周家的仆人周虎，被狐狸精迷住了，二十多年像恩爱夫妻一样。狐狸精曾对周虎说："我修炼成人形，已有四百多年了，过去一生中，我跟你还有一段业缘应当补上，一天不满，就一天不能升天。缘分尽了，我就该走了。"一天，她先是很高兴的样子，忽然又黯然神伤流下泪来，对周虎说："这个月的十九日，我们的缘分就尽了应该离开你。我已经为你相中了一个女人，你可以送彩礼把这门婚事定下来。"于是拿出银子交给周虎，让他准备聘礼。从此与周虎缠绵亲热，更加超过平时，常常形影不离。到十五日，她忽然早晨就与周虎告别。周虎奇怪她为什么提前离开，狐女哭着说："注定的缘分一天不能减，也一天不能增加，只是早晚可以自己安排。我留下三天的缘分，作为以后相见的馀地。"过了几年，狐女果然又来了，欢聚三天后就离去了。临走时她呜咽着说："从此我们就永别了！"陈德音先生说："这只狐狸善于留有馀地，珍惜幸福的人也应该如此。"刘季箴则说："三天后终究还是要分别，何必再留下三天呢？此狐炼形已经四百年了，还没有到悬崖撒手的地步，

临事者不当如是。”余谓二公之言，各明一义，各有当也。

献县令明晟，应山人。尝欲申雪一冤狱，而虑上官不允，疑惑未决。儒学门斗有王半仙者，与一狐友，言小休咎多有验，遣往问之。狐正色曰：“明公为民父母，但当论其冤不冤，不当问其允不允。独不记制府李公之言乎？”门斗返报，明为憬然。因言制府李公卫未达时，尝同一道士渡江。适有与舟子争诟者，道士太息曰：“命在须臾，尚较计数文钱耶！”俄其人为帆脚所扫，堕江死。李公心异之。中流风作，舟欲覆。道士禹步诵咒，风止得济。李公再拜谢更生。道士曰：“适堕江者，命也，吾不能救。公贵人也，遇厄得济，亦命也，吾不能不救。何谢焉？”李公又拜曰：“领师此训，吾终身安命矣。”道士曰：“是不尽然。一身之穷达，当安命，不安命则奔竞排轧，无所不至。不知李林甫、秦桧，即不倾陷善类，亦作宰相，徒自增罪案耳。至国计民生之利害，则不可言命。天地之生才，朝廷之设官，所以补救气数也。身握事权，束手而委命，天地何必生此才，朝廷何必设此官乎？晨门曰：‘是知其不可而为之。’诸葛武侯曰：‘鞠躬尽瘁，死而后已。成败利钝，非所逆睹。’此圣贤立命之学，公其识之。”李公谨受教，拜问姓名。道士曰：“言之恐公骇。”下舟行数十步，翳然灭迹。昔在会城，李公曾话是事，不识此狐何以得知也。

处理事情不应该这样。”我认为二公所言，各自说明一个道理，各有各的道理。

献县县令叫明晟，是应山人。他曾经想要申雪一桩冤狱，却担心上司不答应，因而犹豫不定。县学有个公差叫王半仙的，交了一个狐友，这个狐友谈论过一些小的吉凶大多应验了，明晟派他前去询问。狐精正色说：“明公是百姓的父母官，只应当论案件冤不冤，不应当问上司答应不答应。难道偏偏不记得总督李公的话吗？”公差回了这些话，明晟大吃一惊。于是说起总督李卫公没有显达时，曾经和一个道士一同渡江。恰巧有人跟船夫争吵，道士叹息说：“性命就在顷刻之间了，还在计较那几文钱呐！”不一会儿，那人被船帆尾部扫了一下，掉到江里淹死了。李公心里觉得挺奇怪的。船行到江中间，起了风，眼看船要就翻了。道士踩着禹步念诵咒语，风停了，终于平安过了江。李公再三拜谢道士的救命之恩。道士说：“刚才那人掉到江里这是命，我救不了。您是贵人，遇到困厄还能平安渡江，也是命，我不能不救。何必要道谢。”李公又拜谢说：“领受大师的训诫，我将终身听命。”道士说：“也不全然如此。一生的困穷显达，应当安于命运，不安于命运就会奔走争斗、排挤倾轧，用上各种手段。人们不知道，李林甫、秦桧就是不倾轧不陷害好人，也能当上宰相，他们作恶，只是枉然给自己增加罪状罢了。至于国计民生的利和害，就不可以听从命运。天地降生的人才，朝廷设置的官员，是用来补救气数和运会的。如果手里掌握着权力，却无所事事听凭命运的安排，那么天地何必降生这个人才，朝廷何必设置这个官职呢？《论语》里记载看守城门的人说：‘知道不行却勉强去做。’诸葛亮说：‘鞠躬尽瘁，死而后已。至于是否成功是否顺利，这不是能够预料得到的。’这是圣贤安身立命的学问，您要记住。”李公恭敬地接受教训，拜问他的姓名。道士说：“说了担心您惊怕。”下船走了几十步，一下子隐灭不见了。过去在省城，李公曾经讲起过这件事，不知这个狐精是怎么知道的。

北村郑苏仙，一日梦至冥府，见阎罗王方录囚。有邻村一媪至殿前，王改容拱手，赐以杯茗，命冥吏速送生善处。郑私叩冥吏曰："此农家老妇，有何功德？"冥吏曰："是媪一生无利己损人心。夫利己之心，虽贤士大夫或不免。然利己者必损人，种种机械，因是而生，种种冤愆，因是而造；甚至贻臭万年，流毒四海，皆此一念为害也。此一村妇而能自制其私心，读书讲学之儒，对之多愧色矣。何怪王之加礼乎！"郑素有心计，闻之惕然而寤。郑又言，此媪未至以前，有一官公服昂然入，自称所至但饮一杯水，今无愧鬼神。王哂曰："设官以治民，下至驿丞闸官，皆有利弊之当理。但不要钱即为好官，植木偶于堂，并水不饮，不更胜公乎？"官又辩曰："某虽无功，亦无罪。"王曰："公一生处处求自全，某狱某狱，避嫌疑而不言，非负民乎？某事某事，畏烦重而不举，非负国乎？三载考绩之谓何？无功即有罪矣。"官大踧踖，锋棱顿减。王徐顾笑曰："怪公盛气耳。平心而论，要是三四等好官，来生尚不失冠带。"促命即送转轮王。观此二事，知人心微暖，鬼神皆得而窥，虽贤者一念之私，亦不免于责备。"相在尔室"，其信然乎！

雍正壬子，有宦家子妇，素无勃谿状。突狂电穿牖，如火光激射，雷楔贯心而入，洞左胁而出。其夫亦为雷焰燔烧，背至尻皆焦黑，气息仅属。久之乃苏，顾妇尸泣曰：

北村的郑苏仙，一天在梦中到了冥府，看见阎罗王正在审查登录被囚的鬼魂。有一位邻村的老太太来到殿前，阎罗王换了温和的脸色拱手相迎，赐给香茶，随后命令下属官吏赶快送她到一个好地方去投生。郑苏仙偷偷问身旁的冥吏："这是个农家老婆子，有什么功德？"冥吏说："这个老太太一生从来没有损人利己的心思。利己之心，即使是贤士大夫也难以避免。想要利己的人必定会损害别人，种种诡诈奸巧就因此发生，种种诬陷冤屈事件也因此制造出来；甚至遗臭万年，流毒四海，都是由于这种利己私心造成的。这样一个农村妇女能够自己控制私心，读书讲学的儒生们站在她的面前，很多人会面有愧色的。冥王格外尊敬她，又有什么好奇怪的呢！"郑苏仙一向是个很有心计的人，听了这番话心中一惊，立即醒了。郑苏仙又说，在农妇到阎罗殿以前，有一位官员身穿官服，昂昂然走进殿来，声称自己生前无论到哪里，都只喝一杯水，因此在鬼神面前心中无愧。阎罗王讥讽地微微一笑说："设置官职是为了治理民众的事情，就是管理驿站、河闸的下级官吏，都有该做不该做的事。仅仅认为不要钱就是好官，那么把木偶放在大堂上，它连一杯水也不用喝，不是更胜过你么？"这位官员又辩解说："我虽然没有功劳，但也没有罪过。"阎罗王说："你这个人不论干什么都只顾保全自己，某案某案，你为了避免嫌疑而不表态，这不是有负于百姓么？某事某事，你拈轻怕重而不去做，这不是有负于国家么？《舜典》中'三载考绩'是怎么说的？没有功劳就是罪过。"这位官员立即局促不安，不再像先前那样锋芒毕露了。阎罗王慢慢地转头看着他笑道："只怪你有点儿盛气凌人。平心而论，你也能算个三四等的好官，转生还能做一个士大夫。"随即命令把这位官员送到转轮王那里。看这两件事，可知人的内心深处有一点儿杂念，也都能被鬼神看穿，好人的一念之私，也免不了受到责备。"相在尔室"，这话真不假啊！

雍正壬子年，有位官宦人家的媳妇，从来没有和婆婆争吵过。一天突然一道闪电穿过窗户，好像火光激射，贯通进这个媳妇的胸脯，洞穿左肋而出。她的丈夫也被闪电烧伤，从后背到臀部焦黑一片，只剩了一口气。过了好久，她的丈夫才苏醒过来，望着她的尸体哭道：

“我性刚劲，与母争论或有之，尔不过私诉抑郁，背灯掩泪而已，何雷之误中尔耶？”是未知律重主谋，幽明一也。

无云和尚，不知何许人。康熙中，挂单河间资胜寺，终日默坐，与语亦不答。一日，忽登禅床，以界尺拍案一声，泊然化去。视案上有偈曰：“削发辞家净六尘，自家且了自家身。仁民爱物无穷事，原有周公、孔圣人。”佛法近墨，此僧乃近于杨。

宁波吴生，好作北里游。后昵一狐女，时相幽会，然仍出入青楼间。一日，狐女请曰：“吾能幻化，凡君所眷，吾一见即可肖其貌。君一存想，应念而至，不逾于黄金买笑乎？”试之，果顷刻换形，与真无二。遂不复外出。尝语狐女曰：“眠花藉柳，实惬人心。惜是幻化，意中终隔一膜耳。”狐女曰：“不然。声色之娱，本电光石火，岂特吾肖某某为幻化，即彼某某亦幻化也。岂特某某为幻化，即妾亦幻化也。即千百年来，名姬艳女，皆幻化也。白杨绿草，黄土青山，何一非古来歌舞之场。握雨携云，与埋香葬玉、别鹤离鸾，一曲伸臂顷耳。中间两美相合，或以时刻计，或以日计，或以月计，或以年计，终有诀别之期。及其诀别，则数十年而散，与片刻暂遇而散者，同一悬崖撒手，转瞬成空。倚翠偎红，不皆恍如春梦乎？即夙契原深，终身聚首，而朱颜不驻，白发已侵，一人之身，非复旧态。则当时黛眉粉颊，亦谓之幻化可矣，何独以妾肖某某为幻化也。”吴洒然有悟。后数岁，狐女辞去，吴竟绝迹于狎游。

“我的性格不好，有时和母亲争吵几句，你不过私下里和我说说心中的不快，背着灯抹抹眼泪而已，怎么闪电就误中了你呢？”他不知道主谋判刑重，这在阴间阳间都是一样的。

有个叫无云的和尚，不知他的来历。康熙年间，他在河间资胜寺暂住，整天默默地坐着，也不与别人答话。一天，忽然登上禅床，用界尺拍打了一下几案，静静地坐化了。几案上留下他一首偈语：“削发辞家净六尘，自家且了自家身。仁民爱物无穷事，原有周公、孔圣人。”佛家的主张近于墨家，而这位无云和尚却接近杨朱。

宁波一个姓吴的书生，喜欢与妓女厮混。后来和一个狐女好上了，时常幽会，但吴生仍旧经常出入青楼妓院。有一天，狐女请求他说：“我能幻化，凡是你喜欢的女人，我看一眼就能立刻变成她的模样。你一想她，我就能幻化成她的样子出现在你面前，岂不是胜过用千金买笑吗？”吴生一试，狐女果然在顷刻之间就换形，与真人一模一样。于是就不再外出了。吴生曾经对狐女说道：“现在我眠花宿柳，真是开心极了。可惜还是幻化，想起来心里总觉得隔了一层。”狐女说：“你说得不对。声色的快乐，本来就像电光石火一般短暂，哪里只是我变幻的那些女子才是幻化的，其实就是你心仪的那个某某本来也是幻化的啊。不仅这些女子都是幻化的，就像是我本来也是幻化的。就是那些千百年来名姬艳女也都是幻化的啊。白杨绿草，黄土青山，哪一处不是古时候歌舞的地方。活着时握雨携云一般的欢爱，和生离死别时埋香葬玉、别鹤离鸾一样的哀痛，不过是伸伸胳膊那么短暂的时间。其中两个人在一起，或者几刻钟，或者几天，或者几个月，或者几年，终究有永别的那一天。到了诀别的时候，不管是相聚了几十年，还是片刻的萍水相逢，都是一样的悬崖撒手，转瞬成空。倚翠偎红，不都恍如春梦吗？即使是夙缘深厚，终身相守，可是时光荏苒，朱颜不再，渐渐生出白发，同一个人也不再是先前的模样。那么她当时的美貌，也可以说是幻化的啊，哪里只是我变成某某是幻化的啊。”吴生一下子好像是大彻大悟。几年之后，狐女离他而去，吴生竟然从此不再到风流场上去了。

交河及孺爱、青县张文甫，皆老儒也，并授徒于献。尝同步月南村北村之间，去馆稍远，荒原阒寂，榛莽翳然。张心怖欲返，曰："墟墓间多鬼，曷可久留！"俄一老人扶杖至，揖二人坐曰："世间安得有鬼，不闻阮瞻之论乎？二君儒者，奈何信释氏之妖妄。"因阐发程朱二气屈伸之理，疏通证明，词条流畅。二人听之，皆首肯，共叹宋儒见理之真。递相酬对，竟忘问姓名。适大车数辆远远至，牛铎铮然。老人振衣急起曰："泉下之人，岑寂久矣。不持无鬼之论，不能留二君作竟夕谈。今将别，谨以实告，毋讶相戏侮也。"俯仰之顷，欻然已灭。是间绝少文士，惟董空如先生墓相近，或即其魂欤。

河间唐生，好戏侮。土人至今能道之，所谓唐啸子者是也。有塾师好讲无鬼，尝曰："阮瞻遇鬼，安有是事，僧徒妄造蜚语耳。"唐夜洒土其窗，而呜呜击其户。塾师骇问为谁，则曰："我二气之良能也。"塾师大怖，蒙首股栗，使二弟子守达旦。次日委顿不起。朋友来问，但呻吟曰："有鬼。"既而知唐所为，莫不拊掌。然自是魅大作，抛掷瓦石，摇撼户牖，无虚夕。初尚以为唐再来，细察之，乃真魅。不胜其嬲，竟弃馆而去。盖震惧之后，益以惭恧，其气已馁，狐乘其馁而中之也。妖由人兴，此之谓乎？

天津某孝廉，与数友郊外踏青，皆少年轻薄。见柳阴中少妇骑驴过，欺其无伴，邀众逐其后，嫚语调谑。少妇殊不答，

交河的及孺爱、青县的张文甫，都是老儒生，一同在献县教学生。二人曾经月夜在南村和北村之间散步，走得离学馆远了，荒野上寂静萧索，草木丛生。张文甫心里害怕想回去，说："坟墓之中有鬼，怎么可以久留！"不一会儿有个老翁拄着拐杖来到面前，向二人施礼后坐下说："世上哪有鬼，难道没听过阮瞻的论述么？二位是读书人，怎么听信佛家的胡说八道？"接着老翁阐发宋代程朱学派关于阴阳二气消长的理论，讲解通达，论证明确，条理清楚，文辞流畅。两个老先生听了连连点头称赞，慨叹对宋儒理解的真切。彼此互相应答与老翁谈论理学，竟忘记了问他的姓名。这时远处有几辆大车过来，牛铃声哗哗响。老翁抖抖衣服急忙站起身来，说："我这个黄泉之下的人，寂寞得太久了。如果不说无鬼论，就不能挽留两位长谈一个晚上。现在马上要分手，实话相告，望两位切勿惊讶，不要认为我是有意捉弄你们的。"就在作揖行礼一弯腰一抬头的眨眼之间，老翁就悄然不见了。这一带很少有文士，只有董空如先生的坟墓离得近些，大概就是董先生的魂灵吧。

河间的唐生，喜欢闹着玩。当地人至今还能说起这个人，所谓的唐啸子就是他。有一位私塾先生喜欢鼓吹没有鬼，说："阮瞻遇见鬼，哪有这种事，不过是和尚们造谣罢了。"夜里，唐生往私塾先生的窗户上撒土，然后又"呜呜"叫着打门。私塾先生惊问是谁，回答说："我是二气相聚结的鬼。"私塾先生吓坏了，蒙着头躲在被窝里发抖，叫两个弟子守他到天亮。第二天他瘫在床上起不来了。朋友来问，他只是呻吟着说"有鬼"。后来大家知道是唐生干的，没有不拍手大笑的。然而从此以后真闹起鬼来，抛瓦扔石，摇晃门窗，没有一个晚上能安静。开始还以为是唐生又来了，后来仔细观察，才知道是真鬼。私塾先生实在受不了纠缠骚扰，竟丢下学馆离去了。这是因为他受过惊吓之后，加上惭愧，勇气已经消减，狐鬼就趁机而入。妖由人兴，说的就是这个道理吧？

天津某举人，与几个朋友到郊外踏青，他们都年轻而且放荡。见柳荫中有位少妇骑驴路过，那帮年轻人欺负少妇独身无伴，就相约着在后面追逐，用轻薄的语言调笑。少妇并不答理，

鞭驴疾行。有两三人先追及，少妇忽下驴软语，意似相悦。俄某与三四人追及，审视，正其妻也。但妻不解骑，是日亦无由至郊外。且疑且怒，近前诃之，妻嬉笑如故。某愤气潮涌，奋掌欲掴其面。妻忽飞跨驴背，别换一形，以鞭指某数曰："见他人之妇，则狎亵百端；见是己妇，则恚恨如是。尔读圣贤书，一恕字尚不能解，何以挂名桂籍耶？"数讫径行。某色如死灰，殆僵立道左，不能去。竟不知是何魅也。

德州田白岩曰：有额都统者，在滇黔间山行，见道士按一丽女于石，欲剖其心。女哀呼乞救。额急挥骑驰及，遽格道士手，女噭然一声，化火光飞去。道士顿足曰："公败吾事！此魅已媚杀百馀人，故捕诛之以除害。但取精已多，岁久通灵，斩其首则神遁去，故必剖其心乃死。公今纵之，又贻患无穷矣。惜一猛虎之命，放置深山，不知泽麋林鹿，劘其牙者几许命也！"匣其匕首，恨恨渡溪去。此殆白岩之寓言，即所谓一家哭，何如一路哭也。姑容墨吏，自以为阴功，人亦多称为忠厚；而穷民之卖儿贴妇，皆未一思，亦安用此长者乎？

献县吏王某，工刀笔，善巧取人财。然每有所积，必有一意外事耗去。有城隍庙道童，夜行廊庑间，闻二吏持簿对算。其一曰："渠今岁所蓄较多，当何法以销之？"方沉思间，其一曰："一翠云足矣，无烦迂折也。"是庙往往遇鬼，道童习见，亦不怖，但不知翠云为谁，亦不知为谁销算。俄

打着驴子急步跑去。有两三个人先追了上来，少妇忽然下驴温和地与他们搭话，看意思好像很喜欢他们。不一会儿，某举人和另外三四人也赶了上来，举人仔细一看，正是自己的妻子。但是他的妻子不会骑驴，也没有理由到郊外来。他又疑惑又愤怒，上前责骂，可是妻子嬉笑如故。某举人怒火中烧，张开手掌想要打妻子的耳光。妻子忽然飞身跨上驴背，换成了另一副相貌，用鞭子指着某举人斥责道："见了别人的妻子，就百般调戏，见是自己的妻子，就这样的愤恨。你读圣贤之书，一个恕字还没有弄明白，你凭什么考中了举人？"数落完后，就打着驴子径直去了。某举人面如死灰，僵立在道旁，几乎不能挪步。最终也不知这个少妇是什么鬼魅。

德州田白岩说：有一个额都统，在云贵边界山间行走，看见有个道士把一个美艳的女子按倒在石头上，要想剖她的心。美女哀叫求救。额都统急忙打马奔过去，格开道士的手，美女子"嗷"地一声，化成一道火光飞去。道士顿着脚说："您坏了我的大事！这个精魅已经迷杀一百多人，所以想抓住杀了它消除祸害。但是它吸了很多人的精气，修炼的年岁已经达到通灵，砍它的头则元神逃脱，所以必须剖出心才能置它于死地。您现在放走了它，留下无穷的后患。怜惜一只猛虎的性命，放在深山里，不知道沼泽山林中又有多少麋鹿要命丧在它的利牙之下啊！"说着把匕首插进鞘里，遗憾不迭地渡过溪水走了。这大概是田白岩说的寓言故事，也就是所谓一家哭泣，哪能比得上一方人哭泣。姑息宽容那些贪官污吏，自以为积了阴德，人们也称道他忠厚；却从不去想想穷苦百姓卖儿女卖妻子，这样的长者又有什么用呢？

献县县衙有个小吏王某，精通刑律诉讼，善于巧取当事人的钱财。可是每当他有点儿积蓄时，必定发生一件意外事情将这些不该得的钱财耗去。城隍庙有个道童，一天夜里在走廊里，听见两个鬼吏拿着账簿核算账目。其中一个说："他今年积蓄比较多，该用什么办法给他消耗掉？"说完正低头沉思，另一个说："一个翠云就够了，用不着费多少周折。"这个庙里常常遇见鬼，道童也司空见惯，因此见二鬼核账也不害怕，只是不知翠云是谁，也不知道替谁计算消耗。不久，

有小妓翠云至，王某大嬖之，耗所蓄八九；又染恶疮，医药备至，比愈，则已荡然矣。人计其平生所取，可屈指数者，约三四万金。后发狂疾暴卒，竟无棺以殓。

陈云亭舍人言：有台湾驿使宿馆舍，见艳女登墙下窥，叱索无所睹。夜半琅然有声，乃片瓦掷枕畔。叱问是何妖魅，敢侮天使。窗外朗应曰："公禄命重，我避公不及，致公叱索，惧干神谴，惴惴至今。今公睡中萌邪念，误作驿卒之女，谋他日纳为妾。人心一动，鬼神知之。以邪召邪，神不得而咎我，故投瓦相报。公何怒焉？"驿使大愧沮，未及天曙，促装去。

叶旅亭御史宅，忽有狐怪，白昼对语，迫叶让所居。扰攘戏侮，至杯盘自舞，几榻自行。叶告张真人，真人以委法官。先书一符，甫张而裂。次牒都城隍，亦无验。法官曰："是必天狐，非拜章不可。"乃建道场七日。至三日，狐犹诟詈，至四日，乃婉词请和。叶不欲与为难，亦祈不竟其事。真人曰："章已拜，不可追矣。"至七日，忽闻格斗砰訇，门窗破堕，薄暮尚未已。法官又檄他神相助，乃就擒，以罂贮之，埋广渠门外。余尝问真人驱役鬼神之故，曰："我亦不知所以然，但依法施行耳。大抵鬼神皆受役于印，而符箓则掌于法官。真人如官长，法官如吏胥。真人非法官不能为符箓，法官非真人之印，其符箓亦不灵。中间有验有不验，

有一位名叫翠云的小妓女来到县城，县吏王某特别宠爱她，在她身上耗费了自己的八九成积蓄；又染上了恶疮，看病吃药破费许多，等到病疮痊愈，所有积蓄荡然无存。有人对王某平生巧取的钱财作过估计，能算得上来的，就大约有三四万两银子。可是，后来王某发疯病突然死去，竟然连装殓的棺材也没有。

陈云亭公子说：有位台湾驿使住在驿站的房舍里，看见一位美女爬上墙头往下偷看，驿使呵斥她，走过去找，又不见了。驿使睡到半夜，听到“哐啷”一声响，却是一块瓦片扔到枕头边。他喝问是什么妖怪，敢来欺负皇上的使者。窗外朗声回答：“你富贵显赫，我没来得及躲避你，以致遭到你的叱责查问，我怕被神灵训斥，心中惴惴不安直到现在。刚才你在梦中萌发邪念，误认为我是驿卒的女儿，打算日后娶来做妾。人心中一生出念头，鬼神就知道了。你的邪念招来了我这个邪鬼，神不能因此而归咎于我，所以我扔瓦片作为报复。你恼火什么呢？”驿使极为惭愧，没到天亮就催促着整装离去了。

叶旅亭御史的住宅里，忽然有狐魅作怪，大白天跟人对话，逼迫叶旅亭让出住宅。吵扰胡闹，以至于闹到杯盘自己在空中飞旋，桌子和床自动行走。叶旅亭告诉了道士张真人，张真人委托法官办理。法官先画一道符，刚贴出去就被撕裂了。又行文告到城隍，也没有效验。法官说：“这肯定是天狐，非拜奏章上天不可。”于是设了七天道场。到第三天时，狐怪还是谩骂不休，第四天才说好话请求和解。叶旅亭不想与狐怪结仇，也请张真人到此为止。张真人说：“奏章已经拜送上界，追不回来了。”到了第七天，忽然听到砰砰訇訇的格斗声，门窗都被打破掉落下来，一直到黄昏，格斗的声音还没平息。法官又行文请其他神灵助战，才擒住了狐怪，装在一个大肚子小口的瓶子里，埋在广渠门外。我曾问张真人驱鬼役神的缘故，他说：“我也不知道其中的所以然，不过是依法施行而已。一般说来，鬼神都听命于印的支配，而符箓则掌握在法官手中。真人像是长官，法官像是小吏。真人离开了法官就不能使用符箓，法官没有真人的印，符箓就不灵验。符箓有的灵验，有的不灵验，

则如各官司文移章奏，或准或驳，不能一一必行耳。”此言颇近理。又问设空宅深山，猝遇精魅，君尚能制伏否？曰：“譬大吏经行，劫盗自然避匿。傥或无知猖獗，突犯双旌，虽手握兵符，征调不及，一时亦无如之何。”此言亦颇笃实。然则一切神奇之说，皆附会也。

朱子颖运使言：守泰安日，闻有士人至岱岳深处，忽人语出石壁中，曰：“何处经香，岂有转世人来耶？”割然震响，石壁中开，贝阙琼楼，涌现峰顶，有耆儒冠带下迎。

士人骇愕，问此何地。曰：“此经香阁也。”士人叩经香之义。曰：“其说长矣，请坐讲之。昔尼山删定，垂教万年，大义微言，递相授受。汉代诸儒，去古未远，训诂笺注，类能窥先圣之心；又淳朴未漓，无植党争名之习，惟各传师说，笃溯渊源。沿及有唐，斯文未改。迨乎北宋，勒为注疏十三部，先圣嘉焉。诸大儒虑新说日兴，渐成绝学，建是阁以贮之。中为初本，以五色玉为函，尊圣教也。配以历代官刊之本，以白玉为函，昭帝王表章之功也。皆南面。左右则各家私刊之本，每一部成，必取初印精好者，按次时代，庋置斯阁，以苍玉为函，奖汲古之勤也。皆东西面。并以珊瑚为签，黄金作锁钥。东西两庑以沉檀为几，锦锈为茵。诸大儒之神，岁一来视，相与列坐于斯阁。后三楹则唐以前诸儒经义，

就如官府中的行文奏章，有的批准，有的被驳回，不可能每一道符箓都那么有效验。”这话很有些道理。我又问张真人，如果在空房子里或深山之中，突然遇到狐精鬼怪，你能制伏它们吗？他说：“譬如大官从这里经过，强盗当然躲避藏匿。假若有些无知的猖狂者，突然冒犯了大官，大官虽说掌有兵权，但来不及征调大兵，一时对强盗也无可奈何。”这话也很实在。然而世间所有的神奇传说，大多是牵强附会的。

朱子颖运使说：他任泰安知府时，听说有个读书人来到泰山的深处，忽然听到从石壁中传出说话声：“是什么地方的经书香味，难道有转世的人来了？”随着訇的一声震响，石壁从中间裂开，现出了紫贝美玉装饰的宫阙楼阁，耸立山顶，有位年老的儒者顶冠束带下来迎接。

读书人大吃一惊，问这里是什么地方。老者回答说：“这是经香阁。”读书人询问经香的意思。老者答道：“这说来话长了，请坐下听我慢慢讲来。过去孔子删定经书，传教万年，诸经的要义、精微的言辞，一代一代传授下来。汉代的各位大儒，距离上古不远，因此阐释注解，大概还能够理解先圣的本意；而且当时风俗淳朴，尚未流于凉薄，没有培植党羽争名夺利的习气，只是各自传承老师的学说，实实在在地追溯学问渊源。流传到唐代，斯文的风气也没有改变。到了北宋，刻为注疏十三部，得到先圣的嘉许。大儒们担心新说日日兴盛，儒家经典学说将渐渐失传，所以建造这座阁楼来贮藏它们。中间陈列的是初刻本，装在五色玉做成的盒子里，是表示尊崇先圣的遗教。再附上历代官刻的本子，装在白玉做成的盒子里，是显示帝王倡导的功德。这些都放在南面。左右则是各家私刻的本子，每一部书印出来，必定选出印刷精美的，以年代为序收藏在这个阁楼里，这些版本都装在青玉做成的盒子里，奖励钻研古籍辛勤的人。这些都放在东西两面。所有的经书用珊瑚做标签，用黄金做锁钥。东西两边廊屋里，用沉香、檀木做小桌子，用锦绣做垫子。各位大儒的神灵每年来视察一次，一起依次坐在这个阁楼里。后面三排房子里，则是唐以前诸位大儒解释经书义理之类的书，

帙以纂组，收为一库。自是以外，虽著述等身，声华盖代，总听其自贮名山，不得入此门一步焉，先圣之志也。诸书至子刻午刻，一字一句，皆发浓香，故题曰经香。盖一元斡运，二气絪缊，阴起午中，阳生子半，圣人之心，与天地通。诸大儒阐发圣人之理，其精奥亦与天地通，故相感也。然必传是学者始闻之，他人则否。世儒于此十三部，或焚膏继晷，钻仰终身；或锻炼苛求，百端掊击，亦各因其性识之所根耳。君四世前为刻工，曾手刊《周礼》半部，故馀香尚在，吾得以知君之来。”

因引使周览阁庑，款以茗果。送别曰：“君善自爱，此地不易至也。”士人回顾，惟万峰插天，杳无人迹。

案，此事荒诞，殆尊汉学者之寓言。夫汉儒以训诂专门，宋儒以义理相尚。似汉学粗而宋学精，然不明训诂，义理何自而知？概用诋排，视犹土苴，未免既成大辂，追斥椎轮，得济迷川，遽焚宝筏。于是攻宋儒者又纷纷而起。故余撰《四库全书·诗部总叙》有曰：宋儒之攻汉儒，非为说经起见也，特求胜于汉儒而已；后人之攻宋儒，亦非为说经起见也，特不平宋儒之诋汉儒而已。韦苏州诗曰：“水性自云静，石中亦无声；如何两相激，雷转空山惊。”此之谓矣。平心而论，《易》自王弼始变旧说，为宋学之萌芽。宋儒不攻《孝经》，词义明显。宋儒所争，只今文古文字句，亦无关宏旨，均姑置弗议。至《尚书》、《三礼》、《三传》、《毛诗》、《尔雅》诸注疏，皆根据古义，断非宋儒所能。《论语》、《孟子》宋儒积一生精力，

逐套编列，收入一个库房。除此以外，即使是著作与身高齐平，声誉荣耀超出当代之上，也只是听任他自己贮藏于深山之中，不得进入这座阁楼一步，这是先圣的意旨。每到子刻、午刻，这些经书一字一句都发出浓浓的香味，所以题名叫'经香阁'。因为一元旋转，二气交融，阴气起于正午时，阳气生于夜半的子时，圣人的心与天地相通。各位大儒阐发圣人的义理，精微深奥也与天地相通，所以能与天地互相感应。但这种香气必须是能传承这门学问的人才能闻到，其他人则不能。世上的儒者对这十三部经书，有的夜以继日钻研仰望一辈子；有的深推曲解，吹毛求疵，百般抨击，也是各自因为他的性情学识的根柢不同。您四世以前做刻字工，曾经手刻过半部《周礼》，馀香还在，所以我知道您来了。"

老者引导读书人遍看楼阁廊屋，用茶点果品招待他。送别时，老者对读书人说："您要自爱，这个地方是不容易来的。"读书人出来后回头一看，只有群峰直插天空，幽深不见人迹。

按，这件事荒唐怪诞，大概是推崇汉代经学的人编造的寓言。汉代儒者以解释古书字句为专门的学问，宋代儒者重在阐发经书的义理。似乎汉学粗疏而宋学精要，可是如果不明白古书的字句，又怎么能了解义理？一概诋毁排斥汉学，视之如粪土，这就未免像已经造成了华美的大车，却回头去斥责最早时没有辐条的车轮，就像渡过了迷津，立即焚弃宝贵的筏子。于是攻击宋儒的，又纷纷而起。所以我在编撰的《四库全书·诗部总叙》中说：宋儒攻击汉儒，不是为了讨论讲解儒家的经书，不过刻意想要胜过汉儒罢了；后人攻击宋儒，也不是因为讨论讲解儒家的经书，不过是对宋儒诋毁汉儒感到不平罢了。韦应物的诗说："水性自云静，石中亦无声；如何两相激，雷转空山惊。"就是这个意思了。平心而论，《周易》从王弼开始改变旧的说法，是宋学的萌芽。宋儒不攻击《孝经》旧疏，是因为词义很明显。宋儒所争的，只是今文、古文的字句，也无关于大旨，都可以暂且搁置不予议论。至于《尚书》、《三礼》、《三传》、《毛诗》、《尔雅》各种注疏，都是根据古义，断然不是宋儒所能做到的。对于《论语》、《孟子》，宋儒投入一生的精力，

字斟句酌，亦断非汉儒所及。盖汉儒重师传，渊源有自；宋儒尚心悟，研索易深。汉儒或执旧文，过于信传；宋儒或凭臆断，勇于改经。计其得失，亦复相当。惟汉儒之学，非读书稽古，不能下一语；宋儒之学，则人人皆可以空谈。其间兰艾同生，诚有不尽餍人心者，是嗤点之所自来。此种虚搆之词，亦非无因而作也。

曹司农竹虚言：其族兄自歙往扬州，途经友人家。时盛夏，延坐书屋，甚轩爽。暮欲下榻其中，友人曰："是有魅，夜不可居。"曹强居之。夜半，有物自门隙蠕蠕入，薄如夹纸。入室后，渐开展作人形，乃女子也。曹殊不畏。忽披发吐舌，作缢鬼状。曹笑曰："犹是发，但稍乱；犹是舌，但稍长。亦何足畏！"忽自摘其首置案上。曹又笑曰："有首尚不足畏，况无首耶！"鬼技穷，倏然灭。及归途再宿，夜半门隙又蠕动。甫露其首，辄唾曰："又此败兴物耶！"竟不入。此与嵇中散事相类。夫虎不食醉人，不知畏也。大抵畏则心乱，心乱则神涣，神涣则鬼得乘之。不畏则心定，心定则神全，神全则沴戾之气不能干。故记中散是事者，称"神志湛然，鬼惭而去"。

董曲江言：默庵先生为总漕时，署有土神马神二祠，惟土神有配。其少子恃才兀傲，谓土神于思老翁，不应拥艳妇；马神

字斟句酌，所取得的成就也断然不是汉儒所能赶得上的。一般说来，汉儒看重老师的传授，学问都有来源；宋儒崇尚心悟，认为研求容易深入。汉儒有时过于执着于旧文，过于相信老师的传授；宋儒有时单凭主观臆断，往往敢于改造经文的本义。双方的优劣得失，差不多半斤八两。只是汉儒的学问，如果不读书不查考古义，就一句话也说不到点子上；宋儒的学问，则人人都可以高谈阔论。这中间好比兰草与艾蒿同生，确实有不能让人满足的地方，这就是宋学遭受讥笑指摘的由来。由此看来，前面这种虚构的故事，也不是无缘无故而起的。

户部尚书曹竹虚说：他的一位族兄从歙县到扬州去，途经朋友家。当时正值盛夏，气候炎热，曹兄的朋友请他到书房坐坐，书房宽敞凉爽。晚上，曹兄想要住在书房里，朋友说："这间书房有鬼魅，夜间不能住。"可是这位曹兄坚持要睡书房。到了半夜，有个东西从门缝中蠕动着进来了，薄得像一张厚纸片儿。进来后，这个怪物渐渐展开变成人的形状，原来是一个女子。曹兄一点儿也不害怕。女子忽然披头散发吐出很长的舌头，作出一副吊死鬼的样子。曹兄笑着说："头发还是头发，只是稍微乱了点儿；舌头还是舌头，只是稍微长了点儿。这有什么值得害怕！"女子忽然把自己的头颅摘下来放到了书案上。曹兄又笑着说："有脑袋尚且不足以惧怕，何况是无头呢！"鬼魅技穷，突然不见了。曹兄由扬州返回时又住进了这间书房，半夜时，门缝里又有东西蠕动着进来。怪物才一露头，曹兄就唾了一口道："又是这个让人扫兴的东西！"怪物竟然没有再进来。这与嵇中散的故事相类似。虎不吃醉汉，因为醉汉不知道害怕。大体上是因为害怕就会心乱，心乱就会神散，神一散鬼魅就可能趁机而入。不害怕就会心定，心定就神志集中，神志集中邪恶就侵犯不了。所以记载嵇康故事的人，说嵇康"神志清朗，鬼惭愧地离去了"。

董曲江说：默庵先生任漕运总督时，官署里有土神、马神两座祠堂，而只是土神有配偶。他的小儿子倚仗自己有才能而气盛骄傲，说土神是满脸胡子的老头，不该有漂亮的妻子；马神

年少，正为嘉耦。径移女像于马神祠。俄眩仆不知人。默庵先生闻其事，亲祷，移还乃苏。又闻河间学署有土神，亦配以女像，有训导谓黉宫不可塑妇人，乃别建一小祠迁焉。土神凭其幼孙语曰："汝理虽正，而心则私，正欲广汝宅耳，吾不服也。"训导方侃侃谈古礼，猝中其隐，大骇，乃终任不敢居是室。二事相近。或曰："训导迁庙犹以礼，董渎神甚矣，谴当重。"余谓董少年放诞耳，训导内挟私心，使己有利；外假公义，使人无词。微神发其阴谋，人尚以为能正祀典也。《春秋》诛心，训导谴当重于董。

戏术皆手法捷耳，然亦实有般运术。宋人书"搬运"皆作"般"。忆小时在外祖雪峰先生家，一术士置杯酒于案，举掌拍之，杯陷入案中，口与案平。然扪案下，不见杯底。少选取出，案如故。此或障目法也。又举鱼脍一巨碗，抛掷空中不见。令其取回，则曰："不能矣，在书室画厨夹屉中，公等自取耳。"时以宾从杂遝，书室多古器，已严扃，且夹屉高仅二寸，碗高三四寸许，断不可入，疑其妄。姑呼钥启视，则碗置案上，换贮佛手五；原贮佛手之盘，乃换贮鱼脍，藏夹屉中。是非般运术乎？理所必无，事所或有，类如此，然实亦理之所有。狐怪山魈，盗取人物不为异，能劾禁狐怪山魈者亦不为异。

年轻，做他的配偶倒正合适。于是就把土神妻子的偶像移到了马神祠里。不一会儿他的小儿子昏倒不省人事。默庵先生知道了这件事，亲自祷告，把土神妻子的偶像又搬了回来，他的小儿子这才苏醒过来。又听说河间学署中的土神也配有女子偶像，有位训导官说学署是学习的地方，不可塑有女人像，于是另建了一座小祠堂，把女子偶像迁了过去。土神依附在他年幼的孙子身上说："你的理由虽然正当，实际上怀着私心，你只是打算扩充你的住宅罢了，我不服你。"训导正侃侃大谈古礼，突然被土神说中了心思，非常害怕，一直到任期结束，也没敢住在学署。这两件事差不多。有人说："训导迁女像还按着一定的礼节，而董家少年亵渎神灵太过分了，受罚应当更重一些。"我认为董家少年只不过是年轻狂妄，训导却是骨子里藏着私心，要为自己谋利；表面上却讲出一套公理，叫人说不出什么来。如果土神不揭露出他的真正用意，人们还会以为他能够整肃祀典呢。《春秋》的大旨着重揭露人的用心，凡事苛求动机，由此看，训导受罚应当重于董少爷。

魔术戏法之类，大都是以手法快捷取胜，然而也真的有搬运术。宋代的人书"搬运"都写成"般"。我小时候在外祖父雪峰先生家，见一个玩魔术的人将一个酒杯放在桌上，举手将酒杯一拍，酒杯就深陷在桌子里，杯口与桌面平齐。然而用手摸摸桌子面下，并没有杯底。稍过一会儿，将杯子拿出来，桌面还是原样。这可能用的是一种障眼法。玩魔术的又举起一大碗切细的鱼肉，向空中一抛就不见了。叫他将鱼肉取回来，他说："取不回来了，鱼肉在书房画橱的抽屉里，你们自己去取吧。"当时因为宾客仆从人多杂乱，书房中有许多古玩，所以书房门已经锁得严严实实；而且画橱的抽屉不过二寸高，而大碗却三四寸高，肯定是放不进去的，因此怀疑玩魔术的人胡说。姑且喊人取钥匙开锁查看，发现那个大碗放在桌子上，碗里装了五个佛手；原先装佛手的盘子，换装了鱼肉，放在抽屉里。这不是搬运术吗？从理论上讲不存在什么搬运术，但事实上却是存在的，如上面所讲的这个故事，不过按理推之也讲得通。狐怪山怪盗取人的东西，人们不以为怪，术士能劾治狐怪山怪，人们也不觉得奇怪。

既能劾禁，即可以役使；既能盗取人物，即可以代人盗取物。夫又何异焉？

旧仆庄寿言：昔事某官，见一官侵晨至，又一官续至，皆契交也，其状若密递消息者。俄皆去，主人亦命驾遽出。至黄昏乃归，车殆马烦，不胜困惫。俄前二官又至，灯下或附耳，或点首，或摇手，或蹙眉，或拊掌，不知所议何事。漏下二鼓，我遥闻北窗外吃吃有笑声，室中弗闻也。方疑惑间，忽又闻长叹一声曰："何必如此！"始宾主皆惊，开窗急视，新雨后泥平如掌，绝无人踪。共疑为我呓语。我时因戒勿窃听，避立南荣外花架下，实未尝睡，亦未尝言，究不知其何故也。

永春邱孝廉二田，偶憩息九鲤湖道中。有童子骑牛来，行甚驶，至邱前小立，朗吟曰："来冲风雨来，去踏烟霞去。斜照万峰青，是我还山路。"怪村竖那得作此语，凝思欲问，则笠影出没杉桧间，已距半里许矣。不知神仙游戏，抑乡塾小儿闻人诵而偶记也。

莆田林教谕霈，以台湾俸满北上。至涿州南，下车便旋，见破屋墙匡外，有磁锋划一诗曰："骡纲队队响铜铃，清晓冲寒过驿亭。我自垂鞭玩残雪，驴蹄缓踏乱山青。"款曰"罗洋山人"。读讫，自语曰："诗小有致。罗洋是何地耶？"屋内应曰："其语似是湖广人。"入视之，惟凝尘败叶而已。自知遇鬼，惕然登车。恒郁郁不适，不久竟卒。

既然能劾治狐怪山怪，当然也能役使狐怪山怪；狐怪山怪既然能偷盗人们的东西，那么也能被人役使去偷东西，术士能这么做又有什么可奇怪的呢？

我过去的老仆人庄寿说：以前服侍某位官员，有一天天快亮时看见一个官员来了，紧接着又一个官员也到了，都是至交，看样子好像在秘密传递消息。不一会儿都走了，主人也立即叫人驾车马出门。到傍晚才回来，人困马乏，疲惫不堪。不一会儿，那两个官员又来了，三个人在灯下或咬耳朵，或点头，或摇手，或皱眉，或鼓掌，不知道所商议的是什么事情。天交二更，我远远地听到北窗外面有"吃吃"的笑声，房间里却没有听到。正在疑惑之间，忽然又听得长叹一声，说："何必如此！"客人和主人这才惊起，急急开窗察看，外面刚刚下过一场雨，泥地平整如手掌，绝对没有人的脚印。大家都怀疑是我在说梦话。我当时因为主人吩咐不要偷听，所以避在南房屋檐外的花架下，根本没有睡，也不曾说什么，最终也不知道是什么缘故。

永春有个叫邱二田的举人，一次偶然在九鲤湖的路旁歇息。只见有个孩子骑牛过来，急匆匆走得很快，到邱二田面前站立了一会儿，朗声吟诵道："来冲风雨来，去踏烟霞去。斜照万峰青，是我还山路。"邱二田感到奇怪，一个乡村孩童怎么能说出这样的话来，凝神思索了一会儿，正要询问，只见戴着斗笠的孩童身影已经隐隐映现在半里以外的树林中。不知这是神仙在玩弄游戏，还是乡间学塾的小孩子听人朗诵，偶尔记住了。

莆田有个叫林霈的教谕，因为在台湾任职期满北上。到了涿州南边，下车小便，看见破屋围墙外用碎磁刻了一首诗："骡纲队队响铜铃，清晓冲寒过驿亭。我自垂鞭玩残雪，驴蹄缓踏乱山青。"落款是"罗洋山人"。林霈念完了诗自语道："诗还有点儿意思。罗洋是什么地方呢？"破屋里传出声音回答说："看诗句，好像是湖广一带人。"林霈进屋察看，只见满屋是堆积的尘土和干枯的落叶。他知道遇到了鬼，慌慌张张登车离去。从此以后老是觉得心情郁郁不舒服，不久他竟然去世了。

景州李露园基塙，康熙甲午孝廉，余婿僚也。博雅工诗。需次日，梦中作一联曰："鸾翮嵇中散，蛾眉屈左徒。"醒而自不能解。后得湖南一令，卒于官，正屈原行吟地也。

先祖母张太夫人，畜一小花犬。群婢患其盗肉，阴搤杀之。中一婢曰柳意，梦中恒见此犬来啮，睡辄呓语。太夫人知之，曰："群婢共杀犬，何独衔冤于柳意？此必柳意亦盗肉，不足服其心也。"考问果然。

福建汀州试院，堂前二古柏，唐物也，云有神。余按临日，吏白当诣树拜。余谓木魅不为害，听之可也，非祀典所有，使者不当拜。树柯叶森耸，隔屋数重可见。是夕月明，余步阶上，仰见树杪两红衣人，向余磬折拱揖，冉冉渐没。呼幕友出视，尚见之。余次日诣树，各答以揖。为镌一联于祠门曰："参天黛色常如此，点首朱衣或是君。"此事亦颇异。袁子才尝载此事于《新齐谐》，所记稍异，盖传闻之误也。

德州宋清远先生言：吕道士，不知何许人，善幻术，尝客田山薑司农家。值朱藤盛开，宾客会赏。一俗士言词猥鄙，喋喋不休，殊败人意。一少年性轻脱，厌薄尤甚，斥勿多言。二人几攘臂。一老儒和解之，俱不听，亦愠形于色。满坐为之不乐。道士耳语小童，取纸笔，画三符焚之，三人忽皆起，在院中旋折数四。俗客趋东南隅坐，喃喃自语。听之，乃与妻妾谈家事。

景州的李基塙，字露园，康熙甲午年举人，是我女婿的同事。他博学端方擅长作诗。在等候补缺的日子里，有一天他在梦中作诗一联："鸾翮嵇中散，蛾眉屈左徒。"醒来后，自己也不知道这两句诗是什么意思。后来到湖南当县令，死在任所，正是屈原一路吟咏的地方。

先祖母张太夫人，家里养了一只小花狗。丫鬟们因为讨厌它偷肉，就暗地里把它掐死了。其中有一个丫鬟叫柳意，常梦到这只狗来咬她，睡觉时常说梦话。太夫人知道后，说："这只狗是丫鬟们一起杀的，为什么独独恨柳意呢？一定是柳意也偷肉，所以小花狗不服气。"经过查问，果然如此。

福建汀州的试院里，堂前有两棵古老的柏树，是唐代种植的，传说有神灵存在。我按临试院的当天，试院官吏禀告我应该到古柏前拜谒。我说树木精灵不害人，承认其存在就可以了，祀典中没有拜树的礼仪，朝廷使者不应当去拜古柏。古柏树干高耸，枝叶茂盛，隔着几重房屋就能看见。当天晚上，月色明亮，我正散步走在台阶上，仰头看见古柏树梢上有两个红衣人，正在向我躬身施礼，然后就渐渐隐去了。当时我急呼师爷出来观看，他们也看到了。第二天，我来到树前，对两棵古柏各作一揖行礼，表示答谢。并在祠门镌刻一副对联："参天黛色常如此，点首朱衣或是君。"这件事情很有点儿怪异。袁枚曾把这事写进《新齐谐》这本书里，他的记载与事实稍有差异，大概是传闻中的误差。

德州的宋清远先生说：有位吕道士，不知什么来历，擅长幻术，他曾经借住在户部尚书田山蘠的家里。那时正值紫藤花盛开，田山蘠邀请朋友宾客会聚赏玩。有个鄙俗的士人言谈猥琐浅陋，喋喋不休，很扫大家的兴。还有个年轻人举止轻薄，更令人厌恶，斥责他不要多嘴多舌。这两人捋袖伸胳膊几乎要动手。一个老儒生劝解他们，他们也不听，老儒生也怒形于色。于是弄得满座客人都不愉快。道士和小童耳语了几句，拿来纸笔，画了三道符焚烧，这三个人忽然都站了起来，在院子里转了好几圈。之后，俗士奔向东南角坐下，喃喃自语起来。仔细一听，是在与妻妾谈论家事。

俄左右回顾若和解，俄怡色自辩，俄作引罪状，俄屈一膝，俄两膝并屈，俄叩首不已。视少年，则坐西南隅花栏上，流目送盼，妮妮软语。俄嬉笑，俄谦谢，俄低唱《浣纱记》，呦呦不已。手自按拍，备诸冶荡之态。老儒则端坐石磴上，讲《孟子》“齐桓、晋文之事”一章。字剖句析，指挥顾盼，如与四五人对语。忽摇首曰“不是”，忽瞋目曰“尚不解耶”，咯咯痨嗽仍不止。众骇笑，道士摇手止之。比酒阑，道士又焚三符。三人乃惘惘痴坐，少选始醒，自称不觉醉眠，谢无礼。众匿笑散。道士曰：“此小术，不足道。叶法善引唐明皇入月宫，即用此符。当时误以为真仙，迂儒又以为妄语，皆井底蛙耳。”后在旅馆，符摄一过往贵人妾魂。妾苏后，登车识其路径门户，语贵人急捕之，已遁去。此《周礼》所以禁怪民欤！

交河老儒及润础，雍正乙卯乡试。晚至石门桥，客舍皆满，惟一小屋，窗临马枥，无肯居者，姑解装焉。群马跳踉，夜不得寐。人静后，忽闻马语。及爱观杂书，先记宋人说部中有堰下牛语事，知非鬼魅，屏息听之。一马曰：“今日方知忍饥之苦。生前所欺隐草豆钱，竟在何处？”一马曰：“我辈多由圉人转生，死者方知，生者不悟，可为太息！”众马皆呜咽。一马曰：“冥判亦不甚公，王五何以得为犬？”一马曰：“冥卒曾言之，渠一妻二女并淫滥，尽盗其钱与所欢，当罪之半矣。”

一会儿左顾右盼地似在劝解，一会儿和颜悦色地为自己辩解，一会儿做出承认过错的样子，一会儿跪下一条腿，一会儿两条腿都跪了下去，一会儿叩头不已。看那个年轻人，却坐在西南角的花栏上，飞着眼波调情，卿卿我我地细声软语。一会儿嬉笑，一会儿谦逊地推辞，一会儿低声唱《浣纱记》，咿呀不已。他的手打着拍子，极尽放荡的丑态。那个老儒生则端坐在石凳上，在讲解《孟子》中"齐桓、晋文之事"那一章。分析字句，指东点西左顾右盼，好像在和四五个人对话。忽而摇头说"不是"，忽而瞪大了眼睛说"还不明白么"，同时还"咯咯"地咳喘不已。大家又惊又笑，道士摇手制止大家笑。等到酒会快结束时，道士又烧了三道符。于是那三个人怅惘地呆坐着，过了一会儿才醒过来，他们自称酒醉不觉睡着了，向大家道歉，说失礼了。众人憋着笑散了。道士说："这不过是雕虫小技，没什么可称道的。叶法善引导唐玄宗进入月宫，就用这种符。当时误认为是真的仙人，而迂腐的儒生们又认为是胡说八道，都是些井底之蛙罢了。"后来道士在旅馆用符摄取一个过往贵人之妾的魂魄。这个妾苏醒后上车，还记得魂魄所经的路径门户，告诉贵人迅速去搜捕，但道士已逃走了。这就是《周礼》禁止旁门左道的人的原因吧！

交河老儒及润础，雍正乙卯年参加乡试。一天晚上他走到石门桥投宿，客馆客房都住满了，只有一间小屋，因为窗户临着马槽，没人愿住，他只好将就着住了进去。夜间，群马互相踢跳，搅得人难以入睡。人声静下来以后，忽然听到马说话的声音。及润础平常爱看杂书，记得宋人笔记小说一类书中有堰下牛语的事，知道不是鬼魅，就屏住呼吸听下去。一匹马说："现在才知道忍饥挨饿的苦楚，生前欺骗主人隐匿克扣下来的草豆钱，如今在哪里呢？"另一匹马说："我们这一类多半是由养马的人转生的，死了的才明白，活着的丝毫不知，实在令人叹息！"众马都伤心地呜咽起来。有一匹马说："冥间的判决也不很公平，为什么王五就能转生为狗呢？"一匹马回答说："冥间鬼卒曾经说过，他的妻子和两个女儿都很淫乱放荡，把他的钱全部偷去给了相好的，这倒抵了他一半的罪孽。"

一马曰："信然，罪有轻重，姜七堕豕身，受屠割，更我辈不若也。"及忽轻嗽，语遂寂。及恒举以戒圉人。

余一侍姬，平生未尝出詈语。自云亲见其祖母善詈，后了无疾病，忽舌烂至喉，饮食言语皆不能，宛转数日而死。

有某生在家，偶晏起，呼妻妾不至。问小婢，云并随一少年南去矣。露刃追及，将骈斩之，少年忽不见。有老僧衣红袈裟，一手托钵，一手振锡杖，格其刀曰："汝尚不悟耶？汝利心太重，忮忌心太重，机巧心太重，而能使人终不觉。鬼神忌隐恶，故判是二妇，使作此以报汝。彼何罪焉？"言讫亦隐。生默然引归。二妇云："少年初不相识，亦未相悦，忽惘然如梦，随之去。"邻里亦曰："二妇非淫奔者，又素不相得，岂肯随一人？且淫奔必避人，岂有白昼公行，缓步待追者耶？其为神谴信矣。"然终不能名其恶，真隐恶哉！

事皆前定，岂不信然？戊子春，余为人题《蕃骑射猎图》曰："白草粘天野兽肥，弯弧爱尔马如飞。何当快饮黄羊血，一上天山雪打围。"是年八月，竟从军于西域。又，董文恪公尝为余作《秋林觅句图》。余至乌鲁木齐，城西有深林，老木参云，弥亘数十里。前将军伍公弥泰建一亭于中，题曰"秀野"。散步其间，宛然前画之景。辛卯还京，因自题一绝句曰："霜叶微黄石骨青，孤吟自怪太零丁。谁知早作西行谶，老木寒云秀野亭。"

南皮疡医某，艺颇精，然好阴用毒药，勒索重赀。不餍所欲，

又一匹马说："确是这样，罪有轻重，姜七转生了个猪身，要受宰割，比起我们马来更加不如。"及润础忽然轻声咳嗽了一下，马语立即停止，寂静无声了。之后，及润础经常用这件事告诫养马的人。

我的一个侍妾，从来也没有骂过人。她说亲眼见到她的祖母喜欢骂人，后来什么病也没有，舌头忽然烂到喉咙部位，不能吃喝，也不能说话，这么挨了几天之后死了。

某生在家，一天早晨偶尔起晚了，呼唤妻妾都不来。问小丫鬟，回答说都跟着一个年轻人往南去了。某生拎了一把刀就追上去，要杀了她们，年轻人却忽然不见了。有个身着红袈裟的老和尚，一只手托钵，一只手握着锡杖格开了他的刀，说："你还不醒悟么？你这个人求利心太重，嫉妒心太重，奸诈心太重，却能掩饰得别人看不出来。鬼神最忌恨这种伎俩的人，所以判定你家的两个妇人做出这种事来惩罚你。她们有什么罪呢？"说完也不见了。某生一言不发把自己的妻妾领了回去。两个妇人说："这个年轻人我们从不相识，也并不是喜欢他，忽然就懵懵懂懂做梦一样跟着他走了。"邻居们也说："这两个女人不是那种淫荡私奔的人，彼此又向来不大和睦，怎么肯一道跟一个人走？况且私奔一定要回避旁人，哪有大白天公然私奔，还慢慢走着等人来追的？肯定是神灵的惩罚了。"然而始终没人能说出他的罪恶，这才真是隐恶啊！

凡事往往都是命里注定的，难道不是这样吗？乾隆戊子年春天，我替人题《蕃骑射猎图》说："白草粘天野兽肥，弯弧爱尔马如飞。何当快饮黄羊血，一上天山雪打围。"这年八月，竟然从军到了西域。又，董文恪公曾给我画了一幅《秋林觅句图》。我到乌鲁木齐，城西有茂密的森林，古老的树木高耸入云，绵延几十里。以前的将军伍弥泰公在里面造了一座亭子，题名"秀野"。散步在其间，很像是《秋林觅句图》画中的景色。辛卯年我回到京城，就自己题写了一首绝句说："霜叶微黄石骨青，孤吟自怪太零丁。谁知早作西行谶，老木寒云秀野亭。"

南皮有个专治疮痈的某医生，医术很高，不过，这个医生总是喜欢暗中下毒药，向患者勒索很多钱财。如果不满足他的要求，

则必死。盖其术诡秘，他医不能解也。一日，其子雷震死。今其人尚在，亦无敢延之者矣。或谓某杀人至多，天何不殛其身而殛其子？有佚罚焉。夫罪不至极，刑不及孥；恶不至极，殃不及世。殛其子，所以明祸延后嗣也。

安中宽言：昔吴三桂之叛，有术士精六壬，将往投之。遇一人，言亦欲投三桂，因共宿。其人眠西墙下，术士曰："君勿眠此，此墙亥刻当圮。"其人曰："君术未深，墙向外圮，非向内圮也。"至夜果然。余谓此附会之谈也，是人能知墙之内外圮，不知三桂之必败乎？

有僧游交河苏吏部次公家，善幻术，出奇不穷，云与吕道士同师。尝抟泥为豕，咒之，渐蠕动；再咒之，忽作声；再咒之，跃而起矣。因付庖屠以供客，味不甚美。食讫，客皆作呕逆，所吐皆泥也。有一士因雨留同宿，密叩僧曰："《太平广记》载术士咒片瓦授人，划壁立开，可潜至人闺阁中。师术能及此否？"曰："此不难。"拾片瓦咒良久，曰："持此可往。但勿语，语则术败矣。"士试之，壁果开。至一处，见所慕，方卸妆就寝。守僧戒，不敢语，径掩扉，登榻狎昵。妇亦欢洽，倦而酣睡。忽开目，则眠妻榻上也。方互相疑诘，僧登门数之曰："吕道士一念之差，已受雷诛。君更累我耶！小术戏君，

必死无疑。因为他下毒药的手法很诡秘，别的医生谁也不能解救。有一天，他的儿子被雷电击死了。现在某医生还活着，但已经没人敢请他看病。有人说他杀了许多人，老天为什么不诛杀他本人却击死了他儿子？看来上天的刑罚也有失当。犯罪没达到极限，刑罚就牵连不到妻子儿女；作恶达不到极端，祸殃就连累不到后世子孙。老天诛杀他的儿子，正说明他罪大恶极，受到了祸延后嗣的最重惩罚。

安中宽说：过去吴三桂叛变时，有个精通六壬的术士，要去投奔他。路上遇到一个人，说也要去投奔吴三桂，于是两人一同住下。术士遇见的那人睡在西墙下，术士说："你不要睡在这儿，这座墙将在今晚九点到十一点之间倒塌。"对方说："你的艺业还不精深，墙向外倒，而不会向里倒。"到了夜里，墙果然向外倒塌了。我认为这是牵强附会之谈，这个人能知道墙朝里还是朝外倒，怎么就不知道吴三桂一定要失败呢？

有一个和尚云游到交河，住在吏部苏次公家里，他擅长方术，变化无穷，自称与吕道士为同门弟子。他和泥捏成猪的形状，念了咒语，猪就渐渐蠕动；又念咒语，猪忽然发出叫声；再念咒，猪就跳了起来。他把这头猪交给厨师宰杀了做给客人吃，肉的味道不太好。吃完，宾客都呕吐不止，吐出来的全是泥。有个读书人因为途中遇雨同和尚住在一起，他偷偷向和尚询问："《太平广记》记载术士向瓦片念咒交给别人，用这片瓦划墙，墙马上就开了，可以偷偷地进入人家的闺房，大师的法术能达到这种程度吗？"和尚说："这不难。"和尚于是拾起一片瓦，念了好一会儿的咒语，说："你拿这片瓦就可以去了。但不要说话，一说话就不灵了。"读书人用瓦片一试，墙壁果然开了。读书人来到一个地方，见到了他日夜思慕的女人，正在卸妆准备睡觉。他牢记和尚的告诫，不敢出声，径直关好门上床，与她亲热起来。女人也开开心心地应和，玩累了就酣睡过去。读书人忽然醒来睁眼一看，发现自己躺在妻子的床上。两人正在相互质问，和尚上门数落读书人说："吕道士因为一念之差，已经受到天雷诛杀。你更是要连累我吗！我施小术跟你开个玩笑，

幸不伤盛德，后更无萌此念。”既而太息曰：“此一念，司命已录之。虽无大谴，恐于禄籍有妨耳。”士果蹭蹬，晚得一训导，竟终于寒毡。

康熙中，献县胡维华以烧香聚众谋不轨。所居由大城、文安一路行，去京师三百馀里；由青县、静海一路行，去天津二百馀里。维华谋分兵为二，其一出不意，并程抵京师；其一据天津，掠海舟。利则天津之兵亦北趋，不利则遁往天津，登舟泛海去。方部署伪官，事已泄。官军擒捕，围而火攻之，齠龀不遗。

初，维华之父雄于赀，喜周穷乏，亦未为大恶。邻村老儒张月坪，有女艳丽，殆称国色。见而心醉。然月坪端方迂执，无与人为妾理。乃延之教读。月坪父母柩在辽东，不得返，恒戚戚。偶言及，即捐金使扶归，且赠以葬地。月坪田内有横尸，其仇也。官以谋杀勘，又为百计申辩得释。一日，月坪妻携女归宁，三子并幼，月坪归家守门户，约数日返。乃阴使其党，夜键户而焚其庐，父子四人并烬。阳为惊悼，代营丧葬，且时周其妻女，竟依以为命。或有欲聘女者，妻必与谋，辄阴沮，使不就。久之，渐露求女为妾意。妻感其惠，欲许之。女初不愿，夜梦其父曰：“汝不往，吾终不畅吾志也。”女乃受命。岁馀，生维华，女旋病卒。维华竟覆其宗。

幸好没损你的大德，以后不要再存这种邪念。”之后和尚叹息说：“你这次生出的邪念，阴间司命官已经记录下来。虽然不受大的惩罚，担心对你将来的仕途还是会有影响。”后来，这位读书人果然一生坎坷，晚年才得了个训导职务，到死都穷困潦倒。

康熙年间，献县胡维华以烧香为名，聚众谋逆叛乱。他居住的地方，沿大城、文安走，离京城三百多里；沿青县、静海走，离天津二百多里。胡维华计划兵分两路，一路出其不意，兼程到达京城；一路占据天津，掠夺海船。如果顺利，天津的兵马也往北赶，不顺利，则逃往天津，登船入海而去。但当他正要给下属部署任命官职时，阴谋败露。官军前往擒拿，包围起来用火攻，连幼小的孩童也一个没留下。

当初，胡维华的父亲富有资财，喜欢周济穷人，也没干过太坏的事。邻村老儒张月坪，有个女儿长得很漂亮，简直可以称得上国色。胡维华的父亲看到后为之心醉。但是张月坪品行端正，又迂腐固执，绝无可能把女儿给人做妾。胡父就聘请他来家教读。张月坪父母的灵柩在辽东，因为运不回来，所以经常悲哀叹息。有一次偶然与胡父谈及此事，胡父就捐助钱财让他扶灵柩而归，并且送了一块坟地。张月坪田里有具尸体，死于非命，死者生前是他的仇家。官府要以谋杀罪审理这桩案子，胡父又千方百计替他申辩，张月坪终于被释放。有一天，张月坪的妻子带着女儿回娘家，因为三个儿子都很小，张月坪回自家看守门户，约好几天后返回胡家。胡父就暗中指使家丁夜里从外面把张家的门户锁上，放火烧了房子，父子四人都被烧成灰烬。胡父却假装吃惊表示哀悼，代为料理丧葬，并常常周济张月坪的妻女，孤女寡母竟把他当成了依靠。有人要想娶张家的女儿，张月坪妻子必定来同他商量，胡父则在暗中阻挠，婚事总是成不了。时间久了，胡父渐渐露出求张家女儿做妾的意思。张月坪妻子感激他的恩惠，打算答应下来。女儿开始不情愿，夜里梦见她的父亲说：“你不去，终究不能满足我的心愿。”女儿于是遵命嫁了过去。过了一年多，生下胡维华，张家的女儿很快病死了。胡维华竟使胡家断了子绝了孙。

又，去余家三四十里，有凌虐其仆夫妇死而纳其女者。女故慧黠，经营其饮食服用，事事当意。又凡可博其欢者，冶荡狎媟，无所不至。皆窃议其忘仇。蛊惑既深，惟其言是听。女始则导之奢华，破其产十之七八。又谗间其骨肉，使门以内如寇仇。继乃时说《水浒传》宋江、柴进等事，称为英雄，怂恿之交通盗贼。卒以杀人抵法。抵法之日，女不哭其夫，而阴携卮酒，酹其父母墓曰："父母恒梦中魇我，意悢悢似欲击我。今知之否耶？"人始知其蓄志报复，曰："此女所为，非惟人不测，鬼亦不测也，机深哉！"然而不以阴险论，《春秋》原心，本不共戴天者也。

余在乌鲁木齐，军吏具文牒数十纸，捧墨笔请判，曰："凡客死于此者，其棺归籍，例给牒，否则魂不得入关。"以行于冥司，故不用朱判，其印亦以墨。视其文，鄙诞殊甚。曰："为给照事：照得某处某人，年若干岁，以某年某月某日在本处病故。今亲属搬柩归籍，合行给照。为此俾仰沿路把守关隘鬼卒，即将该魂验实放行，毋得勒索留滞，致干未便。"余曰："此胥役托词取钱耳。"启将军除其例。旬日后，或告城西墟墓中鬼哭，无牒不能归故也。余斥其妄。又旬日，或告鬼哭已近城。斥之如故。越旬日，余所居墙外䰢䰢有声。《说文》曰："䰢，鬼声。"余尚以为胥役所伪。越数日，声至窗外。时月明如昼，自起寻视，实无一人。同事观御史成曰："公所持理正，

又，离我家三四十里的地方，有个人残暴虐待弄死了仆人夫妇两个之后霸占了他们的女儿。这个女子一向聪明黠慧，侍奉主人的饮食服用，样样都很称心。凡能博得他欢心的事情，淫荡狎昵、打情骂俏等等无所不做。人们都背后议论说她忘记了父母之仇。主人被她迷惑得不可自拔，对她言听计从。女子开始时引导主人追求奢侈豪华，把家产耗去了十分之七八。随后又离间主人家亲人的骨肉关系，使一家人之间互相怨恨像仇人一样。接着经常向他讲述《水浒传》宋江、柴进等人的故事，称赞他们是英雄好汉，怂恿他与强盗往来。主人最后竟然因为杀了人要偿命。行刑这天，这个女子没有去哭遭受极刑的男人，而是悄悄带着酒，到父母墓前祭祀，说："父母双亲经常在梦中惊吓我，恨恨地想要打我。今天明白了吗？"人们这才知道她原来是蓄意报仇，说："这个女人的行为，非但人预料不到，就是连鬼也未能料到，真是机谋深远啊！"然而，人们并不认为她阴险，《春秋》主张原心定罪，重视推究动机，何况这本来就是不共戴天的家仇。

我在乌鲁木齐时，军吏拿来几十张文书，捧着墨笔请我签批，说："凡是客死在此地的人，其灵柩回家乡，照例要给文书，不然死者灵魂就不能进关。"因这个文书通行于阴曹地府，所以不用朱笔签发，上面的印也是黑色的。文书上的行文和字迹都极其低俗荒诞。是这样说的："这是用来作为凭证和执照的：证明某处的某人，年纪若干岁，于某年某月某日在本处病故。现在亲属搬运灵柩回故乡去，理所应当发给此证明。因此希望沿路把守关隘的小鬼，都要在验证魂灵后放行，不能找借口要钱或者滞留，使得他们不方便。"我说："这不过是里中小吏们变着法子捞钱罢了。"于是请求将军去掉这个规矩。过了十天，有人报告我说，城西的墓地里有鬼哭，因为没有文书回不了家乡。我斥责他胡说八道。又过了十天，有人报告鬼哭声离城近了。我还像上次那样斥责了他。之后又过了十天，我住处的墙外索索有声。《说文》说："䰡，鬼声。"我以为是小吏在捣鬼。过了几天，声音到了窗外。当时月光明亮一如白昼，我亲自出去寻视，什么人也没有看到。同事观成御史说："你坚持的是正确的，

虽将军不能夺也。然鬼哭实共闻，不得照者，实亦怨公。盍试一给之，姑间执谗慝之口。倘鬼哭如故，则公益有词矣。”勉从其议，是夜寂然。又，军吏宋吉禄在印房，忽眩仆。久而苏，云见其母至。俄台军以官牒呈，启视，则哈密报吉禄之母来视子，卒于途也。天下事何所不有，儒生论其常耳。余尝作乌鲁木齐杂诗一百六十首，中一首云：“白草飕飕接冷云，关山疆界是谁分？幽魂来往随官牒，原鬼昌黎竟未闻。”即记此二事也。

范蘅洲言：昔渡钱塘江，有一僧附舟，径置坐具，倚樯竿，不相问讯。与之语，口漫应，目视他处，神意殊不属。蘅洲怪其傲，亦不再言。时西风过急，蘅洲偶得二句，曰：“白浪簸船头，行人怯石尤。”下联未属，吟哦数四。僧忽闭目微吟曰：“如何红袖女，尚倚最高楼？”蘅洲不省所云，再与语，仍不答。比系缆，恰一少女立楼上，正着红袖。乃大惊，再三致诘。曰：“偶望见耳。”然烟水淼茫，庐舍遮映，实无望见理。疑其前知，欲作礼，则已振锡去。蘅洲惘然莫测，曰：“此又一骆宾王矣！”

清苑张公钺，官河南郑州时，署有老桑树，合抱不交，云栖神物。恶而伐之。是夕，其女灯下睹一人，面目手足及衣冠色皆浓绿，厉声曰：“尔父太横，姑示警于尔！”惊呼媪婢至，神已痴矣。后归戈太仆仙舟，不久下世。驱厉鬼，毁淫祠，正狄梁公、范文正公辈事。德苟不足以胜之，鲜不取败。

即便是将军也不能责怪你。不过鬼哭是大家都真切地听到了的，得不到文书的鬼，必定要怨恨你。何不试试给它们文书，姑且堵堵那些说三道四的人的嘴巴。倘若鬼还哭，那么你也有可说的了。”我勉强听从了他的建议，这天夜里就安安静静的了。还有，军中佐吏宋吉禄在掌印的房里，忽然昏倒在地。好久之后他醒过来说，看到他母亲来了。不一会儿，台军呈上来一封公文，打开一看，是哈密县报告宋吉禄的母亲来探视儿子，在路上去世了。天下什么事都有，儒生们谈论的是常理罢了。我曾经写了乌鲁木齐杂诗一百六十首，其中有一首说：“白草飕飕接冷云，关山疆界是谁分？幽魂来往随官牒，原鬼昌黎竟不闻。”写的就是这两件事。

范蘅洲说：从前渡钱塘江，有个和尚搭船，径直把坐具放在船上，倚着桅杆，也不与其他人打招呼。别人与他说话，只是口中随便应答而已，眼睛却望着别的地方，一副心不在焉的样子。范蘅洲觉得和尚太傲慢，也不与他搭话。当时西风很大，范蘅洲偶成两句诗：“白浪簸船头，行人怯石尤。”下联的两句还没想好，只是三番五次吟咏上联两句。和尚忽然闭上眼睛，轻声地吟道：“如何红袖女，尚倚最高楼？”范蘅洲不懂和尚说的是什么意思，跟和尚说话，对方仍然不回答。等船到岸边系缆绳的时候，见一个少女站在岸边的楼上，正是穿的红衣服。范蘅洲大惊，再三向和尚请教。和尚说：“我偶然望见罢了。”然而当时船在江中，烟波浩渺，房屋遮挡，根本不可能望见那番景象。范蘅洲怀疑和尚先知先觉，要向他致意敬礼，但和尚却已拄着锡杖走了。范蘅洲茫然不知和尚是什么人，怅然地说：“这又是一个骆宾王了！”

清苑张钺公在河南郑州做官时，官署里有棵老桑树，两手合抱都搂不过来，人们说是树上住着神灵一类怪异的东西。张公觉得厌恶就把树砍掉了。这天夜里，他的女儿灯下看到一个人，面目手脚和衣帽都是深绿的颜色，厉声说：“你的父亲太霸道，且拿你来警告他！”张女惊叫呼喊，保姆丫鬟赶来，张家女儿已经吓傻了。后来嫁给了太仆戈仙舟，不久就去世了。驱除恶鬼、毁坏淫邪的祠庙，正是狄仁杰、范仲淹那样的人才能做的事。如果德行不足胜过鬼神，很少有不失败的。

钱文敏公曰："天之祸福，不犹君之赏罚乎？鬼神之鉴察，不犹官吏之详议乎？今使有一弹章曰：'某立身无玷，居官有绩，然门径向凶方，营建犯凶日，罪当谪罚。'所司允乎？驳乎？又使有一荐牍曰：'某立身多瑕，居官无状，然门径得吉方，营建值吉日，功当迁擢。'所司又允乎？驳乎？官吏所必驳，而谓鬼神允之乎？故阳宅之说，余终不谓然。"此譬至明，以诘形家，亦无可置辩。然所见实有凶宅：京师斜对给孤寺道南一宅，余行吊者五；粉坊琉璃街极北道西一宅，余行吊者七。给孤寺宅，曹宗丞学闵尝居之，甫移入，二仆一夕并暴亡，惧而迁去。粉坊琉璃街宅，邵教授大生尝居之，白昼往往见变异，毅然不畏，竟没其中。此又何理欤？刘文正公曰："卜地见《书》，卜日见《礼》。苟无吉凶，圣人何卜？但恐非今术士所知耳。"斯持平之论矣。

沧州潘班，善书画，自称黄叶道人。尝夜宿友人斋中，闻壁间小语曰："君今夕毋留人共寝，当出就君。"班大骇，移出。友人曰："室旧有此怪，一婉娈女子，不为害也。"后友人私语所亲曰："潘君其终困青衿乎？此怪非鬼非狐，不审何物。遇粗俗之人不出，遇富贵之人亦不出，惟遇才士之沦落者，始一出荐枕耳。"后潘果坎壈以终。越十馀年，忽夜闻斋中啜泣声。次日，大风折一老杏树，其怪乃绝。外祖张雪峰先生尝戏曰："此怪大佳，其意识在绮罗人上。"

钱文敏公说："上天降祸福，不是类似于君王的赏罚么？鬼神的鉴察，不是类似于官吏的审议么？假如有一份弹劾某人的奏章说：'某人一生没有污点，做官也有政绩，但他家的门户向着不吉利的方向，建造住宅时冒犯凶日，这种罪名应当贬官。'主管官员是批准还是驳回呢？假如又有一份荐书说：'某人一生污点很多，做官也很糟糕，但他家的门户向着吉方，建房时正值吉日，这种功德应当升官。'主管官员又是批准呢？还是驳回呢？人世上官员必定驳回的，就说鬼神会批准吗？因此，所谓阳宅之说，我始终是不相信的。"这个比喻非常明白，就是拿去问风水先生，也没有可以置辩的馀地。然而，就我所见，确实有凶宅：京师斜对给孤寺道南有一处宅院，我已经吊丧五次；粉坊琉璃街极北道西还有一处宅院，我已经吊丧七次。给孤寺宅院，宗丞曹学闵曾住过，刚搬进去，两个仆人就在同一天晚上一同暴亡，曹家害怕，当即迁走。粉坊琉璃街宅院，教授邵大生曾经住过，白天就常常见到怪异，邵教授刚毅不怕邪魅，终于死在这处住宅里。这又是什么道理呢？刘文正公说："《书经》记载周公曾卜地建城，《礼记》记载出行占卜吉祥的日子。如果没有吉凶，圣人为什么还要卜问呢？不过，圣人的占卜，恐怕已经不是当今术士们所能懂得了。"这才是公平合理的议论。

沧州人潘班，擅长书画，自称黄叶道人。一次夜里在朋友的书斋里住宿，听见墙壁里有人小声说："你今夜不要留别人在这儿住，我出去陪你。"潘班非常害怕，吓得赶紧搬了出去。朋友说："书斋里过去就有这个怪物，是一个文雅温婉的女子，不害人的。"后来这位朋友私下里对亲近的人说："潘君这一辈子就只能是个秀才了么？书斋中的这个怪物不是鬼也不是狐狸精，不知道是什么怪物。它遇见粗俗的人不出来，遇见富贵的人也不出来，唯有遇见了有才而落魄的人，它才出来侍寝。"后来潘班果然一生困顿不得志。十多年之后的一天夜里，忽然听到书斋里有哭泣声。第二天，大风刮断一棵老杏树，这个怪物也绝迹了。外祖父张雪峰先生曾经开玩笑说："这个怪物真不错，她的见识可比富贵人家的女子高多了。"

陈枫崖光禄言：康熙中，枫泾一太学生，尝读书别业。见草间有片石，已断裂剥蚀，仅存数十字，偶有一二成句，似是夭逝女子之碣也。生故好事，意其墓必在左右，每陈茗果于石上，而祝以狎词。越一载馀，见丽女独步菜畦间。手执野花，顾生一笑。生趋近其侧，目挑眉语，方相引入篱后灌莽间，女凝立直视，若有所思，忽自批其颊曰："一百馀年，心如古井，一旦乃为荡子所动乎？"顿足数四，奄然而灭。方知即墓中鬼也。蔡修撰季实曰："古称盖棺论定，观于此事，知盖棺犹难论定矣。是本贞魂，乃以一念之差，几失故步。"晦庵先生诗曰："世上无如人欲险，几人到此误平生。"谅哉！

王孝廉金英言：江宁一书生，宿故家废园中。月夜有艳女窥窗。心知非鬼即狐，爱其姣丽，亦不畏怖。招使入室，即宛转相就。然始终无一语，问亦不答，惟含笑流盼而已。如是月馀，莫喻其故。一日，执而固问之。乃取笔作字曰："妾前明某翰林侍姬，不幸夭逝。因平生巧于谗搆，使一门骨肉如水火。冥司见谴，罚为喑鬼，已沉沦二百馀年。君能为书《金刚经》十部，得仗佛力，超拔苦海，则世世衔感矣。"书生如其所乞。写竣之日，诣书生再拜，仍取笔作字曰："借金经忏悔，已脱离鬼趣。然前生罪重，仅能带业往生，尚须三世作哑妇，方能语也。"

光禄大夫陈枫崖说：康熙年间，浙江枫泾有个太学生在别墅读书，见草丛中有一块石片，已经断裂剥蚀，上面只有几十个字，偶然有一两句完整的句子，看来好似夭折女子的石碑。这个太学生向来好事，估计坟墓就在附近，于是就常常在残碑上陈设茶点果品，祈祝一些猥亵的话。大约过了一年多，见到一个漂亮的女子独自在菜畦间走。她手里拿着一枝野花，对着太学生嫣然一笑。太学生走到她的身旁，眉来眼去的，女子正引着太学生来到篱笆后的灌木丛中，就站住了，两眼直愣愣地看着太学生，若有所思，忽然她抽了自己一个耳光说："一百多年来，心像古井一样，难道一下子却被这放荡小子勾引动了心么？"她不停地顿脚，一下子就隐灭不见了。这才知道她就是坟墓里的鬼。修撰蔡季实说："古语说盖棺定论，从这件事可知，盖棺也难定论呵。这本来是贞节的鬼魂，还因为一念之差，几乎失去她原来的操守。"朱熹有诗说："世上无如人欲险，几人到此误平生。"确实如此啊！

举人王金英说：江宁有个书生，住宿在官宦人家的废园子里。一个明亮的月夜，有个漂亮女子从窗户往里偷看。书生知道这女子不是鬼就是狐，但喜欢她的姣好美丽，也不害怕。书生招呼让她进入室内，这女子就温柔多情地主动亲近。但是从来不说话，问她也不回答，只是笑着流转目光看着他。这么过了一个多月，不知道是什么缘故。一天，书生拉着她一定要问出个所以然来。女子这才拿笔写字说："我是前明某翰林的侍妾，不幸短命而死。因为平生巧于进谗言陷害，使得一家的亲人之间，如同水火一样不相容。阴司惩罚我，罚做哑鬼，已经埋没沦落二百多年了。您如果能够替我写十部《金刚经》，让我仰仗佛力，脱离苦海，我世世代代感激你。"书生照她的请求去做。写完的这一天，女子到书生这里两次拜谢，仍旧拿笔写字说："依凭《金刚经》忏悔，我已经脱离了鬼界。但是前生的罪孽深重，只能带着罪孽转生，还得要做三辈子哑妇，才能够说话。"

卷二　滦阳消夏录二

董文恪公为少司空时，云昔在富阳村居，有村叟坐邻家，闻读书声，曰："贵人也。"请相见。谛观再四，又问八字干支，沉思良久，曰："君命相皆一品。当某年得知县，某年署大县，某年实授，某年迁通判，某年迁知府，某年由知府迁布政，某年迁巡抚，某年迁总督。善自爱，他日知吾言不谬也。"后不再见此叟，其言亦不验。然细较生平，则所谓知县，乃由拔贡得户部七品官也；所谓调署大县，乃庶吉士也；所谓实授，乃编修也；所谓通判，乃中允也；所谓知府，乃侍读学士也；所谓布政使，乃内阁学士也；所谓巡抚，乃工部侍郎也。品秩皆符，其年亦皆符，特内外异途耳。是其言验而不验，不验而验，惟未知总督如何。后公以其年拜礼部尚书，品秩仍符。

按推算干支，或奇验，或全不验，或半验半不验。余尝以闻见最确者，反复深思，八字贵贱贫富，特大概如是。其间乘除盈缩，略有异同。无锡邹小山先生夫人，与安州陈密山先生夫人，八字干支并同。小山先生官礼部侍郎，密山先生官贵州布政使，均二品也。论爵，布政不及侍郎之尊；论禄，则侍郎不及布政之厚，互相补矣。二夫人并寿考。陈夫人早寡，

董文恪公任工部侍郎时，说以前住在富阳县乡下，有个乡村老翁在邻居家坐着，听见他的读书声，说："这是个贵人。"要求见见面。乡村老翁再三仔细地端详他，又问了生辰八字，沉思了好半天，说："看你的命和相，都是一品。应当在某某年可以任知县，某某年代理大县县令，某某年正式任命，某某年升通判，某某年升知府，某某年由知府升任布政使，某某年升巡抚，某某年升总督。你要好自为之，到时候你会知道我的话没错。"后来再没看见过这个老人，他的话也没应验。但是仔细考较生平所任官职，那么所谓知县，就是由拔贡生得任户部的七品官；所谓升调代理大县，就是被任为庶吉士；所谓正式任命，就是指任编修；所谓通判，就是指任中允；所谓知府，就是指任侍读学士；所谓布政使，是指任内阁学士；所谓巡抚，是指任工部侍郎。这些官职品级俸禄都相符合，任职时间也相符，不同的是老翁说的是地方官，而董公所任的是朝廷官职。说起来老翁的话应验又不应验，不应验又应验，只是不知他说的总督，相应将任什么。后来董公在这一年里升任礼部尚书，和总督的品级也相符了。

按干支推算，有的出奇的灵验，有的全然不应验，有的一半应验，一半不应验。我曾经根据听见的最确切的事例，反复研究所谓的八字贵贱贫富，大概情况也是这样。这其中的人事消长盛衰，也略有异同。无锡邹小山先生的夫人和安州陈密山先生的夫人，时辰八字干支都一样。邹小山任官礼部侍郎，陈密山任官贵州布政使，两人都是二品官。论起爵位，布政使不如侍郎尊贵；论起俸禄，则侍郎不如布政使丰厚，两者互有所补。两位夫人都高寿。陈夫人早年守寡，

然晚岁康强安乐；邹夫人白首齐眉，然晚岁丧明，家计亦薄，又相补矣。此或疑地有南北，时有初正也。余第六侄与奴子刘云鹏，生时只隔一墙，两窗相对，两儿并落蓐啼。非惟时同刻同，乃至分秒亦同。侄至十六岁而夭，奴子今尚在。岂非此命所赋之禄，只有此数。侄生长富贵，消耗先尽；奴子生长贫贱，消耗无多，禄尚未尽耶？盈虚消息，理似如斯，俟知命者更详之。

曾伯祖光吉公，康熙初官镇番守备。云有李太学妻，恒虐其妾，怒辄褫下衣鞭之，殆无虚日。里有老媪，能入冥，所谓走无常者是也。规其妻曰："娘子与是妾有夙冤，然应偿二百鞭耳。今妒心炽盛，鞭之殆过十馀倍，又负彼债矣。且良妇受刑，虽官法不褫衣。娘子必使裸露以示辱，事太快意，则干鬼神之忌。娘子与我厚，窃见冥籍，不敢不相闻。"妻哂曰："死媪谩语，欲我禳解取钱耶！"会经略莫洛遘王辅臣之变，乱党蜂起，李没于兵，妾为副将韩公所得。喜其明慧，宠专房。韩公无正室，家政遂操于妾。妻为贼所掠。贼破被俘，分赏将士，恰归韩公。妾蓄以为婢，使跪于堂而语之曰："尔能受我指挥，每日晨起，先跪妆台前，自褫下衣，伏地受五鞭，然后供役，则贷尔命。否则尔为贼党妻，杀之无禁，当寸寸脔尔，饲犬豕。"妻惮死失志，叩首愿遵教。然妾不欲其遽死，鞭不甚毒，俾知痛楚而已。

但晚年健康安乐；邹夫人与丈夫白头偕老夫妻恩爱，但晚年丧子，家庭经济状况也不大好，两者又互有所补。这可能是因为两人地处南北、生辰时间不同的缘故。我第六个侄儿和奴仆的儿子刘云鹏，出生时只隔着一道墙，两扇窗户相对着，两人同时降生啼哭。不仅同一时刻，而且是同一分秒。我的侄儿长到十六岁时夭折，奴仆的儿子如今还在。莫非赋予这种命相的福禄，是有规定数量的。我侄子生长在富贵之中，先把福禄消耗尽了；奴仆生长在贫贱之中，消耗不多，福禄还没有用尽？盈亏的情况，从道理上讲当然是这样，还是等着遇见懂得命运的人来详细解释吧。

我的曾伯祖光吉公，康熙初年做镇番守备。据他说，有位李太学，他妻子经常虐待妾，一发怒就扒光妾下身的衣服用皮鞭抽打，几乎没有一天不打的。当地有位老妇人，据说能在阴阳两界来来往往，就是所谓的走无常的那种人。老妇人规劝李太学妻子说："娘子与这个妾有前世的冤仇，不过是她应该偿还你二百鞭罢了。你现在妒心太盛，打她的鞭数几乎超过了十几倍，反而又欠了她的债。况且，良家妇女受刑，就是官府律法也规定不许扒衣服。可娘子却一定要让她裸露作为羞辱，事情做得太过分，就冒犯了鬼神的禁忌。娘子与我交情厚，我看见过阴间的册子，不敢不让你知道这些事。"李太学妻子冷笑说："死老婆子胡说，想要让我祈祷消灾你好捞钱吧！"不久，经略使莫洛遭遇了王辅臣叛乱，乱党蜂起，李太学在兵乱中丧生，他的妾归了副将韩公。韩公喜欢她聪明智慧，极为宠爱。韩公又没有正妻，家政大权就由这个妾掌握。而李太学妻子在兵荒中被贼党掠走。贼党被攻破后，李太学妻子被俘，俘虏分赏将士时，恰好分给韩公。妾收了李太学妻子做奴婢，妾让她跪在堂前，对她说："你如果能接受我的指挥，每天早晨起床后，先跪在梳妆台前，自己脱掉下身衣服，趴在地上让我打五鞭，然后供我使唤，就饶你不死。否则的话，你是贼党的妻室，杀了你你都不会有人管，应当一寸一寸地割下你的肉，喂猪喂狗。"李太学妻子怕死，什么气节脸面都顾不得了，叩头表示遵命。但是妾不想让李太学妻子马上死，鞭打的时候用力不狠，只是让她知道疼而已。

年馀，乃以他疾死。计其鞭数，适相当。此妇真顽钝无耻哉！亦鬼神所忌，阴夺其魄也。此事韩公不自讳，且举以明果报，故人知其详。

韩公又言：此犹显易其位也。明季尝游襄、邓间，与术士张鸳湖同舍。鸳湖稔知居停主人妻虐妾太甚，积不平，私语曰："道家有借形法。凡修炼未成，气血已衰，不能还丹者，则借一壮盛之躯，乘其睡，与之互易。吾尝受此法，姑试之。"次日，其家忽闻妻在妾房语，妾在妻房语。比出户，则作妻语者妾，作妾语者妻也。妾得妻身，但默坐，妻得妾身，殊不甘，纷纭争执，亲族不能判。鸣之官。官怒为妖妄，笞其夫，逐出。皆无可如何。然据形而论，妻实是妾，不在其位，威不能行，竟分宅各居而终。此事尤奇也。

相传有塾师，夏夜月明，率门人纳凉河间献王祠外田塍上。因共讲《三百篇》拟题，音琅琅如钟鼓。又令小儿诵《孝经》，诵已复讲。忽举首见祠门双古柏下，隐隐有人。试近之，形状颇异，知为神鬼。然私念此献王祠前，决无妖魅，前问姓名，曰毛苌、贯长卿、颜芝，因谒王至此。塾师大喜，再拜，请授经义，毛、贯并曰："君所讲，适已闻，都非我辈所解，无从奉答。"塾师又拜曰："《诗》义深微，难授下愚。请颜先生一讲《孝经》可乎？"颜回面向内曰："君小儿所诵，漏落颠倒，

一年多以后，李太学妻子得别的病死了。计算她所受的鞭数，正好与她所欠妾的鞭数相等。这个太学的妻子真是顽钝无耻啊！她受到鬼神忌恨，所以阴司勾取了她的魂魄。这件事情韩公自己不隐讳，并且常拿来举例说明因果报应的道理，因此人们能知道详情。

韩公又说：这就像完全对换所处地位一样。明朝末年，他曾经游历襄阳、邓州一带，与术士张鸳湖同舍居住。张鸳湖知道旅舍主人的妻子虐待妾很过分，愤愤不平，私底下对韩公说："道家有一种借人躯体的法术，名叫借形法。凡是修炼没有成功，气血已经衰退，还不能够合成仙丹得到正果，就借用一个年轻力壮的身体，乘他睡着的时候，同他互相调换。我曾经学过这种法术，姑且试试。"第二天，这家人忽然听妻在妾的房里说话，妾在妻的房里说话。等到她们走出门来，大家发现妻子发出来的声音是妾的，妾一开口就是妻子的声音。妾得到妻子的身体只是默坐无语，妻子换成妾身却很不甘心，纷纷扰扰争执不休，亲族谁也判断不了。事情闹到官府。官府认为此事怪异荒诞而发怒，将做丈夫的鞭打一顿，轰出门来。众人全都无可奈何。根据形体相貌，妻子实际上是妾，就没有正妻的地位，所以威风也就不能施展，最后只好妻妾分宅各居。这事情就更加奇特了。

相传曾经有个学塾的老师，趁着夏夜月光明亮，带着他的学生在河间献王祠堂外的田埂上乘凉。他一面讲《诗经》押题，声音响得像敲钟打鼓。又叫小孩子诵读《孝经》，朗读完再讲。塾师忽然抬头看见祠堂门前的两棵古柏树下，隐隐约约好像有人。走近一看，只见形状颇为奇怪，知道是神鬼。然而心中思量，在这样的献王祠前面不会有妖怪鬼魅，于是上前请问那些人的姓名，对方回答说是毛苌、贯长卿、颜芝，因为拜见献王到了这里。塾师大喜，两次叩拜请求传授经文义理，毛苌、贯长卿齐声回答："你所讲的我们刚才已经听到，都不是我等所能理解的，无从奉答。"塾师又下拜说："《诗经》义理深奥精微，难以传授像我这样极愚蠢的人。请颜先生给我讲一讲《孝经》可以吗？"颜芝转过脸去朝着祠堂门里说："刚才小孩子朗诵的《孝经》，句子漏落、次序颠倒，

全非我所传本。我亦无可着语处。”俄闻传王教曰：“门外似有人醉语，聒耳已久，可驱之去。”余谓此与爱堂先生所言学究遇冥吏事，皆博雅之士，造戏语以诟俗儒也。然亦空穴来风，桐乳来巢乎？

先姚安公性严峻，门无杂宾。一日，与一褴褛人对语，呼余兄弟与为礼，曰：“此宋曼珠曾孙，不相闻久矣，今乃见之。明季兵乱，汝曾祖年十一，流离戈马间，赖宋曼珠得存也。”乃为委曲谋生计。因戒余兄弟曰：“义所当报，不必谈因果。然因果实亦不爽。昔某公受人再生恩，富贵后，视其子孙零替，漠如陌路。后病困，方服药，恍惚见其人手授二札，皆未封。视之，则当年乞救书也。覆杯于地曰：‘吾死晚矣！’是夕卒。”

宋按察蒙泉言：某公在明为谏官，尝扶乩问寿数，仙判某年某月某日当死。计期不远，恒悒悒。届期乃无恙。后入本朝，至九列。适同僚家扶乩，前仙又降。某公叩以所判无验。又判曰：“君不死，我奈何？”某公俯仰沉思，忽命驾去。盖所判正甲申三月十九日也。

沈椒园先生为鳌峰书院山长时，见示高邑赵忠毅公旧砚，额有“东方未明之砚”六字。背有铭曰：“残月荧荧，太白睒睒，鸡三号，更五点，此时拜疏击大奄。事成，策汝功，不成，同汝贬。”盖劾魏忠贤时，用此砚草疏也。末有小字一行，题“门人王铎书”。此行遗未镌，而黑痕深入石骨，干则不见，取水濯之，则五字炳然。相传初令铎书此铭，未及镌而难作。

全然不是我所传的版本。我也不知从何讲起。”忽而听到献王传出话说：“门外好像有人喝醉了酒说话，吵闹很久了，可以赶走。”我认为这个故事和爱堂先生说的老儒生碰到阴间小吏的事一样，都是高雅有识之士编的笑话，嘲笑那些志趣不高、目光短浅的读书人。但是就像门户有缝就有风，桐叶引来鸟雀筑巢，流言蜚语也不是凭空而来的吧？

先父姚安公生性严厉，门前没有杂七杂八的宾客。一天，姚安公同一个衣衫破烂的人说话，叫我们兄弟向他行礼，说：“这是宋曼珠的曾孙，好久没有消息了，今天才见面。明末时兵荒马乱，你们的曾祖父年十一岁，在战乱中流浪，幸亏宋曼珠才活了下来。”于是想方设法替他谋求生计。并告诫我们兄弟说：“从道义上讲应当报答的，就不必谈论因果报应。但是因果实际上也不会有差错。过去某公受别人的救命大恩，富贵以后，看到恩人的子孙零落，他竟冷漠得像个陌路之人。后来某公病得很厉害，正在吃药，恍恍惚惚看到恩人亲手交给他两封信，都没有封口。一看，却是当年他写的求救信。他把杯子扣在地上说：‘我死得晚了！’这天夜里就死了。”

按察宋蒙泉说：某公在明朝时做谏官，曾扶乩向神仙求问自己的寿命，神仙判断他当死于某年某月某日。某公计算日期已经不远了，因此郁郁不乐。可是，到了那天却安然无恙。后来他归顺清朝，官至九卿。一次同僚家扶乩，当年那个神仙又降临了。他就问当年判断没有应验的原因。神仙给他的判语说：“你不死，我有什么办法？”某公仰首沉思，恍然大悟，急命备车告退。原来，神仙所判的某公死期是甲申年三月十九日。

沈椒园先生任鳌峰书院山长时，拿出高邑人赵忠毅公的一方旧砚给我看，砚额上有“东方未明之砚”六个字。砚背有铭文：“残月荧荧，太白睒睒，鸡三号，更五点，此时拜疏击大奄。事成，策汝功，不成，同汝贬。”大概在弹劾魏忠贤时，是用这块砚研磨书写奏疏。末尾有一行小字，题道“门人王铎书”。这一行字漏刻了，但黑色痕迹深入砚石，砚台干时看不见，用水一浸，这五个字就清清楚楚显出来。相传开始让王铎写这段铭文，还没来得及刻，赵忠毅便被贬了。

后在戍所，乃镌之，语工勿镌此一行。然阅一百馀年，涤之不去，其事颇奇。或曰，忠毅嫉恶严，渔洋山人笔记称，铎人品日下，书品亦日下，然则忠毅先有所见矣。削其名，摈之也；涤之不去，欲著其尝为忠毅所摈也。天地鬼神，恒于一事偶露其巧，使人知警。是或然欤！

乾隆庚午，官库失玉器，勘诸苑户。苑户常明对簿时，忽作童子声曰："玉器非所窃，人则真所杀。我即所杀之魂也。"问官大骇，移送刑部。姚安公时为江苏司郎中，与余公文仪等同鞫之。魂曰："我名二格，年十四，家在海淀，父曰李星望。前岁上元，常明引我观灯归。夜深人寂，常明戏调我，我力拒，且言归当诉诸父。常明遂以衣带勒我死，埋河岸下。父疑常明匿我，控诸巡城。送刑部，以事无左证，议别缉真凶。我魂恒随常明行，但相去四五尺，即觉炽如烈焰，不得近。后热稍减，渐近至二三尺，又渐近至尺许，昨乃都不觉热，始得附之。"又言初讯时，魂亦随至刑部，指其门乃广西司。按所言月日，果检得旧案。问其尸，云在河岸第几柳树旁。掘之亦得，尚未坏。呼其父使辨识，长恸曰："吾儿也！"以事虽幻杳，而证验皆真。且讯问时，呼常明名，则忽似梦醒，作常明语；呼二格名，则忽似昏醉，作二格语。互辩数四，始款伏。又父子絮语家事，一一分明。狱无可疑，乃以实状上闻，论如律。命下之日，魂喜甚。本卖糕为活，忽高唱"卖糕"一声，父泣曰："久不闻此，

后来赵忠毅在贬所刻了这段铭文，告诉刻工最后一行不要刻。然而过了一百多年，这一行字还没有被洗掉，这事也很奇怪。有人说赵忠毅嫉恶如仇十分严格。渔洋山人笔记中说，王铎人品日下，书品也日下，而赵忠毅已先自察觉了。不刻他的名字，就是摈弃他的意思；但他的名字仍洗不掉，是为了显示他曾为赵忠毅所摈弃。天地鬼神，常在一件事中偶然显露出机巧来，让人有所警醒。这件事也许就是这样的吧！

乾隆庚午年，官库玉器被盗，官吏逐个审查各个苑户。苑户常明受审时，忽然发出孩子的声音说："玉器没有偷，人倒是真杀了。我就是那被杀人的魂。"审问官大惊，把常明移送到刑部。姚安公这时做江苏司郎中，和余文仪公等一齐审理这个案子。鬼魂说："我叫二格，十四岁，家住海淀，父亲名叫李星望。去年正月十五，常明带我看花灯。回来时，夜深人静，常明调戏我，我全力挣扎抗拒，并说要告诉我父亲。常明就解下衣带把我勒死，埋在河岸下边。父亲怀疑常明把我藏起来了，控告到巡城御史那里。案件移送到刑部，因为找不到证据，决定另外缉拿真凶。我的灵魂常跟着常明，不过不能靠近他的身体，只要相距四五尺，就觉得他热得像火焰一般不能靠近。后来，他的热力稍微减弱了些，渐渐靠近到二三尺，又渐渐靠近到一尺左右，昨天，竟然一点儿也觉不到热，于是才能附在他身上。"鬼魂又说初次审讯时，魂也随着到了刑部，并指着广西司说就是那个门。按照鬼魂所说的日期，果然查到了原来的案卷。问鬼魂尸体在哪里，说在河岸边第几棵柳树旁边。挖开一看，果然见到了尸体，还未曾腐烂。叫他的父亲来辨认，痛哭着说："是我的儿子！"事情虽然虚幻，案子查证却都属实。讯问时，叫常明的名字，常明就好像忽然梦醒一样，说话也是常明的声调；叫二格的名字，常明又好像昏醉过去，又变成了二格的声音。就这样，两种声调互相辩论了几遍，常明一点儿一点儿服罪。另外，父子俩琐琐碎碎说家事，都条理分明。至此，本案已无可疑之处，于是向上呈报实情，依法判决。判决令下达之日，鬼魂异常高兴。二格生前以卖糕为生，这时，忽然高声吆喝一声"卖糕"，他父亲哭着说："好久没听到这样的叫卖声了，

宛然生时声也。”问：“儿当何往？”曰：“吾亦不知，且去耳。”自是再问常明，不复作二格语矣。

南皮张副使受长官河南开归道时，夜阅一谳牍，沉吟自语曰：“自到死者，刀痕当入重而出轻。今入轻出重，何也？”忽闻背后太息曰：“公尚解事。”回顾无一人。喟然曰：“甚哉，治狱之可畏也！此幸不误，安保他日之不误耶？”遂移疾而归。

先叔母高宜人之父，讳荣祉，官山西陵川令。有一旧玉马，质理不甚白洁，而血浸斑斑。斫紫檀为座承之，恒置几上。其前足本为双跪欲起之形，一日，左足忽伸出于座外。高公大骇，阖署传视，曰：“此物程朱不能格也。”一馆宾曰：“凡物岁久则为妖。得人精气多，亦能为妖。此理易明，无足怪也。”众议碎之，犹豫未决。次日，仍屈还故形。高公曰：“是真有知矣。”投炽炉中，似微有呦呦声。后无他异。然高氏自此渐式微。高宜人云，此马煅三日，裂为二段，尚及见其半身。又武清王庆垞曹氏厅柱，忽生牡丹二朵，一紫一碧，瓣中脉络如金丝，花叶葳蕤，越七八日乃萎落。其根从柱而出，纹理相连。近柱二寸许，尚是枯木，以上乃渐青。先太夫人，曹氏甥也，小时亲见之，咸曰瑞也。外祖雪峰先生曰：“物之反常者为妖，何瑞之有！”后曹氏亦式微。

先外祖母言：曹化淳死，其家以前明玉带殉。越数年，墓前恒见一白蛇。后墓为水啮，棺坏朽。改葬之日，他珍物具在，视玉带则亡矣。蛇身节节有纹，尚似带形。岂其悍鸷之魄，托玉而化欤？

和活着时一样。”问儿子：“要上哪儿去？”鬼魂回答：“我也不知道，我走了。”此后再问常明，就不能发出二格的声音了。

南皮人张受长副使做河南开归道道员时，有一天夜里看一份断案的卷宗，他沉吟着自言自语地说：“用刀割颈自杀死的，刀痕应当进去时重而拔出来时轻。这个案子却是进去时轻而拔出来时重，为什么呢？”忽然听到背后叹息一声说：“您还算明白事理。”他回头看，却并没人。他长叹了口气说：“真是不得了，审理案件真可怕啊！这次幸运不出错，怎么能够保证以后的日子不出错呢？”于是托病辞了官。

先叔母高宜人的父亲名叫高荣祉，在山西陵川做过县令。他有一尊古旧玉马，玉马的质理不很洁白，斑斑点点像血迹渗透进去。他用紫檀木为玉马做了个底座，常放在书案上。玉马的前腿本来是双跪欲起的状态，有一天忽然左腿伸出了座外。高公大惊，在整个衙署传看，说：“这种怪事恐怕连程颐、朱熹都解释不清。”一个师爷说：“大凡物件，年代久了就会兴妖作怪。得到人的精气多了也能兴妖作怪。这个道理很明白，不足为奇。”众人议论将玉马砸碎，高公一时犹豫不定。第二天，玉马左腿又屈入座内恢复了原形。高公说：“还真有知觉了。”将玉马投入火炉里，似乎隐约听到玉马“呦呦”的叫声。从此以后，没有发生任何其他怪异。但是高氏从此渐渐衰落。高宜人说，玉马在火里烧了三天，裂成两截，她还见到过烧毁的半个身子。还有，武清王庆坨曹家大厅的柱子，忽然长出两朵牡丹花，一朵紫色，一朵碧绿色，花瓣中的脉络好像金丝，花叶繁茂下垂，过了七八天才枯萎谢落。花的根从柱子里穿出来，与木柱的纹理相连。靠近柱子两寸左右的部分还是枯木，往上才渐渐泛青色。先母太夫人是曹氏的外甥女，小时亲眼见过厅柱的牡丹，当时都说是吉兆。我的外祖父雪峰先生说：“反常的东西就是妖，有什么吉祥！”后来曹氏也渐渐衰落了。

我已经去世的外祖母说：曹化淳死后，他的家人用明代的一条玉带殉葬。过了几年，他的墓前常见有一条白蛇。后来坟墓被水浸蚀，棺材朽损。改葬那天发现，其他珍贵的东西都在，而玉带却不见了。蛇的身上有一节节的花纹，像玉带的形状。难道是他凶猛暴戾的魂魄借着玉带而变化了吗？

外祖张雪峰先生，性高洁，书室中几砚精严，图史整肃。恒镉其户，必亲至乃开。院中花木翳如，莓苔绿缛。僮婢非奉使令，亦不敢轻蹈一步。舅氏健亭公，年十一二时，乘外祖他出，私往院中树下纳凉。闻室内似有人行，疑外祖已先归，屏息从窗隙窥之。见竹椅上坐一女子，靓妆如画。椅对面一大方镜，高可五尺，镜中之影，乃是一狐。惧弗敢动，窃窥所为。女子忽自见其影，急起，绕镜四周呵之，镜昏如雾。良久归坐，镜上呵迹亦渐消，再视其影，则亦一好女子矣。恐为所见，蹑足而归。后私语先姚安公。姚安公尝为诸孙讲《大学》“修身”章，举是事曰：“明镜空空，故物无遁影。然一为妖气所翳，尚失真形。况私情偏倚，先有所障者乎？”又曰：“非惟私情为障，即公心亦为障。正人君子，为小人乘其机而反激之，其固执决裂，有转致颠倒是非者。昔包孝肃之吏，阳为弄权之状，而应杖之囚，反不予杖。是亦妖气之翳镜也。故正心诚意，必先格物致知。”

有卖花老妇言：京师一宅近空圃，圃故多狐。有丽妇夜逾短垣，与邻家少年狎。惧事泄，初诡托姓名。欢昵渐洽，度不相弃，乃自冒为圃中狐女。少年悦其色，亦不疑拒。久之，忽妇家屋上掷瓦骂曰：“我居圃中久，小儿女戏抛砖石，惊动邻里，或有之，实无冶荡蛊惑事。汝奈何污我？”事乃泄。异哉，狐媚恒托于人，此妇乃托于狐。人善媚者比之狐，此狐乃贞于人。

外祖父张雪峰先生，品性高洁，书房里文房四宝齐全精巧，图书史料整齐有序。他出去时常锁着门，没有他来，谁也不准开。书房前的院子里花木茂盛，地上青苔争绿。仆人丫环们没有他的命令，谁也不敢随便踏进一步。舅舅健亭公十二三岁时，趁外祖父外出，偷偷溜到院里树下乘凉。听见书房里好像有人走动，他怀疑是外祖父回来了，于是屏息从窗缝往里看。看见竹椅上坐着一个女子，浓妆艳抹，漂亮得像画中美人一样。椅子对面有一块大镜子，大约高五尺，镜子里照出来的却是一只狐狸。健亭公害怕得不敢动，偷偷看狐狸要干什么。这女子忽然看见镜中的影像，急忙绕着镜子四周呵气，顿时，镜面上朦朦胧胧好像起了雾。好一会儿，狐狸才又坐回椅子上，镜子上的雾气慢慢消去，再看镜子里，照出的就是一个漂亮女子了。健亭公担心被发现，轻手轻脚缩了回来。后来，他暗地里告诉了姚安公。姚安公曾给几个孙子讲《大学》“修身”一章，举这件事为例说：“明镜上空空无物，所以影像无处躲藏。但是一旦被妖气所遮蔽，就失去真实的形状。何况因私心偏向，事先有所遮蔽的呢？”又说：“不但因为私心可以遮蔽，出于公心也能被蒙住眼睛。正人君子，被小人钻了空子而被激怒，如果固执专断，有可能导致颠倒是非。过去包孝肃的属吏假装弄权的样子，使本应挨打的囚犯免于挨打。这也就像妖气掩盖了镜子呵。所以要诚意诚心，正直无邪，必须先推究事物的原理而获取真知。”

有一个卖花的老妇人说：京城有一所住宅离空园子很近，园中一向有不少狐狸。有一个漂亮的女子夜里越过矮墙，同邻家小伙子偷情。怕事情败露，开始时假托姓名。后来处得越来越融洽，估计不至于被抛弃了，就自己冒称是园子里的狐女。小伙子喜欢她的美色，也不疑心拒绝。过了好久，忽然有瓦片从这个女子家的屋上掷过来，还骂着说：“我在园子里住得长久了，小儿女们戏耍抛掷砖头石块，惊动邻里，这种事情是有的，但实在是没有淫荡媚惑人的事。你为什么玷污我的名声？”事情就这样败露了。真是奇怪，狐狸精常常假冒为人，这个女子却假冒狐狸精。人们把善于诱惑人的比作狐狸精，而这个狐狸精竟然比人还要贞洁。

有游士以书画自给。在京师纳一妾，甚爱之。或遇讌会，必袖果饵以贻。妾亦甚相得。无何病革，语妾曰："吾无家，汝无归；吾无亲属，汝无依。吾以笔墨为活，吾死，汝瑟琶别抱，势也，亦理也。吾无遗债累汝，汝亦无父母兄弟掣肘。得行己志，可勿受锱铢聘金，但与纯岁时许汝祭我墓，则吾无恨矣。"妾泣受教。纳之者亦如约，又甚爱之。然妾恒郁郁忆旧恩，夜必梦故夫同枕席，睡中或妮妮呓语。夫觉之，密延术士镇以符箓。梦语止，而病渐作，驯至绵惙。临殁，以额叩枕曰："故人情重，实不能忘，君所深知，妾亦不讳。昨夜又见梦曰：'久被驱遣，今得再来。汝病如是，何不同归？'已诺之矣。能邀格外之惠，还妾尸于彼墓，当生生世世，结草衔环。不情之请，惟君图之。"语讫奄然。夫亦豪士，慨然曰："魂已往矣，留此遗蜕何为？杨越公能合乐昌之镜，吾不能合之泉下乎？"竟如所请。

此雍正甲寅、乙卯间事。余是年十一二，闻人述之，而忘其姓名。余谓再嫁，负故夫也；嫁而有贰心，负后夫也。此妇进退无据焉。何子山先生亦曰："忆而死，何如殉而死乎？"何励庵先生则曰："《春秋》责备贤者，未可以士大夫之义律儿女子。哀其遇可也，悯其志可也。"

屠者许方，尝担酒二罂夜行，倦息大树下。月明如昼，远闻呜呜声，一鬼自丛薄中出，形状可怖。乃避入树后，持担以自卫。

有一个远游在外的读书人，靠卖书画谋生。在京城娶了个妾，非常爱她。有时外出赴宴会，他一定带点儿果品什么的送给爱妾。爱妾也与他情投意合。可是没有多久，这个读书人病危，临终时对爱妾说："我没有家，你无处可去；我又没有亲属，你也没有依靠。我以笔墨为生，我死以后，你没法过活，你再嫁，这是情势所迫，也在情理之中。我没有留下债务拖累你，你也没有父母兄弟牵连阻挠。按自己的想法去做的时候，可以不接受他哪怕一点点儿的成婚聘金，只是与他约定每年到时要允许你给我上坟祭祀，这样我就没有遗憾了。"爱妾哭着答应了。后来娶这个妾的人也答应了，而且也很爱她。但是这位爱妾却常郁郁寡欢不忘旧恩，夜里总是梦见与前夫同席共枕，睡梦中有时喃喃说着梦话。后夫察觉后，暗暗请术士用符箓镇鬼。此后，爱妾不说梦话了，却又生起病来，病情越来越沉重，渐渐危及生命了。临终时，她前额叩枕说："前夫情意重，实在不能忘怀，你是知道的，为妾我从来也没有隐瞒过。昨夜又梦见他来对我说：'我被赶走很久了，今天才能再来。你病成这样，为何不跟我一道走？'我已经答应了他。如果能得到你的格外恩惠，把我的尸体葬在他墓里，我会生生世世结草衔环来报答您的大恩。这个不合情理的请求，恳望你能考虑。"说完已是气息奄奄。后夫本来就是豪爽的人，感慨地说："魂魄都已经走了，留着这个空壳又有什么用呢？杨越公能让乐昌公主夫妇团圆，我就不能使泉下有情人重结眷属吗？"最后按妾的请求料理了后事。

这是雍正甲寅、乙卯年间发生的事情。我当时十一二岁，听人讲了这件事，但忘了他们的姓名。在我看来，这个女人再嫁，是背弃了原来的丈夫；嫁了以后又有二心，是背弃了后来的丈夫。应该说她是进退无据，都不符合礼教。何子山先生也说："与其怀念故夫而死，不如当时殉节而死。"何励庵先生却说："《春秋》之义责备贤人，不能用士大夫的观念标准来要求普通女子。对于这个妾，哀伤她的遭遇是可以的，同情她的心志也是可以的。"

屠夫许方有一次挑着两坛子酒夜间赶路，走累了就在大树底下休息。这时月光亮得像白天一样，远处有"呜呜"的声音，有个鬼从草丛中出来，相貌极其可怕。许方躲在树后，手持扁担自卫。

鬼至罂前，跃舞大喜，遽开饮。尽一罂，尚欲开其第二罂，缄甫半启，已颓然倒矣。许恨甚，目视之似无他技，突举担击之，如中虚空。因连与痛击，渐纵弛委地，化浓烟一聚。恐其变幻，更箠百馀。其烟平铺地面，渐散渐开，痕如淡墨，如轻縠，渐愈散愈薄，以至于无。盖已澌灭矣。

余谓鬼，人之馀气也。气以渐而消，故《左传》称新鬼大，故鬼小。世有见鬼者，而不闻见羲、轩以上鬼，消已尽也。酒，散气者也，故医家行血发汗、开郁驱寒之药，皆治以酒。此鬼以仅存之气，而散以满罂之酒，盛阳鼓荡，蒸烁微阴，其消尽也固宜。是澌灭于醉，非澌灭于箠也。闻是事时，有戒酒者曰："鬼善幻，以酒之故，至卧而受箠。鬼本人所畏，以酒之故，反为人所困。沉湎者念哉！"有耽酒者曰："鬼虽无形而有知，犹未免乎喜怒哀乐之心。今冥然醉卧，消归乌有，反其真矣。酒中之趣，莫深于是。佛氏以涅槃为极乐，营营者恶乎知之！"庄子所谓此亦一是非，彼亦一是非欤？

献县田家牛产麟，骇而击杀。知县刘征廉收葬之，刊碑曰"见麟郊"。刘固良吏，此举何陋也！麟本仁兽，实非牛种。犊之麟而角，雷雨时蛟龙所感耳。

董文恪公未第时，馆于空宅，云常见怪异。公不信，夜篝灯以待。三更后，阴风飒然，庭户自启，有似人非人数辈，杂遝拥入。

鬼来到酒坛子前，高兴得手舞足蹈，打开盖子就喝起酒来。喝完了一坛子，还要开另一个坛子，刚开到一半，鬼便颓然倒在地上。许方恨极了，看了看鬼，好像没有别的什么能耐，就突然用扁担猛打，感觉好像打在虚空一样。他连连痛打，鬼渐渐懈怠委顿在地上，化作一团浓烟。许方怕鬼变幻，又打了一百多下。浓烟平铺在地面上，渐渐散开，如淡淡的墨迹，又像轻纱，越散越薄，终于不见了。大概是散尽了。

我认为鬼是人剩馀的气。气会一点点儿地消失，所以《左传》中说新鬼大，旧鬼小。世上有看得见的鬼，但没有听说谁见过远古伏羲、黄帝以前的鬼，那就是因为已经消失了。酒是散气的，所以医家活血、发汗、散郁结、驱寒气的药，都用酒来配。这个鬼仅存那么点儿气，却喝了满坛子的酒发散，炽盛的阳气振动鼓荡，蒸发熔化了微弱的阴气，那么他消散也是势所必然。他是被酒消灭的，而不是被扁担打得消失的。听到这件事，有个戒了酒的人说："鬼善于变幻，因为喝酒醉倒了挨打。本来是人害怕鬼，鬼喝了酒，反而被人治住了。沉湎于酒而不醒悟的人应该记住这事。"有个爱喝酒的人说："鬼虽然没有形体，但也有感知，还是未免有喜怒哀乐的情绪。如今他昏昏然地醉卧，消失不见了，这才是返回到了它的本真了。酒的意趣，没有比这更深远的了。佛家以涅槃为极乐境界，那些为生计而忙忙碌碌的人怎么能体会到呢！"这就是《庄子》中所说的各有各的是非标准吧？

献县有一户农家，养的牛生了一只麒麟，农夫害怕，把它打死了。知县刘征廉听说后把它埋了，竖了块碑，碑上写了"见麟郊"三字。刘征廉本来是人们公认的清官，但这个举动何等浅陋！麒麟本是吉祥之兽，跟牛确实不是一个品种。牛生下麒麟而且头上有角，应当是雷雨时与蛟龙感应而生下的。

董文恪公未及第时，在一所空的住宅里设学馆教书，有人说这里常会见到怪异。董公不信，夜里点着灯等待。三更以后。阴风飒飒，庭院的门户自动打开，有几个像人又不像人的怪物杂乱地拥进来。

见公大骇曰："此屋有鬼！"皆狼狈奔出。公持梃逐之，又相呼曰："鬼追至，可急走！"争逾墙去。公恒言及，自笑曰："不识何以呼我为鬼？"故城贾汉恒，时从公受经，因举《太平广记》载："野叉欲啖哥舒翰妾尸，翰方眠侧，野叉相语曰：'贵人在此，奈何？'翰自念呼我为贵人，击之当无害，遂起击之。野叉逃散。鬼、贵音近，或鬼呼先生为贵人，先生听未审也。"公笑曰："其然。"

庚午秋，买得《埤雅》一部，中折叠绿笺一片，上有诗曰："愁烟低幂朱扉双，酸风微戛玉女窗。青磷隐隐出古壁，土花蚀断黄金钉。""草根露下阴虫急，夜深悄映芙蓉立。湿萤一点过空塘，幽光照见残红泣。"末题"靓云仙子降坛诗，张凝敬录"。盖扶乩者所书。余谓此鬼诗，非仙诗也。

沧州张铉耳先生，梦中作一绝句曰："江上秋潮拍岸生，孤舟夜泊近三更。朱楼十二垂杨遍，何处吹箫伴月明？"自跋云："梦如非想，如何成诗？梦如是想，平生未到江南，何以落想至此？莫明其故，姑录存之。"桐城姚别峰，初不相识。新自江南来，晤于李锐巅家。所刻近作，乃有此诗。问其年月，则在余梦后岁馀。开箧出旧稿示之，共相骇异。世间真有不可解事，宋儒事事言理，此理从何处推求耶？

又，海阳李漱六，名承芳，余丁卯同年也。余厅事挂《渊明采菊图》，是蓝田叔画。董曲江曰："一何神似李漱六！"余审视信然。后漱六公车入都，乞此画去，云平生所作小照，都不及此。此事亦不可解。

看见董公，大惊道：“这个屋子里有鬼！”都狼狈地奔逃出去。董公拿着棍棒追逐，他们又互相呼叫着说：“鬼追来了，赶快跑！”争先恐后翻过墙头逃去。董公常常说起这事，笑着说：“不知道为什么叫我是鬼？”故城人贾汉恒，当时跟随董公学习经书，于是举《太平广记》记载的例子，说：“夜叉要想吃哥舒翰妾的尸体，哥舒翰正睡在尸体旁边，夜叉相互商量说：‘贵人在这里，怎么办？’哥舒翰心想，既然称我为贵人，打它应当没有什么害处，于是起身就打。夜叉奔逃散去。鬼和贵的发音相近，也许鬼是叫先生为贵人，先生没听清楚。”董公笑笑说：“也许是这样吧。”

乾隆庚午年秋天，我买了一部《埤雅》，书中折叠一片绿笺，上面写着两首诗：“愁烟低幂朱扉双，酸风微戛玉女窗。青磷隐隐出古壁，土花蚀断黄金釭。”“草根露下阴虫急，夜深悄映芙蓉立。湿萤一点过空塘，幽光照见残红泣。”末尾题文“靓云仙子降坛诗，张凝敬录”。大约是扶乩降神的人书写的。我认为这是鬼诗，而不是神仙诗。

沧州人张铉耳先生，说他在梦中作了一首绝句说：“江上秋潮拍岸生，孤舟夜泊近三更。朱楼十二垂杨遍，何处吹箫伴月明？”他自己写跋语说：“梦到的假如不是曾经想过的，怎么能成诗？梦到的如果是曾经想过的，那么从未到过江南，怎么会有这样的印象？不知这是什么原因，暂且记录下来存着。”他说桐城人姚别峰，我以前并不认识。他刚从江南来，在李锐巅家跟我碰面。他说新刻印的近作，其中就有这首诗。问他写作的年月，则在我做梦之后的一年多。我打开箱子拿出旧诗稿给他看，大家都感到又可怕又好奇。世上真有没法解释的事情，宋代儒生事事都讲究理，不知这个理又从哪里推求？

又有一件事，海阳人李漱六，名叫承芳，是我在乾隆丁卯年乡试的同年。我的厅堂上挂着一幅《渊明采菊图》，是蓝田叔画的。董曲江说：“画中人怎么这么像李漱六！”我仔细看，确实如此。后来李漱六进京参加会试，把这幅画要了去。说平生所作的小照，都不如这一张画。这件事也无法解释。

景城西偏，有数荒冢，将平矣。小时过之，老仆施祥指曰："是即周某子孙，以一善延三世者也。"盖前明崇祯末，河南、山东大旱蝗，草根木皮皆尽，乃以人为粮，官吏弗能禁。妇女幼孩，反接鬻于市，谓之菜人。屠者买去，如刲羊豕。周氏之祖，自东昌商贩归，至肆午餐。屠者曰："肉尽，请少待。"俄见曳二女子入厨下，呼曰："客待久，可先取一蹄来。"急出止之，闻长号一声，则一女已生断右臂，宛转地上。一女战栗无人色。见周，并哀呼，一求速死，一求救。周恻然心动，并出赀赎之。一无生理，急刺其心死；一携归，因无子，纳为妾。竟生一男，右臂有红丝，自腋下绕肩胛，宛然断臂女也。后传三世乃绝。皆言周本无子，此三世乃一善所延云。

青县农家少妇，性轻佻，随其夫操作，形影不离。恒相对嬉笑，不避忌人，或夏夜并宿瓜圃中。皆薄其冶荡。然对他人，则面如寒铁。或私挑之，必峻拒。后遇劫盗，身受七刀，犹诟詈，卒不污而死。又皆惊其贞烈。老儒刘君琢曰："此所谓质美而未学也。惟笃于夫妇，故矢死不二。惟不知礼法，故情欲之感，介于仪容；燕昵之私，形于动静。"辛彤甫先生曰："程子有言，凡避嫌者，皆中不足。此妇中无他肠，故坦然径行不自疑。此其所以能守死也。彼好立崖岸者，吾见之矣。"先姚安公曰："刘君正论，辛君有激之言也。"

景城西郊，有几座荒坟，几乎与地面一样平了。小时候路过这儿，老仆人施祥指着荒坟对我说："这儿埋的是周某的子孙，因为他做了一件善事，延嗣了三代。"那是在明代崇祯末年，河南、山东遭大旱灾，蝗虫肆虐，连草根树皮也吃光了，于是发生了人吃人的事，官吏也禁止不了。妇女儿童被反绑着到市场去卖，叫做"菜人"。屠户买去，像宰杀猪羊一样宰杀他们。周某的祖上，去东昌做生意回来，在酒店吃午饭。屠夫说："肉没有了，请稍等。"不一会儿，只见他拖着两个女子进了厨房，喊着说："客人等得久了，可以先砍个蹄膀来。"周某的祖上急忙出去制止，只听一声长嚎，一个女子的右臂已被活活砍下来，疼得在地上打滚。另一个吓得浑身颤抖，面无人色。她们看到周某的祖上，两人一起哀叫，一个求赶紧杀死自己，一个求救命。周某动了恻隐之心，就出钱把她们赎了下来。一个已经没有生存的希望了，只好急忙把她刺死；另一个带回去，因为自己没有儿子，于是收她为妾。这个妾为他生了个儿子，右臂有一条红丝，从胳肢窝绕过肩胛，活脱脱是那个断臂女。从此周氏传了三代香火。人们都说，周某的祖上命中注定本来不会有儿子，这三代人是因为做了一件大善事而延续的。

青县有个农家少妇，性情轻佻，跟随丈夫劳作，形影不离。夫妻常常相对嬉笑，打情骂俏，也不避人，有时夏天夜里还一起睡在瓜园里。村上的人都很看不起她，认为她淫荡不轨。但少妇对别的男人，却面色冰冷如铁。如果有人私下挑逗她，必定遭到严厉拒绝。后来，少妇遭遇强盗抢劫，身上挨了七刀，仍然破口大骂，终于免于强盗玷污，刚烈就死。于是村民们又都对她的忠贞刚烈感到十分惊讶。老儒刘君琢说："这就是所谓本质美好而没有接受教育。因为忠于夫妻情分，所以宁死不背弃丈夫。由于不懂礼教，所以情感欲望都流露在脸上，夫妻间的亲昵表现在言语动作上。"辛彤甫先生说："程子有句话，凡是躲避嫌疑的，都是内心有所欠缺。这个女人心里没有其他杂念，所以坦坦荡荡正大光明按自己的心愿去行动。这是她能以死守节的原因。那些道貌岸然、自高自傲的人，我见得多了。"先父姚安公说："刘先生是正统的评论，辛先生的评论稍有偏激。"

后其夫夜守豆田，独宿团焦中。忽见妇来，燕婉如平日。曰："冥官以我贞烈，判来生中乙榜，官县令。我念君，不欲往，乞辞官禄为游魂，长得随君。冥官哀我，许之矣。"夫为感泣，誓不他偶。自是昼隐夜来，几二十载。儿童或亦窥见之。此康熙末年事。姚安公能举其姓名居址，今忘矣。

献县老儒韩生，性刚正，动必遵礼，一乡推祭酒。一日，得寒疾。恍惚间，一鬼立前曰："城隍神唤。"韩念数尽当死，拒亦无益，乃随去。至一官署，神检籍曰："以姓同误矣。"杖其鬼二十，使送还。韩意不平，上请曰："人命至重，神奈何遣愦愦之鬼，致有误拘？倘不检出，不竟枉死耶？聪明正直之谓何！"神笑曰："谓汝倔强，今果然。夫天，行不能无岁差，况鬼神乎？误而即觉，是谓聪明；觉而不回护，是谓正直。汝何足以知之？念汝言行无玷，姑贷汝，后勿如是躁妄也。"霍然而苏。韩章美云。

先祖有小奴，名大月，年十三四。尝随村人罩鱼河中，得一大鱼，长几二尺。方手举以示众，鱼忽拨剌掉尾，击中左颊，仆水中。众怪其不起，试扶之，则血缕浮出。有破碗在泥中，锋铦如刃，刺其太阳穴死矣。先是其母梦是奴为人执缚俎上，屠割如羊豕，似尚有馀恨。醒而恶之，恒戒以毋与人斗。不虞乃为鱼所击。佛氏所谓夙生中负彼命耶！

后来，少妇的丈夫在夜间看守豆田，独自睡在田间临时搭成的圆形草屋里。忽然见妻子来了，像平常一样与他亲热。妻子告诉他说：“冥司因为我是贞节烈妇，判我来生中举人，做官当县令。我思念郎君，不想去，乞求辞去官禄做游魂，能长久跟随郎君。冥司官员同情我，答应了。”丈夫感动得哭了，发誓不再另娶。从此，少妇白天隐形夜晚来往，就这样过了大约有二十年。有的孩子曾经偷偷看见过这个少妇的鬼魂。这是康熙末年发生的事情，当初姚安公还能说出他们的姓名住址，可我现在却已经忘了。

献县的老儒生韩某，性情刚正，做什么事都遵守礼法，所以全乡人都推尊他主持祭祀活动。有一天，他感受风寒生了病。恍惚之间，看见一个鬼站在面前说：“城隍神召唤你。”韩某想，气运尽了就应当死，抗拒也无益，就跟着去了。到了一处官署，城隍神查验了名册，说：“因为姓一样，弄错了。”把鬼打了二十棍，叫鬼把韩某送回去。韩某心中不平，上前问道：“人命关天，神为什么派这么个糊涂鬼，以致抓错了人？倘若没查验出来，我不就冤死了么？还说什么聪明正直！”神笑道：“听说你倔强，今天一看果然不错。要知道天时的运行，各年间尚且不能没有差异，何况是鬼神呢？有错马上就能察觉，这就叫聪明；察觉了而不袒护，这就叫正直。你怎么能知道这些道理？念你言行没有过失，姑且饶恕你，以后不要再这样急躁乱来了。”韩某一下子苏醒了过来。这是韩章美说的。

先祖有个小奴仆，叫大月，年纪十三四岁。他曾经跟随村里人到河里罩鱼，捉到一条大鱼，大约二尺长。大月刚用手举起给大家看，鱼忽然“拨剌”一声调转尾巴，打中他的左面脸颊，把他扑倒在水里。大家见他躺在水里不起来，很奇怪，去扶他，却见缕缕鲜血浮出水面。原来有一块锋利的碗片嵌在泥里，刺中了他的太阳穴，死了。在这以前，他母亲梦见他被人绑在砧板上，像猪羊一样被屠宰，大月好像恨恨不已的样子。醒来后忧心忡忡，常常提醒儿子不要惹是非和别人打架。想不到还是被鱼击倒而死。这难道是佛家所说的他前辈子欠了鱼一条命吗？

刘少宗伯青垣言：有中表涉元稹《会真》之嫌者，女有孕，为母所觉。饰言夜恒有巨人来，压体甚重，面色黝黑。母曰："是必土偶为妖也。"授以彩丝，于来时阴系其足。女窃付所欢，系关帝祠周将军足上。母物色得之，挞其足几断。后复密会，忽见周将军击其腰，男女并僵卧不能起。皆曰污蔑神明之报也。夫专其利而移祸于人，其术巧矣。巧者，造物之所忌。机械万端，反而自及，天道也。神恶其崄巇，非恶其污蔑也。

扬州罗两峰，目能视鬼。曰："凡有人处皆有鬼。其横亡厉鬼，多年沉滞者，率在幽房空宅中，是不可近，近则为害。其憧憧往来之鬼，午前阳盛，多在墙阴；午后阴盛，则四散游行。可以穿壁而过，不由门户，遇人则避路，畏阳气也。是随处有之，不为害。"又曰："鬼所聚集，恒在人烟密簇处，僻地旷野，所见殊稀。喜围绕厨灶，似欲近食气。又喜入溷厕，则莫明其故，或取人迹罕到耶。"所画有《鬼趣图》，颇疑其以意造作。中有一鬼，首大于身几十倍，尤似幻妄。然闻先姚安公言：瑶泾陈公，尝夏夜挂窗卧，窗广一丈。忽一巨面窥窗，阔与窗等，不知其身在何处。急掣剑刺其左目，应手而没。对屋一老仆亦见之，云从窗下地中涌出。掘地丈馀，无所睹而止。是果有此种鬼矣。茫茫昧昧，吾乌乎质之！

奴子刘四，壬辰夏乞假归省。自御牛车载其妇。距家三四十里，夜将半，牛忽不行。妇车中惊呼曰："有一鬼，首大如瓮，

礼部侍郎刘青垣说：有一对表兄妹偷情，女方有了身孕，让母亲发现了。女子谎称夜里经常有一个巨人来，压在身上很重，面色黑黑的。母亲说："这肯定是泥塑的神像兴妖作怪。"就把彩色的丝线交给女儿，叫她等那个巨人来的时候，悄悄系在他的脚上。女儿偷偷地把彩色丝线给了她的情人，系到了关帝祠里周将军的脚上。母亲后来找到了，几乎把周将军的脚都打断了。后来这对表兄妹再度幽会，忽然见到周将军来狠狠击打他们的腰，男女一起直僵僵地躺着起不来。人们都说这是污蔑神灵的报应。自己得到了好处却嫁祸于人，手段够巧妙的了。但这种巧妙是造物主所忌恨的。机关算尽，反而算到了自己身上，这就是天道。神灵憎恨他们用心险恶，而不是厌恶他们的污蔑。

扬州人罗两峰，能看见各种鬼。他说："凡是有人的地方都有鬼。横死的厉鬼，多年逗留不去，一般大多在闲宅空屋里，人不能靠近这种鬼，靠近就要受害。那些往来游荡的鬼，因中午之前阳气旺盛，大多在墙的阴面；中午以后阴气旺盛，大多四处游荡。这些鬼可以穿墙而过，不走门户，遇见人则避开让路，因为害怕阳气。这种游荡的鬼随处都有，不害人。"他又说："鬼的聚集场所，常在人烟稠密的地方，僻地旷野，看到的鬼特别稀少。鬼喜欢围绕在厨灶旁，似乎想接近食物的气味。又喜欢进入厕所，就不明白其中的原因了，也许是因为人不大到那里去吧。"罗两峰还画有《鬼趣图》，很怀疑他是随意胡编的。图中有一个鬼，头比身体大几十倍，尤其荒唐虚幻。不过，我曾经听先父姚安公说：瑶泾人陈公，夏天夜晚挂起窗板来睡觉，窗户有一丈宽。忽然有一张大脸从窗外往里面偷看，脸和窗子一样宽大，不知身子在哪里。陈公急忙拔剑刺巨面怪物的左眼，大脸应手消失。对面窗子有一个老仆人也看见了这个巨面怪，老仆人说，巨面怪是从窗下的地里涌出来的。人们挖地掘到一丈多深，什么也没发现才罢手。由此看来，就真有这种大头鬼了。这类渺茫暗昧的事情，我怎样才能证实呢！

奴仆刘四，在乾隆壬辰年夏天请假回去探望父母。他自己赶着牛车载着妻子走。走到离父母家三四十里的时候，已经快半夜了，牛忽然不走了。妻子在车里惊叫说："有一个鬼，头大得像坛子，

在牛前。”刘四谛视，则一短黑妇人，首戴一破鸡笼，舞且呼曰“来！来！”惧而回车，则又跃在牛前呼“来！来！”如是四面旋绕，遂至鸡鸣。忽立而笑曰：“夜凉无事，借汝夫妇消闲耳，偶相戏。我去后，慎勿詈我，詈则我复来。鸡笼是前村某家物，附汝还之。”语讫，以鸡笼掷车上去。天曙抵家，夫妇并昏昏如醉。妇不久病死，刘四亦流落无人状。鬼盖乘其衰气也。

景城有刘武周墓，《献县志》亦载。按，武周山后马邑人，墓不应在是，疑为隋刘炫墓。炫，景城人。《一统志》载其墓在献县东八十里。景城距城八十七里，约略当是也。旧有狐居之，时或戏嬲醉人。里有陈双，酒徒也。闻之愤曰：“妖兽敢尔！”诣墓所，且数且詈。时耘者满野，皆见其父怒坐墓侧，双跳踉叫号。竞前呵曰：“尔何醉至此，乃詈尔父！”双凝视，果父也，大怖叩首。父径趋归。双随而哀乞，追及于村外。方伏地陈说，忽妇媪环绕，哗笑曰：“陈双何故跪拜其妻？”双仰视，又果妻也，愕而痴立。妻亦径趋归。双惘惘至家，则父与妻实未尝出。方知皆狐幻化戏之也，惭不出户者数日。闻者无不绝倒。余谓双不詈狐，何至遭狐之戏，双有自取之道焉。狐不嬲人，何至遭双之詈？狐亦有自取之道焉。颠倒纠缠，皆缘一念之妄起。故佛言一切众生，慎勿造因。

方桂，乌鲁木齐流人子也。言尝牧马山中，一马忽逸去。蹑踪往觅，隔岭闻嘶声甚厉。寻声至一幽谷，见数物，

在牛的前面。”刘四仔细一看，是一个矮黑女人，头上戴着一个破鸡笼，边舞边叫着说“来！来！”刘四惊恐地调转车头，鬼又跳到牛车前面，叫“来！来！”就这么转来转去地一直折腾到鸡叫。鬼忽然站住笑道：“夜里凉快无事可做，借你们夫妇消遣消遣，偶尔开开玩笑。我走后千万不要骂我，要是骂我的话，我还来。鸡笼是前村某某家的，请你捎带着还给他。”说完，把鸡笼扔在车上走了。天亮时到了家，夫妇两人都昏昏沉沉好像喝醉了似的。妻子不久就病死了，刘四也四处飘零没个人样。大概鬼就是趁着他们的气数将尽才作弄他们的。

刘武周的墓在景城，《献县志》也有记载。按，刘武周是太行山北马邑人，墓不应该在这里，所以景城的墓可能是隋代刘炫的。刘炫是景城人。《一统志》记载，刘武周的墓在献县东八十里处。景城离县城八十七里，估计这种说法差不多。过去墓里住着狐狸，经常戏弄醉鬼。有个乡民陈双，是个酒徒。听说后气愤道：“妖兽胆敢这样！”他到了墓地，一边数落一边骂。当时地里都是干活的人，都看见陈双的父亲怒气冲冲地坐在墓边，陈双跺脚大骂。大伙儿争相走过来呵斥他：“你怎么醉成这样，还骂你父亲！”陈双仔细一看，真的是父亲，吓得赶紧叩头。父亲没理他，往回走了。陈双跟随着哀求父亲不要走，到了村外才追上。他趴在地上说明原委，忽听一群妇女围着笑道：“陈双，为什么拜你的妻子？”陈双抬头一看，果然是妻子，他惊讶地呆呆站着。妻子也径直回去了。陈双迷迷糊糊地回了家，得知父亲和妻子二人根本没有出去过。这才知道是狐精变化了戏弄他，羞惭得好几天不出门。听到这事的人无不笑得前仰后合。我认为，陈双不骂狐狸，何至于被狐狸戏弄，陈双是自作自受。狐狸如果不戏耍人，何至于遭陈双谩骂？狐狸也是自作自受。恩怨纠纷，颠倒错乱，皆因一念之差。所以佛说，一切生灵，千万不要惹是生非、制造结怨的因由。

方桂，是流放到乌鲁木齐的一个囚犯的儿子。他说，曾经在山里牧马，一匹马忽然逃走了。他跟踪寻找，隔着山岭听到很凄厉的马嘶声。循着声音的方向，找到一个幽深的山谷，看见几个怪物，

似人似兽，周身鳞皴，斑驳如古松，发蓬蓬如羽葆，目睛突出，色纯白，如嵌二鸡卵。共按马生啮其肉。牧人多携铳自防，桂故顽劣，因升树放铳。物悉入深林去，马已半躯被啖矣。后不再见，迄不知为何物也。

芮庶子铁崖宅中一楼，有狐居其上，恒镭之。狐或夜于厨下治馔，斋中宴客，家人习见亦不讶。凡盗贼火烛，皆能代主人呵护，相安已久。后鬻宅于李学士廉衣，廉衣素不信妖妄，自往启视，则楼上三楹，洁无纤尘，中央一片如席大，藉以木板，整齐如几榻，馀无所睹。时方修筑，因并毁其楼，使无可据。亦无他异。迨甫落成，突烈焰四起，顷刻无寸椽。而邻屋枯草无一茎被爇。皆曰狐所为也。刘少宗伯青垣曰："此宅自当是日焚耳，如数不当焚，狐安敢纵火？"余谓妖魅能一一守科律，则天无雷霆之诛矣。王法禁杀人，不敢杀者多，杀人抵罪者亦时有。是固未可知也。

王少司寇兰泉言：梦午塘提学江南时，署后有高阜，恒夜见光怪。云有一雉一蛇居其上，皆岁久，能为魅。午塘少年盛气，集锸畚平之。众犹豫不举手，午塘方怒督，忽风飘片席蒙其首，急撤去，又一片蒙之，皆署中凉篷上物也。午塘觉其异，乃辍役。今尚岿然存。

像人又像野兽，全身像长了鳞片那样毛糙，斑斑驳驳像是古松，头发蓬乱，像是插满了鸟的羽毛，眼珠突出，颜色纯白，就像镶嵌着两个鸡蛋。这几个怪物一起摁住马，生吞活剥地啃马肉。放牧的人多半携带火铳防身，方桂本来就顽皮暴烈，于是爬上树放铳。那几个怪物全部逃进了茂密的森林，马的半个身体已经被吃掉了。后来没有再见到过这种怪物，所以至今不知道是什么东西。

侍讲学士芮铁崖的宅院里有一座楼房，楼上住着狐狸精，平常总是上着锁。狐精有时夜里在厨房置办菜肴，在书房里宴请宾客，家人经常见到，也不惊怪。凡是盗贼、火烛一类事，狐精都能够替主人呵禁护卫，人狐相安无事很长时间。后来芮家将宅院转卖给学士李廉衣。李学士一向不信妖邪，亲自上楼开门审看，见楼上三间屋子，都干干净净一尘不染，中央有一片席子大的地方铺着木板，整整齐齐的像是床，其他也没发现什么异常。李学士当时要修建新居，就把这座楼也拆了，使狐狸精没有落脚的地方。拆毁楼房时也没发生异常情况。到新居竣工这天，突然烈火四起，顷刻之间新居化为灰烬，连半寸椽木也没留下。而邻居屋上却连一根枯草都没被烧。人们都说这是狐精放的火。礼部侍郎刘青垣说："这座房子的命数就是该当这天被烧，如果命数不该焚烧，狐精哪敢放火呢？"我认为，如果狐精鬼魅都能够遵守戒律，那么老天就不会有用雷霆诛杀的事情了。人间王法禁止杀人，结果不敢杀人的占多数，杀人抵罪的事情也时常有。这种事情本来就说不清是什么原因。

刑部侍郎王兰泉说：梦午塘任江南提学时，衙署后面有一座高高的土丘，夜里经常见到发光的怪物。人们说土丘上住着一只野鸡和一条蛇，年岁长久，就成妖作怪了。梦午塘年轻气盛，召集众人拿了铁锹土筐，要铲平这座土丘。大伙儿犹豫着不肯动手，梦午塘正在发火督促，忽然，大风刮来一片席子蒙住他的头，他急忙拉掉席子，又飞来一片蒙在头上，这些席子都是衙署里凉篷上的东西。梦午塘觉得很反常，就停了工。如今这座土丘还巍然屹立在那里。

老仆魏哲闻其父言：顺治初，有某生者，距余家八九十里，忘其姓名，与妻先后卒。越三四年，其妾亦卒。适其家佣工人，夜行避雨，宿东岳祠廊下。若梦非梦，见某生荷校立庭前，妻妾随焉。有神衣冠类城隍，磬折对岳神语曰："某生污二人，有罪；活二命，亦有功，合相抵。"岳神咈然曰："二人畏死忍耻，尚可贷。某生活二人，正为欲污二人，但宜科罪，何云功罪相抵也？"挥之出。某生及妻妾亦随出。悸不敢语。

天曙归告家人，皆莫能解。有旧仆泣曰："异哉，竟以此事被录乎！此事惟吾父子知之，缘受恩深重，誓不敢言。今已隔两朝，始敢追述。两主母皆实非妇人也。前明天启中，魏忠贤杀裕妃，其位下宫女内监，皆密捕送东厂，死甚惨。有二内监，一曰福来，一曰双桂，亡命逃匿。缘与主人曾相识，主人方商于京师，夜投焉。主人引入密室，吾穴隙私窥。主人语二人曰：'君等声音状貌在男女之间，与常人稍异，一出必见获。若改女装，则物色不及。然两无夫之妇，寄宿人家，形迹可疑，亦必败。二君身已净，本无异妇人；肯屈意为我妻妾，则万无一失矣。'二人进退无计，沉思良久，并曲从。遂为办女饰，钳其耳，渐可受珥。并市软骨药，阴为缠足。越数月，居然两好妇矣。乃车载还家，诡言在京所娶。二人久在宫禁，并白皙温雅，无一毫男子状。又其事迥出意想外，竟无觉者。但讶其不事女红，为恃宠骄惰耳。二人感主人再生恩，故事定后亦甘心偕老。然实巧言诱胁，非哀其穷，宜司命之见谴也。"信乎，人可欺，鬼神不可欺哉！

老仆人魏哲听他父亲说：顺治朝初年，某生距离我家八九十里，忘了姓名，和妻子先后去世。过了三四年，他的妾也死了。当时他家的雇工夜里赶路避雨，借宿在东岳祠的廊庑下。在似梦非梦时，看见某生戴着枷锁站在庭前，妻妾随在身后。有个神灵，看衣冠像是城隍，恭敬地弓着腰对岳神说："某生污辱了这两个人，有罪；救了二人的性命，也有功，应该相抵。"岳神不高兴地说："这二人怕死而忍垢含耻，还可以原谅。某生救这两个人，正是为了奸污这二人，只能定罪，怎么能说功罪相抵呢？"挥手把城隍神打发了出去。某生和妻妾也随后出去了。雇工害怕，不敢吱声。

雇工天亮之后回去告诉了家人，大家都不明白是怎么回事。某生过去的仆人哭道："真是怪事，他竟然因为这件事被记录了罪孽么！这事只有我们父子知道，因为受恩深重，发誓不说。如今已经隔了两朝，才敢说说以前的事。两位主母实际上都不是女人。在明代天启年间，魏忠贤杀死裕妃，裕妃的宫女太监，都被秘密逮捕送到东厂，都死得很惨。有两个太监，一个叫福来，一个叫双桂，改名换姓逃亡躲藏。因为他们与我主人是旧相识，而主人正在京城经商，就夜里投奔来了。主人把两人带进密室，我从门缝往里偷看。听见主人对他们说：'你们的声音相貌，不男不女，和别人不大一样，一出去肯定会被抓住。如果改换女装，就认不出来了。但是两个没有丈夫的女人寄住在别人家里，形迹可疑，也一定会败露。两位已经净了身，和女人也没什么两样了；如果肯委屈当我的妻妾，就万无一失了。'二人进退不得，沉思了好久，都只好曲从。主人于是为他们采买女人饰物，扎了耳朵眼，渐渐可以挂耳环了。还买来软骨药，悄悄为他们缠脚。过了几个月，居然变成两个漂亮的妇人。于是主人用车载二人回家，撒谎说在京城娶的。这二人久在宫禁之中，都皮肤白皙、举止温雅，没有一点儿男子的样子。这件事又远出乎人们的意料，竟然没有人察觉。只是奇怪两个人都不做女红，以为是仗着宠娇懒惰罢了。二人感怀主人的活命之恩，所以在魏忠贤死后，仍然甘心与主人在一起过到老。主人实际上是花言巧语引诱胁迫他们就范的，并不是同情他们无处投奔，所以岳神惩罚他也是应该的。"可见，人可以欺骗，鬼神不可欺骗啊！

乾隆己卯，余典山西乡试，有二卷皆中式矣。一定四十八名，填草榜时，同考官万泉吕令瀶，误收其卷于衣箱，竟觅不可得。一定五十三名，填草榜时，阴风灭烛者三四，易他卷乃已。揭榜后，拆视弥封，失卷者范学敷，灭烛者李腾蛟也。颇疑二生有阴谴。然庚辰乡试，二生皆中式。范仍四十八名，李于辛丑成进士。乃知科名有命，先一年亦不可得，彼营营者何为耶？即求而得之，亦必其命所应有，虽不求亦得也。

先姚安公言：雍正庚戌会试，与雄县汤孝廉同号舍。汤夜半忽见披发女鬼，搴帘手裂其卷，如蛱蝶乱飞。汤素刚正，亦不恐怖，坐而问之曰："前生吾不知，今生则实无害人事。汝胡为来者？"鬼愕眙却立曰："君非四十七号耶？"曰："吾四十九号。"盖前有二空舍，鬼除之未数也。谛视良久，作礼谢罪而去。斯须间，四十七号喧呼某甲中恶矣。此鬼殊愦愦，此君可谓无妄之灾。幸其心无愧怍，故仓卒间敢与诘辩，仅裂一卷耳，否亦殆哉。

顾员外德懋，自言为东岳冥官，余弗深信也。然其言则有理。曩在裘文达公家，尝谓余曰："冥司重贞妇，而亦有差等：或以儿女之爱，或以田宅之丰，有所系恋而弗去者，下也；不免情欲之萌，而能以礼义自克者，次也；心如枯井，波澜不生，富贵亦不睹，饥寒亦不知，利害亦不计者，斯为上矣。如是者千百不得一，得一则鬼神为起敬。一日，喧传节妇至，冥王改容，冥官皆振衣伫迓。见一老妇儽然来，

乾隆己卯年，我主持山西的乡试，有两份卷子都考试合格了。一个定在第四十八名，填写草榜时，分房阅卷的考官万泉县令吕湉，把他的卷子错收在衣箱里，怎么也找不到。一个定在第五十三名，填写草榜时，不知哪来的冷风吹灭蜡烛三四次，换了别的卷子才罢。榜揭晓以后，拆封查看，卷子找不到的叫范学敷，填草榜时风吹灭蜡烛的那张卷子的考生叫李腾蛟。于是疑心这两个考生有缺德之事，所以冥冥之中受到了惩罚。但是乾隆庚辰年乡试，这两个考生都取中了。范学敷仍旧是第四十八名；李腾蛟在乾隆辛丑年成为进士。这才知道科举功名是有命数的，早一年也不可得，那些忙忙碌碌钻营追逐的人为了什么呢？就是追求而得到了，其实也必然是命里所应该有的，即便不去追求也会得到的。

先父姚安公说：雍正庚戌年会试，他与雄县人汤孝廉同在一个号舍。汤孝廉半夜忽见一个披发女鬼，掀开帘子用手撕碎他的试卷，试卷碎片像蝴蝶一样乱飞。汤孝廉一向刚正，也不害怕，坐起来问她说："前生我不知道，今生我确实没做害人的事。你为什么来的？"女鬼惊愕地望着汤孝廉，后退两步问："你不是四十七号吗？"汤孝廉回答："我这是四十九号。"原来前面有两间空的号舍，女鬼除去没有数。她仔细地看了好久，才施礼向汤孝廉谢罪后退走。不一会儿，四十七号舍那边吵吵嚷嚷，说某甲中了邪。这个女鬼也太糊涂了，汤孝廉可谓是无妄之灾。幸好他心中无愧，也不害怕，慌乱的时候敢于和鬼争辩，只撕碎了一张卷子罢了，否则也就危险了。

员外顾德懋自己说他是东岳的冥官，我不怎么相信。但他说的话却有些道理。以前在裘文达公家，他对我说："地府里很看重贞妇烈女，但也分等级：或因儿女之情，或因公婆家田产丰厚，有所留恋而不改嫁的，为下等；情欲有所萌动而能以礼义克制自己的，是中等；心如枯井，感情不生波澜，不向往富贵，饥饿寒冷也无所谓，也不计较利害的，这是上等。这样的在千百个人中也找不到一个，如果是这样的人，鬼神也起敬。有一天，闹嚷嚷传说节妇到了，阎王脸色严肃，阴官们都抖抖衣服站起来迎接。只见一位老妇人很疲惫地走来，

其行步步渐高，如蹑阶级。比到，则竟从殿脊上过，莫知所适。冥王怃然曰：‘此已升天，不在吾鬼箓中矣。’”又曰：“贤臣亦三等：畏法度者为下；爱名节者为次；乃心王室，但知国计民生，不知祸福毁誉者为上。”又曰：“冥司恶躁竞，谓种种恶业，从此而生，故多困踬之，使得不偿失。人心愈巧，则鬼神之机亦愈巧。然不甚重隐逸，谓天地生才，原期于世事有补。人人为巢、许，则至今洪水横流，并挂瓢饮犊之地，亦不可得矣。”又曰：“阴律如《春秋》责备贤者，而与人为善。君子偏执害事，亦录以为过；小人有一事利人，亦必予以小善报。世人未明此义，故多疑因果或爽耳。”

内阁学士永公，讳宁，婴疾，颇委顿。延医诊视，未遽愈。改延一医，索前医所用药帖，弗得。公以为小婢误置他处，责使搜索，云不得，且笞汝。方倚枕憩息，恍惚有人跪灯下曰：“公勿笞婢，此药帖小人所藏。小人即公为臬司时平反得生之囚也。”问：“藏药帖何意？”曰：“医家同类皆相忌，务改前医之方，以见所长。公所服药不误，特初试一剂，力尚未至耳。使后医见方，必相反以立异，则公殆矣。所以小人阴窃之。”公方昏闷，亦未思及其为鬼。稍顷始悟，悚然汗下。乃称前方已失，不复记忆，请后医别疏方。视所用药，则仍前医方也。因连进数剂，病霍然如失。公镇乌鲁木齐日，亲为余言之，曰：“此鬼可谓谙悉世情矣。”

她好像脚下踩着台阶，步步登高。等到了阎王殿，竟从殿顶上走过去，不知要去哪儿。阎王惊愕地说：'这个人已经升天，不在我们鬼界的名录中了。'"顾德懋又说："贤臣也分三等：害怕法度的是下等；爱惜名声气节的是中等；忠心于朝廷，只知国计民生大事，不计较祸福毁誉的为上等。"他还说："地府厌恶为追求名利而竞争，认为种种罪孽都是因此而产生的，所以往往让这种人不顺利，叫他得不偿失。人心越是奸诈，鬼神的安排也就越是巧妙。但是地府不怎么看重隐士，认为天地造才，本来是希望这种人对世事有所补益。如果人人都去当巢父、许由，那么至今这世界仍然是洪水泛滥，连挂瓢的树、让牛犊饮水的地方也不会有了。"又说："阴间的法度像《春秋》求全责备贤者一样，但是强调善意帮助别人。君子由于片面固执妨害了什么事情，会作为过失被记录下来；小人做一件有利于别人的事，也一定会用小的好处来报答他的善行。世上的人不明白这个道理，所以往往怀疑因果报应也许有误。"

内阁学士永宁公被病困扰，很是憔悴萎靡。请医生诊治，状况也没有立即改善。又请了一个医生，这个医生要看前面那位医生开的药方，没有找到。永公以为小丫鬟放错了地方，叫她仔细找找，还威胁她说如果找不到，就要鞭打。永公靠着枕头休息，恍恍惚惚看到有个人跪在灯下，说："您不要打她，药方是小人藏起来的。小人就是您任按察使时平反救过命的囚犯。"永公问："你藏药方为了什么？"回答说："医家都是同行相妒，他一定要改前一个医生的药方，显示自己高明。您服的药没错，只是刚服一剂，药力还没发挥出来。若是让后面请的这个医生见了药方，他一定会用相反的药，以标新立异，那您就危险了。所以，小人暗暗偷了药方。"永公昏昏沉沉也没想到对方是鬼。过了一会儿才猛然醒悟过来，惊出一身冷汗。于是他说前一个医生的药方已经丢失，记不起了，请后一个医生另开药方。看这个医生所用的药，与前面的一样。于是连服了几剂，病很快好了。永公在镇守乌鲁木齐时，亲自给我讲了这事，说："这个鬼真可以说熟悉人情世故啊。"

族叔棨庵言：肃宁有塾师，讲程朱之学。一日，有游僧乞食于塾外，木鱼琅琅，自辰逮午不肯息。塾师厌之，自出叱使去，且曰："尔本异端，愚民或受尔惑耳。此地皆圣贤之徒，尔何必作妄想？"僧作礼曰："佛之流而募衣食，犹儒之流而求富贵也，同一失其本来，先生何必定相苦？"塾师怒，自击以夏楚。僧振衣起曰："太恶作剧。"遗布囊于地而去。意必复来，暮竟不至。扪之，所贮皆散钱。诸弟子欲探取。塾师曰："俟其久而不来，再为计。然须数明，庶不争。"甫启囊，则群蜂坌涌，螫师弟面目尽肿。号呼扑救，邻里咸惊问。僧忽排闼入曰："圣贤乃谋匿人财耶？"提囊径行。临出，合掌向塾师曰："异端偶触忤圣贤，幸见恕。"观者粲然。或曰："幻术也。"或曰："塾师好辟佛，见僧辄诋，僧故置蜂于囊以戏之。"棨庵曰："此事余目击，如先置多蜂于囊，必有蠕动之状见于囊外，尔时殊未睹也。云幻术者为差近。"

朱青雷言：有避仇窜匿深山者，时月白风清，见一鬼徙倚白杨下，伏不敢起。鬼忽见之，曰："君何不出？"栗而答曰："吾畏君。"鬼曰："至可畏者莫若人，鬼何畏焉？使君颠沛至此者，人耶鬼耶？"一笑而隐。余谓此青雷有激之寓言也。

都察院库中有巨蟒，时或夜出。余官总宪时，凡两见。其蟠迹着尘处，约广二寸馀，计其身当横径五寸。壁无罅，门亦无罅，窗棂阔不及二寸，不识何以出入。大抵物久则能化形，狐魅能由窗隙往来，其本形亦非窗隙所容也。堂吏云：其出应休咎，殊无验，神其说耳。

堂叔桑庵说：肃宁有一个学塾的老师，讲程朱理学。一天，有个游方和尚在学塾外面要饭，木鱼声琅琅，从早晨敲到中午不肯停息。塾师讨厌他这样，亲自出去呵叱，让他走，并且说：“你本来就是异端，愚民有时受你的迷惑也就罢了。这里都是圣贤的信徒，你何必起非分的念头呢？”和尚行礼说：“佛家募化衣食，就像儒家追求富贵，同样都是失去它的本来性质，先生何必一定要跟我过不去呢？”塾师发怒，拿着责罚学童的戒尺来打和尚。和尚抖抖衣服说：“真是太不像样了。”把布袋遗落在地上走了。塾师料想他必定再来，但等到晚上竟然还不到。隔着摸了一摸，布袋里装的都是零散的钱。几个弟子要想伸进手去取，塾师说：“等他真的不来再说。但要数数清楚，免得争闹。”刚打开袋子，群蜂喷涌而出，老师和弟子都被螫得面目全肿。号叫扑救，邻居都吃惊地前来问怎么了。和尚忽然推门进来说：“圣贤也谋划着藏匿别人的钱财吗？”提起布袋子径自走了。临出门，合掌对塾师说：“异端偶尔触犯了圣贤，请原谅。”围观的人都笑了。有人说：“这是幻术。”也有人说：“塾师喜欢辟佛，看见和尚就辱骂，所以和尚把蜂虫放在袋子里来戏弄他。”堂叔桑庵说：“这件事是我亲眼所见，如果先放许多蜂虫在袋里，必然有蠕动的样子，在布袋的外面可以看到，当时的确是不曾看见。说它是幻术比较接近。”

朱青雷说：有个人，为了躲避仇家，逃到了深山里，当时，月明风清，他看见一个鬼白杨树下来来回回走，吓得伏在地上不敢起来。鬼忽然发现了他，问道：“你怎么不出来？”他颤抖着回答：“我害怕你。”鬼说：“最可怕的就是人了，鬼有什么可怕的呢？让你颠沛流离逃窜到此地的，是人还是鬼呢？”说完一笑就不见了。我认为这是朱青雷有感而发编造的寓言。

都察院的库房里有一条巨大的蟒蛇，有时在夜里出来。我任都察院左都御史时，见过两次。蟒蛇盘绕在地面尘土上留下的印记，大约宽二寸多，估计蟒身直径有五寸。墙没有缝隙，门也没有缝隙，窗棂之间也不过二寸宽，不知蟒是怎么出入的。大概动物活得时间长了就能变化形迹，狐狸精魅能从窗缝之中往来，它本来的形体也不是窗缝所能容下的。都察院办事的官员说：它的出没与吉凶相应的事，从来没有应验，这不过是故弄玄虚的说法而已。

幽明异路，人所能治者，鬼神不必更治之，示不渎也。幽明一理，人所不及治者，鬼神或亦代治之，示不测也。戈太仆仙舟言："有奴子尝醉寝城隍神案上，神拘去笞二十。"两股青痕斑斑，太仆目见之。

杜生村，距余家十八里。有贪富室之贿，鬻其养媳为妾者。其媳虽未成婚，然与夫聚已数年，义不再适。度事不可止，乃密约同逃。翁姑觉而追之。二人夜抵余村土神祠，无可栖止，相抱泣。忽祠内语曰："追者且至，可匿神案下。"俄庙祝踉跄醉归，横卧门外。翁姑追至，问踪迹。庙祝呓语应曰："是小男女二人耶？年约若干，衣履若何，向某路去矣。"翁姑急循所指路往。二人因得免，乞食至媳之父母家。父母欲讼官，乃得不鬻。尔时祠中无一人。庙祝曰："吾初不知是事，亦不记作是语。"盖皆土神之灵也。

乾隆庚子，京师杨梅竹斜街火，所毁殆百楹。有破屋岿然独存，四面颓垣，齐如界画，乃寡媳守病姑不去也。此所谓"孝悌之至，通于神明"。

于氏，肃宁旧族也。魏忠贤窃柄时，视王侯将相如土苴。顾以生长肃宁，耳濡目染，望于氏如王谢，为侄求婚，非得于氏女不可。适于氏少子赴乡试，乃置酒强邀至家面与议。于生念许之则祸在后日，不许则祸在目前，猝不能决。托言父在难自专。忠贤曰："此易耳。君速作札，我能即致太翁也。"

阴间阳间是不同的路数，人能够处置的，鬼神不必要去管，以表示敬重人。阴间阳间同一准则，人处置不到的，鬼神有可能代为处置，以显示不测的天机。太仆寺卿戈仙舟说：“有个奴仆醉卧在城隍庙的神案上，被神捉去打了二十大板。”这个人两条大腿伤痕累累，戈仙舟曾亲眼看到过。

杜生村，距离我家十八里。村子里有贪图富家钱财的人，打算把他家的童养媳卖给富人做妾。那个童养媳虽然没有成婚，但是同未婚夫已经一起生活了几年，决不想再嫁别人。她估计事情不可能挽回，于是暗暗约定未婚夫一起逃走。公婆发觉，随后追赶。二人夜里跑到我这个村上的土神祠，无处安身，相抱着哭泣。忽然祠内有说话的声音道：“追的人快到了，你们可以躲在神桌下面。”不一会儿管香火的庙祝喝酒喝得醉醺醺踉踉跄跄回来，横躺在门外。公婆追到，向庙祝打听两个人的踪迹，庙祝含含糊糊像说梦话一样答道：“是两个小男女吗？年纪大约多少，衣服鞋子又是什么什么样，向某条路上去了。”公婆急忙沿着他指的路追去。二人因此没有被发现，一路要饭到了童养媳的父母家。父母要告官，童养媳才不至于被卖掉。当时土神祠里没有一个人，庙祝说：“我起初不知道这件事，也不记得说过什么话。”大概都是土地神显灵了。

乾隆庚子年，京城杨梅竹斜街发生火灾，烧毁了将近一百间房屋。有间破屋却岿然独存，破屋周围都是被烧过的断墙残壁，四边齐整好像有谁给画了一道界线隔开了大火，是因为这间破屋里有个寡媳，守护着生病的婆母不肯离去。这就是人们传说的“极为孝悌的人，能够感动神灵”。

于氏是肃宁的旧家大族。魏忠贤窃弄权柄时，把王侯将相们都看成是粪土。但他生长在肃宁，耳闻目染，把于氏看得像晋代的王谢大族一样，为侄子求婚，非娶于氏的女儿不可。恰好于家的小儿子参加乡试，他置办了酒席，强把于生请到家里面议。于生心里盘算，如果答应了，大祸就在以后，如果不答应，大祸就在眼前，仓促间决定不下来。就找借口说父亲在，不敢擅自做主。魏忠贤说：“这容易。你赶快写封信，我能马上送到你父亲那里。”

是夕，于翁梦其亡父，督课如平日，命以二题：一为“孔子曰诺”，一为“归洁其身而已矣”。方搆思，忽叩门惊醒。得子书，恍然顿悟。因复书许姻，而附言病颇棘，促子速归。肃宁去京四百馀里，比信返，天甫微明，演剧犹未散。于生匆匆束装，途中官吏迎候者已供帐相属。抵家后，父子俱称疾不出。是岁为天启甲子。越三载而忠贤败，竟免于难。事定后，于翁坐小车，遍游郊外，曰：“吾三载杜门，仅博得此日看花饮酒，岌乎危哉！”

于生濒行时，忠贤授以小像曰：“先使新妇识我面。”于氏与余家为表戚，余儿时尚见此轴。貌修伟而秀削，面白色隐赤，两颧微露，颊微狭，目光如醉，卧蚕以上，赭石薄晕如微肿。衣绯红。座旁几上，露列金印九。

杜林镇土神祠道士，梦土神语曰：“此地繁剧，吾失于呵护，致疫鬼误入孝子节妇家，损伤童稚。今镌秩去矣。新神性严重，汝善事之，恐不似我姑容也。”谓春梦无凭，殊不介意。越数日，醉卧神座旁，得寒疾几殆。

景州戈太守桐园，官朔平时，有幕客夜中睡醒，明月满窗，见一女子在几侧坐。大怖，呼家奴。女子摇手曰：“吾居此久矣，君不见耳。今偶避不及，何惊骇乃尔？”幕客呼益急。女子哂曰：“果欲祸君，奴岂能救？”拂衣遽起，如微风之振窗纸，穿棂而逝。

颍州吴明经跃鸣言：其乡老儒林生，端人也。尝读书神庙中，庙故宏阔，僦居者多。林生性孤峭，率不相闻问。

这天晚上，于翁梦见死去的父亲，还像以前那样给他上课，出了两个题：一是“孔子说可行”，一是“回家独善其身就行了”。他正在构思，忽然被叩门声惊醒。得到儿子的信，他恍然大悟。于是复信许婚，而附言说自己病得很重，叫儿子赶快回来。肃宁离京城四百多里地，等回信送到，天色刚亮，演的戏还没有散场。于生匆匆地准备行装出发，一路上，都有官吏中途迎候，已经为他准备了赶路所需的一应物品。到家之后，于氏父子都宣称有病，不露面了。这一年是天启甲子年。过了三年，魏忠贤垮台败亡，于氏竟免于受牵连。时局稳定下来后，于翁坐着小车，在郊外到处游玩，说：“我三年闭门不出，只换来今天这样看花喝酒，真是危险呵！”

于生临离开京城时，魏忠贤交给他一幅小像，说：“先叫新娘认认我。”于氏和我家是表亲，我在小时候曾经见过这幅小像。魏忠贤身材高大而瘦削，脸色白里透红，两边颧骨微微凸起，脸颊稍窄，眼光好像喝醉了酒，眼轮以上的部分，有赭石般淡淡的晕，好像微微肿着。衣服是绯红色的。座旁的几案上，摆列着九颗金印。

杜林镇土地庙一个道士，梦见土地神告诉他说：“此地事务繁重之极，我呵禁护卫不周，让传播瘟疫的恶鬼误入孝子节妇家，伤害了孩子。现在我被削职要调走了。新上任的土地神性格严肃，你要好好侍奉，恐怕他不像我这么姑息宽容了。”道士只当作是一场春梦没什么根据，没放在心上。几天后，他醉卧在神座旁，就得了寒热病，差点儿死掉。

景州戈桐园太守在朔平做官时，有个师爷夜里醒来，这时明月满窗，看见一个女子坐在小桌旁。吓坏了，呼唤家奴。女子摇手说：“我住在这里很久了，你没有见到罢了。今天偶然来不及回避，何必吓成这样？”师爷喊得更急了。女子嘲笑道：“果真要想害你，奴仆救得了么？”说完一抖衣服站了起来，就像微风吹动窗纸，穿过窗棂不见了。

颍州人明经吴跃鸣说：他的同乡老儒林生，是品行端正的人。林生曾借住在神庙里读书，庙宇很宽阔，租住的人也很多。林生性情孤僻，与庙里其他人一概不来往。

一日，夜半不寐，散步月下，忽一客来叙寒温。林生方寂寞，因邀入室共谈，甚有理致。

偶及因果之事。林生曰：“圣贤之为善，皆无所为而为者也。有所为而为，其事虽合天理，其心已纯乎人欲矣。故佛氏福田之说，君子弗道也。”

客曰：“先生之言，粹然儒者之言也。然用以律己则可，用以律人则不可；用以律君子犹可，用以律天下之人则断不可。圣人之立教，欲人为善而已。其不能为者，则诱掖以成之；不肯为者，则驱策以迫之。于是乎刑赏生焉。能因慕赏而为善，圣人但与其善，必不责其为求赏而然也；能因畏刑而为善，圣人亦与其善，必不责其为避刑而然也。苟以刑赏使之循天理，而又责慕赏畏刑之为人欲，是不激劝于刑赏，谓之不善；激劝于刑赏，又谓之不善，人且无所措手足矣。况慕赏避刑，既谓之人欲，而又激劝以刑赏，人且谓圣人实以人欲导民矣，有是理欤？盖天下上智少而凡民多，故圣人之刑赏，为中人以下设教。佛氏之因果，亦为中人以下说法。儒释之宗旨虽殊，至其教人为善，则意归一辙。先生执董子谋利计功之说，以驳佛氏之因果，将并圣人之刑赏而驳之乎？先生徒见缁流诱人布施，谓之行善，谓可得福；见愚民持斋烧香，谓之行善，谓可得福；不如是者，谓之不行善，谓必获罪。遂谓佛氏因果，适以惑众。而不知佛氏所谓善恶，与儒无异；所谓善恶之报，亦与儒无异也。”

一天半夜，林生睡不着，在月下散步，忽然有一位客人来跟他寒暄。林生正感到寂寞，就邀请客人进屋闲谈，客人讲话很有义理情致。

偶然谈到因果报应的事情。林生说：“圣贤做善事，都是无所求而做成的。如果为了功利目的去做，即使所做的事情合乎天理，他的用心也就纯粹是为了人欲了。所以佛家的所谓福田之说，君子是不赞成的。”

客人说：“先生的这种说法，纯粹是读书人的看法。用来要求自己是可以的，用来要求别人就不行；用来要求君子可以，用来要求普天下的人则断然行不通。圣人设置教化措施，无非是要人做善事而已。不能做善事的人，就诱导扶持他去做；不肯做善事的人，就用驱赶鞭策迫使他去做。于是也就产生了刑罚和赏赐。对于为了赏赐而做善事的人，圣人只肯定他是善人，必定不会责怪他为了求赏才做善事；对于能因为害怕刑罚而做善事的人，圣人也承认他是善人，必定不会追究他因为害怕刑罚才做善事。如果用刑赏手段驱使人们遵循天理，却又指责人们喜赏畏刑是出于某种欲望，那么人们遵从刑赏会被说成是不善，不遵从刑赏也会被说成是不善，人们也就手足无措，不知怎么做了。况且，既然把喜赏畏刑称为人欲，而又使用刑赏手段，人们将会说圣人实际上是以人欲来诱导百姓，有这个道理吗？因为普天之下大智大慧的少，凡人多，所以圣人的刑赏，其实是在为中等以下的人设置的。佛家的因果论，也是在为中等以下的人说法。佛家儒家的宗旨虽然不同，但在教人为善这一点上，意思完全一致。先生用董仲舒的谋利计功观点来批驳佛家的因果理论，是要连圣人的刑赏主张一同批驳吗？先生只见僧人诱人布施钱财，说这就是行善，可以得福；不布施，就是不行善，看到愚民持斋烧香，说这是行善，可以得福；不这样做就是不行善，必定有罪。由此就误以为佛家的因果理论，完全是欺惑民众的。你并没有了解到佛家所说的善恶与儒家没有区别；佛家所说的善恶报应也与儒家没有差异。”

林生意不谓然，尚欲更申己意。俯仰之顷，天已将曙。客起欲去，固挽留之。忽挺然不动，乃庙中一泥塑判官。

族祖雷阳公言：昔有遇冥吏者，问："命皆前定，然乎？"曰："然。然特穷通寿夭之数，若唐小说所称预知食料，乃术士射覆法耳。如人人琐记此等事，虽大地为架，不能庋此簿籍矣。"问："定数可移乎？"曰："可。大善则移，大恶则移。"问："孰定之？孰移之？"曰："其人自定自移，鬼神无权也。"问："果报何有验有不验？"曰："人世善恶论一生，祸福亦论一生。冥司则善恶兼前生，祸福兼后生，故若或爽也。"问："果报何以不同？"曰："此皆各因其本命。以人事譬之，同一迁官，尚书迁一级则宰相，典史迁一级，不过主簿耳。同一镌秩，有加级者抵，无加级，则竟镌矣。故事同而报或异也。"问："何不使人先知？"曰："势不可也。先知之，则人事息，诸葛武侯为多事，唐六臣为知命矣。"问："何以又使人偶知？"曰："不偶示之，则恃无鬼神而人心肆，暧昧难知之处，将无不为矣。"先姚安公尝述之曰："此或雷阳所论，托诸冥吏也。然揆之以理，谅亦不过如斯。"

先姚安公有仆，貌谨厚而最有心计。一日，乘主人急需，饰词邀勒，得赢数十金。其妇亦悻悻自好，若不可犯，而阴有外遇。久欲与所欢逃，苦无资斧。既得此金，即盗之同遁。越十馀日捕获，夫妇之奸乃并败。余兄弟甚快之。姚安公曰："此事何巧相牵引，一至于斯！殆有鬼神颠倒其间也。夫鬼神之

林生对客人的这套论述不以为然，还想进一步申述自己的见解。正相互探讨，不知不觉天快亮了。客人起身想走，林生执意挽留。客人忽然挺直不动了，林生仔细一看，这个客人原来是庙里的一尊泥塑判官。

族祖雷阳公说：过去有一个人遇见了鬼吏，问："命运都是前生注定的，是么？"鬼吏说："是。不过前生注定的仅仅是困顿发达、寿命长短这些大事，至于像唐代小说中所说的预知人吃什么，那是术士猜谜的玩艺儿。如果把每个人的这种琐事也都记录下来，那么即使以大地为书架，也放不下那么多籍册。"这个人问："定数能变么？"鬼吏说："能变。大善能变，大恶能变。"这人问："谁来定？谁来变？"鬼吏说："是本人自己定、自己变，鬼神没有这个权力。"这人问："报应怎么有的灵验有的不灵验？"鬼吏说："人间以一生论善或恶，祸福也以一生来论定。在地府论善或恶，则兼顾前生，论祸或福，则兼顾后生，所以有时就像是报应有差误。"这个人问："报应为什么不一样？"鬼吏说："这是因为每人的本命不同而不同。比如说人事，同样是升官，尚书升一级就当了宰相，典史升一级，不过是个主簿。同样是降级，如果和加级的相比，那么不加级，就等于降级了。所以事情相同而报应有时不同。"这人问："定数为什么不叫人先知道？"鬼吏说："情况不允许这样。如果让人都事先知道自己的命运，人间就没有什么事了，那么诸葛亮就成了多事的人，唐末的六个佞臣就成了知天命的人了。"这人问："为什么又叫人偶尔知道一些？"鬼吏说："不偶尔予以指示，那么有人就会觉得没有鬼神而肆无忌惮，背着人就无所不为了。"先父姚安公曾评述说："这可能是雷阳公的看法，而假托鬼吏说出来。然而以理来衡量，想必也是这么回事。"

先父姚安公有个仆人，外表厚道老实，实际最有心计。一天，他趁主人急着要办成事，夸大其辞巧言勒索了几十两银子。他的妻子也整天洋洋得意自视甚高，一副凛然不可侵犯的样子，暗地里却有外遇。早有跟相好私奔的想法，苦于没有路费。家里有了这笔钱，两人偷了银子逃走了。十多天后，两人被抓获，夫妇二人的坏事败露。我们兄弟觉得很痛快。姚安公说："两事互相牵连，怎么这么巧！可能有鬼神在里面起作用。鬼神让事情

颠倒，岂徒博人一快哉！凡以示戒云尔。故遇此种事，当生警惕心，不可生欢喜心。甲与乙为友，甲居下口，乙居泊镇，相距三十里。乙妻以事过甲家，甲醉以酒而留之宿。乙心知之，不能言也，反致谢焉。甲妻渡河覆舟，随急流至乙门前，为人所拯。乙识而扶归，亦醉以酒而留之宿。甲心知之，不能言也，亦反致谢焉。其邻媪阴知之，合掌诵佛曰：'有是哉，吾知惧矣。'其子方佐人诬讼，急自往呼之归。汝曹如此媪可也。"

四川毛公振翧，任河间同知时，言其乡人有薄暮山行者，避雨入一废祠，已先有一人坐檐下。谛视，乃其亡叔也，惊骇欲避。其叔急止之曰："因有事告汝，故此相待。不祸汝，汝勿怖也。我殁之后，汝叔母失汝祖母欢，恒非理见箠挞。汝叔母虽顺受不辞，然心怀怨毒，于无人处窃诅詈。吾在阴曹为伍伯，见土神牒报者数矣。凭汝寄语，戒其悛改。如不知悔，恐不免魂堕泥犁也。"语讫而灭。乡人归，告其叔母，虽坚讳无有，然悚然变色，如不自容。知鬼语非诬矣。

毛公又言：有人夜行，遇一人，状似里胥，锁絷一囚，坐树下。因并坐暂息。囚啜泣不止，里胥鞭之。此人意不忍，从旁劝止。里胥曰："此桀黠之魁，生平所播弄倾轧者，不啻数百。冥司判七世受豕身，吾押之往生也。君何悯焉！"此人栗然而起，二鬼亦一时灭迹。

转换，难道就是为了让人开开心么！这都是向人示警。所以遇到这种事应当生警惕心，不应该只生欢喜心。甲和乙是朋友，甲住下口，乙住泊镇，相距三十里。乙的妻子有事到甲家，甲把她灌醉了留她住了一夜。乙知道了却说不出口，反而向甲表示谢意。甲的妻子渡河翻了船，被急流冲到乙的门前，被人救上岸后。乙认出是甲妻，扶回家，也用酒灌醉她留下住了一夜。甲心里知道也说不出口，也反而表示谢意。邻居老太太暗中知道了这件事，合掌念经道：'有这种事啊，太可怕了。'她的儿子正帮人作伪证打官司，她急忙亲自赶过去把儿子叫了回来。你们能做到老太太这一步，就可以了。"

四川毛振翧公担任河间府同知时，说他的家乡有个人傍晚在山间赶路，到一座废弃的祠庙避雨，发现已经先有一个人坐在屋檐下面。仔细一看，竟然是他已经去世的叔父，吓得想要躲避。他的叔父急忙止住他说："因为有事情告诉你，所以在这里等你。不会害你，你不要怕。我死了之后，你的叔母不讨你祖母的欢心，经常无缘无故地挨打。你的叔母虽然顺从忍受不说什么，但是心里怀着怨恨，在没有人的地方偷偷地咒骂。我在阴曹地府做差役，看到土地神行文通报多次了。要请你传话，劝她悔改。如果不知道悔悟，恐怕死后不免要堕入地狱。"说完就消失了。乡人回来告诉他的叔母，她虽然一口咬定说没有，但是惊慌得变了脸色，好像无地自容。可知鬼的话不是乱说的。

毛公又说：有人夜间赶路，遇到一个里长模样的人，押着一个身戴锁链的囚徒，坐在树下休息。这个人累了，也就坐在他们旁边休息一会儿。囚徒悲泣不止，里长还用鞭子抽他。这人心中不忍，便从旁劝说里长。里长说："这人最是凶狠狡猾，一生中被他耍弄倾轧的人，不下几百。冥司判他七世做猪，我这是押着他去转生。你何必怜悯他！"这个人吓得战栗着急忙起身，两个鬼也一下子消失不见了。

卷三 滦阳消夏录三

俞提督金鳌言：尝夜行辟展戈壁中，戈壁者，碎沙乱石不生水草之地，即瀚海也。遥见一物，似人非人，其高几一丈，追之甚急。弯弧中其胸，踣而复起。再射之始仆。就视，乃一大蝎虎。竟能人立而行，异哉。

昌吉叛乱之时，捕获逆党，皆戮于迪化城西树林中，迪化即乌鲁木齐，今建为州。树林绵亘数十里，俗称之树窝。时戊子八月也。后林中有黑气数团，往来倏忽，夜行者遇之辄迷。余谓此凶悖之魄，聚为妖厉，犹蛇虺虽死，馀毒尚染于草木，不足怪也。凡阴邪之气，遇阳刚之气则消。遣数军士于月夜伏铳击之，应手散灭。

乌鲁木齐关帝祠有马，市贾所施以供神者也。尝自啮草山林中，不归皂枥。每至朔望祭神，必昧爽先立祠门外，屹如泥塑。所立之地，不失尺寸。遇月小建，其来亦不失期。祭毕，仍莫知所往。余谓道士先引至祠外，神其说耳。庚寅二月朔，余到祠稍早，实见其由雪碛缓步而来，弭耳竟立祠门外。雪中绝无人迹，是亦奇矣。

提督俞金鳌说：他曾经在辟展的戈壁中夜间赶路，戈壁，是碎沙乱石不生水草的地方，就是瀚海。远远地望见一物，像人却不是人，身高将近一丈，追赶他追得很急。俞提督弯弓射中它的胸部，它倒下去后又爬了起来。射中第二箭它才趴下不动了。靠近一看，是一只大蝎虎。它竟然能像人一样直立行走，真是怪事。

昌吉叛乱的时候，被抓住的那些叛乱兵士，都杀死在迪化城西面的树林子里，迪化，就是乌鲁木齐，现今建为州。树林连绵不绝，俗称为“树窝”。那是乾隆戊子年八月的事。后来林中有几团黑气，速度很快地来来回回移动，夜间赶路的碰上就迷路。我认为这是凶恶悖逆的魂魄聚集而成为凶险怪异之气，就像是毒蛇虽然死了，馀毒还沾染在草木上一样，没有什么好奇怪的。凡是阴邪之气，遇到阳刚之气就消散了。我派遣了几个军士在有月亮的夜里埋伏，用火枪射击黑气，黑气应声而散了。

乌鲁木齐关帝祠有一匹马，是市场上的商人布施给祠里供神的。这匹马自己到山林里吃草，而不回马厩。每当初一、十五祭神，黎明前马必定先回到祠门前，屹立着像泥塑一样。每次都站在一个地方，尺寸都不差。遇到小的月份，它也没有错过初一、十五这两个日子。祭神完毕，又不知到哪儿去了。我认为是道士在祭神前把马牵到了祠门外，故意神化那种说法而已。乾隆庚寅年二月初一，我到关帝祠稍微早了些，真的看见那匹马踏着残雪缓步而来，垂下耳朵站在祠门外。雪上绝对没有人的脚印，这也够奇怪的了。

淮镇在献县东五十五里处，即《金史》所谓槐家镇也。有马氏者，家忽见变异，夜中或抛掷瓦石，或鬼声呜呜，或无人处突火出。嬲岁馀不止，祷禳亦无验。乃买宅迁居，有赁居者嬲如故，不久亦他徙。是以无人敢再问。有老儒不信其事，以贱价得之。卜日迁居，竟寂然无他。颇谓其德能胜妖。既而有猾盗登门与诟争，始知宅之变异，皆老儒贿盗夜为之，非真魅也。先姚安公曰："魅亦不过变幻耳。老儒之变幻如是，即谓之真魅可矣。"

己卯七月，姚安公在苑家口，遇一僧，合掌作礼曰："相别七十三年矣，相见不一斋乎？"适旅舍所卖皆素食，因与共饭。问其年，解囊出一度牒，乃前明成化二年所给。问："师传此几代矣？"遽收之囊中，曰："公疑我，我不必再言。"食未毕而去，竟莫测其真伪。尝举以戒昀曰："士大夫好奇，往往为此辈所累。即真仙真佛，吾宁交臂失之。"

余家假山上有小楼，狐居之五十馀年矣。人不上，狐亦不下，但时见窗扉无风自启闭耳。楼之北曰绿意轩，老树阴森，是夏日纳凉处。戊辰七月，忽夜中闻琴声棋声。奴子奔告姚安公。公知狐所为，了不介意，但顾奴子曰："固胜于汝辈饮博。"次日，告昀曰："海客无心，则白鸥可狎。相安已久，惟宜以不闻不见处之。"至今亦绝无他异。

淮镇在献县城东五十五里处，也就是《金史》所说的槐家镇。镇上有户姓马的人家，家中忽然出现怪事，夜里有时抛砖掷瓦，有时鬼叫呜呜，有时在没有人的地方突然冒出火来。这样闹了一年多还没停息，请术士祈祷消灾也不见应验。于是马家在别处买了房子搬走了，有人租住马家这所宅院，仍然照样不得安宁，不久也搬走了。从此，没人再敢来住。有位老儒说不信会有这等怪事，用很便宜的价钱买下了马家宅院。他选了个好日子搬进去，竟然安安静静，没有发生任何异常。很多人都说老儒德高望重，能够镇住妖魅。不久，有个狡猾的盗贼登门与老儒争吵，人们才知道马家宅的各种怪事，都是老儒买通盗贼在夜里干的，并不是真的有什么妖魅。先父姚安公说："鬼魅也不过是善于变幻罢了。老儒能使出这种变幻莫测的手段，说他是真正的妖魅也没有什么不可以。"

乾隆己卯年七月，姚安公在苑家口，遇到一个和尚，和尚合掌行礼说："相别已有七十三年了，相见不请我吃一顿斋饭么？"恰好旅舍卖的都是素食，于是便和他一起吃饭。姚安公问和尚多大年纪了，和尚解开行囊拿出一份度牒，这份度牒是明代成化二年签发的。姚安公问："传到这儿一共有多少代呢？"和尚马上把度牒收进行囊中，说："你怀疑我，我不必再说了。"饭没有吃完就走了，到底不知这个和尚的真假。姚安公曾经用这件事来告诫我说："士大夫们好奇，往往被这一类人牵连。即便是真仙、真佛，我宁可当面错过。"

我家假山上有一座小楼，狐精居住在里面五十多年了。人不上去，狐精也不下来，只是没有风的日子里时常见到窗户能自己打开关上。楼的北面叫绿意轩，老树绿荫森森，是夏天乘凉的好地方。乾隆戊辰年七月，一天夜里忽然听到琴声棋声。僮仆跑来告诉姚安公。姚安公知道是狐精干的，毫不介意，只是对僮仆说："本来就胜过你们饮酒赌博。"第二天，姚安公告诉我说："海上客如果无意捉海鸥，就可以和它们一起玩了。我们和狐精平安相处已经很久了，对它还是视而不见、听而不闻比较合适。"到现在也一点儿没有别的变异。

丁亥春，余携家至京师。因虎坊桥旧宅未赎，权住钱香树先生空宅中。云楼上亦有狐居，但扃锁杂物，人不轻上。余戏粘一诗于壁曰："草草移家偶遇君，一楼上下且平分。耽诗自是书生癖，彻夜吟哦莫厌闻。"一日，姬人启锁取物，急呼怪事。余走视之，则地板尘上，满画荷花，茎叶苕亭，具有笔致。因以纸笔置几上，又粘一诗于壁曰："仙人果是好楼居，文采风流我不如。新得吴笺三十幅，可能一一画芙蕖？"越数日启视，竟不举笔。以告裘文达公，公笑曰："钱香树家狐，固应稍雅。"

河间冯树楠，粗通笔札，落拓京师十馀年。每遇机缘，辄无成就；干祈于人，率口惠而实不至。穷愁抑郁，因祈梦于吕仙祠。夜梦一人语之曰："尔无恨人情薄，此因缘尔所自造也。尔过去生中，喜以虚词博长者名。遇有善事，心知必不能举也，必再三怂恿，使人感尔之赞成；遇有恶人，心知必不可贷也，必再三申雪，使人感尔之拯救。虽于人无所损益，然恩皆归尔，怨必归人，机巧已为太甚。且尔所赞成拯救，皆尔身在局外，他人任其利害者也。其事稍稍涉于尔，则退避惟恐不速，坐视其人之焚溺，虽一举手之力，亦惮烦不为。此心尚可问乎？由是思维，人于尔貌合而情疏，外关切而心漠视，宜乎不宜？鬼神之责人，一二行事之失，犹可以善抵；至罪在心术，则为阴律所不容。今生已矣，勉修未来可也。"后果寒饿以终。

乾隆丁亥年春天，我带着家眷来到京城。因为虎坊桥的旧宅没有赎回，暂且住在钱香树先生的一座空房子里。听说这座楼上也有狐狸，只是里面锁着杂物，一般人轻易不上去。我开玩笑在墙上贴了一首诗："草草移家偶遇君，一楼上下且平分。耽诗自是书生癖，彻夜吟哦厌莫闻。"一天，侍妾上楼开锁拿东西，大喊出了怪事。我跑去看，只见地上尽是尘土，画满了荷花，枝叶茎干亭亭玉立，很有功底。于是，我把纸笔放在几案上，又在墙上贴了一首诗："仙人果是好楼居，文采风流我不如。新得吴笺三十幅，可能一一画芙蕖？"几天后开门查看，纸笔竟然原封不动。我把这事告诉了裘文达公，裘公笑着说："钱香树家的狐狸，本来就稍稍文雅些。"

河间人冯树楠，粗通文墨，在京都穷困潦倒十几年。每当遇到机会来的时候，总是不能成功；向人请求帮助，那些人也都是满口答应却没有真心帮忙的。他生活穷困，精神抑郁，就到吕洞宾祠去祈求神仙梦中指点。夜里梦见一个人对他说："你不要怨恨世上人情薄，这其中的因缘是你自己造成的。你的前生，喜欢用虚词空话来博取忠厚长者的名声。遇到好事，心里明明知道肯定不能办成，也一定再三怂恿，让人感激你的赞成倡导；遇到坏人，心里明明知道肯定不可能被宽恕，却再三帮他申辩表白，让人感激你的拯救。这样做虽然对别人没有什么好处或坏处，但是人情恩惠都归你，怨恨必定归于别人，投机取巧已经做得太过分。况且你的赞成或拯救，你都是局外人，任凭别人承担事情的利害。事情稍稍涉及你，你就唯恐来不及退避，你眼看着别人处在水深火热之中，哪怕是举手之劳，你也怕麻烦而不做。你这种心机还好意思来问吗？由此看来，别人对你表面上亲热而实际上疏远，表面上关心而心里漠然视之，你说应该不应该？鬼神对人的要求是，如果是一两件事的过失，还可以用善行相抵；但如果心术不正，则为阴间法令所不容。你今生已经无望，勉力修行未来就可以了。"后来冯树楠果然冻饿而死。

史松涛先生，讳茂，华州人。官至太常寺卿，与先姚安公为契友。余十四五时，忆其与先姚安公谈一事曰：某公尝箠杀一干仆，后附一痴婢，与某公辩曰："奴舞弊当死，然主人杀奴，奴实不甘。主人高爵厚禄，不过于奴之受恩乎？卖官鬻爵，积金至巨万，不过于奴之受赂乎？某事某事，颠倒是非，出入生死，不过于奴之窃弄权柄乎？主人可负国，奈何责奴负主人？主人杀奴，奴实不甘。"某公怒而击之仆，犹呜呜不已。后某公亦不令终。因叹曰："吾曹断断不至是。然旅进旅退，坐食俸钱，而每责僮婢不事事，毋乃亦腹诽矣乎！"

束城李某，以贩枣往来于邻县，私诱居停主人少妇归。比至家，其妻先已偕人逃。自诧曰："幸携此妇来，不然，鳏矣。"人计其妻迁贿之期，正当此妇乘垣后日。适相报，尚不悟耶！既而此妇不乐居农家，复随一少年遁，始茫然自失。后其夫踪迹至束城，欲讼李。李以妇已他去，无佐证，坚不承。纠纷间，闻里有扶乩者，众曰："盍质于仙？"仙判一诗曰："鸳鸯梦好两欢娱，记否罗敷自有夫。今日相逢须一笑，分明依样画壶卢。"其夫默然径返。两邑接壤，有知其事者曰："此妇初亦其夫诱来者也。"

满媪，余弟乳母也。有女曰荔姐，嫁为近村民家妻。一日，闻母病，不及待婿同行，遽狼狈而来。时已入夜，缺月微明，顾见一人追之急。度是强暴，而旷野无可呼救。乃隐身古冢白杨下，纳簪珥怀中，解绦系颈，披发吐舌，瞪目直视以待。

史松涛先生名字叫茂，是华州人。官做到太常寺卿，和我的先父姚安公是好朋友。记得我在十四五岁时，他与先父姚安公谈到一件事：某公曾打死了一个很能干的仆人，后来这个仆人附魂在一个傻傻的婢女身上，和某公辩论道："我营私舞弊该当死罪，但是你杀我，我心中实在很不平。主人得到高官厚禄，所受恩惠不是超过了我么？主人卖官卖爵，积聚了上万的钱财，所得赃款不也超过了我么？主人在某件事某件事上，颠倒是非，草菅人命，玩弄权术不是更甚于我么？主人可以负国，为什么责备奴仆我辜负主人？主人杀我，我心中实在不平。"某公发怒，把婢女打倒了，她嘴里仍然嘟囔不停。后来某公也不得善终。于是史松涛先生叹道："我们断断不至于这样。但是同进同退随大流，坐享俸禄，却常常责备僮仆婢女不好好干活，他们岂不是口中不言，心里也要不满吗？"

束城的李某因为贩枣经常在邻县往来，偷偷把房东家的年轻媳妇拐了回来。等他到家，他妻子已经先一步跟人跑了。李某自惊自吓地说："幸亏带了这个女人回来，不然就是光棍了。"人们算了一下，他妻子私奔的时候，正是这个女人跟李某走的第二天。这恰恰是对李某的报应，他却还不醒悟啊！后来这个女人不愿住在农家，又跟一个年轻人跑了，李某这才茫茫然感觉吃了亏。后来，这个女人原先的丈夫跟踪到束城，要告李某。李某坚决不承认，因为女人跑了，没留下证据。正吵闹着，听说村里有个术士能请乩仙，大家说："何不问问乩仙？"乩仙写了首判诗："鸳鸯梦好两欢娱，记否罗敷自有夫。今日相逢须一笑，分明依样画葫芦。"那个女人的丈夫一声不吭走了。因为是两县交界，有知道内情的人说："这个女人起初也是她丈夫引诱来的。"

满媪，是我弟弟的奶妈。她有一个女儿，名叫荔姐，嫁到附近村民家。一天，荔姐听说母亲有病，来不及等丈夫一道走，就匆匆赶来探望。当时已经入夜，借着残月微明，只见一个人在后面急急追来。荔姐猜到是强横的暴徒，但在空旷的野地里，喊不到人可以相救。于是就闪身躲到古墓旁的白杨树下，把发簪和耳饰藏进怀里，解下丝带系在颈上，披散了头发，吐出舌头，直愣愣地瞪着眼睛等着。

其人将近，反招之坐。及逼视，知为缢鬼，惊仆不起。荔姐竟狂奔得免。比入门，举家大骇，徐问得实，且怒且笑，方议向邻里追问。次日，喧传某家少年遇鬼中恶，其鬼今尚随之，已发狂谵语。后医药符箓皆无验，竟颠痫终身。此或由恐怖之馀，邪魅乘机而中之，未可知也。或一切幻象，由心而造，未可知也。或明神殛恶，阴夺其魄，亦未可知也。然均可为狂且戒。

制府唐公执玉，尝勘一杀人案，狱具矣。一夜秉烛独坐，忽微闻泣声，似渐近窗户。命小婢出视，噭然而仆。公自启帘，则一鬼浴血跪阶下。厉声叱之，稽颡曰："杀我者某，县官乃误坐某。仇不雪，目不瞑也。"公曰："知之矣。"鬼乃去。翌日，自提讯。众供死者衣履，与所见合。信益坚，竟如鬼言改坐某。问官申辩百端，终以为南山可移，此案不动。其幕友疑有他故，微叩公。始具言始末，亦无如之何。

一夕，幕友请见，曰："鬼从何来？"曰："自至阶下。""鬼从何去？"曰："欻然越墙去。"幕友曰："凡鬼有形而无质，去当奄然而隐，不当越墙。"因即越墙处寻视，虽甃瓦不裂，而新雨之后，数重屋上皆隐隐有泥迹，直至外垣而下。指以示公曰："此必囚贿捷盗所为也。"公沉思恍然，仍从原谳。讳其事，亦不复深求。

那人追得近了，荔姐反倒招呼他来坐。那人走到荔姐身旁一看，发现是个吊死鬼，吓得倒地不起。荔姐就趁机狂奔逃脱。一进门，全家大惊，慢慢地询问，得知实情，又怒又笑，正在商议要向邻里打听追查。第二天，人们纷纷传说某家少年遇鬼中了邪，那个鬼现在还跟着他，已经发狂胡言乱语。后来求医问药、画符驱鬼，都没有效验，竟终身得了癫痫病。这也许是受了惊吓之后，妖邪鬼魅趁机制住了他，就不得而知了。也许他所见到的一切幻象，都是他臆想出来的，也不得而知了。可能是明察的神想要诛杀恶人，暗中夺去了他的魂魄，这也不得而知了。但这些都可以作为那些浮浪子弟的鉴戒。

制府唐执玉公审查一件杀人案，已经定案。这天夜里他独自点灯坐在屋里，忽然隐隐约约听到哭泣声，好像渐渐临近窗户。他叫小婢女出去看看，小婢女出去，惊叫了一声倒在地上。唐公掀开帘子，看见一个浑身是血的鬼跪在台阶下。唐公厉声呵斥它，鬼叩头道："杀我的人是某甲，县官却误判是某乙。这个仇报不了，死也不能瞑目。"唐公说："知道了。"鬼离去了。第二天，唐公亲自提审。证人们提供死者的衣服鞋子等物，与昨夜所见的相符。唐公更加相信了，竟然按鬼所说的改判某甲为凶手。原审案官百般申辩，唐公坚持认为南山可以移动，但这个案子不能改。师爷怀疑有别的原因，婉转地向唐公探询。他才说了见鬼之事，师爷也拿不出什么主意来。

一天晚上，师爷来见唐公，问："鬼从哪儿来的？"唐公说："他自己来到台阶下面。"师爷问："鬼往哪儿去了？"唐公说："他倏然越墙而去。"师爷说："凡是鬼，都只有形影而没有肉体，离去时应该是突然消失，而不应该越墙。"随即到鬼越墙的地方查看，虽然屋瓦没有碎裂的，但因为刚下过雨，几处屋顶上都隐隐约约有泥脚印，泥脚印一直顺着外墙而去。师爷指着泥脚印说："这一定是囚犯买通了有功夫的盗贼干的。"唐公沉思了一会儿恍然大悟，仍改回原判。他不愿意再提这件事，也没有再追究。

景城南有破寺，四无居人，惟一僧携二弟子司香火，皆蠢蠢如村佣，见人不能为礼。然谲诈殊甚，阴市松脂炼为末，夜以纸卷燃火撒空中，焰光四射。望见趋问，则师弟键户酣寝，皆曰不知。又阴市戏场佛衣，作菩萨罗汉形，月夜或立屋脊，或隐映寺门树下。望见趋问，亦云无睹。或举所见语之，则合掌曰："佛在西天，到此破落寺院何为？官司方禁白莲教，与公无仇，何必造此语祸我？"人益信为佛示现，檀施日多。然寺日颓敝，不肯葺一瓦一椽。曰："此方人喜作蜚语，每言此寺多怪异。再一庄严，惑众者益借口矣。"积十馀年，渐致富。忽盗瞰其室，师弟并拷死，罄其赀去。官检所遗囊箧，得松脂戏衣之类，始悟其奸。此前明崇祯末事。先高祖厚斋公曰："此僧以不蛊惑为蛊惑，亦至巧矣。然蛊惑所得，适以自戕。虽谓之至拙可也。"

有书生嬖一娈童，相爱如夫妇。童病将殁，凄恋万状，气已绝，犹手把书生腕，擘之乃开。后梦寐见之，灯月下见之，渐至白昼亦见之。相去恒七八尺，问之不语，呼之不前，即之则却退。缘是惘惘成心疾，符箓劾治无验。其父姑令借榻丛林，冀鬼不敢入佛地。至则见如故。

一老僧曰："种种魔障，皆起于心。果此童耶？是心所招；非此童耶？是心所幻。但空尔心，一切俱灭矣。"又一老僧曰："师对下等人说上等法，渠无定力，心安得空？正如但说病证，不疏药物耳。"

景城南边有座破寺庙，周围无人居住，只有一个和尚带着两个弟子管香火，都蠢笨得像是乡下的佣工，见人行个礼都不会。但他们却十分狡诈，暗暗买来松脂，碾成粉末，夜里用纸卷起来点燃，撒向空中，于是火花光亮四射。见到火焰的人都来询问，而师徒三人却插着门睡得正酣，都说不知道。他们又暗地里买来唱戏用的佛徒服装，扮作菩萨、罗汉，在月夜或是站在屋脊上，或是在寺庙门前的树下若隐若现。看见过的人来问他们见过没有，也说没看见。有人告诉他们，师徒三人便合掌说："佛在西天，来这个破庙做什么？官府正在查禁白莲教，我们与你无怨无仇，何必造谣害我们？"人们从此更加认为是真佛现身，所以施舍的人越来越多。但是寺庙一天比一天破败，和尚们却不肯整修。他们说："这儿的人爱捕风捉影，常说这庙里多怪异。若再整修得庄重严正，这些人更有借口了。"十多年的时间，师徒三人靠施舍渐渐发了财。忽然被强盗发现了他们的私藏，打死了师徒三人，抢走了所有的钱财。官府检视剩馀下来的箱子，发现了松脂、戏装等物，人们这才想明白和尚们的阴谋。这是明代崇祯末年的事。我的高祖厚斋公说："这几个和尚表面老实，骗人的手法也够巧妙的了。骗来的钱财正好用来残害自己。若说他们蠢到了极点，也未尝不可。"

有书生宠爱一个娈童，相爱如同夫妇一般。娈童得病将死，临终前对书生万般留恋哀婉，已经气绝了，还紧紧握着书生手腕不肯放，使了很大的劲儿才掰开。后来书生夜里梦到他，灯前月下也能见到他，渐渐连白天也能见到。和他相距七八尺远，问他不说话，叫他也不向前，走过去就向后退。书生因此恍恍惚惚成了心病，请人作法画符也无效应。他的父亲只好叫他在寺庙里暂住，以为鬼魂不敢进入佛地。可是到了那里病情还是老样子。

有个老僧说道："种种魔障，皆起于自心。果然有这个男童吗？那是你心招来的；其实你见到的不是这个孩子吧？那不过是心想的幻影。只要排除一切杂念，你就不会看到他了。"另一个老僧说道："法师对下等人说上等法，他没有定力，心里怎么空得下来？您好比只说病症，可是没有开出对症的药物啊。"

因语生曰："邪念纠结，如草生根；当如物在孔中，出之以楔，楔满孔则物自出。尔当思维，此童殁后，其身渐至僵冷，渐至洪胀，渐至臭秽，渐至腐溃，渐至尸虫蠕动，渐至脏腑碎裂，血肉狼藉，作种种色。其面目渐至变貌，渐至变色，渐至变相如罗刹，则恐怖之念生矣。再思维此童如在，日长一日，渐至壮伟，无复媚态，渐至鬑鬑有须，渐至修髯如戟，渐至面苍黧，渐至发斑白，渐至两鬓如雪，渐至头童齿豁，渐至伛偻劳嗽，涕泪涎沫，秽不可近，则厌弃之念生矣。再思维此童先死，故我念彼；倘我先死，彼貌姣好，定有人诱，利饵势胁，彼未必守贞如寡女。一旦引去，荐彼枕席，我在生时对我种种淫语，种种淫态，俱回向是人，恣其娱乐；从前种种昵爱，如浮云散灭，都无馀滓，则愤恚之念生矣。再思维此童如在，或恃宠跋扈，使我不堪，偶相触忤，反面诟谇；或我财不赡，不餍所求，顿生异心，形色索漠；或彼见富贵，弃我他往，与我相遇如陌路人，则怨恨之念生矣。以是诸念起伏生灭于心中，则心无馀间。心无馀间，则一切爱根欲根无处容着，一切魔障不祛自退矣。"

生如所教，数日或见或不见，又数日竟灭迹。病起往访，则寺中无是二僧。或曰古佛现化，或曰十方常住，来往如云，萍水偶逢，已飞锡他往云。

这个僧人接着对书生说道："邪念纠缠盘结在一起，像草生了根一样；好比有东西在孔洞里，要取这东西一定要用楔子顶，楔子顶满了孔洞，东西自然就出来了。你现在想啊，这个男童死后，他的身体渐渐僵硬冰冷，渐渐膨胀肿大，渐渐腐臭污秽，渐渐腐败溃烂，渐渐尸虫蠕动，渐渐脏腑迸裂，血肉杂乱不堪，什么颜色都有。他的相貌渐渐变成另一种样子，渐渐变色，渐渐变得相貌如同恶鬼罗刹，你就会觉得恐怖。再想啊，这个娈童如果活着，一天天长大，渐渐魁梧，不再有娇媚的姿态，渐渐长出胡须了，渐渐胡须像剑戟一样刺人，渐渐面色灰黑苍老，渐渐白发斑斑，渐渐两鬓如雪，渐渐头秃齿落，渐渐腰背佝偻了，吭吭咳嗽，鼻涕眼泪，流涎吐沫，肮脏得不可接近，这时候你就会有厌弃的念头。再进一步想想，这个孩子先死，所以我想他；倘若我先死，他面貌姣好，一定有人勾引他，以至于威逼利诱，他未必能像寡妇贞女那样为我守节。被人勾引上床，在我活着时对我说过的种种淫亵话语，对我做过的种种淫荡姿态，全部照样说给别人听、做给别人看，纵情放恣娱乐；从前我与他的种种恩爱，都像浮云散去，了无踪迹，这样想你就会开始心生愤恨。再进一步想，这个孩子如果活着不死，也许倚仗宠爱，骄横任性，让我不能忍受，偶尔不合他的心意，立刻翻脸争执诟骂；也许我的财物不能满足他的要求，顿生离异之心，对我脸色冷漠；也许他见别人富贵，就抛弃我走掉了，再和我相遇，形同陌路，这样想你就会心生怨恨。这样的种种念头在心中起起伏伏生生灭灭，那么心里就没有空闲的地方了。心里没有多馀的空闲，那么一切爱欲就无处容纳，一切邪念不去驱除就自行退却了。"

书生接受了老僧的教诲，在此后的几天里，有时见到那个娈童，有时见不到，又过了几天，就再也见不到娈童的踪迹了。书生病愈后到寺里想去拜访那两位僧人，寺里却并没有这两个人。有人说这是古佛显胜，有人说是外地来的游方和尚，来往如云，偶尔萍水相逢，又云游到别处去了。

先太夫人乳媪廖氏言：沧州马落坡，有妇以卖面为业，得馀面以养姑。贫不能畜驴，恒自转磨，夜夜彻四鼓。姑殁后，上墓归，遇二少女于路，迎而笑曰："同住二十馀年，颇相识否？"妇错愕不知所对。二女曰："嫂勿讶，我姊妹皆狐也。感嫂孝心，每夜助嫂转磨。不意为上帝所嘉，缘是功行，得证正果。今嫂养姑事毕，我姊妹亦登仙去矣。敬来道别，并谢提携也。"言讫，其去如风，转瞬已不见。妇归，再转其磨，则力几不胜，非宿昔之旋运自如矣。

乌鲁木齐，译言好围场也。余在是地时，有笔帖式名乌鲁木齐。计其命名之日，在平定西域前二十馀年。自言初生时，父梦其祖语曰："尔所生子，当名乌鲁木齐。"并指画其字以示。觉而不省为何语；然梦甚了了，姑以名之。不意今果至此，意将终此乎？后迁印房主事，果卒于官。计其自从征至卒，始终未尝离是地。事皆前定，岂不信夫！

乌鲁木齐又言：有厮养曰巴拉，从征时，遇贼每力战。后流矢贯左颊，镞出于右耳之后，犹奋力斫一贼，与之俱仆。后因事至孤穆第，在乌鲁木齐、特纳格尔之间。梦巴拉拜谒。衣冠修整，颇不类贱役。梦中忘其已死，问："向在何处，今将何往？"对曰："因差遣过此，偶遇主人，一展积恋耳。"问："何以得官？"曰："忠孝节义，上帝所重。凡为国捐生者，虽下至仆隶，生前苟无过恶，幽冥必与一职事；原有过恶者，亦消除前罪，向人道转生。奴今为博克达山神部将，秩如骁骑校也。"

先太夫人的奶妈廖氏说：沧州的马落坡有个妇人以卖面粉为生，用赚来的面粉奉养婆婆。因家贫养不起驴，总是自己推磨磨面，每天夜里都要磨到四更天。婆母死后，妇人去上坟，回来的路上，遇到两位少女，少女迎着她笑说："我们和你一起住了二十多年，我们很熟悉了吧？"妇人十分惊讶，不知怎样回答。二女说："请嫂子不要惊讶，我们姊妹俩都是狐女。被嫂子的孝心感动，每天夜里帮嫂子推磨。没想到受到了上帝称赞，因为这个功德，成了正果。如今嫂子已对婆母尽完孝道，我姊妹俩也要登入仙界了。我们恭敬地前来道别，并且感谢你的提携之恩。"说完，像一阵风，转眼间就不见了。妇人回家后再去推磨，觉得重了许多，几乎推不动，再也不像以前那样运转自如了。

乌鲁木齐，翻译成汉语就是好围场的意思。我在这个地方时，有个笔帖式，名叫乌鲁木齐。算起来起这个名字时，是在平定西域前二十多年。他说他刚出生时，父亲梦见祖父对他说："你的儿子，应该叫乌鲁木齐。"并用指头画出这几个字给他父亲看。他父亲醒来后不明白这几个字的意思；但是梦境却记得清清楚楚，就姑且给儿子起了这个名。不料他今天果然到了乌鲁木齐，我想难道他要终老在此地吗？乌鲁木齐后来升任印房主事，果然死在官职上。自从他从军来这儿一直到死去，始终也没离开过这儿。事情都是前定的，难道不是真的么！

乌鲁木齐又说：有个杂役叫巴拉，从军出征时，每次遇到敌人都奋力作战。后来一次战斗中，流矢穿过他的左颊，箭头从右耳后透出来，他还奋力砍中一个敌人，两人一起倒下了。后来乌鲁木齐到孤穆第办事，在乌鲁木齐、特纳格尔之间。梦见巴拉来拜见。他衣冠齐整，一点儿不像地位低下的杂役。乌鲁木齐在梦里忘了他已经死了，问："一向在什么地方，如今要上哪儿去？"巴拉说："奉命出去办事路过这儿，偶然遇到了主人，来叙叙长久怀念的情意。"问："怎么当了官？"他说："上帝很看重忠孝节义。凡是为国捐躯的人，即使是仆从奴隶，假如生前没有做过坏事，阴间里必给他一份差事；生前做过坏事的，也可以抵偿所犯的罪过，到人间去转世。我现在任博克达山神的部将，官衔相当于骁骑校。"

问："何往？"曰："昌吉。"问："何事？"曰："赍有文牒，不能知也。"霍然而醒，语音似犹在耳。时戊子六月。至八月十六日而有昌吉变乱之事，鬼盖不敢预泄云。

昌吉筑城时，掘土至五尺馀，得红纻丝绣花女鞋一，制作精致，尚未全朽。余乌鲁木齐杂诗曰："筑城掘土土深深，邪许相呼万杵音。怪事一声齐注目，半钩新月藓花侵。"咏此事也。入土至五尺馀，至近亦须数十年，何以不坏？额鲁特女子不缠足，何以得作弓弯样，仅三寸许？此必有其故，今不得知矣。

郭六，淮镇农家妇，不知其夫氏郭父氏郭也，相传呼为郭六云尔。雍正甲辰、乙巳间，岁大饥。其夫度不得活，出而乞食于四方。濒行，对之稽颡曰："父母皆老病，吾以累汝矣。"妇故有姿，里少年瞰其乏食，以金钱挑之，皆不应，惟以女工养翁姑。既而必不能赡，则集邻里叩首曰："我夫以父母托我，今力竭矣。不别作计，当俱死。邻里能助我，则乞助我；不能助我，则我且卖花，毋笑我。"里语以妇女倚门为"卖花"。邻里趑趄嗫嚅，徐散去。乃恸哭白翁姑，公然与诸荡子游。阴蓄夜合之资，又置一女子，然防闲甚严，不使外人觌其面。或曰，是将邀重价，亦不辩也。

越三载馀，其夫归。寒温甫毕，即与见翁姑，曰："父母并在，今还汝。"又引所置女见其夫曰："我身已污，不能忍耻再对汝。已为汝别娶一妇，今亦付汝。"夫骇愕未答，则曰："且为汝办餐。"已往厨下自刭矣。县令来验，目炯炯不瞑。县令判葬于祖茔，而不祔夫墓，曰："不祔墓，宜绝于夫也；

问：“到哪儿去？”回答说：“昌吉。”问：“去办什么事？”回答说：“带有文书，我不能知道里面写着什么。”乌鲁木齐猛然醒过来，话音似乎还在耳旁。这时是乾隆戊子年六月。到了八月十六日就发生了昌吉变乱，大概是鬼不敢事先泄露这个消息。

昌吉修筑城墙时，挖土挖到五尺多深，挖出一只红纻丝的绣花女鞋，做得很精致，还没有完全朽烂。我在乌鲁木齐所作的杂诗中写道：“筑城掘土土深深，邪许相呼万杵音。怪事一声齐注目，半钩新月藓花侵。”就是吟咏这件事情的。入土到了五尺多，时间离现在最近也要几十年，为什么没有烂坏？额鲁特女子不缠脚，这只鞋怎么做成弯弓的样子，还只有三寸光景？这里面必定有缘故，如今不得而知了。

郭六，是淮镇的农家妇女，不知是她丈夫姓郭，还是她父亲姓郭，反正大家都叫她郭六。雍正甲辰、乙巳年间，闹大饥荒。她丈夫估计活不下去了，离家到外地去谋生。临走的时候，给妻子跪下叩头说：“父母年老又有病，我就拖累你了。”郭六相貌漂亮，同乡的年轻人看她挨饿，就用金钱引诱她，她都不理睬，只是做针线活儿来养活公婆。不久，靠做针线也不足以维持生计了，她请乡亲们聚到一起，磕头说：“我丈夫把父母托付给我，我如今无能为力了。如果不作别的打算，都得饿死。邻居们如果能帮我，那么请帮助我；如果不能帮我，我只好卖花，请不要讥笑我。”乡下人把妇女倚门卖笑称为“卖花”。乡亲们都支支吾吾欲言又止，慢慢散去了。郭六痛哭着告诉了公婆，然后公然与那些浪荡子在一起鬼混。她暗地里积攒卖身钱，又悄悄买了一个女子，但是防范得很严，不让外人见到她的面。有人说郭六想用这个女子来挣大钱，她也不解释。

过了三年多，她的丈夫回来了。刚刚寒暄完，郭六就拉着丈夫去见公婆，说：“父母都在，今天就交还给你了。”又拉着她买下来养着的那个女子见丈夫，说：“我的身子已经被玷污，不能再忍着羞耻面对你。我已经为你另娶了一个女子，今天也交给你。”丈夫惊得还没来得及说什么，郭六说：“我先到厨房去给你做饭。”在厨房里自杀了。县令来验尸，郭六的眼睛圆睁着不闭。县令宣判把郭六葬在祖坟里，说以后不能与她丈夫合葬，说：“不合葬，以表示和她丈夫断了关系；

葬于祖茔，明其未绝于翁姑也。”目仍不瞑。其翁姑哀号曰：“是本贞妇，以我二人故至此也。子不能养父母，反绝代养父母者耶？况身为男子不能养，避而委一少妇，途人知其心矣，是谁之过而绝之耶？此我家事，官不必与闻也。”语讫而目瞑。

时邑人议论颇不一。先祖宠予公曰：“节孝并重也，节孝又不能两全也。此一事非圣贤不能断，吾不敢置一词也。”

御史某之伏法也，有问官白昼假寐，恍惚见之，惊问曰：“君有冤耶？”曰：“言官受赂鬻章奏，于法当诛，吾何冤？”曰：“不冤，何为来见我？”曰：“有憾于君。”曰：“问官七八人，旧交如我者亦两三人，何独憾我？”曰：“我与君有宿隙，不过进取相轧耳，非不共戴天者也。我对簿时，君虽引嫌不问，而阳阳有德色；我狱成时，君虽虚词慰藉，而隐隐含轻薄。是他人据法置我死，而君以修怨快我死也。患难之际，此最伤人心，吾安得不憾！”问官惶恐愧谢曰：“然则君将报我乎？”曰：“我死于法，安得报君？君居心如是，自非载福之道，亦无庸我报。特意有不平，使君知之耳。”语讫，若睡若醒，开目已失所在，案上残茗尚微温。后所亲见其惘惘如失，阴叩之，乃具道始末，喟然曰：“幸哉我未下石也，其饮恨犹如是。曾子曰：‘哀矜勿喜。’不其然乎！”所亲为人述之，亦喟然曰：“一有私心，虽当其罪，犹不服，况不当其罪乎！”

葬在祖坟，表明她没有同公婆断绝关系。”郭六的眼睛仍然不闭。公公婆婆哀号道：“她本来是个贞节的女人，因为我们二人的缘故，走到了这种地步。儿子不能奉养父母，反而绝了代养父母的人性命？况且身为男子，不能奉养，自己逃避而托付给一个年轻妇人，路人也知道他心里想的是什么了，是谁的过错而绝了她的性命呢？这是我们家里的事，官府不必过问。”这番话说完，郭六的眼睛闭上了。

当时邻里议论纷纷，看法很不一致。我的先祖宠予公说：“节和孝一样重要，但节和孝又不能两全。这件事的是是非非，只有圣贤才能判断，我不敢说一句话。”

某御史被依法处死后，有个负责审理案件的官员白天闭目养神，恍惚之中，他看见了刚刚死去的御史，吃惊地问：“先生觉得冤枉吗？”御史说：“我身为监察官，收受贿赂，出卖奏章，依法当死，有什么冤屈呢？”这个人问：“既然不冤屈，为何前来见我？”御史回答：“想起你觉得很遗憾。”这人说：“负责审理此案的官员有七八个人，你的旧交像我这样的也有两三个人，为什么单单对我觉得遗憾呢？”御史说：“我和你一直有隔阂，不过是仕途上的互相排挤，并非不共戴天的深仇大恨。我受审时，你虽然因为避嫌没有发问，却有洋洋得意的神色；我定案时，你虽然表面同情，说些空话宽慰我，却隐隐流露出幸灾乐祸的心思。这就是说，别人依法处死我，你是因为旧怨很高兴看到我死。患难之际，这是最令人伤心的，我怎么不遗憾！”这个人惶恐不安地对御史谢罪，问：“那么你要报复我吗？”御史回答：“我死于法律制裁，怎么能报复你？你有这样的居心，自然不是得福之道，也用不着我来报复。我只是心中不平，让你知道罢了。”御史说完，这个人若睡若醒，睁开眼睛御史已经不见了，书桌上的剩茶还是温热的。后来，身边亲近的人见他精神恍惚若有所失，私下里问他，他才把梦里的事情详详细细说出来，长叹一声说：“幸好我还没有落井下石，他都这样恨我。曾子说过：‘哀矜勿喜。’这话说的不正是这样么！”他身边亲近的人给别人讲述这件事，也长叹着说：“负责审案的官员一旦有了私心，即使判决正确罪犯还不服气，更何况判决不当呢！”

程编修鱼门曰："怨毒之于人甚矣哉！宋小岩将殁，以片札寄其友曰：'白骨可成尘，游魂终不散；黄泉业镜台，待汝来相见。'余亲见之。其友将殁，以手拊床曰：'宋公且坐。'余亦亲见之。"

相传某公奉使归，驻节馆舍。时庭菊盛开，徘徊花下。见小童隐映疏竹间，年可十四五，端丽温雅如靓妆女子。问知为居停主人子。呼与语，甚慧黠。取一扇赠之，流目送盼，意似相就。某公亦爱其秀颖，与流连软语。适左右皆不在，童即跪引其裾曰："公如不弃，即不敢欺公，父陷冤狱，得公一语可活。公肯援手，当不惜此身。"方探袖出讼牒，忽暴风冲击，窗扉六扇皆洞开，几为驺从所窥。心知有异，急挥之去，曰："俟夕徐议。"即草草命驾行。后廉知为土豪杀人，狱急不得解，赂胥吏引某公馆其家，阴市娈童，伪为其子，又赂左右，得至前为秦弱兰之计。不虞冤魄之示变也。裘文达公尝曰："此公偶尔多事，几为所中。士大夫一言一动，不可不慎。使尔时面如包孝肃，亦何隙可乘。"

明崇祯末，孟村有巨盗肆掠，见一女有色，并其父母絷之。女不受污，则缚其父母加炮烙。父母并呼号惨切，命女从贼。女请纵父母去，乃肯从。贼知其绐己，必先使受污而后释。女遂奋掷批贼颊，与父母俱死，弃尸于野。后贼与官兵格斗，马至尸侧，辟易不肯前，遂陷淖就擒。女亦有灵矣，

编修程鱼门说："人的怨毒之心真不得了啊！宋小岩临死前，寄了一封信给朋友，说：'白骨可成尘，游魂终不散；黄泉业镜台，待汝来相见。'我亲眼见过这件事。他的朋友将死时，用手摸着床说：'宋公请坐。'我也亲眼见过这件事。"

相传某公奉命出使归来，驻留在接待宾客的房舍里。当时庭院里菊花盛开，某公在花下散步。他看见有小童隐约映现在稀疏的竹枝间，年纪大约十四五岁，端丽温雅，像个靓妆的女子。一问才知道是房舍主人的儿子。某公把他叫来说话，发觉他很是聪慧灵巧。某公送了一把扇子给他，他目光流转送情，意思像是要主动亲近。某公也喜欢他秀美聪颖，就同他温声软语，流连不舍。恰巧左右的人都不在，童子当即跪下，拉着某公的衣襟，说："您如果不厌弃，我也不敢瞒您。我的父亲蒙冤下狱，有您的一句话，他就可以活命。您肯救助，我一定不惜这个身子。"童子刚从袖子里摸出状纸，忽然一股暴风冲击，把六扇窗门全部刮得大开，他们谈话的情景，几乎被侍从们偷看到。某公知道有异样的情况，就连忙挥手让他走，说："到晚上再慢慢商量。"马上急急忙忙叫人驾车离开了这里。后经访察，知道是因为土豪杀了人，急切之间翻不了案，就买通了官府里的小吏，引导某公在他家留宿，又暗地里买了娈童，假装是他的儿子，买通左右，让这个娈童出现在某公面前，用的是秦弱兰引诱陶谷的计策。没有料到冤魂显示变异。裘文达公曾经说："此公偶尔多事，差一点儿中了计。士大夫一言一行，不可不谨慎，如果某公当时面孔像包公，别人又哪里有机可乘。"

明朝崇祯末年，孟村有大盗疯狂抢掠，盗贼见一个女子长得漂亮，就连同她的父母一起抓起来。女子誓死不肯从贼受辱，盗贼就捆绑她的父母，用烧红的烙铁烫。父母痛得惨叫，让女儿依从大盗。女子说释放了父母，才肯依从。大盗知道女子是在欺骗自己，一定要她先依从才肯释放她的父母。女子奋然冲过去猛抽大盗的耳光，结果和父母一起被大盗杀死，尸体扔在了荒野。后来，大盗与官兵格斗，马跑到女子尸体旁的时候，后退着不肯前进，终于陷进泥潭里被活捉了。是这位女子的魂魄显了灵，

惜其名氏不可考。论是事者，或谓女子在室，从父母之命者也。父母命之从贼矣，成一己之名，坐视父母之惨酷，女似过忍。或谓命有治乱，从贼不可与许嫁比。父母命为娼，亦为娼乎？女似无罪。先姚安公曰："此事与郭六正相反，均有理可执，而于心终不敢确信。不食马肝，未为不知味也。"

刘羽冲，佚其名，沧州人。先高祖厚斋公多与唱和。性孤僻，好讲古制，实迂阔不可行。尝倩董天士作画，倩厚斋公题。内《秋林读书》一幅云："兀坐秋树根，块然无与伍。不知读何书，但见须眉古。只愁手所持，或是《井田谱》。"盖规之也。偶得古兵书，伏读经年，自谓可将十万。会有土寇，自练乡兵与之角，全队溃覆，几为所擒。又得古水利书，伏读经年，自谓可使千里成沃壤，绘图列说干州官。州官亦好事，使试于一村。沟洫甫成，水大至，顺渠灌入，人几为鱼。由是抑郁不自得，恒独步庭阶，摇首自语曰："古人岂欺我哉！"如是日千百遍，惟此六字。不久，发病死。后风清月白之夕，每见其魂在墓前松柏下，摇首独步。侧耳听之，所诵仍此六字也。或笑之，则欻隐。次日伺之，复然。

泥古者愚，何愚乃至是欤！阿文勤公尝教昀曰："满腹皆书能害事，腹中竟无一卷书，亦能害事。国弈不废旧谱，而不执旧谱；国医不泥古方，而不离古方。故曰：'神而明之，存乎其人。'又曰：'能与人规矩，不能使人巧。'"

可惜已经无从考知她的姓名。说起这件事，有人认为，女子未曾婚嫁，应该听从父母之命。父母让她依从大盗，她却为了成全自己的名节，坐视父母遭受酷刑，似乎是太狠心了。有人认为，父母之命有理智的，也有糊涂的，从贼不能与出嫁相提并论。如果父母叫女儿去做娼妓，难道也要听命去卖淫吗？这个女子似乎没有任何罪过。先父姚安公说：“这件事情与郭六的事情正相反。各有各的道理，但平心而论，实在不敢确定谁是谁非。不吃有毒的马肝，算不上不知道滋味。”

刘羽冲，不知名是什么，沧州人。我的高祖厚斋公常和他用诗歌唱和。他性情孤僻，喜欢讲过去的章法规制，理解迂腐，实际上都不能施行。他曾请董天士作画，请厚斋公题诗。其中《秋林读书》画题道：“兀坐秋树根，块然无与伍。不知读何书，但见须眉古。只愁手所持，或是《井田谱》。”大概是规劝他。他偶然弄到一本古代兵书，伏案攻读了差不多一年时间，自称能带兵十万打仗。恰好当时有土匪，他自己训练兵士跟土匪较量，结果乡兵大败，他几乎被活捉。他又弄到一本古代讲水利的书，钻研了有一年时间，自吹可以使千里之地成为沃土，画了图游说州官。州官也好事，就叫他在一个村子里试验。刚挖好沟渠，洪水就来了，顺着沟渠灌进来，百姓差点儿成了鱼。从此他闷闷不乐想不开，常常在庭院里独自踱步，摇头自语道：“古人难道骗我！”每天念叨千百遍，只有这六个字。不久，他发病死去。后来，在风清月白的夜晚，常常能见到他的魂在墓前的松柏下，摇着头独自踱步。仔细听去，嘴里念叨的还是这六个字。有人笑出了声，他的魂突然消失了。第二天再守着看，他的魂还和前一天晚上一样在摇头踱步。

沉溺于古代的人很愚蠢，怎么能愚蠢到这个地步呢！阿文勤公曾教导我说：“满肚子都是书本知识能坏事，肚里一点儿知识也没有同样能坏事。下棋高手不忽视旧棋谱，但不照搬旧棋谱；名医不迷信古方，但不离古方。所以说：‘对待古书，将它研究透了，而保存自己的见解。’又说：‘它能给人定规矩，但不能让人生计谋。’”

明魏忠贤之恶，史册所未睹也。或言其事知必败，阴蓄一骡，日行七百里，以备逋逃；阴蓄一貌类己者，以备代死。后在阜城尤家店，竟用是私遁去。

余谓此无稽之谈也。以天道论之，苟神理不诬，忠贤断无幸免理；以人事论之，忠贤擅政七年，何人不识？使窜伏旧党之家，小人之交，势败则离，有缚献而已矣。使潜匿荒僻之地，则耕牧之中，突来阉宦，异言异貌，骇视惊听，不三日必败。使远遁于封域之外，则严世蕃尝通日本，仇鸾尚交谙达，忠贤无是也。山海阻深，关津隔绝，去又将何往？昔建文行遁，后世方且传疑。然建文失德无闻，人心未去，旧臣遗老，犹有故主之思。燕王称戈篡位，屠戮忠良，又天下之所不与。递相容隐，理或有之。忠贤虐焰熏天，毒流四海，人人欲得而甘心。是时距明亡尚十五年，此十五年中，安得深藏不露乎？故私遁之说，余断不谓然。

文安王岳芳曰："乾隆初，县学中忽雷霆击格，旋绕文庙，电光激射，如掣赤练，入殿门复返者十馀度。训导王著起曰：'是必有异。'冒雨入视，见大蜈蚣伏先师神位上。钳出掷阶前。霹雳一声，蜈蚣死而天霁。验其背上，有朱书'魏忠贤'字。"是说也，余则信之。

乌鲁木齐深山中，牧马者恒见小人高尺许，男女老幼，一一皆备。遇红柳吐花时，辄折柳盘为小圈，着顶上，作队跃舞，音呦呦如度曲。或至行帐窃食，为人所掩，则跪而泣。

明代宦官魏忠贤的罪行，史书上以前没有类似的记载。有人说，他知道自己必将垮台，因此暗暗养了一头骡子，这头骡子一天能跑七百里，以备逃跑时用；他还暗中驯养了一个相貌和自己极其相似的人，用来准备代替自己去死。后来在阜城尤家店，他果然因此逃掉了。

我认为这纯属捏造。从天道来说，如果天神显灵，圣明清晰，魏忠贤绝对逃脱不了；从人事来说，魏忠贤擅政七年，天下何人不认识他？假使他藏在旧党家，以小人的交往方式，势力倾败就离心离德，也会捉了他献出来。又假如他藏在荒僻的地方，在农夫牧民的眼里，突然来了一个宦官，口音腔调相貌全都与众不同，看着害怕听着心惊，要不了几天，必定走漏风声。假如他远逃到国界之外，就像严世蕃曾私通日本，仇鸾尚私通俺答，而魏忠贤没有这种迹象。有高山深海的阻隔，又有关塞的防守，他就是逃出了关口又能到哪里去？过去传说建文帝逃了，后世尚且流传着疑问。但是建文帝虽并没听说有什么失德，人心仍向着他，那些旧臣遗老，还怀有对故主的思念。燕王依仗武力篡位，屠杀忠良，这是天下人所不能接受的。因此帮助建文帝逃命，这个道理说得通。魏忠贤罪恶滔天，流毒四海，人人都想捉到他痛打一番才甘心。当时离明代灭亡还有十五年，他在这十五年中，怎么可能藏得住呢？所以他私自逃走的说法，我决不相信。

文安人王岳芳说："乾隆初年，县学里忽然雷声轰轰，围绕文庙，闪电喷光，像一条条赤练绕在天空，十多次进了殿门又出来了。训导王著起说：'这里必有反常之事。'他冒雨进文庙一看，发现一只大蜈蚣趴在先师孔子的神位上。把大蜈蚣夹出来扔在台阶前，霹雳一声，蜈蚣被劈死了，天也转晴了。查验蜈蚣的背上，有'魏忠贤'三个红字。"这个说法，我倒是相信的。

乌鲁木齐的深山里，牧马人经常见到一种小矮人，高一尺左右，男女老幼全都有。遇到红柳开花时，就折下柳枝盘成小圈，戴在头上，列队跳跃舞蹈，发出"呦呦"的声音，就像按着曲谱歌唱。有时小矮人到行军的帐篷里偷食物，被人逮住，就跪下哭泣。

絷之，则不食而死。纵之，初不敢遽行，行数尺辄回顾。或追叱之，仍跪泣。去人稍远，度不能追，始蓦涧越山去。然其巢穴栖止处，终不可得。此物非木魅，亦非山兽，盖僬侥之属。不知其名，以形似小儿，而喜戴红柳，因呼曰红柳娃。邱县丞天锦，因巡视牧厂，曾得其一，腊以归。细视其须眉毛发，与人无二。知《山海经》所谓竫人，凿然有之。有极小必有极大，《列子》所谓龙伯之国，亦必凿然有之。

塞外有雪莲，生崇山积雪中，状如今之洋菊，名以莲耳。其生必双，雄者差大，雌者小。然不并生，亦不同根，相去必一两丈。见其一，再觅其一，无不得者。盖如兔丝、茯苓，一气所化，气相属也。凡望见此花，默往探之则获。如指以相告，则缩入雪中，杳无痕迹，即劚雪求之，亦不获。草木有知，理不可解。土人曰："山神惜之。"其或然欤？此花生极寒之地，而性极热。盖二气有偏胜，无偏绝，积阴外凝，则纯阳内结。坎卦以一阳陷二阴之中，剥、复二卦，以一阳居五阴之上下，是其象也。然浸酒为补剂，多血热妄行。或用合媚药，其祸尤烈。盖天地之阴阳均调，万物乃生。人身之阴阳均调，百脉乃合。故《素问》曰："亢则害，承乃制。"自丹溪立"阳常有馀，阴常不足"之说，医家失其本旨，往往以苦寒伐生气。张介宾辈矫枉过直，遂偏于补阳，而参蓍桂附，流弊亦至于杀人。

捆住它，就绝食而死。放了它，起初不敢立刻就走，走了几尺，就回头看，要是追上去呵叱它，仍旧跪下哭泣。离开人稍远些，估计追不上了，才跳过山涧越过山峰逃走。但是它们的巢穴住处，始终找不到。这东西不是树木成精，也不是山中怪兽，大概是传说中矮人国的僬侥之类。不知道它们的名称到底是什么，因为形状像小孩儿而喜欢戴红柳，因此叫作“红柳娃”。县丞邱天锦因为巡视牧场，曾经捉到一个，做成标本带了回来。细看他的须眉毛发，同人没有两样。知道《山海经》里所说的竫人，确凿无疑是有的。有极小的必然有极大的，《列子》里所说的龙伯之国，也必然确凿无疑是有的了。

塞外有雪莲，生长在高山的积雪里，形状与现在的洋菊相似，以莲为名而已。必定成双成对生长，雄的稍微大些，雌的小些。但是雌雄二莲不是并在一起生长，也不是生长在同一根上，两者的距离总是要有一二丈远。见到其中一株，再寻找另一株，没有找不到的。大概就像兔丝、茯苓一样，都是同一种气化育出来的，所以二者气息相同。发现雪莲花，悄然不作声，前往采摘，必定能得。如果大呼小叫，用手指点告诉同伴，它就会缩进雪里，一点儿痕迹也不留下，就是挖开雪也找不到。草木有灵，这从情理上无法解释。当地人说：“这是由于山神爱惜雪莲。”也许是这样吧？这种花生在极寒的地方，性却极热。阴阳二气有一方偏胜的情况，却没有偏到绝灭了一方的情况，阴气在外面凝聚，阳气就在内部集结。坎卦是一个阳爻夹在两个阴爻中间，剥和复二卦是一个阳爻居于五个阴爻的上方或下方，这就是雪莲的卦象。用雪莲泡酒作补药，服用后往往血热，生理机能紊乱。有人用雪莲做春药，害处尤为严重。天地间阴阳二气协调，万物才能正常生长。人身内部阴阳二气协调，各个系统才能正常运行。所以《素问》说：“过分了就有害，持续发展就能控制。”自从朱震亨提出“阳常有馀，阴常不足”的说法，医生没有理解这句话的本来意思，往往用苦寒药杀伐生气。张介宾等人矫枉过正，于是又偏重于补阳驱阴，大量使用人参、蓍草、肉桂、附子等补药，这种做法的弊端简直等于杀人。

是未知《易》道扶阳，而乾之上九，亦戒以“亢龙有悔”也。嗜欲日盛，羸弱者多，温补之剂易见小效，坚信者遂众。故余谓偏伐阳者，韩非刑名之学；偏补阳者，商鞅富强之术。初用皆有功，积重不返，其损伤根本，则一也。雪莲之功不补患，亦此理矣。

唐太宗《三藏圣教序》，称风灾鬼难之域，似即今辟展土鲁番地。其地沙碛中，独行之人，往往闻呼姓名，一应则随去不复返；又有风穴在南山，其大如井，风不时从中出。每出，则数十里外先闻波涛声，迟一二刻风乃至。所横径之路，阔不过三四里，可急行而避。避不及，则众车以巨绳连缀为一。尚鼓动颠簸，如大江浪涌之舟。或一车独遇，则人马辎重皆轻若片叶，飘然莫知所往矣。风皆自南而北，越数日自北而南，如呼吸之往返也。

余在乌鲁木齐，接辟展移文，云军校雷庭，于某日人马皆风吹过岭北，无有踪迹。又昌吉通判报，某日午刻，有一人自天而下，乃特纳格尔遣犯徐吉，为风吹至。俄特纳格尔县丞报，徐吉是日逃。计其时刻，自巳正至午，已飞腾二百馀里。此在彼不为怪，在他处则异闻矣。徐吉云，被吹时如醉如梦，身旋转如车轮，目不能开，耳如万鼓乱鸣，口鼻如有物拥蔽，气不得出，努力良久，始能一呼吸耳。

按，《庄子》称“大块噫气，其名为风”。气无所不之，不应有穴。盖气所偶聚，因成斯异。犹火气偶聚于巴蜀，遂为火井，水脉偶聚于于阗，遂为河源云。

这是不懂得《易经》学说，虽然主张扶阳，但也并非毫无限制，对乾卦中的上九一爻，就已作出“亢龙有悔”的告诫。世人的奢望和嗜欲日益强烈，体弱的居多，不少人被嗜欲拖垮身体，补药容易见到效果，所以坚信的人越来越多。因此，我认为偏重杀伐阳气，好似推行韩非的刑名之学；而偏重补益阳气，如同实行商鞅的富国之术。开始用的时候都可见到功效，但积重不返，必定会损伤根本，弊病是相同的。雪莲不能用来补亏损，也是这个道理。

唐太宗在《三藏圣教序》中说的风灾鬼难地区，好像就是如今辟展的吐鲁番。在吐鲁番沙漠中独自行走的人，往往听见叫自己的名字，一回答就随着叫声而去，不再回来了。又有风穴在天山，像井那么大，风不时从里面刮出来。每次风刮出来，在数十里之外的地方，先听到波涛声，过了一两刻钟风才来到。风所经过的地域直径不过三四里宽，人可以赶紧跑着躲避。躲避不及，就把许多车用粗绳连结在一起。即使这样也被风刮得上下颠簸，好像在大江浪涛上的船。如果只有一辆车遇到了风，那么连车马带人和货物，都会被风卷起来，轻得像树叶一样，飘飘然不知给刮到哪儿去了。这种风都是从南往北刮，过了几天又从北往南刮，好像呼吸的吐气吸气。

我在乌鲁木齐时，接到辟展转来的公文，说军校雷庭在某日，连人带马都被风刮过岭北，没有踪迹。又，昌吉的通判报告，某天午时，有一个人从天上掉下来，是特纳格尔遣送的犯人徐吉，被风刮来了。不久，特纳格尔的县丞报告，徐吉于当天逃走。一算时间，则从九点到十二点，他已经飞了二百多里地。这事在这个地方不奇怪，如果在别的地方可就成了异闻了。徐吉说，被风刮着时如醉如梦，身子像车轮子一样旋转不停，眼睛睁不开，耳边好像有万鼓乱鸣，嘴和鼻子好像被什么堵住了，喘不过气来，使了好半天的劲儿，才能喘过一口气来。

按，《庄子》中说“天地呼气，它的名字叫风”。气无所不到，不应该有孔穴。大概是气偶然聚在一起，因此产生了这种反常现象。就像火气偶然聚在巴蜀，就生成火井，水脉偶然聚在于阗，就成为黄河的源头一样。

何励庵先生言：相传明季有书生，独行丛莽间，闻书声琅琅，怪旷野那得有是。寻之，则一老翁坐墟墓间，旁有狐十馀，各捧书蹲坐。老翁见而起迎，诸狐皆捧书人立。书生念既解读书，必不为祸，因与揖让席地坐。问："读书何为？"老翁曰："吾辈皆修仙者也。凡狐之求仙有二途：其一采精气，拜星斗，渐至通灵变化，然后积修正果，是为由妖而求仙。然或入邪僻，则干天律。其途捷而危。其一先炼形为人，既得为人，然后讲习内丹，是为由人而求仙。虽吐纳导引，非旦夕之功，而久久坚持，自然圆满。其途纡而安。顾形不自变，随心而变，故先读圣贤之书，明三纲五常之理，心化则形亦化矣。"

书生借视其书，皆《五经》、《论语》、《孝经》、《孟子》之类，但有经文而无注。问："经不解释，何由讲贯？"老翁曰："吾辈读书，但求明理。圣贤言语，本不艰深，口相授受，疏通训诂，即可知其义旨，何以注为？"书生怪其持论乖僻，惘惘莫对。姑问其寿，曰："我都不记。但记我受经之日，世尚未有印板书。"又问："阅历数朝，世事有无同异？"曰："大都不甚相远。惟唐以前，但有儒者。北宋后，每闻某甲是圣贤，为小异耳。"书生莫测，一揖而别。后于途间遇此翁，欲与语，掉头径去。

案，此殆先生之寓言。先生尝曰："以讲经求科第，支离敷衍，其词愈美而经愈荒。以讲经立门户，纷纭辩驳，其说愈详而经亦愈荒。"语意若合符节。又尝曰："凡巧妙之术，中间必有不稳

何励庵先生说：相传明代末年有个书生，独自在丛生的草木间赶路，听到琅琅的读书声，很奇怪在空旷的野地里怎么能有这种声音。循声寻找，只见一个老翁坐在坟墓中间，旁边有十多只狐狸，各自捧书蹲坐着。老翁看见他，起身迎接，那些狐狸都捧着书像人一样站了起来。书生想既然懂得读书，必定不会害人，于是相互施礼，席地而坐。书生问："读书为了什么？"老翁说："我们都是修仙的。凡狐狸的求仙途径有两条：一条是采精气，拜星斗，渐渐达到通灵变化的地步，然后再修炼成正果，这是由妖而求仙。但是假如入了邪僻一路，就触犯了天条。这条路快速但是有危险。还有一条途径是先炼形成为人，既然修炼成人了，然后再讲习内丹，这是由人而求仙。即使采用吞吐导引的方法修炼，不是一朝一夕的功夫，而要长久地坚持，自然能够圆满。这条路曲折而安全。但是形体不能自然而变，是随心而变，所以先读圣贤的书，明白三纲五常的道理，心思变化了，形体也就变化了。"

书生借过他的书来看，都是《五经》、《论语》、《孝经》、《孟子》之类，但只有经文而没有注解。问："经文不解释，怎么讲解贯通？"老翁说："我们读书，只求明理。圣贤的言语，本来不艰深，口头讲授，疏通解释词义，就可以知道它的义理要旨，要注解做什么？"书生觉得他的议论怪僻，惘惘然不知所对。姑且问他的年寿，老翁回答说："我都记不得了。只记得我学习经书时，世上还没有刻版印刷的书。"书生又问："您经历了几个朝代，世事有没有同异？"答："大都相差不太远。只是在唐朝以前，只有儒者。北宋以后，常听说某甲是圣贤，这点小有差别罢了。"书生不懂他的意思，作揖告辞。后来在路上遇见这个老翁，要想同他说话，老翁却掉转头径自走了。

按，这大概是何励庵先生编的寓言。先生曾经说："用讲经文求取科第出身，把经书理解得支离破碎，凭着自己一知半解去解释，言词愈是华美，实际上对经文愈是荒疏。用讲经文树立门户，众说纷纭，辩论驳难，说法愈详细而对经文也愈是荒疏。"何励庵先生的意思和故事里老翁的看法完全一致。何励庵先生又曾经说："凡是巧妙的手段方法，中间必然有不稳当的

处。如步步踏实，即小有蹉失，终不至折肱伤足。”与所云修仙二途，亦同一意也。

有扶乩者，自江南来。其仙自称卧虎山人，不言休咎，惟与人唱和诗词，亦能作画。画不过兰竹数笔，具体而已。其诗清浅而不俗。尝面见下坛一绝云：“爱杀嫣红映水开，小停白鹤一徘徊。花神怪我衣襟绿，才藉莓苔稳睡来。”又咏舟，限车字；咏车，限舟字。曰：“浅水潺潺二尺馀，轻舟来往兴何如？回头岸上春泥滑，愁杀疲牛薄笨车。”“小车䡓辘驾乌牛，载酒聊为陌上游。莫羡王孙金勒马，双轮徐转稳如舟。”其馀大都类此。问其姓字，则曰：“世外之人，何必留名。必欲相迫，有杜撰应名而已。”

甲与乙共学其符，召之亦至，然字多不可辨，扶乩者手不习也。一日，乙焚符，仙竟不降。越数日再召，仍不降。后乃降于甲家，甲叩乙召不降之故。仙判曰：“人生以孝弟为本，二者有惭，则不可以为人。此君近与兄析产，隐匿千金；又诡言其父有宿逋，当兄弟共偿，实掩兄所偿为己有。吾虽方外闲身，不预人事，然义不与此等人作缘。烦转道意，后毋相渎。”又判示甲曰：“君近得新果，遍食儿女，而独忘孤侄，使啜泣竟夕。虽是无心，要由于意有歧视。后若再尔，吾亦不来矣。”先姚安公曰：“吾见其诗词，谓是灵鬼；观此议论，似竟是仙。”

广西提督田公耕野，初娶孟夫人，早卒。公官凉州镇时，月夜独坐衙斋，恍惚梦夫人自树杪翩然下，相劳苦如平生，曰：

地方。如果步步踏实，即使有小的坎坷，也不至于跌得断腿伤脚。”这与老翁所说的修仙有两条途径，也是同一个意思。

有个扶乩降仙的人，从江南来。他请来的神仙自称卧虎山人，不预测吉凶，只与人唱诗和词，也能作画。画也不过几笔兰竹，大体写意形似而已。他的诗却清浅不俗。我曾亲眼见这位乩仙下坛时所作的一首绝句：“爱杀嫣红映水开，小停白鹤一徘徊。花神怪我衣襟绿，才藉莓苔稳睡来。”又作咏舟诗，限车字；作咏车诗，限舟字。二诗写道：“浅水潺潺二尺馀，轻舟来往兴何如？回头岸上春泥滑，愁杀疲牛薄笨车。”“小车䡊辘驾乌牛，载酒聊为陌上游。莫羡王孙金勒马，双轮徐转稳如舟。”其他诗大都类此。问他的姓名，则回答说：“世外之人，何必要留下姓名。如果一定要追问，那就只有胡编一个来应付了。”

有甲乙二人向这位江南扶乩降仙者学得降仙之符，也能请来这个乩仙，但写出来的字大多无法辨认，这是由于扶乩人的手还不熟练造成的。一天，乙焚烧了降仙符，但乩仙却没有降临。过了几天再焚符招请，仍然没来。后来，乩仙降临到甲家，甲问乙招不降的缘故。乩仙的判文说：“人生在世，孝悌二字是做人的根本，孝顺长辈、兄弟亲爱这两方面有所不足，就不能做人了。乙这个人近来与自己的兄长分家产，隐匿了千金；又谎称父亲身后留了一笔债，应当由兄弟共同偿还，实际上是想把兄长偿还的那部分据为己有。我虽然在世外闲游，不干预人事，但从道义上讲是不能与这种人有任何缘分的。请转告我的意思，以后不要再亵渎我。”又给甲出示判文说：“你最近得了新鲜果品，平分给每个孩子让他们吃，唯独忘了没有给孤侄，致使他啜泣了一夜。虽说不是故意不给，但大概也是心里歧视才忘了。如果以后再有这样的事情，我也不到你这里来了。”先父姚安公说：“我见到他的诗词，认为他是一个灵鬼；但看他这番议论，似乎就是神仙。”

广西提督田耕野公，年轻时娶的孟夫人，很早就去世了。他镇守凉州时，月夜在衙斋里独坐，恍恍惚惚梦见夫人从树梢上翩翩下来。二人像以前那样彼此说了几句道辛苦的话，孟夫人说：

“吾本天女，宿命当为君妇，缘满仍归。今过此相遇，亦馀缘之未尽者也。”公问：“我当终何官？”曰：“官不止此，行去矣。”问：“我寿几何？”曰：“此难言。公卒时不在乡里，不在官署，不在道途馆驿，亦不殁于战阵，时至自知耳。”问：“殁后尚相见乎？”曰：“此在君矣。君努力升天，即可见，否即不能也。”公后征叛苗，师还，卒于戎幕之下。

奴子魏藻，性佻荡，好窥伺妇女。一日，村外遇少女，似相识而不知其姓名居址。挑与语，女不答而目成，径西去。藻方注视，女回顾若招。即随以往。渐逼近，女面赪，小语曰：“来往人众，恐见疑。君可相隔小半里，俟到家，吾待君墙外车屋中。枣树下系一牛，旁有碌碡者是也。”既而渐行渐远，薄暮，将抵李家洼，去家三十里矣。宿雨初晴，泥将没胫，足趾亦肿痛。遥见女已入车屋，方窃喜，趋而赴。女方背立，忽转面，乃作罗刹形，锯牙钩爪，面如靛，目睒睒如灯。骇而返走，罗刹急追之。狂奔二十馀里，至相国庄，已届亥初。识其妇翁门，急叩不已。门甫启，突然冲入，触一少妇仆地，亦随之仆。诸妇怒噪，各持捣衣杵乱捶其股。气结不能言，惟呼“我我”。俄一媪持灯出，方知是婿，共相惊笑。次日，以牛车载归，卧床几两月。当藻来去时，人但见其自往自还，未见有罗刹，亦未见有少女。岂非以邪召邪，狐鬼乘而侮之哉？先兄晴湖曰：“藻自是不敢复冶游，路遇妇女，必俯首。是虽谓之神明示惩，可也。”

"我本来是天女，命里该当你的妻子，缘分满了就回去了。今天路过这儿相遇，也是缘分未尽之故。"田公问："我能当多大官？"夫人说："你的官职不会到此为止，不久就会升迁。"又问："我能活多大岁数？"夫人说："这很难说。你死的时候，不在乡里，不在官署里，不在路上馆舍里，也不会死在战场上，到时候自己就知道了。"问："死后还能相见么？"夫人说："这就在你了。你好自为之，死后升天，就可以相见，不然就见不着了。"田公后来征伐叛乱的苗民，回师之时，在军营里去世了。

年轻的奴仆魏藻，性格放荡轻佻，喜欢偷看妇女。有一天，他在村外碰到一个少女，似曾相识但不知道她的姓名地址。言语挑逗她，少女不说话，但眼波脉脉含情，径直朝西走了。魏藻正注视着她，少女又回过头来像是招呼他。魏藻便跟着她走。渐渐靠近了，少女红着脸，低声说："来往的人多，叫人看见会猜疑。你离开我半里地跟着我走，等到了家，我在墙外的车棚里等你。记住，枣树下拴着一头牛，旁边有个碌碡的那家就是了。"之后，魏藻越走越远，傍晚时快到李家洼了，距离自己家已有三十里路。下了一夜的雨，天气刚晴，泥浆没过小腿，脚趾也又肿又痛。魏藻远远地望见少女进了车棚，正暗自高兴，急奔过去。少女背着他站着，忽然转过头来，一副罗刹鬼模样，牙如锯齿手像铁钩，脸色青紫，眼睛闪闪发亮像是灯一样。魏藻吓得回身便逃，罗刹鬼在后面紧追。狂奔了二十多里，到了相国庄，已将近晚上九点了。魏藻还认得岳父家门，急急敲个不停。门刚闪开一条缝，他突然冲进去，撞倒了一个少妇，他也跟着扑倒了。几个妇人怒气冲冲乱骂着，各人拿着一根捣衣棒乱捶他的大腿。魏藻喘不上气说不出话，只是喊"我我"。不一会儿，一个老太太拿灯出来，才知道是女婿，大家又惊又笑。第二天，用牛车送魏藻回家，魏藻卧床养伤将近两个多月。而魏藻来来去去见罗刹鬼那天，其他人只看见他自己来来去去，并没有看到罗刹，也没有看到少女。难道是他以邪招邪，狐鬼趁机耍弄他么？先兄晴湖说："魏藻从此再不敢寻花问柳，路上遇到妇女也必定低着头走过去。把上面这件事看作是神灵的惩罚，也可以。"

去余家十馀里，有瞽者姓卫。戊午除夕，遍诣常呼弹唱家辞岁，各与以食物，自负以归。半途，失足堕枯井中。既在旷野僻径，又家家守岁，路无行人，呼号嗌干，无应者。幸井底气温，又有饼饵可食，渴甚，则咀水果，竟数日不死。会屠者王以胜驱豕归，距井犹半里许，忽绳断豕逸，狂奔野田中，亦失足堕井。持钩出豕，乃见瞽者，已气息仅属矣。井不当屠者所行路，殆若或使之也。先兄晴湖问以井中情状，瞽者曰："是时万念皆空，心已如死，惟念老母卧病，待瞽子以养。今并瞽子亦不得，计此时恐已饿莩，觉酸彻肝脾，不可忍耳。"先兄曰："非此一念，王以胜所驱豕必不断绳。"

齐大，献县剧盗也。尝与众行劫，一盗见其妇美，逼污之。刃胁不从，反接其手，缚于凳，已褫下衣，呼两盗左右挟其足矣。齐大方看庄，盗语谓屋上了望以防救者为看庄。闻妇呼号，自屋脊跃下，挺刃突入曰："谁敢如是，吾不与俱生！"汹汹欲斗，目光如饿虎。间不容发之顷，竟赖以免。后群盗并就捕骈诛，惟齐大终不能弋获。群盗云，官来捕时，齐大实伏马槽下，兵役皆云："往来搜数过，惟见槽下朽竹一束，约十馀竿，积尘污秽，似弃置多年者。"

张明经晴岚言：一寺藏经阁上有狐居，诸僧多栖止阁下。一日，天酷暑，有打包僧厌其嚣杂，径移坐具住阁上。诸僧忽闻梁上狐语曰："大众且各归房，我眷属不少，将移住阁下。"僧问："久居阁上，何忽又欲据此？"曰："和尚在彼。"问：

离我家十多里地，有个瞎子姓卫。乾隆戊午年除夕，他走遍经常叫他弹唱的人家辞岁，各家都给了他食物，他自己背着回来。走到半路，他失足掉到了一口枯井里。因为是在空旷的野地里，路径偏僻，又家家都在守岁，路上没有行人，他大声呼叫喊干了嗓子，也没有人应。幸好井底温暖，又有糕饼可以吃，渴极了，就吃水果，竟然过了好几天也没有死。碰巧屠夫王以胜赶猪回来，离枯井还有半里路的样子，忽然猪挣断绳子逃跑，在野田里狂奔，也失足掉到井里。王以胜拿钩弄出了猪，才发现瞎子，已经奄奄一息了。这口枯井不是屠夫应当经过的地方，似乎有谁故意让猪跑到那里去的。我的哥哥晴湖问到在井里的情况，瞎子说："当时万念俱灰，心已经如同死了，只是想到老母还生着病躺在床上，等待瞎眼的儿子来奉养。现在连瞎眼的儿子也不在了，估计这时候老母亲已经饿死了，心酸极了，无法忍受。"我哥哥说："如果没有这个念头，王以胜赶的那头猪必定不会挣断了绳子。"

齐大，是献县的一个非常厉害的强盗。有一次与一伙强盗一道出去抢劫，一个强盗见那家的女人漂亮，就想奸污她。这个强盗拿着刀子威胁，女人誓死不从，强盗就反绑了女人双手，把她捆在长凳上，已经扒掉了裤子，叫另外两盗一左一右拉住妇人的两只脚。齐大这时正在房顶上放哨瞭望，强盗的行话，把在屋上瞭望以防有人来，叫做"看庄"。听到屋内女人呼喊，立即从屋脊上飞身跳下，挺着匕首闯进屋里说："谁敢这么干，有他就没有我！"气势汹汹一副想要拼命的样子，眼神像饿极了的老虎。在千钧一发之际，女人免除了灾难。后来这伙强盗都被抓了，一同被官府处死，只有齐大漏网，始终没有抓到。强盗们说，官兵搜捕的时候，齐大实际上就趴在马槽底下，可是搜捕的兵卒说："在马槽附近往来搜查了好几遍，只看见槽下有一捆腐朽的竹竿，大约有十几根，积满了尘土污秽，好像是放了多年，从来没人动过。"

贡生张晴岚说：有一座寺庙的藏经阁里住着狐狸精，和尚们大多住在阁下。有一天，热得难受，有个云游和尚嫌下面嘈杂，就把坐具搬到上面。和尚们忽然听到梁上的狐精说："各位暂时各回自己的住处，我的亲属不少，要移居阁下。"和尚们问："长期住上面，为何忽然要下来住？"狐精说："和尚住在那里。"和尚们问：

“汝避和尚耶？”曰：“和尚佛子，安敢不避？”又问：“我辈非和尚耶？”狐不答。固问之，曰：“汝辈自以为和尚，我复何言！”从兄懋园闻之曰：“此狐黑白太明，然亦可使三教中人，各发深省。”

甲见乙妇而艳之，语于丙。丙曰：“其夫粗悍，可图也。如不吝挥金，吾能为君了此事。”乃择邑子冶荡者，饵以金而属之曰：“尔白昼潜匿乙家，而故使乙闻。待就执，则自承欲盗。白昼非盗时，尔容貌衣服无盗状，必疑奸，勿承也。官再鞫而后承，罪不过枷杖。当设策使不竟其狱，无所苦也。”邑子如所教，狱果不竟。然乙竟出其妇。丙虑其悔，教妇家讼乙，又阴赂证佐，使不胜。乃恚而别嫁其女。乙亦决绝，听其嫁。甲重价买为妾。丙又教邑子反噬甲，发其阴谋，而教甲赂息。计前后干没千金矣。

适闻家庙社会，力修供具赛神，将以祈福。先一夕，庙祝梦神曰：“某金自何来？乃盛仪以飨我。明日来，慎勿令入庙。非礼之祀，鬼神且不受，况非义之祀乎！”丙至，庙祝以神语拒之。怒弗信，甫至阶，舁者颠蹶，供具悉毁，乃悚然返。

后岁馀，甲死。邑子以同谋之故，时往来丙家，因诱其女逃去。丙亦气结死，妇携赀改适。女至德州，人诘得奸状，牒送回籍，杖而官卖。时丙奸已露，乙憾甚，乃鬻产赎得女，

“你是躲避和尚么？”狐精说：“和尚是佛门弟子，怎么敢不回避？”和尚们又问：“我们不是和尚么？”狐精不回答了。和尚们坚持刨根问底，狐精才说：“你们自以为是和尚，我还能说什么！”我的堂兄懋园听了这事说：“这狐精黑白太分明，但也能让儒、道、佛三教之人各自深深自省。”

甲见乙的妻子长得漂亮，非常羡慕，告诉了丙。丙说：“她丈夫粗鲁凶悍，能想法子把她弄到手。你如果不怕花钱，我能帮你办成这件事。”接着丙找了同乡一个浪荡子，用金钱买通了他，嘱咐他：“你在白天偷偷地藏到乙家里，故意让乙发现。被捉住后，你就承认是想偷东西。大白天不是偷盗的时候，而且你的神情你的穿着也不像是做贼的，那么乙必定怀疑有奸情，但你不要承认。等官府再次审问后你再承认，通奸罪名不过是戴枷杖责。我会想办法让这个案子不了了之，你不会吃苦的。”这个浪荡子按丙吩咐的去做，最后果然不了了之。然而乙竟然因此休了妻子。丙怕乙后悔，教乙妻的娘家人到官府状告乙，而丙又偷偷地贿赂证人，使得乙妻的娘家败诉。乙妻的父母又恨又恼，把女儿又嫁了出去。乙也是又恼又恨，听任前妻嫁给了甲。甲花了大价钱把乙的前妻买来做妾。丙又教浪荡子对甲反咬一口，揭发他的阴谋，又教甲如何花钱免灾。算起来，丙前前后后捞了上千两银子。

正好听说家庙要祭祀，丙就认真准备祭祀要用的所有东西，打算去祈祷福寿。之前的晚上，庙祝梦见神灵说：“丙备了丰盛的仪礼想要祭祀我，钱从哪儿来的？明天他来，叫他不要进庙。不合礼仪的祭祀，鬼神尚且不接受，何况是不合道义的祭祀！”第二天丙来到庙前，庙祝转达了神灵的话，不让他进庙。丙发怒不信，刚上台阶，抬东西的人都摔倒了，准备的器具也摔坏了，丙这才惊慌地回去了。

过了一年多，甲死了。那个浪荡子因为是同谋，所以经常来往丙家，趁机诱拐丙的女儿逃了。丙恼恨之极气死了，丙妻带着家产改嫁。他女儿到了德州被审出奸情，由官府遣送回原籍，打了一顿棍子后，由官府发落。当时丙的阴谋已败露，乙恨极了，变卖了家产把丙女买了来，

使荐枕三夕，而转售于人。或曰，丙死时，乙尚未娶，丙妇因嫁焉。此故为快心之谈，无是事也。邑子后为丐，女流落为娼，则实有之。

益都李词畹言：秋谷先生南游日，借寓一家园亭中。一夕就枕后，欲制一诗。方沉思间，闻窗外人语曰："公尚未睡耶？清词丽句，已心醉十馀年。今幸下榻此室，窃听绪论，虽已经月，终以不得质疑问难为恨。虑或仓卒别往，不罄所怀，便为平生之歉。故不辞唐突，愿隔窗听挥麈之谈。先生能不拒绝乎？"秋谷问："君为谁？"曰："别馆幽深，重门夜闭，自断非人迹所到。先生神思夷旷，谅不恐怖，亦不必深求。"问："何不入室相晤？"曰："先生襟怀萧散，仆亦倦于仪文，但得神交，何必定在形骸之内耶？"秋谷因日与酬对，于六义颇深。如是数夕，偶乘醉戏问曰："听君议论，非神非仙，亦非鬼非狐，毋乃'山中木客解吟诗'乎？"语讫寂然。穴隙窥之，缺月微明，有影蓬蓬然，掠水亭檐角而去。园中老树参云，疑其木魅矣。

词畹又云：秋谷与魅语时，有客窃听。魅谓渔洋山人诗如名山胜水，奇树幽花，而无寸土艺五谷；如雕栏曲榭，池馆宜人，而无寝室庇风雨；如彝鼎罍洗，斑斓满几，而无釜甑供炊爨；如纂组锦绣，巧出仙机，而无裘葛御寒暑；如舞衣歌扇，十二金钗，而无主妇司中馈；如梁园金谷，雅客满堂，而无良友进规谏。秋谷极为击节。又谓明季诗庸音杂奏，

让她陪睡三夜，又转卖给了别人。有人说，丙死时，乙还没有娶妻，丙妻就嫁了他。这不过是叫人开心的说法，其实没有这事。那个浪荡子后来当了乞丐，丙女沦落为娼妓，这倒确实有这样的事。

益都人李词畹说：秋谷先生游历南方时，借住在一户人家的园亭里。一天夜里，上床躺下以后，想着作一首诗。正在沉思，听到窗外有人说道："先生还没有睡吗？您的清词丽句，我已经醉心十多年。如今您下榻在这个房间，我荣幸偷听您的高论，虽然已经有一个月，始终没有机会跟您当面探讨，太遗憾了。又担心您可能会突然到别处去，不能向您尽情倾吐我心里所想的，那就将遗憾终生了。所以不顾唐突，想隔着窗听听您风雅的谈论，先生能不拒绝吗？"秋谷问："您是谁？"答："别墅幽深，重重的门户夜间都关闭，自然不是人迹所能到。先生的神思平和旷达，大概不会害怕，就不必深究了。"问："为什么不进到房间见见面？"答："先生的胸怀洒脱闲散，我也对礼仪形式感到厌倦。只要精神上交往，何必一定要形体接触呢？"秋谷于是每天同他应酬答对，发现对方对《诗经》六义造诣极深。就这样过了几个晚上，一天晚上，秋谷偶尔乘着醉意开玩笑问道："听您的议论，不是神不是仙，不是鬼也不是狐，莫非是苏轼所说'山中木客解吟诗'吗？"说完，对方寂然无声。秋谷从窗缝往外偷看，残月的微光中，有个蓬蓬的影子掠过水亭的檐角而去。园子里老树高耸入云，怀疑是树木的精怪。

李词畹又说：秋谷和精怪谈论时，有人偷听。精怪说，渔洋山人的诗就像名山胜水，奇树幽花，而没有一寸泥土来种植五谷；如同雕刻的栏杆，曲折的台榭，池苑馆舍，景色宜人，却没有遮蔽风雨的寝室；如同彝鼎罍洗这类古玩器皿，色彩错杂灿烂，堆满桌子，却没有釜甑这样用来烧火煮饭的炊具；如同编织锦绣，精巧得就像是仙女织的，却没有可以抵御寒暑的裘皮袍葛布衣；如同舞衣歌扇，美女众多，而没有主持家政料理饮食的主妇；如同梁孝王的兔园、石崇的金谷园，有满堂风雅的客人，而没有劝诫谏诤的良友。秋谷极为赞赏。又说明末的诗如平庸的音乐，杂乱鸣奏，

故渔洋救之以清新；近人诗浮响日增，故先生救之以刻露。势本相因，理无偏胜。窃意二家宗派，当调停相济，合则双美，离则两伤。秋谷颇不平之云。

乌鲁木齐有道士卖药于市。或曰，是有妖术，人见其夜宿旅舍中，临睡必探佩囊，出一小壶卢，倾出黑物二丸，即有二少女与同寝，晓乃不见。问之，则云无有。余忆《辍耕录》周月惜事，曰："此乃所采生魂也，是法食马肉则破。"适中营有马死，遣吏密嘱旅舍主人，问适有马肉可食否。道士掉头曰："马肉岂可食？"余益疑，拟料理之。同事陈君题桥曰："道士携少女，公未亲见；不食马肉，公亦未亲见。周月惜事，出陶九成小说，未知真否；所云马肉破法，亦未知验否。公信传闻之词，据无稽之说，遽兴大狱，似非所宜。塞外不当留杂色人，饬所司驱之出境，足矣。"余乃止。

后将军温公闻之曰："欲穷治者大过。倘畏刑妄供别情，事关重大，又无确据，作何行止？驱出境者太不及。倘转徙别地，或酿事端，云曾在乌鲁木齐久住，谁职其咎？形迹可疑人，关隘例当盘诘搜检，验有实证，则当付所司；验无实证，则具牒递回原籍，使勿惑民，不亦善乎？"余二人皆服公之论。

庄学士本淳，少随父书石先生泊舟江岸，夜失足落江中，舟人弗知也。漂荡间，闻人语曰："可救起福建学院。此有关系，勿草草。"不觉已还挂本舟舵尾上，呼救得免。

所以渔洋山人以清新的诗风来挽救；近代人的诗，浮华的声响日日增加，所以先生用深刻显豁的诗风来挽救。从发展趋势来看，双方本来就相互借鉴，没有谁胜谁负的道理。精怪认为，两家宗派，应当调和互补，联合则双方都好，分离则双方都有损失。据说秋谷听了这段议论心中还很觉不平。

乌鲁木齐有个道士，在街市上卖药。有人说，这个道士有妖术，人们见到他夜宿旅舍时，临睡前总是从随身的包里掏出一个小葫芦，倒出两丸黑色的东西，随后就有两个少女陪他睡觉，天亮时就看不见了。问他少女在哪里，他则说没有。我想起《辍耕录》上记载的周月惜的故事，说："这就是道士采取了别人的生魂，这种妖术一吃马肉就破解了。"正好军营里死了马，就派小吏暗中嘱咐旅舍主人，叫他问问道士，说旅舍赶巧有马肉，吃不吃。道士扭头说："马肉怎么能吃呢？"我越发怀疑道士有鬼，打算审讯处理道士。同事陈题桥君对我说："道士暗中携带少女，不是你亲眼所见；他说不吃马肉，也不是你亲眼所见。周月惜的事情出自陶九成的小说，不知是真是假；所谓马肉破法术的说法，也不知是否灵验。你相信传闻之词，根据无凭无证的道听途说，就仓促立案，似乎不应该。塞外不该容留闲杂人等，命令有关部门把他驱逐出境，也就足够了。"于是我打消了处置道士的念头。

后来，将军温公听到这件事情，道："对于这个道士，如果审讯穷究，那就大错了。倘若他畏惧刑罚，胡供别人，事关重大，又无确证，将如何收场？如果驱逐出境，那就太保守了。倘若他到了别的地方，也许酿成事端，招供说曾在乌鲁木齐久住，谁来承担责任？按照关塞惯例，对于形迹可疑的人，应当盘问搜查，查有实证，交给主管部门处理；查无实证，就发公文遣返原籍，让他不能蛊惑民众，这样不是很好吗？"我们二人都很佩服温公的意见。

学士庄本淳，小时候随着父亲书石先生泊船在长江边，夜里失足落进水里，船上的人却不知道。他在水里沉浮间，听见有人说："把福建学政救起来。这里有凭据和可以抓牢的东西，不要慌乱。"不知不觉，他又被挂在原船的舵尾上，呼救有人听见才被拉了上来。

后果督福建学政。赴任时，举是事语余曰：“吾其不返乎？”余以立命之说勉之。竟卒于官。

又，其兄方耕少宗伯，雍正庚戌在京邸，遇地震，压于小衖中。适两墙对圮，相拄如人字帐形。坐其中一昼夜，乃得掘出。岂非死生有命乎？

何励庵先生言：十三四时，随父罢官还京师。人多舟狭，遂布席于巨箱上寝。夜分，觉有一掌扪之，其冷如冰，魇良久乃醒。后夜夜皆然，谓是神虚，服药亦无效。至登陆乃已。后知箱乃其仆物。仆母卒于官署，厝郊外。临行阴焚其柩，而以衣包骨匿箱中。当由人眠其上，魂不得安，故作是变怪也。然则旅魂随骨返，信有之矣。

励庵先生又云：有友聂姓，往西山深处上墓返。天寒日短，翳然已暮。畏有虎患，竭蹶力行，望见破庙在山腹，急奔入。

时已曛黑，闻墙隅人语曰：“此非人境，檀越可速去。”心知是僧，问：“师何在此暗坐？”曰：“佛家无诳语，身实缢鬼，在此待替。”聂毛骨悚栗，既而曰：“与死于虎，无宁死于鬼，吾与师共宿矣。”鬼曰：“不去亦可。但幽明异路，君不胜阴气之侵，我不胜阳气之烁，均刺促不安耳。各占一隅，毋相近可也。”聂遥问待替之故，鬼曰：“上帝好生，不欲人自戕其命。如忠臣尽节，烈女完贞，是虽横夭，与正命无异，不必待替。其情迫势穷，更无求生之路者，闵其事非得已，

后来他果然被任为福建学政。赴任时，他说了这件事，对我说：“我恐怕回不来了吧？”我用修身养性以待天命的说法勉励他。后来他竟死在任上。

又，庄本淳的哥哥礼部侍郎庄方耕，雍正庚戌年在京城时赶上地震，被压在小巷里。恰好两堵墙相对倒塌，相互支撑像人字帐篷形。庄方耕在里面坐了一昼夜，才被挖出来。这难道不是死生有命吗？

何励庵先生说：十三四岁时，随着父亲罢官回京城。由于人多船小，他就把席子铺在大箱子上睡觉。夜里觉得有一只手压住他，手掌凉得像冰，梦魇了好久才醒来。以后夜夜如此，说是气虚，但吃药也不管用。一直到上了岸才好。后来知道这个大箱子是仆人的。仆人的母亲死在衙门里，没有入土安葬，棺材停放在郊外。临走时，仆人悄悄地把母亲的棺材连同尸体烧了，用衣服包了遗骨，藏在箱子里。应该是因为人睡在大箱子上，鬼魂不得安宁，所以出现怪异之事。照这样说，外乡的游魂能随遗骨回家的说法，的确是真的。

何励庵先生又说：有个姓聂的朋友，前往西山深处上坟回来。天冷日短，暮色临近。因为害怕有老虎出没，跌跌撞撞尽力赶路。远远看见山腰里有座破庙，急忙奔了进去。

这时天色昏暗，听到墙角有人说话道：“这里不是人呆的地方，施主赶紧离开。”聂某以为是和尚，就问：“师父为什么在这暗地里坐着？”答：“佛家不说谎话，我其实是吊死鬼，在这里等替身的。”聂某吓得毛骨悚然浑身发抖，过了一会儿说：“与其死于虎口，不如死在鬼手里，我今天就和师父一起住宿了。”鬼说：“不走也可以。但是阴间和阳世路数不同，您受不了阴气的侵袭，我受不了阳气的烘烤，靠近了你我都不得安宁。我们各自占据一个角落，不要互相靠近好了。”聂某远远问他吊死鬼为什么要找替身，鬼说：“上帝爱好生命，不愿看到人自己伤害自己的性命。像忠臣尽节，烈妇保全贞操，这虽然也是意外的横死，但和寿终而死没有什么区别，不必等替代者。那些因为情势紧迫困窘，没有求生之路的，冥官则同情他是出于不得已，

亦付轮转，仍核计生平，依善恶受报，亦不必待替。倘有一线可生，或小忿不忍，或借以累人，逞其戾气，率尔投缳，则大拂天地生物之心，故必使待替以示罚。所以幽囚沉滞，动至百年也。”问：“不有诱人相替者乎？”鬼曰：“吾不忍也。凡人就缢，为节义死者，魂自顶上升，其死速。为忿嫉死者，魂自心下降，其死迟。未绝之顷，百脉倒涌，肌肤皆寸寸欲裂，痛如脔割，胸膈肠胃中如烈焰燔烧，不可忍受。如是十许刻，形神乃离。思是楚毒，见缢者方阻之速返，肯相诱乎？”聂曰：“师存是念，自必生天。”鬼曰：“是不敢望，惟一意念佛，冀忏悔耳。”俄天欲曙，问之不言，谛视亦无所见。

后聂每上墓，必携饮食纸钱祭之，辄有旋风绕左右。一岁，旋风不至，意其一念之善，已解脱鬼趣矣。

王半仙尝访其狐友，狐迎笑曰：“君昨夜梦至范住家，欢娱乃尔。”范住者，邑之名妓也。王回忆实有是梦，问何以知。曰：“人秉阳气以生，阳亲上，气恒发越于顶。睡则神聚于心，灵光与阳气相映，如镜取影。梦生于心，其影皆现于阳气中，往来生灭，倏忽变形一二寸小人，如画图，如戏剧，如虫之蠕动。即不可告人之事，亦百态毕露，鬼神皆得而见之，狐之通灵者亦得见之，但不闻其语耳。昨偶过君家，是以见君之梦。”又曰：“心之善恶，亦现于阳气中。生一善念，则气中一线如烈焰；生一恶心，则气中一线如浓烟。浓烟幂首，

这样死后也交付转生轮回，仍然核查他的生平，让他依照善恶接受报应，也不必等替代者。倘若有一线的希望可以活命，只是因为小小的愤恨就不能忍受，或者用自己的死连累别人，逞一时的暴戾之气，轻率地上吊自杀的，那么就大大地违背天地降生万物的本意，所以一定要让他等待替身，以示惩罚。因此有的鬼魂滞留在阴间，动不动就是百年之久。”聂某问：“不是有引诱人相替代的吗？”鬼说：“我不忍心这么做。凡是人上吊，为节义而死的，魂从头顶上升，死得很快。为愤恨嫉妒而死的，魂从心脏往下降，死得缓慢。没有断气的时刻，遍身血脉倒涌上来，肌肤好像一寸寸都要裂开，痛得好比一刀一刀在零碎割，胸腹肠胃里如同烈火焚烧，无法忍受。像这样要过十来刻，形与神才分离。想想这样的痛苦，所以看见上吊的人就要阻止，让他赶快回头，还肯去引诱他吗？”聂某说：“师父有这样的念头，自然一定要升天。”鬼说：“这个不敢妄想。只是一心一意地念佛，希望忏悔罢了。”不久，天要亮了，聂某再问，对方不说话了，仔细看，什么也没有了。

后来聂某每次上坟，必定携带饮食纸钱祭奠这个鬼，每次也总有旋风围绕左右。有一年，旋风不来，料想这个鬼因为一念之善，已经脱离鬼的生活了。

王半仙曾经拜访他的狐精朋友，狐友迎着他笑道：“你昨夜做梦到了范住家，快活成那样。”范住，是镇上的名妓。王半仙想了想确实做过这样的梦，问狐友怎么会知道。狐友说：“人秉承阳气而生，阳气惯于往上升，阳气升腾就常冒出头顶。睡着的时候精神凝聚，灵光与阳气互相映照，像照镜子一样。梦因心意而生，影相就在阳气中显示出来了，来来往往生生灭灭，都能倏忽变成一二寸高的缩微形象，像图画，像演戏，像虫在蠕动一样。即使是不可告人的心底秘事，也会百态毕露，鬼神都能看得清清楚楚，狐精中通灵性的也能看得见，只是听不到缩微的人物说话声音而已。昨晚偶然路过君家，恰好观赏了君的美梦。”狐友又说：“心中的善恶，也反映在阳气里。产生一个善念，阳气中就像射出一线烈焰；产生一个恶念，阳气中就像喷出一缕浓烟。浓烟罩头，

尚有一线之光，是畜生道中人；并一线之光而无之，是泥犁狱中人矣。”王问：“恶人浓烟幂首，其梦影何由复见？”曰：“人心本善，恶念蔽之。睡时一念不生，则此心还其本体，阳气仍自光明。即其初醒时，念尚未起，光明亦尚在。念渐起，则渐昏；念全起，则全昏矣。君不读书，试向秀才问之，孟子所谓夜气，即此是也。”王悚然曰：“鬼神鉴察，乃及于梦寐之中。”

雷出于地，向于福建白鹤岭上见之。岭高五十里，阴雨时俯视，浓云仅及山半，有气一缕，自云中涌出，直激而上。气之纤末，忽火光迸散，即砰然有声，与火炮全相似。至于击物之雷，则自天而下。戊午夏，余与从兄懋园、坦居读书崔庄三层楼上。开窗四望，数里可睹。时方雷雨，遥见一人自南来，去庄约半里许，忽跪于地。倏云气下垂，幂之不见。俄雷震一声，火光照眼如咫尺，云已敛而上矣。少顷，喧言高川李善人为雷所殛。随众往视，遍身焦黑，仍拱手端跪，仰面望天。背有朱书，非篆非籀，非草非隶，点画缴绕，不能辨几字。其人持斋礼佛，无善迹，亦无恶迹，不知为夙业为隐慝也。其侄李士钦曰：“是日晨起，必欲赴崔庄，实无一事。竟冒雨而来，及于此难。”或曰：“是日崔庄大集，崔庄市人交易，以一、六日大集，三、八日小集。殆鬼神驱以来，与众见之。”

余官兵部时，有一吏尝为狐所媚，尪瘦骨立。乞张真人符治之，忽闻檐际人语曰：“君为吏非理取财，当婴刑戮。我夙生曾受君再生恩，故以艳色蛊惑，摄君精气，欲君以瘵疾

顶端如果还有一丝光亮，表明此人是畜生道中的人；若连一丝光亮也没有，表明此人是地狱里的人。”王半仙问：“恶人浓烟罩头，梦影还怎么能够出现呢？”狐友说：“人心本来是善良的，被恶念所遮蔽。熟睡时一念不生，良心还其本来面貌，阳气仍然是光明的。就是恶人刚睡醒时，恶念还没兴起来，光亮也还存在。恶念越多就越昏暗，恶念全部活跃起来就全部昏暗了。君不读书不知这个道理，可以去问问秀才，孟子所说的夜气指的就是阳气。”王半仙惊恐地说：“鬼神的鉴察，竟然能管到人的梦。”

雷电出自于地上，以前我在福建白鹤岭上见过。白鹤岭高五十里，阴雨天在岭上俯视，见浓云仅到山半腰，有一缕气从浓云中涌出来，直冲而上。这缕气的尖细处忽然有火光迸散，随即“砰然”一声巨响，和火炮完全相似。至于雷电有目标的打击，则是从天上下来的。乾隆戊午年夏天，我和堂兄懋园、坦居在崔庄三层楼上读书。开窗向四边望去，能看到几里地以内的景物。当时正下着雷雨，远远地望见一个人从南边来，离崔庄约有半里地左右时，忽然跪在地上。随即云雾下垂罩住他，什么也看不见了。接着听见一声霹雳，火光闪亮，好像近在眼前，这时云雾已收敛上去。过了一会儿，人们纷纷传说高川的李善人遭雷劈死了。我跟随人们去看，只见李善人遍身焦黑，拱手端正地跪着，仰脸望着天空。他的背上有红字，不是小篆，不是大篆，也不是草书、隶书，字的点划缠绕在一起，认不出几个字来。李善人吃斋敬佛，没干什么善事，也没干什么坏事，不知他遭雷击是因为前生的报应呢，还是因为隐藏得很深的坏事。他侄子李士钦说：“这天早上起来，他一定要去崔庄，其实也没什么事要办。他竟冒雨而来，遭了这样的灾难。”有人说这一天崔庄有大集，崔庄人做买卖，每逢一逢六的日子是大集，逢三逢八的日子是小集。可能是鬼神促使他来，让人们看到他的遭遇。”

我在兵部任职时，有一个小吏被狐狸精媚惑，瘦得皮包骨头。他请求张真人用符镇治，忽然听到屋檐边有声音说：“你身为小吏，违背天理榨取钱财，应当遭到杀头的刑罚。我在前一辈子受到你的救命大恩，所以用美色勾引你，摄取你的精气，叫你生痨病落个

善终。今被驱遣，是君业重不可救也。宜努力积善，尚冀万一挽回耳。”自是病愈。然竟不悛改。后果以盗用印信、私收马税伏诛。堂吏有知其事者，后为余述之云。

前母张太夫人，有婢曰绣鸾。尝月夜坐堂阶，呼之，则东西廊皆有一绣鸾趋出，形状衣服无少异，乃至右襟反折其角，左袖半卷亦相同。大骇，几仆。再视之，惟存其一。问之，乃从西廊来。又问见东廊人否，云：“未见也。”此七月间事，至十一月即谢世。殆禄已将近，故魅敢现形欤！

沧州插花庙尼，姓董氏。遇大士诞辰，治供具将毕，忽觉微倦，倚几暂憩。恍惚梦大士语之曰：“尔不献供，我亦不忍饥；尔即献供，我亦不加饱。寺门外有流民四五辈，乞食不得，困饿将殆。尔辍供具以饭之，功德胜供我十倍也。”霍然惊醒，启门出视，果不谬。自是每年供具献毕，皆以施丐者，曰此菩萨意也。

先太夫人言：沧州有轿夫田某，母患臌将殆。闻景和镇一医有奇药，相距百馀里。昧爽狂奔去，薄暮已狂奔归，气息仅属。然是夕卫河暴涨，舟不敢渡。乃仰天大号，泪随声下。众虽哀之，而无如何。忽一舟子解缆呼曰：“苟有神理，此人不溺。来来，吾渡尔。”奋然鼓楫，横冲白浪而行。一弹指顷，已抵东岸。观者皆合掌诵佛号。先姚安公曰：“此舟子信道之笃，过于儒者。”

好死。如今我被赶走，说明你罪孽深重不可救药了。你应该努力行善，也许还有挽回的可能。”这个小吏的病从此好了，但他仍然不知悔改。后来果因为盗用印信、私收马税被处死。堂吏有知道这事的，后来告诉了我。

我的前母张太夫人，有个婢女叫绣鸾。张太夫人曾经月夜坐在堂前的台阶上，呼叫绣鸾，却从东西走廊都走出一个绣鸾，形状衣服没有一点儿区别，以至于右襟反折一只角，左袖一半卷起也相同。张太夫人吓得差点儿跌倒。再仔细看，只有一个绣鸾。问她从哪里出来，答是从西廊来。又问看见东廊的人吗，说：“没有看见。”这是七月间的事，到十一月，张太夫人就去世了。大概福运已将尽，所以妖魅敢于现形吧！

沧州插花庙的尼姑，姓董。观音菩萨生日那天，董尼姑准备好供具，忽然觉得有点儿疲倦，就倚靠几案休息片刻。恍惚中，她梦见观音菩萨对她说：“你不献供，我也不挨饿；你就是献供，我也不会更饱。寺门外有四五个逃难的流民，讨不到饭吃，就要饿死了。你停办供品，给他们施舍饭食，功德胜于供我十倍。”董尼姑猛然惊醒，开门一看，果然寺外有几个饥饿的流民。从此，她每年供神以后，都把供品施舍给乞丐，说这是菩萨的旨意。

先母太夫人说：沧州有个轿夫田某，母亲得了臌胀病快不行了。他听说景和镇一个医生有奇药，但距离那儿有一百多里。天刚亮他就狂奔而去，天傍晚了才狂奔回来，累得上气不接下气。但是这天晚上卫河水猛涨，船不敢渡。田某仰天大哭，声泪俱下。大家虽然都可怜他，但也没有办法。忽然一个船夫解开缆绳招呼道：“如果还有天道，这人就不会淹死。来来，我渡你过去。”他奋然摇橹，逆着滔天的波浪前进，弹指间船已到达东岸。观看的人都合掌念诵佛号。先父姚安公说：“这个船夫相信天道的虔诚，超过了那些读书人。”

卷四 滦阳消夏录四

卧虎山人降乩于田白岩家，众焚香拜祷。一狂生独倚几斜坐，曰："江湖游士，练熟手法为戏耳。岂有真仙日日听人呼唤？"乩即书下坛诗曰："鶗鴂惊秋不住啼，章台回首柳萋萋。花开有约肠空断，云散无踪梦亦迷。小立偷弹金屈戍，半酣笑劝玉东西。琵琶还似当年否？为问浔阳估客妻。"狂生大骇，不觉屈膝。盖其数日前密寄旧妓之作，未经存稿者也。仙又判曰："此笺幸未达，达则又作步非烟矣。此妇既已从良，即是窥人闺阁。香山居士偶作寓言，君乃见诸实事耶？大凡风流佳话，多是地狱根苗。昨见冥官录籍，故吾得记之。业海洪波，回头是岸。山人饶舌，实具苦心，先生勿讶多言也。"狂生鹄立案旁，殆无人色。后岁馀，即下世。余所见扶乩者，惟此仙不谈休咎，而好规人过，殆灵鬼之耿介者耶！先姚安公素恶淫祀，惟遇此仙必长揖曰："如此方严，即鬼亦当敬。"

姚安公未第时，遇扶乩者，问有无功名，判曰："前程万里。"又问登第当在何年，判曰："登第却须候一万年。"意谓或当由别途进身。及癸巳万寿恩科登第，方悟万年之说。后官云南姚安府知府，乞养归，遂未再出。并前程万里之说亦验。

卧虎山人在田白岩家扶乩时降临，大家都焚香拜谒祈祷。唯独一个狂傲的书生斜靠几案坐着，说：“走江湖的练熟了手法，不过戏弄大家而已。哪有真仙天天听人使唤的？”卧虎山人随即写了一首乩诗在坛上：“鹍鸠惊秋不住啼，章台回首柳萋萋。花开有约肠空断，云散无踪梦亦迷。小立偷弹金屈戍，半酣笑劝玉东西。琵琶还似当年否？为问浔阳估客妻。”狂生大惊，不觉屈膝下拜。原来这首诗是他几天前偷偷地寄给过去交往的妓女，并没有留存底稿。卧虎山人又下判词道：“这首诗幸亏没有寄到，寄到的话又将出一个步非烟了。这个女子既然已经从良，你这样做就是勾引良家妇女。白居易只是偶然写一首情诗以寄托情怀，你难道见到实事了？风流佳话，大多是进地狱的根源。昨天偶然看见阴官记录在籍册，所以我抄了下来。孽海无边，回头是岸。山野之人多嘴多舌，实在是出于一番苦心，先生不要怪我多嘴。”狂生呆呆地立在几案旁，几乎面无人色。后来这个书生过了一年多就死了。我见过的扶乩者，只有这位不谈吉凶祸福，而喜欢劝人改错，差不多算是灵鬼中耿直的正人君子吧！先父姚安公一直讨厌乱祭祀，唯有遇到这种神仙，则必定恭敬深深作揖，说：“这样方正严直，就是鬼也应当敬重。”

姚安公没有登第的时候，遇到扶乩的人，问有无功名，判道：“前程万里。”又问能在哪一年登第，判道：“登第却须要等候万年。”姚安公以为自己也许会从别的途径进身。等到康熙癸巳年万寿恩科登第，才领悟“万年”的说法。后来官居云南姚安府知府，请求回家奉养父母而归，就没有再出仕。连前程万里的说法也应验了。

大抵幻术多手法捷巧，惟扶乩一事，则确有所凭附，然皆灵鬼之能文者耳。所称某神某仙，固属假托；即自称某代某人者，叩以本集中诗文，亦多云年远忘记，不能答也。其扶乩之人，遇能书者则书工，遇能诗者即诗工，遇全不能诗能书者，则虽成篇而迟钝。余稍能诗而不能书，从兄坦居能书而不能诗。余扶乩，则诗敏捷，而书潦草；坦居扶乩，则书清整而诗浅率。余与坦居实皆未容心，盖亦借人之精神始能运动，所谓鬼不自灵，待人而灵也。蓍龟本枯草朽甲，而能知吉凶，亦待人而灵耳。

先外祖居卫河东岸，有楼临水傍，曰度帆。其楼向西，而楼之下层门乃向东，别为院落，与楼不相通。先有仆人史锦捷之妇缢于是院，故久无人居，亦无扃钥。有僮婢不知是事，夜半幽会于斯。闻门外窸窣似人行，惧为所见，伏不敢动。窃于门隙窥之，乃一缢鬼步阶上，对月微叹。二人股栗，皆僵于门内，不敢出。门为二人所据，鬼亦不敢入，相持良久。有犬见鬼而吠，群犬闻声亦聚吠。以为有盗，竞明烛持械以往。鬼隐，而僮仆之奸败。婢愧不自容，迨夕，亦往是院缢。觉而救苏，又潜往者再。还其父母乃已。因悟鬼非不敢入室也，将以败二人之奸，使愧缢以求代也。先外祖母曰："此妇生而阴狡，死尚尔哉，其沉沦也固宜。"先太夫人曰："此婢不作此事，鬼亦何自而乘？其罪未可委之鬼。"

一般说来，幻术大多是手法快速灵巧，只有扶乩一件事，倒是的确有所凭借依附，但都是灵鬼当中擅长诗文的。自称某神某仙，自然属于假托；就是自称某代某人的，真的问到本人集子中的诗文，也往往说年代久远忘记了，回答不上来。那扶乩的人，碰到字好的就书写工整，碰到能诗的就作诗工巧，碰到完全不善于作诗、书写的，则虽能成篇却很缓慢。我稍稍能写诗而字写得不好，堂兄坦居字写得好而诗却不怎么好。我扶乩时，就作诗敏捷而书写潦草；坦居扶乩时，就书写清整而诗意浅近粗率。我和坦居其实都没有留心，大概也是借人的精神活动，才能够动起来，就是通常所说的，鬼不能自己聪明灵巧，依仗人才能聪明灵巧。用来占卜的蓍龟本来是枯草和腐朽的甲壳，却能够让人知道吉凶，也是靠人的操作才能灵验的。

先外祖家住在卫河东岸，家中有座楼临水建在河旁，名叫“度帆”。度帆楼面水向西，楼的下层门朝东，是另外一个院子，与楼上不通。原先有个叫史锦捷的仆人，他妻子缢死在院子里，因此这里一直没人住，平时也不上锁。有一个僮仆和一个婢女不知道院子里曾经有人缢死的事情，半夜里在这个院子里幽会。他们听到门外有窸窸窣窣的声响，似乎有人走动，怕被发现，伏着身子不敢移动。偷偷从门缝向外看，只见一个缢鬼正在台阶上走动，对着月亮轻轻叹息。两个人吓得双腿颤抖，都瘫在门里不敢出来。门被这两个人堵着，鬼也不敢进去，相持了好长时间。忽然有只狗看见了鬼，狂叫起来，群犬闻声也狂吠起来。人们以为有贼，争相打着灯笼举着棍棒拥进院子。鬼立即隐形而去，僮仆婢女的奸情彻底败露。婢女羞愧得难以自容，等到夜晚也到院子里去上吊。人们发现后，将她救活，可她又偷偷到院子里上吊，这样折腾了两次。后来把婢女交送给她的父母才算了结。因此人们醒悟，并非鬼不敢进屋，而是故意要暴露僮婢二人的奸情，迫使婢女羞愧自缢，这样来给自己找替身。先外祖母说：“这个女人活着时就阴险狡诈，死后还是这样，她沉沦在鬼界是活该。”先太夫人说：“这个婢女如果不做这种事，鬼又怎么能趁机而入呢？所以这事的罪过不能推在鬼的身上。”

辛彤甫先生官宜阳知县时，有老叟投牒曰：“昨宿东城门外，见缢鬼五六，自门隙而入，恐是求代。乞示谕百姓，仆妾勿凌虐，债负勿逼索，诸事互让勿争斗，庶鬼无所施其技。”先生震怒，笞而逐之。老叟亦不怨悔，至阶下拊膝曰：“惜哉，此五六命不可救矣！”越数日，城内报缢死者四。先生大骇，急呼老叟问之，老叟曰：“连日昏昏，都不记忆，今乃知曾投此牒。岂得罪鬼神，使我受笞耶？”是时此事喧传，家家为备，缢而获解者果二：一妇为姑所虐，姑痛自悔艾；一迫于逋欠，债主立为焚券，皆得不死。乃知数虽前定，苟能尽人力，亦必有一二之挽回。又知人命至重，鬼神虽前知其当死，苟一线可救，亦必转借人力以救之。盖气运所至，如严冬风雪，天地亦不得不然。至披裘御雪，墐户避风，则听诸人事，不禁其自为。

献县史某，佚其名，为人不拘小节，而落落有直气，视龌龊者蔑如也。偶从博场归，见村民夫妇子母相抱泣。其邻人曰：“为欠豪家债，鬻妇以偿。夫妇故相得，子又未离乳，当弃之去，故悲耳。”史问：“所欠几何？”曰：“三十金。”“所鬻几何？”曰：“五十金，与人为妾。”问：“可赎乎？”曰：“券甫成，金尚未付，何不可赎！”即出博场所得七十金授之，曰：“三十金偿债，四十金持以谋生，勿再鬻也。”夫妇德史甚，烹鸡留饮。酒酣，夫抱儿出，以目示妇，意令荐枕以报。妇颔之，语稍狎。史正色曰：“史某半世为盗，半世为捕役，杀人曾不眨眼。若危急中污人妇女，则实不能为。”饮啖讫，掉臂径去，不更一言。

辛彤甫先生任宜阳知县时，有个老人递了一份状子说："昨天宿在东城门外，看见五六个吊死鬼从门缝进来，恐怕是找替身。请求告示百姓，不要虐待仆妾，不要追逼债务，诸事都互相让着，不要争斗，那么鬼就没办法了。"先生大怒，把老人打了一顿赶走了。老人不怨也不悔，走到阶下，抚着膝盖说："可惜呵，这五六条命不能救了！"过了几天，报告城里有四个人上吊。先生大惊，急忙找来老人问话，老人说："连着几天迷迷糊糊的，什么都记不起来了，今天我才知道曾经递过这个状子。莫非是得罪了鬼神，叫我挨打么？"当时这事便传扬开来，于是家家防备，果然有两人上吊而得救：一个妇人被婆婆虐待而上吊，婆婆深为后悔；一个是欠债被迫上吊，债主当即烧了债券，于是两人都没有死。可知命运虽然在事前都已注定了，但如果能尽人力争取，也必然能挽回十分之一二。又可知人命关天，鬼神虽然事前就知道某某该死，但只要有一线希望，也必会转借人力救助。气数到了，就像严冬刮风下雪一样，大地也不得不是一派酷寒景象。至于穿着皮袄，或者堵了门缝避风雪，就由人想办法，老天并不禁止。

献县的史某，不知叫什么名字，他为人不拘小节，而且豁达正直，对卑鄙肮脏的事情不屑一顾。有一次他从赌场回来，看见一家村民夫妻孩子相抱着哭泣。村民的邻居说："因为他欠了富人的债，卖了妻子偿还。他们夫妻平时相处恩爱，孩子又没有断奶，就这么扔下走了，所以很伤心。"史某问："欠了多少债？"邻居说："三十两银子。"史某又问："卖了多少钱？"邻居说："五十两银子，卖给人做妾。"史某问："可以赎回么？"邻居说："卖身契刚写好，钱还未付，怎么不能赎？"史某当即拿出刚从赌场赢的七十两银子交给村民，说："三十两还债，四十两用来过日子，不要再卖老婆了。"村民夫妇感激不尽，杀鸡留他喝酒。酒至三巡，村民抱了孩子出去，并向妻子使眼色，意思是让她陪史某睡觉作为报答。妻子点头，之后说的话就有点儿挑逗的味道了。史某严肃地说："史某当了半辈子强盗，半辈子捕吏，也曾经杀人不眨眼。要说趁人之危，奸污人家妇女，我史某实在不会这么做。"吃喝完毕，甩开胳膊掉头走了，没有再说一句话。

半月后，所居村夜火。时秋获方毕，家家屋上屋下，柴草皆满，茅檐秫篱，斯须四面皆烈焰。度不能出，与妻子瞑坐待死。恍惚闻屋上遥呼曰："东岳有急牒，史某一家并除名。"剨然有声，后壁半圮。乃左挈妻，右抱子，一跃而出，若有翼之者。火熄后，计一村之中，爇死者九。邻里皆合掌曰："昨尚窃笑汝痴，不意七十金乃赎三命。"余谓此事见佑于司命，捐金之功十之四，拒色之功十之六。

姚安公官刑部日，德胜门外有七人同行劫，就捕者五矣，惟王五、金大牙二人未获。王五逃至滹县，路阻深沟，惟小桥可通一人。有健牛怒目当道卧，近辄奋触，退觅别途，乃猝与逻者遇。金大牙逃至清河桥北，有牧童驱二牛挤仆泥中，怒而角斗。清河去京近，有识之者，告里胥，缚送官。二人皆回民，皆业屠牛，而皆以牛败。岂非宰割惨酷，虽畜兽亦含怨毒，厉气所凭，借其同类以报哉？不然，遇牛触仆，犹事理之常；无故而当桥，谁使之也？

宋蒙泉言：孙峨山先生，尝卧病高邮舟中。忽似散步到岸上，意殊爽适。俄有人导之行，恍惚忘所以，亦不问。随去至一家，门径甚华洁。渐入内室，见少妇方坐蓐。欲退避，其人背后拊一掌，已昏然无知。久而渐醒，则形已缩小，绷置锦褓中。知为转生，已无可奈何。欲有言，则觉寒气自颇门入，辄噤不能出。环视室中，几榻器玩及对联书画，皆了了。至三日，婢抱之浴，失手坠地，复昏然无知，醒则仍卧舟中。

半月之后，史某的村子夜里失火。当时刚刚秋收完，家家屋前屋后都堆满了柴草，茅草的屋檐，高粱秆的篱笆，转眼间四面都是烈火。史某估摸出不了屋了，只有与妻子儿女闭上眼睛坐着等死。恍惚间听见屋上远远地呼喊："东岳神有火急文书到，史某一家除名免死。"接着一声轰响，后墙倒塌了一半。史某左手拉着妻子，右手抱着儿子，一跃而出，好像有人在身后推了他一把。火灭后统计，全村共烧死九人。邻里都合掌祝福他说："昨天还笑你傻，不想七十两银子买了三条人命。"我认为史某得到司命神的保佑，其中赠金之功占十分之四，拒绝女色之功占了十分之六。

姚安公在刑部做官时，德胜门外有七个人合伙抢劫，捉到了五个，只有王五、金大牙两人跑了。王五逃到瀞县，面前一条深沟阻挡，沟上有座小桥，只能走一个人。有一头健壮的牛怒瞪着眼当道而卧，靠近它就奋力顶撞，只好退回寻找别的道路，却突然撞上了巡逻的人。金大牙逃到清河桥北，有牧童赶着两头牛过来，把他挤倒在泥里，金大牙发火和牧童打了起来。清河离京城近，被人认出，告诉了里长，里长把他捆绑起来送官。王五、金大牙二人都是回民，都以宰牛为业，都因为牛而败露。莫非牛遭到残酷屠宰，即使是兽类也怀着怨恨，凭着恶毒之气，借助同类来报复么？要不然，碰到牛顶撞扑倒，这是常事；而牛无缘无故挡在桥上，是谁指使它这样的呢？

宋蒙泉说：孙峨山先生，有一次旅行到高邮时，在船上卧病不起。忽然觉得就像散步上了岸一样，觉得轻松爽适。不一会儿有人领他向前走，他恍恍惚惚忘记了为什么要向前走，也没有问。接着来到一户人家，门庭豪华，院落清洁。渐渐走进内室，见一个少妇正在分娩。他想退避，被领他来的人从背后拍了一掌，就昏迷不省人事了。等过了好久他慢慢醒过来的时候，发现自己身形已经缩小，被裹在锦绣的襁褓里。心里明白这是已经转生，也无可奈何。他想说话，觉得一股寒气从囟门灌进，就说不出来了。环视室中，室中的几案床榻器物摆设和对联书画，都看得十分清楚。到了第三天，婢女抱着他洗澡，失手掉在地上，他就又失去了知觉，醒来的时候，发现仍旧在船上。

家人云，气绝已三日，以四肢柔软，心膈尚温，不敢殓耳。先生急取片纸，疏所见闻，遣使由某路送至某门中，告以勿过挞婢。乃徐为家人备言。是日疾即愈，径往是家，见婢媪皆如旧识。主人老无子，相对惋叹，称异而已。

近梦通政鉴溪亦有是事，亦记其道路门户。访之，果是日生儿即死。顷在直庐，图阁学时泉言其状甚悉，大抵与峨山先生所言相类。惟峨山先生记往不记返；鉴溪则往返俱分明，且途中遇其先亡夫人，到家入室时见夫人与女共坐，为小异耳。

案，轮回之说，儒者所辟。而实则往往有之，前因后果，理自不诬。惟二公暂入轮回，旋归本体，无故现此泡影，则不可以理推。“六合之外，圣人存而不论”，阙所疑可矣。

再从伯灿臣公言：曩有县令，遇杀人狱不能决，蔓延日众。乃祈梦城隍祠。梦神引一鬼，首戴磁盎，盎中种竹十馀竿，青翠可爱。觉而检案中有姓祝者，祝、竹音同，意必是也。穷治无迹。又检案中有名节者，私念曰：“竹有节，必是也。”穷治亦无迹。然二人者九死一生矣。计无复之，乃以疑狱上，请别缉杀人者，卒亦不得。夫疑狱，虚心研鞫，或可得真情。祷神祈梦之说，不过慑伏愚民，绐之吐实耳。

家人说，他已经气绝三天，只是因为四肢柔软，心窝还温热，才没敢入殓。孙峨山先生急忙要了一张纸，写出自己的见闻，派人沿他所走的路线去找那户他曾经转生的人家，告诉主人不要过分责打婢女。然后，才慢慢把事情的经过详细告诉家人。当天他的病就彻底好了，于是亲自前往他曾经转生的人家，见到婢女老妇等人，仿佛都相识。这家主人年老无子，与孙峨山先生相对惋惜叹息，都说太奇怪了，也就算了。

近些年，通政梦鉴溪也遇到类似的事情，也记得走过的路和转生那家的门户。事后前去访问，果然这一家生的儿子当天就死了。不久前在值班的地方，内阁学士图时泉讲得很详细，大抵与峨山先生经历的相类似。唯一不同的一点是峨山先生记得前往转生的情景，不记得返回时的情况；梦鉴溪则来去都记得很清楚，而且途中还遇见了他先前已经去世的夫人，到家进房间时见到夫人与女儿一起坐着。

按，我认为，佛家关于轮回转生的学说，是儒家一直排斥批判的。但实际上往往有转生的事，前因后果，按道理说没有错。只是峨山、鉴溪两位先生，短时间进入轮回，随即又返归本体，无缘无故地现出了这么个轮回转生的泡影，按佛家通常的轮回之说就解释不通了。“对于天地上下四方之外的疑问，圣人存而不论”，那么，这个问题就存疑吧。

远房伯父灿臣公说：从前有个县令，遇到一个杀人案件不能判决，拖延下来，牵连的人越来越多。于是他到城隍庙向神求祷梦示。他梦见神带来一个鬼，鬼头上顶着个小口大肚的磁盎，盎里种着十几根竹子，青翠可爱。醒后他查到案子里有姓祝的人，心想，祝、竹同音，凶手必定是他。但用尽酷刑审讯，也没审出证据来。又查到案子里有个人名“节”，他暗想：“竹有节，凶手必定是他。”于是又用尽酷刑，也没有找到线索。而这两个人都被审得九死一生了。实在没有办法再按这种线索查下去，还是作为疑案上报，请求另外追捕杀人凶手，最终也没有捉到。疑难案子，如果虚心研究审讯，也许能得到真情。请神梦示的说法，不过是吓唬愚民，哄骗他们吐露实情而已。

若以梦寐之恍惚，加以射覆之揣测，据为信谳，鲜不谬矣。古来祈梦断狱之事，余谓皆事后之附会也。

雍正壬子六月，夜大雷雨，献县城西有村民为雷击。县令明公晟往验，饬棺殓矣。越半月馀，忽拘一人讯之曰："尔买火药何为？"曰："以取鸟。"诘曰："以铳击雀，少不过数钱，多至两许，足一日用矣。尔买二三十斤何也？"曰："备多日之用。"又诘曰："尔买药未满一月，计所用不过一二斤，其馀今贮何处？"其人词穷。刑鞫之，果得因奸谋杀状，与妇并伏法。或问："何以知为此人？"曰："火药非数十斤不能伪为雷。合药必以硫黄。今方盛夏，非年节放爆竹时，买硫黄者可数。吾阴使人至市，察买硫黄者谁多。皆曰某匠。又阴察某匠卖药于何人。皆曰某人。是以知之。"又问："何以知雷为伪作？"曰："雷击人，自上而下，不裂地。其或毁屋，亦自上而下。今苫草屋梁皆飞起，土炕之面亦揭去，知火从下起矣。又此地去城五六里，雷电相同，是夜雷电虽迅烈，然皆盘绕云中，无下击之状。是以知之。尔时其妇先归宁，难以研问，故必先得是人，而后妇可鞫。"此令可谓明察矣。

戈太仆仙舟言：乾隆戊辰，河间西门外桥上，雷震一人死，端跪不仆；手擎一纸裹，雷火弗爇。验之皆砒霜，莫明其故。俄其妻闻信至，见之不哭，曰："早知有此，恨其晚矣！是尝诟谇老母，昨忽萌恶念，欲市砒霜毒母死。吾泣谏一夜，不从也。"

再从兄旭升言：村南旧有狐女，多媚少年，所谓二姑娘者是也。族人某，意拟生致之，未言也。一日，于废圃见美女，

若将梦中恍惚的情景，加以射覆式的猜测，作为定案的依据，就没有不错的。自古以来求梦断案的事，我认为都是事后的牵强附会。

雍正壬子年六月，一天夜里下大雷雨，献县城西有个村民被雷击死。县令明晟公去查看了现场，命令把尸体装进棺材埋葬。半个多月后，县令忽然抓了一个人，问："你买火药是想干什么？"这人说："打鸟。"县令反驳道："用枪打鸟，火药少不过用几钱，至多也不过一两多就足够用一天，你买二三十斤干什么？"这人说："准备用许多天。"县令说："你买药不到一月，算算用过的不过一二斤，其馀的都放在哪里？"这人答不上来了。拷打审问，果然审出了因奸谋杀的情状，于是和姘妇一起伏法。有人问："怎么知道凶手是他？"县令说："不用几十斤火药伪装不成雷击现场。配药必用硫黄。如今正是盛夏，不是年节放爆竹之时，没几个人买硫黄。我暗中派人到市场，查问谁买得最多。回答说是某匠人。又暗查某匠人把药卖给了什么人，都说是某人，所以知道凶手就是他。"又问："怎么知道雷击是假装出来的？"县令说："雷击人，从上而下，不会炸裂地面。也许有毁坏房屋的，也从上而下。现在茅草顶屋梁都飞了起来，土炕的炕面也揭了去，知道火是从下面起来的。另外，这儿离城五六里，雷电应该一样，那天夜里雷电虽然又快又厉害，但都在云层中盘绕，没有下击的样子。因此知道是伪造了现场。那时，死者的妻子已先回娘家，难以审问，所以一定要先捉到这个人，然后才能审讯那个女人。"这个县令可谓明察秋毫。

太仆寺卿戈仙舟说：乾隆戊辰年，河间西门外桥上，雷电击死了一个人，这人死后还端端正正跪着不倒；手里还举着个纸包，没有被雷火烧着。查看纸包，包的是砒霜，没人知道是什么缘故。不一会儿他的妻子听到消息来了，见了死者并不哭，说："早知道有今天，只恨他死得晚了！他曾经辱骂老母，昨天忽然萌生恶念，要想买砒霜毒死母亲。我哭着劝谏了一夜，他也不肯听从。"

远房堂兄旭升说：村南过去有个狐女，媚惑了不少年轻人，人们所说的"二姑娘"，就是这个狐女。族里有个年轻人，立意要活捉狐女，但对谁都没有说。有一天，他在一个废弃的菜园子里见到一个美女，

疑其即是。戏歌艳曲，欣然流盼。折草花掷其前，方欲俯拾，忽却立数步外，曰："君有恶念。"逾破垣竟去。

后有二生读书东岳庙僧房，一居南室，与之昵；一居北室，无睹也。南室生尝怪其晏至，戏之曰："左挹浮邱袖，右拍洪崖肩耶？"狐女曰："君不以异类见薄，故为悦己者容。北室生心如木石，吾安敢近？"南室生曰："何不登墙一窥？未必即三年不许。如使改节，亦免作程伊川面向人。"狐女曰："磁石惟可引针，如气类不同，即引之不动。无多事，徒取辱也。"

时同侍姚安公侧，姚安公曰："向亦闻此，其事在顺治末年。居北室者，似是族祖雷阳公。雷阳一老副榜，八比以外无寸长，只心地朴诚，即狐不敢近。知为妖魅所惑者，皆邪念先萌耳。"

先太夫人外家曹氏，有媪能视鬼。外祖母归宁时，与论冥事。媪曰："昨于某家见一鬼，可谓痴绝。然情状可怜，亦使人心脾凄动。鬼名某，住某村，家亦小康，死时年二十七八。初死百日后，妇邀我相伴。见其恒坐院中丁香树下，或闻妇哭声，或闻儿啼声，或闻兄嫂与妇诟谇声，虽阳气逼烁，不能近，然必侧耳窗外窃听，凄惨之色可掬。后见媒妁至妇房，愕然惊起，张手左右顾。后闻议不成，稍有喜色。既而媒妁再至，来往兄嫂与妇处，则奔走随之，皇皇如有失。送聘之日，坐树下，目直视妇房，泪涔涔如雨。自是妇每出入，辄

怀疑就是狐女二姑娘。就嘻皮笑脸对她唱起调情的歌曲，美女高高兴兴地用眼神来回应。他采了野花扔到她的面前，美女正要俯身去捡花草，忽然退后几步，说："你有恶念。"随即就越过破墙走了。

后来，有两个书生在东岳庙僧房里读书，一个住在南屋，跟狐女亲亲热热；另一个住在北屋，就像没看见狐女。南屋的书生曾经责怪狐女来晚了，怀疑她是从北屋来，开玩笑地说："你这是左手拉住仙人浮邱的袖子，右手又拍着仙人洪崖的肩膀，同时还和另一个人相好吗？"狐女说："你不因为我是异类而轻视我，所以我要为悦己者容。至于北屋的书生，心如木石，我哪敢靠近呢？"南屋书生说："你何不勾引勾引他？他未必就能做到三年不动心。若能让他动了心，也就免得他在人前摆出程伊川一样的道学家面孔了。"狐女说："磁石只能吸引铁针，如果气质品类不同，就吸引不动。别多事了，免得自讨羞辱。"

当时我和堂兄旭升一起在先父姚安公身旁，姚安公说："以前我也听人讲过这件事，事情发生在顺治末年。居住北屋的书生，好像就是族祖雷阳公。雷阳公一个老贡生，除了八股文以外没有任何别的本事，只是他心地朴实诚挚，就是狐妖也不敢靠近。由此可知，凡是被妖魅蛊惑的人，都是因为自己先萌生了邪念。"

先太夫人的娘家姓曹，曹家有个老妈子说她能看见鬼。外祖母回娘家时，和她说起阴府的事。老妈子说："前些天在某某家见到一个鬼，可真是痴到极点。但是那情状可怜，也叫人内心凄然神伤。鬼名叫某某，住在某村，家道也算小康，死的时候有二十七八岁。刚死百天后，他妻子请我去做伴。我看见他常坐在院里丁香树下，有时听见妻子的哭声，有时听见儿子的哭声，有时听见兄嫂和妻子的吵骂声，虽然他怕阳气烘逼而不能靠近，但一定守在窗外侧耳细听，满脸露出凄楚的表情。后来看见媒人进了妻子的房间，他愕然惊起，张着两手东张西望。后来听说没有谈成，脸上稍稍有高兴的样子。过后媒人又来了，来往于兄嫂和妻子之间，他则奔走着跟随在后面，惶惶然若有所失。送聘礼那天，他坐在树下，眼睛直盯着妻子的房门，泪落如雨。此后每当妻子进进出出，他就

随其后，眷恋之意更笃。嫁前一夕，妇整束奁具，复徘徊檐外，或倚柱泣，或俯首如有思；稍闻房内嗽声，辄从隙私窥，营营者彻夜。吾太息曰：‘痴鬼何必如是！’若弗闻也。娶者入，秉火前行。避立墙隅，仍翘首望妇。吾偕妇出，回顾，见其远远随至娶者家，为门尉所阻。稽颡哀乞，乃得入。入则匿墙隅，望妇行礼，凝立如醉状。妇入房，稍稍近窗，其状一如整束奁具时。至灭烛就寝，尚不去，为中霤神所驱，乃狼狈出。时吾以妇嘱归视儿，亦随之返。见其直入妇室，凡妇所坐处眠处，一一视到。俄闻儿索母啼，趋出，环绕儿四周，以两手相搓，作无可奈何状。俄嫂出，挞儿一掌。便顿足拊心，遥作切齿状。吾视之不忍，乃径归，不知其后何如也。后吾私为妇述，妇啮齿自悔。里有少寡议嫁者，闻是事，以死自誓曰：‘吾不忍使亡者作是状。’”

嗟乎！君子义不负人，不以生死有异也；小人无往不负人，亦不以生死有异也。常人之情，则人在而情在，人亡而情亡耳。苟一念死者之情状，未尝不戚然感也。儒者见谄渎之求福，妖妄之滋惑，遂龂龂持无鬼之论，失先王神道设教之深心，徒使愚夫愚妇，悍然一无所顾忌。尚不如此里妪之言，为动人生死之感也。

王兰泉少司寇言：胡中丞文伯之弟妇，死一日复苏，与家人皆不相识，亦不容其夫近前。细询其故，则陈氏女之魂，借尸回生。问所居，相去仅数十里。呼其亲属至，皆历历相认。女不肯留胡氏。胡氏持镜使自照，见形容皆非，乃无奈而与胡为夫妇。

跟随在后面，眷恋的情意更加浓烈。婚礼前一晚，妻子在收拾嫁妆，他又在院子里徘徊，有时倚着柱子哭泣，有时低着头若有所思；听到屋里有一点儿咳嗽声，他就从窗缝往里看，就这么折腾了一夜。我长叹道：'痴鬼何必这样！'他好像没有听见。第二天，男方进来迎娶，拿着烛火往前走。他躲在墙角站着，仍然翘首望着妻子。我陪同他妻子出来，回过头去，看见他远远地随着来到男方家，被门神挡住了。他叩头哀求，才能跟着进来。进了屋就躲在墙角，看着妻子举行婚礼，呆呆站着像是喝醉了酒。妻子进了洞房，他稍稍靠近窗户，那情状和头天晚上妻子在屋里收拾妆具时一样。一直到洞房里吹灯就寝，他还不离开，结果被宅神驱赶，才狼狈地出来了。当时他妻子嘱托我回去看看孩子，他也随着我回来了。只见他直接进到妻子的屋里，凡是妻子坐过、睡过的地方，他都一一看过。随即听到孩子哭着找妈妈，他跑出去，在孩子的周围打转，两只手搓来搓去，一副无可奈何的样子。不一会儿，他嫂子出来，打了孩子一巴掌。他在远处跺着脚捂着胸，做出咬牙切齿的样子来。我看不下去，便回去了，不知后来怎样了。后来我偷偷地告诉他的妻子，她痛苦地咬着牙，后悔了。村里年轻的寡妇原本有商量着再嫁人的，听了这件事，赌咒发誓道：'我不忍心让死去的人做出这种样子。'"

呜呼！君子仗义不背负人，不会因为生死有什么区别；小人没有不辜负于人的，也不因为活着或死去而有所不同。一般人的情分，是人在情分也在，人死情分也就不存在了。但是一想起那个死者的情状，未尝不感到心酸。有些人轻慢圣贤的教诲却谄媚烦扰神灵求福，还制造了怪异荒诞的说法，儒者见到这种现象就振振有词地坚持无鬼论，忽视了上古贤明君王以神道设置道德教化的深切用心，这样做只会使愚夫愚妇们无所顾忌地我行我素。还不如这位老妈子说的事，能够触动人们对活着与死去之后情景的感念。

刑部侍郎王兰泉说：巡抚胡文伯的弟媳，死了一天又苏醒过来，但家里人她都不认识了，也不让丈夫亲近。细问才知是陈家的女儿借尸还魂。问她的住处，离这儿仅十几里地。找来她的亲戚，她都能一一相认。她不肯留在胡家。胡家的人拿镜子给她照，她见相貌完全变了，只好无可奈何做了胡家的老婆。

此与《明史·五行志》司牡丹事相同。当时官为断案，从形不从魂。盖形为有据，魂则无凭。使从魂之所归，必有诡托售奸者，故防其渐焉。

有山西商，居京师信成客寓，衣服仆马皆华丽，云且援例报捐。一日，有贫叟来访，仆辈不为通。自候于门，乃得见。神意索漠，一茶后，别无寒温。叟徐露求助意，咈然曰："此时捐项且不足，岂复有馀力及君！"叟不平，因对众具道西商昔穷困，待叟举火者十馀年；复助百金使商贩，渐为富人。今罢官流落，闻其来，喜若更生。亦无奢望，或得曩所助之数，稍偿负累，归骨乡井足矣。语讫絮泣，西商亦似不闻。

忽同舍一江西人，自称姓杨，揖西商而问曰："此叟所言信否？"西商面赪曰："是固有之，但力不能报为恨耳。"杨曰："君且为官，不忧无借处。倘有人肯借君百金，一年内乃偿，不取分毫利，君肯举以报彼否？"西商强应曰："甚愿。"杨曰："君但书券，百金在我。"西商迫于公论，不得已书券。杨收券，开敝箧，出百金付西商。西商怏怏持付叟。杨更治具，留叟及西商饮。叟欢甚，西商草草终觞而已。叟谢去，杨数日亦移寓去，从此遂不相闻。

后西商检箧中少百金，镉锁封识皆如故，无可致诘。又失一狐皮半臂，而箧中得质票一纸，题钱二千，约符杨置酒所用之数。

这事和《明史·五行志》中记载的司牡丹一事相同。当时官府宣判，依从相貌而不依从所凭借的灵魂。因为相貌是实在的，灵魂却是虚无的。假如依照灵魂来断定归属，必然有假托的人借机实施奸计，所以要防范后来有人使坏。

有个山西商人，居住在京城的信成客店里，衣服仆从和车马都很华贵，说是准备按惯例申报买个官位。有一天，有个贫穷的老人来寻访，仆人们不替他通报。老人自己在门口等着，才见到山西商人。山西商人表情冷漠，送上一杯茶之后，连一句寒暄的话都没有。老人渐渐表露了请求帮助的意思，山西商人就不高兴地说："我这时捐官的钱还不够，哪里再有馀力顾及到你呢！"老人意下不平，就对着众人一一讲述山西商人过去穷困时，十多年一直依赖老人才活下来；老人又曾资助百两银子，让他经商贩卖，他渐渐成为富人。现今自己罢了官，漂泊不定，听说他到来，心里很高兴，以为有了救星了。也没有什么奢望，只是想得到过去帮助他的那些钱，稍稍还掉一点儿债务，这把老骨头能返回家乡就足够了。说完抽抽搭搭哭了起来，但山西商人好像不曾听见。

同屋有一个江西人，自称姓杨，忽然向山西商人作揖问道："这个老人所说的是真的吗？"山西商人红着脸说："这事是有的，但遗憾实在不能报答。"杨某说："您马上要做官了，不愁借不到钱。倘若有人肯借给您百两银子，一年内偿还，不取一分一毫的利息，您肯拿来报答老人吗？"山西商人勉强答应说："愿意。"杨某说："您只要写个借据，一百两银子我借给您。"山西商人受到公众议论的压力，不得已写了借据。杨某收了借据，打开一个破旧的箱子，从中拿出一百两银子付给山西商人。山西商人不情不愿地接过银子，交给老人。杨某又置办了酒席，留老人和山西商人喝酒。老人很高兴，山西商人敷衍着陪到散席。老人谢过就走了，杨某几天后也搬往别处，从此就不通音信了。

后来山西商人检点箱子，发现少了一百两银子，但箱子上的扣锁封皮标识都像原样，无处可以查问。又少了一件狐皮背心，而在箱子里找到一张当票，写着钱二千，大约与杨某办备酒席的钱相当。

乃知杨本术士，姑以戏之。同舍皆窃称快。西商惭沮，亦移去，莫知所往。

蒋编修菱溪，赤崖先生子也。喜吟咏，尝作七夕诗曰："一霎人间箫鼓收，羊灯无焰三更碧。"又作中元诗曰："两岸红沙多旋舞，惊风不定到三更。"赤崖先生见之，愀然曰："何忽作鬼语？"果不久下世。故刘文定公作其遗稿序曰："就河鼓以陈词，三更焰碧；会盂兰而说法，两岸沙红。诗谶先成，以君才过终军之岁；诔词安属，顾我适当骑省之年。"

农夫陈四，夏夜在团焦守瓜田。遥见老柳树下，隐隐有数人影，疑盗瓜者，假寐听之。中一人曰："不知陈四已睡未？"又一人曰："陈四不过数日，即来从我辈游，何畏之有？昨上直土神祠，见城隍牒矣。"又一人曰："君不知耶？陈四延寿矣。"众问："何故？"曰："某家失钱二千文，其婢鞭箠数百未承。婢之父亦愤曰：'生女如是，不如无。倘果盗，吾必缢杀之。'婢曰：'是不承死，承亦死也。'呼天泣。陈四之母怜之，阴典衣得钱二千，捧还主人曰：'老妇昏愦，一时见利取此钱，意谓主人积钱多，未必遽算出。不料累此婢，心实惶愧。钱尚未用，谨冒死自首，免结来世冤。老妇亦无颜居此，请从此辞。'婢因得免。土神嘉其不辞自污以救人，达城隍，城隍达东岳。东岳检籍，此妇当老而丧子，冻饿死。以是功德，判陈四借来生之寿于今生，俾养其母。尔昨下直，未知也。"陈四方窃愤母以盗钱见逐，至是乃释然。后九年母死，葬事毕，无疾而逝。

山西商人这才知道杨某本来是一个术士，这是跟他开了个玩笑。同住的人都暗暗称快。山西商人又惭愧又沮丧，也搬走了，不知道去了哪里。

编修蒋菱溪，是赤崖先生的儿子。喜欢吟诗，曾经作过一首七夕诗："一霎人间箫鼓收，羊灯无焰三更碧。"又作中元节诗："两岸红沙多旋舞，惊风不定到三更。"赤崖先生见了，脸色一下子变了，说："怎么忽然说起鬼话来？"果然不久蒋菱溪就去世了。所以刘文定公在他的遗稿序中说："借着牵牛星来陈述辞赋，三更天发出青绿颜色的火焰；遇到盂兰盆节而演说佛法，两岸边有着凶星当值的沙红舞。诗中已出现征兆，而您才超过终军的年岁；悼念的文字嘱托谁来写？看来就是相当于潘岳寓直散骑之省时年龄的三十多岁的我了。"

农夫陈四，夏夜在草棚里守瓜田。远远望见柳树下，隐隐约约有几个人影，他疑心是偷瓜的，就假装睡觉听着。其中一个人说："不知陈四睡了没有？"另一个人说："用不了几天，陈四就和我们在一起了，怕他什么？昨天我去土神祠值班，看见城隍的公文了。"又一个人说："你不知道么？陈四延寿了。"大家问："怎么回事？"这人说："有人家丢了二千文钱，他家的婢女挨了几百鞭子也不承认是她偷的。婢女的父亲很生气，说：'生了这样的女儿，不如没有。如果是她偷的，非勒死她不可。'婢女说：'我承认也是死，不承认也是死。'呼天抢地大哭。陈四的母亲同情她，悄悄地把衣服当了两千文钱，捧着还给主人说：'我这个老婆子糊涂，一时见利偷了这些钱，以为主人钱多，未必能马上发觉。不料牵连了这个婢女，心中实在惶恐。钱还没有花，我冒死自首，以免结下来生的冤恨。我也没脸住在这儿了，从此请求离开。'婢女因此得救。土神称赞她不惜坏了自己的名声而救人，将此事报告给城隍，城隍报告了东岳神。东岳神查阅名册，发现这个老妇本该晚年丧子，冻饿而死。因为有这个功德，判决借陈四来生的寿命，让他在今生赡养母亲。你昨天值完班走了，不知道这个变化。"陈四本来心里正因为母亲偷钱被赶走愤恨不已，听到这番议论才明白是怎么回事。后来过了九年，母亲去世，料理完母亲的丧事结束后，陈四没得什么病，也去世了。

外舅马公周箓言：东光南乡有廖氏募建义冢，村民相助成其事，越三十馀年矣。雍正初，东光大疫。廖氏梦百馀人立门外，一人前致词曰："疫鬼且至，从君乞焚纸旗十馀，银箔糊木刀百馀。我等将与疫鬼战，以报一村之惠。"廖故好事，姑制而焚之。数日后，夜闻四野喧呼格斗声，达旦乃止。阖村果无一人染疫者。

沙河桥张某商贩京师，娶一妇归，举止有大家风。张故有千金产，经理亦甚有次第。一日，有尊官骑从甚盛，张杏黄盖，坐八人肩舆，至其门前问曰："此是张某家否？"邻里应曰："是。"尊官指挥左右曰："张某无罪，可缚其妇来。"应声反接是妇出。张某见势焰赫奕，亦莫敢支吾。尊官命褫妇衣，决臀三十，昂然竟行。村人随观之，至林木荫映处，转瞬不见，惟旋风滚滚，向西南去。方妇受杖时，惟叩首称死罪。后人问其故，妇泣曰："吾本侍郎某公妾，公在日，意图固宠，曾誓以不再嫁。今精魂昼见，无可复言也。"

王秃子幼失父母，迷其本姓。育于姑家，冒姓王。凶狡无赖，所至童稚皆走匿，鸡犬亦为不宁。一日，与其徒自高川醉归，夜经南横子丛冢间，为群鬼所遮。其徒股栗伏地，秃子独奋力与斗，一鬼叱曰："秃子不孝，吾尔父也，敢肆殴！"秃子固未识父，方疑惑间，又一鬼叱曰："吾亦尔父也，敢不拜！"群鬼又齐呼曰："王秃子不祭尔母，致饥饿流落于此，为吾众人妻。吾等皆尔父也。"秃子愤怒，挥拳旋舞，

岳父马周箓公说：东光县南乡有个姓廖的，募捐建造埋葬无主尸骨的义冢，村民一起帮忙完成这件事，已经过去三十多年了。雍正初年，东光瘟疫流行。廖某梦见有一百多个人站立在门外，其中一个上前说："疫鬼将要来了，恳求您焚烧十多面纸旗、一百多把用银箔纸糊的木刀，我们将同疫鬼战斗，以报答全村人的恩惠。"廖某本来是一个好事的人，就按照嘱托制作了纸旗木刀焚烧。几天之后，夜里听到四周旷野里嘈杂的呼叫和格斗的声音，直到清晨才停止。全村果然没有一个人染上瘟疫的。

沙河桥张某在京城里经商，娶了一个妇人回来，这个女子一举一动都有名门大族人家的风度。张某本来有千两银子的产业，经营得也很有章法。一天，有一个尊贵的官员带着众多随从，张着杏黄色的伞盖，坐着八抬大轿，到了张某的门前，问道："这是张家吗？"邻里回答说："是。"大官指挥左右的人说："张某没有罪，把他的妻子绑来。"随从应声进门把张某妻子反绑出来。张某见到那么显赫的声势，也不敢随便多说话。大官命令扒了女人的衣服，打了三十下屁股，昂昂然径自走了。村里的人跟随在后面观看，到了有林木遮蔽的地方，一转眼间，这群人就不见了，只有旋风滚滚向西南方向刮去。女人受责打时，只是叩头口称死罪。后来人们问其中的缘故，女人哭着说："我本来是某侍郎的妾，他在世的时候，为了一直让他宠着，我曾经发誓不改嫁。现在他的魂魄在白天显现，我也没有什么可以再说的了。"

王秃子的父母早早去世，他已经不知道自己姓什么。他从小被养在姑家，就跟着姑家姓王。他凶狡无赖，走到哪里，哪里的孩子们就都跑着躲了起来，连鸡犬也不得安宁。一天，他和一帮人从高川喝醉了酒回来，夜里经过南横子坟地，被一群鬼拦住了。同伙们都吓得腿软趴在地上，王秃子一人奋力与鬼撕打，一个鬼叱道："秃子不孝，我是你父亲，你敢乱打！"王秃子当然不认识父亲，正在疑惑间，又一个鬼叱道："我也是你父亲，敢不下拜！"群鬼又一齐呼道："王秃子不祭祀你的母亲，以致她饥饿流落到这儿，成了我们大伙儿的妻子。我们都是你父亲。"王秃子恼怒极了，挥拳转着圈儿打了起来，

所击如中空囊。跳踉至鸡鸣，无气以动，乃自仆丛莽间。群鬼皆嬉笑曰：“王秃子英雄尽矣，今日乃为乡党吐气。如不知悔，他日仍于此待尔。”秃子力已竭，竟不敢再语。天晓鬼散，其徒乃掖以归。自是豪气消沮，一夜携妻子遁去，莫知所终。此事琐屑不足道，然足见悍戾者必遇其敌，人所不能制者，鬼亦忌而共制之。

戊子夏，京师传言，有飞虫夜伤人。然实无受虫伤者，亦未见虫，徒以图相示而已。其状似蚕蛾而大，有钳距，好事者或指为射工。按，短蜮含沙射影，不云飞而螫人，其说尤谬。余至西域，乃知所画，即辟展之巴蜡虫。此虫秉炎炽之气而生，见人飞逐。以水噀之，则软而伏。或噀不及，为所中，急嚼茜草根敷疮则瘥，否则毒气贯心死。乌鲁木齐多茜草，山南辟展诸屯，每以官牒取移，为刈获者备此虫云。

乌鲁木齐虎峰书院，旧有遣犯妇缢窗棂上。山长前巴县令陈执礼，一夜，明烛观书，闻窗内承尘上窸窣有声。仰视，见女子两纤足，自纸罅徐徐垂下，渐露膝，渐露股。陈先知是事，厉声曰：“尔自以奸败，愤恚死，将祸我耶？我非尔仇，将魅我耶？我一生不入花柳丛，尔亦不能惑。尔敢下，我且以夏楚扑尔。”乃徐徐敛足上，微闻叹息声。俄从纸罅露面下窥，甚姣好。陈仰面唾曰：“死尚无耻耶？”遂退入。陈灭烛就寝，袖刃以待其来，竟不下。次日，仙游陈题桥访之，话及是事，承尘上有声如裂帛，后不再见。然其仆寝于外室，夜恒呓语，

明明打中了鬼却像打在空布袋子上。他跳来跳去地打到鸡叫，使尽了力气，瘫倒在乱草丛里。群鬼都嬉笑道："王秃子这回英雄到头了，今天才为乡亲们出了口气。如果不知悔改，以后还在这儿等你。"王秃子的力气已经用完了，不敢再说什么。天亮后鬼散去，同伙把他架了回来。从此他豪气全消，一天夜里竟带着妻儿悄悄地走了，不知到了什么地方。这事琐碎得不值一提，但足以说明，那些凶悍的人，肯定会碰到对头，人不能治他，鬼神也会忌恨他而一起制服他。

乾隆戊子年夏天，京城里传说，有一种飞虫夜间伤人。然而实际上并没有受到虫伤的人，也没有人见到过伤人的虫，人们只是相互传看画出的虫的图样而已。虫的形状与蚕蛾相似，比蚕蛾大，有带倒刺的钩钳，好事者有人指称为射工。按，常说的射工即短狐，传说能含沙射人影，但是并没说它能飞能刺人，说是射工大错特错。我到西域后，才知道京城所画的飞虫，就是辟展一带的巴蜡虫。巴蜡虫秉受炎热之气生长出来，见人就会飞着追逐。用水去喷巴蜡虫，巴蜡虫就软软地趴下了。如果来不及喷水，被巴蜡虫所伤，可立即嚼一口茜草根，敷在疮口上就能治好，否则会毒气贯心，导致死亡。乌鲁木齐有很多茜草，南山辟展一带的屯垦区，每年都发官文来要这种草，为从事耕作的人防备虫伤。

乌鲁木齐虎峰书院，曾有个流放犯人的妻子吊死在窗棂上。山长、前巴县令陈执礼一天夜里点灯看书，听见窗里天棚上窸窣有声。抬头一看，发现有女子的两只小脚，从纸缝里慢慢垂下来，渐渐露出膝盖，渐渐露出大腿。陈执礼知道内情，厉声道："你因奸情败露，含羞而死，你想害我么？我又不是你仇人，你要诱惑我么？可我一生不干风流事，你也不能迷诱我。你敢下来，我就用戒尺打你。"于是，棚上的女人慢慢地把腿收了上去，之后听见轻轻的叹息声。不一会儿，她又从纸缝中露出脸来往下看，长相很漂亮。陈执礼仰脸唾骂："你死了还无羞耻么？"于是女鬼退回去了。陈执礼吹灭灯火就寝，手握利刃等女鬼来，却没有下来。第二天，仙游的陈题桥来访，说及这件事时，听见棚上有声音像是撕布一样，此后女鬼再没出现。但陈执礼的仆人住在外屋，夜里常说梦话，

久而渐病瘵。垂死时，陈以其相从两万里外，哭甚悲。仆挥手曰：“有好妇，尝私就我。今招我为婿，此去殊乐，勿悲也。”陈顿足曰：“吾自恃胆力，不移居，祸及汝矣。甚哉，客气之害事也！”后同年六安杨君逢源，代掌书院，避居他室，曰：“孟子有言：‘不立乎岩墙之下。’”

德郎中亨，夏日散步乌鲁木齐城外，因至秀野亭纳凉。坐稍久，忽闻大声语曰：“君可归，吾将宴客。”狼狈奔回，告余曰：“吾其将死乎？乃白昼见鬼。”余曰：“无故见鬼，自非佳事。若到鬼窟见鬼，犹到人家见人尔，何足怪焉？”盖亭在城西深林，万木参天，仰不见日。旅榇之浮厝者，罪人之伏法者，皆在是地，往往能为变怪云。

武邑某公，与戚友赏花佛寺经阁前。地最豁厂，而阁上时有变怪。入夜，即不敢坐阁下。某公以道学自任，夷然弗信也。酒酣耳热，盛谈《西铭》万物一体之理，满座拱听，不觉入夜。忽阁上厉声叱曰：“时方饥疫，百姓颇有死亡。汝为乡宦，既不思早倡义举，施粥舍药；即应趁此良夜，闭户安眠，尚不失为自了汉。乃虚谈高论，在此讲民胞物与。不知讲至天明，还可作饭餐，可作药服否？且击汝一砖，听汝再讲邪不胜正。”忽一城砖飞下，声若霹雳，杯盘几案俱碎。某公仓皇走出，曰：“不信程朱之学，此妖之所以为妖欤！”徐步太息而去。

沧州画工伯魁，字起瞻，其姓是此“伯”字，自称伯州犁之裔。

时间一长得了痨病。临死时，陈执礼因为他相随自己到了两万里之外的情义，哭得很悲伤。仆从挥手说："有个漂亮女人，曾经偷偷地来跟我在一起。现在招我做丈夫，我去了很快活，不要悲伤。"陈执礼顿足说："我自信有胆量，没有迁居别处，却给你带来祸害。厉害啊，一时的愤激之气真能坏事！"后来，同年六安的杨逢源君代任院长，避开这间屋子住到了别的居室，他说："孟子说过：'不站在危墙之下。'"

郎中德亨，夏天在乌鲁木齐城外散步，到秀野亭乘凉。坐的时间稍微长了点儿，忽然听到大声说话道："您回去吧，我要宴请客人。"德亨狼狈地奔了回来，告诉我说："我将要死了吗？怎么大白天见鬼。"我说："无缘无故见到鬼，自然不是好事。如果到了鬼聚集的地方见到鬼，就像到了人家见到人罢了，有什么好奇怪的呢？"因为秀野亭在城西幽深的树林里，万木高耸于天空，抬头看不见太阳。客居他乡人的棺木暂时停放等待归葬的，罪人被依法处死的，都在这块地方，所以往往出现怪异之象。

武邑县某公，与亲友在一所寺院的藏经阁前赏花。阁前场地非常豁亮宽敞，可是阁上时常发生怪异事情。一到夜晚，人们就不敢坐在阁下。某公自命信奉道学，神情坦然，不信有什么鬼怪。他趁着酒酣耳热，大谈《西铭》所说万物一体的道理，满座亲友拱手恭听，不知不觉天色已晚。忽然藏经阁上厉声呵斥："眼下正闹饥荒，瘟疫流行，百姓死了很多。你是个乡宦，既然不想早点儿倡导义行，施粥舍药，就应该趁此美好夜晚，关起门来去睡觉，还不失为一个自己管好自身的人。可是你却在这里空谈高论，讲什么世人都是我的同胞，万物都是我的同辈，不知讲到天明，是可以拿来做饭吃呢，还是可以当药服？暂且击你一砖，听你再讲什么邪不胜正。"忽然飞来一块城砖，声响好似霹雳，杯盘几案全被打得粉碎。某公仓皇跑出寺院，说："不信奉程朱道学，这就是妖物成为妖物的原因啊！"他放慢步子，叹息着走开。

沧州画工伯魁，字起瞻，他的姓就是这个"伯"字，自称是伯州犁的后代。

友人或戏之曰："君乃不称二世祖太宰公？"近其子孙不识字，竟自称白氏矣。尝画一仕女图，方钩出轮郭，以他事未竟，锁置书室中。越二日，欲补成之，则几上设色小碟，纵横狼藉，画笔亦濡染几遍，图已成矣。神采生动，有殊常格。魁大骇，以示先母舅张公梦征，魁所从学画者也。公曰："此非尔所及，亦非吾所及，殆偶遇神仙游戏耶？"时城守尉永公宁，颇好画，以善价取之。永公后迁四川副都统，携以往。将罢官前数日，画上仕女忽不见，惟隐隐留人影，纸色如新，馀树石则仍黯旧。盖败征之先见也，然所以能化去之故，则终不可知。

佃户张天锡，尝于野田见髑髅，戏溺其口中。髑髅忽跃起作声曰："人鬼异路，奈何欺我？且我一妇人，汝男子，乃无礼辱我，是尤不可。"渐跃渐高，直触其面。天锡惶骇奔归，鬼乃随至其家。夜辄在墙头檐际，责詈不已。天锡遂大发寒热，昏瞀不知人。阖家拜祷，怒似少解。或叩其生前姓氏里居，鬼具自道。众叩首曰："然则当是高祖母，何为祸于子孙？"鬼似凄咽，曰："此故我家耶？几时迁此？汝辈皆我何人？"众陈始末。鬼不胜太息曰："我本无意来此，众鬼欲借此求食，怂恿我来耳。渠有数辈在病者房，数辈在门外。可具浆水一瓢，待我善遣之。大凡鬼恒苦饥，若无故作灾，又恐神责。故遇事辄生衅，求祭赛。尔等后见此等，宜谨避，勿中其机械。"众如所教。鬼曰："已散去矣。我口中秽气不可忍，可至原处寻吾骨，洗而埋之。"遂呜咽数声而寂。

朋友中有人同他开玩笑说："你怎么不称说第二代祖先太宰公？"近年来他的子孙不识字，竟然自称姓白了。曾画一幅仕女图，刚勾出轮廓，因为有别的事，就搁下锁在书房里。两天之后要补画，却见几案上调色的小碟里，一片狼藉，画笔也几乎濡染了个遍，图已经画成了。图上的仕女神采生动，非同一般。伯魁大惊，拿给我的先母舅张梦征公看，他是伯魁学画的老师。张公说："这不是你能画出来的，也不是我能画出来，莫不是神仙偶然来玩了几笔吗？"当时城守尉永宁公很爱画，出高价买走了。永公后来升任四川副都统，带着画上任去了。他要被罢官的前几天，画上的仕女忽然不见了，只隐隐留下原来的身影，纸色像新的一样，其馀树木石头则像原先一样，颜色暗旧。这可能是永公衰败的兆头，但它究竟怎么化去的，最终仍是个谜。

佃户张天锡，曾经在田野里看见一个骷髅头，就开玩笑往骷髅嘴里撒尿。骷髅头忽然跳起来发出声音说："人和鬼各走各的路，为什么欺侮我？况且我一个女人，你一个男人，这么无礼污辱我，这就更加不可以。"骷髅越跳越高，一直碰到张天锡的脸面。张天锡惊惶地奔逃回来，鬼竟也跟随着到了他家。夜里就在墙头屋檐间责骂不已。张天锡于是大发寒热，神志昏乱，连人也认不出来。全家跪拜祷告，女鬼的怒气好像稍稍缓解一些。有人询问她生前的姓名、乡里、居处，鬼一一自己道来。众人叩头说："这样说起来，应当是高祖母了，为什么要祸害子孙呢？"鬼像是悲凉地呜咽着说："这里原是我的家吗？几时搬迁到这里？你们都是我的什么人？"众人讲了事情的始末。鬼忍不住叹息说："我本来无意来到这里，众鬼要想借这件事求食，怂恿我来的。他们有几个在病人的房里，有几个在门外。可以准备一瓢羹汤，等我好好地打发他们。大凡是鬼，经常苦于饥饿，如果是无缘无故地兴祸作灾，又恐怕神责备。所以遇到事情，就生出事端，要求祭祀酬谢。你们以后见到这种情况，要谨慎回避，不要中他们的圈套。"众人照她说的办了。鬼说："他们已经散去了。我嘴里的污秽之气实在难以忍耐，可以到原处寻找我的骨头，洗净之后埋掉。"说完呜咽了几声，就沉寂了。

又，佃户何大金，夜守麦田，有一老翁来共坐。大金念村中无是人，意是行路者偶憩。老翁求饮，以罐中水与之。因问大金姓氏，并问其祖父。恻然曰：“汝勿怖，我即汝曾祖，不祸汝也。”细询家事，忽喜忽悲。临行，嘱大金曰：“鬼自伺放焰口求食外，别无他事，惟子孙念念不能忘，愈久愈切。但苦幽明阻隔，不得音问。或偶闻子孙炽盛，辄跃然以喜者数日，群鬼皆来贺。偶闻子孙零替，亦悄然以悲者数日，群鬼皆来唁。较生人之望子孙，殆切十倍。今闻汝等尚温饱，吾又歌舞数日矣。”回顾再四，丁宁勉励而去。先姚安公曰：“何大金蠢然一物，必不能伪造斯言。闻之，使之追远之心，油然而生。”

乾隆丙子，有闽士赴公车。岁暮抵京，仓卒不得栖止，乃于先农坛北破寺中僦一老屋。越十馀日，夜半，窗外有人语曰：“某先生且醒，吾有一言。吾居此室久，初以公读书人，数千里辛苦求名，是以奉让。后见先生日外出，以新到京师，当寻亲访友，亦不相怪。近见先生多醉归，稍稍疑之。顷闻与僧言，乃日在酒楼观剧，是一浪子耳。吾避居佛座后，起居出入，皆不相适，实不能隐忍让浪子。先生明日不迁，吾瓦石已备矣。”僧在对屋，亦闻此语，乃劝士他徙。自是不敢租是室。有来问者，辄举此事以告云。

申苍岭先生，名丹，谦居先生弟也。谦居先生性和易，先生性豪爽，而立身端介则如一。里有妇为姑虐而缢者，先生以两家皆士族，劝妇父兄勿涉讼。是夜，闻有哭声远远至，

又，佃户何大金，夜间看守麦田，有个老翁来和他坐在一起。何大金想村里没有这么个人，可能是过路的偶然来歇歇脚。老翁向他讨水喝，他就把水罐递给了老翁。老翁问何大金的姓氏，并且问到他的祖父。有些伤感地说："你不要害怕，我就是你的曾祖父，不会害你的。"他向何大金仔细询问了许多家事，忽而高兴，忽而悲伤。临别时，老翁嘱咐何大金说："鬼除了在祭祀时节等待供品求口饭吃外，没有别的事情，唯有对子孙念念不忘，年代越久思念越切。只是苦于幽明阻隔，不通音讯。有时偶尔听说自己的子孙兴旺发达，就会手舞足蹈，高兴好几天，群鬼都来祝贺。如果偶尔听闻到自己的子孙零替衰败，也会闷闷不乐，伤心好几天，群鬼都来安慰。比起活着的人对子孙的期望，大概还要殷切十倍。今天我得知你们生活温饱，就又可以歌舞高兴几天了。"老翁一边走着，还几次回过头来再三叮咛勉励，这才离去。先父姚安公说："何大金这么一个粗笨东西，肯定不能编出这么一番话来。听到这番话，使人敬祖追远的孝心油然而生。"

乾隆丙子年，福建一个举人赴京城参加会试。年末到了京城，仓猝间找不到住处，就在先农坛北的破庙里租了一间老屋。过了十几天，半夜里，有人在窗外说道："先生且醒醒，我有一句话要说。我住在这儿很久了，当初因为你是读书人，从几千里外辛苦奔来求功名，因此让给你住。后来发现你天天外出，以为你刚到京城，应该去寻亲访友，也没有怪你。近来发现你常常喝醉了回来，便有些怀疑。刚才听你跟和尚说话，才知道你天天在酒楼看戏，原来是一个浪子。我避居在佛座后面，起居出入，都很不方便，实在不能暗自忍着自己的不舒服把房子让给浪子住。先生明天不迁走的话，我已经准备好了瓦片石头。"和尚在对面屋，也听到了这些话，就劝这个人搬到别处。从此和尚不再敢把这间屋子租给别人，有人来问，就举出这件事来告诉对方。

申苍岭先生，名丹，是谦居先生的弟弟。谦居先生性情温和，苍岭先生个性豪爽，然而为人处事表里如一，两人都是一样。乡里有个媳妇受婆婆虐待上吊了，苍岭认为两家都是官宦人家，就劝媳妇的父兄不要告官。这天夜里，他听见有哭声，哭声自远而近，

渐入门，渐至窗外，且哭且诉，词甚凄楚，深怨先生之息讼。先生叱之曰：“姑虐妇死，律无抵法，即讼亦不能快汝意。且讼必检验，检验必裸露，不更辱两家门户乎？”鬼仍絮泣不已。先生曰：“君臣无狱，父子无狱。人怜汝枉死，责汝姑之暴戾则可。汝以妇而欲讼姑，此一念已干名犯义矣。任汝诉诸明神，亦决不直汝也。”鬼竟寂然去。谦居先生曰：“苍岭斯言，告天下之为妇者可，告天下之为姑者不可。”先姚安公曰：“苍岭之言，子与子言孝；谦居之言，父与父言慈。”

董曲江游京师时，与一友同寓，非其侣也，姑省宿食之赀云尔。友征逐富贵，多外宿。曲江独睡斋中。夜或闻翻动书册，摩弄器玩声，知京师多狐，弗怪也。一夜，以未成诗稿置几上，乃似闻吟哦声，问之弗答。比晓视之，稿上已圈点数句矣。然屡呼之，终不应。至友归寓，则竟夕寂然。友颇自诧有禄相，故邪不敢干。偶日照李庆子借宿，酒阑之后，曲江与友皆就寝。李乘月散步空圃，见一翁携童子立树下。心知是狐，翳身窃睨其所为。童子曰：“寒甚，且归房。”翁摇首曰：“董公同室固不碍，此君俗气逼人，那可共处？宁且坐凄风冷月间耳。”李后泄其语于他友，遂渐为其人所闻，衔李次骨。竟为所排挤，狼狈负笈返。

余长女适德州卢氏，所居曰纪家庄，尝见一人卧溪畔，衣败絮呻吟。视之，则一毛孔中有一虱，喙皆向内，后足皆钩于败絮，

渐渐进了门，到了窗外，并且边哭边说，语词极为凄楚，很是埋怨苍岭先生劝说媳妇的父兄不告官一事。先生怒斥说："婆婆虐待媳妇致死，法律中没有规定抵命的条文，即使诉讼也不能叫你满意。况且，诉讼必定要检验，检验必定使你身体裸露，这不是更辱没了两家门户的名声么？"鬼仍然啼哭诉说不已。先生说："君臣之间没有讼案，父子之间没有讼案。人们同情你死得冤枉，责备你婆婆凶残，这就可以了。你作为媳妇却要告婆婆，这就大逆不道了。不论你告到哪个神那里，也都不会告赢的。"鬼竟然无声地离去了。谦居先生说："苍岭这些话，说给天下当媳妇的听未尝不可，说给天下的婆婆听则不可以。"先父姚安公说："苍岭的话，是教儿子们尽孝；谦居的话，是教父辈慈爱。"

董曲江游历京城时，和一个友人同住一个寓所，并不是志同道合的伙伴，而是为了节省一点儿住宿饮食的费用。友人追逐富贵，多半在外面住宿。董曲江独自睡在房舍里。夜里有时听到翻动书册、摩弄器玩的声音，知道京城里狐精多，也不奇怪。有一夜，他把未完成的诗稿放在小桌上，又好像听到吟诵的声音，董曲江问是何人，却听不到回答。等到天亮一看，稿子上已经被圈点过几句了。但是多次呼喊发问，始终不应声。到了友人回到寓所，就一夜寂静无声。友人颇感惊奇，以为自己有福禄的命相，所以妖邪不敢来侵犯。一次，日照的李庆子偶然来借宿，饮酒尽兴以后，董曲江同友人都已经睡觉。李庆子趁月色在空园子里散步，看见一个老翁带着一个童子站立在树下。李庆子心里知道是狐，于是躲藏起来，偷看他们做些什么。童子说："冷得厉害，还是回房去。"老翁摇头说："与董公同一个房间固然没有妨碍，但是这个先生俗气逼人，怎么可以共同相处？宁可坐在凄风冷月之中。"李庆子后来把这话泄露给别的朋友，结果渐渐被这个人听说了，这个人因此对李庆子恨之入骨。李庆子最终被这个人排挤，狼狈地背着书箱回去了。

我的大女儿嫁给德州卢氏，居住的村庄叫纪家庄，曾经看见一个人躺在小溪旁，身穿败絮痛苦呻吟。仔细一看，全身皮肤的每一个毛孔中都有一个虱子，虱子的嘴伸进毛孔，后足钩在败絮上，

不可解，解之则痛彻心髓。无可如何，竟坐视其死。此殆夙孽所报欤！

汪阁学晓园，僦居阎王庙街一宅。庭有枣树，百年以外物也。每月明之夕，辄见斜柯上一红衣女子垂足坐，翘首向月，殊不顾人。迫之则不见，退而望之，则仍在故处。尝使二人一立树下，一在室中，室中人见树下人手及其足，树下人固无所睹也。当望月时，俯视地上树有影，而女子无影。投以瓦石，虚空无碍。击以铳，应声散灭；烟焰一过，旋复本形。主人云，自买是宅，即有是怪。然不为人害，故人亦相安。夫木魅花妖，事所恒有，大抵变幻者居多。兹独不动不言，枯坐一枝之上，殊莫明其故。晓园虑其为患，移居避之。后主人伐树，其怪乃绝。

廖姥，青县人，母家姓朱，为先太夫人乳母。年未三十而寡，誓不再适，依先太夫人终其身。殁时年九十有六。性严正，遇所当言，必侃侃与先太夫人争。先姚安公亦不以常媪遇之。余及弟妹皆随之眠食，饥饱寒暑，无一不体察周至。然稍不循礼，即遭呵禁。约束仆婢，尤不少假借，故仆婢莫不阴憾之。顾司管钥，理庖厨，不能得其毫发私，亦竟无如何也。尝携一童子，自亲串家通问归，已薄暮矣。风雨骤至，趋避于废圃破屋中。雨入夜未止，遥闻墙外人语曰："我方投汝屋避雨，汝何以冒雨坐树下？"又闻树下人应曰："汝毋多言，廖家节妇在屋内。"遂寂然。后童子偶述其事，诸仆婢皆曰："人不近情，鬼亦恶而避之也。"嗟乎，鬼果恶而避之哉？

安氏表兄，忘其名字。与一狐为友，恒于场圃间对谈。安见之，他人弗见也。

不能解开衣服，解开就会痛彻心髓。人们束手无策，只有眼睁睁地看着他痛苦地死去了。这大概是夙孽的报应吧！

内阁学士汪晓园，租住阎王庙街一处房子。庭中有棵枣树，是一百多年以前的东西了。每到月光明亮的晚上，就能看见斜枝上面，有一个红衣女子垂着腿坐着，翘首望月，从来也不看人。可是靠近去看就不见了，退后望去，又仍在原处。曾经叫两个人一个站在树下，一个呆在屋里。屋里的人看见树下人手能够到红衣女的脚，树下人却还是什么也看不见。当红衣女坐在树上望月时，地上有树的影子，红衣女却没有影子。用瓦块石头投去，就好像打在虚空一样。用鸟枪打，她随声而灭；硝烟一过，又恢复了原形。主人说，自从买了这座房子，就有这个怪物，但她不害人，所以人和她相安无事。木魅花妖，是常见的，大多数都会变幻。而这位红衣女却不动也不说话，呆坐在树枝上，实在不知什么原因。汪晓园担心她为害，搬到别处避开了，后来主人伐了树，这个怪物才绝迹了。

青县人廖姥姥，娘家姓朱，是先太夫人的奶妈。没到三十岁就守了寡，发誓不再嫁人，跟了先太夫人一辈子。去世时享年九十六岁。她性情严正，遇到该说的话一定理直气壮地和太夫人争辩。先父姚安公也不把她看作普通的老妈子。她照顾我和弟弟妹妹睡觉吃饭，饥寒饱暖，都无微不至。但如果看到我们稍微有一点儿不守规矩，她就要责骂。她管教奴婢尤其严格，所以奴婢们心里都恨她。这样一来掌管库房钥匙的，管理庖厨的，都得不到一点儿私利，但是也对她没办法。一次，她带着一个小孩走亲戚串门回来，已是傍晚时分。骤然遭遇风雨，她赶紧躲到废园子的破屋里。雨下到夜里也没有停，隐约听到墙外有人说："我正要到你的屋子避雨，你怎么冒雨坐在树下？"又听到树下有人说："你不要多说，廖家的节妇在屋里。"于是再没有声音了。后来小孩偶然说起这事，奴婢们都说："人不近情理，鬼也厌恶而躲避她。"呜呼，鬼真的是因为厌恶而躲避她么？

安姓表兄，忘记了他叫什么名字。他曾经有一个狐精朋友，经常在场院和菜园子里相遇交谈。安表兄能看见狐精，别人就看不见。

狐自称生于北宋初。安叩以宋代史事，曰：“皆不知也。凡学仙者，必游方之外，使万缘断绝，一意精修。如于世有所闻见，于心必有所是非。有所是非，必有所爱憎。有所爱憎，则喜怒哀乐之情，必迭起循生，以消烁其精气，神耗而形亦敝矣。乌能至今犹在乎？迨道成以后，来往人间，视一切机械变诈，皆如戏剧；视一切得失胜败，以至于治乱兴亡，皆如泡影。当时既不留意，又焉能一一而记之？即与君相遇，是亦前缘。然数百年来，相遇如君者，不知凡几，大都萍水偶逢，烟云倏散，夙昔笑言，亦多不记忆。则身所未接者，从可知矣。”

时八里庄三官庙，有雷击蝎虎一事。安问以物久通灵，多婴雷斧，岂长生亦造物所忌乎？曰：“是有二端：夫内丹导引，外丹服饵，皆艰难辛苦以证道，犹力田以致富，理所宜然。若媚惑梦魇，盗采精气，损人之寿，延己之年，事与劫盗无异，天律不容也。又或恣为妖幻，贻祸生灵，天律亦不容也。若其葆养元神，自全生命，与人无患，于世无争，则老寿之物，正如老寿之人耳，何至犯造物之忌乎？”

舅氏实斋先生闻之，曰：“此狐所言，皆老氏之粗浅者也。然用以自养，亦足矣。”

浙江有士人，夜梦至一官府，云都城隍庙也。有冥吏语之曰：“今某公控其友负心，牵君为证。君试思尝有是事不？”士人追忆之，良是。俄闻都城隍升座，冥吏白某控某负心事，证人已至，请勘断。都城隍举案示士人，士人以实对。都城隍曰：“此辈结党营私，朋求进取。以同异为爱恶，

狐精自称生于北宋初年。安表兄问到宋代的历史事件，它回答说：“都不知道。凡是学仙的，必定游历于世外，隔断一切因缘，专心专意精心修炼。如果对世事有所见闻，心里就必定会有孰是孰非的分析。有了是非判断，必定就有爱有憎。有了爱憎，那么喜怒哀乐之情必然接连交替而生，这样就消减精气，精气神被耗费，身体也就凋敝了，哪能活到现在呢？等到大道既成，来往于人世间，看一切阴谋机诈都像是戏剧，看一切得失胜败乃至治乱兴亡，都像虚幻的泡影。当时既然没有留意，又怎么能一一记得呢？就是同您相遇，这也是有前缘。但是几百年来遇到像您这样的，不知道有多少，大都是像浮萍随水漂泊偶尔相逢，像烟云那样忽而散去，过去的言谈笑语也大多记不得。要说那些我未曾接触的，由此也可以想见了。”

当时八里庄三官庙，发生了一件雷击蝎虎的事。安表兄问起物久通灵，多半遭到雷劈，难道长生也是造物主所禁忌的吗？狐精回答说：“这有两个方面：如果炼成内丹导气引体，或者服食金石烧炼的外丹，都是经历艰难辛苦得以悟道，就像努力耕种田地得以致富，是理所当然的。若是诱惑梦魇，盗采精气，损别人的寿数，延自己的年龄，这同抢劫偷盗没有什么区别，天上的律令也是不容的。又有或者任意兴妖作幻，给百姓造成祸害，天上的律令也是不容的。如果他保养精神，完善自己的生命，不给人带来祸患，于世无所争竞，那么长久存在的事物，正如同年老有寿的人那样罢了，何至于触犯造物主的禁忌呢？”

舅父实斋先生听到这话后说：“这个狐精所说的，都属于老子学说中粗浅的一类。但是用来自身修炼，也足够了。”

浙江有个读书人，夜里梦到了一处官府，说是都城隍庙。有个鬼吏对他说：“现在某公控告他的朋友对他负了心，说要请你来作证。你想一想，是否曾经有这样的事呢？”读书人回忆，的确有这样的事。不一会儿听到都城隍升堂，鬼吏上前禀报某公控告某友负心的事，证人已经带到，请都城隍审讯判断。都城隍向读书人询问案情，书生如实作了回答。都城隍说：“这些人结党营私，互相拉拢合伙钻营。他们以是否站在自己一边衡量爱或憎，

以爱恶为是非。势孤则攀附以求援，力敌则排挤以互噬。翻云覆雨，倏忽万端。本为小人之交，岂能责以君子之道？操戈入室，理所必然。根勘已明，可驱之去。”顾士人曰：“得无谓负心者有佚罚耶？夫种瓜得瓜，种豆得豆，因果之相偿也；花既结子，子又开花，因果之相生也。彼负心者，又有负心人蹑其后，不待鬼神之料理矣。”士人霍然而醒。后阅数载，竟如神之所言。

闽中某夫人喜食猫。得猫则先贮石灰于罂，投猫于内，而灌以沸汤。猫为灰气所蚀，毛尽脱落，不烦挦治；血尽归于脏腑，肉白莹如玉。云味胜鸡雏十倍也。日日张网设机，所捕杀无算。后夫人病危，呦呦作猫声，越十馀日乃死。卢观察㧑吉尝与邻居，㧑吉子荫文，余婿也，尝为余言之。因言景州一宦家子，好取猫犬之类，拗折其足，捩之向后，观其孑孓跳号以为戏，所杀亦多。后生子女，皆足踵反向前。又余家奴子王发，善鸟铳，所击无不中，日恒杀鸟数十。惟一子，名济宁州，其往济宁州时所生也。年已十一二，忽遍体生疮如火烙痕，每一疮内有一铁子，竟不知何由而入。百药不痊，竟以绝嗣。杀业至重，信夫！

余尝怪修善果者，皆按日持斋，如奉律令，而居恒则不能戒杀。夫佛氏之持斋，岂以茹蔬啖果即为功德乎？正以茹蔬啖果即不杀生耳。今徒曰某日某日观音斋期，某日某日准提斋期，是日持斋，佛大欢喜；非是日也，烹宰溢乎庖，肥甘罗乎俎，屠割惨酷，佛不问也。天下有是事理乎？且天子无故不杀牛，

以自己的爱憎态度作为判断是非的标准。势力孤单时就攀附求援，势均力敌就互相排挤并吞。翻云覆雨，变化无常。本来就是小人之交，怎么能用君子之道的标准来要求对方呢？操戈入室，窝内自反，这是合乎道理的必然结局。原由已勘察清楚，把他们都赶走吧。”都城隍又看着书生说：“你是不是认为对于负心人处罚不当呢？种瓜得瓜，种豆得豆，这就是因果相偿；花结了籽儿，籽儿又开花，这就是因果相生。那个负心人身后，又会有另一个人对他负心，不需要鬼神去料理了。”书生猛然醒来。过了几年以后看发生过的事情，竟然像神说的一样。

福建某位夫人喜欢吃猫。捉了猫就先在小口坛子里装进生石灰，把猫扔进去，然后灌进开水。猫的毛被石灰气蒸腾得全都掉光了，就用不着一点儿一点儿麻烦地拔毛；猫血都涌进腑脏之中，猫肉洁白似玉。她说，这样猫肉的美味胜过鸡雏十倍。她天天张网设置机关，捕杀的猫不知有多少。后来这位夫人病危，“嗷嗷”发出猫叫的声音，过了十几天才死了。道员卢扮吉曾经是这位夫人的邻居。卢扮吉的儿子叫荫文，是我的女婿，对我讲了这件事。接着又说起景州一个官宦子弟，喜欢把猫狗之类小动物的腿弄断，扭向后面，然后看它们扭来扭去地爬行蹦跳、哀嚎，以此取乐，这样弄死不少。后来他的子女生下来后，脚后跟都反着往前长。还有我家奴仆王发，擅长打鸟枪，弹无虚发，每天都能打死几十只鸟。他只有一个儿子，叫济宁州，是在济宁州出生的。已经十一二岁了，忽然全身长疮，好像是烙痕，每一个疮口里都有一个铁弹，不知是怎么进去的。用了各种药都不见效，最后王发竟然绝了后。杀孽的报应最重，确实如此呵！

我不明白的是，那些修善果的人都在特定的日子里吃斋，好像遵奉着律令，但平时并不能戒杀生。佛家吃斋，难道吃蔬菜水果就算是功德么？正是以吃蔬菜水果来避免杀生。如今的佛教徒说：某天某天，是观音斋期；某天某天，是准提斋期，在这一天吃斋，佛非常高兴；如果不是这一天，在厨房里大宰大烹，案板上堆满了肥美的肉，残酷地屠宰，佛也不管。天下有这个道理么？况且天子不无故杀牛，

大夫无故不杀羊，士无故不杀犬豕，礼也。儒者遵圣贤之教，固万万无断肉理。然自宾祭以外，特杀亦万万不宜。以一脔之故，遽戕一命；以一羹之故，遽戕数十命或数百命。以众生无限怖苦无限惨毒，供我一瞬之适口，与按日持斋之心，无乃稍左乎？东坡先生向持此论，窃以为酌中之道。愿与修善果者一质之。

“六合之外，圣人存而不论。”然六合之中，实亦有不能论者。人之死也，如儒者之论，则魂升魄降已耳；即如佛氏之论，鬼亦收录于冥司，不能再至人世也；而世有回煞之说，庸俗术士，又有一书，能先知其日辰时刻与所去之方向，此亦诞妄之至矣。然余尝于隔院楼窗中，遥见其去，如白烟一道，出于灶突之中，冉冉向西南而没。与所推时刻方向无一差也。又尝两次手自启钥，谛视布灰之处，手迹足迹，宛然与生时无二，所亲皆能辨识之。是何说欤？

祸福有命，死生有数，虽圣贤不能与造物争。而世有蛊毒魇魅之术，明载于刑律。蛊毒余未见，魇魅则数见之。为是术者，不过瞽者巫者，与土木之工。然实能祸福死生人，历历有验。是天地鬼神之权，任其播弄无忌也。又何说欤？

其中必有理焉，但人不能知耳。宋儒于理不可解者，皆臆断以为无是事，毋乃胶柱鼓瑟乎？李又聃先生曰：“宋儒据理谈天，自谓穷造化阴阳之本；于日月五星，言之凿凿，如指诸掌。然宋历十变而愈差。自郭守敬以后，验以实测，证以交食，

大夫不无故杀羊，士不无故杀狗、杀猪，这是礼法规定的。儒者遵奉圣贤的教义，当然万万没有不吃肉的道理。但是除了宴客和祭祀以外，如果时时杀生，也万万不妥。为了一块肉，骤然间杀害一条命；为了一顿羹汤，骤然间杀害几十条命或者几百条命。以许多生灵无限的恐惧痛苦，无限的悲惨怨愤，供我享受瞬间的口福，这与在特定的日子吃斋，不是有点儿自相矛盾么？苏东坡先生一向坚持这种看法，我认为这是比较中肯的观点。我愿意和那些所谓修善果的人辩一辩这件事。

“天地上下四方之外的事，圣人搁置一边不去讨论。”然而，天地四方之内的事也确实有无法解释的。比如人死后，按儒家的说法就是魂升天、魄降地；即便是按照佛家的说法，也是说人死后，鬼魂被收录在地府，不能再到人间了；但是民间却有回煞的说法，庸俗的术士，还有一本书，说能事先知道鬼魂回来的时辰和离去的方向，这真是荒诞之极。不过，我曾经在隔院的楼窗里，远远望见鬼魂离去，像一道白烟，从烟囱里出去，冉冉地向西南方飘散不见了。这和术士所推算的时间、方向丝毫不差。又曾经两次亲自开锁，仔细查看落满灰尘的地方，上面留下的死者手迹脚印，和活着时的一模一样，亲人们都能辨认出来。这又如何解释呢？

祸福命中注定，生死自有天数，圣贤也抵抗不了命运的安排。但世上有用药物迷人和用梦魇控制人的法术，对于用这种法术害人的行为，刑律明明白白记载着惩戒条例。用药物迷人我没见过，用魇术控制人，我多次见过。施用这种法术的，不外乎瞎子、巫师以及土木工匠。这种法术真的能控制人的生死祸福，每件事都有灵验。这是天地鬼神的权力，却任由这些人胡乱操纵，这又如何解释呢？

这其中必有道理，不过是至今人们还不知道罢了。宋儒对于在道理上说不通的，就一概断定为没有这种事，是否有点儿像胶柱鼓瑟、一味拘泥而不知变通呢？李又聃先生说：“宋儒依理学来谈论天文，自以为弄明白了阴阳造化的实质；对于日月及五大行星说起来有根有据，似乎了如指掌。但是宋代的历法经过十次变化，越来越不准确。自从郭守敬以后，通过实际测算，利用日食加以验证，

始知濂、洛、关、闽，于此事全然未解。即康节最通数学，亦仅以奇偶方圆，揣摩影响，实非从推步而知。故持论弥高，弥不免郢书燕说。夫七政运行，有形可据，尚不能臆断以理，况乎太极先天、求诸无形之中者哉？先圣有言：‘君子于不知，盖阙如也。’”

女巫郝媪，村妇之狡黠者也。余幼时，于沧州吕氏姑母家见之。自言狐神附其体，言人休咎。凡人家细务，一一周知。故信之者甚众。实则布散徒党，结交婢媪，代为刺探隐事，以售其欺。尝有孕妇，问所生男女。郝许以男，后乃生女。妇诘以神语无验，郝瞋目曰：“汝本应生男，某月某日，汝母家馈饼二十，汝以其六供翁姑，匿其十四自食。冥司责汝不孝，转男为女。汝尚不悟耶？”妇不知此事先为所侦，遂惶骇伏罪。其巧于缘饰皆类此。一日，方焚香召神，忽端坐朗言曰：“吾乃真狐神也。吾辈虽与人杂处，实各自服气炼形，岂肯与乡里老妪为缘，预人家琐事？此妪阴谋百出，以妖妄敛财，乃托其名于吾辈。故今日真附其体，使共知其奸。”因缕数其隐恶，且并举其徒党姓名。语讫，郝霍然如梦醒，狼狈遁去。后莫知所终。

侍姬之母沈媪言：高川有丐者，与母妻居一破庙中。丐夏月拾麦斗馀，嘱妻磨面以供母。妻匿其好面，以粗面溲秽水，作饼与母食。是夕大雷雨，黑暗中妻忽嗷然一声。丐起视之，

才知道周敦颐、程颢程颐兄弟、张载、朱熹四个流派对天文一无所知。即使是邵雍这样有名的数学家，也只是根据奇、偶数和方圆的运算来揣摩大概的轮廓，而不是根据天体运行规律来推算历法。所以，他们立论越高，就越免不了牵强附会。日月及五大行星的运行，有实在的形体作依据，尚且不能推理臆断，何况是从没有形体的时空之中推求太极宇宙呢？先圣说：'君子对于不明白的事情，还是不说话为好。'"

女巫郝老婆子，是村妇当中那种狡猾诡诈的人。我小的时候，在沧州吕氏姑母家里见到过她。她自己说狐神附在她的身上，能断定别人的吉凶祸福。凡是人家琐碎的家务事，她也都一一知道得很详细。所以相信她的人很多。实际上是她分派同伙到各处，结交婢女老妈子这样一类人，刺探别人家隐秘的事情，以便达到她欺诈行骗的目的。曾经有一个孕妇，问郝氏自己怀的是男是女。郝氏应许是个男孩，后来女人却生了个女孩。女人责问郝氏，为什么神的话不灵验，郝氏瞪着眼睛说："你本来应该生男孩，某月某日你娘家送来二十个饼，你拿出六个供奉公婆，藏起十四个自己吃。阴司责怪你不孝，所以转男成女。你还不醒悟吗？"这女人不知道这是事先已经被郝氏打探到了，惊恐万分服服帖帖认罪。郝氏巧于牵扯的掩饰就类似这样。有一天，正在烧香招神，郝氏忽然端坐朗声说道："我是真狐神。我们虽然和人混杂住在一起，其实各自吐纳修炼形体，怎么愿意与乡间老妇结缘，干预人家的琐事？这个老妇诡计多端，用妖术骗钱，却冒用我们的名义。所以今天我真的附在她身上，让大家都知道她的奸恶。"接着，狐精一一数落郝氏暗地里的丑恶的行为，还一一列举她的同伙姓名。说完，郝氏像是忽然从梦中醒来，狼狈逃走了。后来就不知道她的下落了。

我侍妾的母亲沈老太太说：高川县有个乞丐，和母亲、妻子住在一座破庙里。夏天乞丐拾了一斗多一点儿的麦子，叫妻子磨面给母亲吃。妻子藏起了好面，把粗面用馊了的脏水和了，做饼给母亲吃。这天晚上下大雷雨，黑暗中，妻子忽然"嗷"地叫了一声。乞丐起来一看，

则有巨蛇自口入，啮其心死矣。丐曳而埋之。沈媪亲见蛇尾垂其胸臆间，长二尺馀云。

有两塾师邻村居，皆以道学自任。一日，相邀会讲，生徒侍坐者十馀人。方辩论性天，剖析理欲，严词正色，如对圣贤。忽微风飒然，吹片纸落阶下，旋舞不止。生徒拾视之，则二人谋夺一寡妇田，往来密商之札也。此或神恶其伪，故巧发其奸欤。然操此术者众矣，固未尝一一败也。闻此札既露，其计不行，寡妇之田竟得保。当由茕嫠苦节，感动幽冥，故示是灵异，以阴为呵护云尔。

李孝廉存其言：蠡县有凶宅，一耆儒与数客宿其中。夜闻窗外拨剌声，耆儒叱曰："邪不干正，妖不胜德。余讲道学三十年，何畏于汝！"窗外似有女子语曰："君讲道学，闻之久矣。余虽异类，亦颇涉儒书。《大学》扼要在诚意，诚意扼要在慎独。君一言一动，必循古礼，果为修己计乎？抑犹有几微近名者在乎？君作语录，龂龂与诸儒辩，果为明道计乎？抑犹有几微好胜者在乎？夫修己明道，天理也；近名好胜，则人欲之私也。私欲之不能克，所讲何学乎？此事不以口舌争，君扪心清夜，先自问其何如，则邪之敢干与否，妖之能胜与否？已了然自知矣，何必以声色相加乎？"耆儒汗下如雨，瑟缩不能对。徐闻窗外微哂曰："君不敢答，犹能不欺其本心。姑让君寝。"又拨剌一声，掠屋檐而去。

某公之卒也，所积古器，寡妇孤儿不知其值，乞其友估之。友故高其价，使久不售。俟其窘极，乃以贱价取之。

是一条大蛇从妻子的嘴进去，吃她的心，把她咬死了。乞丐把妻子拉出去掩埋了。沈老太太亲眼看见蛇的尾巴垂在乞丐妻子的胸部，有两尺多长。

有两个私塾先生邻村住着，都宣称把继承和宣扬道学作为自己的责任。有一天，两人约定集合一处讲学，十几个学生门徒陪坐一旁。两个人辩论人性和天命，剖析天理人欲，都神态严肃，一本正经，如同面对圣贤讲话一般。忽然一阵微风突然吹来，将纸片刮起，在讲坛的台阶下不停地旋转飞舞。生徒们捡起一看，原来是两位老师的往来密信，内容都是策划夺取一个寡妇的田产。这也许是神灵厌恶他们的虚伪，才用巧妙手段揭露他们的奸诈阴谋。然而，这样干的人多了，并没有一一败露。听说两位塾师的私信暴露后，诡计无法实施，寡妇的田产得以保存下来。这应当是那位孤独的寡妇苦苦守节，感动了鬼神，所以才显现灵异暗中保护。

举人李存其说：蠡县有一处凶宅，一位老儒生和几个客人住在里面。夜里窗外“扑棱”响了一声，老儒叱骂道：“邪不能侵正，妖不能胜德。我讲道学三十年了，还怕你么！”窗外好像是一位女子的声音说：“你讲道学，我早就听说了。我虽然是个异类，但也读过不少儒家的书。《大学》的要义在于诚意，诚意的要领在慎独。你的一言一行，必定要遵循古礼，果真是为了自己修身么？也许是有点儿为了名声好听吧？您著书立说，振振有词地同诸位儒者争辩，果然是为阐明道理打算吗？也许是还有一点儿好胜的心思吧？修炼自身、宣扬道学，是天理；为了名声而争强好胜，则是人欲的自私。你连自己的私欲也抑制不了，还讲什么学？这事儿我不跟你争论，你在寂静的夜里扪心自问，你自己怎么样，那么邪敢不敢侵犯你，妖能不能胜过德？你应该完全明白，何必对我这样声嘶力竭呢？”老儒汗流如雨，哆嗦着说不出话来。过了一会儿，听见窗外嘲笑道：“你不敢回答，说明你还能不欺骗你的本心。我暂且让你睡吧。”又是“扑棱”一声，怪物掠过屋檐离开了。

某先生死后，生前收集的古董，寡妇孤儿不知道价值，就请他的朋友估价。这个朋友故意把价格估得高高的，古董好久也卖不出去。等孤儿寡母穷得过不下去时，这个朋友趁机以低价买下了古玩。

越二载，此友亦卒，所积古器，寡妇孤儿亦不知其值，复有所契之友效其故智，取之去。或曰："天道好还，无往不复。效其智者罪宜减。"余谓此快心之谈，不可以立训也。盗有罪矣，从而盗之，可曰罪减于盗乎？

屠者许方，即前所记夜逢醉鬼者也。其屠驴先凿地为堑，置板其上，穴板四角为四孔，陷驴足其中。有买肉者，随所买多少，以壶注沸汤沃驴身，使毛脱肉熟，乃刳而取之。云必如是始脆美。越一两日，肉尽乃死。当未死时，拑其口不能作声，目光怒突，炯炯如两炬，惨不可视，而许恬然不介意。后患病，遍身溃烂无完肤，形状一如所屠之驴。宛转茵褥，求死不得，哀号四五十日，乃绝。病中痛自悔责，嘱其子志学急改业。方死之后，志学乃改而屠豕。余幼时尚见之，今不闻其有子孙，意已殄绝久矣。

边随园征君言：有入冥者，见一老儒立庑下，意甚惶遽。一冥吏似是其故人，揖与寒温毕，拱手对之笑曰："先生平日持无鬼论，不知先生今日果是何物？"诸鬼皆粲然。老儒蝟缩而已。

东光马大还，尝夏夜裸卧资胜寺藏经阁。觉有人曳其臂曰："起起，勿亵佛经。"醒见一老人在旁，问："汝为谁？"曰："我守藏神也。"大还天性疏旷，亦不恐怖。时月明如昼，因呼坐对谈。曰："君何故守此藏？"曰："天所命也。"问："儒书汗牛充栋，不闻有神为之守，天其偏重佛经耶？"曰："佛以神道设教，众生或信或不信，故守之以神；

两年后，这个朋友也死了，收集的这些古董，孤儿寡妇也不识货，于是又有生前好友照搬亡友的计谋，把古董都弄到自己手里。有人说："天道循环，报应不爽，没有往而不返的。所以仿效亡友计谋的，罪责应当减轻。"我认为这话不过是说说痛快而已，却不可以定为公理。小偷有罪，如果有人再偷小偷的，能说这人的罪过就比小偷轻么？

屠夫许方，就是前面记载的夜里碰到醉鬼的那个人。他杀驴，先在地上挖个坑，在坑上放一块板，板的四角穿四个孔，把驴的脚插进去。有来买肉的，按照要买多少，用壶往驴身上浇滚开的水，这样毛褪肉熟，然后把肉割下来，说是必定要这样驴肉才爽脆鲜美。要过一两天，肉被割尽，驴才死去。驴还没有死时，嘴被夹住出不了声，眼珠愤怒地向外凸起，目光炯炯地像两盏灯，惨状没法看，而许方满不在乎不当回事。后来许方患病，遍身溃烂没有一块完好的皮肤，形状就像他屠宰的驴一样。他在病床辗转反侧，求死不得，哀号了四五十天才死去。他在病中发自内心悔恨自责，嘱咐他的儿子志学赶紧改行。许方死后，志学改行杀猪。我小时候还见过他，如今没听说他有子孙，想来已经绝嗣很久了。

边随园征君说：有个走无常的到了阴间，看见一位老儒生立在廊庑下，神情非常惶恐。一个冥间小吏好像是他的老相识，向他作揖寒暄，拱手对他笑着说："先生平日坚持无鬼论，不知先生今天该算是什么？"群鬼听了都笑。老儒生蜷缩在一边，什么都说不出来。

东光的马大还，夏天一个夜里在资胜寺藏经阁光着身子睡觉。忽然觉得有人拉他的胳膊说："起来起来，不要亵渎了佛经。"马大还睁开眼，看到一个老人在身旁，问："你是谁？"老人答道："我是守护藏经阁的神。"马大还天性豁达，也不觉得害怕。当时月明如昼，请老人坐下对谈。问老人："您为什么来守护藏经阁？"老人说道："这是上天的指令。"马大还问："儒家经典汗牛充栋，没听说有神守护，上天为何单单偏重佛经呢？"老人说道："佛家以神道来实施教化，百姓有的信有的不信，所以安排神灵来守护；

儒以人道设教，凡人皆当敬守之，亦凡人皆知敬守之，故不烦神力。非偏重佛经也。”

问：“然则天视三教如一乎？”曰：“儒以修己为体，以治人为用。道以静为体，以柔为用。佛以定为体，以慈为用。其宗旨各别，不能一也。至教人为善，则无异；于物有济，亦无异。其归宿则略同，天固不能不并存也。然儒为生民立命，而操其本于身；释道皆自为之学，而以馀力及于物。故以明人道者为主，明神道者则辅之，亦不能专以释道治天下。此其不一而一，一而不一者也。盖儒如五谷，一日不食则饥，数日则必死；释道如药饵，死生得失之关，喜怒哀乐之感，用以解释冤愆、消除怫郁，较儒家为最捷；其祸福因果之说，用以悚动下愚，亦较儒家为易入。特中病则止，不可专服常服，致偏胜为患耳。儒者或空谈心性，与瞿昙、老聃混而为一；或排击二氏，如御寇仇，皆一隅之见也。”问：“黄冠缁徒，恣为妖妄，不力攻之，不贻患于世道乎？”曰：“此论其本原耳。若其末流，岂特释道贻患，儒之贻患岂少哉？即公醉而裸眠，恐亦未必周公、孔子之礼法也。”大还愧谢。

因纵谈至晓，乃别去。竟不知为何神。或曰狐也。

百工技艺，各祠一神为祖。倡族祀管仲，以女闾三百也；伶人祀唐玄宗，以梨园子弟也。此皆最典。胥吏祀萧何、曹参，木工祀鲁班，此犹有义。至靴工祀孙膑，铁工祀老君之类，则荒诞不可诘矣。长随所祀曰钟三郎，闭门夜奠，

儒家以人道来实施教化，一般人都应当恭敬守护它，一般人也都知道恭敬守护，所以不用烦劳神灵之力。并非偏重佛经啊。”

马大还问道：“那么上天看待三教都一样吗？”老人说道：“儒家以修养自身为本位，以治人治国为功用。道家以清静为本位，以柔和为功用。佛家以安于现状为本位，以慈悲为功用。三教的宗旨各不相同，不能一概而论。至于三教的最高目标都是教人为善，这没什么不同；对于万物都有所助益，也没什么不同。因为目标归宿大致相同，上天自然不能不让三教并存。可是儒家为百姓立命，而强调修炼自身道德；佛家道家都讲究修炼自身，而以馀力惠及万物。所以上天以彰显人道的儒教为主，以彰显神道的道教佛教作为辅助；也不能专以佛家道家来治理天下。这就是三教的不一致而一致，一致而又不一致的原因。大致说来，儒家好比五谷杂粮，一天不吃饭就会觉得饥饿，几天不吃饭一定就饿死了；佛家道家像是药物，用于生死得失的关头、喜怒哀乐的情感，用来宽解冤仇罪过，消除愤恨，比儒教来得快；佛教道教祸福因果的说法，用来打动无知的人，也比儒教更容易接受。只是要适可而止，不能把药当饭来吃，否则就会导致偏于一方，留下祸患。儒者有时空谈心性，把自己的主张与释迦牟尼和老聃混为一谈；有时排斥打击佛道二家，如同对付仇家敌寇，这都是小家子气的片面见解。”马大还问：“佛道之流，往往有道士僧徒恣意兴妖作怪，如果不下大力攻击它，不是在人间留下了祸患吗？”老人说道：“我刚才谈论的是三教的根本。若是从细枝末节来说，岂止佛家道家会遗留祸患，儒家遗留的祸患难道还少吗？就是你喝醉了酒裸身而睡，恐怕也未必是周公、孔子的礼法吧。”马大还惭愧谢罪。

两人又畅谈到天亮，老人才辞别而去。究竟也不知是何方神圣。有人说，是狐精啊。

各行各业的艺人，都各自供奉一位神灵作为祖师。妓女祭祀管仲，是因为他建议齐桓公设三百处女闾作为淫乐场所；伶人祭祀唐玄宗，是因为他首设梨园教习歌舞子弟。上述祭祀历史都比较长。官府小吏祭祀萧何、曹参，木工祭祀鲁班，这都有些根据。至于靴匠祭祀军事家孙膑，铁匠祭祀道学家老子之类，就荒唐得无法追究根据了。长班这一类人祭祀的叫钟三郎，祭祀时在夜里关着门，

讳之甚深，竟不知为何神。曲阜颜介子曰："必中山狼之转音也。"先姚安公曰："是不必然，亦不必不然。郢书燕说，固未为无益。"

先叔仪庵公，有质库在西城中。一小楼为狐所据，夜恒闻其语声，然不为人害，久亦相安。一夜，楼上诟谇鞭笞声甚厉，群往听之。忽闻负痛疾呼曰："楼下诸公，皆当明理，世有妇挞夫者耶？"适中一人，方为妇挞，面上爪痕犹未愈。众哄然一笑曰："是固有之，不足为怪。"楼上群狐亦哄然一笑，其斗遂解。闻者无不绝倒。仪庵公曰："此狐以一笑霁威，犹可与为善。"

田村徐四，农夫也。父殁，继母生一弟，极凶悖。家有田百馀亩，析产时，弟以赡母为词，取其十之八，曲从之。弟又择其膏腴者，亦曲从之。后弟所分荡尽，复从兄需索。乃举所分全付之，而自佃田以耕，意恬如也。一夜自邻村醉归，道经枣林，遇群鬼抛掷泥土，栗不敢行。群鬼啾啾，渐逼近，比及觌面，皆悚然辟易，曰："乃是让产徐四兄。"倏化黑烟四散。

白衣庵僧明玉言：昔五台一僧，夜恒梦至地狱，见种种变相。有老宿教以精意诵经，其梦弥甚，遂渐至委顿。又一老宿曰："是必汝未出家前，曾造恶业。出家后，渐明因果，自知必堕地狱，生恐怖心。以恐怖心，造成诸相。故诵经弥笃，幻象弥增。夫佛法广大，容人忏悔，一切恶业，应念皆消。放下屠刀，立地成佛。汝不闻之乎？"是僧闻言，即对佛发愿，勇猛精进，自是宴然无梦矣。

神秘莫测不愿意说，竟不知祭祀的是什么神。曲阜的颜介子说："钟三郎一定是中山狼的同音。"先父姚安公说："这个看法不一定对，也不一定不对。牵强附会，曲解原意，也不是完全没有好处。"

先叔父仪庵公，有个当铺在西城。他有一座小楼被狐精占据，夜里经常听到它们说话的声音，但是不害人，时间久了也彼此相安。一天夜里，楼上传出很响的责骂声、鞭打声，大家都到楼下去听。忽然听到楼上忍痛高呼："楼下诸公都应当是明白事理的，世上有妻子打丈夫的么？"恰巧楼下人群中有一人刚刚被妻子打了，脸上的抓痕还没有好。众人哄然一笑说："当然有这种事了，不值得大惊小怪。"楼上的群狐也哄然一笑，争斗因此消解了。听到这件事的人都笑得前仰后合。仪庵公说："这个狐精用一笑冲淡怒气，还是可以好好相处的。"

田村的徐四，是个农夫。父亲死后，继母生的弟弟，极为凶横不讲道理。家里共有一百多亩田地，分家时，弟弟以供养母亲为由，分去了十分之八，徐四委曲求全，没有争执。弟弟又挑选肥沃的田地，徐四也依了他。后来，弟弟把分得的田产荡卖干净，又向徐四要田。徐四就把自己分得的田地全部给了弟弟，自己租田耕种，看上去泰然平静。一天夜里，他从邻村喝醉了酒回家，途中经过一片枣树林时，遇到一群鬼朝他抛掷泥土，吓得发抖不敢走了。群鬼啾啾地叫着，渐渐逼近了徐四，等看清徐四的面孔，都惊得倒退，说："原来是谦让田产的徐四兄。"群鬼忽然化作黑烟四下散开。

白衣庵和尚明玉说：从前五台山有一个和尚，夜里常梦见自己到了地狱，看见种种可怕的景象。有位老先生教他一心一意诵经，结果做梦更加厉害，以至于身体渐渐衰弱下来。又有一位老先生说："这肯定是你在没出家时，曾经造下了罪孽。出家后，渐渐懂得了因果报应，自知死后必会堕入地狱，生出了恐怖心，由恐怖心而产生了梦里的种种可怕相状。所以越是一心诵经，心中的幻象也越多。佛法宽宏广大，容许人忏悔，一切罪孽，只要诚心悔过便全都消除。放下屠刀，立地成佛。你没有听过这句话么？"这个和尚听了，马上对佛发下誓愿，幡然忏悔改过，坚决锐意求进，从此就夜间安然不再做梦了。

沈观察夫妇并故，幼子寄食亲戚家，贫窭无人状。其妾嫁于史太常家，闻而心恻，时阴使婢媪，与以衣物。后太常知之，曰："此尚在人情天理中。"亦勿禁也。钱塘季沧洲因言：有孀妇病卧，不能自炊，哀呼邻媪代炊，亦不能时至。忽一少女排闼入，曰："吾新来邻家女也。闻姊困苦乏食，意恒不忍。今告于父母，愿为姊具食，且侍疾。"自是日来其家，凡三四月，孀妇病愈，将诣门谢其父母。女泫然曰："不敢欺，我实狐也，与郎君在日最相昵。今感念旧情，又悯姊之苦节，是以托名而来耳。"置白金数铤于床，呜咽而去。二事颇相类。然则琵琶别抱，掉首无情，非惟不及此妾，乃并不及此狐。

吴侍读颉云言：癸丑，一前辈偶忘其姓，似是王言敷先生，忆不甚真也。尝僦居海丰寺街，宅后破屋三楹，云有鬼，不可居。然不出为祟，但偶闻音响而已。

一夕，屋中有诟谇声。伏墙隅听之，乃两妻争坐位，一称先来，一称年长，哓哓然不止。前辈不觉太息曰："死尚不休耶？"再听之，遂寂。夫妻妾同居，隐忍相安者，十或一焉；欢然相得者，千百或一焉。以尚有名分相摄也。至于两妻并立，则从来无一相得者，亦从来无一相安者。无名分以摄之，则两不相下，固其所矣。又何怪于嚣争哉！

沈观察夫妇一同去世后，幼子寄养在亲戚家，吃不饱穿不暖没个人样。沈观察的妾嫁到史太常家，听说了这事后，生出恻隐之心，常悄悄叫婢女、老妈子送些衣物去。后来太常知道了，说："这还在人情天理当中。"也不禁止她做这些。钱塘人季沧洲说：有个寡妇卧病不起，不能做饭，哀求邻居老太太给做点儿饭，但老太太也不能按时来。忽然有个少女推门进来，说："我是新搬来的邻居家女儿。听说姐姐困苦吃不上饭，心里常常不忍。今天我禀告过父母，愿意为姐姐做饭，并且侍奉你养病。"从此少女天天来，过了三四个月，寡妇的病渐渐好转，打算登门感谢少女的父母。少女流着泪说："我不敢骗你，其实我是狐狸精，你丈夫在的时候，我和他很相爱。如今我感念旧情，又同情姐姐辛苦守节，因此冒名而来。"然后在床上放了几块银子，呜咽着走了。这两件事很相似。改嫁之后便转脸无情的女人，不但不如这个妾，甚至连这个狐狸精也不如。

侍读吴颉云说：癸丑年，有一个前辈，偶尔忘了他的姓，好像是王言敷先生，记不大清楚了。前辈曾经在海丰寺街租房子住，住宅后面有三间破屋，说是有鬼，不能住人。但是鬼不出来作怪，只是偶尔听到声响而已。

一天晚上，屋里有责骂声。前辈伏在墙角倾听，却是两妻争坐牌位，一个说我先来，一个说我年长，争辩个不停。前辈不觉叹息说："死了还争个不停吗？"再听，就没有声音了。妻妾住在一起，能够克制忍耐相安无事的，十对当中也许有一对；关系融洽互相投合的，千百对当中或许有一对，因为还有名分约束着。至于两个妻并立，却从来没有一对融洽的，也从来没有一对相安无事的。没有名分约束，那么双方不肯互相谦让，就在情理之中了。因此两个鬼妻争位又有什么好奇怪的呢！

卷五 滦阳消夏录五

郑五，不知何许人也，携母妻流寓河间，以木工自给。病将死，嘱其妻曰："我本无立锥地，汝又拙于女红，度老母必以冻馁死。今与汝约，有能为我养母者，汝即嫁之，我死不恨也。"妻如所约，母借以存活。或奉事稍怠，则室中有声，如碎磁折竹。一岁，棉衣未成，母泣号寒。忽大声如钟鼓，殷动墙壁。如是者七八年，母死后，乃寂。

佃户曹自立，粗识字，不能多也。偶患寒疾，昏愦中为一役引去。途遇一役，审为误拘，互诟良久，俾送还。经过一处，以石为垣，周里许，其内浓烟坌涌，紫焰赫然；门额六字，巨如斗，不能尽识，但记其点画而归。据所记偏旁推之，似是"负心背德之狱"也。

世称殇子为债鬼，是固有之。卢南石言：朱元亭一子病瘵，绵惙时，呻吟自语曰："是尚欠我十九金。"俄医者投以人参，煎成未饮而逝，其价恰得十九金。此近日事也。或曰："四海之中，一日之内，殇子不知其凡几，前生逋负者，安得如许之众？"夫死生转毂，因果循环，如恒河之沙，积数不可以测算；

郑五，人们不知道他是哪里的人，带着母亲和妻子流落到河间住下来，靠做木工活度日。他得病临死前叮嘱妻子说：“我穷得什么都没有，你又不大会做女工，老母说不定只能冻饿而死了。现在和你约定，哪个能为我赡养老母，你就嫁他，我死也没有遗憾了。”郑五死后，妻子照着约定嫁了人，老母得以活下来。有时候奉事老母稍微怠慢了一些，屋子里就会出现响动，就像是摔磁器、折竹竿的声音。有一年，棉衣还没有做好，老母哭着喊冷。忽然屋里响起了鸣钟击鼓那么大的声音，墙壁都震动了。就这样过了七八年，郑五的老母死后，才安静下来。

佃户曹自立，稍微认识几个字，多了就不行了。他偶然得了寒热病，昏昏沉沉中被一个衙役带走了。途中遇见另一个衙役，查验过后说是带错了人，两个衙役相互吵骂了好久，还是把他送了回来。经过一个地方，石头砌的墙，周长差不多有一里地，墙内浓烟翻涌，紫色的火焰熊熊燃烧着；门上刻着六个字，像斗那么大，他不能全部认下来，只是记住字的笔划回来了。根据他记住的偏旁猜测，似乎是“负心背德之狱”。

一般人把早夭的孩子叫做讨债鬼，这种事情本来就有。卢南石说：朱元亭的一个儿子病重，临死前，呻吟着自言自语道：“这下还欠我十九两银子。”不一会儿医生开了人参，煎好还没有来得及喝，这个孩子就死了，所用的人参正好值十九两银子。这是不久前的事情。有人说：“四海之内，一天当中，夭折的孩子不知道有多少，前世欠债的怎么会有如此之多？”要知道生生死死如同转轮，因果报应循环不已，就像恒河里的沙粒，数量无法测算；

如太空之云，变态不可以思议。是诚难拘以一格。然计其大势，则冤愆纠结，生于财货者居多。老子曰：“天下攘攘，皆为利往；天下熙熙，皆为利来。”人之一生，盖无不役志于是者。顾天地生财，只有此数，此得则彼失，此盈则彼亏。机械于是而生，恩仇于是而起。业缘报复，延及三生。观谋利者之多，可以知索偿者之不少矣。史迁有言：“怨毒之于人甚矣哉！”君子宁信其有，或可发人深省也。

里妇新寡，狂且赂邻媪挑之。夜入其闼，阖扉将寝，忽灯光绿黯，缩小如豆，俄爆然一声，红焰四射，圆如二尺许，大如镜，中现人面，乃其故夫也。男女并嗷然仆榻下。家人惊视，其事遂败。或疑嫠妇堕节者众，何以此鬼独有灵？余谓鬼有强弱，人有盛衰。此本强鬼，又值二人之衰，故能为厉耳。其他茹恨黄泉，冤缠数世者，不知凡几，非竟神随形灭也。或又疑妖物所凭，作此变怪，是或有之。然妖不自兴，因人而兴。亦幽魂怨毒之气，阴相感召，邪魅乃乘而假借之。不然，陶婴之室，何未闻黎邱之鬼哉？

罗仰山通政在礼曹时，为同官所轧，动辄掣肘，步步如行荆棘中。性素迂滞，渐恚愤成疾。

一日，郁郁枯坐，忽梦至一山，花放水流，风日清旷。觉神思开朗，垒块顿消。沿溪散步，得一茅舍。有老翁延入小坐，言论颇洽。老翁问何以有病容，罗具陈所苦。老翁太息曰：“此有夙因，君所未解。君七百年前为宋黄筌，某即南唐徐熙也。

就像天空里的云彩，并不按照人们的设想变幻形态。这一切确实很难一概而论。但是概括起来，冤孽纠结，大多由于财物引起。老子说："天下攘攘，皆为利往；天下熙熙，皆为利来。"人的一生，大概没有不是被这些牵制着的。不过天地所生的财物，只有这么些数目，这边得到了，那边就失去，这边盈馀了，那边就亏损。狡诈因此而产生，恩仇因此而萌发。善恶业缘的报应，可以延续到三世。看看谋利的人这么多，就可以知道讨债的人不会少了。司马迁说过："怨毒的心对于人来说，真是太可怕了！"因此君子宁可相信有讨债这样的事，也许可以启发人认真思考。

村里一个女人刚死了丈夫，一个轻佻的家伙贿赂邻居老太太牵线挑逗。夜里进了寡妇的卧房，关上门要睡觉时，忽然灯光变得暗绿，灯焰缩小得像豆子，不一会儿一声爆响，红光四射，有方圆二尺左右的镜子那么大，里面映出一张人脸，竟然是寡妇的亡夫。这两个男女一声嚎叫，昏倒在床下。家人闻声吃惊地察看，结果奸情败露。有人说，寡妇失节的不少，为什么只是这个鬼有灵？我认为鬼有强弱，人有盛衰。寡妇的亡夫本来就是刚强的鬼，又赶上这两个人神气不足，所以鬼就能作怪。其他的鬼饮恨于地下，几世也翻不了身的，不知有多少，不能认为他们的灵魂就随着形体一起消失了。又有人怀疑是妖物假托亡夫作怪，这种事倒也不是没有。不过妖物不会自己无端作怪，它是因人而作怪。也许是在幽魂怨毒之气的阴阳感召之下，妖物乘机假托作怪。不然的话，在贞节的鲁国陶婴房里，怎么没听说有黎邱的鬼呢？

通政罗仰山在礼部做官时，受到同僚的排挤倾轧，事事受到牵制，好比每走一步都走在荆棘丛中。他的性格一向迂阔不善变通，渐渐积愤成了病。

一天，罗仰山闷闷不乐地坐着，忽然梦见来到一座山里，山间水流花开，风清日丽，风光宜人。罗仰山觉得心旷神怡，心中的郁闷顿时消失了。他沿着溪水散步，见到一所茅舍。有位老翁请他进屋去坐，两人谈得很投机。老翁问他怎么像生病的样子，罗仰山向老翁详细陈述了自己的苦闷。老翁长叹着说："这里前世的恩怨，你自己不知道罢了。你七百年前是宋朝的黄筌，排挤你的同僚就是南唐的徐熙。

徐之画品，本居黄上。黄恐夺供奉之宠，巧词排抑，使沉沦困顿，衔恨以终。其后辗转轮回，未能相遇。今世业缘凑合，乃得一快其宿仇。彼之加于君者，即君之曾加于彼者也，君又何憾焉？大抵无往不复者，天之道；有施必报者，人之情。即已种因，终当结果。其气机之感，如磁之引针，不近则已，近则吸而不解。其怨毒之结，如石之含火，不触则已，触则激而立生。其终不消释，如疾病之隐伏，必有骤发之日。其终相遇合，如日月之旋转，必有交会之躔。然则种种害人之术，适以自害而已矣。吾过去生中，与君有旧，因君未悟，故为述忧患之由。君与彼已结果矣，自今以往，慎勿造因可也。”

罗洒然有省，胜负之心顿尽。数日之内，宿疾全除。此余十许岁时，闻霍易书先生言。或曰：“是卫公廷璞事，先生偶误记也。”未知其审，并附识之。

田白岩言：康熙中，江南有征漕之案，官吏伏法者数人。数年后，有一人降乩于其友人家，自言方在冥司讼某公。友人骇曰：“某公循吏，且其总督两江，在此案前十馀年，何以无故讼之？”乩又书曰：“此案非一日之故矣。方其初萌，褫一官，窜流一二吏，即可消患于未萌。某公博忠厚之名，养痈不治，久而溃裂，吾辈遂遘其难。吾辈病民蛊国，不能仇现在之执法者也。追原祸本，不某公之讼而谁讼欤？”书讫，乩遂不动。迄不知九幽之下，定谳如何。《金人铭》曰：“涓涓不壅，将为江河；毫末不札，将寻斧柯。”古圣人所见远矣。此鬼所言，要不为无理也。

徐熙的画品，本来高出黄筌。但黄筌恐怕被夺走恩宠，就在皇帝面前花言巧语排斥压制徐熙，使得徐熙贫困落魄，含恨而死。以后两人各自辗转轮回，几辈子都没有相遇。今生业缘凑合，徐熙才得以报宿仇。他加在你身上的不幸，正是你曾经加在他身上的不幸，你又有什么可以遗憾的呢？世上事情，大体上没有往而不复的。一般说来，往而必复，这是天道；有恩必报，这是人情。既然已经种上因，终究是要结出果。因果气机的感应，如同磁石吸针，没有靠近也就罢了，一旦靠近就会牢牢吸住。怨恨的纠结，如同火石含着火，不触则已，一触就火星迸发。冤结一直不消释，就像潜伏的疾病一样，必然会有骤然发作的那一天。冤家终究要相逢，就像旋转的日月一样，必然会有互相交会的印记。可见，种种害人之术，恰好是用来害自己的。我在前生跟你有一段交情，因为你没有醒悟，所以给你讲讲前因后果。你与他的冤仇已经了结，从今以后，小心不要再造因就可以了。”

罗仰山豁然开朗，争强斗胜之心顿消。几天过去，病就全好了。这是我大约十岁时，听霍易书先生讲的。有人说：“这是雍正年间卫廷璞公的事，霍易书先生偶尔记错了。”不知究竟是谁的事，一并附记下来。

田白岩说：康熙年间，江南发生了征漕案，官吏有好几个人伏法被诛。几年之后其中一人的鬼魂降乩到他的朋友家，自己说正在地府里告某公。朋友惊道：“某公是好官，况且他总督两江漕运时，是在这个案子发生前的十多年，为什么无缘无故告他？”鬼魂又在坛上写道：“这个案子是冰冻三尺，非一日之寒。在刚刚有苗头时，如果革除一个官员，流放一两个小吏，就可以消除隐患。某公为了博取忠厚的名声，眼看着脓肿而不治，时间长了终于溃烂，我们都因触犯律法被杀。我们害了百姓害了国家，没有理由恨现在的执法者。追根溯源至灾祸的起由，不告他还能去告谁？”写到这里，乩也不动了。如今不知道在阴间是怎么结的案。《金人铭》说：“涓涓之流不及时堵塞，终于成为江河；细小的树苗不拔去，将来就得找斧子来砍。”古时候圣人真是看得远啊。这个鬼魂说的，不能说没有道理。

里有姜某者，将死，嘱其妇勿嫁。妇泣诺。后有艳妇之色者，以重价购为妾。方靓妆登车，所蓄犬忽人立怒号，两爪抱持啮妇面，裂其鼻准，并盲其一目。妇容既毁，买者委之去。后亦更无觊觎者。此康熙甲午、乙未间事，故老尚有目睹者。皆曰："义哉此犬，爱主人以德；智哉此犬，能攻病之本。"余谓犬断不能见及此，此其亡夫厉鬼所凭也。

爱堂先生尝饮酒夜归，马忽惊逸。草树翳荟，沟塍凹凸，几蹶者三四。俄有人自道左出，一手挽辔，一手掖之下，曰："老母昔蒙拯济，今救君断骨之厄也。"问其姓名，转瞬已失所在矣。先生自忆生平未有是事，不知鬼何以云然。佛经所谓无心布施，功德最大者欤？

张福，杜林镇人也，以负贩为业。一日，与里豪争路，豪挥仆推堕石桥下。时河冰方结，觚棱如锋刃，颅骨破裂，仅奄奄存一息。里胥故嗛豪，遽闻于官。官利其财，狱颇急。福阴遣母谓豪曰："君偿我命，与我何益？能为我养老母幼子，则乘我未绝，我到官言失足堕桥下。"豪诺之。福粗知字义，尚能忍痛自书状。生供凿凿，官吏无如何也。福死之后，豪竟负约。其母屡控于官，终以生供有据，不能直。豪后乘醉夜行，亦马蹶堕桥死。皆曰是负福之报矣。先姚安公曰："甚哉，治狱之难也！而命案尤难。有顶凶者，甘为人代死；有贿和者，甘鬻其所亲，

村子里有个姜某，临死时嘱咐他的妻子不要再嫁给别人。妻子哭着答应了。后来有一个喜欢她美貌的人，出了大价钱买她做妾。那天她打扮得漂漂亮亮正要上车时，她家里养的狗忽然像人那样立起来怒声嚎叫，两只前爪抱着她的脸猛咬，鼻子被咬裂了，并且弄瞎了她一只眼睛。妇人的容貌既然被毁，买她的人就不再要了。后来更是没有人打她的主意。这是康熙甲午、乙未年间的事情，老人中还有亲眼看见过这件事的。人们都夸赞说："这只狗真的是讲义气，时刻不忘记主人的恩德；这条狗真的是够聪明，能够进攻要害处。"我认为狗是绝对不可能想到这样一招的，这是姜某的厉鬼附在它的身上才会这样的。

爱堂先生有一次喝了酒夜里回来，马忽然受惊狂奔起来。草木繁盛，沟坎高高低低的，几次差点儿摔下马去。忽然从路旁闪出个人来，一手拉住缰绳，一手将爱堂先生搀扶下马，说："我的老母当初多蒙先生救济，现在我来救先生免受断骨之难。"爱堂先生问他的姓名，可是转眼之间这人已经不见踪影了。先生回忆，一生中没有做过救济老妇人的事情，不知鬼为什么要这样讲。难道这就是佛经上所说的无心布施，是功德中最大的？

张福，是杜林镇人，以贩运为生。有一天，他和乡里的富豪争路，富豪指挥仆人把他推到了石桥下面。当时河面结了冰，冰棱就像锋利的刀，他摔下去，头颅骨破裂，只剩一丝气息。里长原本怀恨富豪，立刻报告了官府。官府垂涎富豪的钱财，催办追得很急。张福暗中让他母亲对富豪说："你给我偿命，对我有什么好处？如果能替我供养老母幼子，那么趁我没有断气，我跟官府说是自己失足掉到桥下的。"富豪答应了。张福略微认识几个字，这时候还能够忍痛自己书写状纸。张福写的供词言之凿凿，官吏也无可奈何。张福死后，富豪竟背弃约定。张福的母亲多次到官府控告，终于因为张福生前写过供词作为证据，始终不能申冤昭雪。富豪后来喝醉了夜间赶路，马失足扑倒，富豪也掉到桥下摔死了。人们都说这是背弃张福的报应。先父姚安公说："审案真难啊！审人命案尤其难。有顶替凶犯，甘心替人去死的；有行贿讲和，甘心出卖亲友的，

斯已狰不易诘矣。至于被杀之人，手书供状，云非是人之所杀，此虽皋陶听之，不能入其罪也。倘非负约不偿，致遭鬼殛，则竟以财免矣。讼情万变，何所不有，司刑者可据理率断哉！”

姚安公言：有孙天球者，以财为命。徒手积累至千金，虽妻子冻饿，视如陌路。亦自忍冻饿，不轻用一钱。病革时，陈所积于枕前，一一手自抚摩，曰：“尔竟非我有乎？”呜咽而殁。孙未殁以前，为狐所嬲，每摄其财货去，使窘急欲死，乃于他所复得之。如是者不一。又有刘某者，亦以财为命，亦为狐所嬲。一岁除夕，凡刘亲友之贫者，悉馈数金。讶不类其平日所为。旋闻刘床前私箧，为狐盗去二百馀金，而得谢柬数十纸。盖孙财乃辛苦所得，狐怪其悭啬，特戏之而已。刘财多由机巧剥削而来，故狐竟散之。其处置亦颇得宜也。

余督学闽中时，幕友钟忻湖言：其友昔在某公幕，因会勘宿古寺中。月色朦胧，见某公窗下有人影，徘徊良久，冉冉上钟楼去。心知为鬼魅，然素有胆，竟蹑往寻之。至则楼门锁闭，楼上似有二人语。其一曰：“君何以空返？”其一曰：“此地罕有官吏至，今幸两官共宿，将俟人静讼吾冤。顷窃听所言，非揣摩迎合之方，即消弭弥缝之术，是不足以办吾事，故废然返。”语毕，似有太息声。再听之，竟寂然矣。次日，阴告主人。果变色摇手，戒勿多事。迄不知其何冤也。

这已经是仓促间不容易问到真相了。至于被杀的人亲手写的供状，说不是这个人所杀，这即使是虞舜时司法官皋陶来办案，也不能定罪。这个富豪倘若不是背弃约言不兑现，以致遭到鬼的诛杀，那么就会因为有钱而免罪了。案情千变万化，什么怪事都会发生，掌管刑法的人哪里能仅仅依据常理就轻率判决呢！”

姚安公说：有个叫孙天球的人，把钱财看成是他的命。他白手起家积累了千金家产，即便妻子儿女挨冻受饿，他也看成陌生人一样，不管不顾。他自己也同样忍冻挨饿，轻易不用一文钱。病重时，他把积攒的钱都摆在枕头前，一一用手抚摸着说：“你最终还是不归我了么？”他呜咽着死去。孙天球没有死时，狐狸精戏弄他，常常把他的钱偷了去，让他急得要死，然后再让他在别处找到。这种事有过好几次。又有一位刘某，也把钱财当作命，也被狐狸精戏弄过。某年除夕，凡是刘某亲友中贫困的都得到了刘某馈赠的礼金。大家奇怪这不像他平时的作为。不久听说刘某床前的箱子里，被狐狸精偷去二百多两银子，却出现了几十张表示感谢的字条。这是因为孙天球的钱财都是辛苦得来的，狐狸嫌他吝啬，只是耍耍他而已。刘某的钱财都是靠玩弄手法剥削而来，所以狐狸把这不义之财分给了别人。这种处置也是极为妥当的。

我提督福建学政时，师爷钟忻湖说：他的朋友过去在某公的幕府里，因为会同查勘住在古庙里。月色朦胧中，看见某公的窗下有个人影徘徊了很久，然后慢慢飘上了钟楼。他知道是鬼怪，但是一向胆大，还是暗暗跟踪而去。到了钟楼前，看到楼门已关闭上锁，听见楼上好像有两人在说话。其中一个说：“你怎么白跑了一趟？”另一个说：“这里很少有官吏来，今天幸而有两个官员一起住在这儿，本打算夜深人静以后申诉我的冤情。刚才偷听他们说话，不是揣摩迎合上司的方法，就是商量如何消除填补设法遮掩，这样的官儿办不了我的事，所以没去找他们。”说完，好像有叹息的声音。再听，竟没有声音了。第二天，这位朋友暗中告诉某公。某公果然变了脸色直摇手，告诫他不要多事。至今不知道到底是什么冤情。

余谓此君友有嗛于主人，故造斯言，形容其巧于趋避，为鬼揶揄耳。若就此一事而论，鬼非目睹，语未耳闻，恍惚杳冥，茫无实据，虽阎罗包老，亦无可措手，顾乃责之于某公乎？

平原董秋原言：海丰有僧寺，素多狐，时时掷瓦石𠙶人。一学究借东厢三楹授徒，闻有是事，自诣佛殿诃责之。数夕寂然，学究有德色。一日，东翁过谈，拱揖之顷，忽袖中一卷堕地。取视，乃秘戏图也。东翁默然去。次日，生徒不至矣。狐未犯人，人乃犯狐，竟反为狐所中。君子之于小人，谨备之而已；无故而触其锋，鲜不败也。

关帝祠中，皆塑周将军，其名则不见于史传。考元鲁贞《汉寿亭侯庙碑》，已有"乘赤兔兮从周仓"语，则其来已久，其灵亦最著。里媪有刘破车者，言其夫尝醉眠关帝香案前，梦周将军蹴之起，左股青痕，越半月乃消。

谓鬼无轮回，则自古至今，鬼日日增，将大地不能容。谓鬼有轮回，则此死彼生，旋即易形而去，又当世间无一鬼。贩夫田妇，往往转生，似无不轮回者；荒阡废冢，往往见鬼，又似有不轮回者。

表兄安天石，尝卧疾，魂至冥府，以此问司籍之吏。吏曰："有轮回，有不轮回。轮回者三途：有福受报，有罪受报，有恩有怨者受报。不轮回者亦三途：圣贤仙佛不入轮回，无间地狱不得轮回，无罪无福之人，听其游行于墟墓，馀气未尽则存，馀气渐消则灭。如露珠水泡，倏有倏无；如闲花野草，自荣自落。

我认为，这位朋友可能怀恨于他的主人，所以编造出这番话，形容某公巧于趋吉避祸，被鬼嘲弄。如果就这件事情而论，鬼不是亲眼目睹，话也没有亲耳听到，朦胧恍惚，茫茫然没有确实的证据，即使是阎罗王、包龙图，也没有办法着手处理，怎么能责备某公呢？

平原人董秋原说：海丰有座和尚庙，一向有很多狐狸，常常扔瓦片石头耍弄人。一个学究租借东厢的三间房屋教学生，听见有这种事情，就走到佛殿上去大声呵斥责骂狐狸。从此以后有几个夜晚非常安静。学究洋洋得意像是立了大功。一天，房东老先生过来聊天，两个人拱手作揖的时候，学究的袖子里面忽然有一卷东西掉在地上。捡起来一看，竟然是一张春宫图。房东老人一言不发走了。第二天，学生们都不来了。狐狸没有来侵犯人，人却去冒犯狐狸，以至于反被狐狸算计了。君子对小人，应当谨慎防备；无缘无故去招惹，没有不自寻倒霉的。

关帝庙里都有周将军的塑像，史书传记却没有周将军的名字。据考证，元代鲁贞的《汉寿亭侯庙碑》碑文里，已经有"乘赤兔兮从周仓"一语，可见周仓的传说由来已久，周仓将军也最灵验。村里有个叫刘破车的老妇人，说她丈夫曾喝醉了酒睡在关帝的香案前，梦见周将军把他踢了起来，左大腿有青痕，过了半月才消。

要是说鬼不能轮回转生，那么从古到今，鬼天天增加，大地就容纳不下了。要是说鬼能轮回转生，那么这个死了就是那个生了，转眼之间变换形貌而去，又应该是世上没有一个鬼了。买卖的、种地的，不管男女，往往转生，好像没有不进入轮回的；而在荒野老坟里，时常见到鬼，又好像有不轮回转生的。

表兄安天石曾卧病在床，灵魂到了地府，向管籍册的小吏打听这种事。小吏说："有轮回的，有不轮回的。轮回的有三类：有福的要受报应，有罪的要受报应，有恩有怨的也要各自受报应。不轮回的也有三类：圣贤和仙佛，不在轮回之数；堕入无间地狱中的，不能轮回；无罪无福的人，阴间任这一类人灵魂在坟墓间闲逛，馀气未尽就存在着，馀气渐渐消了就灭掉。好像露珠水泡，很快就形成了又很快就消散掉，好像闲花野草，自生自灭。

如是者无可轮回。或有无依魂魄，附人感孕，谓之偷生。高行缁黄，转世借形，谓之夺舍。是皆偶然变现，不在轮回常理之中。至于神灵下降，辅佐明时；魔怪群生，纵横杀劫。是又气数所成，不以轮回论矣。”

天石固不信轮回者，病痊以后，尝举以告人曰：“据其所言，乃凿然成理。”

星士虞春潭，为人推算，多奇中。偶薄游襄、汉，与一士人同舟，论颇款洽。久而怪其不眠不食，疑为仙鬼。夜中密诘之。士人曰：“我非仙非鬼，文昌司禄之神也，有事诣南岳。与君有缘，故得数日周旋耳。”虞因问之曰：“吾于命理，自谓颇深，尝推某当大贵，而竟无验。君司禄籍，当知其由。”士人曰：“是命本贵，以热中，削减十之七矣。”虞曰：“仕宦热中，是亦常情，何冥谪若是之重？”士人曰：“仕宦热中，其强悍者必怙权，怙权者必狠而愎；其孱弱者必固位，固位者必险而深。且怙权固位，是必躁竞，躁竞相轧，是必排挤。至于排挤，则不问人之贤否，而问党之异同；不计事之可否，而计己之胜负。流弊不可胜言矣。是其恶在贪酷上，寿且削减，何止于禄乎！”虞阴记其语。越两岁馀，某果卒。

张铉耳先生之族，有以狐女为妾者，别营静室居之。床帷器具，与人无异，但自有婢媪，不用张之奴隶耳。室无纤尘，惟坐久觉阴气森然；亦时闻笑语，而不睹其形。

这样的鬼没有什么轮回的。也有无所凭依的鬼魂，附在人身上孕育，称为偷生。德行高尚的和尚、道士，借别人的形体转世，称为夺舍。这些都是偶然的变移，不在正常的轮回范围。至于神灵下凡，辅佐圣明朝代的世事；妖魔鬼怪转世，纵横杀掠。这都是由气数决定的，不能以轮回来看待。”

安天石本来不信轮回，病好以后，时常举这件事为例对别人说：“根据这个鬼官说的，确实有道理。”

算命先生虞春潭，给人家算命，大部分都很灵验。有一次他去襄阳、汉阳一带游历谋生，与一位读书人在一条船上，两人谈得很投机。时间一长，发现这个读书人不睡觉不吃饭，就怀疑他是仙鬼之类。虞春潭夜里悄悄问他。读书人回答道：“我不是神仙也不是鬼，是天上的文曲星，有事要到南岳去。因为和你有一段缘分，所以能够在一起盘桓几天。”虞春潭于是问他：“我自认为自己算命的造诣很深，但是推算某某应当大贵却不灵验。你主宰功名、禄位，应该知道原因。”文曲星说：“这个人的命本来应当大贵，只因为他太热衷于做官，结果被减了十分之七。”虞春潭说：“热衷于做官，也是人之常情，为什么地府要罚得这么重呢？”文曲星说：“热衷于做官，那些强悍的人肯定会借助权力作威作福，一心护住权力的人肯定狠毒而且刚愎自用；软弱的人必然要保护自己的官位，这样的人必然阴险狡诈而且深藏不露。况且，凭借权势作恶，拼命地保住官位，一定会争宠斗胜，进而相互之间倾轧、排挤。到了这个地步，就不论人贤良或者不贤良，只论与自己是不是一伙的；不管事情该不该办，只论对自己有没有好处。这样的弊端一时讲也讲不完。这种罪恶比贪婪残酷更加严重，因此那人还必须减寿，又何止于减少福禄呢！”虞春潭暗暗地牢记住了文曲星的话。过了两年多，某某果然死了。

张铉耳先生的同族人中，有人娶狐女做妾，另外营建僻静的居室给她住。狐女的床榻帷帐日用器具跟人的没有什么两样，只是她自己有婢女仆妇，不用张家的奴仆罢了。狐女的居室一尘不染，只是坐久了会感觉阴森森的；也时常听到室内说笑的声音，而看不见狐女的身影。

张故巨族，每姻戚宴集，多请一见，皆不许。一日，张固强之。则曰："某家某娘子犹可，他人断不可也。"入室相晤，举止娴雅，貌似三十许人。诘以室中寒凛之故，曰："娘子自心悸耳，室故无他也。"后张诘以独见是人之故。曰："人阳类，鬼阴类，狐介于人鬼之间，然亦阴类也。故出恒以夜，白昼盛阳之时，不敢轻与人接也。某娘子阳气已衰，故吾得见。"张惕然曰："汝日与吾寝处，吾其衰乎？"曰："此别有故。凡狐之媚人有两途：一曰蛊惑，一曰夙因。蛊惑者阳为阴蚀，则病，蚀尽则死；夙因则人本有缘，气自相感，阴阳翕合，故可久而相安。然蛊惑者十之九，夙因者十之一。其蛊惑者亦必自称夙因，但以伤人不伤人知其真伪耳。"后所见之人果不久下世。

罗与贾比屋而居，罗富贾贫。罗欲并贾宅，而勒其值；以售他人，罗又阴挠之。久而益窘，不得已减值售罗。罗经营改造，土木一新。落成之日，盛筵祭神。纸钱甫燃，忽狂风卷起，着梁上，烈焰骤发，烟煤迸散如雨落。弹指间，寸椽不遗，并其旧庐爇焉。方火起时，众手交救，罗拊膺止之，曰："顷火光中，吾恍惚见贾之亡父。是其怨毒之所为，救无益也。吾悔无及矣。"急呼贾子至，以腴田二十亩书券赠之。自是改行从善，竟以寿考终。

沧州樊氏扶乩，河工某官在焉。降乩者关帝也，忽大书曰："某来前！汝具文忏悔，语多回护。对神尚尔，对人可知。

张家本来是个大族，每当亲戚聚会，就会有来宾请求见狐女一面，都没有得到狐女允许。有一天，张某坚持要她见见人。她就说：“某家的某娘子还可以，别的人断断不可以。”某娘子进到狐女的屋里，见她举止娴静优雅，相貌好像三十来岁的人。某娘子问她屋里为什么阴冷，狐女说：“娘子自己心里害怕罢了，这屋子原本没有什么特殊的。”后来张某问起她为什么只见这个人。狐女说：“人是阳类，鬼是阴类，狐狸介于人鬼之间，但也属于阴类。所以经常是在夜间出来，白天阳气盛的时候，不敢轻易跟人接触。某娘子阳气已经衰微，所以我能够见她。”张某惊慌地说：“我每天和你朝夕相处，我的阳气难道也衰弱了吗？”狐女说：“这个别有缘故。凡是狐精媚惑人，有两种途径：一叫蛊惑，一叫夙因。受蛊惑的，阳气被阴气侵蚀，侵蚀完了就死；夙因是与人本来有缘分，气自然相感应，阴阳调和，所以能长久相安。但是蛊惑的占十分之九，夙因的只占十分之一。那些蛊惑的也必然自称是夙因，主要看伤害人不伤害人可以知道真假了。”后来狐女见的那个娘子，果然不久就去世了。

罗某和贾某紧邻居住，罗某富而贾某贫。罗某要吞并贾某的房子，把价钱压得很低；贾某想卖给别人，罗某又暗中阻挠。时间长了，贾某更加贫穷，不得已减价卖给了罗某。罗某经营改造，整个房子焕然一新。完工那天，罗某摆下丰盛的筵席，祭祀鬼神。他刚点燃的纸钱，忽然被狂风卷到房梁上，结果烈焰骤起，烧得火星灰尘迸散像下雨一样。弹指之间，烧得一片灰烬，连他原来的旧房子也烧了。火刚起来时，大家一起扑火，罗某却捶着胸脯制止，说：“刚才在火光中，我恍惚看见了贾某的亡父。这是他因为怨恨我才报复的，救也没有用。我后悔也来不及了。”罗某急忙找来贾某的儿子，说送给他二十亩良田，还写了契约送给他。从此罗某一心向善，最后得以长寿善终。

沧州樊某家扶乩请神时，主管河工的某位官员也在场。降临的神是关帝，忽然乩仙写出大字说：“某官到前面来！你写文章忏悔，很多话都是为自己遮掩。对神尚且这样，对人如何也就可想而知了。

夫误伤人者，过也，回护则恶矣。天道宥过而殛恶，其听汝巧辩乎？”其人伏地惕息，挥汗如雨。自是怏怏如有失，数月病卒。竟不知所忏悔者何事也。

褚寺农家有妇姑同寝者，夜雨墙圮，泥土簌簌下。妇闻声急起，以背负墙，而疾呼姑醒。姑匍匐堕炕下，妇竟压焉，其尸正当姑卧处。是真孝妇，以微贱无人闻于官，久而并佚其姓氏矣。相传妇死之后，姑哭之恸。一日，邻人告其姑曰：“夜梦汝妇冠帔来曰：‘传语我姑，无哭我。我以代死之故，今已为神矣。’”乡之父老皆曰：“吾夜所梦亦如是。”

或曰：“妇果为神，何不示梦于其姑？此乡邻欲缓其恸，造是言也。”余谓忠孝节义，殁必为神。天道昭昭，历有证验。此事可以信其有。即曰一人造言，众人附和，“天视自我民视，天听自我民听”。人心以为神，天亦必以为神矣，何必又疑其妄焉。

长山聂松岩，以篆刻游京师。尝馆余家，言其乡有与狐友者，每宾朋宴集，招之同坐。饮食笑语，无异于人，惟闻声而不睹其形耳。或强使相见，曰：“对面不睹，何以为相交？”狐曰：“相交者交以心，非交以貌也。夫人心叵测，险于山川；机阱万端，由斯隐伏。诸君不见其心，以貌相交，反以为密；于不见貌者，反以为疏。不亦悖乎？”田白岩曰：“此狐之阅世深矣。”

误伤人是过错，可你为自己遮掩就是罪恶了。天道原谅过错而惩处罪恶，难道会听你的巧辩吗？”这位官员伏在地上直喘粗气，冷汗出得像下雨。从此以后，神情恍惚闷闷不乐，像是丢了魂，几个月以后就病死了。人们自始至终也不知道他忏悔的是什么事情。

褚寺的农家，有一个媳妇和她的婆婆在一条炕上睡觉，夜里下雨，墙壁倒塌，泥土簌落簌落往下掉。媳妇听见声音急忙起来，用背顶着墙壁拼命叫醒婆婆。她婆婆爬着掉到了炕下，媳妇却被墙压死，尸体正巧在婆婆躺卧的地方。这是个真正的孝妇，可是因为她的身份低贱而没有人报告给官府，时间一长，就连她的姓名也忘记了。相传在她死了之后，她的婆婆哭得很伤心。有一天，邻居告诉她婆婆说：“夜里做梦见到你的儿媳妇戴冠披帔而来，说：‘请转告我的婆婆，不要哭我。我因为替我婆婆死，如今已经被封为神灵了。’”乡里的父老们也都说：“我夜里也做了这样的梦。”

有人说：“这个媳妇如果真的成了神，她为什么不托梦给她的婆婆呢？这是乡亲们为了安慰老人家，就编造出这么一段话来。”我认为，忠孝节义的人，死后必定成神灵。天道光明公正，有很多事情都可以证实这一点。因此，可以相信真有这种事情。即使是由一个人编造出来的，大家都众声附和，也没有什么不可以，《书尚·泰誓》中说“天所见就是民所见，天所听就是民所听”。人们都认为这个媳妇是神灵，那么上天也必定认为她是神灵，又有什么必要去怀疑这个传言是不是真实的呢？

长山人聂松岩，因为善于雕刻印章游历京城。曾经在我家坐馆，说他的家乡有人跟狐精交友，每当宾客朋友聚会宴饮，就招呼它来同坐。它吃喝说笑，跟人没有什么两样，但是只能听到它的声音而看不见身形。有人坚持要和它相见，说：“面对面看不到，怎么算是相交呢？”狐说：“相交是以心相交，不是以貌相交。要知道人心难以测度，深险胜过山川；设置种种机关陷阱坑害人，这些都隐藏在心里。诸位看不见对方的心，只是以貌相交，反以为亲密；对于不见相貌的，反以为疏远。这不是大错特错了吗？”田白岩说：“这个狐精认识世情真是很深刻。”

肃宁老儒王德安，康熙丙戌进士也，先姚安公从受业焉。尝夏日过友人家，爱其园亭轩爽，欲下榻于是。友人以夜有鬼物辞。王因举所见一事曰："江南岑生，尝借宿沧州张蝶庄家。壁张钟馗像，其高如人，前复陈一自鸣钟。岑沉醉就寝，皆未及见。夜半酒醒，月明如昼。闻机轮格格，已诧甚，忽见画像，以为奇鬼，取案上端砚仰击之。大声砰然，震动户牖。僮仆排闼入视，则墨沈淋漓，头面俱黑；画前钟及玉瓶磁鼎，已碎裂矣。闻者无不绝倒。然则动云见鬼，皆人自胆怯耳，鬼究在何处耶？"语甫脱口，墙隅忽应声曰："鬼即在此，夜当拜谒，幸勿以砚见击。"王默然竟出。后尝举以告门人曰："鬼无白昼对语理，此必狐也。吾德恐不足胜妖，是以避之。"盖终持无鬼之论也。

明器，古之葬礼也，后世复造纸车纸马。孟云卿《古挽歌》曰："冥冥何所须？尽我生人意。"盖姑以缓恸云耳。然长儿汝佶病革时，其女为焚一纸马，汝佶绝而复苏，曰："吾魂出门，茫茫然不知所向。遇老仆王连升牵一马来，送我归。恨其足跛，颇颠簸不适。"焚马之奴泫然曰："是奴罪也。举火时实误折其足。"又，六从舅母常氏弥留时，喃喃自语曰："适往看新宅颇佳，但东壁损坏，可奈何？"侍疾者往视其棺，果左侧朽穿一小孔，匠与督工者尚均未觉也。

李又聃先生言：昔有寒士下第者，焚其遗卷，牒诉于文昌祠。夜梦神语曰："尔读书半生，尚不知穷达有命耶？"尝侍先姚安公，

肃宁的老儒王德安，是康熙丙戌年的进士，先父姚安公曾经拜他为师。一年夏天，他到朋友家，喜欢园中宽敞凉爽的亭子，想住在这儿。朋友说这儿闹鬼，不让他住在亭子里。于是王德安说了亲眼见到的一件事："江南的岑生，曾经在沧州的张蝶庄家借宿。屋里墙上挂着钟馗像，有人那么高，像前摆着一架自鸣钟。岑生进去睡觉时醉醺醺的，没有看见这些。半夜酒醒后，外面月光明亮得像白天。他听见自鸣钟的齿轮声'格格'响，已经感到惊异，忽然又看见画像，以为是奇鬼，就拿起桌上的端砚，朝上面打去。砰然一声巨响，震动了门窗。僮仆们闯进门来察看，只见岑生身上墨汁淋漓，头脸都是黑的；画像前面的自鸣钟和玉瓶磁鼎，都已碎裂了。听到这事的人都笑得前仰后合。人们动不动就说有鬼，都是自己吓唬自己，鬼究竟在哪儿呢？"他刚说完，墙角忽然有声音搭腔说："鬼就在这儿，夜里就来拜访你，可别用砚台砸我。"王德安一言不发地走了。后来他把这件事告诉门生，说："没有鬼在大白天和人对话的道理，这肯定是狐狸。我的德行恐怕制不住妖狐，所以避开它。"也就是说，他还是坚持无鬼论。

明器，是古代丧葬用的礼器，后代又造了纸车纸马。唐代孟云卿写的《古挽歌》中说："冥冥何所须？尽我生人意。"大概是说，这些做法不过是姑且用来安慰生者的悲伤罢了。然而，我的长子汝佶病危时，他的女儿给他烧了一匹纸马，汝佶咽气了却又苏醒过来说："我的魂魄出了门口，茫茫然不知往哪儿去。遇见老仆人王连升牵着一匹马过来，送我走。遗憾的是马跛足，颠簸得很不舒服。"烧纸马的仆人哭着说："这是我的过错，点火的时候一不小心真的折了一条马腿。"还有，我的六堂舅母常氏在弥留之际，喃喃自语道："刚才去看了新房真不错，只是东边的墙壁损坏了，可怎么办呢？"守在一旁的人去查视她的棺材，果然左侧朽坏了，有一个小洞，木匠和监工的都未曾发现这个洞。

李又聃先生说：过去有个清寒的书生，考试落榜后，烧了试卷的底稿，告状告到文昌祠。夜里梦见神对他说："你读书半辈子了，还不知道穷困通达都是命中注定吗？"我曾经随侍先父姚安公，

偶述是事。先姚安公咈然曰："又聃应举之士，传此语则可。汝辈手掌文衡者，传此语则不可。聚奎堂柱有熊孝感相国题联曰：'赫赫科条，袖里常存惟白简；明明案牍，帘前何处有朱衣？'汝未之见乎？"

海阳李玉典前辈言：有两生读书佛寺，夜方媟狎，忽壁上现大圆镜，径丈馀，光明如昼，毫发毕睹。闻檐际语曰："佛法广大，固不汝嗔。但汝自视镜中，是何形状？"余谓幽期密约，必无人在旁，是谁见之？两生断无自言理，又何以闻之？然其事为理所宜有，固不必以子虚乌有视之。

玉典又言：有老儒设帐废圃中。一夜闻垣外吟哦声，俄又闻辩论声，又闻嚣争声，又闻诟詈声，久之遂闻殴击声。圃后旷无居人，心知为鬼。方战栗间，已斗至窗外。其一盛气大呼曰："渠评驳吾文，实为冤愤！今同就正于先生。"因朗吟数百言，句句手自击节。其一且呻吟呼痛，且微哂之。老儒惕息不敢言。其一厉声曰："先生究以为如何？"老儒嗫嚅久之，以额叩枕曰："鸡肋不足以当尊拳。"其一大笑去，其一往来窗外，气咻咻然，至鸡鸣乃寂。云闻之胶州法黄裳。余谓此亦黄裳寓言也。

天津孟生文熺，有隽才，张石粼先生最爱之。一日，扫墓归，遇孟于路旁酒肆。见其壁上新写一诗，曰："东风翦翦漾春衣，信步寻芳信步归。红映桃花人一笑，绿遮杨柳燕双飞。徘徊曲径怜香草，惆怅乔林挂落晖。记取今朝延伫处，酒楼西畔是柴扉。"诘其所以，讳不言。固诘之，始云适于道侧见丽女，

偶尔说起这件事。姚安公不高兴地说："李又聃是参加科举考试的士子，传传这样的话没有什么不可以。你们这样的人是亲手掌握判定文章高下选取人才权力的，传这样的话就不行。聚奎堂柱子上有相国熊孝感题写的联语说：'赫赫科条，袖里常存惟白简；明明案牍，帘前何处有朱衣？'你没有见到吗？"

海阳的李玉典前辈说：有两个书生在佛寺读书，夜间两人正在亲热调戏，忽然墙壁上现出一面大圆镜，直径一丈多长，亮得就像白天一样，连一根根头发都清清楚楚看得见。听到屋檐边有声音说："佛法仁慈广大，自然不会责罚你们。但你们自己朝镜子里看看，是什么样子？"我认为这种幽期密约式的勾当，必定没有其他人在场，是谁看见的呢？两个书生绝对没有主动向人宣扬的道理，李玉典前辈又是从哪里听到这件事情的呢？然而，这件事是情理中应该有的事，不能当成子虚乌有。

李玉典前辈又说：有位老儒在一个荒废的园子里设馆教书。一天夜间，听到墙外有吟诵诗文的声音，不一会儿又听到了辩论的声音，接着又听到激烈的争吵声，随后是谩骂声，时间一长又传来了打斗的声音。园子后面是空无人居的旷野，老儒心里明白这是鬼。他害怕得发抖，打斗声已经来到窗外。其中一个气呼呼高声叫道："这家伙评驳贬斥我的诗文，实在叫人气愤！现在来请先生评一评。"随后朗诵了几百个字，一边朗诵，还一边用手打着拍子。另一个鬼一边呻吟喊疼，一边嘲笑。老儒吓得不敢作声。窗外诵诗文的鬼厉声问道："先生究竟以为怎么样？"老儒嘴唇哆嗦了半天，在枕上叩头说："我这把瘦骨头可经受不住老兄一拳头。"呻吟的鬼放声大笑着走了，朗诵的鬼气哼哼地在窗前走来走去，直到鸡叫才安静下来。李玉典前辈说，他是从胶州法黄裳那里听来的。我认为这也是法黄裳编造的寓言。

天津人孟文熺，有出众的才华，张石粼先生最喜欢他。有一天，张石粼先生扫墓回来，在路旁的酒店里遇见了孟文熺。看见他在墙上新题了一首诗："东风翦翦漾春衣，信步寻芳信步归。红映桃花人一笑，绿遮杨柳燕双飞。徘徊曲径怜香草，惆怅乔林挂落晖。记取今朝延伫处，酒楼西畔是柴扉。"张石粼先生问他写这首诗的原因，他不说。经再三追问，他才说刚才在道旁见了一个美女，

其容绝代，故坐此冀其再出。张问其处，孟手指之。张大骇曰：“是某家坟院，荒废久矣，安得有是？”同往寻之，果马鬣蓬科，杳无人迹。

余在乌鲁木齐时，一日，报军校王某差运伊犁军械，其妻独处。今日过午，门不启，呼之不应，当有他故。因檄迪化同知木金泰往勘。破扉而入，则男女二人共枕卧，裸体相抱，皆剖裂其腹死。男子不知何自来，亦无识者。研问邻里，茫无端绪，拟以疑狱结矣。是夕女尸忽呻吟，守者惊视，已复生。越日能言，自供与是人幼相爱，既嫁犹私会。后随夫驻防西域，是人念之不释，复寻访而来；甫至门，即引入室。故邻里皆未觉。虑暂会终离，遂相约同死。受刃时痛极昏迷，倏如梦觉，则魂已离体。急觅是人，不知何往，惟独立沙碛中，白草黄云，四无边际。正彷徨间，为一鬼缚去，至一官府，甚见诘辱。云是虽无耻，命尚未终，叱杖一百，驱之返。杖乃铁铸，不胜楚毒，复晕绝。及渐苏，则回生矣。视其股，果杖痕重叠。驻防大臣巴公曰：“是已受冥罚，奸罪可勿重科矣。”余乌鲁木齐杂诗有曰：“鸳鸯毕竟不双飞，天上人间旧愿违。白草萧萧埋旅榇，一生肠断《华山畿》。”即咏此事也。

朱青雷言：尝与高西园散步水次，时春冰初泮，净绿瀛溶。高曰：“忆晚唐有‘鱼鳞可怜紫，鸭毛自然碧’句，无一字言春水，而晴波滑笏之状，如在目前。惜不记其姓名矣。”朱沉思未对间，老柳后有人语曰：“此初唐刘希夷诗，

漂亮得世上少有，所以坐在这儿等她再出来。张石鄰先生问在哪儿遇见了美女，孟文熺指给他看。张石鄰先生大惊道："那里是某某家的坟地，荒废已久了，哪有什么美女？"两人一起去看，果然只有坟丘荒草，连个人影也没有。

我在乌鲁木齐时，有一天，下属报告，军校王某已奉命出差伊犁押运武器，他妻子一人在家。今天已过中午，门还不开，叫了几次，无人应答，恐怕出了事。于是，我命令迪化同知木金泰去看看。破门进去，发现两个男女同床赤身裸体相抱，都已剖腹而死。这个男人不知道是从何地来，也没有一个人认识他。向邻居打听，也没有头绪。于是打算当作一桩疑案了结。当天晚上，女尸忽然呻吟起来，看守吃惊地一看，原来女人已经活了过来。第二天，她能说话了，自己供认道，从小与他相爱，结婚后两人还私下里幽会。后来，跟随丈夫驻防西域，这个人不能忘怀，一路跟踪找过来；他刚到，就把他藏在屋里，所以邻居们都没有发现。想到暂时相聚终究还是要分别，于是相约一起死。自杀时，刀子进去痛得昏迷过去，忽然好像是在做梦，灵魂脱离躯体而去。急忙找他，却不知他到哪里去了，只好独自站在沙漠里，只见白草黄云，四周渺无边际。正在彷徨之间，被一个鬼绑走，来到一个官府，好一顿严刑拷打，又受到百般盘问和羞辱。最后，说我虽然无耻，命却不该终结，喝令打我一百大棒，把我赶了回来。那棒子是铁铸的，打在身上，真是受不了，我又昏死过去。等慢慢苏醒过来，我才发现自己又活回来了。查验了她的腿，果然是伤痕累累。驻防大臣巴公说："她已经受到了地府的惩罚，通奸罪就不必追究了。"我的乌鲁木齐杂诗中写道："鸳鸯毕竟不双飞，天上人间旧愿违。白草萧萧埋旅榇，一生肠断《华山畿》。"说的正是这件事。

朱青雷说：曾经与高西园一同在水边散步，时值早春，河冰刚刚融解，明净的绿水波纹流动。高西园说："想起晚唐有'鱼鳞可怜紫，鸭毛自然碧'的句子，没有一个字说到春水，而晴天的水波动荡不定的样子，好像就在眼前。可惜不记得他的姓名了。"朱青雷正在沉思没来得及回答，老柳树后面有人说话道："这是初唐刘希夷的诗，

非晚唐也。”趋视无一人。朱悚然曰：“白日见鬼矣。”高微笑曰：“如此鬼，见亦大佳，但恐不肯相见耳。”对树三揖而行。归检刘诗，果有此二语。余偶以告戴东原，东原因言：有两生烛下对谈，争《春秋》周正夏正，往复甚苦。窗外忽太息言曰：“左氏周人，不容不知周正朔，二先生何必词费也。”出视窗外，惟一小童方酣睡。观此二事，儒者日谈考证，讲“曰若稽古”，动至十四万言，安知冥冥之中，无在旁揶揄者乎？

聂松岩言：即墨于生，骑一驴赴京师。中路憩息高岗上，系驴于树，而倚石假寐。忽见驴昂首四顾，浩然叹曰：“不至此地数十年，青山如故，村落已非旧径矣。”于故好奇，闻之跃然起曰：“此宋处宗长鸣鸡也！日日乘之共谈，不患长途寂寞矣。”揖而与言，驴啮草不应。反复开导，约与为忘形交，驴亦若勿闻。怒而痛鞭之，驴跳掷狂吼，终不能言。竟箠折一足，鬻于屠肆，徒步以归。此事绝可笑，殆睡梦中误听耶？抑此驴夙生冤谴，有物凭之，以激于之怒杀耶？

三叔父仪南公，有健仆毕四。善弋猎，能挽十石弓。恒捕鹑于野。凡捕鹑者必以夜，先以藁秸插地，如禾陇之状，而布网于上；以牛角作曲管，肖鹑声吹之。鹑既集，先微惊之，使渐次避入藁秸中；然后大声惊之，使群飞突起，则悉触网矣。吹管时，其声凄咽，往往误引鬼物至，故必筑团焦自卫，而携兵仗以备之。

并不是晚唐人所作。”走过去看，并无一人。朱青雷惶恐不安地说：“白日见鬼了。”高西园微笑着说：“像这样的鬼见一见，倒也很好，只是恐怕他不肯出来相见罢了。”说完，对着树作了三个揖才离开。回来翻检刘希夷的诗，果然有这两句。我偶然把这事告诉了戴东原，戴东原接着这个话头说：有两个书生在灯下交谈，争论《春秋》的历法是周代的还是夏代的，言来语去，僵持不下。窗外忽然有声音叹息说：“左氏是周时人，不会不知道周代的历法，两位先生何必费那么多话。”到窗外察看，只有一个小僮，正在熟睡。从这两件事来看，儒家学者天天谈考证，讲《尚书·尧典》的“话说查到上古”，动不动至于十四万字，怎么知道渺渺茫茫之中，没有人在旁边嘲笑呢？

聂松岩说：即墨书生于某，骑着一头驴子前往京城。中途在一个高岗上休息，把驴子拴在树上，自己靠着石头闭目养神。忽然看到驴子昂头向四处张望，长长地叹口气说：“几十年没到这儿了，青山依旧，村落已经不是当年的模样了。”于生一向好奇，听到驴子说话，一跃而起，自言自语地说：“原来此驴就像是宋处宗的长鸣鸡呀！天天骑着一起闲谈，就不怕长途的寂寞了。”于是拱手作揖，对驴说话，驴却只顾吃草，没有应声。于生反复开导恳求，表示愿与驴子结成忘形之交，驴子仍然好像没听见。于生大怒，用鞭狠抽驴子，驴子蹦跳狂吼，可就是不能说话。于生最后打断了驴子一条腿，卖到屠夫店里，自己徒步返回家来。这件事情十分可笑，是于生睡梦中听错了呢？还是跟这头驴有前生的冤债，有怪物依附在驴身上说话，激怒于生，让驴子挨打并且被杀呢？

三叔仪南公有个很能干的仆人，叫毕四。他善于打猎，能拉动十石拉力的弓。常常在野地里捕鹌鹑。捕鹌鹑必须在夜里，先把秸秆插在地上，布置成像是禾垄的样子，上面张开网；用牛角作成曲管，模仿鹌鹑的叫声轻轻地吹。鹌鹑飞来之后，先稍微地吓吓它们，让它们陆续躲进秸秆丛里；然后再大声惊吓，让它们惊飞，就都触到网上了。吹牛角时，声音凄咽，往往误把妖鬼引来，因此必须建一座茅棚自卫，并带着武器防身。

一夜，月明之下，见老叟来作礼曰："我狐也，儿孙与北村狐搆衅，举族械战。彼阵擒我一女，每战必反接驱出以辱我。我亦阵擒彼一妾，如所施报焉。由此仇益结，约今夜决战于此。闻君义侠，乞助一臂力，则没齿感恩。持铁尺者彼，持刀者我也。"毕故好事，忻然随之往，翳丛薄间。两阵既交，两狐血战不解，至相抱手搏。毕审视既的，控弦一发，射北村狐踣。不虞弓劲矢铦，贯腹而过，并老叟洞腋殪焉。两阵各惶遽，夺尸弃俘囚而遁。毕解二狐之缚，且告之曰："传语尔族，两家胜败相当，可以解冤矣。"先是北村每夜闻战声，自此遂寂。

此与李冰事相类，然冰战江神为捍灾御患；此狐逞其私愤，两斗不已，卒至两伤，是亦不可以已乎？

姚安公在滇时，幕友言署中香橼树下，月夜有红裳女子靓妆立，见人则冉冉没土中。众议发视之。姚安公携卮酒浇树下，自祝之曰："汝见人则隐，是无意于为祟也。又何必屡现汝形，自取暴骨之祸？"自是不复出。又有书斋甚轩敞，久无人居。舅氏安公五章，时相从在滇，偶夏日裸寝其内，梦一人揖而言曰："与君虽幽明异路，然眷属居此，亦有男女之别。君奈何不以礼自处？"矍然醒，遂不敢再往。姚安公尝曰："树下之鬼可谕之以理，书斋之魅能以理谕人。此郡僻处万山中，风俗质朴，浑沌未凿，故异类亦淳良如是也。"

一天夜里，月光明亮，一个老人来行礼说："我是狐狸，儿孙们和北村的狐狸结下了冤仇，全族都参加械斗。混战中，对方捉了我的一个女儿，每次械斗时就把她反绑了拉出来羞辱我。我方也捉了他们的一个妾，也照他们的样子报复。因此双方的仇越结越深，约定今晚在这儿决战。听说你义气豪侠，请求你助我一臂之力，我这一辈子也不会忘了你的大恩。用铁尺当武器的是对方，用刀的是我这一方。"毕四本来就好事，欣然跟着老人前去，躲在矮树丛中。两方交兵之后，有两只狐狸打得浑身是血难解难分，以至于相互紧抱着徒手搏斗起来。毕四瞄准了目标，一箭射去，把北村的狐狸射倒了。不料弓力太强，箭头太锋利，竟穿透北村狐狸的腹部，洞穿老人的腋下，两只狐狸都死了。双方各自惊慌失措地抢了尸体，扔下俘虏逃走了。毕四给狐妾和狐女松了绑，告诉她们："传话给你们的家族，两家胜败差不多，从此可以解除冤仇了。"在这以前，北村的人每到夜里就听见杀声连天，从这夜以后就安静下来了。

这件事和李冰的故事有点儿像，不过李冰斗江神，是为了防御灾祸为民除害；这些狐狸却只为了泄私愤而斗个不停，终于两败俱伤，这样还不能罢手么？

姚安公在云南时，师爷说衙署院里的香橼树下，月夜里常见有一个红衣女子，浓妆艳抹地站在那儿，见了人就缓缓地没进土里。大家提议挖开看看。姚安公拿来一壶酒浇到树下，祝祷说："你见了人就藏起来，说明没打算做妖害人。那又何必屡屡现形，自找暴露尸体之祸呢？"此后，红衣女子便不再出来了。还有一间书房，极为宽敞，好久空在那儿没有人住。舅舅安五章公跟着姚安公在云南，夏天偶尔光着身子睡在书房里，梦见一个人向他作了个揖，说道："我和你虽然是两个世界的人，但我的眷属在这儿，也有男女之别。你为什么自己独处时，不守礼节呢？"安五章公猛然醒来，再也不敢到书房去了。姚安公曾说："树下的鬼，可以通过讲道理使它明白事理；书房的鬼，能通过讲道理让人明白事理。这个郡地处偏僻的万山丛中，风俗朴实而不开化，所以鬼怪什么的也都这么淳厚善良。"

余两三岁时，尝见四五小儿，彩衣金钏，随余嬉戏，皆呼余为弟，意似甚相爱。稍长时，乃皆不见。后以告先姚安公，公沉思久之，爽然曰：“汝前母恨无子，每令尼媪以彩丝系神庙泥孩归，置于卧内，各命以乳名，日饲果饵，与哺子无异。殁后，吾命人瘗楼后空院中，必是物也。恐后来为妖，拟掘出之，然岁久已迷其处矣。”前母即张太夫人姊。一岁忌辰，家祭后，张太夫人昼寝，梦前母以手推之曰：“三妹太不经事，利刃岂可付儿戏？”愕然惊醒，则余方坐身旁，掣姚安公革带佩刀出鞘矣。始知魂归受祭，确有其事。古人所以事死如生也。

表叔王碧伯妻丧，术者言某日子刻回煞，全家皆避出。有盗伪为煞神，逾垣入，方开箧攫簪珥，适一盗又伪为煞神来，鬼声呜呜渐近。前盗惶遽避出，相遇于庭，彼此以为真煞神，皆悸而失魂，对仆于地。黎明，家人哭入，突见之，大骇，谛视乃知为盗。以姜汤灌苏，即以鬼装缚送官。沿路聚观，莫不绝倒。据此一事，回煞之说当妄矣。然回煞形迹，余实屡目睹之。鬼神茫昧，究不知其如何也。

益都朱天门言：甲子夏，与数友夜集明湖侧，召妓侑觞。饮方酣，妓素不识字，忽援笔书一绝句曰：“一夜潇潇雨，高楼怯晓寒。桃花零落否？呼婢卷帘看。”掷于一友之前。是人观讫，遽变色仆地。妓亦仆地。顷之妓苏，而是人不苏矣。后遍问所亲，迄不知其故。

在我两三岁时，曾见到有四五个小孩子，穿着花衣裳、戴着金项圈，和我一起玩，他们都称我为弟弟，好像很喜欢我。我稍大时就不见了。后来我把这事告诉了先父姚安公，他沉思了好久，恍然道："你的前母遗憾没生儿子，曾经叫尼姑用彩丝线拴了神庙里的泥孩儿来，放在卧室里，她给每个泥孩儿都起了小名，每天都给他们供果品什么的，和养育孩子一样。她去世后，我叫人把这些泥孩儿都埋在楼后的空院里，肯定是这些泥孩儿作怪。担心今后闹妖，打算把泥孩儿挖出来，却因为年头长了，已经记不起埋在什么地方了。"前母就是张太夫人的姐姐。有一年的忌日，家祭之后，张太夫人正在睡午觉，梦见前母用手推她，说："三妹太没有经验，怎么能让小孩子玩刀？"张太夫人惊醒过来，发现我正坐在她身旁，玩着姚安公的皮带，挂在上面的佩刀已经拉出刀鞘了。由此才知道灵魂回来接受祭祀，确有其事。古人因此侍奉死人就像侍奉活人一样。

表叔王碧伯的妻子去世了，术士说某一天的子刻死者的灵魂要回来，到了那天，全家都躲了出去。有一个小偷伪装成煞神，翻墙进了家，正打开箱子偷簪环首饰，恰巧另一个小偷又伪装成煞神而来，鬼声呜呜，渐渐逼近。先来的小偷慌慌张张地想要躲出去，在庭院里相遇，彼此都以为对方是真煞神，都吓掉了魂，面对面地倒在地上。黎明时，家里人哭着回来，突然看见地上躺着两个人，吓了一大跳；仔细一看，才知道是小偷。用姜汤把他们灌醒，就让他们穿着煞神的装束把他们捆绑送官。一路上百姓围观，都笑弯了腰。根据这一件事情，回煞的说法应当是虚妄的了。但是回煞的形迹，我确实是多次亲眼看到过。鬼神之事渺渺茫茫，实在不知道到底怎么样。

益都人朱天门说：乾隆甲子年夏天，他和几位朋友夜里在大明湖边聚会，招来妓女陪酒。正喝得高兴，向来不识字的妓女忽然拿起笔来写了一首绝句："一夜潇潇雨，高楼怯晓寒。桃花零落否？呼婢卷帘看。"写完扔到一位朋友面前。这个人看完，顿时面无人色，扑倒在地。妓女也扑倒地上。过了片刻，妓女苏醒过来，这个朋友却一直没有苏醒。后来问遍了他的亲朋好友，始终没人知道其中的缘故。

癸巳、甲午间，有扶乩者自正定来。不谈休咎，惟作书画。颇疑其伪托，然见其为曹慕堂作着色山水长卷及醉钟馗像，笔墨皆不俗。又见赠董曲江一联曰：“黄金结客心犹热，白首还乡梦更游。”亦酷肖曲江之为人。

佃户曹二妇悍甚，动辄诃詈风雨，诟谇鬼神。乡邻里间，一语不合，即揎袖露臂，携二捣衣杵，奋呼跳掷如虓虎。一日，乘阴雨出窃麦，忽风雷大作，巨雹如鹅卵，已中伤仆地。忽风卷一五斗栲栳堕其前，顶之得不死。岂天亦畏其横欤？或曰：“是虽暴戾，而善事其姑。每与人斗，姑叱之，辄弭伏；姑批其颊，亦跪而受。然则遇难不死，有由矣。”孔子曰：“夫孝，天之经也，地之义也。”岂不然乎！

癸亥夏，高川之北堕一龙，里人多目睹之。姚安公命驾往视，则已乘风雨去。其蜿蜒攫拿之迹，蹂躏禾稼二亩许，尚分明可见。龙，神物也，何以致堕？或曰：“是行雨有误，天所谪也。”

按，世称龙能致雨，而宋儒谓雨为天地之气，不由于龙。余谓《礼》称“天降时雨，山川出云”，故《公羊传》谓“触石而出，肤寸而合，不崇朝而雨天下者，惟泰山之云”。是宋儒之说所本也。《易·文言·传》称“云从龙”，故董仲舒祈雨法召以土龙，此世俗之说所本也。大抵有天雨，有龙雨：油油而云，潇潇而雨者，天雨也；疾风震雷，不久而过者，龙雨也。观触犯龙潭者，立致风雨，天地之气能如是之速合乎？

乾隆癸巳、甲午年间，有个扶乩的从正定县来。他请的乩仙不谈吉凶，只是写字作画。我很怀疑这个扶乩人是假借书画另有所图，但是看他为曹慕堂画的一轴着色山水画和醉钟馗的像，笔法高洁脱俗。又见到他赠给董曲江一副对联：“黄金结客心犹热，白首还乡梦更游。”把董曲江的为人写得也很传神。

佃户曹二的妻子非常凶蛮泼辣，动不动就厉声指天画地，责骂鬼神。邻里乡亲之间，一句话说不来，就卷起袖子露出手臂，拿着两根捣衣棒，呼叫跳跃，像咆哮的老虎。有一天，她乘着阴雨天出去偷麦子，忽然风雷大作，冰雹大得像鹅蛋，她已经被砸伤扑倒在地上。忽然间大风卷起一个可以盛五斗粮的笆斗掉落在她的面前，她就顶着笆斗才没有被冰雹砸死。难道老天也怕她的蛮横吗？有人说：“她虽然凶暴不讲理，但对她婆婆很好。每次和别人争斗时，婆婆呵叱她，她马上就老实了；婆婆打她耳光，她也跪下挨着。这么说来，她遇难不死，是有原因的。”孔子说：“孝道，是天经地义的事。”难道不是这样吗！

乾隆癸亥年夏天，高川的北面掉下来一条龙，当地有很多人都看到了。先父姚安公叫人驾车去看，龙已经乘着风雨飞走了。但龙掉下来以后曲折爬行、张爪抓挠的痕迹，糟蹋了差不多两亩的稻谷的痕迹，还分明可见。龙，本来是神物，怎么会掉下来呢？有人说：“这是行雨时出了差错，被上天处罚的。”

按，世人的说法，龙能行雨，但宋儒认为雨是天地之气，不是由龙掌管的。我认为《礼经》上说“天能按时下雨，雨云是由山川而生”，所以《公羊传》认为“云触到了山石而生，云气密集，不到一个早晨就能把雨洒向天下的，只有泰山之云”。这是宋儒之说的根据。《周易·文言·传》中说“云从龙”，所以董仲舒的祈雨法就需要召请土龙行雨，这是世俗之说的来源。一般说来，有天雨，有龙雨：云彩油然而生，雨滴潇潇而下的，是天雨；狂风震雷，来去匆匆的，是龙雨。根据触犯龙潭就立即风雨骤至的情形，可见龙雨是有的；不然的话，天地之气能交合得如此迅速吗？

洗鲊答诵梵咒者，亦立致风雨，天地之气能如是之刻期乎？故必两义兼陈，其理始备。必规规然胶执一说，毋乃不通其变欤！

里人王驴耕于野，倦而枕块以卧。忽见肩舆从西来，仆马甚众，舆中坐者先叔父仪南公也。怪公方卧疾，何以出行。急近前起居。公与语良久，乃向东北去。归而闻公已逝矣。计所见仆马，正符所焚纸器之数。仆人沈崇贵之妻，亲闻驴言之。后月馀，驴亦病卒。知白昼遇鬼，终为衰气矣。

余第三女，许婚戈仙舟太仆子。年十岁，以庚戌夏至卒。先一日，病已革，时余以执事在方泽，女忽自语曰："今日初八，吾当明日辰刻去，犹及见吾父也。"问何以知之，瞑目不言。余初九日礼成归邸，果及见其卒，卒时壁挂洋钟恰琤然鸣八声。是亦异矣。

膳夫杨义，粗知文字。随姚安公在滇时，忽梦二鬼持朱票来拘，标名曰杨乂。义争曰："我名杨义，不名杨乂尔定误拘。"二鬼皆曰："乂字上尚有一点，是省笔义字。"义又争曰："从未见义字如此写，当仍是乂字误滴一墨点。"二鬼不能强而去。同寝者闻其呓语，殊甚了了。俄姚安公终养归，义随至平彝，又梦二鬼持票来，乃明明楷书"杨义"字。义仍不服曰："我已北归，当属直隶城隍。尔云南城隍，何得拘我？"喧诟良久。同寝者呼之乃醒，自云二鬼甚愤，似必不相舍。次日，行至滇南胜境坊下，果马蹶堕地卒。

根据准备祭礼谢神、答诵梵咒也能使风雨骤至的情形，又可见龙雨是有的；否则，天地之气能交合得这样准时吗？因此，必须将天雨和龙雨这两种说法结合起来解释才说得清楚。假如必定要拘泥于一种说法，岂不是太不懂得变化的道理了吗！

村里的王驴在田里耕作，累了便枕着土块躺下来。忽然，他看见一顶轿子从西面来，后面随着的仆从车马很多，轿子里面坐着的是我的先叔父仪南公。他奇怪仪南公正卧病在床，怎么出来了。急忙到跟前去问安。仪南公和他说了好一会儿话，才往东北方向去了。王驴回来，听说仪南公已经去世了。他在地里见到仪南公的仆从车马，与烧化的纸人纸马数目正好相符。仆人沈崇贵的妻子，亲耳听到王驴讲了上面的事。一个多月后，王驴也病故了。可知大白天见鬼，是因为精气衰竭了。

我的三女儿许婚给太仆戈仙舟的儿子。十岁那年，乾隆庚戌年夏至那天夭亡。临死前一天，她的病已经很重了，当时我因公事出差到方泽，女儿忽然自言自语说："今天初八，我应当明天辰刻走，还来得及见上父亲一面。"问她怎么知道，她闭着眼睛不说。我初九那天祭礼之后回家，果然赶上见了她一面，她死时，墙上挂的洋钟恰好"当当"地敲了八下。这也真是怪事了。

厨子杨义多少识几个字。跟随姚安公在云南时，忽然梦见两个鬼拿了朱笔写的传票来拘捕，传票上写的名字是"杨乂"。杨义争辩说："我名叫杨义，不叫杨乂，你们一定是错抓了。"二鬼都说："乂字上还有一点，是省笔的义字。"杨义又争辩说："从来没有见到义字这样写法，应当还是乂字，错滴了一滴墨点。"二鬼不能强拉他去。同睡的人听到他说梦话说得很清楚。不久，姚安公辞官归家奉养父母，杨义跟随到了平彝，又梦见两个鬼拿了传票来，上面竟明明白白用楷书写着"杨义"二字。杨义仍旧不服，说："我已经回到北方，应当属于直隶城隍管辖。你们是云南城隍的下属，怎么能拘捕我？"喧嚷吵骂了很久。同睡的人叫他，他才醒了，杨义说两个鬼很生气，好像一定不会放弃的样子。第二天，走到滇南胜境牌坊下，杨义果然因为马失前蹄而掉到地上摔死了。

余在乌鲁木齐，畜数犬。辛卯赐环东归，一黑犬曰四儿，恋恋随行，挥之不去，竟同至京师。途中守行箧甚严，非余至前，虽僮仆不能取一物。稍近，辄人立怒啮。一日，过辟展七达坂，达坂译言山岭，凡七重，曲折陡峻，称为天险。车四辆，半在岭北，半在岭南，日已曛黑，不能全度。犬乃独卧岭巅，左右望而护视之，见人影辄驰视。余为赋诗二首曰："归路无烦汝寄书，风餐露宿且随予。夜深奴子酣眠后，为守东行数辆车。""空山日日忍饥行，冰雪崎岖百廿程。我已无官何所恋，可怜汝亦太痴生。"纪其实也。

至京岁馀，一夕，中毒死。或曰："奴辈病其司夜严，故以计杀之，而托词于盗。"想当然矣。余收葬其骨，欲为起冢，题曰"义犬四儿墓"；而琢石象出塞四奴之形，跪其墓前，各镌姓名于胸臆，曰赵长明，曰于禄，曰刘成功，曰齐来旺。或曰："以此四奴置犬旁，恐犬不屑。"余乃止，仅题额诸奴所居室，曰"师犬堂"而已。

初，翟孝廉赠余此犬时，先一夕梦故仆宋遇叩首曰："念主人从军万里，今来服役。"次日得是犬，了然知为遇转生也。然遇在时阴险狡黠，为诸仆魁，何以作犬反忠荩？岂自知以恶业堕落，悔而从善欤？亦可谓善补过矣。

狐能化形，故狐之通灵者，可往来于一隙之中，然特自化其形耳。

宋蒙泉言：其家一仆妇为狐所媚，夜辄褫衣无寸缕，自窗棂舁出，置于廊下，共相戏狎。其夫露刃追之，则门键不可启。或掩扉以待，亦自能坚闭，仅于窗内怒詈而已。一日，

我在乌鲁木齐时，养了几只狗。乾隆辛卯年遇赦离开乌鲁木齐回归京城，一只名叫四儿的黑狗，恋恋不舍地跟随队伍前行，赶也赶不回去，最终一同到了京城。途中，四儿守护行装箱物看得很严，不是我亲自上前，就是僮仆也拿不出一样东西。稍稍走近一点儿，它就像人一样站立起来怒咬。有一天，经过辟展的七达坂，达坂，翻译成汉语就是山岭，七重曲折，非常陡峻，人们称之为天险。四辆车子，一半在岭北，一半在岭南，天色已经昏黑，来不及全部翻过山集中到一起。这只狗就卧在山岭顶峰上，左右张望看护着，一见人影就奔过去看。我曾为黑狗赋诗二首："归路无烦汝寄书，风餐露宿且随予。夜深奴子酣眠后，为守东行数辆车。""空山日日忍饥行，冰雪崎岖百廿程。我已无官何所恋，可怜汝亦太痴生。"记录了四儿的真实情况。

到达京城一年多后，一天晚上，四儿中毒死了。有人说："家奴们嫌它守夜太严，因此想法弄死了它，推说是盗贼毒死的。"想来是这样。我收葬了四儿的尸骨，打算为它起个坟头，题字"义犬四儿墓"；然后再雕琢随我出塞的四个家奴的石像，跪在四儿墓前，在胸部各各刻上他们的姓名，分别是赵长明、于禄、刘成功、齐来旺。有人说："将这四个家奴安置在四儿墓旁，恐怕四儿看不上。"我这才打消了这个念头，只在家奴们住室的门额上题写了"师犬堂"三个字。

当初翟孝廉把四儿送给我的前一天夜晚，我梦见已故的仆人宋遇向我叩头说："我顾念主人从军万里之外，现在前来服役。"第二天，就得到这只狗，因此清楚地知道这是宋遇转生。但是宋遇活着时阴险狡黠，是仆人中最能作怪的，为何转生为狗以后反而忠心耿耿了？难道是他自知罪孽深重堕落为狗，从而悔恨从善了吗？若是这样，这也可以说是善于补过了。

狐能变化形状，所以狐狸通灵的，就能通过一条小缝隙来来往往，但是它只能变化自己的形体。

宋蒙泉说：他家里有个女仆，被狐狸媚惑，一到夜里就被狐狸脱得一丝不挂，从窗棂间抬出去放在廊下，群狐一起来猥亵戏弄。女仆的丈夫持刀向外冲，但是门被反锁住打不开。有时他虚掩着门等着，门也会自动关得紧紧的，他只能在屋里怒骂而已。有一天，

阴藏鸟铳，将隔窗击之。临期觅铳不可得。次日，乃见在钱柜中。铳长近五尺，而柜口仅尺馀，不知何以得入。是并能化他形矣。宋儒动言格物，如此之类，又岂可以理推乎？

姚安公尝言："狐居墟墓，而幻化室庐，人视之如真，不知狐自视如何。狐具毛革，而幻化粉黛，人视之如真，不知狐自视又如何。不知此狐所幻化，彼狐视更当如何。此真无从而推究也。"

乌鲁木齐把总蔡良栋言：此地初定时，尝巡瞭至南山深处。乌鲁木齐在天山北，故呼曰南山。日色薄暮，似见隔涧有人影，疑为玛哈沁，额鲁特语谓劫盗曰玛哈沁，营伍中袭其故名。伏丛莽中密侦之。见一人戎装坐磐石上，数卒侍立，貌皆狰狞。其语稍远不可辨，惟见指挥一卒，自石洞中呼六女子出，并姣丽白皙。所衣皆缯彩，各反缚其手，觳觫俯首跪。以次引至坐者前，褫下裳伏地，鞭之流血，号呼凄惨，声彻林谷。鞭讫，径去，六女战栗跪送，望不见影，乃呜咽归洞。其地一射可及，而涧深崖陡，无路可通。乃使弓力强者，攒射对崖一树。有两矢着树上，用以为识。明日，迂回数十里寻至其处，则洞口尘封。秉烛而入，曲折约深四丈许，绝无行迹。不知昨所遇者何神，其所鞭者又何物。生平所见奇事，此为第一。

考《太平广记》，载老僧见天人追捕飞天野叉事，野叉正是一好女。蔡所见似亦其类欤？

他偷偷地藏了一支火枪，打算隔着窗户射击。到时候火枪却找不到了。第二天，却发现火枪在钱柜里。火枪长近五尺，柜口只有一尺多，不知是怎么放进去的。这就是说，狐狸还能变化它自身以外的人或物体的形状。宋儒动不动就说应当穷究事物的原理，像这类事又怎能以理来推测呢？

姚安公曾说："狐狸住在坟墓里，却能幻化出屋宇的模样，人看着像真的一样，不知它自己看着是什么样子。狐狸长着皮毛，幻化为美女之后，人见了像真的一样，不知它自己看了又是什么样子。不知这个狐狸幻化之后，另外的狐狸看来又是个什么样子。这真是没法推究的事。"

乌鲁木齐把总蔡良栋说：这个地区刚刚安定时，他曾经巡查到南山深处。乌鲁木齐在天山之北，所以叫它南山。当时夕阳西下，蔡良栋看见山涧对面好像有人走来走去，以为是玛哈沁，额鲁特语叫盗贼为"玛哈沁"，军队里袭用它原来的名称。就躲在灌木丛中仔细观察。只见有一个人身穿戎装坐在一块大石头上，几个士卒侍立一旁，面目都很狰狞可怕。因为隔得远听不清说话声，只见坐着的人指挥一个士卒从石洞里叫出六个女子，这些女子都皮肤白皙、容貌娇丽。都穿着漂亮的绸缎衣裳，每人被反绑着两手，浑身颤抖低头跪着。她们被一个个带到坐着的人面前，被剥下裤子按倒在地，一直鞭打到皮开肉绽，女子的凄惨呼叫，响彻山林。打完后，那群人扬长而去；这六个女子战战兢兢跪在原地不敢动，目送到望不见那群人的影子，才呜咽着回到洞里。涧对岸离蔡良栋这边只有一箭之遥，但涧深崖陡，无路可通。当时蔡把总命令几个弓力强的士兵集中目标射对岸的一棵树。有两支箭射中了，作为标记。第二天迂回盘旋了几十里找到那儿，洞口却是蛛网尘封。蔡把总一行点了火把进洞，发现曲曲折折大约有四丈多深，却丝毫没有发现人的踪迹。不知昨天遇见的是什么神，他们鞭打的又是什么东西。蔡把总说，我一生中见过的，在怪事中数得上第一。

考据《太平广记》，记载一个老僧看见天人追捕飞天夜叉，夜叉正是一个美女。蔡把总所见的莫非是夜叉一类的东西？

六畜充庖，常理也；然杀之过当，则为恶业。非所应杀之人而杀之，亦能报冤。乌鲁木齐把总茹大业言：吉木萨游击遣奴入山寻雪莲，迷不得归。一夜，梦奴浴血来曰："在某山遇玛哈沁为脔食，残骸犹在桥南第几松树下，乞往迹之。"游击遣军校寻至树下，果血污狼藉，然视之皆羊骨。盖圉卒共盗一官羊，杀于是也。犹疑奴或死他所。越两日，奴得遇猎者引归，始知羊假奴之魂，以发圉卒之罪耳。

李媪，青县人。乾隆丁巳、戊午间，在余家司爨。言其乡有农家，居邻古墓。所畜二牛，时登墓蹂践。夜梦有人呵责之。乡愚粗戆，置弗省。俄而家中怪大作，夜见二物，其巨如牛，蹴踏跳掷，院中盎瓮皆破碎。如是数夕，至移碌碡于房上，砰然滚落，火焰飞腾，击捣衣砧为数段。农家恨甚，乃多借鸟铳，待其至，合手击之，两怪并应声踣。农家大喜，急秉火出视，乃所畜二牛也。自是怪不复作，家亦渐落。凭其牛以为妖，俾自杀之，可谓巧于播弄矣；要亦乘其犷悍之气，故得以假手也。

献县城东双塔村，有两老僧共一庵。一夕，有两老道士叩门借宿。僧初不允。道士曰："释道虽两教，出家则一。师何所见之不广？"僧乃留之。次日至晚，门不启，呼亦不应。邻人越墙入视，则四人皆不见。而僧房一物不失，道士行囊中藏数十金，亦具在。皆大骇，以闻于官。邑令粟公千钟来验，一牧童言村南十馀里外枯井中似有死人。驰往视之，则四尸重叠在焉，然皆无伤。粟公曰："一物不失，则非盗；年皆衰老，

用六畜做菜来给人吃，这是常理；但是杀过了头，就成为罪恶冤孽。不是应该杀的人而去杀它，它也会报冤的。乌鲁木齐把总茹大业说：吉木萨游击派遣奴仆进山寻找雪莲，迷了路回不来。一天夜里，梦见奴仆满身是血而来说："在某山碰到玛哈沁，被一块块零碎割着吃掉了，剩馀的骸骨还在桥南第几棵松树下面，请求去查找。"游击派遣下属军官找到树下，果然血污狼藉，但是看去都是羊骨。原来养马的士兵一道偷了官府饲养的一只羊，在这里杀掉了。人们还疑心奴仆也许死在别的地方。过了两天，奴仆遇到了打猎的被领了回来，人们才知道是羊借奴仆的魂来揭发士兵的罪过罢了。

李老妈子，青县人。乾隆丁巳、戊午年间，在我家做厨娘。她说她的家乡有户农民，住宅邻近古墓。家里养的两头牛，时常登上古墓踩踏。夜里农民梦见有人为这件事情斥责他。农民愚昧无知，又粗心又不动脑子，醒来就放在脑后没有醒悟。不久，家中接连出现怪事，每天夜晚，就会看见两个怪物，像牛那么大，在院子里跑跳践踏，院子里的坛坛罐罐，都被弄碎了。这样闹了几夜，闹腾到石滚子上了房，又"砰"的一声滚落下来，砸得火焰飞腾，把捣衣砧砸成几块。农民非常恼恨，借了好几支鸟枪，等怪物一出现，一起开火；两个怪物应声倒地。农民大喜，急忙打着火把查看，原来打死的是自家的两头牛。此后再没出现怪事，不过农民的家境也逐渐衰落下来。妖怪依凭着他家的牛闹腾，让他自己杀死了自己家的牛，这可真是安排得巧妙；大概也是借着牛的粗野强悍之气，才能实施报复。

献县城东的双塔村，有两个老和尚共住在一个庙里。一天晚上，有两个老道敲门借宿。和尚起初不同意。道士说："释、道虽是两个教派，但同样都是出家人。师父的见解怎么这么狭隘呢？"和尚这才留他们住。第二天，一直到晚上庙门也没有开，叫也叫不应。邻居爬墙进去，四个人都不见了。和尚屋里的东西一样不缺，道士的行囊中藏着几十两银子，也都在。大家大惊，报了官。县令粟千钟公来查验，一个牧童说村南十多里外的枯井里好像有死人。粟公赶去一看，却是四具尸体重叠在井里，但尸体上都没有伤。粟公说："一件东西也没丢，不可能是盗杀；四人都已衰老，

则非奸；邂逅留宿，则非仇；身无寸伤，则非杀。四人何以同死？四尸何以并移？门扃不启，何以能出？距井窎远，何以能至？事出情理之外，吾能鞫人，不能鞫鬼。人无可鞫，惟当以疑案结耳。”径申上官。上官亦无可驳诘，竟从所议。应山明公晟，健令也，尝曰：“吾至献，即闻是案；思之数年，不能解。遇此等事，当以不解解之。一作聪明，则决裂百出矣。人言粟公愦愦，吾正服其愦愦也。”

《左传》言：“深山大泽，实生龙蛇。”小奴玉保，乌鲁木齐流人子也。初隶特纳格尔军屯。尝入谷追亡羊，见大蛇巨如柱，盘于高岗之顶，向日晒鳞。周身五色烂然，如堆锦绣；顶一角，长尺许。有群雉飞过，张口吸之，相距四五丈，皆翩然而落，如矢投壶。心知羊为所吞矣，乘其未见，循涧逃归，恐怖几失魂魄。军吏邬图麟因言，此蛇至毒，而其角能解毒，即所谓吸毒石也。见此蛇者，携雄黄数斤，于上风烧之，即委顿不能动。取其角，锯为块，痈疽初起时，以一块着疮顶，即如磁吸铁，相粘不可脱。待毒气吸出，乃自落。置人乳中，浸出其毒，仍可再用。毒轻者乳变绿，稍重者变青黯，极重者变黑紫。乳变黑紫者，吸四五次乃可尽，馀一二次愈矣。余记从兄懋园家有吸毒石，治痈疽颇验。其质非木非石，至是乃知为蛇角矣。

正乙真人，能作催生符，人家多有之。此非祷雨驱妖，何与真人事？殊不可解。或曰：“道书载有二鬼：一曰语忘，一曰敬遗，能使人难产。知其名而书之纸，则去。

不可能是奸杀；碰巧相遇留宿，也不可能是仇杀；身上一点儿伤也没有，就不是杀死的。四个人为什么一块死呢？四具尸体怎么都在这儿？门插着没开，怎么能出来？离井这么远，怎么能到了这儿？这件事出乎情理之外，我能审理人，不能审理鬼。没有人可审，只有作为疑案结案了。”就这样报告了上司。上司也找不出什么来辩驳，最终批准了粟公的意见。应山人明晟公，是位很能干的县令，他曾经说：“我到了献县，就听说了这个案子，思考了好几年还没有解开这个谜。遇到了这种事，只能不了了之。一旦自作聪明乱猜测，麻烦就大了。人们说粟公糊里糊涂，我还真佩服他的糊里糊涂。”

《左传》说：“深山老林，大片的湿地水域，应当是龙蛇生长之地。”小奴玉保是乌鲁木齐流放犯人的儿子。起初隶属于特纳格尔军屯。有一次追寻丢失的羊追到了山谷里，看见一条蛇，有房柱子那么粗，盘在高岗顶上，向着太阳晒身上的皮鳞。那蛇全身五颜六色，好像堆着的锦绣；蛇的头顶上长了一只角，有一尺左右长。有一群野鸡飞过，大蛇张嘴一吸，虽然相距四五丈远，野鸡却轻飘飘落了下来，像是往壶里投箭一样准确无误地进了蛇口。小奴心里明白羊是被蛇吞了，趁着蛇没看见自己，沿着山涧逃了回来，吓得差点儿丢了魂。军吏邬图麟说这种蛇最毒，但它头上的角能解毒，这叫吸毒石。见了这种蛇，可用几斤雄黄在蛇的上风头烧，蛇一闻到气味就浑身酥软不能动弹了。趁机取下它的角，锯成一块块的，在痈疮刚发的时候，贴一块在疮顶上，它就像磁铁吸铁一样粘住不掉。等把毒气吸出来时，它就自己掉下来了。把它放在人奶里，浸出里面的毒，还可以再用。毒轻一点儿的，奶变成绿色，重一点儿的变成青暗色，最重的就变成黑紫色。奶变成黑紫色的，要吸四五次才能把毒吸干净，其他的吸一两次就行。我记得堂兄懋园家里有吸毒石，治疗痈疽很有效。它的质地既非木头，也非石头。听邬图麟这么一说，我恍然大悟，原来吸毒石就是蛇角。

正乙真人能制作催生符，许多人家里有这种符。这又不是求雨驱妖，不知道和道士有什么关系？这种事情实在不好解释。有人说：“道书记载有两个鬼：一个叫语忘，一个叫敬遗，都能让人难产。知道了它们的名字而且写在纸上，它们就离开了。

符或制此二鬼欤？”夫四海内外，登产蓐者，殆恒河沙数，其天下只此语忘、敬遗二鬼耶？抑一处各有二鬼，一家各有二鬼，其名皆曰语忘、敬遗也？如天下止此二鬼，将周游奔走而为厉，鬼何其劳？如一处各有二鬼，一家各有二鬼，则生育之时少，不生育之时多，扰扰千百亿万，鬼无所事事，静待人生育而为厉，鬼又何其冗闲无用乎？或曰：“难产之故多端，语忘、敬遗其一也。不能必其为语忘、敬遗，亦不能必其非语忘、敬遗，故召将试勘焉。”是亦一解矣。第以万一或然之事，而日日召将试勘，将至而有鬼，将驱之矣；将至而非鬼，将且空返，不渎神矣乎？即神不嫌渎，而一符一将，是炼无数之将，使待幽王之烽火；上帝且以真人一符，增置一神。如诸符共一将，则此将虽千手千目，亦疲于奔命；上帝且以真人诸符，特设以无量化身之神，供捕风捉影之役矣。能乎不能？然赵鹿泉前辈有一符，传自明代，曰高行真人精炼刚气之所画也。试之，其验如响。鹿泉非妄语者，是则吾无以测之矣。

俗传张真人厮役皆鬼神。尝与客对谈，司茶者雷神也。客不敬，归而震霆随之，几不免。此齐东语也。忆一日与余同陪祀，将入而遗其朝珠，向余借。余戏曰：“雷部鬼律令行最疾，何不遣取？”真人为輾然。然余在福州使院时，老仆魏成夜夜为祟扰。一夜，乘醉怒叱曰：“吾主素与天师善，明日，寄一札往，雷部立至矣。”应声而寂。然则狐鬼亦习闻是语也。

催生符也许就是制服这两个鬼的吧？”可是，要知道普天之下要生孩子的孕妇，几乎像恒河里的沙粒那么多，难以计算，天下却只有语忘、敬遗这两个鬼吗？也许是一处各有两个鬼，一家各有两个鬼，它们的名字都叫语忘、敬遗呢？如果天下只有这两个鬼，它们要到处游历奔走而兴灾作祸，那是何等的辛苦？如果一处各有两个鬼，一家各有两个鬼，那么生育的时候少，不生育的时候多，纷纷乱乱的千百亿万个鬼，无所事事，静静地等着人生育的时候兴灾作祸，鬼又是何等的闲散无用？有人说：“难产的原因是多方面的，语忘、敬遗作祟是其中之一。难产了，不能肯定是因为语忘、敬遗，也不能肯定不是因为语忘、敬遗，所以要招来神将查证一下。”这也是一种解释。只是以万一有可能的事情，而天天召唤神将查证，神将来了查出来有鬼，神将驱赶它；神将来了查出来不是鬼作祟，神将就要徒劳往返，这不是亵渎神灵了吗？即使神不怪罪，而一道符招一员神将，这就要配备无数的神将，就像等待周幽王发出报警烽火似的等待召唤；上帝也要为真人的每一道符增设一员神将。如果所有的符，只有一员神将，那么这员神将即使有千手千眼，也要疲于奔命；上帝也要因为真人的这些符，特地设置无数化身的神，去应付捕风捉影的差事了。能不能这么做呢？但是赵鹿泉前辈有一道符，是从明代传下来的，他说是品行高洁的真人精炼刚气所画。试了一下，灵验得很。鹿泉不是随便乱说的人，这道符何以灵验，我就无从推测了。

民间传说张真人的仆役都是鬼神。有一次他与客人谈话，上茶的是雷神。客人对张真人的态度不恭敬，客人回去的途中雷霆尾随身后，几乎丧命。这不过是道听途说的无稽之谈罢了。记得有一天，张真人和我一起参加朝廷祭礼，要进祭堂时，他说忘了带朝珠，向我借。我开玩笑说：“雷部的鬼律令走得最快，何不派他们去取呢？”张真人朝我一笑。我在福建做提督学政的时候，老仆人魏成每夜总是受邪魅祟扰。一天夜晚，他乘着酒醉怒叱说：“我的主人一向与张天师友善，明天寄一封书信去，雷部立刻就到。”话一说完，就寂静安宁了。这么看来，鬼狐也很熟悉民间对张真人的传闻了。

奴子王廷佐，夜自沧州乘马归。至常家砖河，马忽辟易。黑暗中，见大树阻去路，素所未有也。勒马旁过，此树四面旋转，当其前。盘绕数刻，马渐疲，人亦渐迷。俄所识木工国姓、韩姓从东来，见廷佐痴立，怪之。廷佐指以告。时二人已醉，齐呼曰：“佛殿少一梁，正觅大树。今幸而得此，不可失也。”各持斧锯奔赴之，树倏化旋风去。《阴符经》曰：“禽之制在气。”木妖畏匠人，正如狐怪畏猎户。积威所劫，其气焰足以慑伏之，不必其力之相胜也。

宁津苏子庚言：丁卯夏，张氏姑妇同刈麦。甫收拾成聚，有大旋风从西来，吹之四散。妇怒，以镰掷之，洒血数滴渍地上。方共检寻所失，妇倚树忽似昏醉，魂为人缚至一神祠。神怒叱曰：“悍妇乃敢伤我吏，速受杖！”妇性素刚，抗声曰：“贫家种麦数亩，资以活命。烈日中妇姑辛苦，刈甫毕，乃为怪风吹散。谓是邪祟，故以镰掷之，不虞伤大王之使者。且使者来往，自有官路，何以横经民田，败人麦？以此受杖，实所不甘。”神俯首曰：“其词直，可遣去。”妇苏而旋风复至，仍卷其麦为一处。

说是事时，吴桥王仁趾曰：“此不知为何神，不曲庇其私昵，谓之正直可矣；先听肤受之诉，使妇几受刑，谓之聪明则未也。”景州戈荔田曰：“妇诉其冤，神即能鉴，是亦聪明矣。倘诉者哀哀，听者愦愦，君更谓之何？”子庚曰：“仁趾之责人无已时。荔田言是。”

奴仆王廷佐在夜里骑马从沧州回来。走到常家砖河，马忽然躲躲闪闪着往后倒退。黑暗中看见一棵大树挡在面前，这条路上以前并没有大树。王廷佐勒马从旁边过，这棵树却四面旋转着，在他面前绕来绕去。这么转了几刻钟，马渐渐疲惫了，人也渐渐迷了路。过了一会儿，他认识的姓国、姓韩的两个木工从东面走来，他们看见王廷佐呆立着，觉得很奇怪。王廷佐指点着大树说了原委。这二人已经喝醉了，齐声叫道："佛殿少一根大梁，正在找大树。今天幸亏找到这一棵，不能失去了。"二人手持斧锯奔过去，树突然化为一阵旋风跑了。《阴符经》说："制伏邪恶在于气势。"木妖怕木匠，正如狐怪怕猎户。在积威的压迫之下，气势足以慑伏对方，而不必以力量胜过对方。

宁津的苏子庚说：乾隆丁卯年夏天，张氏婆媳一起割麦。刚把麦子收拾到一起，有一股大旋风从西方刮来，把麦子卷得四处飘散。媳妇大怒，把镰刀扔了过去，只见风过处洒了几滴血沾染在地上。婆媳二人正在一起往回捡被刮散的麦子，媳妇忽然昏昏沉沉靠在树上像酒醉一样，觉得自己的魂被人绑到了一个神祠里。神灵怒喝道："泼妇，竟敢伤害我的小吏，赶紧等着挨打！"媳妇向来性格刚强，大声抗议道："穷人家种几亩麦，是用来活命的。烈日之下婆媳辛苦割麦，刚刚收拾好，就被怪风吹散。我以为是作祟害人的鬼怪，就用镰刀掷它，没有想到是伤了大王的使者。但是使者来往，自有官路可走，为什么横着经过民田，糟踏人家的麦子？如果我是为了这个挨打，实在心有不甘。"神灵低着头说："她的言词正直，让她走吧。"媳妇苏醒了，旋风又刮过来，仍旧把麦子卷到了一起。

说这件事时，吴桥的王仁趾说："这不知道是个什么神，不曲意庇护自己的人，可以说是正直的了；先听了手下受伤的人诉说，差一点儿让媳妇受刑，说他聪明就未必了。"景州的戈荔田说："媳妇诉说了她的冤情，神灵就能够审察，这也算是聪明了。倘若诉说的人一味哀求，听的人昏聩糊涂，您还能说他什么呢？"苏子庚说："仁趾责备别人没个完。荔田的话是对的。"

四川藩司张公宝南，先祖母从弟也。其太夫人喜鳖臛。一日，庖人得巨鳖，甫断其首，有小人长四五寸，自颈突出，绕鳖而走。庖人大骇仆地。众救之苏，小人已不知所往。及剖鳖，乃仍在鳖腹中，已死矣。先祖母曾取视之，先母时尚幼，亦在旁目睹。装饰如《职贡图》中回回状，帽黄色，褶蓝色，带红色，靴黑色，皆纹理分明如绘；面目手足，亦皆如刻画。馆师岑生识之，曰："此名鳖宝，生得之，剖臂纳肉中，则啖人血以生。人臂有此宝，则地中金银珠玉之类，隔土皆可见。血尽而死，子孙又剖臂纳之，可以世世富。"庖人闻之大懊悔，每一念及，辄自批其颊。外祖母曹太夫人曰："据岑师所云，是以命博财也。人肯以命博财，其计多矣，何必剖臂养鳖？"庖人终不悟，竟自恨而卒。

孤树上人，不知何许人，亦不知其名。明崇祯末，居景城破寺中。先高祖厚斋公，尝赠以诗。一夜，灯下诵经，窗外窸窣有声，似人来往。呵问为谁，朗应曰："身是野狐，为听经来此。"问："某刹法筵最盛，何不往听？"曰："渠是有人处诵经，师是无人处诵经也。"后为厚斋公述之，厚斋公曰："师以此语告我，亦是有人处诵经矣。"孤树怃然者久之。

李太白梦笔生花，特睡乡幻景耳。福建陆路提督马公负书，性耽翰墨，稍暇即临池。一日，所用巨笔悬架上，忽吐焰，光长数尺。自毫端倒注于地，复逆卷而上，蓬蓬然逾刻乃敛。署中弁卒皆见之。马公画为小照，余尝为题诗。然马公竟卒于官，则亦妖而非瑞矣。

四川布政使张宝南先生，是先祖母的堂弟。他的夫人爱吃鳖羹。有一天，厨子买了一只大鳖，刚砍掉鳖的头，就有一个长四五寸的小人从鳖的脖腔里蹦出来，绕着鳖跑来跑去。厨子吓得昏倒在地。大家把他救醒，小人也不知跑到哪儿去了。等剖开鳖腹，发现小人在里面，已经死了。先祖母曾拿过小人看过，先母当时还小，也在一旁看到了。小人的装饰像《职贡图》中回族人的样子，帽子是黄色的，夹袍是蓝色的，腰带是红色的，靴子是黑色的，衣着纹理分明，像画的一样；脸面手脚却像雕刻的一样。馆师岑生认识它，他说："这种小人叫鳖宝，如果能活捉它，剖开人的胳膊放在肉里，它就能靠喝人血为生。人的胳膊里有这种宝物，那么地里的金银珠宝之类，隔着土便能看见了。人被它喝光了血就死了，子孙又可以割开胳膊把它放进去，这样，就可以世世代代富裕了。"厨子听了极为懊悔，每当想到这事，就打自己的嘴巴。外祖母曹太夫人说："据岑馆师这么说，这是以命换财。人既然愿意用命去拼，那发财的办法就多了，何必割开胳膊来养鳖？"厨子始终懊恼不已，竟然恼恨得病而死。

孤树上人，不知道来历，也不知道姓名。明朝崇祯末年，住在景城的破庙里。先高祖厚斋公，曾经赠诗给他。一天夜里，孤树上人正在灯下诵经，听到窗外有窸窣声响，好像有人走动。他喝问是谁，窗外高声回答："我是野狐，为了听经来到这里。"孤树上人问："某寺讲经说法的集会最是热闹，为什么不到那里去听？"窗外说："那里是在有人处诵经，大师是在无人处诵经。"后来孤树上人把这件事情讲给厚斋公听，厚斋公说："大师把这件事讲给我听，也是在有人处诵经了。"孤树上人露出怅然的神情很久很久。

李白梦见笔上开了花，不过是睡梦中的幻景。福建陆路提督马负书先生酷爱书法，有功夫就写字。有一天，他所用的大笔悬在笔架上，忽然吐出光焰来，有几尺长。光焰从笔毫倒垂向地上，又反卷而上，光芒蓬蓬的样子，亮了一刻多钟才消失了。衙门里的役卒们都看见了。马公将当时情景画了一幅小照，我还给他题了诗。马公后来竟死在任上，可见是妖异而不是祥瑞了。

史少司马抑堂，相国文靖公次子也。家居时，忽无故眩瞀，觉魂出门外，有人掖之登肩舆，行数里矣。复有肩舆自后追至，疾呼“且住”。视之，则文靖公也。抑堂下舆叩谒，文靖公语之曰：“尔尚有子孙未出世，此时讵可前往？”挥舁者送归。霍然而醒，时年七十四。次年举一子，越两年又举一子，果如文靖公之言。此抑堂七十八岁时至京师，亲为余言。

兵部侍郎史抑堂，是相国文靖公的二儿子。有一次在家里忽然无缘无故头昏眼花，感觉魂灵出窍到了门外，有人扶着他登上轿子，走了几里路。又有轿子从后面追来，大叫“且住”。停下一看，却是文靖公。史抑堂下轿拜见，文靖公对他说道：“你还有子孙没有出世，这时候怎么可以前往？”挥手叫抬轿的送他回来。史抑堂猛然醒了过来，这一年他已经七十四岁。第二年，得了一个儿子，过了两年，又得了一个儿子，果然如文靖公所说的那样。这是史抑堂七十八岁时到京城，亲口对我说的。

卷六　滦阳消夏录六

乌什回部将叛时，城西有高阜，云其始祖墓也。每日将暮，辄见巨人立墓上。面阔逾一尺，翘首向东，若有所望。叛党殄灭后，乃不复见。或曰："是知劫运将临，待收其子孙之魂也。"或曰："东望者，示其子孙，有兵自东来，早为备也。"或曰："回部为西域，向东者，面内也，示其子孙不可叛也。"是皆不可知。其为乌什将灭之妖孽，则无疑也。

宏恩寺僧明心言：上天竺有老僧，尝入冥。见狰狞鬼卒，驱数千人在一大公廨外，皆褫衣反缚。有官南面坐，吏执簿唱名，一一选择精粗，揣量肥瘠，若屠肆之鬻羊豕。

意大怪之。见一吏去官稍远，是旧檀越，因合掌问讯："是悉何人？"吏曰："诸天魔众，皆以人为粮。如来运大神力，摄伏魔王，皈依五戒。而部族繁夥，叛服不常，皆曰自无始以来，魔众食人，如人食谷；佛能断人食谷，我即不食人。如是哓哓，即彼魔王亦不能制。佛以孽海洪波，沉沦不返，无间地狱，已不能容。乃牒下阎罗，欲移此狱囚，充彼啖噬；

乌什的回族部落在将要发生叛乱的时候，城西有一个高岗，据说是回族始祖的坟墓。每天傍晚时分，就能看见有个巨人站在坟墓上。他的脸有一尺多宽，头向东昂着，好像在遥望什么。叛乱被镇压之后，就再也没见到巨人了。有人说："回人的始祖知道厄运将到，在等待接收他子孙的灵魂。"有人说："向东边望，是告诉子孙，军队将从东边来，要早作准备。"有人说："回部是在西域，面向东方，是面向内地，暗示他的子孙不可叛乱。"这些说法都无法知道对错。但这个巨人是妖孽预示乌什将要灭亡，这是无可置疑的。

宏恩寺的僧人明心说：上天竺有位老僧，曾经一度到了阴曹地府。他看见面目狰狞的鬼卒，驱赶数千鬼囚到了一所大官署外面，都被扒掉衣服反绑起来。有位官员面朝南坐着，官员的手下拿着名册点名，被点名的鬼囚，一一接受检查，主要是看皮肤是否细腻、身体是胖是瘦，就像屠宰场上买卖羊猪那样。

老僧感到很奇怪。见站在离主官稍远一点儿的一个小吏，是自己过去相识的施主，就向他施礼问讯说："这都是些什么人？"这个小吏说："诸重天界的魔鬼，都是用人做粮食。如来佛运用巨大的神力，摄伏了魔王，让他们皈依了五戒。可是魔王的部族繁多，经常叛乱不服，都说自开天辟地以来，魔鬼吃人，就像人吃五谷一样；如果如来佛能叫人不吃五谷，我们魔众就不再吃人。这样乱哄哄吵闹不休，魔王也管束不了。如来佛认为孽海洪波，沉沦在孽海中不能转生的鬼囚越来越多，无间地狱已经不能容纳。于是给阎罗殿下了一道文，打算将这里的鬼囚转移过去，供魔众吃；

彼腹得果，可免荼毒生灵。十王共议，以民命所关，无如守令，造福最易，造祸亦深。惟是种种冤愆，多非自作，冥司业镜，罪有攸归。其最为民害者，一曰吏，一曰役，一曰官之亲属，一曰官之仆隶。是四种人，无官之责，有官之权。官或自顾考成，彼则惟知牟利，依草附木，怙势作威，足使人敲髓洒膏，吞声泣血。四大洲内，惟此四种恶业至多，是以清我泥犁，供其汤鼎。以白皙者、柔脆者、膏腴者充魔王食，以粗材充众魔食。故先为差别，然后发遣。其间业稍轻者，一经脔割烹炮，即化为乌有。业重者，抛馀残骨，吹以业风，还其本形，再供刀俎。自二三度至千百度不一。业最重者，乃至一日化形数度，刲剔燔炙，无已时也。”僧额手曰：“诚不如削发出尘，可无此虑。”吏曰：“不然。其权可以害人，其力即可以济人。灵山会上，原有宰官；即此四种人，亦未尝无逍遥莲界者也。”语讫忽寤。

僧有侄在一县令署，急驰书促归，劝使改业。此事即僧告其侄，而明心在寺得闻之。虽语颇荒诞，似出寓言；然神道设教，使人知畏，亦警世之苦心，未可绳以妄语戒也。

沧州瞽者刘君瑞，尝以弦索来往余家。言其偶有林姓者，一日薄暮，有人登门来唤曰：“某官舟泊河干，闻汝善弹词，邀往一试，当有厚赉。”即促抱琵琶，牵其竹杖导之往。约四五里，至舟畔，寒温毕，闻主人指挥曰：“舟中炎热，坐岸上

他们吃饱了肚子，就可以免于荼毒生灵了。十殿阎罗王一起讨论，认为与百姓生死关系最大，莫过于太守和县令，这些人造福于百姓最容易，祸害起百姓来也能既深又重。只是他们的种种罪孽大多数不是他们直接造成的，用冥司的业镜一照，谁的罪过就归谁领。对百姓危害最大的是四种人，一是胥吏，二是差役，三是官员的亲属，四是官员的仆从。这四种人不需要负官员该负的责任，却有官员一样的权力。官员有时为了考核成绩还有所顾忌，这四种人却只知道谋取私利，趋炎附势，依仗权位，作威作福，他们的行为，足以将老百姓敲骨出髓，流油滴血，哭出血泪来都不敢发出声音。四大洲内，只有这四种人恶业最多，所以现在清理地狱，可以趁机将他们清出来去供应汤锅。其中白嫩的、柔脆的、体肥的，供给魔王吃；粗糙体瘦的，供给魔众吃。因此，先要选择一番，作出区别，然后再发遣。这些鬼囚中罪业稍轻的，一次割碎了烹煮炙烤，就化为乌有消失了。业重的，吃过之后抛馀的残骨，被业风一吹，还会恢复本形，然后再次被屠宰烹煮。就这样根据罪业程度从二三次到千百次不等。业最重的，一天要无数次化形，反复被屠杀宰割、烧烤烹煮，永无休止。”老僧听罢，举手加额，庆幸地说：“真不如削发出家，这就不用担心这些了。”小吏说：“这话不对。他们既然有权可以害人，也就有力可以帮助人。在灵山大会上，就有生前做官做得很大的；即使这四种人，也未尝没有逍遥于佛法自在境界的。”说完，老僧忽然醒了过来。

老僧有一个侄儿当时正在县署做听差，老僧立即写了封信叫侄子回家，劝侄子改行。上面的事情就是老僧告诉他的侄子时，明心在寺庙里听到的。这一番话听起来虽然很荒诞，似乎是编出来的寓言；但神道设教，就是要使人知道害怕，这也是警告世人的一片苦心，因此，不能责备说这是妄语。

沧州的盲人刘君瑞，曾经来往于我家吹拉弹唱。他说，有一位姓林的伙伴，一天傍晚时分，有人找上门来说：“有位官员的船停泊在河岸边，听说你善于说唱弹词，邀请你去试试，应该会有重赏。”当即催促他拿着琵琶，拉着他的竹杖就领他走。大约走了四五里，到了船边，寒暄完毕，听见主人指示说：“船里面很热，你坐到岸上

奏技，吾倚窗听之可也。”林利其赏，竭力弹唱。约略近三鼓，指痛喉干，求滴水不可得。侧耳听之，四围男女杂坐，笑语喧嚣，觉不似仕宦家，又觉不似在水次，辍弦欲起。众怒曰：“何物盲贼，敢不听使令！”众手交捶，痛不可忍，乃哀乞再奏。久之，闻人声渐散，犹不敢息。忽闻耳畔呼曰：“林先生何故日尚未出，坐乱冢间演技，取树下早凉耶？”瞿然惊问，乃其邻人早起贩鬻过此也。知为鬼弄，狼狈而归。林姓素多心计，号曰林鬼。闻者咸笑曰：“今日鬼遇鬼矣。”

先姚安公曰：里有白以忠者，偶买得役鬼符咒一册，冀借此演搬运法，或可谋生。乃依书置诸法物，月明之夜，作道士装，至墟墓间试之。据案对书诵咒，果闻四面啾啾声。俄暴风突起，卷其书落草间，为一鬼跃出攫去。众鬼哗然并出，曰：“尔恃符咒拘遣我，今符咒已失，不畏尔矣。”聚而攒击，以忠踉跄奔逃，背后瓦砾如骤雨，仅得至家。是夜疟疾大作，困卧月馀，疑亦鬼为祟也。一日诉于姚安公，且惭且愤。姚安公曰：“幸哉！尔术不成，不过成一笑柄耳。倘不幸术成，安知不以术贾祸？此尔福也，尔又何尤焉！”

从侄虞惇所居宅，本村南旧圃也。未筑宅时，四面无居人。一夕，灌圃者田大卧井旁小室，闻墙外诟争声，疑为村人，隔墙问曰：“尔等为谁？夜深无故来扰我。”其一呼曰：“一事求大哥公论，不知何处客鬼，强入我家调我妇，

弹唱，我靠着窗户听就行了。”林某想得厚赏，卖力地弹唱。大约快到三更的时候，手指疼痛，口干舌燥，求对方给点儿水喝也没有得到。林某侧耳细听，只听到四周男男女女混杂在一起，笑语喧哗，感觉到好像不是宦官人家，又觉得好像不是在河边，于是他停下演奏想要起来。那些人发怒道：“瞎眼贼，你是什么东西，敢不听使唤！”接着众人对他拳打脚踢，林某疼痛难忍，于是哀求让他继续演奏。过了许久，听到人声渐渐离开，林某还不敢停止。忽然听见耳边有人叫：“林先生，为什么太阳还没出来就坐在这乱坟堆中演唱，是因为早晨树下凉快么？”林某吃惊地问谁，原来是他的邻居清早出去贩卖路过此地。林某知道被鬼耍弄，狼狈地回去了。林某平时很有心计，外号叫林鬼。听说了这件事的人都取笑说：“今天是鬼遇上鬼了。”

先父姚安公说：乡里有个叫白以忠的，偶尔买到一册役鬼的符咒，希望靠这个演习搬运法，或许可以维持生计。于是按照书上所写的置办各种作法的器物，在月光明亮的夜晚，穿着道士的衣服，到墓地里去试。他坐在几案前照着书念诵咒语，果然听到四面有“啾啾”的声音。一会儿，突然刮起一阵暴风，把他的书刮落到草地里，一个鬼跳出来抢了书去。群鬼吵吵嚷嚷一起出来说：“你仗着符咒拘禁差遣我们，现在符咒已经失去，我们不怕你了。”群鬼聚拢来殴打他，白以忠跌跌撞撞地奔逃，背后瓦片碎石就像急骤的雨点，好歹逃回了家。这天夜里，他大发寒热，在床上躺了一个多月，怀疑这也是鬼作祟的缘故。有一天，白以忠把自己的遭遇说给姚安公听，又气又羞又惭愧。姚安公说：“幸运呵！你的法术不成功，不过落下个笑柄。倘若不幸你的法术成功了，怎么能知道不会因此招致祸患？这是你的福气，你又有什么好埋怨的呢！”

堂侄虞惇所居住的房宅，地点原先是村南的旧园子。没有建住宅时，四周无人居住。一天夜里，浇园子的田大躺在井旁的小屋里，听到墙外有人争吵，以为是村里人，隔墙问道：“你们是谁？夜这么深了无缘无故来吵我。”其中一个喊叫着说：“有一件事请求大哥秉公论断，不知哪里来的野鬼，强行闯进我家调戏我的妻子，

天下有是理耶？”其一呼曰：“我自携钱赴闻家庙，此妇见我嬉笑，邀我入室。此人突入夺我钱，天下又有是理耶？”田知是鬼，噤不敢应。二鬼并曰：“此处不能了此事，当诉诸土地耳。”喧喧然向东北去。田次日至土地祠问庙祝，乃寂无所闻。皆疑田妄语。临清李名儒曰：“是不足怪，想此妇和解之矣。”众为粲然。

乾隆己未，余与东光李云举、霍养仲同读书生云精舍。一夕偶论鬼神。云举以为有，养仲以为无，正辩诘间，云举之仆卒然曰：“世间原有奇事，倘奴不身经，虽奴亦不信也。尝过城隍祠前丛冢间，失足踏破一棺。夜梦城隍拘去，云有人诉我毁其室。心知是破棺事，与之辩曰：‘汝室自不合当路，非我侵汝。’鬼又辩曰：‘路自上我屋，非我屋故当路也。’城隍微笑顾我曰：‘人人行此路，不能责汝；人人踏之不破，何汝踏破？亦不能竟释汝。当偿之以冥镪。’既而曰：‘鬼不能自葺棺。汝覆以片板，筑土其上可也。’次日如神教，仍焚冥镪，有旋风卷其灰去。一夜复过其地，闻有人呼我坐。心知为曩鬼，疾驰归。其鬼大笑，音磔磔如枭鸟。迄今思之，尚毛发悚立也。”养仲谓云举曰：“汝仆助汝，吾一口不胜两口矣。然吾终不能以人所见为我所见。”云举曰：“使君鞫狱，将事事目睹而后信乎？抑以取证众口乎？事事目睹无此理，取证众口，不以人所见为我所见乎？君何以处焉？”相与一笑而罢。

天下有这个道理吗？”另一个也喊叫着说：“我自己带着钱去闻家庙，这个女人见了我嬉笑，邀请我进了房间。这个男人突然闯进来抢我的钱，天下难道又有这个道理吗？”田大知他们是鬼，吓得没敢应声。两个鬼一齐说：“既然此处不能解决这事，我们应当告到土地神那里。”吵吵嚷嚷着向东北方去了。第二天，田大到土地庙问庙祝，庙祝说一夜寂静无声，什么声音也没听见。人们都怀疑田大胡说。临清人李名儒说：“这没什么好奇怪的，可能是那个女人已经让两个男人和解了。”众人都笑了起来。

乾隆己未年，我和东光人李云举、霍养仲一起在生云精舍读书。一天晚上，三人偶然谈论起鬼神来。李云举认为有，霍养仲认为没有，正在辩论之时，李云举的仆人忽然说：“世间有很多奇事，如果奴仆我没有亲身经历，我也不会相信。我曾经路过城隍庙前的乱坟间，不小心踩破了一具棺材。夜里做梦被城隍抓去，说是有人告我毁了他的屋子。我知道是踩破棺材的事，就辩解说：‘你的屋子不该在路上，不是我侵犯了你。’鬼争辩说：‘是路通到了我的屋子上，不是我故意把屋子建在路当中。’城隍微笑着对我说：‘人人都走这条路，这不能责怪你；人人都踩不破，为什么你就踩破呢？不能就这么把你放回去。你应该用阴间的钱来赔偿。’之后又说：‘鬼不能自己修理棺材。你在上面盖上木板，铺上土就行了。’第二天，我按城隍的指示办了，之后又焚烧纸钱，一阵旋风把纸钱灰卷走了。又有一天夜里，我又路过那儿，听见有人叫我坐一会儿。我知道又是原先那个鬼，就急急跑了回来。那个鬼大笑，笑声‘磔磔’地像是猫头鹰。直到现在想起来，还毛发倒竖。”霍养仲对李云举说：“你的仆人帮你，我一张嘴胜不过你们两张嘴。但是我还是不能把别人见到的当作是我见到的。”李云举说：“如果叫你审案，你是事事亲眼见了之后才相信呢？还是从众人的证词中取证呢？事事都亲眼看见，这是不可能的；从众人证词中取证，不就是将别人见到的当成我亲眼见到的么？你还有什么可说的？”大家一笑结束了这个话题。

莆田林教授清标言：郑成功据台湾时，有粤东异僧泛海至。技击绝伦，袒臂端坐，斫以刃，如中铁石；又兼通壬遁风角。与论兵，亦娓娓有条理。成功方招延豪杰，甚敬礼之。稍久，渐骄蹇。成功不能堪，且疑为间谍，欲杀之而惧不克。

其大将刘国轩曰："必欲除之，事在我。"乃诣僧款洽，忽请曰："师是佛地位人，但不知遇摩登伽还受摄否？"僧曰："参寥和尚久心似沾泥絮矣。"刘因戏曰："欲以刘王大体双一验道力，使众弥信心可乎？"乃选娈童倡女姣丽善淫者十许人，布茵施枕，恣为媟狎于其侧，柔情曼态，极天下之妖惑。僧谈笑自若，似无见闻；久忽闭目不视。国轩拔剑一挥，首已欻然落矣。国轩曰："此术非有鬼神，特炼气自固耳。心定则气聚，心一动则气散矣。此僧心初不动，故敢纵观；至闭目不窥，知其已动而强制，故刃一下而不能御也。"

所论颇入微，但不知椎埋恶少，何以能见及此。其纵横鲸窟十馀年，盖亦非偶矣。

牛公悔庵，尝与五公山人散步城南，因坐树下谈《易》。忽闻背后语曰："二君所论，乃术家《易》，非儒家《易》也。"怪其适自何来，曰："已先坐此，二君未见耳。"问其姓名，曰："江南崔寅。今日宿城外旅舍，天尚未暮，偶散闷闲行。"

莆田的府学教授林清标说：郑成功占据台湾时，广东东部有个怪和尚渡海投奔过来。他的功夫相当好，没人能跟他比，他袒胸露臂端坐着，别人用刀口砍，就好像是砍在铁和石头上；他还精通六壬、奇门遁甲、风角这些占卜吉凶的方术。和他谈论兵法，也能有条有理娓娓道来。此时郑成功正在招揽豪杰之士，对他以礼相待很是敬重。时间一久，这个和尚渐渐骄横跋扈起来。郑成功受不了了，还开始怀疑他是间谍，想杀了他，又担心杀不了反而惹祸。

郑成功手下的大将刘国轩说："如果一定要杀了他，那么这件事就交给我吧。"于是刘国轩拜见和尚，谈得很融洽，刘国轩忽然问道："大师是到了佛这种等级的人，但是不知遇到摩登伽女时，会受到干扰吗？"和尚说："如同参寥子和尚，长久以来心就像沾了泥的柳絮，沉寂了就不再波动。"刘国轩接着开玩笑说："我想用南汉刘王集体宣淫的'大体双'试验一下大师的道力，让众人坚定对佛祖的信心，可以吗？"于是选了十来个漂亮淫荡的美少年和妓女，铺下褥垫枕头，在和尚身边肆无忌惮地嬉戏亲热，那种柔情昵态，极尽天下诱惑之能事。这个和尚一开始谈笑自如，好像什么都没有看见，什么都没有听见；过了一会儿，和尚忽然闭着眼睛不看了。刘国轩拔出利剑来一挥，和尚的首级一下子落下来了。刘国轩说："这个和尚并不是有什么鬼神的本领，只是练气功能使自己心思稳定下来罢了。心一定，气就聚集起来，心一动摇气就散了。和尚在刚开始时心没有动，所以敢随便看；到了闭着眼睛不看时，我就知道他已经动心而极力抑制自己，所以一刀下去，他就不能抵御了。"

刘国轩的看法深入精微，但是不知这个杀人抢掠、品行恶劣的年轻人凭什么能有这样的见识。他能在大海深处的台湾岛纵横十几年，看来不是传说中的恶少那一类人。

牛悔庵公曾经同五公山人在城南散步，走累了就坐在树下谈《易》。忽然听到背后有人说话道："二位所论，乃是方术家的《易》，不是儒家的《易》。"两人觉得奇怪他刚才是从哪里来的，回答说："我已经先坐在这里，二位没有看见罢了。"问他的姓名，答："江南崔寅。今天住宿在城外的旅店里，天还没黑，偶尔闲走解解闷。"

山人爱其文雅，因与接膝，究术家儒家之说。

崔曰：“圣人作《易》，言人事也，非言天道也；为众人言也，非为圣人言也。圣人从心不逾矩，本无疑惑，何待于占？惟众人昧于事几，每两岐罔决，故圣人以阴阳之消长，示人事之进退，俾知趋避而已。此儒家之本旨也。顾万事万物，不出阴阳。后人推而广之，各明一义。杨简、王宗传阐发心学，此禅家之《易》，源出王弼者也。陈抟、邵康节推论先天，此道家之易，源出魏伯阳者也。术家之《易》衍于管、郭，源于焦、京，即二君所言是矣。《易》道广大，无所不包，见智见仁，理原一贯。后人忘其本始，反以旁义为正宗。是圣人作《易》，但为一二上智设，非千万世垂教之书，千万人共喻之理矣。经者常也，言常道也；经者径也，言人所共由也。曾是六经之首，而诡秘其说，使人不可解乎？”二人喜其词致，谈至月上未已。

诘其行踪，多世外语。二人谢曰：“先生其儒而隐者乎？”崔微哂曰：“果为隐者，方韬光晦迹之不暇，安得知名？果为儒者，方反躬克己之不暇，安得讲学？世所称儒称隐，皆胶胶扰扰者也。吾方恶此而逃之。先生休矣，毋污吾耳。”剨然长啸，木叶乱飞，已失所在矣。方知所见非人也。

南皮许南金先生，最有胆。在僧寺读书，与一友共榻。夜半，见北壁燃双炬。谛视，乃一人面出壁中，大如箕，双炬其

五公山人欣赏他文雅的风度，就和他促膝而谈，推究方术家儒家的说法。

崔寅说："圣人作《易》，是说人事，不是说天道；是为大众而说，不是为圣人而说。圣人处事随心所欲但不会超越法度，本来没有疑惑，何必要用占卜来决定呢？只有一般的人不了解行事的时机，遇到矛盾分歧常常犹豫不决，所以圣人用阴阳的消长盛衰，来显示人事的进退得失，让人们知道趋吉避凶罢了。这是儒家的本义。反正万事万物，都超不出阴阳两端。后人推而广之，各自发展了自己的学说。杨简、王宗传阐发心学，这是佛家的《易》，起源于王弼。陈抟、邵康节推论先天，这是道家的《易》，起源于魏伯阳。方术家的《易》，推演于管辂、郭璞，起源于焦延寿、京房，就是刚才二位所说的了。《易》所涉及的道理范围广阔，无所不包，见智见仁，各有各的见解，道理原是一贯的。后人忘记了它的根本原理，反而以旁生的歧义作为正宗。这圣人作《易》，只是为一两个上等智慧的人而设，不是用来教育千代万世大众的书，并不是要千万人共同理解的道理。所谓'经'就是'常'的意思，说的是常理；'经'也就是'径'，说的是所有人都要沿着走的道路。《易》，曾经是六经之首，把它说得神秘莫测，难道就是让人理解不了吗？"牛悔庵公和五公山人欣赏他谈吐雅致，一直谈论到月亮升起来还没有尽兴。

牛悔庵公和五公山人询问崔寅的经历，回答多半是尘世之外的话。二人施礼道："先生是隐居的儒士吗？"崔寅微笑说："如果真的是隐士，隐姓埋名掩藏踪迹都来不及，怎么还能让你们知道我的名字？如果真的是儒者，修养自身都来不及，怎么能讲学？世上所谓的儒者隐士，都是些庸庸碌碌乱七八糟的角色。我正是厌恶这些人而躲避在此。先生别说了，不要脏了我的耳朵。"他忽然剨的一声长啸，树叶乱飞的时候，已经在眼前消失了。二人这才知道见到的这个崔寅不是人。

南皮的许南金先生，最有胆量。他在寺院读书，与一位友人同睡一张床上。半夜，见北墙壁上燃起了两支灯炬。仔细一看，原来是一张巨人面孔从墙壁里突出来，像簸箕那样大，两支灯炬就是

目光也。友股栗欲死。先生披衣徐起曰："正欲读书，苦烛尽。君来甚善。"乃携一册背之坐，诵声琅琅。未数页，目光渐隐；拊壁呼之，不出矣。又一夕如厕，一小童持烛随。此面突自地涌出，对之而笑。童掷烛仆地。先生即拾置怪顶，曰："烛正无台，君来又甚善。"怪仰视不动。先生曰："君何处不可往，乃在此间？海上有逐臭之夫，君其是乎？不可辜君来意。"即以秽纸拭其口。怪大呕吐，狂吼数声，灭烛而没。自是不复见。先生尝曰："鬼魅皆真有之，亦时或见之。惟检点生平，无不可对鬼魅者，则此心自不动耳。"

戴东原言：明季有宋某者，卜葬地，至歙县深山中。日薄暮，风雨欲来，见岩下有洞，投之暂避。闻洞内人语曰："此中有鬼，君勿入。"问："汝何以入？"曰："身即鬼也。"宋请一见。曰："与君相见，则阴阳气战，君必寒热小不安。不如君爇火自卫，遥作隔座谈也。"宋问："君必有墓，何以居此？"曰："吾神宗时为县令，恶仕宦者货利相攘，进取相轧，乃弃职归田。殁而祈于阎罗，勿轮回人世，遂以来生禄秩，改注阴官。不虞幽冥之中，相攘相轧，亦复如此，又弃职归墓。墓居群鬼之间，往来嚣杂，不胜其烦，不得已避居于此。虽凄风苦雨，萧索难堪，较诸宦海风波，世途机阱，则如生忉利天矣。寂历空山，都忘甲子。与鬼相隔者，不知几年；与人相隔者，更不知几年。自喜解脱万缘，冥心造化。不意又通人迹，明朝当即移居。

双目发出的光亮。友人两腿发抖，几乎要被吓死。许先生披上衣服，慢吞吞地起来说："想读书，正发愁蜡烛已经点完了。你来得正好。"于是拿起一本书，背向墙壁坐着琅琅吟诵起来。没读几页，目光就渐渐消失了；他拍着墙壁呼唤，巨人脸再没有出来。还有一天夜里许先生上厕所，一个小童举着蜡烛随往。巨人脸又突然从地上冒出来，对着他们笑。小童吓得扔掉灯烛扑倒在地。许先生拾起蜡烛放在巨面怪的头顶，说："蜡烛正没有烛台，你来得又很及时。"巨面怪仰视着许先生没有动。许先生说："你哪里不能去，偏要在这里？海上有追逐臭味的人，你难道就是吗？那么，不能辜负你的来意。"说罢，就拿起一团厕所的秽纸朝巨面怪的嘴擦去。巨面怪呕吐起来，狂吼了几声，把蜡烛弄灭，巨面怪也消失了。从此，再也没出现。许先生曾说："鬼魅都是确实存在的，也时而亲眼见过。只是检点生平，没有做过不可面对鬼魅的恶事，所以我心中无愧，一点儿都不害怕。"

戴东原说：明代末年有位宋某，选择坟地，来到歙县深山里。天色将晚，风雨即将来到，宋某见崖下有个山洞，就投奔过去打算避一避。听见洞里有人说："这里面有鬼，你别进来。"宋某问："你怎么进去了？"里面说："我就是鬼。"宋某请求见见面。鬼说："我和你见面，阴气与阳气就会相撞，你必定忽冷忽热不大舒服。不如你点着火自卫，我们离开一段距离谈谈。"宋某问："你肯定有坟墓，为什么呆在这儿？"鬼说："我在明神宗时当县令，厌恶那些官场上的人，争抢好处，相互倾轧阻挡别人升迁，就辞了职去种地。我死后请求阎王不要让我再转生到人世，于是就用我来生的禄位，改注我为阴间的官。不料在阴间，照样相互争抢倾轧，于是又辞了官回到坟墓里。坟墓四周有许多鬼，往来吵杂，不胜其烦，不得已躲到了这里。尽管这里清清冷冷，孤寂难挨，但是较之官场上的风波险恶、世路上的尔虞我诈，就好像是在忉利天上呵。我在这空山里，忘了时间的流逝。与鬼断绝来往，不知有多少年了；与人断绝来往，更不知有多少年。我为断绝了身外的一切而心里暗自高兴。不料这里又来了人。明天早上我就得搬走。

武陵渔人，勿再访桃花源也。”语讫不复酬对，问其姓名，亦不答。宋携有笔砚，因濡墨大书“鬼隐”两字于洞口而归。

阳曲王近光言：冀宁道赵公孙英有两幕友，一姓乔，一姓车，合雇一骡轿回籍。赵公戏以其姓作对曰：“乔、车二幕友，各乘半轿而行。”恰皆“轿”之半字也。时署中召仙，即举以请对。乩判曰：“此是实人实事，非可强凑而成。”越半载，又召仙，乩忽判曰：“前对吾已得之矣：卢、马两书生，共引一驴而走。”又判曰：“四日后，辰巳之间，往南门外候之。”至期遣役侦视，果有卢、马两生，以一驴负新科墨卷，赴会城出售。赵公笑曰：“巧则诚巧，然两生之受侮深矣。”此所谓箭在弦上，不得不发，虽仙人亦忍俊不禁也。

先祖有庄，曰厂里，今分属从弟东白家。闻未析箸时，场中一柴垛，有年矣，云狐居其中，人不敢犯。偶佃户某醉卧其侧，同辈戒勿触仙家怒。某不听，反肆詈。忽闻人语曰：“汝醉，吾不较。且归家睡可也。”次日，诣园守瓜。其妇担饭来馌，遥望团焦中，一红衫女子与夫坐。见妇惊起，仓卒逾垣去。妇故妒悍，以为夫有外遇也，愤不可忍，遽以担痛击。某百口不能自明，大受箠楚。妇手倦稍息，犹喃喃毒詈。忽闻树杪大笑声，方知狐戏报之也。

吴惠叔言：其乡有巨室，惟一子，婴疾甚剧。叶天士诊之，曰：“脉现鬼证，非药石所能疗也。”乃请上方山道士建醮。至半夜，阴风飒然，坛上烛火俱黯碧。道士横剑瞑目，若有所睹，

你就像武陵的渔人，不要再寻访桃花源了。”说完，不再应对宋某了，问他的姓名，也不回答。宋某随身带着笔砚，就研墨濡笔，在洞口写下“鬼隐”两个大字后回去了。

阳曲的王近光说：冀宁道的赵孙英公有两个朋友，一个姓乔，另一个姓车，两人合伙雇请了一辆骡轿回家乡。赵公开玩笑，用他们两个人的姓作了一副对联的上联说：“乔、车二幕友，各乘半轿而行。”两人的姓恰好是“轿”字的一半。当时官署里正在请乩仙，就列出这个对子，请求对出下联。乩仙批道：“这是真人真事，不是勉强凑合出来的。”又过半年，官署里又请乩仙，乩仙忽然批道：“上次的对子我已对出来了：卢、马两书生，共引一驴而走。”接着又批道：“四天之后，辰时、巳时之间，在南门外等着。”到时候人们派了个小杂役去察看，果然有卢、马两个书生，用一头驴子载着新科考卷到省城去卖。赵公笑道：“这个下联巧妙是巧妙了，但这两个书生受的侮辱就大了。”这正是所谓箭在弦上，不得不发，即使是神仙也忍不住开个玩笑。

先祖父有个庄园叫“厂里”，现今分给了堂弟东白家。听说没有分家时，场院里一个柴垛，有些年头了，说是狐精居住在里面，人不敢触犯。偶然有个佃户某人醉了，睡在柴垛旁边，其他佃户提醒他不要触怒仙家。某人不听，反而肆意大骂。忽然听到有人说话道：“你醉了，我不计较。回家去睡吧。”第二天，那个佃户到园地里看守瓜田，他的妻子挑着担子给他送饭来，远远地望见圆形瓜棚中一个红衣衫女子同丈夫坐在一起。见到来人吃惊地起身，慌忙跳过矮墙跑了。佃户的妻子本来就妒忌凶悍，以为丈夫有了外遇，气愤得无法忍耐，操起扁担痛打。那个佃户有一百张嘴也辩白不清，挨了好一顿打。妇人打累了歇下来，嘴里还喃喃地毒骂。忽然听到树梢头的大笑声，方才知道是狐精戏弄报复他。

吴惠叔说：他的乡里有个大户，只有一个儿子，病得很重。叶天士诊断之后说：“从脉象看是鬼的症候，这不是吃药能治得了的。”于是就请上方山道士设坛祈祷。到了半夜，阴风飒飒，坛上的烛火都变成了暗绿色。道士横剑闭目，好像看见了什么，

既而拂衣竟出。曰："妖魅为厉，吾法能祛。至夙世冤愆，虽有解释之法，其肯否解释，仍在本人。若伦纪所关，事干天律，虽绿章拜奏，亦不能上达神霄。此祟乃汝父遗一幼弟，汝兄遗二孤侄，汝蚕食鲸吞，几无馀沥。又茕茕孩稚，视若路人。至饥饱寒温，无可告语；疾痛疴痒，任其呼号。汝父茹痛九原，诉于地府。冥官给牒，俾取汝子以偿冤。吾虽有术，只能为人驱鬼，不能为子驱父也。"果其子不久即逝。后终无子，竟以侄为嗣。

护持寺在河间东四十里。有农夫于某，家小康。一夕，于外出。劫盗数人从屋檐跃下，挥巨斧破扉，声丁丁然。家惟妇女弱小，伏枕战栗，听所为而已。忽所畜二牛，怒吼跃入，奋角与贼斗。梃刃交下，斗愈力。盗竟受伤，狼狈去。盖乾隆癸亥，河间大饥，畜牛者不能刍秣，多鬻于屠市。是二牛至屠者门，哀鸣伏地，不肯前。于见而心恻，解衣质钱赎之，忍冻而归。牛之效死固宜，惟盗在内室，牛在外厩，牛何以知有警？且牛非矫捷之物，外扉坚闭，何以能一跃逾墙？此必有使之者矣，非鬼神之为而谁为之？此乙丑冬在河间岁试，刘东堂为余言。东堂即护持寺人，云亲见二牛，各身被数刃也。

芝称瑞草，然亦不必定为瑞。静海元中丞在甘肃时，署中生九芝，因以自号。然不久即罢官。舅氏安公五占公，停柩在室，忽柩上生一芝。自是子孙式微，今已无龆龀。盖祸福将萌，

之后一摔衣服出来了。他说："妖魅作怪，我能祛除。至于几代的恩怨，虽然有解救的办法，但能否解救，还在于本人。如果关系到人伦纲纪，违犯了天条，即便是拜奏上绿章，也不能传达到天廷。这个鬼作祟的起因是，你的父亲撇下了你的一个幼弟，你的哥哥撇下了两个孤苦无依的侄子，你蚕食鲸吞他们的财产，几乎一点儿不剩。又把孤苦伶仃的孩子当成了路人。他们饥饱冷暖，都无处去说；疾病痛痒，你也任他们呼号不管。你的父亲在九泉之下非常心痛，告到阴曹地府。阴官下文，叫鬼吏捉你的儿子偿冤。我虽然有法力，但只能给人驱祛鬼神，而不能为儿子驱赶父亲。"不久，这个大户的儿子果然死了。他一辈子没有儿子，最终把侄子立为后嗣。

护持寺在河间城东四十里。附近有位姓于的农民，家境小康。一天晚上，于某出门未归。几个劫舍的强盗从屋檐上跳下来，挥动大斧砍门，砍得叮当乱响。家中只有妇女小孩，只能伏在枕上发抖，听任强盗砍门，没有办法。忽然，家里养的两头耕牛，怒吼着跳进院子里，奋然用双角与强盗搏斗起来。强盗用棍棒打、举着刀砍，牛斗得更勇猛。强盗最终受了伤，狼狈逃走。原来，乾隆癸亥年，河间发生大饥荒，人们养不起牛，大多把牛卖给了屠市。这两头牛当初也被人卖给屠户，两头牛被赶到屠户门前时，伏在地上哀叫，不肯再向前走。于某看到后，动了恻隐之心，当即脱下身上的衣服当了，把两头牛赎出，自己受着冻牵回家来。牛为于家效死是应该的，只是强盗在内院，牛在外厩，怎么就知道内院有了强盗？而且牛并不是灵巧敏捷的动物，外面的门关得紧紧的，怎么能一下子就跳过墙来？这必定有灵通驱使，不是鬼神又是谁呢？这件事情，是乾隆乙丑年冬天，我在河间主持岁考时，刘东堂对我讲的。刘东堂就是护持寺那个地方的人，他说亲眼看到了两头牛，身上都挨了好几刀。

人们把灵芝叫做瑞草，但也不一定就是祥瑞。静海人元中丞在甘肃时，衙署中长出九个灵芝，因此自号九芝。然而不久即被罢官。我的舅舅安五占公，去世后停柩在屋里，忽然灵柩上长出一棵灵芝。从此子孙衰减，如今已没有后代了。一般来说，祸福将要发生之时，

气机先动；非常之兆，理不虚来。第为休为咎，则不能预测耳。先兄晴湖则曰：“人知兆发于鬼神，而人事应之。不知实兆发于人事，而鬼神应之。亦未始不可预测也。”

大学士伍公弥泰言：向在西藏，见悬崖无路处，石上有天生梵字大悲咒。字字分明，非人力所能，亦非人迹所到。当时曾举其山名，梵音难记，今忘之矣。公一生无妄语，知确非虚搆。天地之大，无所不有。宋儒每于理所无者，即断其必无，不知无所不有，即理也。

喇嘛有二种：一曰黄教，一曰红教，各以其衣别之也。黄教讲道德，明因果，与禅家派别而源同。红教则惟工幻术。理藩院尚书留公保住，言驻西藏时，曾忤一红教喇嘛。或言登山时必相报。公使肩舆鸣驺先行，而阴乘马随其后。至半山，果一马跃起压肩舆上，碎为齑粉。此留公自言之。曩从军乌鲁木齐时，有失马者，一红教喇嘛取小木凳咒良久，凳忽反覆折转，如翻桔槔。使失马者随行，至一山谷，其马在焉。此余亲睹之。考西域吞刀吞火之幻人，自前汉已有。此盖其相传遗术，非佛氏本法也。故黄教谓红教曰魔。或曰：“是即波罗门，佛经所谓邪师外道者也。”似为近之。

巴里坤、辟展、乌鲁木齐诸山，皆多狐，然未闻有祟人者。惟根克忒有小儿夜捕狐，为一黑影所扑，堕崖伤足，皆曰狐为妖。此或胆怯目眩，非狐为妖也。大抵自突厥、回鹘以来，即以弋猎为事。今日则投荒者、屯戍者、开垦者、

气机首先有所变化；反常的兆头，按道理讲不会凭空而生。只是这个兆头显示的福还是祸，不能预测而已。已故兄长晴湖就说过："人知道兆头由鬼神发出，而人事加以应验。却不知这兆头实际上因为人事发出，而后鬼神才有所反应。这样看来，兆头也不是不可预测的。"

大学士伍弥泰公说：过去在西藏，看见悬崖上没有路的地方，石头上有天生的梵文大悲咒。字字分明，那不是人能写上去的，那种地方也不是人能到达的。当时伍公曾经说出它的山名，梵文的发音难记，我现在已忘记山名了。伍公一生从不随便乱说，我知道确实不是虚构出来的。天地广大，无所不有。宋代儒者每当常理所没有的，就断定绝对没有，他们不知道，无所不有就是常理呵。

喇嘛教有两种：一种叫黄教，一种叫红教，各自以衣服相区别。黄教讲道德，阐明因果，与佛家流派不同而源头相同。红教却只擅长幻术。理蕃院的尚书留保住公，说他在西藏时，曾经得罪了一个红教喇嘛。有人说登山时喇嘛肯定要报复。于是留公叫肩夫随轿子先走，而他却骑马悄悄跟在后面。到半山腰时，果然有一匹马跳跃起来，撞在轿子上，把轿子压得粉碎。这是留公自己说的。以前我从军乌鲁木齐时，有一个人丢了马，一个红教喇嘛，取出一只小木凳，念了好久的咒语，凳子忽然反复地转来转去，如同井上的桔槔一般。喇嘛让丢马的人跟随小凳走，来到一个山谷边，发现马就在那里。这是我亲眼看到的。经考查，在西域一带吞刀吞火的艺人，从西汉开始就有了。这大概是那时传下的魔术，而不是佛家自己的法术。所以黄教称红教为魔。有的说："这就是波罗门，佛教所谓邪师外道。"这个说法大概是接近事实的。

巴里坤、辟展、乌鲁木齐一带的群山中，都有很多狐狸，不过没有听说有害人的狐狸。只有根克忒有个孩子夜间捕捉狐狸时，被一个黑影扑了一下，掉下山崖摔伤了脚，人们都说黑影是狐妖作怪。这也许是胆怯眼花，并不是狐狸成妖。大概自从突厥、回鹘以来，这一带就以捕猎为业。到现在，逃荒的、屯兵驻防的、开垦的、

出塞觅食者搜岩剔穴，采捕尤多，狐恒见伤夷。不能老寿，故不能久而为魅欤？抑僻在荒徼，人已不知导引炼形术，故狐亦不知欤？此可见风俗必有所开，不开则不习；人情沿于所习，不习则不能。道家化性起伪之说，要不为无见。姚安公谓滇南僻郡，鬼亦淳良。即此理也。

副都统刘公鉴言：曩在伊犁，有善扶乩者，其神自称唐燕国公张说。与人唱和诗文，录之成帙。性嗜饮，每降坛，必焚纸钱，而奠以大白。不知龙沙葱雪之间，燕公何故而至是？刘公诵其数章，词皆浅陋，殆打油、钉铰之流。客死冰天，游魂不返，托名以求食欤？

里人张某，深险诡谲，虽至亲骨肉，不能得其一实语。而口舌巧捷，多为所欺。人号曰秃项马。马秃项为无鬃，鬃、踪同音，言其恍惚闪烁，无踪可觅也。一日，与其父夜行迷路，隔陇见数人团坐，呼问当何向。数人皆应曰“向北”，因陷深淖中。又遥呼问之。皆应曰“转东”，乃几至灭顶。蹩躠泥涂，困不能出，闻数人拊掌笑曰：“秃项马，尔今知妄语之误人否？”近在耳畔，而不睹其形。方知为鬼所绐也。

妖由人兴，往往有焉。李云举言：一人胆至怯，一人欲戏之。其奴手黑如墨，使藏于室中，密约曰：“我与某坐月下，我惊呼有鬼，尔即从窗隙伸一手。”届期呼之，突一手探出，其大如箕，五指挺然如舂杵。宾主俱惊，仆众哗曰：“奴其真鬼耶？”

出塞谋生的，都搜遍岩缝，踏尽山洞，其中捕猎的又很多，狐狸时常遭到捕杀伤害。这里的狐狸因为不能长寿，所以也就不能够长久修炼而成为精魅吧？或者是由于地处边疆偏僻所在，人都不知道导引炼形术，所以狐也不知道炼形吧？由此可见，风俗必须有所开化才能形成习惯，不开化就不能形成习惯；风土人情随习惯而来，没有形成习惯就没有风土人情。道家所谓教化人性而产生虚伪的说法，并非没有见地。姚安公说云南南部是偏僻地区，连鬼也淳厚善良。就是这个道理。

副都统刘鉴公说：以前伊犁有一个善于扶乩的人，他请来的神自称是唐代的燕国公张说。这个张说和人一起唱词作诗文，已经集合成册。生性喜欢喝酒，每次降坛时，一定要先烧纸钱，用大杯盛了白酒奠祭。张说不知为什么会到了塞外龙沙葱岭雪山之间？刘公念了几章诗文，词义浅近鄙陋，差不多就是打油诗、小手艺人的吆喝之类。是外乡人死在这冰天雪地里，游魂不回去，假托张说的名义来混口饭吃吧？

里中有个张某，阴险诡诈，即便是至亲骨肉，也得不到他的一句真话。他伶牙俐齿，许多人都被他骗过。人们给他起外号叫“秃项马”。马秃项就是没有鬃毛，“鬃”和“踪”同音，是说他恍恍惚惚闪闪烁烁，无踪迹可寻。有一天，他和父亲走夜路迷了路，隔着田垄望见几个人围坐着，就呼喊着问往哪儿走。那几个人都说“向北”，结果张某陷在泥沼中。他又远远地呼问往哪儿走。那些人又都回答说“向东”，张某往东去，结果差点儿淹死。他困在泥淖中，磕磕绊绊走不出来，听见那几个人拍着手笑道：“秃项马，你今天知道胡说八道害人了吧？”声音近在耳边，却不见人影。他这才知道是被鬼耍了。

妖魅因为人引发而作怪，这种事情常有。李云举说：某甲胆子极小，某乙想要开他的玩笑。乙的奴仆手黑得像墨，乙让他藏在房间里，悄悄约定说：“我同某甲坐在月下，我惊叫有鬼，你就从窗缝里伸出一只手。”到约定的时候，乙呼叫起来，突然一只手伸了出来，大小像畚箕，五个手指直挺着像舂米的棒槌。客人和主人都大吃一惊，仆人们都吵嚷起来说：“他难道是真鬼吗？”

秉炬持仗入，则奴昏卧于壁角。救之苏，言：“暗中似有物以气嘘我，我即迷闷。”族叔粲庵言：“二人同读书佛寺。一人灯下作缢鬼状，立于前；见是人惊怖欲绝，急呼：‘是我，尔勿畏。’是人曰：‘固知是尔，尔背后何物也？’回顾乃一真缢鬼。”盖机械一萌，鬼遂以机械之心从而应之。斯亦可为螳螂黄雀之喻矣。

余八九岁时，在从舅实斋安公家，闻苏丈东皋言：交河某令，蚀官帑数千，使其奴赍还。奴半途以黄河覆舟报，而阴遣其重台携归。重台又窃以北上，行至兖州，为盗所劫杀。从舅咋舌曰：“可畏哉！此非人之所为，而鬼神之所为也。夫鬼神岂必白昼现形，左悬业镜，右持冥籍，指挥众生，轮回六道，而后见善恶之报哉？此足当森罗铁榜矣。”苏丈曰：“令不窃赀，何至为奴干没？奴不干没，何至为重台效尤？重台不效尤，何至为盗屠掠？此仍人之所为，非鬼神之所为也。如公所言，是令当受报，故遣奴窃赀；奴当受报，故遣重台效尤；重台当受报，故遣盗屠掠。鬼神既遣之报，人又从而报之，不已颠乎？”从舅曰：“此公无碍之辩才，非正理也。然存公之说，亦足于相随波靡之中，劝人以自立。”

刘乙斋廷尉为御史时，尝租西河沿一宅。每夜有数人击柝，声琅琅彻晓；其转更攒点，一一与谯鼓相应。视之则无形，聒耳至不得片刻睡。乙斋故强项，乃自撰一文，

拿着火把手持棍棒进去，只见乙的仆人昏睡在墙壁角落里。众人救他苏醒，他说："黑暗中好像有东西用气嘘我，我就昏睡了过去。"同族的叔叔桑庵说："有两个人一起在佛寺里读书。一个人在灯下装作吊死鬼样子，站在另一个人面前；看到这人吓得要昏过去，急忙喊：'是我，你不要怕。'另一人说：'我知道是你，你背后是什么东西？'装鬼的人回头一看，竟是一个真的吊死鬼。"大概机诈之心一旦萌生，鬼就用机诈之心跟着回应。也可看成是螳螂捕蝉、黄雀在后这个比喻的形象再现了。

我八九岁时，在堂舅安实斋公家，听苏东皋老丈说：交河某位县令，贪污了官库的几千钱，让自己的家奴送回家去。家奴走到半路，谎报说在黄河翻了船，钱沉落河中；暗地里却派自己的手下送回自己家中。家奴的手下又仿效家奴所为，带着钱偷偷北上，走到兖州时，被盗贼劫杀。堂舅听后，惊得伸出舌头说："可怕呀！这些事不是人做的，是鬼神做的。鬼神做事，不一定就是白天现形，左面悬着地府的业镜，右面拿着阴间的档案，指挥着众生在六道轮回中，不仅仅是做这些才体现善恶报应吧？交河县令这一连串事情就等于是森罗殿上铁制的榜牌，足够警示人们了。"苏老丈说："如果县令不贪污官库资金，何至于被家奴吞没？家奴不吞没，何至于被手下效仿窃取？家奴的手下不窃取，又何至于被盗贼劫杀？这些事终究还是人做出来的，并不是鬼神做的。如果照你说的，这是鬼神安排的报应，那么就是县令应该受报，所以鬼神安排了家奴吞没；家奴应该受报，所以鬼神安排了手下窃取；手下应该受报，所以鬼神安排了盗贼劫杀。鬼神既然安排人去实施报应，又要派人去报复实施的人，这岂不是疯了吗？"从舅说："这位老先生辩才很高，但不是正理。不过，记住他讲的故事，也足以在随波起伏、顺风而倒的风气之中，用来劝人自立。"

大理寺卿刘乙斋任御史时，曾经租住西河沿一座房子。每到夜里都听有几个人敲梆子，声音琅琅地一直响到早上；转更时的梆子点，都一一和鼓楼相呼应。到外面去看，却什么也没有，就这么着吵闹得夜里得不到片刻的安睡。刘乙斋一贯刚正倔强，于是写了一篇文章，

指陈其罪，大书粘壁以驱之。是夕遂寂。乙斋自诧不减昌黎之驱鳄也。余谓：“君文章道德似尚未敌昌黎，然性刚气盛，平生尚不作暧昧事，故敢悍然不畏鬼。又拮据迁此宅，力竭不能再徙，计无复之，惟有与鬼以死相持。此在君为困兽犹斗，在鬼为穷寇勿追耳。君不记《太平广记》载周书记与鬼争宅，鬼惮其木强而去乎？”乙斋笑击余背曰：“魏收轻薄哉！然君知我者。”

余督学福建时，署中有笔捧楼，以左右挟两浮图也。使者居下层，其上层则复壁曲折，非正午不甚睹物。旧为山魈所据，虽不睹独足反踵之状，而夜每闻声。偶忆杜工部“山精白日藏”句，悟鬼魅皆避明而就晦，当由曲房幽隐，故此辈潜踪。因尽撤墙垣，使四面明窗洞启，三山翠霭，宛在目前。题额曰“浮青阁”，题联曰：“地迥不遮双眼阔，窗虚只许万峰窥。”自此山魈迁于署东南隅会经堂。堂故久废，既于人无害，亦听其匿迹，不为已甚矣。

徐公景熹，官福建盐道时，署中箧笥每火自内发，而扃钥如故。又一夕，窃剪其侍姬发，为祟殊甚。既而徐公罢归，未及行而卒。山鬼能知一岁事，故乘其将去肆侮也。徐公盛时，销声匿迹；衰气一至，无故侵陵。此邪魅所以为邪魅欤！

余乡青苗被野时，每夜田陇间有物，不辨头足，倒掷而行，筑地登登如杵声。农家习见不怪，谓之青苗神。云常为田

指责对方的罪状，用大字抄写贴在墙上，想以此驱逐吵闹者。当天晚上便没有声音了。刘乙斋感到惊讶，自认为自己跟韩愈驱赶鳄鱼差不多。我说："你的文章和德行，似乎还赶不上韩愈，但是你性气刚烈，这一辈子还没有做过什么见不得人的事，所以悍然不怕鬼。加上你经济拮据，迁到这座房子，已经无力再迁往别处了，没有办法，只好和鬼拼死斗下去。你是困兽犹斗，鬼对你是穷寇勿追。你不记得《太平广记》中载周书记和鬼争房子的故事，是鬼怕了周书记的憨直刚强而离开的么？"刘乙斋笑着拍我的背说："你这个魏收真是轻薄呵！不过你还是了解我的。"

我在福建任督学时，衙署里有一座笔捧楼，因为楼的左右各有一座佛塔而得名。我住在下层，上层因为墙壁重叠曲折，不到中午就不大看得清楚东西。过去这里被山魈占着，虽然没有看到一只脚和脚跟反着长的形状，但是夜里总能听到楼上的响动。我偶尔记起杜工部的"山精白日藏"的句子，才悟出鬼魅都是怕光而喜欢黑暗，因为房间曲折幽隐，鬼魅都躲藏起来了。于是让人把四面的围墙全都拆除，让四面阁楼的窗子都打开，三山的翠色和雾霭，好像就在眼前。我题了一块匾，名为"浮青阁"，并写了一副对联："地迥不遮双眼阔，窗虚只许万峰窥。"从此以后山魈搬到了衙署东南角的会经堂。这座经堂因为荒废已久，山魈在那里既然对人无害，也就任凭它在那里藏身，不能逼得太过分了。

徐景熹公任福建盐道时，衙署中的箱笼往往有火从里面烧起来，而关锁还是原样没动过。又一天夜里，他侍妾的头发被偷偷剪掉了，妖物暗地里作祟闹得很厉害。不久之后，徐公被罢了官，没有来得及动身回归故乡就去世了。山鬼能够知道一年中的事情，所以趁他将要离去的时候肆意地侮弄。徐公兴盛时，山鬼隐声藏迹；衰气一到，就无缘无故地侵害凌辱。这就是妖邪鬼魅之所以为妖邪鬼魅吧！

在我的家乡，春苗绿满田野的时候，每到夜里田垄间就有一样东西，看不出头和脚，只见它折着跟头走路，捣在地上"噔噔"像棒槌的声音。农家司空见惯，不以为怪，说是青苗神。据说青苗神常为种田

家驱鬼，此神出，则诸鬼各归其所，不敢散游于野矣。此神不载于古书，然确非邪魅。从兄懋园尝于李家洼见之，月下谛视，形如一布囊，每一翻折，则一头着地，行颇迟重云。

先祖宠予公，原配陈太夫人，早卒。继配张太夫人，于归日，独坐室中，见少妇揭帘入，径坐床畔。着玄帔黄衫，淡绿裙，举止有大家风。新妇不便通寒温，意谓是群从娣姒或姑姊妹耳。其人絮絮言家务得失、婢媪善恶，皆委曲周至。久之，仆妇捧茶入，乃径出。后阅数日，怪家中无是人，细诘其衣饰，即陈太夫人敛时服也。死生相妒，见于载籍者多矣。陈太夫人已掩黄垆，犹虑新人未谙料理，现身指示，无间幽明，此何等居心乎！今子孙登科第、历仕宦者，皆陈太夫人所出也。

伯高祖爱堂公，明季有声黉序间。刻意郑、孔之学，无问冬夏，读书恒至夜半。一夕，梦到一公廨，榜额曰“文仪”，班内十许人治案牍，一一恍惚如旧识。见公皆讶曰：“君尚迟七年乃当归，今犹早也。”霍然惊寤，自知不永，乃日与方外游。偶遇道士，论颇洽，留与共饮。道士别后，途遇奴子胡门德。曰：“顷一书忘付汝主，汝可携归。”公视之，皆驱神役鬼符咒也。闭户肄习，尽通其术，时时用为戏剧，以消遣岁月。越七年，至崇祯丁丑，果病卒。卒半日复苏，曰：“我以亵用五雷法，获阴谴。冥司追还此书，可急焚之。”焚讫复卒。半日又苏曰：“冥司查检，缺三页，饬归取。”视灰中，果三页未烬；

人家驱鬼，青苗神一出来，群鬼就各自回到自己的地方，不敢在田野继续闲逛了。古书上没有青苗神的记载，但它确实不是邪魅。堂兄懋园曾在李家洼亲眼见到过，在月下仔细观察，形状像一个布袋子，每一次翻跟头，总是一头着地，行动起来非常笨重迟缓。

先祖父宠予公，原配夫人是陈太夫人，很早就去世了。继室张太夫人，过门那天，独自坐在屋里，只见一位年轻妇人掀开帘子进来，径直坐在床边上。她身披深褐色披肩，穿着黄衫，淡绿色的裙子，言行举止很有大家闺秀风度。新娘不便于随便攀谈，以为她是叔伯妯娌，或是夫家的姐妹。来人不厌其烦地细谈家务的得失，婢女老妈子的好坏都讲得极为详细周到。谈了许久，仆妇捧着茶送来，年轻妇人才径直走出。后来过了几天，张太夫人奇怪家里没有这个人，细说她的衣着打扮，才知是陈太夫人入殓时的服装。活人和死人相互妒忌，这在书中有许多记载。陈太夫人已在黄泉之下，还担心新娘不懂料理家务，而现身出来指点，不顾阳间和阴间的阻隔，这是怎样的良苦用心！现在子孙中考取科第、历任官职的，都是陈太夫人所生的这一脉。

伯高祖爱堂公，在明朝末年的学界很有声望。他专攻郑、孔之学，不管隆冬盛夏，常常读书到半夜。有一天夜里，他做梦来到一个官署，匾额上写着“文仪”二字，里面有十来个人，正在办理公文，恍惚一个个都是旧相识。这些人见了爱堂公，都惊讶地说：“你应该再过七年才来，如今还早。”爱堂公猛然惊醒，自知活不长了，就天天游山观景。他偶然遇到了一个道士，两人谈论很投机，就留下道士一起喝酒。道士告别后，在路上碰见奴仆胡门德。道士说：“刚才有本书忘了给你的主人了，你带回去。”爱堂公看这本书，却都是驱神役鬼的符咒。于是闭门学习，精通了符咒术，时时用来游戏，以消磨时光。过了七年，到崇祯丁丑年，他果然病逝。死去半天后又醒过来，说：“我因为乱用五雷法，遭到阴间的责罚。阴间要追还这本书，要赶紧烧掉。”烧完书后又死去。过了半天他又苏醒过来，说：“阴间查验，还缺三页，叫我回来取。”查看灰烬中，果然还有三页没烧尽；

重焚之，乃卒。此事姚安公附载家谱中。公闻之先曾祖，曾祖闻之先高祖，高祖即手焚是书者也。孰谓竟无鬼神乎？

余族所居，曰景城，宋故县也。城址尚依稀可辨。或偶于昧爽时遥望烟雾中，现一城影，楼堞宛然，类乎蜃气。此事他书多载之，然莫明其理。余谓凡有形者，必有精气。土之厚处，即地之精气所聚处，如人之有魂魄也。此城周回数里，其形巨矣。自汉至宋千馀年，为精气所聚已久，如人之取多用宏，其魂魄独强矣。故其形虽化，而精气之盘结者非一日之所蓄，即非一日所能散。偶然现像，仍作城形，正如人死鬼存，鬼仍作人形耳。然古城郭不尽现形，现形者又不常见，其故何欤？人之死也，或有鬼，或无鬼；鬼之存也，或见，或不见，亦如是而已矣。

南宫鲍敬之先生言：其乡有陈生，读书神祠。夏夜袒裼睡庑下，梦神召至座前，诃责甚厉。陈辩曰："殿上先有贩夫数人睡，某避于庑下，何反获愆？"神曰："贩夫则可，汝则不可。彼蠢蠢如鹿豕，何足与较？汝读书而不知礼乎？"盖《春秋》责备贤者，理如是矣。故君子之于世也，可随俗者随，不必苟异；不可随俗者不随，亦不苟同。世于违礼之事，动曰某某曾为之。夫不论事之是非，但论事之有无，自古以来，何事不曾有人为之，可一一据以借口乎？

渔洋山人记张巡妾转世索命事，余不谓然。其言曰："君为忠臣，我则何罪，而杀以飨士？"夫孤城将破，巡已决志捐生。巡当殉国，妾不当殉主乎！古来忠臣仗节，覆宗族糜妻子者，

重新烧了之后，才去世。姚安公把这件事附载在家谱里。他是听已故的曾祖父说的，曾祖父则是听高祖说的，高祖就是亲手烧书的人。谁说没有鬼神呢？

我这个家族住的地方叫景城，是宋朝的旧县城。城址还能依稀辨认出来。有时偶然在天刚亮时，远远望见烟雾当中，现出一座城池的影子，城楼和女墙看上去都很真切，类似于海市蜃楼。这种事情在别的书上多有记载，但是没人明白其中的道理。我认为，凡是有形体的东西，必然有精气。土地厚实之处，就是土地精气聚集的地方，就像人有魂魄一样。这座城四周有几里地，它的形体可算是巨大了。从汉代到宋代一千多年，它聚集精气的时间也已经很久了，就像人能获取的多、可用的广，他的魂魄就特别强大。所以它的形体虽然消失，但是精气盘踞凝结，不是一天两天的积蓄，也就不可能一天两天能散尽。因此偶然现出形相，还是城池的形状，正像人死了鬼还在，鬼仍旧是人的形状一样。但是古代的城郭不都现形，现形的又不常见，那是什么缘故呢？人死后，也许有鬼，也许没有鬼；鬼的存在，也许看得见，也许看不见；这也是同样的道理。

南宫的鲍敬之先生说：他家乡有个姓陈的书生，在神祠庙读书。一个夏夜，陈生光着膀子睡在廊庑下，梦见神把他召到座前严厉斥责。陈生辩解说："殿上先有几个小贩睡了，我回避在廊庑下，为什么反而受到责备？"神说："小贩可以睡，你就不行。他们蠢笨得像鹿、像猪，你怎么能跟他们比呢？你是读书人，难道也不懂礼节吗？"《春秋》挑剔有贤能的人，就是这个道理。因此，君子处世，可以随俗就随俗，不必非得独树一帜；不可随俗就不随，也不必去苟且求同。世上的人对于违背礼数的事，动不动就说某某人曾经做过。不论这样做是否正确，只论事情是否已有先例，自古以来，什么事情不曾有人做过，难道可以一一拿来作为借口吗？

渔洋山人记载了张巡的妾转世后索命的事，我不以为然。张巡妾索命的理由是："你是忠臣，我有什么罪，却把我杀了给将士吃？"孤城将被攻破，张巡已经决心殉国。张巡该殉国，他的妾不该殉主人么！自古以来忠臣为尽忠而被灭宗族、妻子儿女被杀的，

不知凡几。使人人索命，天地间无纲常矣。使容其索命，天地间亦无神理矣。王经之母含笑受刃，彼何人乎！此或妖鬼为祟，托一古事求祭飨，未可知也。或明季诸臣，顾惜身家，偷生视息，造作是言以自解，亦未可知也。儒者著书，当存风化，虽齐谐志怪，亦不当收悖理之言。

族叔榘庵言：景城之南，恒于日欲出时，见一物，御旋风东驰。不见其身，惟昂首高丈馀，长鬣鬖鬖，不知何怪。或曰："冯道墓前石马，岁久为妖也。"考道所居，今曰相国庄。其妻家，今曰夫人庄。皆与景城相近。故先高祖诗曰："青史空留字数行，书生终是让侯王。刘光伯墓无寻处，相国夫人各有庄。"其墓则县志已不能确指。北村之南，有地曰石人洼，残缺翁仲，犹有存者。土人指为道墓，意或有所传欤。董空如尝乘醉夜行，便旋其侧。倏阴风横卷，沙砾乱飞，似隐隐有怒声。空如叱曰："长乐老顽钝无耻！七八百年后岂尚有神灵？此定邪鬼依托耳。敢再披猖，且日日来溺汝。"语讫而风止。

南村董天士，不知其名，明末诸生，先高祖老友也。《花王阁剩稿》中，有哭天士诗四首，曰："事事知心自古难，平生二老对相看。飞来遗札惊投箸，哭到荒村欲盖棺。残稿未收新画册，原注：天士以画自给。馀赀惟卖破儒冠。布衾两幅无妨敛，在日黔娄不畏寒。""五岳填胸气不平，谈锋一触便纵横。不逢黄祖真天幸，曾怪嵇康太世情。开牖有时邀月入，杖藜到处避人行。料应尘海无堪语，且试骖鸾向紫清。""百结悬鹑两鬓霜，自餐冰雪润空肠。一生惟得秋冬气，到死不知罗绮香。原注：天士不娶。

不知有多少。假如人人都来索命，天地之间就没有纲常了。假如容忍这样的人来索命，天地间也就没有天理了。王经的母亲含笑受刑，这是怎样的人呵！这个所谓的张巡妾索命或许是妖鬼作祟，借一件过去的事来求祭祀，也未可知。或者是明末的臣子，顾惜身家性命而苟且偷生，却制造出这个故事来自我解脱，这也不是不可能。儒士著书，应当致力于风俗教化，即便是志怪的书，也不该收入违背道理的内容。

族叔楘庵说：在景城的南边，太阳将要出来时，常能看见一样东西，风驰电掣一般往东奔驰。看不见它的身子，只见它昂着头，有一丈多高，长鬃飘飘，不知是什么怪物。有人说："这是冯道墓前的石马，年岁久了成了妖怪。"查考冯道故居，如今叫"相国庄"。他妻子的家，如今叫"夫人庄"，离景城都很近。所以先高祖在诗中写道："青史空留字数行，书生终是让侯王。刘光伯墓无寻处，相国夫人各有庄。"冯道的墓到底在哪儿，县志上也已指不出准确的位置。北村的南边，有个地方叫"石人洼"，那儿还剩有残缺的石像。当地人说这就是冯道的墓，这或许是传说吧。董空如曾经乘着酒劲儿夜里赶路，在墓旁小便。突然间阴风横扫，沙石乱飞，好像隐隐约约有发怒的声音。董空如怒斥道："长乐老愚顽无耻！死了七八百年，哪里还能有神灵？这一定是邪鬼假冒他的名义闹妖。你敢再猖狂，我天天来用小便浇你。"说完风也停了。

南村有个董天士，人们不知道他叫什么名字，是明朝末年的生员，我先高祖父的朋友。高祖的《花王阁剩稿》中有四首悼念董天士的诗，诗是这样写的："事事知心自古难，平生二老对相看。飞来遗札惊投箸，哭到荒村欲盖棺。残稿未收新画册，原注：董天士靠卖书画维持生计。馀资惟卖破儒冠。布衾两幅无妨敛，在日黔娄不畏寒。""五岳填胸气不平，谈锋一触便纵横。不逢黄祖真天幸，曾怪嵇康太世情。开牖有时邀月入，杖藜到处避人行。料应尘海无堪语，且试骖鸾向紫清。""百结悬鹑两鬓霜，自餐冰雪润空肠。一生惟得秋冬气，到死不知罗绮香。原注：天士一生未曾娶妻。

寒贯村醪才破戒，老栖僧舍是还乡。只今一瞑无馀事，未要青蝇作吊忙。”“廿年相约谢风尘，天地无情殒此人。乱世逃禅聊解脱，衰年哭友倍酸辛。关河泱漭连兵气，齿发沧浪寄病身。泉下有灵应念我，白杨孤冢亦伤神。”天士之生平，可以想见。县志不为立传，盖未见先高祖诗也。相传天士殁后，有人见其骑驴上泰山，呼之不应。俄为老树所遮，遂不见。意或尸解登仙欤？抑貌偶似欤？迹其孤僻之性，似于仙为近也。

先高祖集有《快哉行》一篇，曰：“一笑天地惊，此乐古未有。平生不解饮，满引亦一斗。老革昔媚珰，正士皆碎首。宁知时势移，人事反覆手。当年金谷花，今日章台柳。巧哉造物心，此罚胜枷杻。酒酣谈旧事，因果信非偶。淋漓挥醉墨，神鬼运吾肘。姓名讳不书，聊以存忠厚。时皇帝十载，太岁在丁丑。恢台仲夏月，其日二十九。同观者六人，题者河间叟。”盖为许显纯诸姬流落青楼作也。初，诸姬隶乐籍时，有以死自誓者。夜梦显纯浴血来曰：“我死不蔽辜，故天以汝等示身后之罚。汝若不从，吾罪益重。”诸姬每举以告客，故有“因果信非偶”句云。

先四叔父栗甫公，一日往河城探友。见一骑飞驰向东北，突挂柳枝而堕。众趋视之，气绝矣。食顷，一妇号泣来，曰：“姑病无药饵，步行一昼夜，向母家借得衣饰数事，不料为骑马贼所夺。”众引视堕马者，时已复苏。妇呼曰：“正是人也。”其袱掷于道旁，问袱中衣饰之数，堕马者不能答；妇所言，启视一一合。堕马者乃伏罪。众以白昼劫夺，罪当缳首，将执送官。堕马者叩首乞命，愿以怀中数十金，予妇自赎。妇以姑病危急，

寒贯村醪才破戒，老栖僧舍是还乡。只今一瞑无馀事，未要青蝇作吊忙。”“廿年相约谢风尘，天地无情殒此人。乱世逃禅聊解脱，衰年哭友倍酸辛。关河泱漭连兵气，齿发沧浪寄病身。泉下有灵应念我，白杨孤冢亦伤神。”董天士的生平，由这几首诗可以想象出来。县志中没有为他立传，大概是因为没有看到先高祖父的诗。后来传说董天士去世之后，有人见到他骑着一头驴子上了泰山，在后面叫他也不答应。不一会儿就被老树遮挡住看不见了。是他死后成了仙呢？还是偶然有人相貌与他相像呢？按他那种孤僻的性格推断，说他成仙似乎合情理一些。

已故高祖父集子里有《快哉行》一篇，道：“一笑天地惊，此乐古未有。平生不解饮，满引亦一斗。老革昔媚珰，正士皆碎首。宁知时势移，人事反覆手。当年金谷花，今日章台柳。巧哉造物心，此罚胜枷杻。酒酣谈旧事，因果信非偶。淋漓挥醉墨，神鬼运吾肘。姓名讳不书，聊以存忠厚。时皇帝十载，太岁在丁丑。恢台仲夏月，其日二十九。同观者六人，题者河间叟。”大概是为许显纯的诸多姬妾流落妓院的故事而作的。起初，那些姬妾列入妓女的名册时，有的姬妾发誓宁死不从。夜里梦见许显纯满身是血来说：“我死了也不能抵消生前的罪恶，所以用你们来显示对我身后的惩罚。你们如果不依从，我的罪孽更加深重。”那些姬妾往往举出这事告诉客人，所以有“因果信非偶”的句子。

过世的四叔栗甫公，有一天到河城去看朋友。途中见一人骑马向东北飞奔，突然被柳枝挂下马来。众人跑过去看，已经断气了。过了大约一顿饭时，一个女人号哭着过来，说：“婆婆生病，没钱买药，我走了一天一夜，向娘家借了一点儿衣服首饰，打算换钱为婆母买药。不想被骑马贼抢走了。”众人带她去看坠马的人，这个人已经醒过来了。女人喊道：“就是他。”包袱就扔在了路边，众人们问坠马的人包袱里衣物首饰的数目，坠马的人答不上来；女人说的跟包袱里的完全一致。坠马的人不得不认罪。大家认为大白天抢劫，罪该绞死，要把他捆起来送往官府。坠马的人磕着头请求饶命，表示愿把身上带的几十两银子送给女人用来赎罪。妇人因婆婆病情危急，

亦不愿涉讼庭，乃取其金而纵之去。叔父曰：“果报之速，无速于此事者矣。每一念及，觉在在处处有鬼神。”

齐舜庭，前所记剧盗齐大之族也。最剽悍，能以绳系刀柄，掷伤人于两三丈外。其党号之曰飞刀。其邻曰张七，舜庭故奴视之，强售其住屋广马厩，且使其党恐之曰：“不速迁，祸立至矣。”张不得已，携妻女仓皇出，莫知所适，乃诣神祠祷曰：“小人不幸为剧盗逼，穷迫无路。”敬植杖神前，视所向而往。杖仆向东北，乃迤逦行乞至天津。以女嫁灶丁，助之晒盐，粗能自给。三四载后，舜庭劫饷事发，官兵围捕，黑夜乘风雨脱免。念其党有在商舶者，将投之泛海去。昼伏夜行，窃瓜果为粮，幸无觉者。一夕，饥渴交迫，遥望一灯荧然。试叩门，一少妇凝视久之，忽呼曰：“齐舜庭在此。”盖追缉之牒，已急递至天津，立赏格募捕矣。众丁闻声毕集。舜庭手无寸刃，乃弭首就擒。少妇即张七之女也。使不迫逐七至是，则舜庭已变服，人无识者；地距海口仅数里，竟扬帆去矣。

王兰洲尝于舟次买一童，年十三四，甚秀雅，亦粗知字义。云父殁，家中落，与母兄投亲不遇，附舟南还。行李典卖尽，故鬻身为道路费。与之语，羞涩如新妇，固已怪之。比就寝，竟弛服横陈。王本买供使令，无他念；然宛转相就，亦意不自持。已而童伏枕暗泣。问：“汝不愿乎？”曰：“不愿。”问：

也不愿到公堂打官司，收了银子放他走了。叔父说：“因果报应的迅速，没有比这件事更快的了。每次一想到这件事，就觉得时时处处都有鬼神。”

齐舜庭是前面所讲过的大盗贼齐大的同族。他最剽悍，用绳子系住刀把，在两三丈远之外就能投刀伤人。他的同伙称他为“飞刀”。他的邻居叫张七，齐舜庭一向把他当奴仆看待，强迫张七把住房卖给他扩宽马厩，还指使同伙威吓张七：“不赶紧迁走，大祸马上临头。”张七迫不得已，带着妻子儿女仓皇地逃出家门，不知到哪里是好，来到神祠祷告：“小人不幸，被强盗逼迫，走投无路了。”然后恭恭敬敬把一根木棍立在神灵面前，看木棍倒向何方就往何方走。结果木棍倒向东北方，于是张七带着一家人坎坎坷坷、沿途乞讨到了天津。在天津把女儿嫁给了一个盐丁，帮着晒盐，勉强能维持生计。三四年之后，齐舜庭打劫饷粮的事情败露了，官兵围捕他，在一个漆黑的夜晚，刮着风，又下着雨，他于是乘着风雨逃脱了。想到他的同伙有在商船上的，他就去投奔他这个同伙，想渡海逃走。他白天躲藏起来晚上赶路，偷瓜果充饥，侥幸没被人发现。一天晚上，他又饥又渴，远远地看见有一盏昏昏的灯光。他走过去试着敲了敲门，一个少妇久久地盯着他看，忽然大声叫道：“齐舜庭在这里！”大概追捕他的公文，已经急速送到了天津，悬赏捉拿他。盐丁们听到叫喊声马上聚集来，齐舜庭手无寸铁，只好束手就擒。这个叫喊的少妇就是张七的女儿。假如不是把张七逼迫到这里来，那么齐舜庭已变换了装束，根本无人认识他；这里离海口又只有几里路，他就会扬帆出海逃脱了。

王兰洲曾经在乘船途中买了一个小僮，年纪十三四岁，很是俊秀文雅，也识几个字。小僮说，父亲去世了，家境败落，同母亲、兄长投奔亲戚不遇，想搭船回到南边去。因为行李当光卖完，所以卖了他换点儿路费。王兰洲跟他讲话，他羞涩得像新媳妇，王兰洲本来已经感到奇怪了。等到晚上睡觉的时候，小僮竟然脱光衣服躺着。王兰洲本意是买来供使唤，没有别的念头；但是如今他温顺地主动亲近，自己也就控制不住了。事后，小僮伏在枕头上暗暗哭泣。王兰洲就问：“你不愿意吗？”答：“不愿意。”问：

“不愿何以先就我？”曰：“吾父在时，所畜小奴数人，无不荐枕席。有初来愧拒者，辄加鞭笞曰：‘思买汝何为？愦愦乃尔！’知奴事主人，分当如是，不如是则当箠楚。故不敢不自献也。”王蹶起推枕曰：“可畏哉！”急呼舟人鼓楫，一夜追及其母兄，以童还之，且赠以五十金。意不自安，复于悯忠寺礼佛忏悔，梦伽蓝语曰：“汝作过改过在顷刻间，冥司尚未注籍，可无庸渎世尊也。”

戈东长前辈官翰林时，其太翁傅斋先生市上买一惨绿袍。一日镝户出，归失其钥。恐误遗于床上，隔窗视之，乃见此袍挺然如人立，闻惊呼声乃仆。众议焚之。刘啸谷前辈时同寓，曰：“此必亡人衣，魂附之耳。鬼为阴气，见阳光则散。”置烈日中反覆曝数日，再置室中，密觇之，不复为祟矣。又东长头早童，恒以假发续辫。将罢官时，假发忽舒展蜿蜒，如蛇掉尾。不久即归田。是亦亡人之发，感衰气而变幻也。

德清徐编修开厚，亦壬戌前辈。初入馆时，每夜读书，则宅后空屋中有读书声，与琅琅相答。细听所诵，亦馆阁律赋也。启户则无睹。一夕，蹑足屏息窥之，见一少年，着青半臂，蓝绫衫，携一卷背月坐，摇首吟哦，若有馀味，殊不似为祟者。后亦无休咎。唐小说载天狐超异科，策二道，皆四言韵语，文颇古奥。或此狐亦应举者欤！此戈东长前辈说。戈，徐同年进士也。

"不愿意为什么先来亲近我？"答："我的父亲在世时，他养的几个小奴仆，没有不在枕席上侍候的。有刚来羞愧拒绝的，就鞭打他，说：'想想买你做什么？糊涂到这样！'由此知道奴仆服侍主人，本分应当这样，不这样就要挨打。所以不敢不自己献身。"王兰洲急忙起身推开枕头说："可怕啊！"连忙叫船夫摇着橹，赶了一夜，追上他的母亲兄长，把小僮还给他们，并且赠送了五十两银子。王兰洲心里还不能安宁，又在悯忠寺礼拜忏悔，回来梦见伽蓝神对他说："你犯了过错在顷刻之间就改正了，阴司还没有登记上簿册，可以不必亵渎佛祖了。"

戈东长前辈在翰林院任职时，他的祖父傅斋先生从市上买回一件暗绿色的袍子。有一天傅斋先生锁了门出去，回来时发现丢了钥匙。他以为钥匙忘在床上，就从窗户往里看，却看见那件绿袍直挺挺地像人似的站着，听到惊叫的声音才倒下了。大伙议论说烧掉它。刘啸谷前辈当时和傅斋先生住在一起，说："这一定是死人穿过的衣服，魂魄还附在上面。鬼是阴气，见了阳光就散了。"把绿袍放在太阳下反复晒了几天，再放进屋里，然后悄悄察看，袍子不再作怪了。还有，戈东长前辈的头发早就掉光了，他常用假发续辫子。他将被罢官时，假发忽然自己舒展蜿蜒而动，好像蛇掉转尾巴一样。不久，他就罢官回乡了。这也是死人的头发，感受到了人的衰气而作起怪来。

德清人徐开厚任翰林院编修，也是乾隆壬戌年登第的前辈。刚入翰林院时，每当夜里读书，就听到宅后的空屋中也有读书声，与他的读书声琅琅相应。细听诵读的内容，也是馆阁律赋。开门看，看不见有什么人。一天晚上，他蹑手蹑脚，屏住气息，走过去看，见一位年轻人，穿一件青色马甲，蓝绫衫，拿着一卷书，背着月亮坐着，正在津津有味地摇头吟诵，很不像是作祟的邪魅。后来，也没出现什么异常的事情。唐代小说中记载有天狐在超异科目中，策问二道，都是四言韵文，文义很古奥。或许这个年轻人也是应举的狐精！这件事是戈东长前辈叙述的。戈前辈与徐前辈是同年进士。

乌鲁木齐八蜡祠道士，年八十馀。一夕，以钱七千布荐下，卧其上而死。众议以是钱营葬。夜见梦于工房吏邬玉麟曰："我守官庙，棺应官给。钱我辛苦所积，乞纳棺中，俟来生我自取。"玉麟悯而从之。葬讫，太息曰："以钱贮棺，埋于旷野，是以璠玙敛也，必暴骨。"余曰："以钱买棺，尚能且梦；发棺攘夺，其为厉必矣。谁能为七千钱以性命与鬼争？必无恙。"众皆輾然。然玉麟正论也。

辛卯春，余自乌鲁木齐归。至巴里坤，老仆咸宁据鞍睡，大雾中与众相失。误循野马蹄迹，入乱山中，迷不得出，自分必死。偶见崖下伏尸，盖流人逃窜冻死者。背束布橐，有糇粮。宁借以疗饥，因拜祝曰："我埋君骨，君有灵，其导我马行。"乃移尸岩窦中，运乱石坚窒。惘惘然信马行，越十馀日，忽得路。出山，则哈密境矣。哈密游击徐君，在乌鲁木齐旧相识，因投其署以待余。余迟两日始至，相见如隔世。此不知鬼果有灵，导之以出；或神以一念之善，佑之使出；抑偶然侥幸而得出。徐君曰："吾宁归功于鬼神，为掩胔埋骼者劝也。"

董曲江前辈言：顾侠君刻《元诗选》成，家有五六岁童子，忽举手外指曰："有衣冠者数百人，望门跪拜。"嗟乎，鬼尚好名哉！余谓剔抉幽沉，搜罗放佚，以表章之力，发冥漠之光，其衔感九泉，固理所宜有。至于交通声气，号召生徒，祸枣灾梨，递相神圣，不但有明末造，标榜多诬，即月泉吟社诸人，

乌鲁木齐八蜡祠的道士，八十多岁了。一天晚上，他把七千钱铺在席子下面，躺在上面死了。大家讨论说用这些钱来安葬他。夜里老道士托梦给州县工房官吏邬玉麟说：“我为官家守庙，官家应当给我棺材。钱是我辛苦积攒的，请放在我的棺材里，等来生我自己来拿。”邬玉麟同情他，答应了。安葬完毕，邬玉麟叹息道：“把钱放在棺材里，埋在旷野之中，等于用美玉随葬，必将被人盗墓。”我说：“用他的钱买棺材，他尚且能托梦；如果开棺抢钱，他肯定变成厉鬼要报复。谁能为七千钱而和鬼拼命呢？肯定没事。”大家都笑了。然而邬玉麟说的是正理。

乾隆辛卯年的春天，我从乌鲁木齐回来。到达巴里坤时，老仆人咸宁在大雾中伏在马鞍上睡着了，离开了大队人马。沿着野马的足迹，误进了乱山丛中，迷了路不能出来，他想肯定是要死在山里了。他偶然在山崖下面看见一具伏在地上的尸体，大概是流放的犯人在逃亡途中被冻死的。尸体背上扎了个布袋，里面装有干粮。咸宁就用来充饥，并且拜跪着祷告说：“我埋了你的尸骨，你若在天有灵，就引导我的马往前走。”于是把尸体放到岩石洞里，用乱石紧紧封闭了洞口。随后糊里糊涂就信马由缰任凭马自己走，走了十多日，忽然发现了路。出了山，就是哈密的境地了。哈密有个游击官徐某，是我在乌鲁木齐的老相识，因此咸宁就投到他的府上等我。我迟了两天才到，相见时有一种隔世的感觉。这件事不知是鬼果真有灵，引导他出山；还是神灵因他的一念善心，保佑他出来；也许是偶然碰巧侥幸出来的。徐某说：“我宁愿把这件事归功于鬼神，以鼓励那些掩埋暴尸的人。”

董曲江前辈说：顾侠君刻印《元诗选》刚刚完工，家里有个五六岁的儿童忽然指着外面说：“有几百个衣冠整齐的人对着门跪拜。”唉呀，鬼尚且好名呵！我认为精选被埋没的、搜集散失的，通过宣传或刻印发行，让死者的作品宣扬光大，他们在九泉之下感念不尽，这是顺理成章的事。至于互相联络，号召门徒，胡刻滥印，互相吹捧为神圣，不但是明代末期彼此标榜的多半名不符实，就是月泉吟社那些人，

亦病未离乎客气矣。盖植党者多私，争名者相轧，即盖棺以后，论定犹难；况乎文酒流连，唱予和汝之日哉。《昭明文选》以何逊见存，遂不登一字。古人之所见远矣。

余次女适长山袁氏，所居曰焦家桥。今岁归宁，言：距所居二三里许，有农家女归宁，其父送之还夫家。中途入墓林便旋，良久乃出。父怪其形神稍异，听其语音亦不同，心窃有疑，然无以发也。至家后，其夫私告父母曰："新妇相安久矣，今见之心悸，何也？"父母斥其妄，强使归寝。所居与父母隔一墙。夜忽闻颠扑膈膈声，惊起窃听，乃闻子大号呼。家众破扉入，则一物如黑驴冲人出，火光爆射，一跃而逝。视其子，惟馀残血。天曙，往觅其妇，竟不可得。疑亦为所啖矣。此与《太平广记》所载罗刹鬼事全相似，殆亦是鬼欤！观此知佛典不全诬，小说稗官，亦不全出虚搆。

河间一妇，性佚荡，然貌至陋。日靓妆倚门，人无顾者。后其夫随高叶飞官天长，甚见委任。豪夺巧取，岁以多金寄归。妇借其财，以招诱少年，门遂如市。迨叶飞获谴，其夫遁归，则囊箧全空，器物斥卖亦略尽，惟存一丑妇，淫疮遍体而已。人谓其不拥厚赀，此妇万无堕节理。岂非天道哉！

伯祖湛元公、从伯君章公、从兄旭升，三世皆以心悸不寐卒。旭升子汝允，亦患是疾。一日治宅，匠睨楼角而笑曰："此中有物。"破之，则甃砖如小龛，一故灯檠在焉。

也摆脱不了客套虚夸的毛病。大概结党的人多有私心，争名的人互相倾轧，就是盖棺以后，论定也很难；何况是在一起喝酒论文、我唱你和的时候。《昭明文选》因何逊而得以流传于世，他自己的文章一个字也没有收在里面。古人的见地可谓深远了。

我的二女儿嫁到长山的袁家，住的地方叫焦家桥。今年她回娘家探亲，讲了一件事：距焦家桥两三里路的地方，有个农家女回娘家，由父亲送她返回夫家。途中农家女到乱坟堆的树林里小便，很长时间才出来。出来后形貌和神色稍稍有了一点儿变化，说话的音调也不一样了。父亲感到奇怪，心里暗暗怀疑，可又说不出来到底是哪里不一样。农家女回到夫家后，丈夫私下里告诉自己的父母说："我与新娘相安好些时候了，今天见到她却心里慌慌的，这是什么原因呢？"父母训斥他胡说，逼他回到自己房间睡觉。小夫妻居住的房间，与父母只隔着一堵墙。夜里，父母忽然听到隔壁有翻跌仆倒和牖牖的声音，惊讶地起来偷听，结果听见儿子大声号呼。家人们破门而入，见有一个像黑驴的怪物对着人冲过来，火光爆射，一跃就不见了。再看他们的儿子，只剩下一滩血。天亮后，到处寻找新娘，始终没有找到。怀疑也是被怪物吃掉了。这与《太平广记》所记载的罗刹鬼事特别相似，大概也是鬼吧！可见佛经并不全都是胡言妄语，小说书里写的，也不都是虚构出来的。

河间有个女人，性情淫荡，但相貌丑极了。她天天化着浓妆倚门卖笑，但没人来找她。后来她的丈夫随着高叶飞在天长任官，很受重用。他巧取豪夺，每年都寄回来很多钱。这女人就用钱财来引诱少年，她家人来人往门庭若市。高叶飞被罢官之后，她丈夫逃了回来，家中却是钱财全空，连器具物品也几乎卖光了，只剩下了一个丑女人，身上生满了梅毒疮。人们说如果丈夫不弄来很多钱财，这个女人也万万不会去乱搞。这不是天意么！

我的伯祖父湛元公、堂伯父君章公、堂兄旭升，三代都因为心悸失眠而得病去世。旭升的儿子汝允，也得了这种病。有一天修整房屋的时候，一个工匠眯着眼睛看着楼角落笑着说："这里面有东西。"拆开一看，发现里面有一个用砖砌成的小龛，有一个旧灯架在里面。

云此物能使人不寐，当时圬者之魇术也。汝允自是遂愈。丁未春，从侄汝伦为余言之。此何理哉？然观此一物藏壁中，即能操主人之生死，则宅有吉凶，其说当信矣。

戴户曹临，以工书供奉内廷。尝梦至冥司，遇一吏，故友也，留与谈。偶揭其簿，正见己名，名下朱笔草书，似一“犀”字。吏夺而掩之，意似薄怒，问之亦不答。忽惶遽而醒，莫测其故。偶告裘文达公，文达沉思曰：“此殆阴曹简便之籍，如部院之略节。户、中二字，连写颇似‘犀’字。君其终于户部郎中乎？”后竟如文达之言。

东光霍易书先生，雍正甲辰举于乡。留滞京师，未有所就，祈梦吕仙祠中。梦神示以诗曰：“六瓣梅花插满头，谁人肯向死前休？君看矫矫云中鹤，飞上三台阅九秋。”至雍正五年，初定帽顶之制，其铜盘六瓣如梅花，始悟首句之意。窃谓仙鹤为一品服，三台为宰相位，此句既验，末二句亦必验矣。后由中书舍人官至奉天府尹，坐谴谪军臺，其地曰葵苏图，实第三臺也。官牒省笔，皆书“臺”为“台”，适符诗语。果九载乃归。在塞外日，自署别号曰“云中鹤”，用诗中语也。后为姚安公述之，姚安公曰：“‘霍’字上为‘雲’字头，下为‘鹤’字之半，正隐君姓，亦非泛语。”先生喟然曰：“岂但是哉！早年气盛，锐于进取，自谓卿相可立致，卒致颠蹶。职是之由，第二句神戒我矣，惜是时未思也。”

有人说这个东西能叫人睡不着觉，是当时的泥瓦匠的一种魇术。汝允从此以后病就好了。乾隆丁未年的春天，我的堂侄子汝伦对我说了这件事。这是什么道理呢？既然把这样一件物品放在墙壁里，就能操纵主人的生死命运，那么住宅地有吉凶的说法应当是可以相信的了。

户部司员戴临，因为字写得工整侍奉于内廷。他曾经做梦到了阴司，遇到一个小吏，是以前的朋友，小吏留他闲谈。他偶尔翻了一下小吏的一本簿册，正好见到自己的名字，名字下面用朱笔草书，像一个“犀”字。小吏夺过簿册掩上，看上去好像有些恼怒，问他，也不回答。戴临慌张害怕，忽然醒了过来，也猜不出是什么缘故。戴临偶然把这事告诉了裘文达公，文达公沉思着说：“这恐怕是阴司简便的名册，如同六部和都察院的简报。‘户’、‘中’两个字，连写很像是‘犀’字，您难道将以户部郎中的官职结局？”后来竟然就像文达公说的那样。

东光人霍易书先生，雍正甲辰年考中举人。后来留滞京师，没有什么成就，于是到吕仙祠中求梦。他梦见神向他出示了一首诗：“六瓣梅花插满头，谁人肯向死前休？君看矫矫云中鹤，飞上三台阅九秋。”到雍正五年，开始规定帽顶的制度，他的帽子上铜盘六瓣恰如梅花，才醒悟了第一句诗的意思。以为仙鹤是一品服，三台是宰相位，第一句既然已经应验，末尾两句也必然会应验。后来他由中书舍人的官职升到奉天知府，因事又贬降军臺，所在地叫葵苏图，实际是第三军臺。官文减省笔画，凡“臺”都减写成“台”字，恰好符合诗中的“三台”。又果然是过了九年才归来。在塞外时，他自署别号叫“云中鹤”，用的就是诗中的词语。后来他对姚安公讲述此事，姚安公说：“‘霍’字上部是个‘雲’字头，下部是‘鹤’字的半边，正好隐含了君的姓，也不是无所指的。”霍易书先生感叹地说：“岂止是这样呢！早年气盛，锐意进取，自认为卿相之位可以立即到手，终于遭致颠仆挫折。由此看来，第二句诗是神对我的告诫，可惜当时没有仔细体会。”

古以龟卜。孔子系《易》，极言蓍德，而龟渐废。《火珠林》始以钱代蓍，然犹烦六掷。《灵棋经》始一掷成卦，然犹烦排列。至神祠之签，则一掣而得，更简易矣。神祠率有签，而莫灵于关帝；关帝之签，莫灵于正阳门侧之祠。盖一岁之中，自元旦至除夕，一日之中，自昧爽至黄昏，摇筒者恒琅琅然。一筒不给，置数筒焉。杂遝纷纭，倏忽万状，非惟无暇于检核，亦并不容于思议。虽千手千目，亦不能遍应也。然所得之签，皆验如面语，是何故欤？其最奇者，乾隆壬申乡试。一南士于三月朔日斋沐以祷，乞示试题。得一签曰："阴里相看怪尔曹，舟中敌国笑中刀。藩篱剖破浑无事，一种天生惜羽毛。"是科《孟子》题为"曹交问曰'人皆可以为尧舜'"至"汤九尺"，应首句也。《论语》题为"夫子莞尔而笑曰'割鸡焉用牛刀'"，应第二句也。《中庸》题为"故天之生物，必因其材而笃焉"，应第四句也。是真不可测矣。

孙虚船先生言：其友尝患寒疾，昏愦中觉魂气飞越，随风飘荡。至一官署，谛视门内皆鬼神，知为冥府。见有人自侧门入，试随之行，无呵禁者。又随众坐庑下，亦无诘问者。窃睨堂上，讼者如织。冥王左检籍，右执笔，有一两言决者，有数十言数百言乃决者，与人世刑曹无少异。琅珰引下，皆帖伏无后言。忽见前辈某公盛服入，冥王延坐，问讼何事。则诉门生故吏之辜恩，所举凡数十人，意颇恨恨。冥王颜色似不谓然，俟其语竟，拱手曰："此辈奔竞排挤，机械万端，天道昭昭，

古代用龟甲来占卜。孔子在《易经》作系辞，大力提倡用蓍草占卜，于是龟卜渐渐没人用了。《火珠林》中首提用钱卜代替蓍卜，但是要掷六次，还嫌繁琐。《灵棋经》中的卜法是掷一次便能成卦，但是排列起来也很麻烦。至于神祠中的签，一抽便得卦辞，就更简便了。神祠都有签，但都不如关帝祠灵验；关帝祠的签，最灵验的莫过于正阳门边的关帝祠。一年之中，从元旦到除夕，一天之中，从凌晨到黄昏，摇筒者始终琅琅地不断。一个筒供不上，就预备几个筒。杂沓纷乱，转瞬之间便有各种情况，不但没工夫检核，也没工夫思考。即便是长了一千只手一千只眼，也应答不过来。但所得到签，都灵验得好像当面推算出来的，这是什么原因呢？其中最神奇的，是乾隆壬申年的乡试。有个南方人在三月初一日斋戒沐浴后祷告，请求兆示试题。得到一签，上写道："阴里相看怪尔曹，舟中敌国笑中刀。藩篱剖破浑无事，一种天生惜羽毛。"这一年的考题《孟子》题是"曹交问曰'人皆可以为尧舜'"到"汤九尺"，那一段应了第一句。《论语》题为"夫子莞尔而笑曰'割鸡焉用牛刀'"，应了第二句。《中庸》题为"故天之生物，必因其材而笃焉"，应了第四句。这事真是不可理解。

孙虚船先生说：他的朋友曾经得了寒病，昏迷中只觉得灵魂飞了出去，随着风到处飘荡。他来到了一个官府，仔细地观看，只发现门里面都是一些鬼神，就知道这是地府。他看见有人从侧门进去，他也试着跟着走，没人阻止他。他又跟着众人坐在廊庑下，也没人查问他。他偷偷地看了一下公堂上，告状的人川流不息。阎王左手拿着案卷，右手拿着笔，有的案件一两句话就判决了，有的讲了十几句或几百句才判决，这与人世间审理案件没什么差别。判决后，罪犯们被戴上脚镣手铐给带下去，都服服帖帖不说二话。忽然他看见一位前辈某公穿戴整齐地进来了，阎王请他坐下，问他要告什么事。某公就说他的门生和旧时的小吏忘恩负义，列举了几十个人，看样子很气愤。然而阎王似乎不以为然，等他说完了之后，便拱拱手说："这些人到处奔走，互相排挤，狡诈万端，天道昭昭，

终罹冥谪。然神殛之则可，公责之则不可。种桃李者得其实，种蒺藜者得其刺，公不闻乎？公所赏鉴，大抵附势之流，势去之后，乃责之以道义，是凿冰而求火也。公则左矣，何暇尤人？"某公怃然久之，逡巡竟退。友故与相识，欲近前问讯。忽闻背后叱叱声，一回顾间，悚然已醒。

董文恪公老仆王某，性谦谨，善应门，数十年未忤一人，所谓"王和尚"者是也。言尝随文恪公宿博将军废园，月夜据石纳凉。遥见一人仓皇隐避，一人邀遮而止之，捉其臂共坐树下，曰："以为汝生天久矣，乃在此相遇耶？"因先述相交之契厚，次责任事之负心，曰，某事乘我急需，故难其词以勒我，中饱几何。某事欺我不谙，虚张其数以给我，干没又几何。如是数十事，每一事一批其颊，怒气坌涌，似欲相吞噬。俄一老叟自草间出，曰："渠今已堕饿鬼道，君何必相凌？且负债必还，又何必太遽？"其一人弥怒曰："既已饿鬼，何从还债？"老叟曰："业有满时，则债有还日。冥司定律，凡称贷子母之钱，来生有禄则偿，无禄则免，为其限于力也。若胁取诱取之财，虽历万劫，亦须填补。其或无禄可抵，则为六畜以偿；或一世不足抵，则分数世以偿。今夕董公所食之豚，非其干仆某之十一世身耶？"其一人怒似略平，乃释手各散。老叟意其土神也。所言干仆，王某犹及见之，果最有心计云。

福建曹藩司绳柱言：一岁司道会议臬署，上食未毕，一仆携小儿过堂下，小儿惊怖不前，曰："有无数奇鬼，皆身长丈馀，肩承梁柱。"众闻号叫，方出问，则承尘上落土簌簌，

他们终究要受到阴间的惩罚。但是鬼神处罚他们可以，你责骂他们就不行。种桃种李的得到果实，种植蒺藜的得到它的刺，你难道没听说过吗？你所赏识的，大都是一些趋炎附势的人，你大势已去，就责怪他们，还用道义来要求他们，这就好像是凿冰求火。你自己错了，怎么能埋怨别人？”某公怅然若失了好久，迟疑不决地退了下去。孙虚船的朋友与某公是老相识，想上去问候一下。忽然听见背后有人在呵斥他，他回头去看，一下子惊醒了。

董文恪公的老仆王某，性情谦逊谨厚，善于照看门户，几十年未曾得罪过一个人，人们都称他为“王和尚”。他说曾经随董公宿在博将军的破花园里，月夜在大石头上乘凉。远远地望见一个人仓皇躲避，另一个人截住他，抓住他的胳膊，一起坐到树下，说：“我以为你早就升天了，不料在这儿相遇。”于是先叙说二人交往怎么密切，接着说对方做事怎么负心，说，某某事你乘我急需，故意说怎么怎么为难而勒索我，中饱私囊多少多少。某某事你欺我不懂，夸大数量骗我，又私吞了多少多少。这么数落了有几十件事，每说一件事打对方一记耳光，怒气冲冲地好像要把对方吞了似的。不一会儿，从草丛里出来一个老头，说：“这家伙如今已堕入饿鬼道，你何必再逼他？况且负债必定还，又何必那么着急？”催债的人更为愤怒，说：“他已经成了饿鬼，怎么还能还债？”老头说：“孽缘有满的时候，那么债也总有还的日子。地府制定律条，凡是借的高利贷，来生有禄就偿还，没有禄就免，因为他无力偿还。如果是威胁或诈骗来的钱财，即便是经历了万劫，也必须偿还。也可能他没有禄可以抵偿，那么就变成六畜来偿还；如果一生也还不完债，就分几代来还。今晚董公吃的猪，不就是他那个能干的仆人的第十一代身么？”催债人的怒火似略平息了些，松开手各自走了。估计这老头是土神。他所说的那个能干的仆人，王某还见过他，说是最有心计。

福建布政使曹绳柱说：有一年司道官员在按察使衙署里开会议事，食品还没有上完，一个仆人领着个小孩子经过堂下，小儿惊恐地不肯往前走，说：“有无数个奇鬼，都是身长一丈多，用肩膀顶扛着屋梁柱子。”众人听到惊叫的声音，刚出来问，天花板上掉落泥土簌簌的

声如撒豆。急跃而出，已栋摧仆地矣。咸额手谓鬼神护持也。湖广定制府长，时为巡抚，闻话是事，喟然曰：“既在在处处有鬼神护持，自必在在处处有鬼神鉴察。”

右《滦阳消夏录》三卷，前二卷成于热河，后一卷则在热河成其半，还京后乃足成之。故间有今岁事，乃并为一书，因其原名者，如陆放翁吟咏万篇，非作于一时一地，统名曰《剑南诗集》云尔。庚戌六月廿九日缮净本竟因题。

声音好像在抛撒豆子。众人急忙跳出来，转眼间已经栋梁折断倒地了。众人都庆幸说是鬼神的护佑。湖广总督定长，当时任巡抚，听说这件事，叹息道："既然处处有鬼神护佑，自然处处有鬼神在监视。"

前面的《滦阳消夏录》第三卷到第六卷，第四、第五卷在热河完成，第六卷在热河写了一半，回到京城后才全部完成。所以里面还有今年的事情，依然将这三卷合并在《滦阳消夏录》这一本当中，还是用这个书名，就像陆游吟咏了将近万首诗歌，并不是在同一时间同一个地方写的，但统用了《剑南诗集》这个书名。庚戌六月廿九日完成誊写定稿后记下这些。

卷七　如是我闻一

曩撰《滦阳消夏录》，属草未定，遽为书肆所窃刊，非所愿也。然博雅君子，或不以为纰谬，且有以新事续告者，因补缀旧闻，又成四卷。欧阳公曰："物尝聚于所好。"岂不信哉！缘是知一有偏嗜，必有浸淫而不自已者。天下事往往如斯，亦可以深长思也。辛亥七月二十一日题。

太原折生遇兰言：其乡有扶乩者，降坛大书一诗曰："一代英雄付逝波，壮怀空握鲁阳戈。庙堂有策军书急，天地无情战骨多。故垒春滋新草木，游魂夜览旧山河。陈涛十郡良家子，杜老酸吟意若何？"署名曰"柿园败将"。皆悚然知为白谷孙公也。柿园之役，败于中旨之促战，罪不在公。诗乃以房琯车战自比，引为己过。正人君子之用心，视王化贞辈偾辕误国，犹百计卸责于人者，真三光之于九泉矣。大同杜生宜滋，亦录有此诗，"空握"作"辜负"，"春滋"作"春添"，"意若何"作"竟若何"，凡四字不同。盖传写偶异，大旨则无殊也。

许南金先生言：康熙乙未，过阜城之漫河。夏雨泥泞，马疲不进，息路旁树下。坐而假寐，恍惚见女子拜，言曰："妾黄保宁妻汤氏也，在此为强暴所逼，以死捍拒，卒被数刃以死。

以前我撰写过一本《滦阳消夏录》，还没定稿就被书坊偷印了，其实这不是我的初衷。但那些博学端雅之士，有的并不认为这部书稿有什么错漏，并且还有人告诉我新的故事，于是我将自己的旧闻也增加进去，又写了四卷。记得欧阳修说过："物尝聚于所好。"难道不是这样的么！由此可知一个人一旦有了偏爱，就会沉浸其中自已停不下来。天下的事往往是这样，也是应该常常深思的。乾隆辛亥年七月二十一日题。

太原书生折遇兰说：他的家乡有人扶乩，降临乩坛的神仙用大字写诗道："一代英雄付逝波，壮怀空握鲁阳戈。庙堂有策军书急，天地无情战骨多。故垒春滋新草木，游魂夜览旧山河。陈涛十郡良家子，杜老酸吟意若何？"署名叫"柿园败将"。乩坛旁的人都惊恐地知道是孙传庭显灵。柿园的这一次战役，失败原因是皇帝催促作战，罪责不在孙公。诗中以房琯的车战用来自比，引为自己的过错。看看正人君子的用心，再看王化贞之流战败误国，还千方百计把责任推卸给别人，差距真好比日月星之光和九泉的阴幽了。大同书生杜宜滋也抄录有这首诗，只是"空握"写作"辜负"，"春滋"写作"春添"，"意若何"作"竟若何"，共有四个字不同。大概传写中偶有差异，大意则没有差别。

许南金先生说：康熙乙未年，他路经阜城县的漫河。当时夏雨连绵，道路泥泞，人马疲惫不堪，在路旁树下歇息。他坐着打了个盹儿，恍恍惚惚见一个女子来拜，说："我是黄保宁的妻子汤氏，在此地遭暴力逼迫，我以死抗拒，最后挨了几刀被杀死。

官虽捕贼骈诛，然以妾已被污，竟不旌表。冥官哀其贞烈，俾居此地，为横死诸魂长，今四十馀年矣。夫异乡丐妇，踽踽独行，猝遇三健男子，执缚于树，肆行淫毒，除骂贼求死，别无他术。其啮齿受玷，由力不敌，非节之不固也。司谳者诃责无已，不亦冤乎？公状貌似儒者，当必明理，乞为白之。"梦中欲询其里居，霍然已醒。后问阜城士大夫，无知其事者；问诸老吏，亦不得其案牍。盖当时不以为烈妇，湮没久矣。

京师某观，故有狐。道士建醮，醵多金。蒇事后，与其徒在神座灯前，会计出入，尚阙数金。师谓徒干没，徒谓师误算，盘珠格格，至三鼓未休。忽梁上语曰："新秋凉爽，我倦欲眠，汝何必在此相聒？此数金，非汝欲买媚药，置怀中，过后巷刘二姐家，二姐索金指镮，汝乘醉探付彼耶？何竟忘也？"徒转面掩口。道士乃默然敛簿出。剃工魏福，时寓观内，亲闻之。言其声咿咿呦呦，如小儿女云。

旱魃为虐，见《云汉》之诗，是事出经典矣。《山海经》实以女魃，似因诗语而附会。然据其所言，特一妖神耳。近世所云旱魃，则皆僵尸。掘而焚之，亦往往致雨。夫雨为天地之䜣合，一僵尸之气焰，竟能弥塞乾坤，使隔绝不通乎？雨亦有龙所作者，一僵尸之技俩，竟能驱逐神物，使畏避不前乎，是何说以解之？又狐避雷劫，自宋以来，见于杂说者不一。夫狐无罪欤，雷霆克期而击之，是淫刑也，天道不如是也。

官府虽然将强盗全都捕杀了，但因为我已经被玷污，所以不予表彰。阴曹官吏可怜我的贞烈，派我居住此地，作为死于非命冤魂的首领，至今已经四十馀年了。一个来自异乡的要饭女人，艰难地独自行走，突然遭遇三个强健男子，被捆绑在树上肆意奸淫，除了痛骂贼人以求速死之外，别无其他办法。我咬着牙遭受玷污，是由于不敌贼人暴力，而非节操不坚贞。掌管断案的官吏对我苛求不止，岂不是太冤枉我了吗？看您的相貌像是有学问的人，一定事理分明，请求您为我申冤。”梦里，许先生还想询问女子的乡里住处，却忽然醒来。后来询问阜城县士大夫们，都不知这件事；向老吏打听，也没有找到有关此事的案卷。大概是因为没有把她作为烈妇，而人和事早已经湮没了。

京城的某个道观里，一直住着狐精。有一次，有个道士设场做法事，募集了许多钱。法事完毕后，道士在神座灯前跟徒弟结算账目，发现缺了几两银子。师父说是徒弟私吞了，徒弟说是师父算错了，算盘珠子打得“格格”响，一直到三更天还没有算完。忽然听到梁上有声音说：“初秋凉爽，我困倦了想要睡，你们何必这样吵吵闹闹？这几两银子，不是你想买春药，就把它藏在怀里，后来你到后巷的刘二姐家，她向你要金戒指，当时你醉了，信手从怀里掏出来塞给她了么？怎么忘记了？”徒弟听后转过脸掩口而笑。道士无话可说，收起账簿就走了。当时剃头师傅魏福也正住在这座道观里，亲耳听到了这番话。他说那个声音咿咿呦呦的，好像是小孩子说话一样。

旱魃作祟造成旱灾，见于《诗经》中的《云汉》一诗，可以说是出自经典的了。《山海经》把旱魃看作女性，似乎是从《诗经》中的诗句附会出来的。然而，据上述经典所言，旱魃专指一个妖神罢了。近世所说的旱魃，却都是僵尸。把僵尸挖掘出来焚烧掉，就往往导致下雨。可是，雨是由天地二气的结合产生的，一具僵尸的气焰就能塞满乾坤，使天地二气隔绝不通吗？雨也有龙兴而成的，一具僵尸的伎俩就能驱逐神物，使龙畏惧回避不再前来，这又如何解释呢？还有，狐躲避雷击的事情，从宋代以来就经常见于各种杂说记载。如果狐没有罪过，雷霆按期出击，那就是滥用刑罚，天道不应该这样。

狐有罪欤，何时不可以诛，而必限以某日某刻，使先知早避？即一时暂免，又何时不可以诛，乃过此一时，竟不复追理？是佚罚也，天道亦不如是也。是又何说以解之？偶阅近人《夜谈丛录》，见所载焚旱魃一事、狐避劫二事，因记所疑，俟格物穷理者详之。

虎坊桥西一宅，南皮张公子畏故居也，今刘云房副宪居之。中有一井，子、午二时汲则甘，馀时则否，其理莫明。或曰："阴起午中，阳生子半，与地气应也。"然元气昆仑，充满大地，何他井不与地气应，此井独应乎？西土最讲格物学，《职方外纪》载其地有水，一日十二潮，与晷漏不差秒忽。有欲穷其理者，构庐水侧，昼夜测之，迄不能喻，至恚而自沉。此井抑亦是类耳！

张读《宣室志》曰：俗传人死数日，当有禽自柩中出，曰煞。太和中，有郑生者，网得一巨鸟，色苍，高五尺馀，忽无所见。访里中民讯之，有对者曰："里中有人死，且数日，卜者言，今日煞当去。其家伺而视之，有巨鸟色苍，自柩中出。君所获果是乎？"此即今所谓煞神也。徐铉《稽神录》曰：彭虎子少壮，有膂力，尝谓无鬼神。母死，俗巫诫之曰："某日殃煞当还，重有所杀，宜出避之。"合家细弱，悉出逃隐，虎子独留不去。夜中有人推门入，虎子惶遽无计，先有一瓮，便入其中，以板盖头。觉母在板上，有人问："板下无人耶？"母曰："无。"此即今所谓回煞也。俗云殇子未生齿者，死无煞；有齿者即有煞。巫觋能预克其期。家奴孙文举、宋文皆通是术。

如果狐有罪过，何时不可诛杀，为什么要必定限制在某日某刻，让其预先得知提前躲避呢？即使是一时侥幸躲过，又何时不可诛杀，为什么过了规定时刻竟不再追究？这显然是失于刑罚，天道不应该这样。又该怎样解释呢？偶尔翻阅近人所著的《夜谈丛录》，见到其中焚烧旱魃一事、狐狸避劫二事，于是记下我个人的疑问，等待穷究事物道理的先生们详细解释。

北京虎坊桥西有一处住宅，是南皮张子畏先生的故居，现在由左副都御使刘云房住着。宅院里有一口井，在子时、午时两个时辰打出来的水，是甜的，其他时间就不甜，不知是什么缘故。有人说："这是由于阴气正午生起，阳气在夜里十二点时生起，阴阳二气与地气感应的缘故。"然而昆仑连接着天地，元气充满天地之间，为什么其他井并不与地气感应，唯独这口井与地气相感应呢？西洋人最讲究格物学，《职方外纪》记载，某地的水一天之内十二次涨潮，其时间与十二时辰分秒不差。有个人想要探究其中的道理，就在水边搭了棚子，日夜观测，始终未能弄明白，他怨愤至极投水而死。这口井或许也属于这一类吧！

张读著的《宣室志》中说：民间传说人死几天后，会有鸟从灵柩中出来，叫"煞"。太和年间，有个姓郑的人用网捕到一只大鸟，羽毛苍灰，高五尺馀，鸟忽然就不见了。他询问村里的人，有人告诉他："村里有个人死了几天，巫师说今天煞要离去。这家人偷偷查看，看见有一只毛色苍灰的大鸟从灵柩中飞出来。你捕到的也许就是这只鸟？"这就是现在所说的煞神。徐铉的《稽神录》中记载：彭虎子年轻气盛力气大，曾经说世上没有鬼神。他的母亲死了，巫师告诫他说："某一天祸煞要回来，要有大的杀伤，应当离家躲避。"于是全家老幼都离开家躲藏起来，彭虎子独自留在家里没走。夜里真的有人推门进来，彭虎子惊慌失措，看见有个瓮便跳进去，用板盖住口子。他觉得母亲坐在板上，有声音问："板下有没有人？"母亲答："没有。"这就是现在所说的回煞。据民间传说，夭亡的孩子没长牙齿，死了不会有煞；长了牙死后便有煞。巫师能预先算出回煞的日期。我的奴仆孙文举、宋文都通晓这种巫术。

余尝索视其书，特以年月日时干支推算，别无奇奥。其某日逢某凶煞，当用某符禳解，则诡词取财而已。或有室庐逼仄，无地避煞者，又有压制之法，使伏而不出，谓之斩殃，尤为荒诞。然家奴宋遇妇死，遇召巫斩殃，迄今所居室中，夜恒作响，小儿女亦多见其形。似又不尽诬矣。天地之大，何所不有；幽明之理，莫得而穷。不必曲为之词，亦不必力攻其说。

人死者，魂隶冥籍矣。然地球圆九万里，径三万里，国土不可以数计，其人当百倍中土，鬼亦当百倍中土。何游冥司者，所见皆中土之鬼，无一徼外之鬼耶？其在在各有阎罗王耶？顾郎中德懋，摄阴官者也。尝以问之，弗能答。人不死者，名列仙籍矣。然赤松、广成，闻于上古，何后代所遇之仙，皆出近世？刘向以下之所记，悉无闻耶？岂终归于尽，如朱子之论魏伯阳耶？娄真人近垣，领道教者也。尝以问之，亦弗能答。

里人阎勋，疑其妻与表弟通，遂携铳击杀其表弟。复归而杀妻，剚刃于胸，格格然如中铁石，迄不能伤。或曰："是鬼神愍其枉死，阴相之也。"然枉死者多，鬼神何不尽阴相欤？当由别有善行，故默邀护佑耳。

景州申君学坤，谦居先生子也。纯厚朴拙，不坠家风。信道学甚笃，尝谓从兄懋园曰："曩在某寺，见僧以福田诱财物，供酒肉赀。因著一论，戒勿施舍。夜梦一神，似彼教所谓伽蓝者，与余侃侃争曰：'君勿尔也。以佛法论，广大慈悲，万物平等。彼僧尼非万物之一耶？施食及于鸟鸢，爱惜及于虫鼠，

我曾经将他们的书要来看，只不过是以年月日干支来推算，没有什么其他奥妙之处。书里的“某日逢某凶煞，当用某符禳解”，不过是编造谎言，骗取钱财罢了。也有的人家居室狭窄，没有躲避煞的地方，巫师便又有压制之法，制伏“煞”叫它出不来，叫做“斩殃”，这就更加荒诞了。然而，我的家奴宋遇妻子死后，请巫师斩殃，他住的地方，至今夜里经常发出响声，小孩儿也有不少见到过煞的形状的。这似乎又不完全是瞎说。天地之大，什么事没有；阴间和阳间的事理，无法穷尽。不必迎合这种说法，也不必下大力气批驳这种说法。

死了的人，灵魂隶属阴间的名册。但是地球圆周九万里，直径三万里，各国的疆土不可以用数量来计算，那里的人口应当百倍于中土，鬼也应当百倍于中土。为什么游历过阴司的，所见到的都是中土的鬼，没有一个边界之外的鬼呢？其所在的地方各自有阎罗王吗？郎中顾德懋，兼任阴间的官职。我曾经问起过他，他也回答不了。不死的那些人，名字列入仙人的名册。但是赤松子、广成子，他们名传于上古时代，为什么后代所遇到的仙人，都出于近世？难道刘向以后所记载的，都无声无息呢？难道是最终归于消失，就像朱子所说的魏伯阳那样的人一样？真人娄近垣，是管领道教的，我曾经问起过他，他也不能解答。

乡间有个叫阎勋的，怀疑自己的妻子与表弟通奸，就用火枪杀死了表弟。又回家想杀死妻子，可是刀刃向妻子胸部刺去，就像刺在铁石上一样“格格”响，始终没有刺伤。有人说：“这是鬼神可怜她冤枉，暗中保护她。”可是，冤死的人多了，为什么鬼神不全都暗中保护呢？一定是她做了别的什么好事，才会有神灵暗中保护。

景州人申学坤，是申谦居先生之子。为人纯良厚道，质朴率真，不失家传的风度。他笃信道学，曾经对堂兄懋园说：“从前在某寺庙，见一个和尚用劝人从善以得福田的办法诱骗财物，供自己吃喝挥霍。因而写了一篇文章，劝诫别人不要向僧人施舍。夜里梦见一位神，像是佛教所说的伽蓝，与我侃侃争辩说：‘您不要这样。以佛法而论，佛门广大慈悲，认为万物平等。那些僧尼不也是万物之一吗？施食物给那些鸟类，爱惜之心也给予虫蚁老鼠之类，

欲其生也。此辈借施舍以生，君必使之饥而死，曾视之不若鸟鸢虫鼠耶？其间破坏戒律，自堕泥犁者，诚比比皆是。然因有枭鸟，而尽戕羽族；因有破獍，而尽戕兽类，有是理耶？以世法论，田不足授，不能不使百姓自谋食。彼僧尼亦百姓之一种，募化亦谋食之一道耳。必以其不耕不织为蠹国耗民，彼不耕不织而蠹国耗民者，独僧尼耶？君何不一一著论禁之也？且天下之大，此辈岂止数十万。一旦绝其衣食之源，羸弱者转乎沟壑，姑勿具论；桀黠者铤而走险，君何以善其后耶？昌黎辟佛，尚曰鳏寡孤独废疾者有养。君无策以养，而徒朘其生，岂但非佛意，恐亦非孔孟意也。驷不及舌，君其图之。’余梦中欲与辩，倏然已觉，其语历历可忆。公以所论为何如？”

懋园沉思良久曰：“君所持者正，彼所见者大。然人情所向‘匪今斯今’，岂君一论所能遏？此神剌剌不休，殊多此一争耳。”

同年金门高，吴县人。尝夜泊淮扬之间，见岸上二叟相遇，就坐水次草亭上。一叟曰：“君近何事？”一叟曰：“主人避暑园林，吾日日入其水阁，观活秘戏图。百媚横生，亦殊可玩。其第五姬尤妖艳。见其与主人剪发为誓，约他年燕子楼中作关盼盼；又约似玉箫再世，重侍韦皋。主人为之感泣。然偶闻其与母窃议，则谓主人已老，宜早储金帛，为琵琶别抱计也。君谓此辈可信乎？”相与太息久之。一叟又曰：“闻其嫡甚贤，信乎？”一叟掉头曰：“天下之善妒人也，何贤之云！夫妒而嚣争，是为渊驱鱼者也。此妇于妾媵之来，弱者抚之以恩，

是为了让它们生存下去。僧尼们凭借施舍而生存，您却一定要让他们饥饿而死，不是把他们看得连鸟兽虫鼠都不如了吗？僧尼之中，破坏戒律、自己弄得要下地狱的，当然随处都有。但是因为有枭鸟，就杀尽鸟类；因为有破獍，就灭绝所有兽类，哪有这种道理呢？以世法而论，田地不足以分给每个人，不能不叫百姓自谋生路。那些僧尼也是百姓之一，他们募捐化缘也是谋生的一种手段。如果非得认为僧尼不耕不织就是害国耗民的话，那么不耕不织而害国耗民的人何止僧尼呢？您为何不一一写文章禁止他们？况且天下之大，这类人何止数十万。一旦断了他们衣食的来源，体弱的将会填埋沟壑之中，这暂且不说；凶恶狡猾的人则铤而走险，您将怎样收拾局面？韩愈排斥佛教，但是还说鳏寡孤独废疾者可以养起来。您没有办法养民，却只是剥夺他们的生路，这不仅不符合佛义，恐怕也不符合孔孟之道。一言既出，驷马难追，请您认真去想想这个道理。'我在梦中想要和他争辩，忽然已经醒来，神的话历历在耳。您认为他这番议论如何？"

懋园沉思了好久说："您持理公正，他见解博大。然而人情世态正如《诗经》所说'不是今天才如此，自古以来就如此'，岂是您一番议论所能遏止的？这个神喋喋不休，更是多此一举。"

与我同年进士的金门高是吴县人。他曾经泊船在淮扬之间，看到岸上有两个老人相遇，在岸边的草亭中坐了下来。一个说："近来你做些什么？"另一个说："我的主人在园林避暑，我每天进水阁去看活生生的秘戏图。那真是百媚横生，很值得赏玩。那位五姨太尤其妖艳。她与主人剪发为誓，相约来生在燕子楼当关盼盼；又约定要像玉箫那样转世后再侍奉韦皋。主人都被她感动得哭了。然而偶然间听到她与她母亲私下议论时说，主人已老，应当早些储备金银财物，作好改嫁的打算。您认为这类人可信吗？"说完后两个老人一起叹息了好久。后来一个又问道："听说您主人的妻子非常贤惠，是真的吗？"另一个扭过脸去说："那是天底下最善于妒忌人的妇人，有什么贤惠呢！因为妒忌而相互之间争吵不休，就像为渊驱鱼。这位嫡妻对新来的妾，弱者施以恩惠，

纵其出入冶游，不复防制，使流于淫佚。其夫自愧而去之。强者待之以礼，阳尊之与己匹，而阴导之与夫抗，使养成骄悍，其夫不堪而去之。有二术所不能饵者，则密相煽搆，务使参商两败者，又多有之。幸不即败，而一门之内，诟谇时闻，使其夫入妾之室则怨语愁颜，入妻之室乃柔声怡色。其去就不问而知矣。此天下之善妒人也，何贤之云！”

门高窃听所言，服其中理，而不解其日入水阁语。方凝思间，有官舫鸣钲来，收帆欲泊。二叟转瞬已不见，乃悟其非人也。

先兄晴湖曰：“饮卤汁者，血凝而死，无药可医。里有妇人饮此者，方张皇莫措，忽一媪排闼入，曰：‘可急取隔壁卖腐家所磨豆浆灌之。卤得豆浆，则凝浆为腐而不凝血。我是前村老狐，曾闻仙人言此方也。’语讫不见。试之果得苏。刘涓子有鬼遗方，此可称狐遗方矣。”

客作秦尔严，尝御车自李家洼往淮镇，遇持铳击鹊者，马皆惊逸。尔严仓皇堕车下，横卧辙中，自分无生理，而马忽不行。抵暮归家，沽酒自庆，灯下与侪辈话其异。闻窗外人语曰：“尔谓马自不行耶？是我二人掣其辔也。”开户出视，寂无人迹。明日，因赍酒脯，至堕处祭之。先姚安公闻之，曰：“鬼如此求食，亦何恶于鬼！”

里人王五贤，幼时闻呼其字是此二音，不知即此二字否也。老塾师也。尝夜过古墓，闻鞭朴声，并闻责数曰：“尔不读书识字，不能明理，将来何事不可为？至上干天律时，尔悔迟矣。”

放纵她们冶游放荡，不加限制，让她们淫乱荒糜。这样她丈夫就会感到羞愧把她们打发走。对于强者就以礼相待，表面上让她们和自己平起平坐，暗中引导她们与主人对抗，养成她们骄横的脾气，主人受不了就会赶她们走。如果这两种手段都不能得逞，就暗地里挑拨她们，让她们两败俱伤，这类事也经常发生。即使有幸没有两败俱伤的，但在同一个房子里也吵骂不断，使得主人进入妾的房间，只见怨语愁颜，而进入妻子的房间，感受到的是柔声细语和颜悦色。那么主人常去哪里就不言自明了。这样的妇人是天下最善于妒忌的，还有什么贤惠可言呢！”

金门高听到这里，佩服他们言之有理，但不明白那老人每日到水阁去是什么意思。正在思考时，有条官船鸣锣驶来，要收帆停泊。两位老人转眼不见了，这时他才知道他们不是人类。

先兄晴湖说：“饮卤汁的人，血凝固而死，没有药能救治。乡里有个女人喝了卤汁，家里人正慌慌张张不知如何是好，忽然一个老妇人推门进来说：‘赶快到隔壁卖豆腐的人家取来磨好的豆浆给她灌下去。卤水遇到豆浆，就将卤水凝成豆腐，血就不凝固了。我是前村的老狐狸，曾听仙人说过这个方子。’说完就不见了。用这个方子一试，女人果然被救活了。南朝刘涓子有一副药方叫鬼遗方，这个药方可称狐遗方了。”

雇工秦尔严，曾经驾车从李家洼前往淮镇，碰到有人拿火铳打鸟鹊，把马惊得狂奔起来。秦尔严慌慌张张坠落车下，横躺在车辙中，自料活不成了，但是马突然停了下来不跑了。晚上回到家，买酒自己庆贺，灯下和同伴谈起这件怪事。听到窗外有人说话道：“你说马是自己不跑了吗？是我们两人扯住了辔绳呵。”开门出去观看，屋外寂然没有人迹。于是第二天带着酒肉，到坠车的地方祭奠。先父姚安公听到这件事，说：“鬼这样求食，鬼又有什么可恨的！”

村里人王五贤，幼年时听到叫他的字是这两个音，不知道是否就是这两个字。是个教私塾的老先生。有一次，他夜间经过古墓，听到鞭子抽棍子打的声音，还听到斥责数落说：“你不读书识字，不能明白道理，将来什么事情干不出来呢？等到触犯天条的时候，你再后悔就晚了。”

谓深更旷野，谁人在此教子弟。谛听，乃出狐窟中。五贤喟然曰："不图此语闻之此间。"

先叔仪南公，有质库在西城。客作陈忠，主买菜蔬。侪辈皆谓其近多馀润，宜飨众，忠讳无有。次日，箧钥不启，而所蓄钱数千，惟存九百。楼上故有狐，恒隔窗与人语，疑所为。试往叩之，果朗然应曰："九百钱是汝雇值，分所应得，吾不敢取，其馀皆日日所干没，原非汝物。今日端阳，已为汝买粽若干，买酒若干，买肉若干，买鸡鱼及瓜菜果实各若干，并泛酒雄黄，亦为买得，皆在楼下空屋中。汝宜早烹炮，迟则天暑，恐腐败。"启户视之，累累具在。无可消纳，竟与众共餐。此狐可谓恶作剧，然亦颇快人意也。

"亥"有"二"首"六"身，是拆字之权舆矣。汉代图谶，多离合点画。至宋谢石辈，始以是术专门，然亦往往有奇验。乾隆甲戌，余殿试后，尚未传胪，在董文恪公家，偶遇一浙士，能拆字。余书一"墨"字。浙士曰："龙头竟不属君矣。'里'字拆之为二甲，下作四点，其二甲第四乎？然必入翰林。四点'庶'字脚，'士''吉'字头，是庶吉士矣。"后果然。

又，戊子秋，余以漏言获谴，狱颇急，日以一军官伴守。一董姓军官云能拆字。余书"董"字使拆。董曰："公远戍矣。是千里万里也。"余又书"名"字。董曰："下为'口'字，上为'外'字偏旁，是口外矣。日在西为'夕'，其西域乎？"问："将来得归否？"曰："字形类'君'，亦类'召'，必赐环也。"问："在何年？"曰："'口'为'四'字之外围，而中缺两笔，

他想更深夜静的，又是在旷野之中，是谁在教育子弟。仔细一听，原来声音出于狐狸居住的洞穴之中。王五贤感叹地说："没有料到，这样的话竟然在这里听到。"

过世的叔父仪南公，在西城开有一个当铺。雇了个短工陈忠负责买菜什么的。他的同伴们说他近来得了不少外快，应该请客，陈忠不承认。第二天，陈忠发现，自己的钱箱并没有打开过，积蓄的数千钱却只剩下了九百。听说有个狐精住在楼上，经常隔窗和人说话，陈忠怀疑是它干的。就试着恭恭敬敬问它，狐精果然高声回答说："箱子里的那九百钱是你应得的工钱，我不敢拿，其馀的钱都是你每天采购私吞的，原本不属于你。今天是端午节，我已经替你买了若干粽子，若干酒、肉、鸡、鱼及瓜果蔬菜，另外还买了雄黄酒，都放在楼下那间空房里。你还是早点儿做出来给大家吃吧，天热，迟了会腐坏变质的。"陈忠打开空房子门一看，果然食物全都堆放在屋里。他一个人吃不了，没办法，最后还是和大家一起吃了。这个狐精真会恶作剧，不过倒也大快人心。

"亥"字以"二"为字首，以"六"为字身，这是拆字法的初始。汉代预言吉凶征兆的图谶，大多是分离或者合并文字的点点画画。到了宋代谢石等这一代，才专门用此卜筮之术，但往往有奇异的灵验。乾隆甲戌年，我参加殿试后，还未张榜，在董文恪先生家里，偶遇一个能测字的浙江人。我写了个"墨"字。那个人说："状元不会属于您了。'里'字拆开是二甲，下边是四点，您大概是二甲第四名吧？不过您一定会进入翰林院。四点是'庶'字脚，'士'字是'吉'字头，您要做庶吉士了。"后来，果真是这样。

乾隆戊子年秋季，我因泄漏消息而获罪，案情很严重，每天都有个军官看守我。其中一个姓董的军官说能拆字算卦。我写一个"董"字让他拆。他说："您将被发配远方了。这'董'字是千里万里的意思呵。"我又写了一"名"字。他说："下边是'口'字，上边是'外'字偏旁，这次发配是在口外。'夕'字又是太阳偏西的意思，莫非是西域？"我问："将来能回来吗？"他说："'名'字与'君'字相像，也像'召'字，一定会让您回来的。"我问："在哪一年？"他说："'口'字是'四'字的外围，而中间缺少两笔，

其不足四年乎？今年戊子，至四年为辛卯，‘夕’字‘卯’之偏旁，亦相合也。”果从军乌鲁木齐，以辛卯六月还京。盖精神所动，鬼神通之；气机所萌，形象兆之。与揲蓍灼龟，事同一理，似神异而非神异也。

医者胡宫山，不知何许人。或曰：“本姓金，实吴三桂之间谍。三桂败，乃变易姓名。”事无左证，莫之详也。余六七岁时及见之，年八十馀矣，轻捷如猿猱，技击绝伦。尝舟行，夜遇盗，手无寸刃，惟倒持一烟筒，挥霍如风，七八人并刺中鼻孔仆。然最畏鬼，一生不敢独睡。言少年尝遇一僵尸，挥拳击之，如中木石，几为所搏，幸跃上高树之顶。尸绕树踊距，至晓乃抱木不动。有铃驮群过，始敢下视。白毛遍体，目赤如丹砂，指如曲钩，齿露唇外如利刃。怖几失魂。又尝宿山店，夜觉被中蠕蠕动，疑为蛇鼠。俄枝梧撑拄，渐长渐巨，突出并枕，乃一裸妇人。双臂抱持，如巨絙束缚，接吻嘘气，血腥贯鼻，不觉晕绝。次日得灌救，乃苏。自是胆裂，黄昏以后，遇风声月影，即惴惴却步云。

南皮令居公铉，在州县幕二十年，练习案牍，聘币无虚岁。拥赀既厚，乃援例得官，以为驾轻车就熟路也。比莅任，乃愦愦如木鸡；两造争辩，辄面赪语涩，不能出一字；见上官，进退应对，无不颠倒，越岁馀，遂以才力不及劾。解组之日，梦蓬首垢面人长揖曰：“君已罢官，吾从此别矣。”霍然

大概不到四年就会回还吧？今年是乾隆戊子年，四年后为辛卯年，‘夕’字是‘卯’字的偏旁，也相合。”果然，我从军乌鲁木齐，在辛卯年六月还京。大概精神有所动，鬼神便相通；气机萌发，形象便有了预兆。这与分蓍草、烧龟甲以定凶吉的道理一样，看起来神秘而并不神秘。

行医的胡宫山，不知道是个什么来历的人。有人说：“他本来姓金，实际上是吴三桂的间谍。吴三桂失败，才改名换姓。”这种说法没有旁证，无法了解清楚。我六七岁时还见到过他，年纪八十多岁了，轻便敏捷像猿猴一样，搏斗的技巧无与伦比。他曾经有一次乘船途中，夜里遇到强盗，手无寸铁，只是倒提着一支烟筒，挥舞起来呼呼生风，七八个人都被他打中了鼻子扑倒在地上。但是他最怕鬼，一生不敢一个人睡觉。他说年轻时曾经遇到一个僵尸，挥拳打去，就像打在木头上石头上，几乎被它抓住，幸亏跳上高高的树顶。僵尸绕着树上蹿下跳，到天亮才抱住树木不动。直到有响着铃铛的马帮经过，他才敢向下察看。只见那个僵尸满身的白毛，眼睛红得像朱砂，手指像弯曲的钩子，牙齿露在嘴唇外面像快刀。他害怕得几乎掉了魂。他又曾经有一次住在山间的旅店里，夜里觉得被子里蠕蠕而动，疑心是蛇鼠之类。一会儿，这个东西像树枝一样撑起来，越长越大，从被窝里拱出来与他并枕而卧，原来是一个裸体妇人。她双臂抱住他，就像粗大的绳子捆绑着他，女人亲他的嘴，朝他嘘气，血腥味直灌鼻子，他不知不觉昏死过去。第二天被人灌救，才苏醒过来。从此，他吓破了胆，黄昏以后，有一点儿风声月影，就吓得往后退。

南皮县令居铉公，在州县做过二十年幕僚，对案牍公文和官场应酬十分熟悉，年年都能收到聘金从没有空过。拥有了雄厚的资金，他也就按惯例捐了官，自以为是驾轻车走熟路，做起官来必定得心应手。等到赴任以后，却头脑昏昏、呆若木鸡；诉讼双方争辩，他总是面红耳赤，言语羞涩，说不出一句完整话来；见到上级官员，进退应对，总是颠三倒四。过了一年多，就以才力不能胜任被弹劾免职了。罢官这天，他梦见一个蓬头垢面的人向他施礼长揖，说：“您已经罢官，我从此就告别了。”猛然

惊醒，觉心境顿开。贫无归计，复理旧业，则精明果决，又判断如流矣。所见者其夙冤耶？抑即昌黎所送之穷鬼耶？

裘文达公言：官詹事时，遇值日，五鼓赴圆明园。中途见路旁高柳下，灯火围绕，似有他故。至则一护军缢于树，众解而救之。良久得苏，自言过此暂憩，见路旁小室中有灯光，一少妇坐圆窗中招我。逾窗入，甫一俯首，项已被挂矣。盖缢鬼变形求代也。此事所在多有，此鬼乃能幻屋宇，设绳索，为可异耳。又先农坛西北文昌阁之南，文昌阁俗曰高庙。汇有积水，亦往往有溺鬼诱人。余十三四时，见一人无故入水。已没半身，众噪而挽之，始强回。痴坐良久，渐有醒意。问："何所苦而自沉？"曰："实无所苦。但渴甚，见一茶肆，趋往求饮。犹记其门悬匾额，粉板青字，曰对瀛馆也。"命名颇有文义，谁题之、谁书之乎？此鬼更奇矣。

山东刘君善谟，余丁卯同年也。以其黠巧，皆戏呼曰"刘鬼谷"。刘故诙谐，亦时以自称，于是鬼谷名大著，而其字若别号，人转不知。乾隆辛未，僦校尉营一小宅。田白岩偶过闲话。四顾慨然曰："此凤眼张三旧居也，门庭如故，埋香黄土已二十馀年矣。"刘骇然曰："自卜此居，吾数梦艳妇来往堂庑间，其若人乎？"白岩问其状，良是。刘沉思久之，拊几曰："何物淫鬼，敢魅刘鬼谷！果现形，必痛抶之。"白岩曰："此妇在时，真鬼谷子，捭阖百变，为所颠倒者多矣。

惊醒，顿时觉得心境开朗起来。因为穷得回不了家，又重操旧业，却又恢复到以前的精明果决，又能判断顺畅如流水。他所梦见的人，究竟是他前生的冤家？还是韩昌黎所送的穷鬼呢？

裘文达公说：他在詹事府任职时，一次他当班值日，五更时去圆明园。路上看到道边一棵大柳树下，灯火环绕，好像有什么事。到跟前一看，原来是一个护军在树上自缢，大伙儿把他解救下来。过了好久，他苏醒了，说路过此处歇息一会儿，看见路旁小屋中有灯火，一个少妇在圆窗内坐着，招呼我。我从窗子跳进去，刚低下头，脖子就被挂住了。这大概是吊死鬼变了形找替身吧。这类事有很多，而这个吊死鬼还能变幻屋室，设下绳索，确实与众不同。先农坛西北、文昌阁之南，文昌阁俗称高庙。有积水汇聚，也常常有溺死鬼引诱人。我十三四岁时，看见一个人无缘无故跳进水里。水已经淹没了半个身体，大家叫喊着拉他，才强迫他上了岸。他痴痴呆呆坐了很久，慢慢清醒了。有人问："你有什么苦处非要寻死？"他回答："没什么苦处。只是很渴，看见一个茶馆，想喝点儿茶就赶过去要喝的。还记得那门上悬挂一块匾，粉板青字，写着'对瀛馆'。"名字很雅致，是谁起的名、谁书写的呢？这个鬼更是奇异。

山东有个叫刘善谟的先生，是乾隆丁卯年和我一起考中的。由于他聪慧灵巧，人们都戏称他为"刘鬼谷"。刘先生本来就诙谐，再加上自己也常以刘鬼谷自称，于是鬼谷的声名远扬，他的真名倒像是别号，不为人所知了。乾隆辛未年，他在珠市口南校尉营租了一座小宅院。田白岩偶尔也到那儿去闲聊。田白岩看了四周后，慨叹地说："这里原是凤眼张三的住宅，门庭虽如旧，那位美女却已经死了二十多年了。"刘善谟惊骇地说："自从我居住到这里，我多次梦见一个漂亮女子在屋檐下走动，难道就是她？"田白岩询问了那个妇人的外貌，果然是她。刘善谟沉思良久，拍着几案说："那个淫鬼是什么东西，竟敢冒犯我刘鬼谷！等她现了形，我一定要痛打她一顿。"田白岩告诉他说："这个美妇在世时，真可算得是个鬼谷子，手段高明，被她的妖冶弄得神魂颠倒的不知有多少。

假鬼谷子何足云！京师大矣，何必定与鬼同住？”力劝之别徙。余亦尝访刘于此，忆斜对戈芥舟宅约六七家，今不能指其处矣。

史太常松涛言：初官户部主事时，居安南营，与一孀妇邻。一夕盗入孀妇家，穴壁已穿矣，忽大呼曰：“有鬼！”狼狈越墙去。迄不知其何所见也。岂神或哀其茕独，阴相之欤？又戈东长前辈一日饭罢，坐阶下看菊，忽闻大呼曰：“有贼！”其声喑呜，如牛鸣盎中，举家骇异。俄连呼不已，谛听乃在庑下炉坑内。急邀逻者来，启视，则儽然一饿夫，昂首长跪。自言前两夕乘暗阑入，伏匿此坑，冀夜深出窃。不虞二更微雨，夫人命移腌虀两瓮置坑板上，遂不能出。尚冀雨霁移下，乃两日不移。饥不可忍，自思出而被执，罪不过杖；不出则终为饿鬼，故反作声自呼耳。其事极奇，而实为情理所必至。录之亦足资一粲也。

河间府吏刘启新，粗知文义。一日问人曰：“枭鸟、破獍是何物？”或对曰：“枭鸟食母，破獍食父，均不孝之物也。”刘拊掌曰：“是矣。吾患寒疾，昏懵中魂至冥司，见二官连几坐。一吏持牍请曰：‘某处狐为其孙啮杀，禽兽无知，难责以人理。今惟议抵，不科不孝之罪。’左一官曰：‘狐与他兽有别。已炼形成人者，宜断以人律；未炼形成人者，自宜仍断以兽律。’右一官曰：“不然。禽兽他事与人殊，至亲属天性，则与人一理。先王诛枭鸟、破獍，不以禽兽而贷也。宜仍科不孝，付地狱。’左一官首肯曰：‘公言是。’俄吏抱牍下，以掌掴吾，悸而苏。所言历历皆记，惟不解枭鸟、破獍语。窃疑为不孝之鸟兽，今果然也。”

你这个假鬼谷子岂在她话下！京城这么大，你还是另找一处吧，何必一定要与鬼同住呢？”力劝他搬到别处去住。我曾经也到过刘善谟那里，记得斜对过儿戈芥舟的宅院有六七家，但现在不能指出确切的地点了。

太常寺卿史松涛说：刚担任户部主事时，住在安南营，与一个寡妇相邻。一天晚上，盗贼想进寡妇家，在墙壁上凿洞已经凿穿了，忽然大声呼叫道："有鬼！”狼狈地跳过墙头逃走了。至今不知道他见到了什么。难道神也哀怜寡妇孤独无依，暗中佑助她吗？还有，戈东长前辈有一天吃完饭，坐在台阶下赏看菊花，忽然听到有大声呼叫道："有贼！”声音沉闷，就像牛埋头在瓮中叫，全家惊异极了。不一会儿，连叫不停，仔细一听，是在廊屋下的炉坑里。赶紧叫巡逻的人来，打开一看，是一个半死不活的男人，抬着头跪着。自己说前两天乘天黑进来，伏在这个坑里，想等到夜深的时候出来偷东西。不料二更天下起小雨，夫人让人把两瓮腌菜搬在坑板上，这下出不来了。还希望雨止天晴会把腌菜搬下去，过了两天也没有搬。饿得受不了，想想出来被抓住，不过挨棒打；不出来，就要成饿鬼了，所以反而自己呼叫捉贼。这事情很离奇，但又在情理之中。记录下来，也足以供人一笑。

河间府小吏刘启新，能大略看懂文章。有一天，他问别人："枭鸟、破獍是什么东西？”有人回答说："枭鸟吃它母亲，破獍吃它父亲，都是不孝的动物。”刘启新拍手说："对了。我得了伤寒，在昏迷中，灵魂到了阴曹，看见两位冥官并排坐着办公。一个小吏手持案卷请示说：'某处的狐狸被它孙子咬死，禽兽无知，难以用人理来要求它。现在只能考虑抵命，而不能以不孝治罪了。'左边的官员说：'狐狸与其他兽类有区别。已经修炼成人形的，应当按人的法律判处；未修炼成人形的，就仍然按禽兽来断案。'右边的官员说：'不能这样。禽兽在其他方面与人不同，亲情爱心则是天性，与人同样。先王杀枭鸟、破獍，并不因为是禽兽就宽恕它们。因此应以不孝罪，把狐孙打进地狱。'左边的官员点头说：'你说得很对。'过了不久，小吏抱着案卷退下，用手打我耳光，我吓醒了。他们所讲的话历历在耳，只是不明白枭鸟、破獍是什么意思。我猜测它们是不孝的鸟兽，果然是这样。”

案，此事新奇，故阴府亦烦商酌。知狱情万变，难执一端。据余所见，事出律例之外者。一人外出，讹传已死。其父母因鬻妇为人妾。夫归，迫于父母，弗能讼也。潜至娶者家，伺隙一见，竟携以逃。越岁缉获，以为非奸，则已别嫁；以为奸，则本其故夫。官无律可引也。

又，劫盗之中，别有一类，曰赶蛋。不为盗，而为盗之盗。每伺盗外出，或袭其巢，或要诸路，夺所劫之财。一日互相格斗，并执至官。以为非盗，则实强掠；以为盗，则所掠乃盗赃。官亦无律可引也。

又，有奸而怀孕者，决罚后，官依律判生子还奸夫。后生子，本夫恨而杀之。奸夫控故杀其子。虽有律可引，而终觉奸夫所诉，有理无情；本夫所为，有情无理。无以持其平也。不知彼地下冥官，遇此等事，又作何判断耳？

丰宜门外风氏园古松，前辈多有题咏。钱香树先生尚见之，今已薪矣。何华峰云：相传松未枯时，每风静月明，或闻丝竹。一巨公偶游其地，偕宾友夜往听之。二鼓后，有琵琶声，似出树腹，似在树杪。久之，小声缓唱曰：“人道冬夜寒，我道冬夜好。绣被暖如春，不愁天不晓。”巨公叱曰：“何物老魅，敢对我作此淫词！”戛然而止。俄登登复作，又唱曰：“郎似桃李花，妾似松柏树。桃李花易残，松柏常如故。”巨公点首曰：“此乃差近风雅。”馀音摇曳之际，微闻树外悄语曰：“此老殊易与，但作此等语言，便生欢喜。”拨剌一响，有如弦断。再听之，寂然矣。

按，这种事很新奇，所以阴府也很费斟酌。可知案情千变万化，很难偏执一端。据我所见，还有超出律条规范之外的。有一个人离家外出，讹传已经死了。于是他的父母把儿媳卖给别人做妾。丈夫回家后，知道是父母卖了妻子，不能打官司。就偷偷地到娶自己妻子的人家里，等着机会见了一面，竟然带着妻子逃了。过了一年又被抓获，认为这事不是通奸吧，女方已经另嫁别人了；定为通奸吧，男方又是女方原来的丈夫，官府没有律条可以援引使用。

再有，劫盗之中，别有一种类型，叫“赶蛋”。这种人不抢劫别人而专抢劫盗贼抢来的东西。他们每每等到盗贼出外抢劫之机，要么袭击盗贼的巢穴，要么在路上抢夺盗贼劫得的财物。有一天彼此格斗起来，一同被执送到官府。认为他们不是强盗吧，他们确实强抢了他人；把他们定为强盗吧，可他们抢夺的又是盗贼的赃物。官府也没有律条可以援引定案。

还有，女人因通奸而有了孕，断案处罚之后，官府依法判孩子出生后归奸夫。后来孩子生出来了，丈夫愤恨杀了孩子。奸夫控告他故意杀害自己的孩子。虽然有法可依，但总觉得奸夫所控告的有理而无情，丈夫所做的有情而无理。这类案子没法公平判决。不知那些阴府官员遇到此类事情，又会做怎样的判断呢？

京城丰宜门外的风家园的古松很著名，前辈们多有题诗咏叹。钱香树先生还亲眼见过古松，现在已经砍掉当柴火烧了。何华峰说：相传古松没有枯死时，每当风清月明，就时常听到音乐。一次，有个王公大臣偶然来到风家园，夜间和宾客朋友到古松下听传说中的丝竹演奏。二更以后，开始传来琵琶声，像是出自古松的树干里，又好像是从树梢上飘来。弹奏了好久，细细的女声缓缓地随着琵琶曲唱道：“人道冬夜寒，我道冬夜好。绣被暖如春，不愁天不晓。”王公大臣叱骂说：“是什么老妖精，敢对我唱这种淫词！”乐声戛然而止。一会儿，琴弦又“登登”地弹了起来，唱道：“郎似桃李花，妾似松柏树。桃李花易残，松柏常如故。”王公大臣点着头说：“这还比较接近风雅。”馀音飘荡之际，隐隐约约听到树外有人悄悄说话：“这位老人家容易对付，只是这样唱，他便欢喜了。”忽听“拨剌”一声响，就像断了琴弦。再听下去，就寂静无声了。

佃户卞晋宝，息耕陇畔，枕块暂眠。朦胧中闻人语曰：“昨官中有何事？”一人答曰：“昨勘某人继妻，予铁杖百。虽是病容，尚眉目如画，肌肉如凝脂。每受一杖，哀呼宛转，如风引洞箫，使人心碎。吾手颤不得下，几反受鞭。”问者太息曰：“惟其如是之妖媚，故蛊惑其夫，荼毒前妻儿女，造种种恶业也。”晋宝私念，是何官府，乃用铁杖？欲起问之。欠伸拭目，乃荒烟蔓草，四顾阒然。

故城贾汉恒言：张二酉、张三辰，兄弟也。二酉先卒，三辰抚侄如己出，理田产，谋婚娶，皆殚竭心力。侄病瘵，经营医药，殆废寝食。侄殁后，恒忽忽如有失。人皆称其友爱。越数岁，病革，昏瞀中自语曰：“咄咄怪事！顷到冥司，二兄诉我杀其子，斩其祀，岂不冤哉！”自是口中时喃喃，不甚可辨。一日稍苏，曰：“吾知过矣。兄对阎罗数我曰：‘此子非不可化诲者，汝为叔父，去父一间耳。乃知养而不知教，纵所欲为，恐拂其意。使恣情花柳，得恶疾以终。非汝杀之而谁乎？’吾茫然无以应也，吾悔晚矣。”反手自椎而殁。三辰所为，亦末俗之所难，坐以杀侄，《春秋》责备贤者耳。然要不得谓二酉苛也。

平定王执信，余己卯所取士也。乞余志其继母墓。称母生一弟，曰执蒲，庶出一弟，曰执璧。平时饮食衣服，三子无所异；遇有过，责詈箠楚，亦三子无所异也。贤哉！数语尽之矣。

钱遵王《读书敏求记》载：赵清常殁，子孙鬻其遗书，武康山中，白昼鬼哭。聚必有散，何所见之不达耶？明寿宁侯故第在兴济，斥卖略尽，惟厅事仅存。后鬻其木于先祖。拆卸之日，

佃户卞晋宝，在田垄边休息，枕着土块小睡了一会儿。朦胧中听到有人问："昨天官府里发生了什么事？"另一个回答说："昨天审查某人的后妻，判罚她一百铁杖。虽然她满脸病态，但眉目依旧如画，肌肤如凝脂。每打她一铁杖，她发出婉转的哀叫声，好像轻风吹来洞箫声，让人听得心碎。我的手发软，下不了手，差点儿反而被鞭子抽。"问话人叹息说："正因为她如此妖媚动人，才迷惑了她的丈夫，残害前妻的儿女，犯下了种种罪孽。"卞晋宝心想，这是什么官府，怎么用铁杖打人？正想起身去问。等他伸腰揉眼一看，只见荒烟野草，四周一片寂静。

故城的贾汉恒说：张二酉、张三辰，是兄弟俩。张二酉先死，张三辰抚育侄儿如同自己亲生的一样，管理田产，谋划婚娶，都是尽心竭力。侄儿生了痨病，张三辰料理医药，几乎废寝忘食。侄儿死后，张三辰经常恍恍惚惚，若有所失。人们都称道他的友爱。过了几年，张三辰病情危重，昏迷中自言自语说："咄咄怪事！刚才到阴司，二哥控告我杀了他的儿子，断了他的香火，岂不是冤枉啊！"从此口中经常喃喃地说着，听不太清楚说什么。一天，张三辰稍稍清醒，说："我知道错了。兄长朝着阎罗王数落我说：'这孩子不是不可以感化教诲的，你做叔父，离父亲只差着一点儿罢了。却只知道养育而不知道教育，放纵他为所欲为，总怕违背他的意愿。使得他恣意任情寻花问柳，染上难以医治的恶病。不是你杀了他又是谁呢？'我茫茫然无以回答，我后悔也晚了。"张三辰反手捶打着自己去世了。张三辰所做的，在低下的习俗风气中已经是难能可贵，判以杀侄的罪，这是《春秋》责备贤者的意思。但是不能说张二酉苛刻。

平定的王执信，是我在乾隆己卯年取中的举人。他请我为他的继母写墓志。他说继母生了一个弟弟叫执蒲，庶出的一个弟弟叫执璧。平时饮食衣服，三个儿子没有什么差异；责骂鞭打，也是三个儿子没有什么差异。贤惠啊！这几句话已经说尽了。

钱遵王《读书敏求记》记载：赵清常死后，他的藏书全都被子孙卖了，在武康山里，白天就能听见鬼的哭声。有聚必有散，怎么就这么不达观呢？明代寿宁侯的故宅在兴济，早已被拆卖得差不多，只剩下了一个厅堂。后来又把厅堂的木料卖给我的先祖。拆卸的时候，

匠者亦闻柱中有泣声。千古痴魂，殆同一辙。余尝与董曲江言："大地山河，佛氏尚以为泡影，区区者复何足云。我百年后，倘图书器玩，散落人间，使赏鉴家指点摩挲曰：'此纪晓岚故物。'是亦佳话，何所恨哉！"曲江曰："君作是言，名心尚在。余则谓消闲遣日，不能不借此自娱。至我已弗存，其他何有？任其饱虫鼠，委泥沙耳。故我书无印记，砚无铭识，正如好花朗月，胜水名山，偶与我逢，便为我有，迨云烟过眼，不复问为谁家物矣。何能镌号题名，为后人作计哉！"所见尤洒脱也。

职官奸仆妇，罪止夺俸，以家庭暱近，幽暧难明。律意深微，防诬蔑反噬之渐也。然横干强迫，阴谴实严。

戴遂堂先生言：康熙末，有世家子挟污仆妇。仆气结成噎膈。时妇已孕，仆临殁，以手摩腹曰："男耶？女耶？能为我复仇耶？"后生一女，稍长，极慧艳。世家子又纳为妾，生一子。文园消渴，俄夭天年。女帷簿不修，竟公庭涉讼，大损家声。十许年中，妇缟袂扶棺，女青衫对簿，先生皆目见之，如相距数日耳。岂非怨毒所钟，生此尤物以报哉？

遂堂先生又言：有调其仆妇者，妇不答。主人怒曰："敢再拒，箠汝死。"泣告其夫。方沉醉，又怒曰："敢失志，且剚刃汝胸。"妇愤曰："从不从皆死，无宁先死矣。"竟自缢。

工匠也听到厅柱里有哭泣声。千古痴魂的反应，大概如出一辙。我曾经对董曲江说：“大地山河，佛家也以为是泡影，区区一点点东西又何足道。百年以后，如果我的图书器物古玩，散落在人间，鉴赏家能指点抚摩着说：‘这是纪晓岚的故物。’也是一段佳话，还有什么遗憾的呢！”董曲江说：“您说这样的话，还有一种求名的心思。我却认为，活着时需要消闲打发日子，不能不借用各种器物供自己娱乐。至于死后，我本人都已经不存在了，其他还有什么意义呢？生前用过的东西，可以任其喂虫子喂老鼠，丢进泥沙里。因此，我的书没有印章记录，砚石也没有铭刻留文，恰似好花明月，山水名胜，偶然与我相逢，便属于我所有，等云烟过眼，就不再问属于谁家所有了。为什么一定要刻什么号、题什么名，为后来人作打算呢！”他的见识更为超脱潇洒。

在职官员奸污仆人的妻子，处罚不过取消俸禄而已，这是因为主仆经常生活在一起，难免亲昵，关系暧昧难以判明是非。律法从细微深远处着想，就是防止产生诬陷或反咬一口的风气滋生。但是如果强逼奸污，阴曹的处罚是很重的。

戴遂堂先生说：康熙末年，有个世家子要挟奸污了仆人的妻子。仆人怨气郁结，得了噎膈绝症。当时仆人的妻子已经怀孕，仆人临死前用手摸着妻子的腹部说：“男孩？女孩？能为我复仇吗？”后来妻子生了个女儿，长大后又聪明又漂亮。世家子又把这个女儿纳为妾，生了个儿子。但世家子得了消渴病，不久就死了。这个妾却淫乱不已，终于闹到打官司的地步，大损世家名声。十几年中，世家子的夫人身着丧服，扶棺送葬，他的妾身着青衫，对簿公堂，戴先生都亲眼看到了，好像发生在几天之前的事。这岂不是那位被奸污的女子怨愤积聚，而生出这么一个女儿来报仇的吗？

戴遂堂先生又说：有个主人调戏仆人的妻子，那个女人不答应。主人生气地说：“你敢拒绝，我打死你。”女人哭着告诉了丈夫。当时丈夫正烂醉着，也生气地说：“你敢失节，我用刀扎死你。”她悲愤地说：“屈从不屈从都是一死，不如先死了吧。”竟然自缢身亡。

官来勘验，尸无伤，语无证，又死于夫侧，无所归咎，弗能究也。然自是所缢之室，虽天气晴明，亦阴阴如薄雾；夜辄有声如裂帛。灯前月下，每见黑气，摇漾似人影，即之则无。如是十馀年，主人殁，乃已。未殁以前，昼夜使人环病榻，疑其有所见矣。

乌鲁木齐军吏邬图麟言：其表兄某，尝诣泾县访友。遇雨，夜投一废寺。颓垣荒草，四无居人，惟山门尚可栖止，姑留待霁。时云黑如墨，暗中闻女子声曰："怨鬼叩头，求赐纸衣一袭，白骨衔恩。"某怖不能动，然度无可避，强起问之。鬼泣曰："妾本村女，偶独经此寺，为僧所遮留。妾哭詈不从，怒而见杀。时衣已尽褫，遂被裸埋，今百馀年矣。虽在冥途，情有廉耻。身无寸缕，愧见神明。故宁抱沉冤，潜形不出。今幸逢君子，傥取数翻彩楮，剪作裙襦，焚之寺门，使幽魂蔽体，便可愬诸地府，再入转轮。惟君哀而垂拯焉。"某战栗诺之，泣声遂寂。后不能再至其地，竟不果焚。尝自谓负此一诺，使此鬼茹恨黄泉，恒耿耿不自安也。

于道光言：有士人夜过岳庙，朱扉严闭，而有人自庙中出。知是神灵，膜拜呼上圣。其人引手掖之曰："我非贵神，右台司镜之吏，赍文簿到此也。"问："司镜何义？其业镜也耶？"

官府前来验尸，尸体上没有伤痕，死者说的话没有旁证，又是死在丈夫身边，无法归罪于谁，追究不下去。然而，从此之后，女人自杀的那间屋子，即便天气晴朗，也是阴森森的像是有薄雾飘浮；到了夜里就发出声响，如同撕扯布帛。灯前月下，每每可以看到黑气摇荡，像人影一样，走近去看，却什么也没有。就这么过了十几年，主人死后才消停。主人临死之前，白天黑夜派人环绕床前守着，怀疑他看到了什么。

乌鲁木齐的军吏邬图麟说：他的表兄，有一次到泾县去访友。在途中遇上了一场雨，夜里只好投宿到一座废弃的寺庙。这座破庙围墙已经倒塌，庙里到处都是野草，四周也没有人居住，只有庙门前能坐下来歇会儿，他想姑且待在这儿，等雨停了再赶路。当时伸手不见五指，只听到黑暗中有一个女子的声音说："我这个怨鬼给您叩头，请您送给我一身纸衣，我会记住您的恩德。"表兄吓得一动也不敢动，但估计无可躲避，勉强起身来问她的身世。女鬼哭着说："我本来是个乡下姑娘，有一次偶然独自经过这里，被庙里的和尚拦截留下来。我哭着骂着不从，和尚发怒把我杀了。当时我的衣服被全部扒光，就全身赤裸着给埋了，到现在有一百多年了。虽然在地府，还是有廉耻之心的。现在我身上一丝不挂，愧见神明。所以我宁可心怀冤屈，潜藏着不出来。今天有幸能遇到君子，如果您能给我找几张彩纸剪成衣服，在庙门前焚烧，让我遮遮身子，我就可以到地府去诉说冤屈，转世投胎了。希望您哀怜我，救救我吧。"表兄战战兢兢答应了她的要求，她的哭声才停止。但是，表兄身上没有彩纸，后来也没有机会再到那里去，一直没有焚烧纸衣。他曾自己说有负于这个女鬼，让她带着遗憾含冤于黄泉之下，因此一直耿耿于怀，心里不得安宁。

于道光说：有个读书人夜里经过岳庙，红色的大门紧紧地关闭着，却有人从庙里出来。他知道这是神灵，就合掌加额，长跪而拜，呼叫上圣。那人伸手扶住他说："我不是高贵的神道，是右台司镜的小吏，到这里送文案册簿。"问："司镜是什么意思？是业镜吗？"

曰："近之，而又一事也。业镜所照，行事之善恶耳。至方寸微暧，情伪万端，起灭无恒；包藏不测，幽深邃密，无迹可窥，往往外貌麟鸾，中韬鬼蜮，隐慝未形，业镜不能照也。南北宋后，此术滋工，涂饰弥缝，或终身不败。故诸天合议，移业镜于左台，照真小人；增心镜于右台，照伪君子。圆光对映，灵府洞然：有拗捩者，有偏倚者，有黑如漆者，有曲如钩者，有拉杂如粪壤者，有溷浊如泥滓者，有城府险阻千重万掩者，有脉络屈盘左穿右贯者，有如荆棘者，有如刀剑者，有如蜂虿者，有如狼虎者，有现冠盖影者，有现金银气者；甚有隐隐跃跃，现秘戏图者。而回顾其形，则皆岸然道貌也。其圆莹如明珠，清澈如水晶者，千百之一二耳。如是者，吾立镜侧，籍而记之，三月一达于岳帝，定罪福焉。大抵名愈高则责愈严，术愈巧则罚愈重。春秋二百四十年，瘅恶不一，惟震夷伯之庙，天特示谴于展氏，隐慝故也。子其识之。"士人拜受教，归而乞道光书额，名其室曰"观心"。

有歌童扇上画鸡冠，于筵上求李露园题。露园戏书绝句曰："紫紫红红胜晚霞，临风亦自弄夭斜。枉教蝴蝶飞千遍，此种原来不是花。"皆叹其运意双关之巧。露园赴任湖南后，有扶乩者，或以鸡冠请题，即大书此诗。余骇曰："此非李露园作耶？"乩忽不动，扶乩者狼狈去。颜介子叹曰："仙亦盗句。"或曰："是扶乩者本伪托，已屡以盗句败矣。"

从兄坦居言：昔闻刘馨亭谈二事。其一，有农家子为狐狷，延术士劾治。狐就擒，将烹诸油釜。农家子叩额乞免，

答:“差不多,但又是另一件事。业镜所照,是判断人们做过的事情性质是善是恶。至于人们内心细微的隐曲,真诚与虚伪,万种头绪,起灭无常;还有包藏着的难以测量的心思,幽深细密,找不到可以窥看的途径,往往外貌像麒麟鸾凤那般高贵,心里却掩藏着鬼蜮伎俩,这一类人的隐恶没有露出形迹,业镜就照不见。南北宋以后,人们伪装内心的技术更加工巧,掩饰弥补,有人竟然终身都不败露。所以众天神合议,把业镜移到左台,照真小人;增设心镜在右台,照伪君子。两个镜子圆光相对映照,人们的内心就清清楚楚照出来了:有固执的,有偏心的,有黑如漆的,有曲如钩的,有拉杂如粪土的,有混浊如泥污的,有心机深险千遮万挡的,有脉络盘曲左穿右贯的,有像荆棘的,有像刀剑的,有像蜂和蝎子的,有像狼虎的,有现出做官的冠服和车盖的,有现出金银珠宝形状的;甚至有隐隐约约现出男女秘戏图的。而回顾人们的外形,却都是神态庄严的道学家的面貌。内心圆润光亮像明珠,清澈像水晶的,千百个人中只有一两个罢了。这些情况,我站立在镜的旁边,都记录下来,三个月送给岳帝一次,由岳帝决定降罪或赐福。大约是名声愈高就责备愈严,心术愈巧就惩罚愈重。春秋二百四十年,其中值得憎恨的坏人坏事不止一处,上天却只用雷击夷伯的庙,特别表示对展氏的谴责,是因为他隐匿了罪恶。你要记住。”士人敬受教诲,回来后恳求于道光书写匾额,把自己的居室命名为“观心”。

有个歌童的扇面上画有鸡冠花,在筵席上他请李露园题字。李露园戏书绝句,诗写道:“紫紫红红胜晚霞,临风亦自弄天斜。枉教蝴蝶飞千遍,此种原来不是花。”大家都赞叹这首绝句在运意上有一语双关之妙。李露园赴任湖南后,我遇到一个扶乩者,有人以“鸡冠”为题请求扶乩者写诗,扶乩者用大字书写了这首鸡冠诗。我惊异地说:“这不是李露园写的吗?”乩忽然不动,扶乩者狼狈逃走。颜介子感叹道:“乩仙也盗用他人诗句。”有人说:“这个扶乩者本来是假托的,经常因为剽窃句子而败露。”

我的堂兄坦居说:曾经听过刘馨亭讲过两个故事。一个故事讲的是,有位农家子弟,因为被狐精媚惑,家人请来一个道士捉拿。狐精被捉住后,道士正要放到油锅里煎死。农家子弟叩头请求赦免,

乃纵去。后思之成疾，医不能疗。狐一日复来，相见悲喜。狐意殊落落，谓农家子曰：“君苦相忆，止为悦我色耳，不知是我幻相也。见我本形，则骇避不遑矣。”欻然扑地，苍毛修尾，鼻息咻咻，目睒睒如炬，跳掷上屋，长嗥数声而去。农家子自是病痊。此狐可谓能报德。其一亦农家子为狐媚，延术士劾治。法不验，符箓皆为狐所裂。将上坛殴击，一老媪似是狐母，止之曰：“物惜其群，人庇其党。此术士道虽浅，创之过甚，恐他术士来报复。不如且就尔婿眠，听其逃避。”此狐可谓能虑远。

康熙癸巳，先姚安公读书于厂里，前明土贡澄浆砖，此地砖厂故址也。偶折杏花插水中。后花落，结二杏如豆，渐长渐巨，至于红熟，与在树无异。是年逢万寿恩科，遂举于乡。王德安先生时同住，为题额曰“瑞杏轩”。此庄后分属从弟东白。乾隆甲申，余自福建归，问此匾，已不存矣。拟倩刘石庵补书，而代葺此屋，作记刻石龛于壁，以存先世之迹。因循未果，不识何日偿此愿也。

先姚安公言：雍正初，李家洼佃户董某父死，遗一牛，老且跛，将鬻于屠肆。牛逸，至其父墓前，伏地僵卧，牵挽鞭箠皆不起，惟掉尾长鸣。村人闻是事，络绎来视。忽邻叟刘某愤然至，以杖击牛曰：“渠父堕河，何预于汝？使随波漂没，充鱼鳖食，岂不大善？汝无故多事，引之使出，多活十馀年。致渠生奉养，病医药，死棺敛，且留此一坟，岁需祭扫，为董氏子孙无穷累。

于是把狐精放了。后来，由于农家子想念狐精想得生了病，医治无效。一天，狐精又来了，农家子悲喜交集，但狐精的态度很冷漠，它对农家子说："你为我苦苦相思，只是喜欢我的容貌而已，不知道这容貌是我的幻相。你如果看见我的本来面貌，就会害怕得躲都来不及。"它突然扑倒在地，长尾巴、苍灰色毛，鼻孔气息咻咻，一双眼睛像火光跳动不定，跳到屋顶上，长号了几声跑了。从此农家子弟病就好了。这个狐精可算是能够以德报德的。还有一个故事，讲的也是一位农家子被狐精所媚惑，家人延请术士惩治。但法术不灵，连符都被狐精弄破了。狐精正要上法坛去殴打术士，一个像狐母的老妇人制止了，说："动物要保护自己的同伴，人也庇护他们的同类。这个术士法术虽浅，如果对他伤害过分，恐怕其他术士要来报复。你不如暂且陪着你丈夫睡一觉，让术士逃了吧。"这个狐精可以说是深谋远虑。

康熙癸巳年，先父姚安公读书于厂里，前明土贡澄浆砖，这里是砖厂的旧址。偶尔折了杏花插在水里。后来花落，结了两枚像豆那样大小的杏子，渐渐长大，以至长到红熟，跟在树上没有什么两样。这一年正逢祝贺万寿开设恩科，姚安公中了举人。王德安先生当时与先父同住，为先父的房间题写匾额叫"瑞杏轩"。这个庄园后来分给了堂弟东白。乾隆甲申年，我从福建回来，问起这个匾，已经不存在了。打算请刘石庵补写，还打算代为修葺这所房屋，写一篇记，刻在石头上嵌在墙壁里，用来保存先世的遗迹。后来拖延下来没有办成，不知道哪一天能够实现这个愿望。

先父姚安公说：雍正初年，李家洼佃户董某的父亲死了，留下一头牛，老而且跛，董某打算卖给屠宰场。牛逃到董某父亲坟前，伏地僵卧，牵拉鞭打都不起来，只是摇着尾巴长叫。村里人听说此事，络绎不绝地前来观看。忽然邻居刘老头儿愤然走上前，用拐杖打着牛说："他父亲掉到河里，与你有何关系？假如让他随波漂流，喂了虾蟹鱼鳖，岂不是大好事？你无故多事，拉着他上岸，让他多活十几年。让他儿子对父亲活着奉养，病了医治，死了买棺材入殓，还留下了这座坟，每年都要祭扫，成为董氏子孙无穷无尽的牵累。

汝罪大矣，就死汝分，牟牟者何为？”盖其父尝堕深水中，牛随之跃入，牵其尾得出也。董初不知此事，闻之大惭，自批其颊曰：“我乃非人！”急引归。数月后，病死，泣而埋之。此叟殊有滑稽风，与东方朔救汉武帝乳母事竟暗合也。

姨丈王公紫府，文安旧族也。家未落时，屠肆架上一豕首，忽脱钩落地，跳掷而行。市人噪而逐之，直入其门而止。自是日见衰谢，至饘粥不供。今子孙无孑遗矣。此王氏姨母自言之。又姚安公言：亲表某氏家，岁久忘其姓氏，惟记姚安公言此事时，称曰汝表伯。清晓启户，有一兔缓步而入，绝不畏人，直至内寝床上卧。因烹食之。数年中死亡略尽，宅亦拆为平地矣。是皆衰气所召也。

王菊庄言：有书生夜泊鄱阳湖，步月纳凉，至一酒肆，遇数人，各道姓名，云皆乡里。因沽酒小饮，笑言既洽，相与说鬼。搜异抽新，多出意表。

一人曰：“是固皆奇，然莫奇于吾所见矣。曩在京师，避嚣寓丰台花匠家，邂逅一士共谈。吾言此地花事殊胜，惟墟墓间多鬼可憎。士曰：‘鬼亦有雅俗，未可概弃。吾曩游西山，遇一人论诗，殊多精诣，自诵所作，有曰“深山迟见日，古寺早生秋”，又曰“钟声散墟落，灯火见人家”，又曰“猿声临水断，人语入烟深”，又曰“林梢明远水，楼角挂斜阳”，又曰“苔痕侵病榻，雨气入昏灯”，又曰“鸺鹠岁久能人语，魍魉山深每昼行”，又曰“空江照影芙蓉泪，废苑寻春蛱蝶魂”，皆楚楚有致。方拟问其居停，忽有铃驮琅琅，欻然灭迹。此鬼宁复可憎耶？’吾爱其脱洒，欲留共饮。

你的罪责大了，死是应当的，哞哞乱叫什么？”原来当年董某的父亲掉进深水里，牛跟着跳进水，董父拉着牛尾才上了岸。董某开始时不知此事，听说了这事非常惭愧，自己打着嘴巴说：“我真不是人！”急忙拉着牛回家。几个月后牛病死，董某哭着把它埋了。这个刘老头儿很有些滑稽风格，与东方朔救汉武帝乳母的故事竟然暗暗相合。

姨夫王紫府，他家原来是文安县的大族。家境没有衰落时，肉店架子上的一个猪头，忽然脱钩落地，跳着往前走。街上的人呼喊着追赶，猪头径直进到姨夫家才停下来。从此王家日渐衰落，以致连粥都吃不上。现在子孙后代也没有了。这是王氏姨母自己说的。先父姚安公也说：某表亲家，年代长了，忘了这一家的姓氏，只记得姚安公说这件事的时候，说是表伯父。一天清晨开门，有只兔子缓步而入，一点儿不怕人，径直走到卧室床上卧下。接着表亲家人把它杀了炖着吃了。几年当中他家人死得差不多了，屋宅也拆为平地。这些怪物都是衰败之气招来的。

听王菊庄说：有个书生夜里在鄱阳湖边泊船，他在月下散步纳凉，不知不觉来到了一家酒店，碰到几个人，他们各自说了姓名，一番自我介绍后，才知道彼此都是同乡。于是他们一起买酒小酌，谈笑融洽，一起讲起鬼故事来。他们纷纷搜罗奇闻轶事，大多在意料之外。

一个人说：“这些怪异故事固然新奇，可没有比我所见到的更奇异。从前，我在京城丰台的一个花匠家住，邂逅一个读书人，攀谈起来。我说，这里的花养得很好，只是坟墓间有鬼，太可恨了。读书人说：‘鬼也有雅俗之分，不可一概否定。我从前游西山时，碰到一个人，谈论诗文，他很多精辟见解。他吟诵自己的诗，如“深山迟见日，古寺早生秋”，“钟声散墟落，灯火见人家”，“猿声临水断，人语入烟深”，“林梢明远水，楼角挂斜阳”，“苔痕侵病榻，雨气入昏灯”，“鸺鹠岁久能人语，魍魉山深每昼行”，“空江照影芙蓉泪，废苑寻春蛱蝶魂”等诗句，都很有情致。我正想问他住在哪里，忽然听到驮铃琅琅作响，这人忽然就不见了。这鬼难道可恨吗？’我喜欢这位读书人的洒脱，就想留他共饮。

其人振衣起曰：‘得免君憎，已为大幸，宁敢再入郇厨？’一笑而隐。方知说鬼者即鬼也。”

书生因戏曰：“此诚奇绝，古所未闻。然阳羡鹅笼，幻中出幻，乃辗转相生，安知说此鬼者，不又即鬼耶？”数人一时色变，微风飒起，灯光黯然，并化为薄雾轻烟，濛濛四散。

庚午四月，先太夫人病革时，语子孙曰：“旧闻地下眷属，临终时一一相见。今日果然。幸我平生尚无愧色。汝等在世，家庭骨肉，当处处留将来相见地也。”姚安公曰：“聪明绝特之士，事事皆能知，而独不知人有死；经纶开济之才，事事皆能计，而独不能为死时计。使知人有死，一切作为必有索然自返者；使能为死时计，一切作为必有悚然自止者。惜求诸六合之外，失诸眉睫之前也！”

一南士以文章游公卿间。偶得一汉玉璜，质理莹白，而血斑彻骨，尝用以镇纸。一日，借寓某公家。方灯下撰一文，闻窗隙有声，忽一手探入。疑为盗，取铁如意欲击。见其纤削如春葱，瑟缩而止。穴纸窃窥，乃一青面罗刹鬼，怖而仆地。比苏，则此璜已失矣。疑为狐魅幻形，不复追诘。后于市上偶见，询所从来。辗转经数主，竟不能得其端绪。久乃知为某公家奴伪作鬼装所取。董曲江戏曰：“渠知君是惜花御史，故敢露此柔荑。使遇我辈粗材，断不敢自取断腕。”余谓此奴伪作鬼装，一以使不敢揽执，一以使不复追求。又灯下一掌破窗，

读书人抖抖衣服站了起来说：‘能不让您憎恶已经是大幸了，怎么敢麻烦您下厨呢？’说着一笑就不见了。我才知道那个说鬼的人原来也是鬼。”

书生听了，开玩笑说：“这些奇异的事前所未闻。然而，正如阳羡的鹅笼，幻中生幻，能辗转相生，怎么知道你这个说鬼的人，不就是鬼呢？”没想到这几个人一下子都变了脸色。忽然起了一阵风，灯光也变得昏暗，那些人化作薄雾轻烟，一下子就散去了。

庚午年四月，先母太夫人病情危重时，对子孙说：“旧时听说地下家眷，临终的时候能一一相见。今天果然如此。幸亏我平生处事严谨，面对他们还不至于羞愧。你们好好过着，家庭骨肉之间，应当处处为将来相见留些馀地。”姚安公说：“聪明卓绝的人士，事事都能知道，而独独不知道人有死的时候；经纶满腹、开创济世的人才，事事都能够筹划，而独独不能够为自己死的时候筹划。倘使知道人有死的时候，觉得必定有一切作为意兴索然自己回头的；倘使能够为死的时候筹划，觉得必定有一切作为所戒惧自己停止的。可惜人们往往求之于天地上下四方之外，而失之于眼前啊！”

一位南方的读书人，因为文章写得好与公卿交往。他偶尔得到一个汉代的玉璜，质理莹白，血斑浸彻了玉骨，曾用来做镇纸。一天，他借住在某公家。夜晚，正在灯下构思文章，闻听窗缝间有声响，忽然一只手伸了进来。他怀疑是盗贼，拿起铁如意想打。可是见到这只手又白又嫩，手指就像春天的葱白，不忍下手，又缩回铁如意来。他把窗纸抠开一个小洞，向外偷看，只见窗外站着一个青面罗刹鬼，顿时吓昏倒地。等他苏醒以后，书案上的玉璜已经不翼而飞了。他怀疑是狐鬼幻形，也没有再追查。后来，他在街市上偶然又见到了那个血斑玉璜，问卖主是哪里得到的。问知的情况是已经转易数主，无从寻出头绪。又过了很长时间，他才知道当年玉璜丢失的真相，原来是那个某公的家奴伪装成鬼偷走的。董曲江开玩笑说：“他知道你是一位惜花御史，舍不得打美女，所以敢伸出一只白嫩纤手。假设遇到我们这等粗人，他绝不敢去冒断腕的危险。”我认为这个家奴伪装成鬼，有两个明显的用意：一是使物主不敢当场捉贼，二是让物主不想事后追究。还有，如果灯下一掌破窗，

恐遭捶击，故伪作女手，使知非盗；且引之窥见恶状，使知非人，其运意亦殊周密。盖此辈为主人执役，即其钝如椎；至作奸犯科，则奇计环生，如鬼如蜮。大抵皆然，不独此一人一事也。

朱竹坪御史尝小集阎梨村尚书家。酒次，竹坪慨然曰："清介是君子分内事。若恃其清介以凌物，则殊嫌客气不除。昔某公为御史时，居此宅，坐间或言及狐魅，某公痛詈之。数日后，月下见一盗逾垣入。内外搜捕，皆无迹。扰攘彻夜，比晓，忽见厅事上卧一老人，欠伸而起曰：'长夏溽暑，"长夏"字出黄帝《素问》，谓六月也。王太仆注："读上声。"杜工部"长夏江村事事幽"句，皆读平声，盖注家偶未考也。偶投此纳凉，致主人竟夕不安，殊深惭愧。'一笑而逝。盖无故侵狐，狐以是戏之也。岂非自取侮哉！"

朱天门家扶乩，好事者多往看。一狂士自负书画，意气傲睨，旁若无人，至对客脱袜搔足垢，向乩哂曰："且请示下坛诗。"乩即题曰："回头岁月去骎骎，几度沧桑又到今。曾见会稽王内史，亲携宾客到山阴。"众曰："然则仙及见右军耶？"乩书曰："岂但右军，并见虎头。"狂生闻之，起立曰："二老风流，既曾亲睹，此时群贤毕至，古今人相去几何？"又书曰："二公虽绝艺入神，然意存冲挹，雅人深致，使见者意消；与骂座灌夫，自别是一流人物。离之双美，何必合之两伤？"众知有所指，相顾目笑。回视狂生，已着袜欲遁矣。此不识是何灵鬼，作此虐谑。惠安陈舍人云亭，尝题此生《寒山老木图》曰：

去取玉璜，必定遭到捶击，所以要伪装成少女纤手，造成不是盗贼的假象；而且，用这种方式引诱他隔窗看见鬼的形状，造成不是人而是鬼的假象，其用心可说是太周密了。这种人为主人做事，迟钝得像棒槌；至于作奸犯科，就能奇计环生，如鬼如蜮，机灵得很。家奴大体都是如此，不仅是这一个人一件事。

御史朱竹坪曾到阎梨村尚书家小聚。饮酒间，朱竹坪感慨地说："清廉耿介本来是君子分内之事。但如果自以为清廉耿介就可以欺凌他人，就虚妄偏激了。过去某公做御史时，就住在这所房子里，闲谈中偶言及狐狸精媚人的事，某公痛骂狐精。几天后，某公在月下见一个小偷跳墙进来。令人内外搜捕，却不见形迹。忙乱了一夜，到天亮，忽然看见厅上躺着个老人，欠身而起说：'长夏潮湿闷热，"长夏"一词出于黄帝《素问》，是说六月份。王太仆注："读上声。"杜工部"长夏江村事事幽"句，都读平声，大概是注家偶然失考。偶然到这所宅院里纳凉，致使主人一夜不安，深感惭愧。'一笑就不见了。某公无缘无故侵犯狐精，因此狐精就戏弄他。这岂不是自找羞辱吗！"

有个叫朱天门的人，他家里扶乩求神，好事者纷纷前去观看。其中有个狂妄的读书人以自己的书画自负，态度非常狂傲，旁若无人，以至于当着众人面，脱袜抠脚上的积垢，嘲笑乩仙说："请出示你的下坛诗。"乩坛上立即写道："回头岁月去骎骎，几度沧桑又到今。曾见会稽王内史，亲携宾客到山阴。"大家议论说："这样说来您看见过王右军啦？"乩坛上写道："岂止见过王右军，还见过顾恺之呢。"狂妄的读书人听到这里，站起来说："王右军、顾恺之两位先生都是风流盖世的，既然您说曾亲眼见到了，那么当着现在有许多的贤人在场，您就说说古今贤人相差多少吧？"乩神又写道："两位先生虽然技艺绝顶，但却非常谦虚，大有雅人风度，见到他们的人都会收敛自己意气；同骂座的灌夫相比，当然是完全不同的人物了。把这两类人物分开来谈就很好，又何苦非要扯在一起，既坏了古代贤人的名声，又伤了你这样的现代贤人呢？"旁人听到这番话，知道他有所指，相互看着笑。回头再去看狂士，他已经穿好袜子要溜了。这不知是何方灵鬼，这么戏弄他。惠安舍人陈云亭曾经为这位狂士的《寒山老木图》题过诗，诗是这样写的：

“憔悴人间老画师，平生有恨似徐熙。无端自写荒寒景，皴出秋山鬓已丝。”“使酒淋漓礼数疏，谁知侠气属狂奴。他年倘续《宣和谱》，画史如今有灌夫。”乩所云“骂座灌夫”，当即指此。又不识此鬼何以知此诗也。

舅氏张公梦征言：儿时闻沧州有太学生，居河干。一夜，有吏持名刺叩门，言新太守过此，闻为此地巨室，邀至舟相见。适主人以主人以会葬宿姻家，相距十馀里。阍者持刺奔告，亟命驾返，则舟已行。乃饬车马，具贽币，沿岸急追。昼夜驰二百馀里，已至山东德州界。逢人询问，非惟无此官，并无此舟，乃狼狈而归。惘惘如梦者数日。或疑其家多赀，劫盗欲诱而执之，以他出幸免。又疑其视贫亲友如仇，而不惜多金结权贵，近村故有狐魅，特恶而戏之。皆无左证。然乡党喧传，咸曰：“某太学遇鬼。”先外祖雪峰公曰：“是非狐非鬼亦非盗，即贫亲友所为也。”斯言近之矣。

俗传鹊蛇斗处为吉壤，就斗处点穴，当大富贵，谓之龙凤地。余十一二岁时，淮镇孔氏田中，尝有是事，舅氏安公实斋亲见之。孔用以为坟，亦无他验。余谓鹊以虫蚁为食，或见小蛇啄取；蛇蜿蜒拒争，有似乎斗，此亦物态之常。必当日曾有地师为人卜葬，指鹊蛇斗处是穴，如陶侃葬母，仙人指牛眠处是穴耳。后人见其有验，遂传闻失实，谓鹊蛇斗处必吉。然则因陶侃事，谓凡牛眠处必吉乎？

“憔悴人间老画师，平生有恨似徐熙。无端自写荒寒景，皴出秋山鬓已丝。”“使酒淋漓礼数疏，谁知侠气属狂奴。他年倘续《宣和谱》，画师如今有灌夫。”原来乩坛诗所说的“骂座灌夫”指的就是这首诗。还有，不知道这个灵鬼是怎么知道这首诗的。

舅舅张梦征公说：小时候听说沧州有个太学生，住在河边。一天晚上，有个小吏持名帖叩门，说新太守路过此地，听说这家是本地豪族，邀主人到舟中相见。恰逢太学生因参加葬礼住在姻亲家，离家有十馀里地。看门人拿着名帖奔去通报，太学生急忙命人驾车返回，船却已经开走了。于是太学生叫人收拾了车马准备了厚礼，沿着河岸急追。一昼夜奔跑了二百多里，已经到山东德州地界。逢人便问，结果不但没人知道这个什么新太守，而且连船也没看见，于是狼狈而归。他好几天迷迷惘惘觉得像是做了一场梦。有人怀疑，是因为太学生家有钱财，盗贼想诱他出来劫持他，因为他出门在外而幸免。又有人怀疑，是他视贫穷亲友如仇人，而不惜重金结交权贵，靠近村子原来就有狐精，因为厌恶这些而戏弄他。这些都没有证据。然而乡间都传言：“太学生遇到鬼了。”我过世的外祖父张雪峰先生说：“这不是狐不是鬼也不是强盗，而是穷亲友们干的。”这话比较符合实际。

民间传说鹊蛇争斗的地方是吉祥之地，在争斗的地方安葬亡故的亲人，子孙就会大富大贵，这样的地方叫“龙凤地”。我十一二岁时，淮镇孔家田中曾经有过鹊蛇争斗这样的事，舅舅安实斋公亲眼见到过。孔家用这块地筑坟，也没有什么效验。我认为，鹊鸟以虫蚁为食，有时见到小蛇就去啄；蛇游动着挣扎，有点儿像争斗，这也是事物所常有的情态。所谓龙凤地的说法，必定是当时曾经有看风水的人替人家选择葬地，指着鹊蛇争斗的地方说就是这里；就像陶侃葬母，仙人指着牛躺卧的地方说就是那儿了。后人见到有应验，就传闻失实，说凡是鹊蛇争斗的地方必定吉祥。这样说起来，那么因为陶侃的事情，就可以说凡是牛躺卧的地方都必然吉祥了吗？

庆云、盐山间，有夜过墟墓者，为群狐所遮，裸体反接，倒悬树杪。天晓人始见之，掇梯解下。视背上大书三字，曰“绳还绳”，莫喻其意。久乃悟二十年前，曾捕一狐倒悬之，今修怨也。胡厚庵先生仿西涯新乐府，中有《绳还绳》一篇曰：“斜柯三丈不可登，谁蹑其杪如猱升？谛而视之儿倒绷，背题字曰绳还绳。问何以故心懵腾，恍然忽省蹶然兴，束缚阿紫当年曾。旧事过眼如风灯，谁期狭路遭其朋。吁嗟乎！人妖异路炭与冰，尔胡肆暴先侵陵？使衔怨毒伺隙乘。吁嗟乎！无为祸首兹可惩。”即此事也。

刘香畹言：沧州近海处，有牧童年十四五，虽农家子，颇白皙。一日，陂畔午睡醒，觉背上似负一物，然视之无形，扪之无质，问之亦无声。怖而返，以告父母，无如之何。数日后，渐似拥抱，渐似抚摩，既而渐似梦魇，遂为所污。自是媟狎无时，而无形无质无声，则仍如故。时或得钱物果饵，亦不甚多。

邻塾师语其父曰：“此恐是狐，宜藏猎犬，俟闻媚声时排闼嗾攫之。”父如所教。狐嗷然破窗出，在屋上跳掷，骂童负心。塾师呼与语曰：“君幻化通灵，定知世事。夫男女相悦，感以情也。然朝盟同穴，夕过别船者，尚不知其几。至若娈童，本非女质，抱衾荐枕，不过以色为市耳。当其傅粉熏香，含娇流盼，缠头万锦，买笑千金，非不似碧玉多情，回身就抱。迨富者赀尽，贵者权移，或掉臂长辞，或倒戈反噬，翻云覆雨，自古皆然。萧韶之于庾信，慕容冲之于苻坚，载在史册，其尤著者也。其所施者如彼，其所报者尚如此。

庆云、盐山之间，有个人夜间经过坟地，被一群狐狸拦住去路，剥光衣服，反绑起来，倒悬在树梢上。天亮以后，人们才发现，于是搬来梯子，将他解救下来。人们发现他背上写着“绳还绳”三个大字，没人知道是什么意思。过了许久，这人才悟出自己二十年前曾捉过一只狐，当时也是倒悬起来，所以才有今日的报复。胡厚庵先生模仿李西涯新乐府的诗中有一篇名叫《绳还绳》的写道：“斜柯三丈不可登，谁蹑其杪如猱升？谛而视之儿倒绷，背题字曰绳还绳。问何以故心懵腾，恍然忽省蹶然兴，束缚阿紫当年曾。旧事过眼如风灯，谁期狭路遭其朋。吁嗟乎！人妖异路炭与冰，尔胡肆暴先侵陵？使衔怨毒伺隙乘。吁嗟乎！无为祸首兹可惩。”说的就是这件事。

刘香畹说：沧州近海的地方有个牧童，十四五岁，虽然是农家孩子，却长得白白净净。一天，在河边斜坡上午睡醒来，感觉背上好像压着个东西，看去却什么也没有，摸也摸不到，问又不回答。他恐慌地回家，告诉了父母，父母也不知如何是好。几天之后，牧童渐渐感到怪物在拥抱他，抚摸他，渐渐地好像梦魇了一样，终于被怪物玷污了。从此后，怪物不时地淫戏狎昵牧童，但仍然无形无影无声。怪物有时给牧童一些钱物果饵，但不多。

邻居一位私塾先生告诉牧童的父亲说：“这恐怕是狐精，你在家藏一只猎犬，听到淫声浪语时，放狗破门而入去咬。”牧童的父亲照办了。狐精狂叫着破窗而出，在屋上跳着脚骂牧童负心。私塾先生对狐精说：“你能幻化通灵，一定懂得世事。男女间相互爱慕，是以情互相感动。然而早上发誓生同寝死同穴，晚上却到了别人船上说同样的话，这种人不知有多少。至于娈童，本来不是女子之身，与人同床共枕，不过是出卖色相。当他扑粉熏香含着娇羞眉目送情，得到万端锦绣作赏赐，玩弄者用千金来买笑，也像小家碧玉那样多情，投靠他人怀抱。当有钱人财尽，显贵者权力丧失，就会一甩胳膊永远离开，甚至调转枪头反咬一口，翻手为云，覆手为雨，自古以来都是这样。萧韶对待庾信，慕容冲对待苻坚的事已载入史册，这都是非常有名的。庾信、苻坚那样施恩，尚且得到如此回报。

然则与此辈论交，如抟沙作饭矣。况君所赠，曾不及五陵豪贵之万一，而欲此童心坚金石，不亦颠乎？”语讫寂然。

良久，忽闻顿足曰：“先生休矣，吾今乃始知吾痴。”浩叹数声而去。

姜白岩言：有士人行桐柏山中，遇卤簿前导，衣冠形状，似是鬼神。暂避林内，舆中贵官已见之，呼出与语，意殊亲洽。因拜问封秩。曰：“吾即此山之神。”又拜问：“神生何代？冀传诸人世，以广见闻。”曰：“子所问者人鬼，吾则地祇也。夫玄黄剖判，融结万形。形成聚气，气聚藏精，精凝孕质，质立含灵，故神祇与天地并生。惟圣人通造化之原，故燔柴、瘗玉，载在六经。自稗官琐记，创造鄙词，曰刘、曰张，谓天帝有废兴，曰吕、曰冯，谓河伯有夫妇，儒者病焉。紫阳崛起，乃以理诘天，并皇矣之下临，亦斥为乌有，而鬼神之德，遂归诸二气之屈伸矣。夫木石之精，尚生夔罔；雨土之精，尚生羵羊。岂有乾坤斡运，元气鸿洞，反不能聚而上升，成至尊之主宰哉！观子衣冠，当为文士。试传吾语，使儒者知圣人飨报之由。”士人再拜而退。然每以告人，辄疑以为妄。余谓此言推鬼神之本始，植义甚精。然自白岩寓言，托诸神语耳。赫赫灵祇，岂屑与讲学家争是非哉？

如果说到这些人的交情，就像是要把泥沙抟起来做饭那样荒唐。况且你送给人家的，还不及有钱人给的万分之一，却想让牧童的心坚如金石，你不是太糊涂了么？”说完，屋上就寂静无声了。

好久，忽听狐精顿着脚说：“先生别再讲了，我现在才知道我太痴心了。”狐精长叹几声就离开了。

姜白岩说：有个书生在桐柏山赶路，忽然遇到个车队，有仪仗队做前导，看他们的衣冠形状，像是鬼神。他马上拐进树林里躲了起来，但是车里的贵官已经看到了他，叫他出来说话，态度很亲切。书生上前去拜问对方怎么称呼。贵官说：“我就是这座山的山神。”书生又拜问他：“是哪个朝代的神？想告诉世人，增长见识。”贵官说：“你要打听的是人与鬼之间的事，但我是地神。自从开天辟地之后，混沌之气融结成万物的形体。有形体就能聚集元气，聚集元气就能潜藏精华，精华凝结孕育内质，内质坚实就蕴含灵通，所以神灵和天地是相生并存的。只有圣人才会通晓天地造化的原理，因此才将祭天时燔柴、祭山时瘗玉这些礼仪记载在六经里。自从小说杂记一类的野史出现后，就编造出了不少陈词滥调，说某神姓刘姓张啦，说天帝有兴废之变化啦，说河伯姓吕姓冯啦，竟然还说成有夫有妇的，儒士对此十分不满。宋代朱熹的学说崛起，用‘理’来阐释天，把《诗经·皇矣》中‘皇矣上帝，临下有赫’的说法都给否定了，而把鬼神的存在归之于阴阳二气的相互作用。那么，木石的精气还能生出夔和魍魉这样山林中的精怪；雨土的精气都能生出羵羊这样土里的怪物；乾坤运转、元气弥漫无际，怎么反倒不能聚万物之精气而上升，成为至尊的主宰呢！我看你的衣着是个文人学士。请帮我传话，让儒家学者懂得圣人为报功德而祭飨、尊崇上天的缘由。”书生拜了又拜才退下。但是他每次将这个经历告诉给别人，别人都说他是痴人说梦话，没有人相信。我认为用这话去推论鬼神的始末，寓意深刻。但这不过是姜白岩的寓言，假托鬼神的话罢了。赫赫神灵，哪会愿意去跟讲学家争论这些是非呢？

裘编修超然言：丰宜门内玉皇庙街，有破屋数间，锁闭已久，云中有狐魅。适江西一孝廉与数友过夏，唐举子下第后，读书待再试，谓之过夏。取其地幽僻，僦舍于旁。一日，见幼妇立檐下，态殊妩媚，心知为狐。少年豪宕，意殊不惧。黄昏后，诣门作礼，祝以媟词。夜中闻床前窸窣有声，心知狐至，暗中举手引之。纵体入怀，遽相狎昵，冶荡万状，奔命殆疲。比月上窗明，谛视乃一白发媪，黑陋可憎，惊问："汝谁？"殊不愧赧，自云："本城楼上老狐，娘子怪我饕餮而慵作，斥居此屋，寂寞已数载。感君垂爱，故冒耻自献耳。"孝廉怒，搏其颊，欲缚箠之。撑拄摆拨间，同舍闻声，皆来助捉。忽一脱手，已琤然破窗遁。次夕，自坐屋檐，作软语相唤。孝廉诟詈，忽为飞瓦所击。又一夕，揭帷欲寝，乃裸卧床上，笑而招手。抽刃向击，始泣骂去。惧其复至，移寓避之。登车顷，突见前幼妇自内走出。密遣小奴访问，始知居停主人之甥女，昨偶到街买花粉也。

琴工钱生以鼓琴客裘文达公家，滑稽善谐戏。因面有癜风，皆呼曰钱花脸。来往数年，竟不能举其里居名字也。言：一选人居会馆，于馆后墙缺见一妇，甚有姿首，衣裳故敝，而修饰甚整洁。意颇悦之。馆人有母年五十馀，故大家婢女，进退语言，均尚有矩度，每代其子应门。料其有干才，赂以金，祈谋一晤。对曰："向未见此，似是新来。姑试侦探，作万一想耳。"

翰林院编修裘超然说：丰宜门内玉皇庙街有几间破屋，封锁关闭已经很久，说是里面有狐精。正巧江西一个举人同几个朋友过夏，唐代参加科举考试的士子下第以后，读书等待再次考试，叫做“过夏”。看中这个地方僻静，就在旁边租了房屋住下。一天，他看见一个小娘子立在屋檐下，神态很是妩媚，心里猜想是狐狸精。因为自己年轻豪气旺盛，心里一点儿都不惧怕。黄昏以后，他走到门前行礼，说了一些轻薄挑逗的话。当天夜里，他听到床前有窸窸窣窣的声音，知道狐狸精到了，暗中举起手拉她上来。她就纵身投入怀抱，亲昵狎戏，她万般淫荡，弄得举人筋疲力尽。等到月光照亮了窗户，举人仔细一看，床上竟是一个白发老妇人，又黑又丑，面目可憎，吃惊地问：“你是谁？”老妇人一点儿也不羞愧，自己说：“我本是城楼上的老狐，娘子怪我贪吃懒做，把我赶到这个破屋子里，寂寞了好几年了。感念您的垂爱，所以不顾羞耻自己献身。”举人恼怒地搧她的耳光，想捆起来鞭打。两个人正撕扯着，同屋的人听到声音，都来帮着捕捉。忽然一脱手，老狐“琤”的一声破窗逃走。第二天晚上，老狐还坐在屋檐头，捏着嗓子打情骂俏呼唤。举人怒骂，忽然被飞来的瓦片击中。又一天晚上，举人揭开帐子要想睡觉，竟然看到老狐赤身裸体躺在床上，笑着招手。举人抽刀要砍她，老狐才哭骂着走了。举人害怕她再来，只好换了住处。搬家时刚登上车，突然看见前些天见到的小娘子从屋里走出来。暗暗派遣小奴打听，才知道是房东的外甥女，前几天偶尔到街上买花粉的。

琴师钱生因为擅长奏琴客居在裘文达公的家里，为人滑稽，善于诙谐戏谑。因为脸上有白癜风的斑点，都称他“钱花脸”。来往了几年，竟然未能知道他的乡里住处和名字。说：有位候补官员住在会馆，在会馆后墙缺口看见个少妇，很有些姿色，衣服破旧，但是收拾得很干净。心里很爱慕她。会馆房东的老母年纪五十多了，原来是大户人家的婢女，进退应答都还有些规矩，每每替儿子应酬。候补官猜想她能办事，用钱贿赂她，请她谋划与那个少妇约会。老妇人说：“我从未见过这女子，好像是新来的。姑且试着问问，官人别抱太大希望。”

越十许日，始报曰：“已得之矣。渠本良家，以贫故，忍耻出此。然畏人知，俟夜深月黑，乃可来。乞勿秉烛，勿言勿笑，勿使僮仆及同馆闻声息，闻钟声即勿留。每夕赠以二金足矣。”选人如所约，已往来月馀。一夜，邻弗戒于火，选人惶遽起，僮仆皆入室救囊箧。一人急搴帐曳茵褥，訇然有声，一裸妇堕榻下，乃馆人母也。莫不绝倒。

盖京师媒妁最奸黠，遇选人纳媵，多以好女引视，而临期阴易以下材，觉而涉讼者有之。幕首入门，背灯障扇，俟定情后始觉，委曲迁就者亦有之。此媪狃于乡风，竟以身代也。然事后访问四邻，墙缺外实无此妇。或曰魅也。裘文达公曰：“是此媪引致一妓，炫诱选人耳。”

安氏从舅善鸟铳，郊原逐兔，信手而发，无得脱者。所杀殆以千百计。一日，遇一兔，人立而拱，目炯炯如怒。举铳欲发，忽炸而伤指，兔已无迹。心知为兔鬼报冤，遂辍其事。又尝从禽晚归，渐已昏黑。见小旋风裹一物，火光荧荧，旋转如轮。举铳中之，乃秃笔一枝，管上微有血渍。明人小说载牛天锡供状事，言凡物以庚申日得人血，皆能成魅。是或然欤！

奴子王廷佑之母言：青县一民家，岁除日，有卖蓪草花者，叩门呼曰：“伫立久矣，何花钱尚不送出耶？”诘问家中，实无人买花。而卖者坚执一垂髫女子持入。正纷扰间，

过了十几天，老妇人才来报告：“已经说好了。少妇本是良家女子，因为家里穷，忍着羞耻干这事。她怕人知道，等夜深月黑才可来。切勿点灯，别说话别笑，别让仆人及同馆人听到声音，钟声响了就让她走。每夜给二两银子就够了。”候补官员按她说的办，这么往来了一个多月。有天夜里，邻居不小心失火，候补官员惊慌起床，仆人都跑进来抢救行囊书箧。一个仆人急忙拉开床帷，拽主人的被褥，“嘭”地一声响，一个赤身裸体的妇人掉落床下，原来是房东的老母。大家无不笑弯了腰。

原来京城里的媒婆最是奸诈狡黠，碰到有候补官人想要纳妾，引见的多半是美女，到时候就暗中调换丑女，常常有发觉以后去打官司的事情。有的女子蒙着头入门，有的背着灯光，有的用扇子挡着脸，等完事后才发现真相，受骗的只好委曲迁就，这样的事也常有。这个老妇人熟悉这种风俗，却是以自身替代。候补官员事后访问四邻，围墙缺口外并没有什么少妇住在那里。有人说这是狐精。裘文达先生说：“这是老妇人招来的妓女，用来诱惑候补官员罢了。”

堂舅安某擅长用鸟枪，在荒野里追逐野兔，随手射击，没有一只兔子能够逃脱。他杀的野兔，恐怕要以千百来计算了。一天，他遇到一只野兔，像人一样立起来向他拱爪，目光炯炯像是发怒。安某举枪要打，忽然枪管炸裂，伤了手指，再看野兔，已经不见踪影。他心知这是兔鬼前来报仇，从此就不打野兔了。还有一次，他出外捕猎，回家时天色已经昏黑。看见刮来一股小旋风，小旋风中裹着一样东西，火光荧荧，像车轮一样旋转。他举鸟枪射中，原来是一支秃笔，笔管上微微带着点儿血渍。明人小说中记载了牛天锡供状的故事，说凡是物品，如果在庚申这天沾上人血，都能成精。也许是这样吧！

奴仆王廷佑的母亲说：青县有户农家，除夕那天，有一个卖通草花的人敲着门大喊：“我站了很长时间，买花的钱怎么还不送出来啊？”主人听到后，查问家中人谁去买过花，都说没有。卖花人却坚持说有一个扎着头发却没有盘髻的女子拿了花走进去。正在纷纷扰扰间，

闻一媪急呼曰："真大怪事，厕中敝帚柄上，竟插花数朵也。"取验，果适所持入。乃锉而焚之，呦呦有声，血出如缕。此魅即解化形，即应潜养灵气，何乃作此变异，使人知而歼除，岂非自取其败耶？天下未有所成，先自炫耀；甫有所得，不自韬晦者，类此帚也夫！

外祖雪峰张公家奴子王玉善射。尝自新河携盐租返，遇三盗，三矢仆之，各唾面纵去。一日，携弓矢夜行，见黑狐人立向月拜，引满一发，应弦饮羽。归而寒热大作。是夕，绕屋有哭声曰："我自拜月炼形，何害有汝？汝无故见杀，必相报恨。汝未衰，当诉诸司命耳。"数日后，窗棱上铿然有声，愕眙惊问。闻窗外语曰："王玉我告汝：我昨诉汝于地府，冥官检籍，乃知汝过去生中，负冤讼辩，我为刑官，阴庇私党，使汝理直不得申，抑郁愤恚，自刺而死。我堕身为狐，此一矢所以报也。因果分明，我不怨汝。惟当时违心枉拷，尚负汝笞掠百馀。汝肯发愿免偿，则阴曹销籍，来生拜赐多矣。"语讫，似闻叩额声。王叱曰："今生债尚不了了，谁能索前生债耶？妖鬼速去，无扰我眠。"遂寂然。世见作恶无报，动疑神理之无据，乌知冥冥之中，有如是之委曲哉？

雍正甲寅，余初随姚安公至京师。闻御史某公性多疑。初典永光寺一宅，其地空旷。虑有盗，夜遣家奴数人，更番司铃柝；犹防其懈，虽严寒溽暑，必秉烛自巡视，不胜其劳。别典西河沿一宅，其地市廛栉比，又虑有火，每屋储水瓮，

只听到一个老妇人大喊："真是大怪事，厕所中的破扫帚把上插着几朵花。"拿来一看，果然是从卖花人那里拿来的花。于是主人命人把扫帚弄断烧掉，只听到这扫帚发出"呦呦"的声音，还渗出缕缕血迹。既然鬼怪能变化形态，就应潜养灵气，为什么要做这种变怪的事，让人发觉而消灭它，这不是自取灭亡吗？天下那些未有所成，而先要自我炫耀；刚有所得就不能自己收敛隐藏的，大概就像这把破扫帚啊！

外祖父张雪峰公家的奴仆王玉擅长射箭。曾经从新河带着盐租返回，碰到三个强盗，他连发三箭射倒三个人，往三人脸上唾了唾沫放他们走了。有一天，他带着弓箭夜里赶路，看见一只黑狐像人一样站立向月而拜，就拉满弓箭射去，黑狐应声中箭。回来以后，他大发寒热。晚上，有绕着房屋的哭声，说："我自己拜月修炼形体，对你有什么妨害？无缘无故被杀害，我一定要报复。可恨你还没有衰败，我应当向司命之神申诉了。"几天以后，窗棂上发出"铿铿"的声音，王玉惊骇地瞪着窗户问是谁。听到窗外说话道："王玉，我告诉你：我昨天到阴间去告你，冥官检查簿册，才知道你过去的一生中含冤告状申辩，我当时是执掌刑法的官，暗中庇护私党，让你理由正当却得不到申冤昭雪，抑郁愤恨，自杀身亡。我被罚今生成为狐狸，你那一箭就是报仇的。因果分明，我不怨你。只是当日违心冤枉你拷打你，还欠着你一百多鞭。你肯发愿免于偿还，那么阴司就可以在簿册上注销，我来生多多拜谢你的恩赐。"说完，好像有叩头的声音。王玉呵叱说："今生的债还未了结，谁还能够讨前生的债呢？妖鬼快走，不要打扰我睡觉。"窗外立即寂然无声了。世上的人看到作恶的没有受到报应，就怀疑神理没有根据，哪里知道在冥冥之中有像这样的曲折呢？

雍正甲寅年，我第一次随先父姚安公到京城。听说御史某公性情多疑。他最初租住宣武门外永光寺一所住宅，这个地方空旷。他担心有盗贼，夜里派几个家奴，轮流打更敲梆子；他还怕打更人松懈，即便是严寒酷暑，也一定秉烛亲自巡视，不胜劳苦。又租住崇文门外西河沿一处住宅，这个地方店铺林立，他又怕有火灾，在每间房里备上水缸，

至夜铃柝巡视，如在永光寺时，不胜其劳。更典虎坊桥东一宅，与余邸隔数家。见屋宇幽邃，又疑有魅。先延僧诵经，放焰口，钹鼓琤琤者数日，云以度鬼。复延道士设坛召将，悬符持咒，钹鼓琤琤者又数日，云以驱狐。宅本无他，自是以后，魅乃大作，抛掷砖瓦，攘窃器物，夜夜无宁居。婢媪仆隶，因缘为奸，所损失无算，论者皆谓妖由人兴。居未一载又典绳匠胡同一宅。去后不通闻问，不知其作何设施矣。姚安公尝曰："天下本无事，庸人自扰之。"其此公之谓乎？

钱塘陈乾纬言：昔与数友泛舟至西湖深处，秋雨初晴，登寺楼远眺。一友偶吟"举世尽从忙里老，谁人肯向死前休"句，相与慨叹。

寺僧微哂曰："据所闻见，盖死尚不休也。数年前，秋月澄明，坐此楼上，闻桥畔有诟争声，良久愈厉。此地无人居，心知为鬼。谛听其语，急遽搀夺，不甚可辨，似是争墓田地界。俄闻一人呼曰：'二君勿喧，听老僧一言可乎？夫人在世途，胶胶扰扰，缘不知此生如梦耳。今二君梦已醒矣，经营百计，以求富贵，富贵今安在乎？机械万端，以酬恩怨，恩怨今又安在乎？青山未改，白骨已枯，孑然惟剩一魂。彼幻化黄粱，尚能省悟；何身亲阅历，反不知万事皆空？且真仙真佛以外，自古无不死之人；大圣大贤以外，自古亦无不消之鬼。并此孑然一魂，久亦不免于澌灭。顾乃于电光石火之内，更兴蛮触之兵戈，不梦中梦乎？'语讫，闻呜呜饮泣声，

还像以前那样夜里亲自巡视，就如同住在永光寺时那样不胜其劳。又租住虎坊桥东一宅，与我家只隔了几户人家。他见房屋幽静深邃，又疑心有鬼。先是请僧人诵经，放焰口超度亡灵，钹鼓声“琤琤哐哐”响了好几天，说是超度鬼魂。又请道士设法坛，招神将，念咒挂符，又是好几天钹鼓琤琤，说是驱赶狐魅。这座屋宅本来没什么，自此后却真的闹鬼了，扔砖瓦，偷器皿，夜夜不得安宁。婢媪仆人们借此机会偷拿东西，损失的钱财无法计算，人们议论说这鬼魅是人为的。住了不到一年，他又租住绳匠胡同中一宅。他离开后，没通信息，不知他又搞什么防范措施了。先父姚安公曾说：“天下本无事，庸人自扰之。”难道说的是某御史这种人吗？

钱塘人陈乾纬说：过去他与几位朋友到西湖深处泛舟，秋雨初晴，登上寺楼向远方眺望。一位朋友偶尔吟诵出诗句“举世尽从忙里老，谁人肯向死前休”，众人都慨叹起来。

寺里一位僧人微微冷笑说：“据我的所闻所见，人死后还有仍然不肯罢休的。几年前，一个秋月明亮的夜晚，我坐在这楼上，听见桥旁有辱骂争吵声，吵了很长时间，越吵越厉害。此地没人居住，我心知是鬼在争吵。仔细听他们吵些什么，由于你争我抢吵得很激烈，分辨不太清楚，只是听出似乎是在争夺坟墓地界。不一会儿听到另有一人喊着说：‘两位先生不要吵，能听老僧说一句话否？人在世间，忙忙乱乱，那是由于不知道人生如梦而已。可现在二位的梦应该醒了，苦心经营，千方百计，求取富贵，富贵如今在哪里呢？机巧之心万种，用来酬恩报怨，恩怨如今又在哪里呢？青山没有改变，白骨已经干枯，只剩了孤零零的魂魄。那个做了黄粱一梦的人，还能够醒悟；为什么两位已经亲身阅历的，反而不懂万事皆空这个道理呢？况且，真仙真佛以外，自古以来没有不死的人；大圣大贤以外，自古以来也没有不灭的鬼。连同这样孤零零的一个灵魂，长久以后也不免于消失。为什么还要在电光石火般的瞬间，像蜗牛角上的蛮氏、触氏两国之间兵戎相见地争斗，你们岂不是在做着梦中之梦吗？’说完，只听呜呜的哭泣声。

又闻浩叹声曰：‘哀乐未忘，宜乎其未齐得丧。如斯挂碍，老僧亦不能解脱矣。’遂不闻再语，疑其难未已也。”

乾纬曰：“此自师粲花之舌耳。然默验人情，实亦为理之所有。”

陈竹吟尝馆一富室。有小女奴，闻其母行乞于道，饿垂毙，阴盗钱三千与之。为侪辈所发，鞭箠甚苦。富室一楼，有狐借居，数十年未尝为祟。是日女奴受鞭时，忽楼上哭声鼎沸。怪而仰问，同声应曰：“吾辈虽异类，亦具人心。悲此女年未十岁，而为母受箠，不觉失声。非敢相扰也。”主人投鞭于地，面无人色者数日。

竹吟与朱青雷游长椿寺，于鬻书画处，见一卷擘窠书曰：“梅子流酸溅齿牙，芭蕉分绿上窗纱。日长睡起无情思，闲看儿童捉柳花。”款题“山谷道人”。方拟议真伪，一丐者在旁睨视，微笑曰：“黄鲁直乃书杨诚斋诗，大是异闻。”掉臂竟去。青雷讶曰：“能作此语，安得乞食？”竹吟太息曰：“能作此语，又安得不乞食！”余谓此竹吟愤激之谈，所谓名士习气也。聪明颖隽之士，或恃才兀傲，久而悖谬乖张，使人不敢向迩者，其势可以乞食；或有文无行，久而秽迹恶声，使人不屑齿录者，其势亦可以乞食。是岂可赋《感士不遇》哉！

一宦家子，资巨万。诸无赖伪相亲昵，诱以冶游，饮博歌舞。不数载，炊烟竟绝，颇颔以终。病革时，语其妻曰：“吾为人蛊惑以至此，必讼诸地下。”越半载，见梦于妻曰：

接着，又听到那个自称老僧的人长叹一声说：‘喜怒哀乐到现在还没忘记，难怪你们不能把得和失看成一回事。这样挂念尘世利害，老僧也不能帮二位解脱了。’以后再没听见说话声，可能他们的纠葛还没结束吧。”

陈乾纬说：“这是大师巧妙的生花之舌编出来的。然而体察人情，确实也合乎情理。”

陈竹吟曾经在一个富人家教书。这家有一个小女奴听说她母亲沿街乞讨，快饿死了，就暗地里偷了三千钱给母亲。结果被同伴们告发，主人把她打得很苦。富人家的一间楼房，有狐精在上面住了几十年，从来没有为祸作祟。这一天，小女奴挨鞭子抽打时，楼上忽然哭声嘈杂像是开了锅。主人感到奇怪，抬头问怎么了，只听上面齐声回答说：“我辈虽然是异类，也有人心。这个女孩年纪还不到十岁，就为了母亲挨打，觉得伤心，不觉失声痛哭。不是故意打扰你。”主人把鞭子丢在地上，一连有好几天都面无人色。

陈竹吟和朱青雷同游长椿寺，在卖书画的地方看见一卷正楷大字写的条幅：“梅子流酸溅齿牙，芭蕉分绿上窗纱。日长睡起无情思，闲看儿童捉柳花。”落款为“山谷道人”。两人正在议论其真伪，一个乞丐在旁斜眼一看，微微笑着说：“黄庭坚竟然书写杨诚斋的诗，真是奇闻。”说完甩手走了。朱青雷惊讶地说：“能说出这样的话，怎么会要饭呢？”陈竹吟叹息说：“能说出这样的话，又怎么能不要饭呢？”我认为这是陈竹吟愤激之语，是所谓的名士习气罢了。聪明灵秀的士人，有的依仗才华，傲慢而不能随俗，这么下去就变得悖谬常理，乖僻得使别人不敢接近，这样长久下去就只能去乞讨；有的有文才而没有品德，时间长了形迹污秽，声名败坏，使人不屑挂齿，这种人长久下去也只能成为乞丐。此类人怎么配作《感士不遇赋》呢！

从前有一个官宦子弟，家财万贯。一些无赖就假装与他亲近，引诱他到青楼妓院玩乐冶游，喝酒赌博，迷恋歌舞。没几年，竟然穷得揭不开锅，病饿而死了。病重时，他对妻子说：“我被人迷惑到了这样的地步，到地府后，一定要去控告他们。”过了半年，他托梦给妻子，说：

"讼不胜也。冥官谓妖童倡女，本捐弃廉耻，借声色以养生；其媚人取财，如虎豹之食人，鲸鲵之吞舟也。然人不入山，虎豹乌能食？舟不航海，鲸鲵乌能吞？汝自就彼，彼何尤焉？惟淫朋狎客，如设阱以待兽，不入不止；悬饵以钓鱼，不得不休。是宜阳有明刑，阴有业报耳。"

又闻有书生昵一狐女，病瘵死。家人清明上冢，见少妇奠酒焚楮钱，伏哭甚哀。其妻识是狐女，遥骂曰："死魅害人，雷行且诛汝，尚假慈悲耶？"狐女敛衽徐对曰："凡我辈女求男者，是为采补；杀人过多，天律不容也。男求女者，是为情感；耽玩过度，以致伤生。正如夫妇相悦，成疾夭折，事由自取。鬼神不追理其衽席也，姊何责耶？"此二事足相发明也。

干宝《搜神记》载马势妻蒋氏事，即今所谓走无常也。武清王庆垞曹氏，有佣媪充此役。先太夫人尝问以冥司追摄，岂乏鬼卒，何故须汝辈。曰："病榻必有人环守，阳光炽盛，鬼卒难近也。又或有真贵人，其气旺；有真君子，其气刚，尤不敢近。又或兵刑之官，有肃杀之气；强悍之徒，有凶戾之气，亦不能近。惟生魂体阴而气阳，无虑此数事，故必携之以为备。"语颇近理，似非村媪所能臆撰也。

河间一旧家，宅上忽有乌十馀，哀鸣旋绕，其音甚悲，若曰"可惜！可惜！"知非佳兆，而莫测兆何事。数日后，乃知其子鬻宅偿博负。乌啼之时，即书券之时也。岂其祖父之

“我败诉了。判官说，那些妖童娼女，本来就是不要廉耻的人，他们倚靠声色来求取生存，他们就像虎豹要吃人、鲸鱼要吞船那样，获取别人钱财。然而，人不到山里，虎豹怎么会吃你？船不到海里去航行，又怎么会被鲸鱼吞掉呢？是你自己到那种地方去的，他们有什么错？只是那些邪淫亲近的狐朋狗友，事先为你设下陷阱，直到你进入他们的圈套为止；这又像悬饵钓鱼，鱼不上钩是不罢休的。因此阳间有明确的刑律，阴间有报应，这些人是逃不过去的。”

又听说，有一个书生因为跟一个狐女过分亲昵，最后得了痨病去世。清明时，家人去给他上坟，看见一个少妇在坟上浇酒祭奠，焚烧纸钱，趴在坟上哭得很悲伤。他妻子认出就是那个狐女，站在远处骂道：“死妖精害人，雷公早晚会劈死你的，你还假装慈悲吗？”狐女整整衣服，慢慢地说：“我们这些狐女去追求男子，都是为了采补阳气；如果杀人过多的话，天理就不容。而男子追求女子，为的是情感；因沉溺色欲过度就伤害了自己的生命。这就像夫妻之间相互喜欢，而过分沉迷做下了病而夭折，都是他们自己造成的。鬼神都不会来追究男女色欲的责任，你又何必责备我呢？”这两件事足以互相阐发。

干宝的《搜神记》记载马势的妻子蒋氏的事情，就是现今所谓的走无常。武清王庆垞曹家，有个老仆妇充任这个差使。先母太夫人曾经问起，阴司追捕，难道还缺乏鬼卒，为什么还需要你们这样的人。老仆妇回答说：“病人的床榻必定有人四面守护，阳气炽烈，鬼卒难以接近。有的是真正的贵人，他的气旺；是真正的君子，他的气刚，鬼卒尤其不敢接近。还有的是带兵主刑的官，有严峻酷烈之气；强横凶猛的人，有凶残暴戾之气，鬼卒也不能接近。只有活人的魂灵身体属阴性，而阳气却旺盛，不怕那几种情况，所以一定要带着我们以备不时之需。”话说得颇近情理，好像不是乡村老妇能够杜撰出来的。

河间县有一户世家，有一天屋上忽然有十几只乌鸦，哀鸣盘旋，声音很悲凉，好像在叫“可惜！可惜！”家人知道不是好兆头，但又不知道预示什么祸事。几天后，才知儿子卖掉了房宅偿还赌债。乌鸦啼叫之时，正是写字据的时候。这莫不是他祖父的

灵所凭欤？为人子孙者，闻此宜怆然思矣。

有游士借居万柳堂。夏日，湘帘棐几，列古砚七八，古玉器、铜器、磁器十许，古书册画卷又十许，笔床、水注、酒盏、茶瓯、纸扇、棕拂之类，皆极精致。壁上所粘，亦皆名士笔迹。焚香宴坐，琴声铿然，人望之若神仙。非高轩驷马，不能登其堂也。一日，有道士二人，相携游览，偶过所居。且行且言曰："前辈有及见杜工部者，形状殆如村翁。吾曩在汴京，见山谷、东坡，亦都似措大风味。不及近日名流，有许多家事。"朱导江时偶同行，闻之怪讶，窃随其后。至车马丛杂处，红尘涨合，倏已不见。竟不知是鬼是仙。

乌鲁木齐遣犯刘刚，骁健绝伦。不耐耕作，伺隙潜逃。至根克忒，将出境矣。夜遇一叟，曰："汝逋亡者耶？前有卡伦，卡伦者，戍守瞭望之地也。恐不得过。不如暂匿我屋中，俟黎明耕者毕出，可杂其中以脱也。"刚从之。比稍辨色，觉恍如梦醒，身坐老树腹中。再视叟，亦非昨貌；谛审之，乃夙所手刃弃尸深涧者也。错愕欲起，逻骑已至，乃弭首就禽。军屯法，遣犯私逃，二十日内自归者，尚可贷死。刚就禽在二十日将曙，介在两歧，屯官欲迁就活之。刚自述所见，知必不免，愿早伏法。乃送辕行刑。杀人于七八年前，久无觉者；而游魂为厉，终索命于二万里外。其可畏也哉！

亡灵凭借乌鸦示警么？作为子孙，听了这个故事应该心酸应当深思。

有位云游四方的士人，借住在万柳堂。夏天，门上挂着湘妃竹帘，室内摆着香榧木几，案上陈列着七八方古砚，十多件古代玉器、铜器、瓷器，还有十多种古书册和古画卷，其他诸如笔床、水注、酒盏、茶瓯、纸扇、棕拂之类的器物，也都极其精致。室内墙壁上张贴的也都是名人字画。他每天焚香，安静地坐着弹琴，琴声响亮，看上去就和神仙一样。不是乘坐高车骏马的高贵人物，是不能登门拜访、跨进他家厅堂的。有一天，两个道士一同游览，偶然路过士人所住的地方。他们一边走一边谈论说："我们的前辈有曾经见过杜甫的，那形貌几乎就像一个乡下老头儿。我从前在宋代的京城汴梁，见到过黄庭坚、苏东坡，也都一副穷书生模样。他们都赶不上现在的名流，有这么多的家当。"当时朱导江偶尔和道士走在一起，听到他们的议论觉得很奇怪，就偷偷跟在他们身后。可是，走到车马混杂的闹市，尘土飞扬，两个道士突然就不见了。到底还是没搞清他们是鬼还是仙。

被遣送流放到乌鲁木齐的犯人刘刚骁健无比。他耐不得耕作的劳苦，伺机偷偷逃了出来。逃到根克忒，就要越过边界了。夜里遇到一个老汉说："你是刚逃出来的吗？前面有卡伦，卡伦，是戍守瞭望的地方。瞭望哨所，恐怕逃不过去。不如暂时藏在我屋里，等黎明时分耕种的人都出来，可以混杂在里面逃脱。"刘刚听从了他的建议。等到天蒙蒙亮稍稍能看见时，刘刚觉得恍恍惚惚像梦醒一样，自己坐在老树空心的树干里。再看老汉，也不是昨天的样子；他细看，却是从前被他杀死后抛尸深涧的那个人。刘刚惊愕地想要起身逃跑，巡逻的士兵已赶到，他只好俯首就擒。按军屯法规定，犯人私逃，二十天之内自首者还可免于一死。刘刚是在第二十天的拂晓就擒，正介于两者中间，屯田官想迁就一下让他活命。刘刚讲了他的所见所闻，自知难免一死，愿意早日伏法。于是被送到辕门行刑。他在七八年前杀了人，一直没人发觉，而死者游魂作怪，终于在两万里外索他的性命。真可怕啊！

日南坊守栅兵王十，姚安公旧仆夫也。言乾隆辛酉夏夜，坐高庙纳凉，暗中见二人坐阁下，疑为盗，静伺所往。

时绍兴会馆西商放债者演剧赛神，金鼓声未息。一人曰："此辈殊快乐，但巧算剥削，恐造业亦深。"一人曰："其间亦有差等。昔闻判司论此事，凡选人或需次多年，旅食匮乏；或赴官远地，资斧艰难，此不得已而举债。其中苦况，不可殚陈。如或乘其急迫，抑勒多端，使进退触藩，茹酸书券。此其罪与劫盗等。阳律不过笞杖，阴律则当堕泥犁。至于冶荡性成，骄奢习惯，预期到官之日，可取诸百姓以偿补。遂指以称贷，肆意繁华。已经负债如山，尚复挥金似土。致渐形竭蹶，日见追呼。铨授有官，逋逃无路，不得不吞声饮恨，为几上之肉，任若辈之宰割。积数既多，取偿难必。故先求重息，以冀得失之相当。在彼为势所必然，在此为事由自取。阳官科断，虽有明条，鬼神固不甚责之也。"王闻是语，疑不类生人。

俄歌吹已停，二人并起，不待启钥，已过栅门。旋闻道路喧传，酒阑客散，有一人中暑暴卒。乃知二人为追摄之鬼也。

莆田林生霈言：闽一县令，罢官居馆舍。夜有群盗破扉入。一媪惊呼，刃中脑仆地。僮仆莫敢出。巷有逻者，素弗善所为，亦坐视。盗遂肆意搜掠。其幼子年十四五，以锦衾蒙首卧。盗掣

京城的日南坊的守栅兵王十，曾经是先父姚安公的仆人。他说，乾隆辛酉年夏天的一个夜里，他正在高庙前坐着乘凉，黑暗中看见两个人在佛阁下坐着，开始以为是盗贼，就悄悄地盯住他们，看他们到底到哪里去。

当时，由绍兴会馆的一个高利贷商人出资，正演赛神戏，鼓声"咚咚"响个不停。王十听到这两个人中的一个说："你看这些人真会享乐，但巧算剥削，凭着做坏事剥削弄钱，恐怕造的孽也深了。"另一个却说："这中间也有差别。过去听判案官也议论过此事，凡是候选官员也许等候补缺多年，客居生活困乏，等到最后吃住都缺钱；有的要到远方去赴任，连路费都短缺，这些人没有办法只得去借款。其中的苦衷，一言难尽。如果有人趁其危难，大肆勒索，使得他们进退艰难，只得忍痛写立借据。这种罪恶与劫盗是相同的。按阳间法律只不过鞭打杖责，按阴间法律却要判入地狱。至于那些冶荡成性，习惯于骄奢的候选官员，想着到任就可以从百姓那里巧取钱财来偿债。于是就大胆告贷，肆意挥霍。甚至负债如山了，还照样挥金如土。等到有一天，他们的资财渐渐快要散尽了，每天被人逼着还债。因为已经有了官职，逃也逃不了，不得不吞声饮恨，成为别人案板上的肉，任那帮债主肆意宰割。这样的人欠得太多，偿还起来必定就更难，所以只得先重重地搜刮百姓的钱财，来补充他失去的。这在高利贷者那里势所必然，在借贷者来说是咎由自取。阳间官员断案虽然有明确的法律条文，鬼神却不怎么责备他们。"王十听到这番话，觉得这两个人不像是活人。

不一会儿，歌舞停了，只见两人起身，不等开锁，他们已经越过栅栏离去了。不久后听到路上传来喧闹声，酒筵结束客人云散，说有个人中暑猝死了。这时候，王十才知道这两个是追摄魂灵的鬼。

莆田的书生林霈说：福建有个县令，罢官以后寓居在馆舍里。有天夜里一群强盗破门而入。一个老妇人吃惊呼叫，被刀砍中脑袋扑倒地上。僮仆没有敢出来的。巷子里有巡逻的人，一向不喜欢县令的为人，也袖手旁观坐视不管。于是强盗肆意地搜索劫掠。县令的幼子年纪十四五岁，用锦被蒙了头睡着。强盗扯

取衾，见姣丽如好女，嬉笑抚摩，似欲为无礼。中刃媪突然跃起，夺取盗刀，径负是子夺门出。追者皆被伤，乃仅捆载所劫去。县令怪媪已六旬，素不闻其能技击，何勇鸷乃尔。急往寻视，则媪挺立大言曰："我某都某甲也，曾蒙公再生恩。殁后执役土神祠，闻公被劫，特来视。宦赀是公刑求所得，冥判饱盗橐，我不敢救。至侵及公子，则盗罪当诛，故附此媪与之战。公努力为善。我去矣。"遂昏昏如醉卧。救苏问之，懵然不忆。盖此令遇贫人与贫人讼，剖断亦颇公明，故卒食其报云。

州县官长随，姓名籍贯皆无一定，盖预防奸赃败露，使无可踪迹追捕也。姚安公尝见房师石窗陈公一长随，自称山东朱文；后再见于高淳令梁公润堂家，则自称河南李定。梁公颇倚任之。临启程时，此人忽得异疾，乃托姚安公暂留于家，约痊时续往。其疾自两足趾寸寸溃腐，以渐而上，至胸膈穿漏而死。死后检其橐箧，有小册作蝇头字，记所阅凡十七官。每官皆疏其阴事，详载某时某地，某人与闻，某人旁睹，以及往来书札、谳断案牍，无一不备录。其同类有知之者，曰："是尝挟制数官矣。其妻亦某官之侍婢，盗之窃逃。留一函于几上，官竟弗敢追也。今得是疾，岂非天道哉！"霍丈易书曰："此辈依人门户，本为舞弊而来。譬彼养鹰，断不能责以食谷，在主人善驾驭耳。如喜其便捷，委以耳目腹心，未有不倒持干戈，授人以柄者。

开被子，见他清秀得像个女孩子，就嬉笑抚摩，好像要想行非礼之事。中了刀的老妇人突然跳了起来，夺过强盗的刀，背着这个孩子径直夺门而出。追赶的人都被她砍伤了，只好捆上抢劫来的财物离开。县令觉得奇怪，老妇人已经六十多岁，向来没有听说她还能打斗，怎么会如此勇猛。急忙前去找寻查看，见老妇人挺身站立，大声说道："我是某城某甲，曾经蒙受您的再生之恩。死后在土神祠当差，听说您被抢劫，特地来看看。被抢走的钱财，是您做官时用刑罚逼索得来的，阴司判定让强盗抢去，我不敢相救。至于侵犯到了公子，强盗的罪就应当诛杀，所以附在这个老妇人身上跟他们搏斗。您努力行善吧。我去了。"说完，老妇人昏昏然就像酒醉一样倒下了。把她救醒过来问，她稀里糊涂什么都记不得。原来这个县令碰到穷人之间打官司，断案倒也公正明白，所以得到善报。

州县官雇佣的长随仆役，都没有固定的姓名籍贯，大概是准备着弄奸贪赃败露后，让人找不到追捕的踪迹。姚安公曾见到房师陈石窗先生的一名长随，自称是山东人，名叫朱文；后来，又在高淳县令梁润堂公家见到他，可他却又自称是河南人，名叫李定，梁先生非常信任他。启程赴任时，这个长随忽然得了奇怪的病，于是他托姚安公说情，暂留家中，约定病好以后继续前往。这个长随的病，发自两脚脚趾，一寸一寸地沿着身体向上溃烂，直到胸膈间穿孔流脓而死。死后，翻检他的行李箱囊，发现一个小册子，上面写满蝇头小字，记录了他跟随过的十七位官员。每个官员的名下，都分条记录着各自隐秘的事，详细注明了时间和地点，哪些人参与，哪些人旁观，以及往来书信，审判文书，无不一一抄录。他的同行中有知底细的人说："这个人已经挟制过好几个官员了。他的妻子就是某位官员的侍女，他们私奔窃逃出来。临逃之前在书案上留下一封信，那位官员竟然没敢追。现在他死于这种怪病，难道不是上天的报应吗！"霍易书老丈说："这类人投奔官员门下，原本就是为了营私舞弊才来的。使用他们好比养鹰，绝不能要求他们不吃肉而去吃谷米，这只在主人善于驾驭罢了。如果喜欢他们机灵，当作耳目心腹使用，没有不如同倒拿干戈，将把柄授给别人的。

此人不足责，吾责彼十七官也。”姚安公曰：“此言犹未揣其本。使十七官者绝无阴事之可书，虽此人日日櫜笔，亦何能为哉？”

理所必无者，事或竟有；然究亦理之所有也，执理者自太固耳。献县近岁有二事：一为韩守立妻俞氏，事祖姑至孝。乾隆庚辰，祖姑失明，百计医祷，皆无验。有黠者绐以刲肉燃灯，祈神佑，则可速愈。妇不知其绐也，竟刲肉燃之。越十馀日，祖姑目竟复明。夫受绐亦愚矣，然惟愚故诚，惟诚故鬼神为之格。此无理而有至理也。一为丐者王希圣，足双挛，以股代足，以肘撑之行。一日，于路得遗金二百，移橐匿草间，坐守以待觅者。俄商家主人张际飞仓皇寻至，叩之。语相符，举以还之。际飞请分取，不受。延至家，议养赡终其身。希圣曰：“吾形残废，天所罚也。违天坐食，将必有大咎。”毅然竟去。后困卧裴圣公祠下，裴圣公不知何时人，志乘亦不能详。士人云，祈雨时有验。忽有醉人曳其足，痛不可忍。醉人去后，足已伸矣，由是遂能行。至乾隆己卯乃卒。际飞故先祖门客，余犹及见。自述此事甚详。盖希圣为善宜受报，而以命自安，不受人报，故神代报焉。非似无理而亦有至理乎！

戈芥舟前辈尝载此二事于县志，讲学家颇病其语怪。余谓芥舟此志，惟乩仙联句及王生殇子二条，偶不割爱耳。全书皆体例谨严，具有史法。其载此二事，正以见匹夫匹妇，足感神明，

这个长随不值得我们去责备，我所责备的是那十七位官员。”姚安公说：“这话还没抓住根本。假设十七位官员全都大公无私，谁也没有见不得人的阴私事可以记录，即使这个长随口袋里天天都准备着纸笔，又能怎么样呢？”

按情理必定没有的，事情有时竟然就发生了；如果探究下去还是能找出情理来的，只是因为坚持情理的人过于泥古罢了。献县最近有两件事：一件是韩守立的妻子俞氏，侍奉祖婆婆尽孝。乾隆庚辰年，祖婆婆眼睛失明，俞氏千方百计为她医治、祈祷，都不见效果。有个奸黠的人哄她，说割下自己的肉点灯，祈神保佑，就可以速愈。俞氏不知道这是哄她，竟然真的割肉燃灯。过了十多天，祖婆婆的眼睛竟然复明。被哄骗是愚笨的，然而正由于愚笨所以才真诚，因为真诚鬼神才被感动而显灵。这是看上去没有道理的事，却又最有道理。另一件事是乞丐王希圣，他的双足蜷曲不能伸直，以大腿代替脚，用胳膊肘撑地行走。有一天，他在路上捡到二百两银子，就把钱袋藏在干草里，坐等丢钱的人。一会儿，商家主人张际飞急急忙忙地找来，叩问王希圣。王希圣听他说的钱数符合，就把钱还给了他。张际飞要把银子分给他一半，王希圣不收。张际飞请他到家中，要养他老。王希圣说：“我身体残废，是上天的惩罚。违背天意吃闲饭，将要有大祸。”说完毅然离去。后来他倒在斐圣公祠下走不了，裴圣公不知道是什么时候的人，当地的史料也没有记载。有身份的读书人也说，到这里祈雨有时灵验。忽然有个醉汉拽他的脚，痛得受不了。醉汉离开后，他的脚已能伸直，从此就能行走了。王希圣到乾隆己卯年死去。张际飞过去是我先祖的门客，我还见过他。他讲这件事讲得很详细。王希圣做善事应该受好报，却安身知命，不受人报，所以神灵代为报答他。这不是看似无理却又很有道理吗！

前辈戈芥舟曾在县志中记载了这两件事，讲学家们责备他记载怪事。我认为戈芥舟修前辈的县志，惟有乩仙联句及王生亡子二条记载，偶尔是他不肯割爱的。全书的体例是谨严的，具有史学家的笔法。书中记载这两件事，正可见出匹夫匹妇的行为足以感动神明，

用以激发善心，砥砺薄俗，非以小说家言滥登舆记也。汉建安中，河间太守刘照妻葳蕤锁事，载《录异传》；晋武帝时，河间女子剖棺再活事，载《搜神记》。皆献邑故实，何尝不删薙其文哉！

外叔祖张公紫衡，家有小圃，中筑假山，有洞曰泄云。洞前为艺菊地，山后养数鹤。有王昊庐先生集欧阳永叔、唐彦谦句，题联曰："秋花不比春花落，尘梦那知鹤梦长。"颇为工切。一日，洞中笔砚移动，满壁皆摹仿此十四字，拗捩欹斜，不成点画；用笔或自下而上，自右而左，或应连者断，应断者连，似不识字人所书。疑为童稚游戏，重垩而锸其户。越数日，启视复然，乃知为魅。一夕，闻格格磨墨声，持刃突入掩之。一老猴跃起冲人去。自是不复见矣。不知其学书何意也。

余尝谓小说载异物能文翰者，惟鬼与狐差可信，鬼本人，狐近于人也。其他草木鸟兽，何自知声病？至于浑家门客并苍蝇草帚亦俱能诗，即属寓言，亦不应荒诞至此。此猴岁久通灵，学人涂抹，正其顽劣之本色，固不必有所取义耳。

这可以用来激发善心，砥砺薄情的风俗，不是用小说家的胡编乱造记载在地方志上。汉代建安年间，河间太守刘照的妻子赠太守葳蕤锁的故事，记录在《录异传》；晋武帝时，河间女子开棺复活的事，记载于《搜神记》。都是献县的故事，不是也没删除这些文字么？

外叔祖张紫衡公，家里有一座小花园，里面筑了一座假山，其中有个洞叫“泄云”。他在洞前种了些菊花，在山后养了几只仙鹤。有位王昊庐先生，把欧阳修、唐彦谦的两句诗集成一联题写：“秋花不比春花落，尘梦那如鹤梦长。”看起来颇为工整贴切。有一天，我外叔祖发现，洞中的笔砚被移动了，满墙上都摹写着这十四个字，字写得扭曲歪斜，不成点划；笔划有的自下而上，自右而左，有的字应该连笔的中断了，应该断开的却又连笔，像是个不识字的人写的。于是他怀疑这是儿童涂画的，就重新刷了墙，并锁上了门。过了几天，当他打开门一看，满墙又是这样的字，他才明白这是鬼怪干的。又过了几天，我外叔祖听到“格格”的磨墨声，他持刀突然迅速冲了进去。只见一只老猴子跳起来，朝他冲来就逃走了。从此就没有再出现。不知它想学写字是什么想法。

我曾经认为小说家记载怪物能通晓笔墨，只有鬼和狐狸还可能，因为鬼本就是人，狐狸又与人相似。其他草木禽兽，怎么能自己知道诗文声律上的毛病？至于浑家、门客乃至苍蝇、扫帚也都能作诗，即使纯属寓言，也不应该如此荒诞。这只猴子日久通了灵性，学人涂抹，正是它顽劣的本色，本来就不应该认为一定有什么寓意。

卷八　如是我闻二

先叔仪南公言：有王某、曾某，素相善。王艳曾之妇，乘曾为盗所诬引，阴贿吏毙于狱。方营求媒约，意忽自悔，遂辍其谋。拟为作功德解冤，既而念佛法有无未可知，乃迎曾父母妻子于家，奉养备至。如是者数年，耗其家资之半。曾父母意不自安，欲以妇归王。王固辞，奉养益谨。又数年，曾母病。王侍汤药，衣不解带。曾母临殁，曰："久荷厚恩，来世何以为报乎？"王乃叩首流血，具陈其实，乞冥府见曾为解释。母慨诺。曾父亦手作一札，纳曾母袖中曰："死果见儿，以此付之。如再修怨，黄泉下无相见也。"后王为曾母营葬，督工劳倦，假寐圹侧。忽闻耳畔大声曰："冤则解矣。尔有一女，忘之乎？"惕然而寤，遂以女许嫁其子。后竟得善终。

以必不可解之冤，而感以不能不解之情，真狡黠人哉！然如是之冤犹可解，知无不可解之冤矣。亦足为悔罪者劝也。

从兄旭升言：有丐妇甚孝其姑，尝饥踣于路，而手一盂饭不肯释，曰："姑未食也。"自云初仅随姑乞食，听指挥而已。一日，同栖古庙，夜闻殿上厉声曰："尔何不避孝妇，

已故叔父仪南公说：王某、曾某，一向是好朋友。王某喜欢上了曾某的妻子，趁着曾某被强盗诬告，暗中贿赂狱吏把曾某弄死在监狱里。王某正打算请媒人说合娶曾某的妻子，忽然后悔起来，就放弃了原来的计划。打算作功德来解除冤仇，又一想佛法有无尚不可确知，于是他把曾某的父母妻子迎请到家里，奉养得十分周到。就这样过了好几年，耗费了他一半的家财。曾某的父母意下不能安心，想让寡媳嫁给王某。王某竭力推辞，奉养更加殷勤。又过了几年，曾某的母亲病了。王某侍奉汤药，衣不解带。曾某母亲临死时，说："长久承受厚恩，来世用什么来报答呢？"王某把头磕出了血，详细陈述了实情，恳求她到阴间见到曾某的时候，代为解释。曾某的母亲慷慨地答应了。曾某的父亲也写了一封亲笔信，塞进曾母的袖子里说："死后如果真的见到了儿子，把这个交给他。如果再要结怨，黄泉之下就不要相见了。"后来王某替曾母料理丧葬，督工辛劳困倦，在墓穴的旁边打了个盹儿。忽然听到耳边大声说："冤仇就化解了吧。可你有一个女儿，忘记了吗？"王某顿时惊醒，过后就把女儿许嫁给了曾某的儿子。后来王某竟然得到善终。

本来是肯定解不开的冤仇，却用不能不解开的情意来感动对方，真是一个狡诈的人啊！但是，像这样的冤仇都可以解开，可见没有解不开的冤仇。这个故事也足以用来劝勉那些愿意悔过的人。

堂兄旭升说：有个要饭的女人，对婆婆很孝顺，曾饿倒在路旁，手里捧着的一碗饭不肯吃一口，说："婆婆还没有吃。"她说，当初跟随婆婆讨饭，只是听婆婆的吩咐行事。有一天，她们住在一座古庙里，半夜里，忽然听见殿堂上有人厉声说："你为什么不避开孝妇，

使受阴气发寒热？”一人称手捧急檄，仓卒未及睹。又闻叱责曰：“忠臣孝子，顶上神光照数尺。尔岂盲耶？”俄闻鞭捶呼号声，久之乃寂。次日至村中，果闻一妇馌田，为旋风所扑，患头痛。问其行事，果以孝称。自是感动，事姑恒恐不至云。

旭升又言：县吏李懋华，尝以事诣张家口。于居庸关外，夜失道，暂憩山畔神祠。俄灯火晃耀，遥见车骑杂遝，将至祠门。意是神灵，伏匿庑下。见数贵官并入祠坐，左侧似是城隍，中四五座则不识何神。数吏抱簿阵案上，一一检视。窃听其语，则勘验一郡善恶也。

一神曰：“某妇事亲无失礼，然文至而情不至。某妇亦能得姑舅欢，然退与其夫有怨言。”一神曰：“风俗日偷，神道亦与人为善。阴律孝妇延一纪，此二妇减半可也。”佥曰：“善。”俄一神又曰：“某妇至孝而至淫，何以处之？”一神曰：“阳律犯淫罪止杖，而不孝则当诛。是不孝之罪，重于淫也。不孝之罪重，则能孝者福亦重。轻罪不可削重福，宜舍淫而论其孝。”一神曰：“服劳奉养，孝之小者；亏行辱亲，不孝之大者。小孝难赎大孝，宜舍孝而科其淫。”一神曰：“孝，大德也，非他恶所能掩；淫，大罚也，非他善所能赎。宜罪福各受其报。”侧坐者磬折请曰：“罪福相抵可乎？”神掉首曰：

让她受了阴气得了病？”另一人说手里拿着紧急檄文，急急忙忙的没有看见她。又听到斥责道：“忠臣孝子，头顶上必定有几尺高的神光照耀。你难道是瞎子，没有看见吗？”不一会儿，传来棍棒打在人身上的声音和呼号喊痛的声音，好久才安静下来。第二天，她们进了村，果然听说有个女子到田里送饭时被旋风吹着了，患了头痛病。问起这个人的日常为人，果真是以孝著称。要饭的女人因此深深感动，侍奉婆婆常常唯恐照顾不周。

旭升又说：县吏李懋华，曾经有事到张家口去。在居庸关外，夜间迷了路，就近到山旁神庙里歇脚。不一会儿，门外灯火辉煌，远远的车马嘈杂，眼看就要到庙门。他猜想是神灵到了，就伏身藏在廊庑下面。只见几位贵官模样的人一道走进祠堂落座，左边的似乎是城隍，中间的四五位就不知道是什么神了。几个小吏抱着册簿摊在桌上，诸神一一查看。李懋华偷听他们说些什么，原来是勘验某郡百姓的善恶。

一位神灵说：“某个妇人事奉公婆从来不失礼节，不过只是礼节上做到了孝顺，却不是出自真心。某个妇人也能讨得公婆欢心，可是背地里就向丈夫发泄怨恨。”一位神灵说：“现在世风日下，人情日薄，神道也讲究与人为善。阴间律例规定孝妇延寿十二年，这两个妇人减去一半，延寿六年就可以了。”众神都说：“好。”不一会儿，一位神灵又说：“某个妇人奉事极孝，可是又极其淫荡，如何处置呢？”一位神灵说：“按阳世法律，犯淫罪只是打板子，而不孝则要杀头。可见不孝罪重于淫罪。因为不孝的罪名重，所以能行孝的人福分也就大。轻罪不能抵削大福，应该免去她的淫罪，只是按照她的孝行酌情加福。”一位神灵说：“侍奉赡养老人，这只是孝的小节；品行不端辱没公婆的名声，这却是不孝的大节。小孝的功绩不能抵消大不孝的罪过，应该不论她的孝顺，只是按照她淫行酌情论罪。”一位神灵说：“孝是一种大功德，不是其他罪恶所能掩盖的；淫是一种大罪恶，也不是其他善行所能抵消的。应该各有所报，因为淫罪受恶报，因为孝德受善报。”坐在边上的那位神灵恭敬地弓着腰请示说：“罪和福是否可以相抵呢？”刚刚说话的神灵扭头对他说：

"以淫而削孝之福，是使人疑孝无福也；以孝而免淫之罪，是使人疑淫无罪也。相抵恐不可。"一神隔坐言曰："以孝之故，虽至淫而不加罪，不使人愈知孝乎？以淫之故，虽至孝而不获福，不使人愈戒淫乎？相抵是。"一神沉思良久曰："此事出入颇大，请命于天曹可矣。"语讫俱起，各命驾而散。

李故老吏，娴案牍，阴记其语，反复思之，不能决。不知天曹作何判断也。

董曲江言：陵县一嫠妇，夏夜为盗撬窗入，乘其睡污之。醒而惊呼，则逸矣。愤恚病卒，竟不得贼之主名。越四载馀，忽村民李十雷震死。一媪合掌诵佛曰："某妇之冤雪矣。当其呼救之时，吾亲见李十逾墙出。畏其悍而不敢言也。"

西城将军教场一宅，周兰坡学士尝居之。夜或闻楼上吟哦声，知为狐，弗讶也。及兰坡移家，狐亦他徙。后田白岩僦居，数月狐乃复归。白岩祭以酒脯，并陈祝词于几曰："闻此蜗庐，曾停鹤驭。复闻飘然远引，似桑下浮图。鄙人匏系一官，萍飘十载，拮据称贷，卜此一廛。数夕来咳笑微闻，似仙舆复返。岂鄙人德薄，故尔见侵？抑夙有因缘，来兹聚处欤？既承惠顾，敢拒嘉宾！惟冀各守门庭，使幽明异路，庶均归宁谧，异苔不害于同岑。敬布腹心，伏惟鉴烛。"

“因为淫行削夺孝顺的福分，那就会使人怀疑孝顺了却得不到福；用孝行来免除淫行的罪过，又会使人怀疑淫乱也是无罪的。罪福相抵恐怕不行。”一位神灵隔着座位说：“由于孝的原因，就是达到至淫的程度也不加罪，这不就使人更加懂得应该孝顺了吗？由于淫的原因，就是达到至孝的程度也不加福，这不就使人更加懂得应该戒淫了吗？罪福相抵比较妥当。”另一位神灵沉思了好久，说：“这件事的处理，关系重大，还是请示上天后再决定吧。”话音一落，众神全部站起身来，各自登车离开神庙。

李懋华是一位阅历很深的老吏，十分娴熟狱案文牍，他暗中记下了众神的发言，反复掂量，怎么也没能决断出应该如何处理这个众神没能处理的问题。不知上天将会对此作何判断。

董曲江说：邻县有一个寡妇，夏天的一个晚上，有个贼撬开她家的窗户跳了进来，趁她熟睡的时候把她奸污了。她惊醒后呼救，贼人逃跑了。后来寡妇怨愤交加病死了，至死不知道到底是谁干的。四年多后，村子有个叫李十的人忽然被雷劈死。有个老妇人合掌念佛说：“寡妇的冤仇总算报了。当时她呼救的时候，我亲眼看见李十跳墙逃出来的。只是怕他强横行凶，没敢说出来。”

西城将军教场有一处住宅，周兰坡学士曾经居住过。夜里有时听到楼上吟诵的声音，他知道是狐精，并不惊讶。等到周兰坡搬家，狐精也搬往别处。后来田白岩租下这处住房，住了几个月，狐精也回来了。田白岩用酒和干肉祭祀，并把向狐精致意的文章放在桌上，文章说：“听说这简陋的住处，曾经停留过仙家的车驾。又听说飘然远去，如沙门佛子云游四方。鄙人如同系着的匏瓜，微末一官，就像浮萍的漂泊，到现在已经十年，手头拮据，向人借贷，才租了这一处住房。这几个晚上，隐隐约约听到咳嗽和笑声，似乎仙家的车驾回来了。难道是鄙人的德行浅薄，所以受到侵扰？抑或是过去有缘分，来这里相聚呢？既然承蒙惠顾，怎敢拒绝嘉宾！只是希望各守门庭，让阴阳两界能够相安无事，就像不同种类的苔藓长在一座山上互不妨碍。恭敬地陈述心腹之言，请予以明察。”

次日楼前飘堕一帖云:“仆虽异类,颇悦诗书雅,不欲与俗客伍。此宅数十年皆词人栖息,惬所素好,故挈族安居。自兰坡先生翅然舍我,后来居者,目不胜驵侩之容,耳不胜歌吹之音,鼻不胜酒肉之气。迫于无奈,窜迹山林。今闻先生山薑之季子,文章必有渊源,故望影来归,非期相扰。自今以往,或检书獭祭,偶动芸签;借笔鸦涂,暂磨鸜眼。此外如一毫陵犯,任先生诉诸明神。愿廓清襟,勿相疑贰。”末题“康默顿首顿首”。从此声息不闻矣。白岩尝以此帖示客,斜行淡墨,似匆匆所书。

或曰:“白岩托迹微官,滑稽玩世,故作此以寄诙嘲。寓言十九,是或然欤?”然此与李庆子遇狐叟事大旨相类,不应俗人雅魅,叠见一时,又同出于山左。或李因田事而附会,或田因李事而推演?均未可知。传闻异词,姑存其砭世之意而已。

一故家子,以奢纵撄法网。殁后数年,亲串中有召仙者,忽附乩自道姓名,且陈愧悔。既而复书曰:“仆家法本严,仆之罹祸,以太夫人过于溺爱,养成骄恣之性,故蹈陷阱而不知耳。虽然,仆不怨太夫人。仆于过去生中,负太夫人命,故今以爱之者杀之,隐偿其冤。因果牵缠,非偶然也。”观者皆为太息。夫偿冤而为逆子,古有之矣。偿冤而为慈母,载籍之所未睹也。然据其所言,乃凿然中理。

宛平何华峰,官宝庆同知时,山行疲困,望水际一草庵,投之暂憩。榜曰“孤松庵”,门联曰:“百鸟多情留我住,青山无语看人忙。”有老僧应门,延入具茗,颇香洁,

第二天，楼前飘下来一张帖子说：“在下虽然是异类，却很喜爱正统的诗书，不愿与俗客为伍。这所宅子几十年来都是文人雅士的寄居之所，恰巧与我素来爱好相投合，所以携带家族安然住下。自从兰坡先生舍我而去，后来居住的人，我实在是眼睛看不惯他们那种市侩的容貌，耳朵听不惯他们歌舞笙箫吵闹的声音，鼻子受不了他们酒肉污浊的气息。迫于无奈，逃到了山林里。如今得知您是山薙先生的小儿子，您的文章必有渊源，所以追随您的踪迹归来，不是有意相扰。从今以后，可能有时会翻翻您如同獭祭一般的书稿，偶尔动动书签；也许借您的笔墨纸砚写写画画。除此之外，如果有一丝一毫的侵犯，任凭先生诉之于神明。我的心愿已经表白清楚，请不要猜忌疑心。”末了题“康默顿首顿首”。从此不再听到声音了。田白岩曾经把这张帖子给客人看，上面字行倾斜，墨色浅淡，像是匆匆书写的。

有人说：“田白岩身为小官，滑稽玩世，故意编造此事，诙谐嘲弄。这十有八九是寓言，是这样吧？”然而这件事与李庆子遇狐叟的事情大意相类似，不愿与俗人为伍的文雅精怪，几乎同时出现，又同出于山东。是李因田的事情而穿凿附会，还是田因李的事情而敷衍演变？都不可知。传闻总会有不同的说法，姑且保存它针砭世事的意思，也就罢了。

有个世家子弟，因为奢侈骄纵触犯了法网。死了几年之后，亲戚当中有人扶乩，他忽然附乩自己道出姓名，并且陈述惭愧和懊悔之情。过后又写道：“我家的家法本来严格，在下之所以遭受杀身之祸，是因为太夫人过于溺爱，养成骄奢任性的习性，所以自投陷阱还不知道。即使如此，我也不怨恨太夫人。因为我在前世，欠了太夫人一条命，所以她用溺爱的方式害死我，暗中报冤。因果牵连缠绕，并不是偶然的。”观看的人都为此叹息。因为报冤而做逆子，这是从古以来就有的。因为报冤而做慈母，这是书上的记载所没有看到过的。但是据他所说的，还是确凿而合乎情理。

宛平县人何华峰，官居宝庆同知时，一天在山道间行走，疲惫困乏，望见溪边有一间草庵，就到那里休息一下。只见门上匾额题为“孤松庵”，门联写道：“百鸟多情留我住，青山无语看人忙。”有位老僧迎出门来，请他入庵落座，并备了茶水，茶香清洌；

而落落无宾主意。室三楹，亦甚朴雅，中悬画佛一轴，有八分书题曰："半夜钟磬寂，满庭风露清。琉璃青黯黯，静对古先生。"不署姓名，印章亦模糊不辨。旁一联曰："花幽防引蝶，云懒怯随风。"亦不题款。指问："此师自题耶？"漠然不应，以手指耳而已。归途再过其地，则波光岚影，四顾萧然，不见向庵所在。从人记遗烟筒一枝，寻之，尚在老柏下。竟不知是佛祖是鬼魅也。华峰画有《佛光示现卷》，并自记始末甚悉。华峰殁后，想已云烟过眼矣。

族兄次辰言：其同年康熙甲午孝廉某，尝游嵩山，见女子汲溪水。试求饮，欣然与一瓢；试问路，亦欣然指示。因共坐树下语，似颇涉翰墨，不类田家妇。疑为狐魅，爱其娟秀，且相款洽。女子忽振衣起曰："危乎哉！吾几败。"怪而诘之。赧然曰："吾从师学道百馀年，自谓此心如止水。师曰：'汝能不起妄念耳，妄念故在也。不见可欲故不乱，见则乱矣。平沙万顷中，留一粒草子，见雨即芽。汝魔障将至，明日试之，当自知。'今果遇君，问答留连，已微动一念；再片刻则不自持矣。危乎哉！吾几败。"踊身一跃，直上木杪，瞥如飞鸟而去。

次辰又言：族祖征君公讳灵，康熙己未举博学鸿词，以天性疏放，恐妨游览，称疾不预试。尝至登州观海市，过一村塾小憩。见案上一旧端砚，背刻狂草十六字，曰："万木萧森，路古山深；我坐其间，写《上堵吟》。"侧书"惜哉此叟"四字，

主人却淡淡的，毫无热情待客的意思。何华峰见三间庭堂很是朴素典雅，墙中间上悬一轴佛像，用隶书题道："半夜钟磬寂，满庭风露清。琉璃青黯黯，静对古先生。"未署姓名，印章也模糊不清。旁边一副对联，题道："花幽防引蝶，云懒怯随风。"也未题款。何华峰指着画联问老僧："这是师父自己题的吗？"老僧漠然不语，只用手指指耳朵。何华峰归途再经此地，却只见波光涟滟，雾气蒸腾，四处冷落荒凉，哪里有过去茅庵的影子。仆人忽然想起曾在此丢失一支烟管，找了找，发现仍在古柏下。最终不知这个老僧是佛祖，还是鬼魅。他画有《佛光示现卷》，并且详细记载事情的经过。他死后，想来那幅画和题记也如烟云般消散了吧。

族兄次辰说：有个人，跟他一同在康熙甲午年被举为孝廉，这人曾经游历嵩山，看见一个女子正在溪边打水。就试探着向她讨水喝，女子很痛快地给了他一瓢；又试着问路，她也爽快地予以指示。于是他和她坐在树下交谈，女子似乎读过一些书，不像是农家女子。他疑心是狐魅，却又爱恋她俏丽风雅，而且谈得融洽。忽然女子拂衣而起，说："太危险了！我几乎前功尽弃！"他有些奇怪，问她怎么了。女子羞红了脸说："我随师父学道已有一百多年了，自以为心如止水。师父说：'你不起邪念，可邪念仍在你心里。只是看不到你想要的，心才不乱，等你看到了，心也就乱了。就像万顷平沙之中留下一粒草籽，有雨水就会发芽。你的魔障将至，明天检验一下，你自己就会明白的。'今天果然遇见你，问答间已有所留恋，心神也微微动摇了；再过片刻，恐怕就不能自持了。真是太危险了，我差点儿坏了事！"说完耸身一跃，直上树梢，转眼间已如飞鸟一般远去了。

次辰又说：同族的祖父征君公名讳叫炅，康熙己未年进博学鸿词科，由于天性疏放，担心从政妨碍他游山玩水，他连科举考试都称病不去考。有一天，他想到登州看海市，途中在一所村塾歇脚。他看见桌案上有一方端砚，背后刻着十六个狂草字："万木萧森，路古山深；我坐其间，写《上堵吟》。"侧面书着"惜哉此叟"四个字，

盖其号也。问所自来，塾师云：“村南林中有厉鬼，夜行者遇之辄病。一日，众伺其出，持兵仗击之，追至一墓而灭。因共发掘，于墓中得此砚。吾以粟一斗易之也。”案，《上堵吟》乃孟达作。是必胜国旧臣，降而复叛，败窜入山以死者。生既进退无据，殁又不自潜藏，取暴骨之祸。真顽梗不灵之鬼哉！

海之有夜叉，犹山之有山魈，非鬼非魈，乃自一种类，介乎人物之间者也。刘石庵参知言：诸城滨海处，有结寮捕鱼者。一日，众皆棹舟出，有夜叉入其寮中，盗饮其酒，尽一罂，醉而卧。为众所执，束缚捶击，毫无灵异，竟困踣而死。

族侄贻孙言：昔在潼关，宿一驿。月色满窗，见两人影在窗上，疑为盗；谛视，则腰肢纤弱，鬟髻宛然，似一女子将一婢。穴纸潜觑，乃不睹其形。知为妖魅，以佩刀隔棂斫之。有黑烟两道，声如鸣镝，越屋脊而去。虑其次夜复来，戒仆借鸟铳以俟。夜半果复见影，乃二虎对蹲。与仆发铳并击，应声而灭。自是不复至。疑本游魂，故无形质；阳光震烁，消散不能聚矣。

献县王生相御，生一子，有抱之者，辄空中掷与数十钱。知县杨某自往视，乃掷下白金五星。此子旋夭亡，亦无他异。或曰：“王生倩作戏术者搬运之，将托以箕敛。”或曰：“狐所为也。”

大概是名号吧。他向村塾先生问这方端砚的来历，先生说：“从前，村子南面树林里面有一个恶鬼，夜里过往的行人只要碰到它，就会生病。有一天，众人候着，它一出来，就用手持武器棍棒追打，追到一座坟墓前，那个恶鬼就不见了。大家掘了那座坟，在墓中挖到了这方端砚。我用一斗粟米把它换了来。”据考证，《上堵吟》为孟达所作。这个亡国之臣，投降魏后又背叛魏，失败后逃进山林，直到死去。孟达活着时候，就进退无常，死后也不知道销声匿迹，才招致暴露骸骨的祸患。可见这真是一个又蠢又不顺服、顽固不化的鬼魂。

海上有夜叉，犹如山里有山魈；不过夜叉既不是鬼也不是魅，而是另一个种类，介于人和动物之间。参知刘石庵说：诸城县靠近海边的地方，有搭个小棚子住在那里的捕鱼人。一天，众人驾船出海捕鱼，有个夜叉到棚子里，偷喝渔人的酒，喝完一坛，结果醉倒在地。众渔人回来，逮住夜叉，捆起来打，夜叉一点儿没有显出有什么灵异，竟然困顿倒地死掉了。

同族的侄子贻孙说：过去在潼关时，曾住在一个驿站里。月色满窗时分，见窗纸上有两个人影，先以为是贼盗；仔细看，却见腰肢纤弱，好像挽着发髻，似乎是一女子带着一个婢女。他捅破窗纸向外偷看，却什么也看不见。于是心知是鬼魅，抽出佩刀隔窗劈去。人影立时化为两道黑烟，声如响箭般越过屋脊而去。贻孙怕她们第二天夜里还会来，吩咐仆人借来火铳以防万一。第二天半夜，果然黑影出现了，原来是两只老虎，面对面蹲着。他们一起用火铳射击，两只老虎应声消失了。此后，就再也没有来过。估计那个影子原本是游魂，所以没有形状实体，碰到火铳闪光震动照耀，消散以后就不能再聚合了。

献县的书生王相御生了个儿子，每当有人去抱宝宝时，天空中就掉下几十文钱。知县杨某听到这件事后，也亲自去抱了一下，这一次，天空中掉下的是白银五钱。不久这个孩子夭折了，死的时候并没有什么奇异之处。有人说：“那是王生请来耍魔术的在玩弄搬运术，只不过是想用这种方法收敛钱财。”有人却说：“那是狐狸精作怪。”

是皆不可知。然居官者遇此等事，即确有鬼凭，亦当禁治，使勿荧民听，正不必论其真妄也。

李又聃先生言：雍正末年，东光城内忽一夜家家犬吠，声若潮涌。皆相惊出视，月下见一人披发至腰，衰衣麻带，手执巨袋，袋内有千百鹅鸭声，挺立人家屋脊上，良久又移过别家。次日，凡所立之外，均有鹅鸭二三只，自檐掷下。或烹而食，与常畜者味无异，莫知何怪。后凡得鹅鸭之家，皆有死丧，乃知为凶煞偶现也。先外舅马公周箓家，是夜亦二鸭。是岁，其弟靖逆同知庚长公卒。信又聃先生语不谬。

顾自古至今，遭丧者恒河沙数，何以独示兆于是夜？是夜之中，何以独示兆于是地？是地之中，何以独示兆于数家？其示兆皆掷以鹅鸭，又义何所取？鬼神之故，有可知有不可知，存而不论可矣。

道士王昆霞言：昔游嘉禾，新秋爽朗，散步湖滨。去人稍远，偶遇宦家废圃。丛篁老木，寂无人踪。徒倚其间，不觉昼寝。

梦古衣冠人长揖曰："岑寂荒林，罕逢嘉客；既见君子，实慰素心。幸勿以异物见摈。"心知是鬼，姑诘所从来。曰："仆耒阳张湜，元季流寓此邦，殁而旋葬。爱其风土，无复归思。园林凡易十馀主，栖迟未能去也。"问："人皆畏死而乐生，何独耽鬼趣？"曰："死生虽殊，性灵不改，

都说不上来是怎么回事。而当官的遇到这类事情，即使发现确有鬼怪在作祟，也应严令禁止，不要让它惑乱民众的视听，更不必去讨论它的真假是非。

李又聃先生说：雍正末年，东光城里，有一夜忽然家家狗叫，声音像潮水汹涌。人们都惊慌地出来观望，月光下看见一个人头发披到腰间，穿着丧服，系着麻带，手里拿着一只大袋子，袋子里有千百只鹅鸭的声音，挺身直立在一户人家的屋脊上，过了好久，又移到另一家。第二天，凡是昨夜他站立过的地方，都有两三只鹅或鸭，是从屋檐上掷下来的。有的人煮来吃了，味道同平常畜养的没有什么差别，不知道是什么怪事。后来凡是得到鹅鸭的人家，都有死丧的事，才知道是凶煞神偶尔出现。我岳父马周箓公家，这天夜里也得到两只鸭子。这一年，他的弟弟、任靖逆同知的庚长公亡故。可见李又聃先生的话确实说得不错。

不过，从古到今，遭遇丧事的像恒河里的沙一样不可胜数，为什么独独在这天夜里显示征兆？这一夜之中，为什么独独在这个地方显示征兆？这个地方为什么独独在几家显示征兆？显示征兆，都是把鹅鸭掷下来，这又是什么意思？鬼神行事的缘由，有的可知，有的不可知，姑且留存而不议论它好了。

道士王昆霞说：昔日游历嘉禾，正值初秋，天气爽朗，就在湖滨散步。走到稍稍偏远的地方，偶尔进到了一处官宦人家的废园。园中都是丛生的竹子和老树，荒寂无人。漫步其间，大白天的，竟不知不觉困倦了打起盹来。

王昆霞恍恍惚惚在梦中看见一个人，穿戴着古时候衣帽，向自己作了一个长揖道："静僻的荒林之中，难见您这样的嘉宾；见到君子，真是满足了我的心愿。请不要因为我是异类而拒绝我。"王昆霞知道是鬼，问他的来历。那人说："我本是耒阳县的张湜，元末流落至此，死后就葬在这里。因为深深喜爱此地的风土，就不想再回去了。这个园林曾先后换过十几位主人，可我仍旧迟迟不肯离去。"王昆霞问："人都是怕死而喜欢活着，你为什么独独酷爱鬼趣呢？"他答："对于一个人来说，生死虽不同，但性情却不会改变，

境界亦不改。山川风月，人见之，鬼亦见之；登临吟咏，人有之，鬼亦有之。鬼何不如人？且幽深险阻之胜，人所不至，鬼得以魂游；萧寥清绝之景，人所不睹，鬼得以夜赏。人且有时不如鬼。彼夫畏死而乐生者，由嗜欲撄心，妻孥结恋，一旦舍之入冥漠，如高官解组，息迹林泉，势不能不戚戚。不知本住林泉者，耕田凿井，恬熙相安，原无所戚戚于中也。”问：“六道轮回，事有主者，何以竟得自由？”曰：“求生者如求官，惟人所命。不求生者如逃名，惟己所为。苟不求生，神不强也。”又问：“寄怀既远，吟咏必多。”曰：“兴之所至，或得一联一句，率不成篇。境过即忘，亦不复追索。偶然记忆，可质高贤者，才三五章耳。”因朗吟曰：“残照下空山，暝色苍然合。”昆霞击节。又吟曰：“黄叶——”

甫得二字，忽闻噪叫声，霍然而寤，则渔艇打桨相呼也。再倚柱暝坐，不复成梦矣。

昆霞又言：其师精晓六壬，而不为人占。昆霞为童子时，一日早起，以小札付之，曰：“持此往某家借书。定以申刻至，先期后期皆笞汝。”相去七八十里，竭蹶仅至。则某家兄弟方阋墙。启视其札，惟小字一行曰：“借《晋书·王祥传》一阅。”兄弟相顾默然，斗遂解，盖其弟正继母所生云。

嘉峪关外有戈壁，径一百二十里，皆积沙无寸土。惟居中一巨阜，名“天生墩”，戍卒守之。冬积冰，夏储水，以供驿使之往来。初，威信公岳公钟琪西征时，疑此墩本一土山，为飞沙所没，

精神境界也不会改变。山川风月，人能见，鬼也能见；登高远望吟诵，人可以，鬼也可以。鬼又怎么不如人呢？况且幽深险阻的胜境，人到不了，鬼却可以去游历；寂寥清绝的佳景，人看不到，而鬼却可以深夜赏玩。有时，人还是不如鬼的。那些怕死乐生的人，因嗜好欲望而乱了心神，又眷恋妻儿，一旦抛舍这些，进入冥冥之中，就如同为官者被罢职，隐遁山林，势必心中凄然。他们不知道本来住在山林泉石之中的人，平素耕田凿井，恬淡安适，心里原本就没有什么忧伤。”王昆霞又问：“世间六道轮回，其中各有主事的神明，你又怎么竟得以如此逍遥自在呢？”他回答说：“求生就如同求官，只好听从各人的命运。不求生的就像逃避名声，可以听凭自己所为。假若真不想转生，神明也不会强求。”王昆霞又问：“既然足下的胸襟如此高远，那吟咏之作一定很多了。”他回答说：“兴之所至，也偶得一联半句，但大都不成篇幅。境过就忘，也不再追寻求索。偶然还记得，可以拿来向高明的贤士求教的，也只是三五章而已。”继而朗声吟道：“残照下空山，暝色苍然合。”王昆霞击节称赞，他又吟：“黄叶——”

刚吟了这两字，忽然听到吵闹呼叫声，王昆霞突然惊醒，原来是渔父划着小船互相呼唤的声音。他再靠着树闭眼打盹，却再不能入梦了。

道士王昆霞又说：他的师傅精通六壬之术，可是从不给别人占卜。他还是个孩子时，一天师傅起得很早，把一个小纸条交给他，说：“拿着这个纸条到某家去借书。一定要在申刻准时到达，提前错后，回来我要打你。”离借书的人家七八十里，他跑得跌跌撞撞才勉强按时到达。一进门，这家兄弟二人正在打架。他们打开纸条看，只有一行小字：“借《晋书·王祥传》一阅。”兄弟互相看了看对方，都沉默了，于是争斗也就化解，原来他家的弟弟正是继母所生的。

嘉峪关外有一块戈壁滩，穿越过去长达一百二十里，都是积沙，没有一点儿土。中央有座名叫“天生墩”的大土山，戍边的将士就驻守在这里。冬天堆积冰雪，夏天储存水，以供往来的驿使用。当初，威信公岳钟琪西征时，猜想这是座土山岗，只因为飞沙掩盖，

仅露其顶。既有山，必有水。发卒凿之，穿至数十丈，忽持锸者皆堕下。在穴上者俯听之，闻风声如雷吼，乃辍役。穴今已圮，余出塞时，仿佛尚见其遗迹。

案，佛氏有地水风火之说。余闻陕西有迁葬者，启穴时，棺已半焦。茹千总大业亲见之。盖地火所灼。又献县刘氏，母卒合葬，启穴不得其父棺。迹之，乃在七八步外，倒植土中。先姚安公亲见之。彭芸楣参知亦云，其乡有迁葬者，棺中之骨攒聚于一角，如积薪然。盖地风所吹也。是知大气斡运于地中，阴气化水，阳气则化风化火。水土同为阴类，一气相生，故无处不有。阳气则包于阴中，其微者，烁动之性为阴所解；其稍壮者，聚而成硫黄、丹砂、礜石之属；其最盛者，郁而为风为火。故恒聚于一所，不处处皆见耳。

伊犁城中无井，皆出汲于河。一佐领曰："戈壁皆积沙无水，故草木不生。今城中多老树，苟其下无水，树安得活？"乃拔木就根下凿井，果皆得泉，特汲须修绠耳。知古称雍州土厚水深，灼然不谬。徐舍人蒸远曾预斯役，尝为余言。此佐领可云格物。蒸远能举其名，惜忘之矣。后乌鲁木齐筑城时，鉴伊犁之无水，乃卜地通津以就流水。余作是地杂诗，有曰："半城高阜半城低，城内清泉尽向西。金井银床无用处，随心引取到花畦。"记其实也。然或雪消水涨，则南门为之不开。

如今才只露出顶部。既然有山，必定就有水。于是命令士卒开凿水井，打到几十丈深时，忽然拿铁铣挖土的士兵纷纷掉了下去。趴在洞口往下听，只听到里面雷鸣般的风声，于是他命令停止开凿。那个洞穴如今已毁，等我出关时，依稀还能看出它的遗迹。

根据考证，佛教有地水风火的说法。我也听说，陕西有人迁葬，打开墓穴，棺材已有一半被烤焦。千总茹大业就亲眼见过此事。大概是地火烧灼的。我还听说，献县有个刘氏，母亲死后儿子为父母合葬，挖开墓穴却找不到父亲的棺材。顺着痕迹找，却在七八步外，发现土里倒插着那副棺材。这件事先父姚安公亲眼看见了。官居参知的彭芸楣也讲过这样的一件事，在他家乡有个人迁葬，发现棺木中的骸骨都聚在一角，好像堆起的柴垛。那也是地风刮过的原故。因此可知，大气在地中运转时，阴气化成水，阳气化为风化为火。水土同为阴类，本是一气相生，因此无处不有。而阳气包含在阴气中，阳气较弱的，烁动之性被阴气化解；稍为强壮的，则聚合成硫黄、丹砂、礜石这样的东西；最强盛的阳气，则郁集化为风火。所以地水风火总是聚集在同一个地方，不是到处都能看见的。

伊犁城里没有水井，人们都出城到河里汲水。有个佐领说："戈壁都是堆积的沙子，没有水，所以草木不生。现今城里有许多老树，假如下面没有水，树怎么能活？"于是拔起老树，顺着树根往下凿井，果然挖到了泉水，只是汲水的绳索要用长一点儿的罢了。可见古代人说雍州土厚水深，显然是不错的。舍人徐蒸远曾经参与这件事，有一次对我说起过。这个佐领可以算得上懂得推究事物的原理。徐蒸远能说出他的姓名，可惜我已经忘记了。后来乌鲁木齐修筑城池时，借鉴伊犁以前没有水的情况，选择地形开通河道，靠近水源。我的乌鲁木齐杂诗中有诗道："半城高阜半城低，城内清泉尽向西。金井银床无用处，随心引取到花畦。"记载的就是当时的实情。但是如果雪消水涨，城的南门就不能开了。

又北山支麓，逼近谯楼，登冈顶关帝祠戏楼，则城中纤微皆见。故余诗又曰：“山围芳草翠烟平，迢递新城接旧城。行到丛祠歌舞处，绿氍毹上看棋枰。”巴公彦弼镇守时，参将海起云请于山麓坚筑小堡，为犄角之势。巴公曰：“汝但能野战，殊不知兵。北山虽俯瞰城中，然敌或结栅，可筑炮台仰击。火性炎上，势便而利，地势逼近，取准亦不难。彼决不能屯聚也。如筑小堡于上，兵多则地狭不能容，兵少则力弱不能守。为敌所据，反资以保障矣。”诸将莫不叹服。因记伊犁凿井事，并附录之。

乌鲁木齐，泉甘土沃，虽花草亦皆繁盛。江西蜡五色毕备，朵若巨杯，瓣葳蕤如洋菊。虞美人花大如芍药。大学士温公以仓场侍郎出镇时，阶前虞美人一丛，忽变异色，瓣深红如丹砂，心则浓绿如鹦鹉，映日灼灼有光；似金星隐耀，虽画工设色不能及。公旋擢福建巡抚去。余以彩线系花梗，秋收其子，次岁种之，仍常花耳。乃知此花为瑞兆，如扬州芍药偶开金带围也。

辛彤甫先生记异诗曰：“六道谁言事杳冥，人羊转毂迅无停。三弦弹出边关调，亲见青骡侧耳听。”康熙辛丑，馆余家日作也。初，里人某货郎，逋先祖多金不偿，且出负心语。先祖性豁达，一笑而已。一日午睡起，谓姚安公曰：“某货郎死已久，顷忽梦之，何也？”俄圉人报马生一青骡。咸曰：“某货郎偿夙逋也。”先祖曰：“负我偿者多矣，何独某货郎来偿？某货郎负人亦多矣，何独来偿我？事有偶合，勿神其说，使人子孙蒙耻也。”然圉人每戏呼某货郎，辄昂首作怒状；

又，北山旁支的山脚，逼近城门的瞭望楼，登上山冈顶上的关帝祠戏楼，城里的一切就都能看得清清楚楚。所以我的乌鲁木齐杂诗中又说："山围芳草翠烟平，迢递新城接旧城。行到丛祠歌舞处，绿氍毹上看棋枰。"巴彦弼公镇守这里时，参将海起云请求在山脚下修筑一个坚固的小堡垒，形成互相声援的犄角之势。巴公说："你只擅长在旷野里交战，并不知道兵法。这座山可以俯视城中，敌人如果在山上构结栅栏，就可以筑起炮台仰击。火性向上燃烧，地形对我方便利，地势逼近，瞄准也不难，他们决不能屯结聚集。如果修小碉堡，兵多了地方狭小不能容纳，兵少了力量薄弱不能守卫。如果被敌人所占据，反而为他们提供了据点。"众将领无不感叹佩服。因为记伊犁凿井的事情，一并把这件事附带记了下来。

乌鲁木齐，泉水甘甜土地肥沃，即便是花草，也都长得很繁茂。江西腊梅花色纷繁，花朵如同大酒杯，花瓣丰满得像洋菊。虞美人花大如芍药。大学士温福公以仓场侍郎的身份镇守这里时，台阶前有一丛虞美人花，颜色忽然改变，花瓣深红如朱砂，花心呈鹦鹉绿，在阳光照射下，熠熠生辉，似乎金星闪烁，忽隐忽现，画工也难绘出如此颜色。不久温公升任福建巡抚。我用彩色丝线系在花梗上，秋天收下种子，来年种下，花色却又和普通的一样了。这才明白，这花是作为吉兆出现的，就如同扬州的芍药，偶然开几朵金带围一样。

辛彤甫先生写过一首记异诗："六道谁言事杳冥，人羊转毂迅无停。三弦弹出边关调，亲见青骡侧耳听。"这是康熙辛丑年时他在我家教书时写的。早先，乡里有个货郎，欠了先祖不少钱，不但没还钱，还说了许多负心话。我先祖性情豁达，一笑了之。有个中午，先祖午睡起来，对先父说："我刚才忽然梦到那个死了很久的货郎，这是为什么呢？"过了不久，马夫来报说马生了一头青骡。众人就说："这肯定是货郎转生的，他来偿还过去欠的帐。"先祖说："欠我帐的人很多，为什么只有他来偿还呢？那个货郎欠了许多人的债，又为何单单只来偿还给我呢？万事都有巧合，你们不要乱说，以免让他的子孙蒙受耻辱。"然而，每当马夫开玩笑用货郎的名字叫那头青骡的时候，它就会仰起头，露出一副生气的样子；

平生好弹三弦，唱边关调，或对之作此曲，辄耸耳以听云。

古书字以竹简，误则以刀削改之，故曰刀笔。黄山谷名其尺牍曰刀笔，已非本义。今写讼牒者称刀笔，则谓笔如刀耳，又一义矣。余督学闽中时，一生以导人诬告戍边。闻其将败前，方为人构词，手中笔爆然一声，中裂如劈；恬不知警，卒及祸。又，文安王岳芳言：其乡有构陷善类者，方具草，讶字皆赤色。视之，乃血自毫端出。投笔而起，遂辍是业，竟得令终。余亦见一善讼者，为人画策，诬富人诱藏其妻。富民几破家，案尚未结；而善讼者之妻，真为人所诱逃，不得主名，竟无所用其讼。

天道乘除，不能尽测。善恶之报，有时应，有时不应，有时即应，有时缓应，亦有时示以巧应。余在乌鲁木齐时，吉木萨报遣犯刘允成，为逋负过多，迫而自缢。余饬吏销除其名籍，见原案注语云："为重利盘剥，逼死人命事。"

乌鲁木齐巡检所驻，曰呼图壁。呼图译言鬼，呼图壁译言有鬼也。尝有商人夜行，暗中见树下有人影，疑为鬼，呼问之。曰："吾日暮抵此，畏鬼不敢前，特结伴耳。"因相趁共行，渐相款洽。其人问："有何急事，冒冻夜行？"商人曰："吾夙负一友钱四千，闻其夫妇俱病，饮食药饵恐不给，故送往还。"是人却立树背，曰："本欲祟公，求小祭祀。今闻公言，乃真长者。吾不敢犯公，愿为公前导可乎？"不得已，姑随之。凡道路险阻，

那个货郎生前就好弹三弦，吟唱边关曲调，每当有人对青骡吟唱边关曲调时，它就耸起耳朵倾听。

古时写字用竹简，有错就用刀削改，所以叫“刀笔”。黄庭坚把自己的书信集称为“刀笔”，已经不是本义了。如今写讼状的人叫“刀笔”，意思是指他们的笔如同刀子，这又是一个含义了。我在福建任督学时，有个人因为唆使别人诬告，被发配到边疆。听说在他败露之前，正在写讼词给别人罗织罪名，手中的笔砰然从中间爆裂开，像刀劈的一样；可他仍不以为警戒，终于招来祸殃。又有，文安人王岳芳说：他家乡有人设计陷害好人，正在起草诉状，不料字忽然成了红色。细看时，才见那血是从笔端流出来的。他吓得扔掉笔忽地站起身，之后不再以此为业了，最后得了善终。我也见到过一个善写诉状的人，诬陷一个富人引诱藏匿自己的妻子。那个富人几乎因此破产，案子也没能了结；而那个善写诉状的人，自己的老婆却真的被人拐走了，而且还无从得知拐主的姓名，他的诉状最终一无所用。

天道乘除消长，人们不能完全推测。善恶的报应，有时应验，有时不应验，有时立即应验，有时长久之后应验，也有时用巧妙的方式应验。我在乌鲁木齐时，吉木萨报告，流放的遣犯人刘允成，因为欠债过多，被迫上吊自杀。我命令胥吏在名册中销除他的姓名，看见原来案卷有注语道：“为重利盘剥，逼死人命事。”

乌鲁木齐巡检官的驻地，名叫“呼图壁”。“呼图”的汉语意思是鬼，“呼图壁”的汉语意思是有鬼。一次，有个商人夜间赶路，昏暗中见树下有人影，猜疑是鬼，就呼喝着问是什么人。树下人说：“我傍晚到了这儿，害怕有鬼不敢往前走，正是要等有人来结伴同行的。”于是两个就互相壮胆往前走，一路说说话，渐渐谈得融洽起来。那个人问：“你有什么急事，要冒着严寒夜间赶路？”商人说：“我过去欠了一位朋友四千钱，听说他们夫妇全都病了，恐怕饮食医药都有困难，所以要前往送还。”那个人一听，退步站在树背后，说：“我本想作怪害你，求得点儿小祭祀。现在听你这样说，你还是一位真正的仁义长者。我不敢侵犯你，愿意为你做向导引路，可以吗？”商人迫不得已，只好跟着他走。一路上，凡是遇到险阻，

皆预告。俄缺月微升，稍能辨物。谛视，乃一无首人。栗然却立，鬼亦奄然而灭。

冯巨源官赤城教谕时，言赤城山中一老翁，相传元代人也。巨源往见之，呼为仙人。曰："我非仙，但吐纳导引，得不死耳。"叩其术。曰："不离乎《丹经》，而非《丹经》所能尽，其分刌节度，妙极微芒。苟无口诀真传，但依法运用，如检谱对弈，弈必败；如拘方治病，病必殆。缓急先后，稍一失调，或结为痈疽，或滞为拘挛；甚或精气瞀乱，神不归舍，竟至于颠痫。是非徒无益已也。"问："容成、彭祖之术，可延年乎？"曰："此邪道也，不得法者，祸不旋踵；真得法者，亦仅使人壮盛。壮盛之极，必有决裂横溃之患。譬如悖理聚财，非不骤富，而断无终享之理。公毋为所惑也。"又问："服食延年，其法如何？"曰："药所以攻伐疾病，调补气血，而非所以养生。方士所饵，不过草木金石。草木不能不朽腐，金石不能不消化。彼且不能自存，而谓借其馀气，反长存乎？"又问："得仙者，果不死欤？"曰："神仙可不死，而亦时时可死。夫生必有死，物理之常。炼气存神，皆逆而制之者也。逆制之力不懈，则气聚而神亦聚；逆制之力或疏，则气消而神亦消。消则死矣。如多财之家，勤俭则常富，不勤不俭则渐贫；再加以奢荡，则贫立至。彼神仙者，固亦兢兢然恐不自保，非内丹一成，即万劫不坏也。"巨源请执弟子礼。曰："公于此道无缘，何必徒荒其本业？不知其已。"巨源怅然而返。

商人都能听到预告。不一会儿，残缺的月亮渐渐升起，随后也就稍能辨清景物了。商人仔细一看，给他带路的原来是个没有头的人。他毛骨悚然，后退几步站着，这时，带路鬼也忽然消失了。

冯巨源任赤城教谕时，说赤城山中有个老翁，相传是元代人。他去拜见，称他为仙人。老翁说："我不是神仙，只是懂些吐纳导引之术，才得以不死。"冯巨源询问他的道术。老翁说："按照《丹经》，但又不完全依靠《丹经》，根据自己所需分解内容把握节奏，极为微妙。假如没有口诀真传，只是按照说明运用，就像靠棋谱对弈，必败无疑；如同拘泥于药方治病，病人必定危险。其中的缓急先后，稍微一点儿失调，有的郁结了就成毒疮，有的凝滞了造成痉挛；甚至有的会精气紊乱，神不守舍，以至疯癫。这就不仅仅是无益的问题了。"冯巨源又问："容成、彭祖的方术，可以延年益寿吗？"老翁道："那是邪道，人的修炼不得其法，立即身受祸害；得其法的，也仅仅能使人强壮一些。强壮到极点，必定会有意想不到的大祸患。就如逆天悖理聚敛钱财，不是不能迅速致富，但最终绝不可能安享长久。您不要被这些迷惑了。"冯巨源又问："服食丹药，这种方法怎么样呢？"老翁说："丹药是用来攻下去火治疗疾病，调补气血的，并不是用来养生的。方士们服食的，不过是些草木金石。草木不能不腐朽，金石不能不销熔。它们尚且不能长存，又怎能借助它们的馀气而长存呢？"冯巨源又问："成仙的人果真能不死吗？"老翁说："神仙可以不死，但也时时会死。生必有死，这是万物的常理。修炼精气而得以保存住神，是逆向控制死亡的办法。控制的力量不松懈，那么精气就凝聚，神也就凝聚；控制的力量一旦松懈，那么精气就会消散，神也就消散了。神气消散，人也就死了。就像有钱人家，勤俭就能长久富裕，不勤俭就会逐渐贫困；如果再加上奢侈放荡，就会很快贫穷。那些神仙们也是战战兢兢的，唯恐不能自保，并不是内丹一经炼成，就一劳永逸万劫不坏了。"冯巨源请求做他的弟子。老翁说："您于此道无缘，又何必因为涉足此间而荒废了本业呢？还是不学为好。"冯巨源怅然而返。

景州戈鲁斋为余述之，称其言皆笃实，不类方士之炫惑云。

先姚安公言：有扶乩治病者，仙自称芦中人。问："岂伍相国耶？"曰："彼自隐语，吾真以此为号也。"其方时效时不效，曰："吾能治病，不能治命。"

一日，降牛丈希英，姚安公称牛丈字作此二字音，未知是此二字否。牛丈讳琎，娶前母安太夫人之从妹。家，有乞虚损方者。仙判曰："君病非药所能治，但遏除嗜欲，远胜于草根树皮。"又有乞种子方者。仙判曰："种子有方，并能神效。然有方与无方同，神效亦与不效同。夫精血化生，中含欲火，尚毒发为痘，十中必损其一二。况助以热药，抟结成胎，其蕴毒必加数倍。故每逢生痘，百不一全。人徒于夭折之时，惜其不寿；而不知未生之日，已先伏必死之机。生如不生，亦何贵乎种耶？此理甚明，而昔贤未悟。山人志存济物，不忍以此术欺人也。"其说中理，皆医家所不肯言，或真灵鬼凭之欤！

又闻刘季箴先生尝与论医。乩仙曰："公补虚好用参。夫虚证种种不同，而参之性则专有所主，不通治各证。以藏府而论，参惟至上焦中焦，而下焦不至焉。以荣卫而论，参惟至气分，而血分不至焉。肾肝虚与阴虚，而补以参，庸有济乎？岂但无济，亢阳不更煎铄乎？且古方有生参熟参之分，今采参者得即蒸之，何处得有生参乎？古者参出于上党，秉中央土气，故其性温厚，先入中宫。今上党气竭，惟用辽参，秉东方春气，故其性发生，

景州的戈鲁斋为我讲了这事，称那个老翁话都很实在，不像方士的迷惑之词。

先父姚安公说：从前有个人用扶乩治病，乩仙自称“芦中人”。有人问：“难道您是伍子胥相国吗？”乩仙说：“那是他用过的暗语，我是真的以此为号。”乩仙的药方，有时见效，有时不见效。乩仙说：“我能治病，不能治命。”

有一天，这个乩仙降坛到牛希英老丈家，姚安公称牛老先生的字是这两个字的读音，不知道是不是这两个字。牛老先生名讳瑍，娶前母安太夫人的堂妹。有人向他求治疗虚亏的药方。他说：“你的病不是医药能够治好的，只要您戒除嗜好欲念，远比服用草根树皮什么的都好。”又有人乞求助孕的药方。乩仙说：“助孕自然有药方，并能见神效。然而从根本来说，有药方和无药方一样，有神效与无神效也一样。胎儿本是精血化生，其中就包含有欲火，尚且假如积毒生成了痘，十个中有一两个会夭折。何况有人还要用热药相助，使之抟结成胎，其中所包含的毒就会增加几倍。所以这样的孩子凡是得了天花的，百人中无一人能幸存。人们只知道在孩子夭折时，痛惜他命不长；却不知道在他未生之时，就留下了必定夭亡的祸根。其实这种孩子生下来还不如不出生，你又何必对助孕如此重视呢？这个道理本来很明白，可惜过去的贤士们都不知道。我立志普救万物，不忍心用此术去蒙骗别人。”他的说法切中事理，是许多医学家不肯明说的，或许真有神灵，依附在乩坛上！

我又听说刘季箴先生曾经与他谈论过医道。乩仙说：“您喜欢用人参去补虚亏。虚亏之症有许多种，而人参治疗虚症也是有针对性的，并不能包治百病。就脏腑而言，人参的力量只能到上焦、中焦，却不能到达下焦。从血液循环、元气周流来说，人参的药力只能到达气分，达不到血分。那些肾虚和阴亏的人，用人参滋补，怎么会有好处呢？非但没有帮助，阳气偏盛的症象会更加灼热炽盛了吧？况且，古时药方中有生参和熟参的区别，如今的人参，采到手就立刻被蒸熟了，哪里还有生参呢？古时候人参产在上党，秉有中央的土气，所以药性温厚，先入中焦。如今上党的土气已经衰弱，只好用辽参，而辽参兼有东方春气，因此药性发生时，

先升上部。即以药论，亦各有运用之权。愿公审之。”季箴极不以为然。

余不知医，并附录之，待精此事者论定焉。

歙人蒋紫垣，流寓献县程家庄，以医为业。有解砒毒方，用之十全。然必邀取重资，不满所欲，则坐视其死。一日暴卒，见梦于居停主人曰：“吾以耽利之故，误人九命矣。死者诉于冥司，冥司判我九世服砒死。今将赴转轮，赂鬼卒得来见君，以此方奉授。君能持以活一人，则我少受一世业报也。”言讫，泣涕而去曰：“吾悔晚矣！”其方以防风一两研为末，水调服之而已，无他秘药也。又闻诸沈丈丰功曰：“冷水调石青，解砒毒如神。”沈丈平生不妄语，其方当亦验。

老儒刘挺生言：东城有猎者，夜半睡醒，闻窗纸淅淅作响，俄又闻窗下窸窣声，披衣叱问。忽答曰：“我鬼也。有事求君，君勿怖。”问其何事。曰：“狐与鬼自古不并居，狐所窟穴之墓，皆无鬼之墓也。我墓在村北三里许，狐乘我他往，聚族据之，反驱我不得入。欲与斗，则我本文士，必不胜。欲讼诸土神，即幸而得申，彼终亦报复，又必不胜。惟得君等行猎时，或绕道半里，数过其地，则彼必恐怖而他徙矣。然倘有所遇，勿遽殪获，恐事机或泄，彼又修怨于我也。”猎者如是言。后梦其来谢。夫鹊巢鸠据，事理本直。然力不足以胜之，则避而不争；力足以胜之，又长虑深思而不尽其力。不求幸胜，不求过胜，此其所以终胜欤！孱弱者遇强暴，如此鬼可矣。

先到上部。即使以药而论，也是各有所用的。但愿您能慎重使用。”刘季箴却很不以为然。

我不懂医道，就一同记下来，等待精通此道的人来论定。

安徽歙县人蒋紫垣，客居在献县程家庄，以行医为业。有解砒毒的方子，从没有失过手。但是蒋紫垣开价极高，不能满足他的要求，就眼看着人死去。一天蒋紫垣突然暴亡，之后托梦给他的房东说：“我因为贪图重利，耽误了九条人命。死者告到阴曹，阴曹判我九辈子都服砒霜而死。现在我马上要转入轮回，我贿赂了鬼卒来见您，奉送这个方子。您能用来救活一个人，我就少受一世的报应。”说完，痛哭着边走边说：“我后悔晚了！”那个方子是用防风一两，研为细末，用水调服而已，没有其他神秘的药物。又听沈丰功老丈说：“用冷水调石青解砒毒简直神奇。”沈老丈平生从不乱说，他的方子应当也是灵验的。

老儒刘挺生说：东城有个猎户，半夜睡醒，忽然听见窗纸“淅淅”作响，不一会儿，又听到窗下有窸窸窣窣的声音，披衣起来喝问。外面答道：“我是鬼。有事向您求助，请千万不要害怕。”猎户问有什么事。鬼说：“狐与鬼自古不同居，狐狸住的墓穴都是没有鬼的。我的坟在村北三里多地外，狐狸趁我出门不在家，就聚族占据了我的住处，反而把我驱赶得进不了门。本来想争斗，可我是个儒生，一定打不赢的。又想告到土神那里，但即便侥幸能够申冤，它们终究还是要报复，最终还是等于没有打赢官司。只希望您在打猎时，或者能绕道半里，从那里经过几次，它们就必定惊恐，搬到别处去。但是，倘若您遇到它们，请不要立即捕杀，恐怕泄露了消息，它们又要怨恨我。”猎户按他的话办了。后来又梦见他来道谢。好比是喜鹊的巢穴被斑鸠所占据了，喜鹊讨回自己的巢，理由本来是正当的。然而，气力若不足以制胜，就退避，不争斗；气力若足以制胜，又深思熟虑而不竭尽全力。不求侥幸制胜，不求胜之过分，这就是那个鬼最终得胜的原因吧！弱者遇到强暴时，像这个鬼一样做就可以了。

舅氏张公健亭言：沧州牧王某，有爱女撄疾沉困。家人夜入书斋，忽见其对月独立花阴下，悚然而返。疑为狐魅托形，嗾犬扑之，倏然灭迹。俄室中病者语曰："顷梦至书斋看月，意殊爽适。不虞有猛虎突至，几不得免。至今犹悸汗。"知所见乃其生魂也。医者闻之，曰："是形神已离，虽卢扁莫措矣。"不久果卒。

闽有方竹，燕山之柿形微方，此各一种也。山东益都有方柏，盖一株偶见，他柏树则皆不方。余八九岁时，见外祖家介祉堂中有菊四盎，开花皆正方，瓣瓣整齐如裁剪。云得之天津查氏，名黄金印。先姚安公乞其根归，次岁花渐圆，再一岁则全圆矣。或曰："花原常菊，特种者别有法。如靛浸莲子，则花青；墨揉玉簪之根，则花黑也。"是或一说欤！

家奴宋遇病革时，忽张目曰："汝兄弟辈来耶？限在何日？"既而自语曰："十八日亦可。"时一讲学者馆余家，闻之哂曰："谵语也。"届期果死。又哂曰："偶然耳。"申铁蟾方与共食，投箸太息曰："公可谓笃信程朱矣！"

奇节异烈，湮没无传者，可胜道哉。姚安公闻诸云台公曰："明季避乱时，见夫妇同逃者，其夫似有腰缠。一贼露刃追之急。妇急回身屹立，待贼至，突抱其腰。贼以刃击之，血流如注，坚不释手。比气绝而仆，则其夫脱去久矣。惜不得其名姓。"又闻诸镇番公曰："明季，河北五省皆人饥，

舅父张健亭公说：沧州的长官王某，有个爱女重病缠身，卧床不起。家人夜里到书房去，忽然见她一个人站在花阴下对着月亮，顿时吓得毛骨悚然，连忙回到房间。家人怀疑是狐魅假冒小姐的形貌，就放出狗扑去，看花的人忽然就不见了。不一会儿屋里的病人说："刚才梦见到书斋赏月，感觉特别舒畅。不料有只猛虎突然扑来，几乎没有逃脱。至今还吓得心跳出冷汗。"家人一听，才知道自己刚才看见的是小姐的魂。医生听说了此事，说："这是形神已经分离，就是卢城的扁鹊也没有办法了。"这个女孩果然不久就去世了。

福建有方形竹子，燕山的柿子形状稍微显得方正，这是所属大类中的另外一个种类。山东益都有方形柏树，只是偶然发现一棵，其他的都不是方形。我在八九岁时，看见外祖父家介祉堂中有四盆菊花，花都是正方形的，花瓣片片整齐得像裁剪过一样。外祖父说，这是他从天津的查某那里弄来的，名叫"黄金印"。先父姚安公要了根须回来种，第二年，花就稍稍变圆了，再一年，花就完全圆了。有人说："这花本是通常的菊花，只是种的人另有办法。比如用靛青浸泡莲子，则花为靛青色；用墨揉玉簪的根，则花为黑色。"这也是一种说法吧！

我家有个奴仆叫宋遇，病危时，他忽然睁开眼说："你们兄弟都来了吗？我的期限是哪一天啊？"随后他又自言自语地说："十八号也可以。"当时，有一个道学先生在我家讲学，听了这件事，就讥笑地说："这是生病说胡话。"但宋遇真的在十八号死了。道学先生又讥笑地说："这还是偶然碰到的。"当时申铁蟾正和他一同进餐，丢下筷子叹气说："您可真算得是笃信程朱理学了！"

异常节烈而湮没了姓名的人，简直不可胜数。姚安公听云台公讲："明末躲避战乱时，见到一对夫妇一同逃难，丈夫像是带了些钱。一个盗贼拔出刀追得很急。妇人忽然回转挺身站立，等着盗贼追到，突然抱住他的腰。盗贼用刀砍她，妇人血流如注，就是坚决不撒手。等她气绝扑倒在地，她丈夫已经脱身逃去很久了。可惜不知道她的姓名。"又从镇番公那里听说："明末，河北五省都闹大饥荒，

至屠人鬻肉，官弗能禁。有客在德州、景州间，入逆旅午餐，见少妇裸体伏俎上，绷其手足，方汲水洗涤。恐怖战悚之状，不可忍视。客心悯恻，倍价赎之；释其缚，助之著衣，手触其乳。少妇艴然曰：‘荷君再生，终身贱役无所悔。然为婢媪则可，为妾媵则必不可。吾惟不肯事二夫，故鬻诸此也。君何遽相轻薄耶？’解衣掷地，仍裸体伏俎上，瞑目受屠。屠者恨之，生割其股肉一脔。哀号而已，终无悔意。惜亦不得其姓名。”

肃宁王太夫人，姚安公姨母也。言其乡有嫠妇，与老姑抚孤子，七八岁矣。妇故有色，媒妁屡至，不肯嫁。会子患痘甚危，延某医诊视。某医遣邻妪密语曰：“是症吾能治。然非妇荐枕，决不往。”妇与姑皆怒谇。既而病将殆，妇姑皆牵于溺爱，私议者彻夜，竟饮泣曲从。不意施治已迟，迄不能救，妇悔恨投缳殒。人但以为痛子之故，不疑有他。姑亦深讳其事，不敢显言。俄而某医死，俄而其子亦死，室弗戒于火，不遗于缕。其妇流落入青楼，乃偶以告所欢云。

余布衣萧客言：有士人宿会稽山中，夜闻隔涧有讲诵声。侧耳谛听，似皆谈古训诂。次日，越涧寻访，杳无踪迹。徘徊数日，冀有所逢。忽闻木杪人语曰：“君嗜古乃尔，请此相见。”回顾之顷，石室洞开，室中列坐数十人，皆掩卷振衣，出相揖让。士人视其案上，皆诸经注疏。居首坐者拱手曰：“昔尼山

以至于把人杀了卖肉，官府也不能禁止。有个客人在德州、景州接壤的地方，到馆子里吃午饭，看到一个年轻女人裸体趴在砧板上，手脚被捆住，有人正在打水洗刷。那个女人害怕得浑身颤抖的情状，让人不忍心看。客人可怜她，付了双倍的钱把她赎了下来；客人解开捆她的绳子，帮她穿衣服时，手碰到了她的乳房。女人气愤地说：'承蒙您让我再生，终身做低贱的差使也没有什么懊悔的。但是我能做婢女仆妇，必定不能做侍妾。我就是因为不肯再嫁，才被卖到这里。您为什么突然轻薄我呢？'说完就脱去衣服扔到地上，仍然裸体趴到了砧板上，闭上眼睛等着屠宰。屠夫恼恨她，活生生地割下她大腿上的一块肉。她只是哀号呼叫而已，始终没有后悔的意思。可惜也不知道她的姓名。"

肃宁的王太夫人，是先父姚安公的姨母。她说她家乡有个寡妇，与婆婆一起抚养孤儿，孩子有七八岁了。那个寡妇长得漂亮，媒人屡屡登门，但她不肯再嫁。不料她儿子出天花，病情危急，请某医生医治。某医生委托邻居老妇人悄悄对寡妇说："这病我能治，但除非她陪我睡觉，不然我决不肯去。"寡妇和婆婆都生气地痛骂某医生。不久，孩子的病情十分危险了，寡妇与婆婆因为溺爱孩子，悄悄商议了一个通宵，寡妇哭着曲从了医生。想不到医治已迟，最后孩子还是没有救过来，寡妇怨愤交加，自缢身亡。人们只以为她是痛失孩子而上吊，没怀疑还有其他原因。婆婆对此事也很忌讳，没有明说。不久，那个某医生死了，不久，他的儿子也死了，医生家的房子又失了火，烧得什么也没剩下。他的妻子流落到青楼当了妓女，偶尔把这事告诉了相好的。

我的布衣朋友萧客说：有个读书人住在会稽山中，夜里隔着山涧听见对面有讲诵的声音。他侧耳细听，似乎都是解释古书的字义。第二天，他到山涧对面寻访，杳无人迹。一连转悠了几天，希望能够找到讲诵训诂的人。忽然听到树梢有人说："先生这么爱好古学，那就请到此相见吧。"他回头一看，只见石室门大开，里面排坐着几十个人，都合上书本站起身来整整衣服，出来行礼，请他进去。读书人看到书案上都是儒家的经文注疏。坐在首座的人对他拱手说："当初孔圣人删定六经的

奥旨，传在经师；虽旧本犹存，斯文未丧；而新说叠出，嗜古者稀。先圣恐久而渐绝，乃搜罗鬼录，征召幽灵。凡历代通儒，精魂尚在者，集于此地，考证遗文；以次转轮，生于人世，冀递修古学，延杏坛一线之传。子其记所见闻，告诸同志，知孔孟所式凭，在此不在彼也。”士人欲有所叩，倏似梦醒，乃倚坐老松之下。

萧客闻之，裹粮而往。攀萝扪葛，一月有馀，无所睹而返。此与朱子颖所述经香阁事，大旨相类。或曰：“萧客喜谈古义，尝撰《古经解钩沉》，故士人投其所好以戏之。”是未可知。或曰：“萧客造作此言，以自托降生之一。”亦未可知也。

姚安公官刑部日，同官王公守坤曰：“吾夜梦人浴血立，而不识其人，胡为乎来耶？”陈公作梅曰：“此君恒恐误杀人，惴惴然如有所歉，故缘心造象耳。本无是鬼，何由识其为谁？且七八人同定一谳牍，何独见梦于君？君勿自疑。”佛公伦曰：“不然。同事则一体，见梦于一人，即见梦于人人也。我辈治天下之狱，而不能虑天下之囚。据纸上之供词，以断生死，何自识其人哉？君宜自儆，我辈皆宜自儆。”姚安公曰：“吾以佛公之论为然。”

吕太常含辉言：京师有富室娶妇者，男女并韶秀，亲串皆望若神仙。窥其意态，夫妇亦甚相悦。次日天晓，门不启。呼之不应，穴窗窥之，则左右相对缢。视其衾，已合欢矣。婢媪皆曰：

奥妙大义，由历代经师向下传授；虽然故本依然存在，文章还没有遗失；可是新的解说层出不穷，爱好古学的人越来越少。先圣担心时代久远古学逐渐绝迹，于是搜罗鬼录，征召幽灵。凡是历代通晓古今、学识渊博的儒者，只要灵魂还存在，就都集中到这里，作考证遗文的研究活动；然后按次序转生于人世，希望古学有人传授，孔圣人的学问得以延续。请先生记住来这里的见闻，回去后告诉志同道合的人们，让他们知道孔孟之学的根据在这里，而不是在他们那里。”读书人还想请教一些问题，却忽然醒来，原来是坐在老松树下。

萧客听说了这件事，就带上干粮赶到那里寻找。他攀援藤萝，跋山涉水，找了一个多月，什么也没看到，只好返回。这与朱子颖讲的经香阁一事大体相同。有人说：“萧客喜欢谈论经书的古义，曾撰写《古经解钩沉》一书，因此那个人投其所好，故意编出这件事捉弄他。”这也不是不可能。还有人说：“是萧客本人编了这番话，用来伪托他自己就是历代大儒之一转生。”这种说法也无法证实。

姚安公在刑部任职时，有一天他的同僚王守坤公说：“昨天夜里我梦见一个人浑身都是血站在面前，但我又不认识他，他这是为什么来的呢？”陈作梅公说：“因为您常常担心误杀了人，心里总是忐忑不安存有歉意，所以心里才造成了这种幻象。本来就没有这样的鬼，您又怎么认得它呢？况且七八个人同时审断一桩案例，为什么只有您梦到呢？您不要多虑。”佛伦公却说：“不是你说的那样。大家同事就是同一个整体，一人梦见，就像人人梦见一样。我们在判定天下的刑案，却不能考虑到天下囚犯的命运。只是根据纸上的供词，来判断一个人是生是死，又怎么能认识那个人呢？您应当自警，我们也都应该自警。”姚安公说：“我认为佛公言之有理。”

太常寺卿吕含辉说：京城里有个富人家娶媳妇，新郎新娘相貌俊美，亲戚们看他们简直像神仙一样的人物。悄悄看他们的神态，夫妻彼此也都很喜欢对方。第二天天亮，房门不开。喊他们也不答应，众人在窗纸上抠一个洞向里面看，发现两人面对面上了吊。看看床上的被褥，已经同床合欢了。婢女仆妇都说：

“是昨夕已卸妆，何又着盛服而死耶？”异哉，此狱虽皋陶不能听矣。

里胥宋某，所谓东乡太岁者也。爱邻童秀丽，百计诱与狎。为童父所觉，迫童自缢。其事隐密，竟无人知。一夕，梦被拘至冥府，云为童所诉。宋辩曰：“本出相怜，无相害意。死由尔父，实出不虞。”童言：“尔不相诱，我何缘受淫？我不受淫，何缘得死？推原祸本，非尔其谁？”宋又辩曰：“诱虽由我，从则由尔。回眸一笑，纵体相就者谁乎？本未强干，理难归过。”冥官怒叱曰：“稚子无知，陷尔机阱。饵鱼充馔，乃反罪鱼耶？”拍案一呼，栗然惊寤。

后官以贿败，宋名丽案中，祸且不测。自知业报，因以梦备告所亲。逮及狱成，乃仅拟城旦。窃谓梦境无凭也。比三载释归，则邻叟恨子之被污，乘其妇独居，饵以重币，已见金夫不有躬矣。宋畏人多言，竟惭而自缢。然则前之幸免，岂非留以有待，示所作所受，如影随形哉！

旧仆邹明言：昔在丹阳县署，夜半如厕。过一空屋，闻中有男女媟狎声，以为内衙僮婢，幽会于斯。惧为累，潜踪而返。后月夜复闻之，从窗隙窃窥，则内衙无此人；又时方冱冻，乃裸无寸缕。疑为妖魅，于窗外轻嗽。倏然灭迹。偶与同伴语及，一火夫曰：“此前官幕友某所居。幕友有雕牙秘戏像一盒，腹有机轮，自能运动。恒置枕函中，时出以戏玩。

“昨天晚上已经卸了妆的，为什么又穿戴整齐而死呢？”奇怪呵，这个案件即使虞舜时的司法官皋陶也是不能审察的了。

乡间有个小吏宋某，号称“东乡太岁”。他喜欢邻居家男孩长得清秀，千方百计引诱奸污了他。孩子的父亲察觉后，逼迫孩子上吊自尽了。这件事很隐秘，竟然无人知晓。一天晚上，宋某梦见自己被抓到冥府，说是因为那个孩子告了状。宋某分辩道：“我本来就是喜欢你，并没有想害你的意思。你是你父亲逼死的，我实在是没有预料到。”孩子说：“你不引诱我，我又怎么会被你淫污呢？我不被淫污，又怎么会死呢？推究这场祸事的由来，不是你又是谁？”宋某又辩解：“就算是我引诱，可顺从不顺从在你。回眸一笑、纵身投到我怀里的是谁呢？我本来就没有强迫你，按道理不应该归咎于我。”冥官怒叱道：“幼子无知，才陷入你的圈套。就像钓鱼设了诱饵，怎么反而怪罪鱼呢？”冥官拍着桌子大叫一声，宋某惊醒过来。

后来宋某的长官受贿事情败露，宋某也受到牵连，无法预料会有怎样的祸患。宋某自知报应到了，把那个梦遍告亲朋好友。等到结案，却只被判去筑城四年。他暗想，看来做梦也是不足为凭的。等他服了三年刑被释放回乡，却得知邻居老翁因为怨恨儿子被污辱，趁宋某妻子独自在家，重金引诱，宋某的妻子早就卖身相就了。宋某畏惧人们的闲言碎语，最终羞愧地上吊死了。看起来前一次似乎是免了灾祸，实际上是阴间特意留着后来报应，这样来显示一个人做什么就会有什么样的报应，如影随形一样啊！

我以前的一个仆人邹明说：从前，他在丹阳县署，有次半夜到厕所去。经过一间空屋子时，听到屋内有男女寻欢做爱的声音，以为是内衙的家僮婢女在屋内幽会。他害怕受到连累，就悄悄地回了自己的房间。后来在一个有月亮的夜晚，他又听到了屋内的声音，就从窗缝向里面偷看，却发现并不是内衙的人；而且当时天寒地冻，他们却都一丝不挂。他怀疑是妖魅，就轻轻咳嗽一声。屋里的人应声消失了。他偶尔跟同伴说到这件事，一个伙夫说：“这是前任长官某位幕友住过的房子。这个幕友有一盒牙雕的秘戏偶像，玩偶的肚子里有机关，能自己活动。他平日放在枕头里，时常拿出来玩弄。

一日失去，疑为同事者所藏。后终无迹。岂此物为祟耶？”遍索室中，迄不可得。以不为人害，亦不复追求。殆常在茵席之间，得人精气，久而幻化欤！

外祖雪峰张公家，牡丹盛开。家奴李桂，夜见二女凭阑立。其一曰：“月色殊佳。”其一曰：“此间绝少此花，惟佟氏园与此数株耳。”桂知是狐，掷片瓦击之，忽不见。俄而砖石乱飞，窗棂皆损。雪峰公自往视之，拱手曰：“赏花韵事，步月雅人，奈何与小人较量，致杀风景？”语讫寂然。公叹曰：“此狐不俗。”

佃户张九宝言：尝夏日锄禾毕，天已欲暝，与众同坐田塍上。见火光一道如赤练，自西南飞来，突堕于地，乃一狐，苍白色。被创流血，卧而喘息，急举锄击之，复努力跃起，化火光投东北去。后牵车贩鬻至枣强，闻人言某家妇为狐所媚，延道士刻治，已捕得封罂中。儿童辈私揭其符，欲视狐何状。竟破罂飞去。问其月日，正见狐堕之时也。此道士咒术可云有验，然无奈骙稚之窃窥。古来竭力垂成，而败于无知者之手，类如斯也夫。

老仆刘琪言：其妇弟某，尝独卧一室，榻在北牖。夜半觉有手扪摸，疑为盗。惊起谛视，其臂乃从南牖探入，长殆丈许。某故有胆，遽捉执之。忽一臂又破棂而入，径批其颊，痛不可忍。方回手支拒，所捉臂已掣去矣。闻窗外大声曰：“尔今畏否？”方忆昨夕林下纳凉，与同辈自称不畏鬼也。

一天丢了，他怀疑是被同事藏了起来。后来再也没有找到。难道是这盒秘戏偶像成了精吗？”人们搜遍了整个房间，也没找到什么；认为这玩意儿不害人，就没有再找。大概是这盒秘戏偶像常在褥席之间，得了人的精气，时间久了就通灵幻化了吧！

外祖父张雪峰公家，牡丹盛开。家奴李桂夜里看见两个女子靠着栏杆站着。其中一个说：“月色很美。”另一个说：“这种花这里绝少，只有佟氏园和这里有几株罢了。”李桂知道是狐狸精，就掷了一片瓦打过去，女子忽然不见了。不一会儿，砖头石块乱飞，窗棂都被砸坏了。张雪峰公亲自前往察看，拱手施礼说：“赏花是风雅的事情，在月下散步是高雅的人，为什么和小人较量，弄得大煞风景？”说完，四周就寂静无声了。张公叹息说：“这个狐精不俗。”

佃户张九宝说：夏天的一个下午，他给禾苗锄完草，天也快黑了，就和大家一同坐在田埂上。忽然看见一道火光像赤练一般从西南飞来，突然坠落到地上，却是一只灰白色的狐狸。见狐狸受了伤，鲜血直流，卧在地上喘息，他急忙举起锄头去打，只见那只狐狸又奋力跳跃起来，化作一团火光向东北方向去了。后来，张九宝拉车到枣强去卖货，听人说某家的女子被狐狸迷惑了，请道士来驱治，都已经把狐狸逮住了封在瓶子里。却不料孩子们偷偷地揭开符封，想看看狐狸到底是什么样子。那只狐狸竟然打破了瓶子，飞走了。他问起这件事的时间，正是那只狐狸堕落的时候。这个道士符咒的法术可以说有效验了，但是道士对幼稚无知的孩子偷看却无可奈何。自古以来，竭尽全力，眼看一件事就要成功，却败在无知者手里，往往就像这件事一样。

老仆刘琪说：他的妻弟，曾经独自一人住一间屋子，床在北窗下。半夜时觉得有只手在他身上摸来摸去，怀疑是小偷。惊讶地起身细看，只见胳膊是从南窗探进来的，几乎有一丈多长。他素来有胆量，就立即抓住这只胳膊不放。忽然又有一只胳膊破窗而入，打他的耳光，痛得受不了。他回手抵挡时，被抓住的那只手已经抽了回去。他听到有声音在窗外大声道：“如今你怕鬼了吧？”他这才记起昨晚在树下纳凉时，对同伙说过不怕鬼。

鬼何必欲人畏？能使人畏，鬼亦复何荣？以一语之故，寻衅求胜，此鬼可谓多事矣。裘文达公尝曰："使人畏我，不如使人敬我。敬发乎人之本心，不可强求。"惜此鬼不闻此语也。

宗室瑶华道人言：蒙古某额驸尝射得一狐，其后两足着红鞋，弓弯与女子无异。又沈少宰云椒言：李太仆敬堂，少与一狐女往来。其太翁疑为邻女，布灰于所经之路。院中足印作兽迹，至书室门外，则足印作纤纤样矣。某额驸所射之狐，了无他异。敬堂所眷之狐，居数岁别去。敬堂问："何时当再晤？"曰："君官至三品，当来迎。"此语人多知之。后来果验。

外叔祖张公雪堂言：十七八岁时，与数友月夜小集。时霜蟹初肥，新笃亦熟，酣洽之际，忽一人立席前。着草笠，衣石蓝衫，蹑镶云履，拱手曰："仆虽鄙陋，然颇爱把酒持螯。请附末坐可乎？"众错愕不测，姑揖之坐。问姓名，笑不答，但痛饮大嚼，都无一语。醉饱后，蹶然起曰："今朝相遇，亦是前缘。后会茫茫，不知何日得酬高谊。"语讫，耸身一跃，屋瓦无声，已莫知所在。视椅上有物粲然，乃白金一饼，约略敌是日之所费。或曰仙也，或曰术士也，或曰剧盗也。余谓剧盗之说为近之。小时见李金梁辈，其技可以至此。又闻窦二东之党，二东，献县巨盗。其兄曰大东，皆逸其名，而以乳名传。他书记载，或作"窦尔敦"，音之转耳。每能夜入人家，伺妇女就寝，胁以刃，禁勿语，并衾褥卷之，挟以越屋数十重。晓钟将动，仍卷之送还。被盗者惘惘如梦。一夕失妇家伏人于室，俟其送还，

鬼何必要让人害怕它们呢？能叫人害怕，鬼又有什么荣耀呢？因为一句话的缘故，就寻衅求胜，这个鬼真是太多事了。裘文达公说："让人怕我不如让人敬我。尊敬应该是发自人的本心，不是可以强求的。"可惜那个鬼没听到过这些话。

宗室皇族瑶华道人说：蒙古某个额驸曾经射到一只狐狸，两只后脚还穿着红鞋，鞋子弓形小巧，与缠足女子的小鞋完全一样。还有，少宰沈云椒说：太仆李敬堂，年轻时曾经与一个狐女暗中来往。他的祖父起初怀疑她是邻居的女儿，在她所经过的路上撒上了灰。结果，院子里的脚印是野兽的足迹，到书房门外时才变成纤纤女子的足迹。那个额驸猎获的狐狸，一点儿没有任何怪异。李敬堂眷恋的狐女，过了几年才辞别而去。李敬堂问："何时才能再相见？"狐女说："等您升官到了三品，我会来相迎。"这话许多人都知道，后来果然应验了。

外叔祖张雪堂公说：十七八岁时，与几个朋友月夜小聚。当时秋蟹刚刚长肥，新稻米酿的酒也可以喝了，众人正在酣饮，忽然有一个人站在席前。他头戴草笠，穿着石蓝色衣衫，脚登镶云靴，拱手施礼道："我虽鄙陋，但颇爱饮酒吃蟹。请问坐在末座可以吗？"众人惊愕，不知是什么人，姑且还礼让他坐下。问及姓名，他微笑不答，只是痛饮大嚼而已，始终不说一句话。酒足饭饱，忽地站起，说："今日相聚，也是前缘。后会之期茫茫，不知何日能报答这番高谊。"说完耸身一跃，大家都没有听到屋瓦的响声，就已经不知所往了。众人发现椅子上有个东西发亮，原来是一锭银子，大概与今夜这顿酒席的花费相当。有人说他是仙人，有人说他是术士，有人说他是大盗。我认为大盗的可能性大。小时候见到的李金梁等人，他们的武功能有这个程度。又听说窦二东的同伙，二东，是献县的大盗。他的哥哥叫大东，兄弟的名字都已佚失，而以乳名相传。别的书上记载，或者作"窦尔墩"，一音之转罢了。往往能在夜里进到人家里，偷看到女人睡下后，威胁她们不让出声，连同被子卷起来，挟着越过数十重房屋而去。等到晨钟快敲响的时候，仍用被子卷着送回来。被盗者迷迷糊糊如在梦中。一天夜里，丢了妇女的人家埋伏在屋里，等盗贼送还妇女的时候，

突出搏击。乃一手挥刀格斗，一手掷妇于床上，如风旋电掣，倏已无踪。殆唐代剑客之支流乎？

奇门遁甲之书，所在多有，然皆非真传。真传不过口诀数语，不著诸纸墨也。德州宋清远先生言：曾访一友，清远曾举其姓名，岁久忘之。清远称雨后泥泞，借某人一驴骑往。则所居不远矣。友留之宿，曰："良夜月明，观一戏剧可乎？"因取凳十馀，纵横布院中，与清远明烛饮堂上。二鼓后，见一人逾垣入，环转阶前，每遇一凳，辄蹒跚，努力良久乃跨过。始而顺行，曲踊一二百度；转而逆行，又曲踊一二百度。疲极踣卧，天已向曙矣。友引至堂上，诘问何来。叩首曰："吾实偷儿，入宅以后，惟见层层皆短垣，愈越愈不能尽，窘而退出，又愈越愈不能尽，故困顿见擒，死生惟命。"友笑遣之。谓清远曰："昨卜有此偷儿来，故戏以小术。"问："此何术？"曰："奇门法也。他人得之恐召祸，君真端谨，如愿学，当授君。"清远谢不愿。友太息曰："愿学者不可传，可传者不愿学，此术其终绝矣乎！"意若有失，怅怅送之返。

有故家子，日者推其命大贵，相者亦云大贵，然垂老官仅至六品。一日扶乩，问仕路崎岖之故。仙判曰："日者不谬，相者亦不谬，以太夫人偏爱之故，削减官禄至此耳。"拜问："偏爱诚不免，然何至削减官禄？"仙又判曰："礼云继母如母，则视前妻之子当如子；庶子为嫡母服三年，则视庶子亦当

突然出来搏斗。强盗用一手挥刀格斗，一手把妇人扔到床上，如同风驰电掣般，一转眼就无影无踪了。他们大概是唐代剑客的支流吧？

奇门遁甲这一种术数的书，现在虽有很多，但都不是真传。真传不过是几句口诀，不需要写到纸上。德州的宋清远先生说：他曾经去拜访他的一位朋友，清远曾经说了姓名，年岁长久我忘了。清远说下雨后道路泥泞，是借了某人的一头驴子骑着去的。那么看起来这个朋友住得不远。朋友留他住一晚，说："今夜的月光真好，看一出戏怎么样？"接着朋友搬出十几条凳子，纵横排放在院子里，然后点着蜡烛在堂上与宋清远饮酒。二更后，他们看见一个人翻墙进来，在台阶前四面打转，每碰到一条凳子。就摇摇晃晃跌跌撞撞，费很大的劲儿才跨过去。开始他是顺行，向上跳一两百次才跨过一条凳子；后来又逆行，又是向上跳一两百次才跨过一条凳子。到后来，弄得疲惫不堪，倒在地上，这时天已快亮了。朋友把他带到堂上，审问他的来历。那个人磕着头说："我是小偷，进来后只看见层层矮墙，越跳越没有尽头；我应付不了想退出去，也是越跳越没有尽头，弄得精疲力尽，只好随您处置了。"朋友笑着打发他走了。朋友对宋清远说："昨天我就算到这个小偷要来，因此用小法术耍耍他。"宋清远又问："这是什么法术呢？"他回答说："是奇门术。别人去学恐怕招祸，你是个正直谨慎的人，如果愿意学的话，我一定传授给你。"宋清远谢绝了。朋友叹息说："愿学的人不能传，能传的人不愿学，这门法术岂不是要灭绝了！"朋友十分失望，茫然若失地送宋清远回来了。

有一个旧家子弟，阴阳先生推算他是大贵之命，相面的也说应当大贵，但是他到老，官也只做到了六品。有一天扶乩，他问仕途崎岖不平的缘故。乩仙下判语说："占卜的没错，相面的也没错，只是因为太夫人偏爱的缘故，削减官职禄位到了这一步罢了。"他又拜问："偏爱的确难免，但何至于削减官职禄位？"乩仙又判道："礼书上说，继母就像母亲，那么看待前妻的儿子，应当像自己的儿子；妾生的儿子为嫡母穿丧服三年，那么看待妾生的儿子也应当像

如子。而人情险恶，自设町畦，所生与非所生，厘然如水火不相入。私心一起，机械万端。小而饮食起居，大而货财田宅，无一不所生居于厚，非所生者居于薄，斯已干造物之忌矣。甚或离间谗构，密运阴谋，诟谇嚣陵，罔循礼法，使罹毒者吞声，旁观者切齿，犹哓哓称所生者之受抑。鬼神怒视，祖考怨恫，不祸遣其子，何以见天道之公哉？且人之受享，只有此数，此赢彼缩，理之自然。既于家庭之内，强有所增；自于仕宦之途，阴有所减。子获利于兄弟多矣，物不两大，亦何憾于坎坷乎？"其人悚然而退。

后亲串中一妇闻之，曰："悖哉此仙！前妻之子，恃其年长，无不吞噬其弟者；庶出之子，恃其母宠，无不凌轹其兄者。非有母为之撑拄，不尽为鱼肉乎？"姚安公曰："是虽妒口，然不可谓无此事也。世情万变，治家者平心处之可矣。"

族祖黄图公言：顺治康熙间，天下初定，人心未一。某甲阴为吴三桂谍，以某乙骁健有心计，引与同谋。既而枭獍伏诛，鲸鲵就筑，亦既洗心悔祸，无复逆萌。而来往秘札，多在乙处。书中故无乙名，乙胁以讦发，罪且族灭。不得已以女归乙，赘于家。乙得志益骄，无复人理，迫淫其妇女殆遍，乃至女之母不免；女之幼弟才十三四，亦不免。皆饮泣受污，惴惴然恐失其意。甲抑郁不自聊，恒避于外。一日，散步田间，遇老父对语。

自己的儿子。而人情险恶，自己设立种种阻碍，把自己生的和别人生的看得像水火那样不相容。私心一起，奸诈欺骗种种花样就来了。小到饮食起居，大到资产田宅，没有一样不是自己生的孩子所得优厚，别人生的孩子所得菲薄，这已经触犯造物主的忌讳了。甚至还离间构谗陷害，暗地里搞阴谋，责骂吵闹气焰嚣张，不遵礼法，让遭受毒害的忍气吞声，让旁观者切齿痛恨，还喋喋不休说自己生的受了委屈。鬼神愤怒地看着，祖先怨恨悲痛，这样的情况，不降祸责罚她的儿子，怎么显示天道的公正呢？而且人能享受的，数量是固定的，这里富足了，那里就短缺，这个道理很自然。既然你在家庭里，依赖强势增加了福分；那么仕途就暗暗有削减。你从兄弟那里占的利益多了，万事不能两全，仕途上有些坎坷你还遗憾什么呢？”那个人惊讶惶恐退下。

后来亲戚当中一个女人听到了说：“这个乩仙真是大错！前妻的儿子，依仗他年长，没有不想一口吞掉他弟弟的；妾生的儿子，倚仗他母亲受宠爱，没有不想压倒兄长的。要不是有母亲替他支撑抵拒，不就成了人家砧板上的鱼肉了吗？”姚安公说：“这虽然是妒忌的话，但不能说没有这种事情。世情万般变化，治家的人公平对待就可以了。”

族祖黄图公说：顺治、康熙年间，天下初定，民心还没安定下来。有个某甲暗中给吴三桂做间谍，因为某乙强健勇猛又很有谋略，就招某乙做了同谋。不久，吴三桂被诛杀，他手下的干将们也全部落网处死。某甲决定洗心革面，不再谋逆朝廷。可是，他与某乙的往来密信，很多都在某乙那里。密信中没有乙的姓名，乙就用这些密信威胁甲说是要告发，如果真要告发，甲的罪行是要灭族的。甲迫不得已，将自己的女儿许配给了乙，招乙做了上门女婿。乙得志更加骄横，根本不顾伦理人道，胁迫奸淫甲家的女性，所有妇女几乎被他淫遍，连岳母也没有幸免，甚至才十三四岁的妻弟也没有逃过乙的奸淫。全家老小都忍泪受辱，还每天惴惴不安，唯恐他不顺心。甲抑郁忧闷，实在过不下去，常常一个人躲避出去。有一天，他在田间散步，遇到一个老翁和他交谈。

怪附近村落无此人。老父曰："不相欺，我天狐也。君固有罪，然乙逼君亦太甚，吾窃不平。今盗君秘札奉还。彼无所挟，不驱自去矣。"因出十馀纸付甲。甲验之良是，即毁裂吞之，归而以实告乙。乙防甲女窃取，密以铁瓶瘗他处。潜往检视，果已无存。乃踉跄引女去。女日与诟谇，旋亦仳离。后其事渐露，两家皆不齿于乡党，各携家远遁。

夫明季之乱极矣，圣朝荡涤洪炉，拯民水火。甲食毛践土已三十馀年，当吴山桂拒命之时，彼已手戮桂王，断不得称楚之三户。则甲阴通三桂，亦不能称殷之顽民。即阖门骈戮，亦不为冤。乙从而污其闺帏，较诸荼毒善良，其罪似应末减，然乙初本同谋，罪原相埒；又操戈挟制，肆厥凶淫，罪实当加甲一等。虽后来食报，无可证明，天道昭昭，谅必无幸免之理也。

姚安公读书舅氏陈公德音家。一日早起，闻人语喧阗。曰客作张珉，昨夜村外守瓜田，今早已失魂不语矣。灌救百端，至夕乃苏。曰："二更以后，遥见林外有火光，渐移渐近。比至瓜田，乃一巨人，高十馀丈，手执烛笼，大如一间屋。立团焦前，俯视良久。吾骇极晕绝，不知其何时去也。"或曰罔两，或曰当是主夜神。案，《博物志》载主夜神咒曰"婆珊婆演底"，诵之可以辟恶梦，止恐怖。不应反现异状，使人恐怖。疑罔两为近之。

姚安公又言：一夕，与亲友数人，同宿舅氏斋中。已灭烛就寝矣，忽大声如巨炮，发于床前，屋瓦皆震。满堂战栗，噤不能语，有耳聋数日者。时冬十月，不应有雷霆；又无焰光冲击，

甲很奇怪，附近的村子并没有这么个老翁。老翁说："实不相瞒，我是天狐。先生固然有罪，然而乙也逼人太甚了，我私下里很是不平。现在把密信偷来，奉还给你。他再没有什么可以要挟你的了，您不赶，他自己也会走的。"说完，拿出十几张纸交给甲。甲一看，正是他写的密信，立即撕碎，吞下肚去，回家后，把实情直截了当地告诉了乙。原来，乙为了防止甲女偷密信，已经把密信藏在铁瓶中，埋在一个没人知道的隐蔽地方。听甲这样说，不大相信，自己偷偷前去检查，密信果然没有了。乙慌慌张张地带着甲的女儿离开了甲家。甲的女儿天天和乙争吵辱骂，很快就离开了乙。后来，甲乙的事情逐渐泄露出去，两家都被乡亲们看不起，各自携家远逃外地。

明朝末年乱到极点，清朝平定乱世，把百姓从水深火热中拯救出来。甲蒙受君恩已经三十多年，吴三桂抗拒朝命时反戈杀了桂王，绝对称不上是秦朝热爱故国的楚之三户。甲暗通吴三桂，也称不上周代留恋故国的殷之顽民。甲就是全家伏诛，也不算冤枉。乙乘机污辱甲家全家每一个人，罪恶似乎并不应该轻于祸害善良人家；可是，乙当初本来就是甲的同谋，罪恶与甲是相等的；乙又捏着把柄挟制甲，放肆奸淫，实际上应该罪加一等。虽然乙后来得到什么恶报还不清楚，但是天道昭昭，谅他必无幸免之理。

姚安公曾在舅父陈德音公家读书。一天早起，听见人声喧哗。有人说，短工张珉，昨夜在村外看守瓜田，今早已经昏迷不醒。经过千方百计救治，晚上才苏醒。他说："二更后，我远远看见树林外有火光，越移越近。等它到了瓜园，才发现是个巨人，有十多丈高，提的灯笼有一间屋那么大。它站在窝棚前，俯看了好久。我吓破胆昏了过去，也不知道它是什么时候离开的。"有人说是魍魉，有人说是主夜之神。据考证，《博物志》记载有主夜神的咒语是"婆珊婆演底"，吟诵它就可以避免恶梦，不再害怕。因此主夜之神不应当一反常态，让人害怕。我估计是魍魉。

姚安公又说：一天晚上他和几个亲友住在舅父的房间里。已经灭烛就寝了，忽然一声巨响，如同大炮一般，是从床前发出的，屋瓦都震动了。满屋的人都吓得发抖，说不出话来，还有人耳聋了好几天。时值冬季十月，不应该有雷霆；又没有电光冲击，

亦不似雷霆。公同年高丈尔玿曰："此为鼓妖，非吉征也。主人宜修德以禳之。"德音公亦终日栗栗，无一事不谨慎。是岁家有缢死者，别无他故。殆戒惧之力欤！

姚安公闻先曾祖润生公言：景城有姜三莽者，勇而戆。一日，闻人说宋定伯卖鬼得钱事，大喜曰："吾今乃知鬼可缚。如每夜缚一鬼，唾使变羊，晓而牵卖于屠市，足供一日酒肉赀矣。"于是夜夜荷梃执绳，潜行墟墓间，如猎者之伺狐兔，竟不能遇。即素称有鬼之处，佯醉寝以诱致之，亦寂然无睹。一夕，隔林见数磷火，踊跃奔赴；未至间，已星散去。懊恨而返。如是月馀，无所得，乃止。盖鬼之侮人，恒乘人之畏。三莽确信鬼可缚，意中已视鬼蔑如矣，其气焰足以慑鬼，故鬼反避之也。

益都朱天门言：有书生僦住京师云居寺，见小童年十四五，时来往寺中。书生故荡子，诱与狎，因留共宿。天晓，有客排闼入。书生窘愧，而客者无睹。俄僧送茶入，亦若无睹。书生疑有异，客去，拥而固问之。童曰："公勿怖，我实杏花之精也。"书生骇曰："子其魅我乎？"童曰："精与魅不同。山魈厉鬼，依草附木而为祟，是之谓魅。老树千年，英华内聚，积久而成形，如道家之结圣胎，是之谓精。魅为人害，精则不为人害也。"问："花妖多女子，子何独男？"曰："杏有雌雄，吾故雄杏也。"又问："何为而雌伏？"曰："前缘也。"又问："人与草木安有缘？"惭沮良久，曰："非借人精气，不能炼形故也。"书生曰："然则子仍魅我耳。"

也不像是雷霆。姚安公同榜取中的高尔玿老丈说："这是鼓妖，不是吉兆。主人应勤修德行，以求禳除。"德音公也终日战战兢兢，没有一事不谨慎。这年除了家里有一个人上吊之外，并无其他变故。大概这是他小心戒备的缘故吧！

姚安公听先曾祖父润生公说：景城有叫姜三莽的，勇猛而戆直。有一天听人说宋定伯卖鬼得钱的故事，非常高兴，说："我现在才知道鬼是可以捆绑的。如果每天夜里捆一个鬼，吐口唾沫让它变成羊，清早牵着卖给屠宰场，足够一天酒肉的开销了。"于是夜夜背着木棒拿着绳子，悄悄行走在墓地间，就像打猎的等候狐狸、兔子那样，却始终碰不到鬼。就是向来说是有鬼的地方，他假装酒醉躺着引鬼前来，也一点儿声息也没有。一天夜里，他隔着树林看见几点磷火，就跳着跑着过去；还没有到那里，磷火已经四散而去。他只好懊恼愤恨地回来。这么一个多月，什么都没有捉到，才罢手。大概鬼欺侮人，经常是趁人害怕。姜三莽确信鬼能逮住，心里已经不把鬼当回事了，他的气焰足以慑服鬼怪，所以鬼反而躲避他了。

益都的朱天门讲：有个书生借居在京城的云居寺里，见到一个十四五岁的男孩子时常往来。书生以前是个浪荡子，就引诱男孩跟他亲热，留他同宿。天亮时，有个客人推门进来。书生很尴尬，但客人似乎什么也没看到。不一会儿僧人送茶来，也像是没有看到男孩。书生因此疑心这个男孩的来历，等客人离开，就抱住男孩子追问。男孩说："您不要害怕，我其实是杏花精。"书生惊恐地问："你是鬼来害我吗？"童子说："精和鬼不一样。山魈、厉鬼，依附草木作祟，那才叫鬼。千年的老树，英华内聚，时间长了化为人形，就像道家所说的凝聚了精、气、神而怀孕一样，这样的叫成了精。鬼害人，精是不害人的。"书生问："花妖多半是女子，为什么唯独你是男子呢？"童子说："杏有雌雄，我是雄杏。"书生又问："你为什么像女人那样呢？"童子说："那是前缘。"书生问："人与草木之间会有前缘吗？"童子惭愧忸怩了好一会儿，说："不借助人的精气，我是不能修炼成人形的。"书生说："这么说来你还是在害我。"

推枕遽起。童亦艴然去。此书生悬崖勒马，可谓大智慧矣。其人盖天门弟子，天门不肯举其名云。

申铁蟾，名兆定，阳曲人。以庚辰举人官知县，主余家最久。庚戌秋，在陕西试用，忽寄一札与余诀。其词恍惚迷离，抑郁幽咽，都不省为何语。而铁蟾固非不得志者，疑不能明也。未几，讣音果至。既而见邵二云赞善，始知铁蟾在西安，病数月。病愈后，入山射猎，归而目前见二圆物如球，旋转如风轮，虽瞑目亦见之。如是数日，忽爆然裂，二小婢从中出，称仙女奉邀。魂不觉随之往。至则琼楼贝阙，一女子色绝代，通词自媒。铁蟾固谢，托以不惯居此宅。女子薄怒，挥之出，霍然而醒。越月馀，目中见二圆物如前，爆出二小婢亦如前，仍邀之往。已别构一宅，幽折窈窕颇可爱。问："此何地？"曰佛桑，请题堂额。因为八分书"佛桑香界"字。女子再申前请。意不自持，遂定情。自是恒梦游。久而女子亦昼至，禁铁蟾勿与所亲通。遂渐病。病剧时，方士李某以赤丸饵之，呕逆而卒。其事甚怪，始知前札乃得心疾时作也。

铁蟾聪明绝特，善诗歌，又工八分，驰骋名场，翛然以风流自命。与人交，意气如云，邮筒走天下。中年忽慕神仙，遂生是魔障，迷罔以终。妖以人兴，象由心造。才高意广，翻以好异陨生，其可惜也夫。

他立即推开枕头起来，那个童子也不高兴地离开了。这个书生能悬崖勒马，可以说很明智。他是朱天门的弟子，因此朱天门不肯说他的名字。

申铁蟾，名兆定，阳曲人。乾隆庚辰年中举人，官任知县，在我家门下最久。乾隆庚戌年秋天，他在陕西试用，忽然写来一封信与我诀别。信中的言词恍惚迷离，抑郁幽咽，我都看不懂他说了些什么。申铁蟾并不是坎坷不得志，因此这封信让我非常疑惑，猜不透其中的缘故。不久，果然传来了他的死讯。过后见到太子赞善邵二云，这才知道申铁蟾在西安病了几个月。病愈后，进山射猎，回来后总能见到两个圆的东西，像球，像风轮一样旋转，就是闭上眼睛也能看到。这样过了几天，忽然圆物爆裂，从里面出来两个小婢女，声称奉仙女之命前来请他。他的魂魄不知不觉地就随两个小婢女去了。到了地方，只见琼楼贝阙，非常壮丽，宫中有位绝代佳人，寒暄问候之后亲口向他提亲。申铁蟾执意谢绝，托词是住不惯这种房屋。美女看上去微微发怒，挥手让他出来，他猛然醒了。过了一个多月，圆球又像以前一样出现了，又像前一次那样爆裂出两个小婢女，又来邀请他。这次来到一处新建的住宅，小小巧巧，曲折幽深，特别可爱。他问："这是什么地方？"女子回答是佛桑，并请他题写堂额。他用八分体书写了"佛桑香界"四个字。女子再次提出议婚，他不能自持，与女子定了情。从此以后，经常梦游佛桑。时间一久，女子白天也来，还禁止他与亲友来往。就这样，申铁蟾的病渐渐加重。病危时，方士李某给他吃驱除邪鬼的药丸，结果呕吐而死。这件事情非常奇怪，我才知道申铁蟾的信，是在他得心病的时候写的。

申铁蟾聪明绝顶，多才多艺，既擅长写诗，又精通书法，因此驰名儒林官场，俊朗飘逸以风流自命。与人交往，潇洒如流云，书信遍天下。到了中年忽然羡慕神仙，才得了这样的怪病，恍恍惚惚丧生了。妖魅因人而发生，幻象由心而造就。才情高，追求广，反而因为好奇而送了命，实在可惜。

崔庄旧宅，厅事西有南北屋各三楹，花竹翳如，颇为幽僻。先祖在时，奴子张云会夜往取茶具，见垂鬟女子，潜匿树下，背立向墙隅。意为宅中小婢于此幽期，遽捉其臂，欲有所挟。女子突转其面，白如傅粉，而无耳目口鼻。绝叫仆地。众持烛至，则无睹矣。或曰旧有此怪，或曰张云会一时目眩，或曰实一黠婢，猝为人阻，弗能遁，以素巾幕面，伪为鬼状以自脱也。均未知审。然自此群疑不释，宿是院者恒凛凛，夜中亦往往有声。盖人避弗居，斯狐鬼入之耳。又宅东一楼，明隆庆初所建。右侧一小屋，亦云有魅。虽不为害，然婢媪或见之。姚安公一日检视废书，于簏下捉得二獾。佥曰："是魅矣。"姚安公曰："獾弭首为童子缚，必不能为魅。然室无人迹，至使野兽为巢穴，则有魅也亦宜。斯皆空穴来风之义也。"后西厅析属从兄坦居，今归从侄汝侗。楼析属先兄晴湖，今归侄汝份。子姓日繁，家无隙地，魅皆不驱自去矣。

甲与乙相善，甲延乙理家政。及官抚军，并使佐官政，惟其言是从。久而资财皆为所干没，始悟其奸，稍稍谯责之。乙挟甲阴事，遽反噬。甲不胜愤，乃投牒诉城隍。夜梦城隍语之曰："乙险恶如是，公何以信任不疑？"甲曰："为某事事如我意也。"神喟然曰："人能事事如我意，可畏甚矣。公不畏之而反喜之，不公之绐而绐谁耶？渠恶贯将盈，终必食报。若公则自贻伊戚，可无庸诉也。"此甲亲告姚安公者。事在雍正末年。甲滇人，乙越人也。

崔庄的纪氏旧宅，厅堂以西有南屋北屋各三间，屋前花竹荫翳，十分幽静。先祖在时，奴仆张云会半夜去取茶，看见一个垂鬟女子，隐藏在树下，对墙站立着。他以为是婢女在这里幽会，就捉住她的胳膊，想要挟她。那个女子忽然回头，只见她的脸白得像涂了粉，却没有眼耳鼻口。张云会惨叫一声，顿时扑倒在地。众人拿着蜡烛赶来，却没有看见什么。有人说以前就有这种妖怪，有人说张云会一时眼花，有人说那是个狡猾的婢女，突然被人捉住，不能逃脱，就用白丝巾遮住脸，扮成鬼的样子以便逃脱。都不能确定实情。但是从此大家的疑心不能消除，住在这个院子里的人都战战兢兢的，夜里也时常听到声响。大概人们远远地避开了，狐鬼就乘虚而入。宅东又有一楼，是明隆庆初年所建。右侧一间小屋，也听说有鬼。虽然不害人，但仆婢们也偶然能碰见。姚安公有一天翻检旧书，在书箱下面捉住了两只獾。众人都说："这一定是那个鬼魅了。"姚安公说："獾老老实实地让孩子捆绑，绝不可能是它们作的怪。屋子里没有人迹，以至于野兽把它当作巢穴，那么有鬼魅也是自然的。这就是所谓空穴来风的意思了。"后来，西厅分给堂兄纪坦居住，如今归了堂侄纪汝侗。楼房分给了兄长纪晴湖，如今归了侄子纪汝份。子侄们日益增多，家中再无空闲之处，鬼魅也都不用驱赶自己离开了。

甲同乙相处得很友善，甲就请乙主管家里各种大小事务。甲做到了巡抚，也让乙辅佐官府的政务，对乙，甲是言听计从。久而久之，甲发现自己的钱财都被乙吞没，才醒悟乙的奸诈刁钻，稍稍斥责了乙。乙利用甲的隐私要挟，马上反咬一口。甲实在气不过，就写了诉状投到城隍那里。夜里，甲梦见城隍对他说："乙险恶到这样，您为什么信任不疑？"甲说："因为他事事都称我的心意。"城隍叹息着说："别人能够事事如自己的心意，就是可怕得很了。你不怕他，反而喜爱他，他不骗你又去骗谁呢？他恶贯满盈，终究必然要受到报应。而你则是自招灾祸，可以不必投诉。"这是甲亲口告诉姚安公的，这事发生在雍正末年。甲是云南人，乙是浙东人。

《杜阳杂编》记李辅国香玉辟邪事，殊怪异，多疑为小说荒唐。然世间实有香玉。先外祖母有一苍玉扇坠，云是曹化淳故物，自明内府窃出。制作朴略，随其形为双螭纠结状。有血斑数点，色如熔蜡。以手摩热，嗅之作沉香气；如不摩热，则不香。疑李辅国玉，亦不过如是，记事者点缀其词耳。先太夫人尝密乞之，外祖母曰："我死则传汝。"后外祖母殁，舅氏疑在太夫人处，太夫人又疑在舅氏处。卫氏姨母曰："母在时佩此不去身。殆携归黄壤矣。"侍疾诸婢皆言殓时未见。因此又疑在卫氏姨母处。今姨母久亡，卫氏式微已甚，家藏玩好，典卖略尽，终未见此物出鬻。竟不知其何往也。

有客携柴窑片磁，索数百金，云嵌于胄，临阵可以辟火器。然无由知确否。余曰："何不绳悬此物，以铳发铅丸击之。如果辟火，必不碎，价数百金不为多；如碎，则辟火之说不确，理不能索价数百金也。"鬻者不肯，曰："公于赏鉴非当行，殊杀风景。"急怀之去。后闻鬻于贵家，竟得百金。夫君子可欺以其方，难罔以非其道。炮火横冲，如雷霆下击，岂区区片瓦所能御？且雨过天晴，不过泑色精妙耳，究由人造，非出神功，何断裂之馀，尚有灵如是耶？余作《旧瓦砚歌》有云："铜雀台址颓无遗，何乃剩瓦多如斯？文士例有好奇癖，心知其妄姑自欺。"柴片亦此类而已矣。

嘉峪关外有阔石图岭，为哈密、巴尔库尔界。阔石图，译言碑也。有唐太宗时侯君集平高昌碑，在山脊。守将砌以砖石，不使人读，云读之则风雪立至，屡试皆不爽。盖山有神，木石有精，示怪异以要血食，理固有之。巴尔库尔又有汉顺帝

《杜阳杂编》记载了李辅国香玉辟邪的事，特别怪异，人们大多猜疑这件事是小说荒唐的虚构。可是，世间确实有香玉。我外祖母有一个青玉扇坠，据说是曹化淳的旧物，从明朝内府里偷出来的。玉坠的做工朴素简略，随着玉的自然形状雕刻成两条螭龙互相缠结的样子。上面有几点血斑，颜色如同熔化的蜡油。用手摩热玉坠，拿到鼻前嗅，就能闻到沉香气味；如果不摩热，就没有香味。我怀疑李辅国的香玉，也不过如此，只是记事的人故弄玄虚夸张而已。一次，先太夫人悄悄向外祖母要这个玉坠，外祖母说："我死以后就传给你。"后来外祖母去世，舅父怀疑玉坠在太夫人手里，太夫人又怀疑在舅父手里。卫家姨母说："母亲生前佩戴这个玉坠，从来没有离过身。可能是带到土里了。"可是，侍奉疾病的婢女们都说入殓时没见玉坠。因此，又怀疑玉坠落在了卫家姨母手里。现在卫家姨母早已去世，卫氏家境败落得很惨，家藏的古物器玩，全部典卖一空，一直没见那个玉坠卖出去。最终也不知到了哪里。

有人拿着一片柴窑的磁片，要卖几百两银子，说嵌在盔甲里，打仗时可以避开火器。但无从得知是否确实。我说："为什么不用绳子把它悬挂起来，用火铳射击。如果能避火器，必定不碎，要价几百两银子也不为多；如果碎了，那避火的说法就是假的了，当然不能索价几百。"那个人不肯，说："你在赏鉴方面是个外行，这话真煞风景。"急急忙忙揣起磁片走了。后来听说卖给一个富贵人家，最终得了一百两银子。君子可能被冠冕堂皇的道理骗了，却不会被没有道理的事情欺骗。炮火横飞，就像雷霆下击，难道区区一个瓦片就能抵挡吗？柴窑著名的雨过天晴色彩，不过是着色精妙而已，但终究是人造的，并非出自神功，又为什么在断裂之后，尚且还有这般威力呢？我作了一首《旧瓦砚歌》说："铜雀台址颓无遗，何乃剩瓦多如斯？文士例有好奇癖，心知其妄姑自欺。"柴窑磁片也属于此类情况。

嘉峪关外有一座阔石图岭，是哈密和巴尔库尔的边界。阔石图的汉语意思是"碑"。山脊上有唐太宗时侯君集平定高昌后立的碑。守将用砖石把碑砌了起来，让人读不到碑文，说读了碑文会立刻风雪交加，每次试都很灵验。大概山神木石有精灵，显示怪异现象向人索要祭祀，这种道理原本是有的。巴尔库尔岭上还有汉顺帝

时裴岑破呼衍王碑，在城西十里海子上，则随人拓摹，了无他异。惟云海子为冷龙所居，城中不得鸣夜炮，鸣夜炮则冷龙震动，天必奇寒。是则不可以理推矣。

李老人，不知何许人，自称年已数百岁，无可考也。其言支离荒杳，殆前明醒神之流。曩客先师钱文敏公家，余曾见之。符药治病，亦时有小验。文敏次子寓京师水月庵，夜饮醉归，见数十厉鬼遮路，因发狂自劙其腹。余偕陈裕斋、倪馀疆往视，血肉淋漓，仅存一息，似万万无生理。李忽自来舁去，疗半月而创合。人颇以为异。然文敏公误信祝由，割指上疣赘，创发病卒，李疗之竟无验。盖符箓烧炼之术，有时而效，有时而不效也。先师刘文正公曰："神仙必有，然必非今之卖药道士；佛菩萨必有，然必非今之说法禅僧。"斯真千古持平之论矣。

杨主事頀，余甲辰典试所士也。相法及推算八字五星，皆有验。官刑部时，与阮吾山共事。忽语人曰："以我法论，吾山半月内当为刑部侍郎。然今刑部侍郎不缺员，是何故耶？"次日堂参后，私语同官曰："杜公缺也。"既而杜凝台果有伊犁之役。一日，仓皇乞假归，来辞余。问："何匆遽乃尔？"曰："家惟一子侍老父，今推子某月当死，恐老父过哀，故急归耳。"是时尚未至死期。后询其乡人，果如所说，尤可异也。余尝问以子平家谓命有定，堪舆家谓命可移，究谁为是。对曰："能得吉地即是命，误葬凶地亦是命，其理一也。"斯言可谓得其通矣。

时裴岑击破呼衍王后树的碑，碑在城西十里处的大湖边上，任人临摹，并没有任何异常。只是听说大湖是冷龙呆的地方，夜里城中不得鸣炮，鸣夜炮就会惊动冷龙，天气必定立刻奇冷。这就不知是怎么回事了。

李老人，不知道他的来历，自称年纪已有几百岁，也没法考证。他的言谈零零碎碎玄妙虚妄不着边际，大概是明代所说的“醒神”一类人。以前他借住在钱文敏公家，我曾经见过他。他用符咒之术治病，有时也有些效果。钱文敏公的次子住在京师水月庵，夜里喝醉了回家，路上看见几十个厉鬼拦路，因而发狂割开了自己的肚子。我和陈裕斋、倪馀疆去看，只见他血肉淋漓，奄奄一息，看样子万万救不活了。李老人忽然自己来把他抬去，治疗半月，伤口竟然愈合了。人们十分惊异。钱文敏公误信了符咒治病，割手指上的痈疮，结果伤口感染发病最后去世了，李老人为他治疗竟然没有效果。大概符咒烧炼之类的方术有时见效，有时无效。先师刘文正公说：“神仙是一定有的，但绝对不是如今的卖药道士；佛和菩萨是一定有的，但绝对不是今天的说法禅僧。”这真是千古持平的评论了。

主事杨頀，是我甲辰年主持考试时取中的士子。他的相法以及推算八字五星都很灵验。他在刑部做官时，同阮吾山共事。有一天忽然对人说：“依我的推算，吾山半个月内应当任刑部侍郎。但是现今刑部侍郎的名额不缺，这是什么缘故呢？”第二天刑部例会后，他私下对同僚说：“杜公的官位空出来了。”过后杜凝台果然有谴谪戍守伊犁的事。有一天，他仓促地请假，来向我告辞。问：“为什么如此匆忙？”答：“家里只有一个儿子侍奉老父，如今推算儿子某月去世，恐怕老父过于哀痛，所以赶紧回去。”这时候还没有到他儿子死的日期。后来询问他家乡的人，果然就像他说的那样，这特别令人惊奇。我曾经问他，徐子平说命有定数，看风水的说命可以改变，究竟是谁说得对。他回答说：“能得到吉祥的地方就是命，误葬在凶险的地方也是命，道理是一样的。”这话说明他已经融会贯通了。

昌吉遣犯彭杞，一女年十七，与其妻皆病瘵。妻先殁，女亦垂尽。彭有官田耕作，不能顾女，乃弃置林中，听其生死。呻吟凄楚，见者心恻。同遣者杨熺语彭曰："君大残忍，世宁有是事！我愿舁归疗治，死则我葬，生则为我妻。"彭曰："大善。"即书券付之。越半载，竟不起。临殁，语杨曰："蒙君高义，感沁心脾。缘伉俪之盟，老亲慨诺，故饮食寝处，不畏嫌疑；搔仰抚摩，都无避忌。然病骸憔悴，迄今未能一荐枕衾，实多愧负。若殁而无鬼，夫复何言；若魂魄有知，当必有以奉报。"呜咽而终。杨涕泣葬之。葬后，夜夜梦女来，狎昵欢好，一若生人；醒则无所睹。夜中呼之，终不出；才一交睫，即驰服横陈矣。往来既久，梦中亦知是梦，诘以不肯现形之由。曰："吾闻诸鬼矣，人阳而鬼阴，以阴侵阳，必为人害。惟睡则敛阳而入阴，可以与鬼相见。神虽遇而形不接，乃无害也。"此丁亥春事，至辛卯春四年矣。余归之后，不知其究竟如何。

夫卢充金碗，于古尝闻；宋玉瑶姬，偶然一见。至于日日相觌，皆在梦中，则载籍之所希睹也。

有孟氏媪清明上冢归，渴就人家求饮。见女子立树下，态殊婉娈，取水饮媪毕，仍邀共坐，意甚款洽。媪问其父母兄弟，对答具有条理。因戏问："已许嫁未？我为汝媒。"女面赪避入，呼之不出。时已日暮，乃不别而行。越半载，

昌吉的流放犯彭杞，有个十七岁的女儿，女儿与妻子都得了痨病。妻子去世了，女儿也病得不行了。彭杞自己耕种官田，照顾不了女儿，就把她扔在林子里，任凭她自生自灭。彭女痛苦呻吟，凄惨悲凉，见到的人心里都很难过。同时被流放的犯人杨熺对彭杞说："你太残忍了，世间哪有这样的事！我愿意把她抬回去治病，如果死了就由我埋葬，如果治好了我就娶她为妻。"彭杞说："那就太好了。"于是当场立了字据交付给杨熺。杨熺将彭女接回去半年，到底还是没能治好她的病。彭女临终前对杨熺说："承蒙郎君的高义厚恩，感激之情沁透心脾。因为缔结了伉俪盟约，老父亲口答应我和你成为夫妻，所以半年来饮食起居没有避嫌，抚摩搔痒都没有躲开。可是，我病体憔悴，至今没有做一天真夫妻，辜负你太多，实在是惭愧。如果人死了没有鬼魂，也就罢了；如果灵魂有知，我必定报答你。"说完呜咽着去世了。杨熺也很伤心，流着泪埋葬了她。从此以后，他每夜都梦见彭女前来，与他亲密合欢，就像活人一样；醒来以后，却什么都看不见。他夜间呼唤彭女，彭女始终不出现；刚一闭眼入睡，她就宽衣解带躺在身边。时间一长，梦里的杨熺也知道自己是在做梦了，就问她不肯现形的原因。彭女说："我听阴间的许多鬼说，人属阳，鬼属阴，阴气侵凌阳气，必定给人造成祸害。只有人在入睡的时候，才敛阳入阴，可以与鬼魂相见。这时活人的灵魂与鬼接触，但身体不接触，对人没有害处。"这是丁亥年春天的事，到辛卯年春已经四年。我返回京城后，就不知后来怎么样了。

卢充金碗的故事，在古代曾有传闻；宋玉瑶姬，也只是偶然一见。至于日日相逢，又都在梦中，这在文献记载中是很罕见的。

有个姓孟的老太太清明上坟回来，路上口渴了，就到附近一户人家要水喝。她看见有个女子站在树下，性情温顺相貌漂亮，女子端水让老妇喝完，还请她一起坐下，看上去很热情。老太太问她父母兄弟的情况，女子对答有条有理。于是老太太开玩笑说："有婆家了么？要不，我给你做媒吧。"女子红着脸躲进屋里，叫也不出来。这时天快黑了，老太太也来不及等女孩出来向她辞行就走了。半年后

有媪子议婚者，询知即前女，大喜过望，急促成之。于归后，媪抚其肩曰："数月不见，汝更长成矣。"女错愕不知所对。细询始末，乃知女十岁失母，鞠于外氏五六年，纳币后始迎归。媪上冢时，原未尝至家也。女家故小姓，又颇窘乏，非媪亲见其明慧，姻未必成。不知是何鬼魅，托形以联其好；又不知鬼魅何所取义，必托形以联其好。事有不可理推者，此类是矣。

交河苏斗南，雍正癸丑会试归。至白沟河，与一友遇于酒肆中。友方罢官，饮酣后，牢骚抑郁，恨善恶之无报。适一人褶裤急装，系马于树，亦就对坐。侧听良久，揖其友而言曰："君疑因果有爽耶？夫好色者必病，嗜博者必贫，势也；劫财者必诛，杀人者必抵，理也。同好色而禀有强弱，同嗜博而技有工拙，则势不能齐；同劫财而有首有从，同杀人而有误有故，则理宜别论。此中之消息微矣。其间功过互偿，或以无报为报；罪福未尽，或有报而不即报。毫厘比较，益微乎微矣。君执目前所见，而疑天道之难明，不亦颠乎？且君亦何可怨天道，君命本当以流外出身，官至七品。以君机械多端，伺察多术，工于趋避，而深于挤排，遂削减为八品。君迁八品之时，自谓以心计巧密，由九品而升，不知正以心计巧密，由七品而降也。"因附耳密语，语讫，大声曰："君忘之乎？"友骇汗浃背，问何以能知。微笑曰："岂独我知，三界孰不知？"掉头上马，惟见黄尘滚滚然，斯须灭迹。

有人为老太太的儿子做媒，问过才知道正是老太太见到过的那个女子，老太太大喜过望，极力促成尽快办了婚事。女子嫁过来后，老太太抚摸着她的肩膀说："几个月不见，你真的长成大姑娘了。"女子却一脸惊讶不知如何回答。老太太刨根问底，才得知这女子十岁丧母，寄养在外祖父家五六年，直到收了聘礼后才回家。老太太上坟时，她还没回家呢。这女子本来出身小户人家，家境十分贫寒，要不是老太太亲眼看到她聪明贤惠，这桩婚事未必能成。不知是什么鬼魅，变成人形，做好事联姻；也不知那个鬼是为了什么，幻化成女孩的形状来给两家联姻。世上总有些事说不出道理来，就像这件事一样。

交河的苏斗南，雍正癸丑年会试回来。在白沟河与一个朋友在酒店里相遇。朋友刚刚罢官，酒酣耳热，大发牢骚诉说抑郁，抱怨为善为恶没有报应。刚巧一个身着骑马装的人，把马系在树上，也在对面坐着。听了很久，向那个朋友拱手行礼说道："您怀疑因果报应不灵吗？好色的人必然生病，嗜赌的人必然贫穷，这就是大势所趋；抢劫钱财的人必然受惩罚，杀人者必然抵命，这是常理。同样好色但身体素质有强有弱，同样好赌但技术有优有劣，那么结果就不一样；同样抢劫财物，有为首的有胁从的，同样杀人，有误杀人的有故意杀人的，那么判断时理应分别对待。其中的差别极其细微。其中有的功和过相抵，或者以没有报应作为报应；罪没有受尽或者福没有享尽，也许有报应但不立即报应。几乎是一毫一厘加以比较，这就更加细致了。您只凭眼前所见到的，就怀疑天道的难明，不是很荒谬吗？而且您又怎么可以埋怨天道，您的命本来是九品以下出身，官做到七品。因为您诡计多端，见风使舵，趋炎附势，熟悉排挤之道，于是削减为八品。您升八品的时候，自以为心思细巧，由九品而升，却不知正是因为心思过于细密，由七品而降到八品的。"这人又附着朋友的耳边密语，说完了大声道："您忘了吗？"朋友惊得汗流浃背，问怎么会知道。这人微笑地回答说："哪里只是我知道，三界之中谁不知道？"说完掉转头上马，只见黄尘滚滚，转眼就不见了。

乾隆壬戌、癸亥间，村落男妇往往得奇疾。男子则尻骨生尾，如鹿角，如珊瑚枝。女子则患阴挺，如葡萄，如芝菌。有能医之者，一割立愈，不医则死。喧言有妖人投药于井，使人饮水成此病，因以取利。内阁学士永公，时为河间守，或请捕医者治之，公曰："是事诚可疑，然无实据。一村不过三两井，严守视之，自无所施其术。倘一逮问，则无人复敢医此证，恐死者多矣。凡事宜熟虑其后，勿过急也。"固不许。患亦寻息。郡人或以为镇定，或以为纵奸。

后余在乌鲁木齐，因牛少价昂，农颇病。遂严禁屠者，价果减。然贩牛者闻牛贱，皆不肯来。次岁牛价乃倍贵。驰其禁，始渐平。又深山中盗采金者，殆数百人。捕之恐激变，听之又恐养痈。因设策断其粮道，果饥而散出。然散出之后，皆穷为盗，巡防察缉，竟日纷纭。经理半载，始得靖。乃知天下事但知其一，不知其二，多有收目前之效而贻后日之忧者。始服永公"熟虑其后"一言，真"瞻言百里"也。

乾隆壬戌、癸亥年间，某个村落往往有人得怪病。男子尾骨后长尾巴，像鹿角、珊瑚枝。女子是阴部长出东西，像葡萄、灵芝菌。有会治这种病的，只要割除长出来的东西，病就痊愈了，不治，人就会死。有传闻说，是妖人在井里投了药，让人饮用后生出这种病症，趁机谋取暴利。内阁学士永公当时任河间太守，有人请他下令逮捕医病之人审问，永公说："这种事实在令人怀疑，但并无实据。一村中不过两三口井，如果严加守护，自然就无法施展邪术。倘若逮捕查问，就再没有人敢治病了，恐怕死的人会更多。凡事应当认真考虑后果，千万不要操之过急。"他坚决不同意抓人。怪病不久也就平息了。郡中有人认为他处事稳健，有人认为他放纵奸人。

后来我在乌鲁木齐时，因为牛少价贵，农民非常忧虑。于是下令严禁杀牛，牛价果然下降了。但是牛贩听说牛贱，都不肯来了。第二年，牛价又涨了一倍。解除禁令后，价格才渐渐趋平。又有人在深山里盗采金矿，大概有几百人。逮捕他们吧，唯恐激起叛乱，放任吧，又怕养痈遗患。于是设计断了他们的粮道，果然盗金者因为饥饿而散去。但是他们不久又都因为走投无路做起了强盗，官府巡查缉拿，整天忙得不亦乐乎。整治了半年，才得以安定。由此可知，对天下事只知其一，不知其二，只顾眼前一时的效果，就会留下以后的忧患。我这才佩服永公"凡事应当认真考虑后果"这句话，真是高瞻远瞩。

卷九　如是我闻三

王征君载扬言：尝宿友人蔬圃中，闻窗外人语。曰：“风雪寒甚，可暂避入空屋。”又闻一人语曰：“后垣半圮，偷儿阑入，将奈何？食人之食，不可不事人之事。”意谓僮仆之守夜者。天晓启户，地无人迹，惟二犬偃卧墙缺下，雪没腹矣。嘉祥曾映华曰：“此载扬寓言，以愧僮仆之负心者也。”余谓犬之为物，不烦驱策而警夜不失职，宁忍寒饿而恋主不他往，天下为僮仆者，实万万不能及。其足使人愧，正不在能语不能语耳。

从孙翰清言：南皮赵氏子为狐所媚，附于其身，恒在襟袂间与人语。偶悬钟馗小像于壁，夜闻室中跳掷声，谓驱之去矣。次日，语如故。诘以曾睹钟馗否。曰：“钟馗甚可怖，幸其躯干仅尺馀，其剑仅数寸。彼上床则我下床，彼下床则我上床，终不能击及我耳。”然则画像果有灵欤？画像之灵，果躯干皆如所画欤？设画为径寸之象，亦执针锋之剑，蠕蠕然而斩邪欤？是真不可解矣。

乾隆戊午夏，献县修城。役夫数百，拆故堞破砖掷城下。城下役夫数百，运以荆筐。炊熟则鸣柝聚食，方聚食间，

征君王载扬先生说：有一天晚上他借宿在朋友家的菜园子里，听见窗外有人说话。一个人说："风雪太大太冷了，到空屋里避一避吧。"另一个人说："后墙塌了一半，小偷半夜进来怎么办？吃了人家的饭，不能不尽心给人家做事。"他以为是守夜的僮仆。天亮后，他开门一看，雪地上没有人的足迹，只有两只狗卧在围墙的缺口下面，大雪已经没过了狗的肚子。嘉祥人曾映华说："这是王载扬的寓言，说来让负心的仆人羞愧。"我觉得狗这种动物，不用主人赶着打着，就能守夜，从不失职，宁可忍饥受冻也留恋主人不肯离开，天下做仆人的，实在万万比不上。这两只狗足以让人惭愧，并不在于能不能说话。

侄孙翰清说：南皮赵氏的儿子被狐精迷住了，狐精附在他身上，常在衣襟上衣袖里跟人说话。有一次，赵氏偶然把钟馗的小画像挂在墙上，夜里听到屋里传来蹦跳的声音，以为狐精被赶走了。第二天却依然如故。斥问狐精可曾看到了钟馗。狐精说："钟馗真是可怕，好在他躯干只有一尺来长，他的剑也只有几寸。他上床我就下床，他下床我就上床，他始终打不着我。"这么说来画像真的有灵验？画像中的神灵，个子高矮真的和画的一样长短吗？如果画只有几寸大小，那么画像里的人就拿着缝衣针大小的剑，像虫子那样蠕动着斩杀妖邪吗？这些事真是让人难以理解呀。

乾隆戊午年的夏天，献县修筑城墙。几百名役夫拆下旧城墙垛口的砖，扔到城墙下面。城墙下面的几百名役夫再用荆条筐把破砖运走。饭做好了就敲木梆子，招呼大家聚拢来，一起吃饭。吃饭的时候，

役夫辛五告人曰：“顷运砖时，忽闻耳畔大声曰：‘杀人偿命，欠债还钱。汝知之乎？’回顾无所睹，殊可怪也。”俄而众手合作，砖落如雹，一砖适中辛五，脑裂死。惊呼扰攘，竟不得击者主名。官司莫能诘，断令役夫之长出钱十千，棺敛而已。乃知辛五夙生负击者命，役夫长夙生负辛五钱；因果牵缠，终相填补。微鬼神先告，几何不以为偶然耶！

诸桐屿言：其乡旧家有书楼，恒镝钥。每启视，必见凝尘之上有女子足迹，纤削仅二寸有奇，知为鬼魅。然数十年寂无形声，不知何怪也。里人刘生，性轻脱，妄冀有王轩之遇。祈于主人，独宿楼上。具茗果酒肴，焚香切祝，明烛就寝。屏息以伺，亦无所见闻，惟渐觉阴森之气砭入肌骨，目能视，耳能听，而口不能言，四肢不能动。久而寒沁肺腑，如卧层冰积雪中，苦不可忍。至天晓，乃能出语，犹若冻僵。至是无敢复下榻者。此怪行踪可云隐秀，即其料理刘生，不动声色，亦有雅人深致也。

顾非熊再生事，见段成式《酉阳杂俎》，又见孙光宪《北梦琐言》；其父顾况集中，亦载是诗，当非诬造。近沈云椒少宰撰其母陆太夫人志，称太夫人于归，甫匝岁，赠公即卒，遗腹生子恒，周三岁亦殇。太夫人哭之恸，曰：“吾之为未亡人也，以有汝在；今已矣，吾不忍吾家之宗祀，自此而绝也。”于其敛，以朱志其臂，祝曰：“天下不绝吾家，若再生以此为验。”时雍正己酉十二月也。是月族人有比邻而居者，生一子，

有个叫辛五的役夫说："刚才运砖时，我忽然听到有人在耳旁大声说：'杀人偿命，欠债还钱。你知道吗？'我回头想看看是谁说话，却什么也没有看见，这件事情真是很奇怪。"饭后大家又一起扔砖，砖头像冰雹般落下来，有一块砖正好打在辛五头上，辛五的脑袋被砸破，当场死了。大家惊慌失措地叫喊着，吵吵嚷嚷，最终还是查不出扔砖的人是谁。案子没法判断，县官只能判罚工头出十千钱，给辛五买了棺材。人们这才知道，辛五前生欠了打死他的那个人的命，而工头欠了辛五的钱，因果报应互相牵连，终于互相偿还了。如果没有鬼神事先通告一声，人们会以为这是个偶然的意外吧！

诸桐屿说：他的家乡某个大户人家有一座书楼，经常锁着门。每次打开，都会看到积尘上有女子的足迹，纤细瘦削，才两寸多长，人们知道屋里有鬼怪。但几十年来从未现形出声，不清楚到底是什么鬼怪。村里有个刘生，为人轻佻放荡，妄想有王轩那样的艳遇。他请求主人让他独自住在书楼上。刘生备好茶果酒菜，焚上香认真祷告，然后不熄灯烛就躺下。屏着呼吸等鬼来，但他什么也没看到，什么也没听到，只是渐渐觉得阴森森的寒气直刺肌骨，眼睛能看，耳朵能听，但嘴不能说话，四肢不能动。时间长了，觉得寒气渗透肺腑，好像躺在层冰积雪当中，冷得受不了。直到天亮，刘生才能说话，但已经像是冻僵了一样。从此就再没有人敢住在书楼了。这个鬼的行踪称得上是幽雅含蓄，它不动声色地处置刘生，也还真有雅人的风致。

顾非熊再生的故事，见于段成式《酉阳杂俎》，又见于孙光宪《北梦琐言》；他父亲顾况的文集中，也载录了该诗，应该不是编造的。近来侍郎沈云椒为他母亲陆太夫人撰写墓志，说太夫人结婚才一年，父亲就去世了，遗腹子叫恒，刚满三岁就夭折了。太夫人哭得很悲痛，说："我之所以不死，是因为有你在；现在你又死了，我不忍心让我家的香烟，从此断绝。"入殓时，她用红颜色在亡儿的手臂上作了记号，祷告说："老天不绝我家香烟，你转生以后，就以此作为验证。"当时是雍正己酉年十二月。当月，紧邻居住着的同族人生了个孩子，

臂朱灼然。太夫人遂抚之以为后，即少宰也。余官礼部尚书时，与少宰同事。少宰为余口述尤详。盖释氏书中，诞妄者原有；其徒张皇罪福，诱人施舍，诈伪者尤多。惟轮回之说，则凿然有证。司命者每因一人一事，偶示端倪，彰神道之教。少宰此事，即借转生之验，以昭苦节之感者也。儒者盛言无鬼，又乌乎知之。

伶人方俊官，幼以色艺擅场，为士大夫所赏。老而贩鬻古器，时来往京师。尝览镜自叹曰："方俊官乃作此状！谁信曾舞衫歌扇，顷倒一时耶！"倪馀疆感旧诗曰："落拓江湖鬓欲丝，红牙按曲记当时。庄生蝴蝶归何处？惆怅残花剩一枝。"即为俊官作也。俊官自言本儒家子，年十三四时，在乡塾读书。忽梦为笙歌花烛拥入闺闼，自顾则绣裙锦帔，珠翠满头；俯视双足，亦纤纤作弓弯样，俨然一新妇矣。惊疑错愕，莫知所为。然为众手挟持，不能自主，竟被扶入帏中，与一男子并肩坐；且骇且愧，悸汗而寤。后为狂且所诱，竟失身歌舞之场，乃悟事皆前定也。馀疆曰："卫洗马问乐令梦，乐云是想。汝殆积有是想，乃有是梦。既有是想是梦，乃有是堕落。果自因生，因由心造，安可委诸夙命耶？"

余谓此辈沉沦贱秽，当亦前身业报受在今生，未可谓全无冥数。馀疆所言，持正本清源之论耳。后苏杏村闻之，曰："晓岚以三生论因果，惕以未来。馀疆以一念论因果，戒以现在。虽各明一义，吾终以馀疆之论，可使人不放其心。"

手臂上清楚地带着陆太夫人作的记号。太夫人就收养了婴儿，嗣了沈家的后，这个当年的婴儿，就是侍郎沈云椒。我做礼部尚书时，与沈云椒同事。他亲口对我讲述了这件事情，讲得很详细。佛家的书籍中，怪诞虚妄的事本来就有；和尚们夸大祸福报应之说，诱人布施钱财，欺诈作假的就更多了。只有转世轮回的说法，有确凿的证据。命运之神常借一人一事，偶尔显示一点儿踪迹，来彰扬神道教化。沈侍郎这件事，就是借转生的验证，来显示苦守贞节的妇人对神灵的感化。儒生们极力主张无鬼论，又怎么能够懂得这其中的道理。

艺人方俊官，年轻时容貌出众，演艺高超，被士大夫们激赏。年老后，贩卖古玩器具，时常来往于京城。他曾照着镜子叹息道："方俊官竟然成了这种样子！谁能相信当年曾经能歌善舞倾倒一时呢！"倪馀疆作感旧诗云："落拓江湖鬓欲丝，红牙按曲记当时。庄生蝴蝶归何处，惆怅残花剩一枝。"就是为方俊官写的。方俊官说他本来是儒家子弟，十三四岁时，在乡塾读书。忽然梦见在笙歌花烛中被拥入闺房，一看自己穿着绣裙，披着锦帔，满头珠翠；低头一看两只脚，也是纤纤细细的弯弓样子，俨然是一个新婚少妇。惊疑不定，不知该怎么办好。但他被许多人挟持着，不能自主，竟然被扶进了帷帐里，和一个男子并肩坐在了一起；他又怕又愧，出了一身冷汗，醒了过来。后来他被轻狂之徒引诱，竟然失身于歌舞场中，这才悟出这是前世注定的。倪馀疆说："卫洗马问乐令梦是怎么回事，乐令说这是因心中所想而成的。你大概平时有这种想法，所以才有这个梦。既然有这种想法这种梦，才会有这种堕落。结果产生于原因，原因由心造出的，怎么可以推给命呢？"

我觉得这种人沉沦下贱，应该也是前生罪孽的报应，今生受罪，不能说是全然没有冥冥之中的定数。倪馀疆所说的，只不过是正本清源的观点而已。后来苏杏村听说这件事，说："纪晓岚以前生、今生、来生这'三生'论因果报应，以警戒未来。倪馀疆以'一念'来论因果报应，以警戒现在。虽然各自表明了一个道理，我还是认为倪馀疆的论点，可以使人不敢随心所欲。"

族祖黄图公言：尝访友至北峰，夏夜散步村外，不觉稍远。闻秫田中有呻吟声，寻声往视，乃一童子裸体卧。询其所苦，言薄暮过此，遇垂髫艳女。招与语，悦其韶秀，就与调谑。女言父母皆外出，邀到家小坐。引至秫叶深处，有屋三楹，阒无一人。女阖其户，出瓜果共食。笑言既洽，驰衣登榻。比拥之就枕，则女忽形为男子，状貌狰狞，横施强暴。怖不敢拒，竟受其污。蹂躏楚毒，至于晕绝。久而渐苏，则身卧荒烟蔓草间，并室庐失所在矣。盖魅悦此童之色，幻女形以诱之也。见利而趋，反为利饵，其自及也宜矣。

先师赵横山先生，少年读书于西湖，以寺楼幽静，设榻其上。夜闻室中窸窣声，似有人行，叱问："是鬼是狐？何故扰我？"徐闻嗫嚅而对曰："我亦鬼亦狐。"又问："鬼则鬼，狐则狐耳，何亦鬼亦狐也？"良久，复对曰："我本数百岁狐，内丹已成，不幸为同类所搤杀，盗我丹去。幽魂沉滞，今为狐之鬼也。"问："何不诉诸地下？"曰："凡丹由吐纳导引而成者，如血气附形，融合为一，不自外来，人弗能盗也；其由采补而成者，如劫夺之财，本非己物，故人可杀而吸取之。吾媚人取精，所伤害多矣。杀人者死，死当其罪，虽诉神，神不理也。故宁郁郁居此耳。"问："汝据此楼，作何究竟？"曰："本匿影韬声，修太阴炼形之法。以公阳光熏烁，阴魂不宁，故出而乞哀，求幽明各适。"言讫，惟闻搏颡声，问之不复再答。先生次日即移出。尝举以告门人曰："取非所有者，终不能有，且适以自戕也。可畏哉！"

我的族祖黄图公说：曾到北峰看朋友，夏夜到村外散步，不知不觉走得远了些。他听到高粱地里有呻吟声，寻着声音找去，原来是一个少年裸体躺在那里。问他怎么如此狼狈，少年说他傍晚时路过这里，遇到一个漂亮姑娘。他就打招呼寒暄，因为喜欢她的美貌，言来语去调起情来。姑娘说她的父母都外出了，邀请少年到家里小坐一会儿。把他引到高粱地深处，那里有三间屋子，寂静无人。姑娘关上门，拿出瓜果和他一起吃。谈笑越发融洽，于是两人脱衣上床。等到相拥着躺下时，姑娘忽然变成了男人，相貌狰狞，对他横施强暴。少年吓坏了，不敢抗拒，竟然被奸污。粗野的强暴让少年痛苦不堪，以至于昏了过去。过了许久苏醒过来，才发觉自己躺在荒凉的轻雾和蔓草中，原先的房屋都已不见了。看来是鬼魅喜欢这个少年的美貌，变成女子来诱惑他。他觉得有好处就主动凑过去，反而中了圈套，这个少年自讨苦吃也是活该。

先师赵横山先生，年轻时在西湖边读书，因为寺院楼上幽静，就在楼上安置了床铺。夜里听到室内有窸窣声，像是有人走动，就厉声喝问道："是鬼还是狐？为什么来骚扰我？"过了一会儿听到吞吞吐吐的轻声回答："我是鬼也是狐。"又问："鬼就是鬼，狐就是狐，怎么会又是鬼又是狐呢？"过了好久，对方才又回答说："我本来是几百年的老狐，内丹已经炼成，不幸被我的同类扼死，盗了我的丹。我的灵魂滞留在这里，就成狐狸界的鬼了。"又问："为何不到阴司告状呢？"答道："凡是通过吐纳导引而炼成的丹，就如血、气附着在人身上一样，融合为一体，不是外来之物，别人是盗不走的；而通过采补之术炼成的丹，就像抢劫来的财宝，本来就不是自己的东西，所以别人可以杀了而把丹吸走。我媚惑人取得精气，伤了很多人。杀人者该杀，我被杀死是罪有应得，即使向神明告状，神明也不会审理。因此宁可悲悲切切住在这里。"又问："你住在这座楼上，有什么打算？"答道："本打算销声匿迹，修炼太阴炼形之法。因为您阳气太盛，熏烤得我阴魂不宁，所以出来向您哀求，请让我们各自到适合自己的地方吧。"说完，只听到磕头的声音，再问就不回答了。先生第二天就搬了出来。他曾举这个例子告诫学生道："谋取不该属于你的东西，最终还是得不到的，而且刚巧是害了自己。真是可怕啊！"

从兄万周言：交河有农家妇，每归宁，辄骑一驴往。驴甚健而驯，不待人控引即知路。或其夫无暇，即自骑以行，未尝有失。一日，归稍晚，天阴月黑，不辨东西。驴忽横逸，载妇秫田中，密叶深处，迷不得返。半夜，乃抵一破寺，惟二丐者栖庑下。进退无计，不得已，留与共宿。次日，丐者送之还。其夫愧焉，将鬻驴于屠肆。夜梦人语曰："此驴前世盗汝钱，汝捕之急，逃而免。汝嘱捕役絷其妇，羁留一夜。今为驴者，盗钱报；载汝妇入破寺者，絷妇报也。汝何必又结来世冤耶？"惕然而寤，痛自忏悔，驴是夕忽自毙。

奴子任玉病革时，守视者夜闻窗外牛吼声，玉骇然而殁。次日，共话其异。其妇泣曰："是少年尝盗杀数牛，人不知也。"

余某者，老于幕府，司刑名四十馀年，后卧病濒危，灯前月下，恍惚似有鬼为厉者。余某慨然曰："吾存心忠厚，誓不敢妄杀一人，此鬼胡为乎来耶？"夜梦数人浴血立，曰："君知刻酷之积怨，不知忠厚亦能积怨也。夫茕茕孱弱，惨被人戕，就死之时，楚毒万状；孤魂饮泣，衔恨九泉，惟望强暴就诛，一申积愤。而君但见生者之可悯，不见死者之可悲，刀笔舞文，曲相开脱。遂使凶残漏网，白骨沉冤。君试设身处地，如君无罪无辜，受人屠割，魂魄有知，旁观谳是狱者改重伤为轻，改多伤为少，改理曲为理直，改有心为无心，使君切齿之仇，从容脱械，仍纵横于人世，君感乎怨乎？不是之思，而诩诩以纵恶为阴功。彼枉死者，不仇君而仇谁乎？"

堂兄万周说：交河有个农家妇，每次回娘家，都骑一头驴子前往。这头驴很健壮，也很温驯，不用人拉缰绳就认得路。有时丈夫很忙，她就自己骑驴回娘家，从来没出过差错。一天，她又自己骑驴回娘家，归来时稍微晚了一点儿，天色阴沉，没有月光，辨不清方向。平常很温驯的驴忽然偏离道路在田野里狂奔起来，驮着农家妇钻进了高粱地里，高粱地枝叶茂密，迷了路回不了家。半夜时，才到了一座破庙，破庙里只有两个乞丐睡在廊庑下。农家妇进退无计，迫不得已，只好留在庙里跟两个乞丐一道过了夜。第二天，乞丐送农家妇回家。她丈夫觉得很丢面子，要把驴卖到屠宰场。夜里，他梦见有人对他说："这头驴前生偷了你的钱，你急忙追讨，他逃脱了。你嘱咐捕役捆绑他的妻子，扣留了一夜。他今生为驴，就是向你偿还前生偷的钱；把你妻子驮到破庙，是报复你扣留他老婆。你何必又要结来世冤仇呢？"他一下惊醒了，自己痛加忏悔。当天夜里驴子忽然死了。

家奴任玉病危时，守护他的人夜里听到窗外传来牛吼叫的声音，任玉惊怕，死了。第二天，大家一起议论这件怪事。任玉的妻子抽泣着说："任玉年轻时曾经偷偷盗杀了几头牛，别人不知道。"

余某在衙门做幕僚资历很老，主办刑事判牍四十多年。后来病危时，每到夜里，灯前月下，恍惚中好像有厉鬼作怪。余某感慨地说："我一生存心忠厚，发誓不敢胡乱杀一个人，这鬼又是为什么来的呢？"夜里他梦到好几个浑身是血的人哭道："你只知道刻毒严酷能积怨，却不知道忠厚也能积怨。那些孤单孱弱的人，凄惨地被人杀害，死的时候，痛苦不堪；孤魂偷偷哭泣，九泉之下怀怨抱恨，只希望凶手被处死，才能得以申雪郁积的愤恨。而你只见到活着的人可怜，没有看到死了的人可悲；舞文弄墨，想方设法开脱。结果让凶手漏网，死者永远沉埋在冤屈里。你设身处地想一下，如果你无缘无故被人屠杀，魂魄有知，看到判这个案子的人改重伤为轻伤，改多伤为少伤，改理曲为理直，改有心为无心，让你切齿痛恨的仇人轻易逃脱，仍然在人世间横行，你是感激呢还是怨恨？你不这么想，反而欣欣然以放纵恶人为阴间功德。那些冤死的人，不恨你又恨谁？"

余某惶怖而寤，以所梦备告其子，回手自挝曰："吾所见左矣！吾所见左矣！"就枕未安而殁。

沧州刘太史果实，襟怀夷旷，有晋人风。与饴山老人、莲洋山人皆友善，而意趣各殊。晚岁家居，以授徒自给。然必孤贫之士，乃容执贽。脩脯皆无几，箪瓢屡空，晏如也。尝买米斗馀，贮罂中，食月馀不尽，意甚怪之。忽闻檐际语曰："仆是天狐，慕公雅操，日日私益耳，勿讶也。"刘诘曰："君意诚善。然君必不能耕，此粟何来？吾不能饮盗泉也，后勿复尔。"狐叹息而去。

亡侄汝备，字理含。尝梦人对之诵诗，醒而记其一联曰："草草莺花春似梦，沉沉风雨夜如年。"以告余，余讶其非佳谶。果以戊辰闰七月夭逝。后其妻武强张氏，抚弟之子为嗣，苦节终身，凡三十馀年，未尝一夕解衣睡。至今婢媪能言之。乃悟二语为孀闺独宿之兆也。

雍正丙午、丁未间，有流民乞食过崔庄，夫妇并病疫。将死，持券哀呼于市，愿以幼女卖为婢，而以卖价买二棺。先祖母张太夫人为葬其夫妇，而收养其女，名之曰连贵。其券署父张立，母黄氏，而不著籍贯，问之已不能语矣。连贵自云，家在山东，门临驿路，时有大官车马往来，距此约行一月馀，而不能举其县名。又云，去年曾受对门胡家聘。胡家亦乞食外出，不知所往。越十馀年，杳无亲戚来寻访，乃以配圉人刘登。登自云山东新泰人，本姓胡，父母俱殁，有刘氏收养之，因从其姓。小时闻父母为聘一女，但不知姓氏。登既胡姓，新泰又驿路所经，流民乞食，计程亦可以

余某惊恐地猛然醒过来，把梦里的事都告诉了儿子，回手打着自己的耳光说："我的想法错了！我的想法错了！"还没有躺稳就死了。

沧州刘果实太史，胸怀旷达，有晋人风度。和饴山老人、莲洋山人都是好朋友，但性格兴趣却各不相同。晚年在家里，靠教授学生养活自己。但是一定要孤苦贫穷的，才肯收下为徒。学生送来的学费不多，家里经常断炊，他安然处之。曾经买了一斗多米，存放在坛子里，吃了一个多月也没有吃完，他觉得非常奇怪。忽然听到屋檐上有声音说道："我是天狐，仰慕您的风雅情操，就每天偷偷给你加一点儿，您不必惊讶。"刘果实反问道："你的心意是好的。但你肯定不会耕作，这米是从哪里来的呢？我不能饮盗泉之水，以后不要再这样了。"天狐叹息着离去。

亡侄汝备，字理含。曾梦见有人对他念了首诗，醒后记得其中一联是："草草莺花春似梦，沉沉风雨夜如年。"他把诗告诉了我，我很吃惊这不是好兆头。果然他在乾隆戊辰年闰七月过早地去世了。后来他的妻子武强人张氏，抚养他弟弟的儿子为后嗣，守节终身，有三十多年，没有一夜是解开衣服睡觉的。至今婢女老妈子还说她的事迹。这才悟出那两句诗是她守寡独宿的征兆。

雍正丙午、丁未年间，有外地流民讨饭路过崔庄，其中有一对夫妇双双染上了瘟疫。临终前，他们手持卖女契约在街上哀呼，愿把幼女卖身为婢，以卖女身价买两口木棺。先祖母张太夫人后来收葬了这对夫妇，收养了他们的幼女，给她起名叫连贵。契约上写着她父亲叫张立，母亲黄氏，没有注明籍贯住址，因为问的时候他们就已经不能说话了。据连贵自己说，她家在山东，家门对着官道，时常有大官的车马往来，离崔庄大约要走一个多月，不过她说不出县名。连贵还说，去年父母把她许配了对门胡家，已经受了聘礼。可是胡家也到外地讨饭，不知去了哪里。过了十多年，因为一直没有亲戚来找连贵，于是就把她许配了马倌刘登。刘登自称是山东新泰人，本来姓胡，因父母双亡，有个姓刘的人收养了他，因此从了刘姓。他小时候听说父母为他订了一门亲事，可是不知道女方的姓氏。既然刘登原来姓胡，新泰又是官道必经之地，到此地流民讨饭的路程也大约要走

月馀，与连贵言皆符。颇疑其乐昌之镜，离而复合，但无显证耳。

先叔栗甫公曰："此事稍为点缀，竟可以入传奇。惜此女蠢若鹿豕，惟知饱食酣眠，不称点缀，可恨也。"边随园征君曰："'秦人不死，信苻生之受诬；蜀老犹存，知诸葛之多枉。'四语乃刘知几《史通》之文。苻生事见《洛阳伽蓝记》，诸葛事见《魏书·毛修之传》。浦二田注《史通》以为未详，盖偶失考。史传不免于缘饰，况传奇乎？《西楼记》称穆素晖艳若神仙，吴林塘言其祖幼时及见之，短小而丰肌，一寻常女子耳。然则传奇中所谓佳人，半出虚说。此婢虽粗，倘好事者按谱填词，登场度曲，他日红氍毹上，何尝不莺娇花媚耶？先生之论，犹未免于尽信书也。"

聂松岩言：胶州一寺，经楼之后有蔬圃。僧一夕开牖纳凉，月明如昼。见一人徙倚老树下，疑窃蔬者，呼问为谁。磬折而对曰："师勿讶，我鬼也。"问："鬼何不归尔墓？"曰："鬼有徒党，各从其类。我本书生，不幸葬丛冢间。不能与马医夏畦伍，此辈亦厌我非其族。落落难合，故宁避嚣于此耳。"言讫，冉冉没。后往往遥见之，然呼之不应矣。

福州学使署，本前明税珰署也。奄人暴横，多潜杀不辜，故至今犹往往见变怪。余督闽学时，奴辈每夜惊。甲申夏，先姚安公至署，闻某室有鬼，辄移榻其中，竟夕晏然。昀尝乘间微谏，请勿以千金之躯与鬼角。因诲昀曰："儒者谓无鬼，迂论也，亦强词也。然鬼必畏人，阴不胜阳也；其或侵人，

一个多月，这跟连贵说的完全吻合。因此，很让人怀疑他俩就像乐昌公主破镜重圆，只是没有明显的证据而已。

先叔栗甫公说："这事如果稍微点缀一下，竟可以成为传奇小说了。可惜这个女子蠢笨得像鹿像猪一样，只知道吃饱了闷头酣睡，不值得点缀，真可惜啊。"边随园征君说："'秦人不死，信苻生之受诬；蜀老犹存，知葛亮之多枉。'这四句话出于刘知几《史通》。苻生的事见《洛阳伽蓝记》，诸葛亮的事见《魏书·毛修之传》。浦起龙注《史通》而没有注出，只说未详，大概是偶然失考。连史书传记都不免做点儿虚构增饰，更何况是传奇小说呢？《西楼记》称穆素晖貌若天仙，吴林塘说他的祖父幼年时期曾经见过她，又矮又胖，只是一个寻常女子而已。由此可见，传奇小说中的所谓佳人，一半是虚构出来的。这个婢女虽然粗蠢，但是假若有好事之徒按谱填词，编成剧本，往后到了舞台上，何尝不是一个莺娇花媚、倾城倾国的绝代佳人呢？先生所说，还是未免太相信书本了。"

聂松岩说：胶州有一座寺院，经楼后面有一块菜园。有个僧人在一天夜里开窗乘凉，明月照得像白天一样。僧人看见有一个人在老树下走来走去，怀疑是偷菜的人，就呼问他是谁。那人鞠躬回答说："师父不要惊讶，我是鬼。"僧人问："鬼为什么不回到坟墓里去？"回答说："鬼也是成群结党各有归属的，各自跟随同类。我本来是个书生，不幸被埋葬在这片坟地里。我不愿与兽医农夫在一起，他们也讨厌我不是一类的。既然难以和他们相处，所以我宁愿在这里避避喧嚣。"说完，渐渐消失了。后来僧人时常远远地看见他，但是再叫他也不回答了。

福州学使的官署，原是明朝掌管税收的太监的官署。太监残酷专横，暗中杀害了许多无辜的人，所以这个官署至今还常常发生鬼怪变异。我任福建学使时，仆人们每天夜里都受到惊吓。乾隆甲申年夏天，先父姚安公到官署来，听到某个房间有鬼，就把床搬进去睡，整夜安然无事。我曾经找机会劝他，请他不要拿宝贵的生命去跟鬼较量。先父趁机教诲我说："儒家说无鬼，那是迂阔的论调，也是强辞夺理。但是鬼肯定怕人，是因为阴不能胜阳；有的鬼能害人，

必阳不足以胜阴也。夫阳之盛也，岂恃血气之壮与性情之悍哉？人之一心，慈祥者为阳，惨毒者为阴；坦白者为阳，深险者为阴；公直者为阳，私曲者为阴。故易象以阳为君子，阴为小人。苟立心正大，则其气纯乎阳刚，虽有邪魅，如幽室之中鼓洪炉而炽烈焰，冱冻自消。汝读书亦颇多，曾见史传中有端人硕士为鬼所击者耶？”昀再拜受教。至今每忆庭训，辄悚然如侍左右也。

東州邵氏子，性佻荡。闻淮镇古墓有狐女甚丽，时往伺之。一日，见其坐田塍上，方欲就通款曲。狐女正色曰：“吾服气炼形，已二百馀岁，誓不媚一人。汝勿生妄念。且彼媚人之辈，岂果相悦哉？特摄其精耳，精竭则人亡，遇之未有能免者。汝何必自投陷阱也！”举袖一挥，凄风飒然，飞尘眯目，已失所在矣。先姚安公闻之，曰：“此狐乃能作此语，吾断其后必生天。”

献县李金梁、李金桂兄弟，皆剧盗也。一夕，金梁梦其父语曰：“夫盗有败有不败，汝知之耶？贪官墨吏，刑求威胁之财，神奸巨蠹，豪夺巧取之财，父子兄弟，隐匿偏得之财，朋友亲戚，强求诱诈之财，黠奴干役，侵渔干没之财，巨商富室，重息剥削之财，以及一切刻薄计较、损人利己之财，是取之无害。罪恶重者，虽至杀人亦无害。其人本天道之所恶也。若夫人本善良，财由义取，是天道之所福也；如干犯之，是为悖天。悖天者终必败。汝兄弟前劫一节妇，使母子冤号，鬼神怒视，如不悛改，祸不远矣。”后岁馀，果并伏法。

是因为那人的阳气不足以抵御阴气。阳气之盛，难道是靠身体的壮实和性格的强悍吗？人的心地，慈祥的为阳，惨毒的为阴；襟怀坦白的为阳，城府深又阴险的为阴；公正刚直的为阳，自私卑鄙的为阴。所以《易经》的卦象以阳为君子，阴为小人。只要为人心地光明正大，就有纯粹的阳刚之气，即使有鬼魅，也好像在暗冷的房子里生起大炉子，燃起熊熊烈火，阴冷之气自然消失。你读的书也很多了，可曾看到史传中有品行端庄的人被鬼侵害的吗？”我拜了两拜，领受教诲。时至今日，每当想起先父的教训，就心中一惊，像是依然站在他身旁一样。

东州邵家的公子，行为放荡。他听说淮镇古墓中有很漂亮的狐女，就经常去悄悄等着。一天，他见一个狐女坐在田埂上，正想过去献殷勤。狐女严正地说：“我服气炼形，已经二百多年了，发誓不媚惑一个人。你不要心生妄想。何况那些媚惑人的狐精，果真是出于相爱吗？不过是摄取你的精气罢了，精气衰竭，人就得死，遇上它们没有能幸免的。你又何必自投陷阱呢！”说完一挥袖子，顿时冷风瑟瑟，尘土飞扬，迷住了他双眼，狐女已不知去向。先父姚安公听了这个故事，说：“这个狐女能说出这种话，我断定她日后一定能升天。”

献县李金梁、李金桂两兄弟，都是江洋大盗。一天晚上，李金梁梦见他的父亲对他说：“做强盗的人有的败露，有的没有败露，你知道这是为什么吗？凡是贪官污吏刑罚威逼得来的钱财，老奸巨猾的人巧取豪夺得来的钱财，父子兄弟隐瞒藏匿得来的钱财，朋友亲戚之间强求诈骗得来的钱财，狡猾的奴仆役官侵吞渔利得来的钱财，大商人和富足人家加重利息剥削得来的钱财，以及一切刻毒薄恩、斤斤计较、损人利己得来的钱财，你去偷去抢不必担心有什么祸害。那些罪恶深重的人，即使杀了他们也没事。因为他们本来就是上天所厌恶的人。如果一个人本来很善良，钱财也是通过正当的方法而得的，是上天所保佑的；如果你侵犯了他，就冒犯了上天。冒犯上天一定会败露。你们兄弟前不久抢劫了一个节妇，让她们母子含冤号哭，鬼神愤怒地看着，如果不思悔改，灾祸不久就降临。”过了一年多，他们兄弟二人果然被捕然后正法了。

金梁就狱时，自知不免，为刑房吏史真儒述之。真儒余里人也，尝举以告姚安公，谓盗亦有道。又述巨盗李志鸿之言曰："吾鸣骹跃马三十年，所劫夺多矣，见人劫夺亦多矣；盖败者十之二三，不败者十之七八。若一污人妇女，屈指计之，从无一人不败者。"故恒以是戒其徒。盖天道祸淫，理固不爽云。

辛卯夏，余自乌鲁木齐从军归，僦居珠巢街路东一宅，与龙臬司承祖邻。第二重室五楹，最南一室，帘恒飏起尺馀，若有风鼓之者；馀四室之帘则否。莫喻其故。小儿女入室，辄惊啼，云床上坐一肥僧，向之嬉笑。缁徒厉鬼，何以据人家宅舍？尤不可解也。又三鼓以后，往往闻龙氏宅中有女子哭声；龙氏宅中亦闻之，乃云声在此宅。疑不能明，然知其凿然非善地，遂迁居柘南先生双树斋。后居是二宅者，皆不吉。白环九司寇，无疾暴卒，即在龙氏宅也。凶宅之说，信非虚语矣。先师陈白崖先生曰："居吉宅者未必吉，居凶宅者则无不凶。如和风温煦，未必能使人祛病；而严寒沴厉，一触之则疾生。良药滋补，未必能使人骤健；而峻剂攻伐，一饮之则洞泄。"此亦确有其理，未可执定命与之争。孟子有言："是故知命者，不立乎岩墙之下。"

洛阳郭石洲言：其邻县有翁姑受富室二百金，鬻寡媳为妾者。至期，强被以彩衣，掖之登车。妇不肯行，则以红巾反接其手，媒媪拥之坐车上。观者多太息不平。然妇母族无一人，不能先发也。仆夫振辔之顷，妇举声一号，旋风暴作，

李金梁入狱后，自知不能被赦免，就对刑房吏史真儒讲述了这些。史真儒是我的同乡，曾经把这些事告诉过姚安公，说强盗也有强盗必须遵循的规矩。又讲述了大盗李志鸿说过的话："我放响箭打着马跑了三十年，抢劫的东西算是多的，见人就抢劫的事也很多；大概最终败露的有十分之二三，成功的有十分之七八。假若一旦污辱了妇女，仔细数来，没有一个不败露的。"所以他常用此来训诫他的手下。大概上天惩罚淫乱的人，是毫不含糊的。

乾隆辛卯年夏天，我从军乌鲁木齐回到京城，借住在珠巢街路东一所宅院，和按察使龙承祖是邻居。住宅的第二重有五间房，最南的一间，门帘常飘起一尺多高，像是有风吹似的；而其他四间房的帘子则没有飘起。不明白是什么缘故。小孩子们到了这间房里，马上惊哭，说是床上坐着个胖和尚，对着人嬉笑。和尚成了厉鬼，为什么要占据人家的房屋？更是难以理解。又在三更之后常常听到龙家宅院里有女子哭声；龙家也听到哭声，却说哭声是在我的宅院里。这些疑团难以解开，但知道这确实不是个好地方，就把家搬到了柘南先生的双树斋。后来住这两座房子的人，都很不吉利。刑部尚书白环九，平常从无疾病却突然死去，就是在龙家宅院里。所谓的"凶宅"，确实不是没有根据的说法。先师陈白崖先生说："住吉宅的人未必就吉利，但住凶宅的人却肯定有祸。就好像和风温暖，未必能使人不生病；而严寒侵袭，人一碰上就会生病。滋补的好药，未必能使人立即健壮；而用大剂量的药急攻，一喝下去就元气大伤了。"这话也确实有道理，所以不能固执地用生死有命的说法与之抗衡。孟子说过："因此那些知天命的人，不站在危墙的下面。"

洛阳郭石洲说：他家邻县有户人家，儿子死了，父母接受了富户的二百两银子，把守寡的儿媳卖给富户做妾。改嫁这天，她被强迫披上鲜艳的衣服，架上了车。寡妇不肯走，她的双手被用红巾反捆起来，由媒婆抱住拥着坐在了车上。围观的人大都为她叹息，还有的愤愤不平。可是，寡妇的娘家没有人，谁也不好首先出面阻拦。就在车夫扬鞭催马那一刻，寡妇高声呼号一声，刹那间旋风骤起，

三马皆惊逸不可止。不趋其家而趋县城，飞渡泥淖，如履康庄，虽仄径危桥，亦不倾覆。至县衙，乃屹然立。其事遂败。用知庶女呼天，雷电下击，非典籍之虚词。

从舅安公介然曰："厉鬼还冤，见于典记者不一，得于传闻者亦不一。癸未五月，自盐山耿家庵还崔庄，乃亲见之。其人年约五十馀，戴草笠，著苎衫，以一驴驮襆被，系河干柳树下，倚树而坐。余亦系马小憩。忽其人蹶然而起，以手作撑拒状，曰：'害汝命，偿汝命耳，何必若是相殴也！'支拄良久，语渐模糊不可辨；忽踊身一跃，已汩没于波浪之中矣。同见者十馀人，咸合掌诵佛。虽不知所报何冤，然害命偿命，则其人所自道也。"

戊子夏，小婢玉儿病瘵死。俄复苏曰："冥役遣我归索钱。"市冥镪焚之，乃死。俄又复苏曰："银色不足，冥役弗受也。"更市金银箔折锭焚之，则死不复苏矣。因忆雍正壬子，亡弟映谷濒危时，亦复类是。然则冥镪果有用耶？冥役需索如是，冥官又所司何事耶？

胡牧亭侍御言：其乡有生为冥官者，述冥司事甚悉。不能尽忆，大略与传记所载同。惟言六道轮回，不烦遣送，皆各随平生之善恶，如水之流湿，火之就燥，气类相感，自得本途。语殊有理，从来论鬼神者未道也。

狐之媚人，为采补计耳，非渔色也；然渔色者亦偶有之。

三匹马都被惊得狂奔起来，车夫控制不了。三匹马拉着车子，不向富户家中跑去，而是直接奔向县城，一路上，马车飞越沼泽如同走在康庄大道上，就是经过窄路、危险的小桥也没有翻车。到了县衙门口，这才停下屹然站住。于是这件事就没有办成。从这件事可以知道，受屈平民女子呼唤上天，雷电立刻下击，并不是文献所虚构的。

堂舅安介然公说："厉鬼报冤索命的事，在典籍中有不同的记载，传闻的说法也不一样。乾隆癸未年五月，我从盐山耿家庵回崔庄，亲眼见到了。那个人五十来岁，戴草帽，穿麻衣，用一头驴驮着铺盖卷儿，把驴拴在河边柳树下，自己靠树坐着。我也拴上马休息。忽然间那个人跳了起来，双手做出支撑的样子，说：'害你的命，就还你一条命吧，何必这么打我呢！'支撑了半天，话语渐渐模糊不清了；他忽然纵身一跳，沉没消失在波浪中。当时有十来个人都看到了，都合掌念佛。虽然不清楚报的是什么冤仇，但是害命偿命却是那人亲口说的。"

乾隆戊子年夏天，小丫环玉儿得痨病死了。不一会儿又苏醒过来，说："冥间鬼卒打发我回来要钱。"买来纸钱焚烧，玉儿才死。不一会儿，她又苏醒了，说："银子的成色不足，鬼卒不要。"又买回金银箔折成元宝焚烧，她才又死去不再复苏。这让我想起雍正壬子年，亡弟映谷临死时，也有类似事情发生。这么看来，难道是纸钱果然有用？冥间鬼卒这样向鬼魂勒索，冥官又是管什么的呢？

胡牧亭侍御说：他家乡有个活人时兼做阴官的，讲阴司的事情讲得很详细。虽无法全部回忆起来，但大致和传记所写的相同。只是讲到地狱道、饿鬼道、畜生道、修罗道、人道、天道六道轮回，他说并不需要遣送，都是根据各人平生的善恶，就像水先流向潮湿的地方，火先烧向干燥的地方一样，气息相感，以类而分，自然会到该去的地方。这话很有道理，是讲鬼神的人从来没有说到过的。

狐精媚人是为了采阳补阴，并不是喜欢美貌；然而爱色的偶尔也有。

表兄安濂北言：有人夜宿深林中，闻草间人语曰：“君爱某家小童，事已谐否？此事亢阳熏烁，消蚀真阴，极能败道。君何忽动此念耶？”又闻一人答曰：“劳君规戒。实缘爱其美秀，遂不能忘情。然此童貌虽艳冶，心无邪念，吾于梦中幻诸淫态诱之，漠然不动。竟无如之何，已绝是想矣。”其人觉有异，潜往窥视，有二狐跳踉去。

泰州任子田，名大椿，记诵博洽，尤长于《三礼》注疏，六书训诂。乾隆己丑登二甲一名进士，浮沉郎署。晚年始得授御史，未上而卒。自开国以来，二甲一名进士，不入词馆者仅三人，子田实居其一。自言十五六时，偶为从父侍姬以宫词书扇，从父疑之，致侍姬自经死。其魂讼于地下，子田奄奄卧疾。魂亦为追去考问，阅四五年，冥官庭鞫七八度，始辨明出于无心；然卒坐以过失杀人，削减官禄，故仕途偃蹇如斯。贾钝夫舍人曰：“治是狱者即顾郎中德懋。二人先不相知，一日相见，彼此如旧识。时同在座亲见其追话冥司事，子田对之，犹慄慄然也。”

即墨杨槐亭前辈言：济宁一童子为狐所昵，夜必同衾枕。至年二十馀，犹无虚夕。或教之留须，须稍长，辄睡中为狐剃去，更为傅脂粉。屡以符箓驱遣，皆不能制。后正乙真人舟过济宁，投词乞劾治。真人牒于城隍，狐乃诣真人自诉。不睹其形，然旁人皆闻其语。自言：“过去生中为女子，此童为僧。夜过寺门，被劫闭窟室中，隐忍受污者十七载，郁郁而终。

表兄安濂北说：有个人夜里住在深林里，听到草丛中有人说："你爱某家的少年，事情妥了吗？这事要受亢阳之气侵伐，销蚀你的真阴，最能败坏你的道行。你怎么动了这个念头呢？"又听另一个人说："感谢你的规劝。我因为实在爱他的貌美秀丽，于是难以忘情。不过这个少年容貌虽艳丽，但心无邪念，我在他梦中变幻出各种妖冶淫荡的姿态诱惑他，他竟然丝毫不动心。我没有办法，已经断了这个念头。"那个人觉得奇怪，悄悄地过去看，有两只狐狸窜出来跳着跑了。

泰州人任子田，名大椿，他博闻强记，擅长于《三礼》的注疏和六书的训诂。乾隆己丑年考上二甲第一名进士，在宦海中上下沉浮。一直做小京官，直到晚年才被任命为御史，还没等到上任就死了。自从开国以来，二甲第一名进士，没有进入翰林院的仅有三人，而任子田就是其中之一。他自己说，在十五六岁的时候，偶然为叔父的侍姬在扇子上写了表现宫女抑郁愁怨的诗句，叔父从而怀疑侍姬，竟使侍姬上吊自尽了。侍姬的阴魂在阴间上告，任子田也病得气息奄奄。他的灵魂被拘捕到阴间拷问，一连拷问了四五天，阴间的判官审讯了七八回，终于辨明他确实是出于无心才那样做的；然而终究因为过失杀人，被削减了官禄，所以仕途才这样屡屡受挫。贾钝夫舍人说："当初审理这个案子的狱官，就是顾德懋郎中。两人原来并不认识，但有一天见面，彼此都觉得好像是老相识。我当时也在座，亲眼见到他们追忆阴间发生的那些事，任子田回答顾德懋时，还瑟瑟发抖呢。"

即墨的杨槐亭前辈说：济宁有一个年轻人被狐精喜欢上了，每夜都一同睡觉。到这个年轻人二十多岁时，也一夜都不空着。有人让他留胡须，胡须稍微长一点儿，狐精就在他睡觉时剃掉，还给他涂脂抹粉。屡次用符咒驱狐，都没有作用。后来正乙真人乘船路过济宁，他写信乞求真人镇治。真人向城隍投了诉状，狐精便找真人诉说。看不到它的形状，但旁人都可以听到它的话。狐狸说："前生我是个女子，这个年轻人是个僧人。有天夜里我路过寺庙，被他劫持，关在地下室里，隐忍受污达十七年，郁郁而死。

诉于地下主者，判是僧地狱受罪毕，仍来生偿债。会我以他罪堕狐身，窜伏山林百馀年，未能相遇。今炼形成道，适逢僧后身为此童，因得相报。十七年满自当去，不烦驱遣也。”真人竟无如之何。后不知期满果去否。然据其所言，足知人有所负，虽隔数世犹偿也。

同年项君廷模言：昔尝馆翰林某公家，相见辄讲学。一日，其同乡为外吏者，有所馈赠。某公自陈平生俭素，雅不需此。见其崖岸高峻，遂逡巡携归。某公送宾之后，徘徊厅事前，怅怅惘惘，若有所失，如是者数刻。家人请进内午餐，大遭诟怒。忽闻有数人吃吃窃笑，视之无迹，寻之声在承尘上。盖狐魅云。

陈少廷尉耕岩，官翰林时，为魅所扰。避而迁居，魅辄随往。多掷小帖道其阴事，皆外人不及知者。益悚惧，恒虔祀之。一日掷帖，责其待侄之薄，且曰“不厚资助，祸且至”。众缘是窃疑其侄，密约伺察。夜闻击损器物声，突出掩执，果其侄也。耕岩天性长厚，尤笃于骨肉，但曰：“尔需钱可告我，何必乃尔？”笑遣之归寝，由是遂安。

后吴编修朴园突遭回禄，莫知火之自来。凡再徙居而再焚，余意亦当如耕岩事。朴园曰：“固亦疑之。”然第三次迁泉州会馆时，适与客坐厅事中，忽烈焰赫然，自承尘下射。是非人所能上，亦非人所能入也，殆真魅所为矣。

我告到阴曹，阴曹判那个和尚在地狱受罪完后，来生还要偿债。这时我因为犯了别的罪投生为狐狸，在山林里过了一百多年，未能和他相遇。现在我修炼成形，正好和尚今世转生为这个年轻人，所以我来报仇。十七年期满之后我自会离开，不必别人驱赶。”真人最终也无可奈何。后来不知道期满后狐精真的走了没有。不过根据狐狸的话，足以知道人负了债，即使隔了几世也是要偿还的。

与我同科取中的项廷模说：从前曾经在某位翰林家教读，翰林和他一见面就大谈理学。一天，翰林有个在外地做官的同乡，送来一些礼物。翰林说自己平生节俭朴素，根本不需要这些东西。那人见翰林清高严峻态度坚决，很尴尬地把礼物拿回去了。翰林送走客人之后，在厅堂里走来走去，满脸失意的表情，好像丢了什么东西似的，就这样过了好一会儿。家里人请他到里面吃午饭，被他大骂了一顿。这时忽然听到几个人在“吃吃”地偷笑，环视无人，听那声音是在天花板上。大概是狐精吧。

大理寺少卿陈耕岩，做翰林时，被鬼魅骚扰。他想躲避，搬了家，鬼魅也随着他一起过来了。鬼魅经常扔一些小帖子，揭露陈耕岩的隐私，都是些外人所不知道的事情。于是他更加害怕，经常虔诚地祭祀。一天，鬼魅又扔下一个小帖子，责备他对待侄儿太刻薄，并且说“如果不多出钱资助侄儿，灾祸就会降临”。大家因此怀疑这一切恐怕是他侄儿干的，于是暗地里商量一起盯着侄儿。夜里听到屋里打坏器物的声音，人们突然闯进去，抓住的果然是他侄儿。陈耕岩生性宽厚，尤其看重骨肉之情，便说：“你如果缺钱可以明白地告诉我，何必要这样做呢？”笑着打发侄儿回去睡觉。从此，他家便安宁了。

后来编修吴朴园家突然失火，没人知道火是从什么地方来的。于是搬家，但又失火，我认为这有可能跟陈耕岩家发生的事情相类似。吴朴园说：“我也是这样怀疑的。”但是第三次搬到泉州会馆，正与客人坐在大厅里，忽然炽烈的火从顶棚上往下射，那是人上不去的地方，也是人进不去的地方，大概真的是鬼魅干的吧。

程也园舍人居曹竹虚旧宅中。一夕，弗戒于火，书画古器，多遭焚毁。中褚河南临《兰亭》一卷，乃五百金所质，方虑来赎时轇轕，忽于灰烬中拣得，匣及袱并爇，而书卷无一字之损。表弟张桂岩馆也园家，亲见之。白香山所谓“在在处处有神物护持”者耶？抑成毁各有定数，此卷不在此火劫中耶？然事则奇矣，亦将来赏鉴家一佳话也。

同年柯禺峰，官御史时，尝借宿内城友人家。书室三楹，东一室隔以纱厨，扃不启。置榻外室南牖下，睡至半夜，闻东室有声如鸭鸣，怪而谛视。时明月满窗，见黑烟一道，从东室门隙出，着地而行，长可丈馀，蜿蜒如巨蟒。其首乃一女子，鬔鬙俨然，昂而仰视，盘旋地上，作鸭鸣不止。禺峰素有胆，拊榻叱之。徐徐却行，仍从门隙敛而入。天晓，以告主人。主人曰：“旧有此怪，或数年一出，不为害，亦无他休咎。”或曰：“未买是宅前，旧主有侍姬幽死此室。”未知其审也。

胥魁有善博者，取人财犹探物于囊，犹不持兵而劫夺也。其徒党密相羽翼，意喻色授，机械百出，犹臂指之相使，犹呼吸之相通也。騃竖多财者，则犹鱼吞饵，犹雉遇媒耳。如是近十年，橐金巨万，俾其子贾于长芦，规什一之利。子亦狡黠，然冶荡好渔色。有堕其术而破家者，衔之次骨，乃乞与偕往，而阴导之为北里游。舞衫歌扇，耽玩忘归，耗其资十之九。

中书舍人程也园住在曹竹虚的旧宅子里。一天夜晚，不慎失火，名贵书画和古器物大都焚毁。其中有褚遂良临摹的一卷《兰亭集序》，是人家为了借五百两银子用来做抵押的，他正担心物主来赎时不好交待，忽然在灰烬中拣到了，匣子和包皮都被烧毁了，可书卷却没损一字。当时表弟张桂岩在程也园家教书，亲眼看见了这件奇事。难道这就是白居易所说的“到处都有神明的保护”的话吗？或者还是因为成和毁各有定数，这个书卷就不该毁在这场火的浩劫之中？无论如何，这事确实很离奇，将来也可作为鉴赏家们的一段佳话吧。

与我同科取中的柯禺峰，做御史时，曾经借住在内城朋友家。朋友家有三间书房，东面一间用纱橱隔开，锁着门。他就在外间的南窗下安了床，睡到半夜时，听到东房有鸭叫一样的声音，觉得奇怪，就定睛细看。当时明亮的月光照着窗户，只见有一道黑烟从东房门缝里钻出来，贴着地移动，大约有一丈多长，蜿蜒着像条巨蟒。黑烟的头部却是一个女子，梳着考究的发髻，抬头仰视，身子盘旋在地上，不停地发出鸭叫的声音。柯禺峰向来胆大，就拍着床大声呵斥。那股黑烟慢慢地退后，仍然从门缝里缩了进去。天亮后，柯禺峰将这件事告诉朋友。朋友说：“以前是有这个妖怪，有时几年出现一次，不危害人，也没有其他吉凶之事。”有人说：“没买这座住宅之前，旧房主有个侍妾幽禁在这个房间里死了。”不知是不是真的。

有个官府差役的头目擅长赌博，赢别人的钱就好像到自己口袋里拿东西，就像不持兵器的抢劫。他和下属同党私下里相互勾结，在赌场上暗示授意，狡诈万端，配合得就像指挥自己的手臂手指，就像呼吸相通。那些头脑蠢笨的有钱人，就像鱼儿吞食诱饵，像野鸡遇上猎人用来诱引的鸡，没有不上当失财的。这样干了近十年，他积累了上万资金，于是派儿子去长芦做买卖，想要钱生钱。他的儿子也很狡猾，不过淫荡贪色。有个人曾经堕入赌博圈套破了家，对他们有刻骨的仇恨，于是请求和他一同前去，而暗地里带他去妓院。那里满眼舞衫歌扇，令他沉溺其中不想回家，他的资财竟耗费了十分之九。

胥魁微有所闻，自往检校，已不可收拾矣。论者谓是虽人谋，亦有天道：仇者之动此念，殆神启其心欤？不然，何前愚而后智也！

故城刁飞万言：其乡有与狐女生子者，其父母怒谇之。狐女泣涕曰："舅姑见逐，义难抗拒。但子未离乳，当且携去耳。"越两岁馀，忽抱子诣其夫曰："儿已长，今还汝。"其夫遵父母戒，掉首不与语。狐女太息抱之去。此狐殊有人理，但抱去之儿，不知作何究竟。将人所生者仍为人，庐居火食，混迹闾阎欤？抑妖所生者即为妖，幻化通灵，潜踪墟墓欤？或虽为妖而犹承父姓，长育子孙，在非妖非人之界欤？虽为人而犹依母党，往来窟穴，在亦人亦妖之间欤？惜见首不见尾，竟莫得而质之。

同年蒋心馀编修言：其乡有故家废宅，往往见艳女靓妆，登墙外视。武生王某，粗豪有胆，径携被独宿其中，冀有所遇。至夜半寂然，乃拊枕自语曰："人言此宅有狐女，今何往耶？"窗外小声应曰："六娘子知君今日来，避往溪头看月矣。"问："汝为谁？"曰："六娘子之婢。"又问："何故独避我？"曰："不知何故，但云畏见此腹负将军。"亦不解为何语也。王后每举以问人，曰："腹负将军是武职几品？"莫不粲然。问其乡人，曰："实有其人，亦实有其事；然彷皇竟夜，一无所见耳。其语则心馀所点缀也。"心馀性好诙谐，理或然欤！

做父亲的稍稍听到了一些传闻，亲自去查看，事情已经不可收拾了。人们评论说，这事虽然是人谋，但也有天意：报仇的人动这个念头，大概是神的启发吧？不然，为什么他以前那么傻而后来那么精呢！

故城人刁飞万说：他家乡有个人，与狐女生了个孩子，他的父母因此而怒骂他。狐女哭着说："公公婆婆都要赶我走，按道理我实在不应该抗拒。但是孩子还小，还需要我喂奶，所以我把孩子也一起带走。"过了两年多，狐女忽然抱着孩子来了，她对丈夫说："儿子现在已经长大了，我把他还给你。"她的丈夫遵从父母的训诫，转过头不和她说话。狐女叹息着把孩子抱走了。这个狐女还很懂得人类的道理，但是把儿子抱走，不知道孩子将来会怎么样。是因为人所生的仍然是人，而让他居住在房屋里，吃煮熟的食物，生活在人群里呢？还是因为妖所生的仍然是妖，变幻通灵，隐迹在荒郊野外的废墟坟墓之中？或者虽然是妖，但继承了父亲的姓氏，长大后生儿育女，处在非人非妖的境界？还是虽然是人但却依恋母亲，和母亲的同类在一起，来往于洞穴，处在是人是妖之间？只可惜这种事情只知道开头，不知道结尾，竟然无从打听。

与我同科取中的编修蒋心馀说：他家乡有座大户人家废弃的宅院，常常见到有美貌女子浓妆艳抹，在墙头向外张望。有个姓王的武夫，为人粗野豪放有胆量，竟带了被子独自一个人到宅院过夜，希望能有艳遇。他等到半夜，还不见动静，就拍着枕头自言自语道："别人说这房子里有狐女，现在到哪儿去了呢？"只听窗外有人小声答道："六娘子知道你今天来，避到溪头赏月去了。"王某问："你是谁？"又听答道："我是六娘子的丫环。"又问："为什么偏偏要避我？"答道："我也不知为什么，只听说是怕见这位腹负将军。"王某不懂这话是什么意思。后来经常拿这话问别人："腹负将军是几品武官？"被问的人听后都哈哈大笑。我后来问他的同乡人，答说："真的有这个人，也的确有这样的事。但王某只是心神不定徘徊了一夜，什么也没看到。那些话却是心馀虚构的。"蒋心馀生性诙谐，也许真是这样吧！

先母张太夫人，尝雇一张媪司炊，房山人也，居西山深处。言其乡有贫极弃家觅食者，素未外出，行半日即迷路。石径崎岖，云阴晦暗，莫知所适。姑枯坐树下，俟天晴辨南北。忽一人自林中出，三四人随之，并狰狞伟岸，有异常人。心知非山灵即妖魅，度不能隐避，乃投身叩拜，泣诉所苦。其人恻然曰："尔勿怖，不害汝也。我是虎神，今为诸虎配食料。待虎食人，尔收其衣物，足自活矣。"因引至一处。嗷然长啸，众虎坌集。其人举手指挥，语啁哳不可辨。俄俱散去，惟一虎留丛莽间。俄有荷担度岭者，虎跃起欲搏，忽辟易而退。少顷，一妇人至，乃搏食之。捡其衣带，得数金，取以付之，且告曰："虎不食人，惟食禽兽。其食人者，人而禽兽者耳。大抵人天良未泯者，其顶上必有灵光，虎见之即避。其天良澌灭者，灵光全息，与禽兽无异，虎乃得而食之。顷前一男子，凶暴无人理，然攘夺所得，犹恤其寡嫂孤侄，使不饥寒。以是一念，灵光煜煜如弹丸，故虎不敢食。后一妇人，弃其夫而私嫁，又虐其前妻之子，身无完肤，更盗后夫之金，以贻前夫之女，即怀中所携是也。以是诸恶，灵光消尽，虎视之，非复人身，故为所啖。尔今得遇我，亦以善事继母，辍妻子之食以养，顶上灵光高尺许。故我得而佑之，非以尔叩拜求哀也。勉修善业，当尚有后福。"因指示归路，越一日夜得至家。

张媪之父与是人为亲串，故得其详。时家奴之归，有虐使其七岁孤侄者，闻张媪言，为之少戢。圣人以神道设教，信有以大。

先母张太夫人，曾经雇了一个姓张的老妇人做饭，她是房山人，住在西山深处。她说她乡里有个极穷的人离家外出去找活路，因为没出过门，走了半天就迷了路。石路曲折崎岖，云遮晦阴，不知往哪儿走。他就呆呆地坐在一棵树底下，等天亮了认清方向再说。忽然一个人从林子里出来，三四个人跟随着，这些人相貌狰狞、身材高大，和平常人不同。他知道这些人不是山神就是妖魅，估计已经来不及躲藏，就躬身下拜，哭着说了他的苦处。来人同情地说："你不要害怕，我不会伤害你。我是虎神，今天来给老虎们分配吃的。等虎吃了人，你把人的衣物收起来，就足够可以养活自己了。"于是把他引到一个地方。虎神高声长啸，众虎从各处汇集到了一起。虎神抬手指挥，声音叽叽喳喳的，听不懂。一会儿群虎散去，只有一只虎留下来伏在草丛里。不久有个挑担子的人走过树林，虎跳起来要吃他，可是忽然又避开退下。过一会儿又来了一个妇人，虎捉住她吃了。虎神捡起妇人的衣带，里面有几两银子，取了给他，告诉他说："老虎不吃人，只吃禽兽。那些被吃的人，是人当中的禽兽。一般天良未泯的人，他的头上一定有灵光，老虎见了就避开了。那些丧尽天良的人，灵光全消失了，和禽兽没什么差别，老虎就抓来吃了。刚才那个男子，虽然凶暴没有人性，但是抢到东西，还用来抚恤他的寡嫂和孤侄，让他们不受冻挨饿。因为他的这一个念头，他的灵光莹莹像弹丸一样，老虎不敢吃。后来的那个妇人，背弃了丈夫私自再嫁，还虐待后夫前妻的孩子，打得他体无完肤，又偷后夫的钱给前夫的女儿，就是她怀中携带的那些银子。因为这些罪恶，她的灵光消尽，老虎见到的不再是人，所以就吃了她。你今天能遇到我，也是因为你能很好地侍奉继母，省下妻子的口粮来供养她，头顶上的灵光有一尺多高。所以我叫老虎来帮助你，并不是因为你叩拜我求我的缘故。好好做善事，还会有后福。"说完指示方向告诉他回去的路。他走了一天一夜才到了家。

张老妇人的父亲和这个人是亲戚，所以知道这事的详情。当时一个仆人的妻子虐待她七岁的孤侄，听了张老太太的话，行为有些收敛。圣人通过神道来教化世人，确实是有道理的。

磷为鬼火，《博物志》谓战血所成，非也，安得处处有战血哉！盖鬼者，人之馀气也，鬼属阴，而馀气则属阳。阳为阴郁，则聚而成光，如雨气至阴而萤火化，海气至阴而阴火然也。多见于秋冬，而隐于春夏；秋冬气凝，春夏气散故也。其或见于春夏者，非幽房废宅，必深岩幽谷，皆阴气常聚故也。多在平原旷野，薮泽沮洳，阳寄于阴，地阴类，水亦阴类，从其本类故也。先兄晴湖，尝同沈丰功年丈夜行，见磷火在高树巅，青荧如炬，为从来所未闻。李长吉诗曰："多年老鸮成木魅，笑声碧火巢中起。"疑亦曾睹斯异，故有斯咏。先兄所见，或木魅所为欤！

贾人持巨砚求售，色正碧而红斑点点如血沁。试之，乃滑不受墨。背镌长歌一首，曰："祖龙奋怒鞭顽石，石上血痕姻脂赤。沧桑变幻几度经，水舂沙蚀存盈尺。飞花点点粘落红，芳草茸茸挼嫩碧。海人漉得出银涛，鲛客咨嗟龙女惜。云何强遣充砚材，如以嫱施司洴澼。凝脂原不任研磨，镇肉翻成遭弃掷。原注：客问镇肉事，判曰："出《梦溪笔谈》。"音难见赏古所悲，用弗量才谁之责。案头米老玉蟾蜍，为汝伤心应泪滴。"后题："康熙己未重九，餐花道人降乩，偶以顽砚请题，立挥长句。因镌诸砚背以记异。"款署"奕焘"二字，不著其姓，不知为谁，餐花道人亦无考。其词感慨抑郁，不类仙语，疑亦落拓之才鬼也。索价十金，酬以四金不肯售。后再问之，云四川一县令买去矣。

奴子纪昌，本姓魏，用黄犊子故事，从主姓。少喜读书，颇娴文艺，作字亦工楷。最有心计，平生无一事失便宜。晚得奇疾，目不能视，耳不能听，口不能言，四肢不能动，周身并痿痹，

磷火就是鬼火，《博物志》中说是战场上的血化成的，不对，怎么可能处处都有战场上的血呢！鬼，是人的馀气，鬼属阴，而馀气则属阳。阳气被阴气压抑，就凝聚而发出光来，就像雨气极阴，会化生萤火，海气极阴会燃起阴火一样。鬼火多在秋冬出现，春夏两季不常见；这是因为秋冬时阴气凝结，春夏阴气涣散。有人春夏时也见到了鬼火，那不是在幽闭的房子、废弃的宅院，就一定是在深山幽谷，这都是阴气经常聚在一起的地方。鬼火还多见于平原旷野中的荒沼泽潭，这是因为阳气寄居于阴气中，地属阴类，水也属阴类，物聚于同类的缘故。先兄晴湖曾和沈丰功老伯夜里赶路，看到磷火高高的在树顶上，青莹莹的像火炬。这是以前从来没听说过的。李贺在诗里说："多年老鸮成木魅，笑声碧火巢中起。"我疑心可能他也见过这种怪异现象，所以才有这种诗句。先兄见到的，或许是木魅作怪吧！

有个商人拿着一方巨砚要卖，巨砚颜色为纯正的碧绿色，有点点红斑，就像是血渗进去的一样。试着沾水研磨，滑滑的不着墨汁。巨砚的背面刻着一首长诗："祖龙奋怒鞭顽石，石上血痕胭脂赤。沧桑变幻几度经，水舂沙蚀存盈尺。飞花点点粘落红，芳草茸茸挼嫩碧。海人漉得出银涛，鲛客咨嗟龙女惜。云何强遣充砚材，如以嫱施司洴澼。凝脂原不任研磨，镇肉翻成遭弃掷。原注：有人问镇肉事，沙盘上写道："事出于《梦溪笔谈》。"音难见赏古所悲，用弗量才谁之责。案头米老玉蟾蜍，为汝伤心应泪滴。"后题："康熙己未年重阳节，餐花道人降乩，偶尔拿石砚请他题写，马上就写下了这首长诗。因此将诗刻在砚背，作为这桩异事的纪念。"落款是"奕焘"二字，没有写姓，不知是什么人，餐花道人也无从考证。诗中的词语感慨忧郁，不像是仙人口气，怀疑是个落拓不得志的才鬼。商人索价十两，还价到四两，他不肯卖。后来再问，说巨砚已经被四川的一个县令买去了。

家奴纪昌本来姓魏，学了黄犊子故事，随主人姓纪。纪昌从小喜欢读书，而且对文艺也很娴熟，写字也很工整。他最有心计，平生没有一件事情吃过亏。晚年，他得了一种奇怪的病，眼睛不能看，耳朵不能听，口不能说，手脚不能动，全身都萎缩麻痹，

不知痛痒；仰置榻上，块然如木石，惟鼻息不绝。知其未死，按时以饮食置口中，尚能咀咽而已。诊之乃六脉平和，毫无病状，名医亦无所措手。如是数年，乃死。老僧果成曰："此病身死而心生，为自古医经所不载，其业报欤？"然此奴亦无大恶，不过务求自利，算无遗策耳。巧者造物之所忌，谅哉！

奴子李福之妇，悍戾绝伦，日忤其姑舅，面詈背诅，无所不至。或微讽以不孝有冥谪，辄掉头哂曰："我持观音斋，诵观音咒，菩萨以甚深法力，消灭罪愆，阎罗王其奈我何？"后婴恶疾，楚毒万端，犹曰："此我诵咒未漱口，焚香用炊火，故得此报，非有他也。"愚哉！

蔡太守必昌，尝判冥事。朱石君中丞问以佛法忏悔，有无利益。蔡曰："寻常冤谴，佛能置讼者于善处。彼得所欲，其怨自解，如人世之有和息也。至重业深仇，非人世所可和息者，即非佛所能忏悔，释迦牟尼亦无如之何。"斯言平易而近理。儒者谓佛法为必无，佛者谓种种罪恶皆可消灭，盖两失之。

余家距海仅百里，故河间古谓之瀛州。地势趋东，以渐而高，故海岸绝陡，潮不能出，水亦不能入。九河皆在河间，而大禹导河，不直使入海，引之北行数百里，自碣石乃入，职是故也。海中每数岁或数十岁，遥见水云澒洞中，红光烛天，谓之烧海。辄有断椽折栋，随潮而上，人取以为薪。越数日，必互言某匠某匠，为神召去营龙宫。然无亲睹其人，话鲛室贝阙之状者，第传闻而已。余谓是殆重洋巨舶，弗戒于火，火光映射，

不知痛痒；把他仰放在床上，就像木头和石块一般，只是还有呼吸。知道他没死，每天按时把饭菜放在他嘴里，他还能咀嚼吞咽食物。给他诊断时，他的六脉平和，没有一点儿生病的症状，名医也对他束手无策。像这样一直过了好几年，他才死了。老僧果成说："这种病是身体死了，而心还活着，自古以来，医书上从没有记载过，是报应吗？"然而这个家奴平生并无大错，只不过事事只求对自己有好处，机关算尽罢了。看来狡诈是上天所忌的，确实不错啊！

家奴李福的老婆，非常蛮横暴戾，每天顶撞公婆，不是当面吼骂，就是背后诅咒，什么事都做得出来。有人委婉地劝告她，不孝要受阴间惩罚，她却转过头去冷笑道："我按时吃观音斋，念观音经，菩萨法力无边，能消灾去祸，阎罗王能拿我怎样？"后来得了治不好的病，痛苦不堪，她还说："这是我念经时没漱口，烧香用灶火，所以得到这样的报应，不是因为其他的事。"真是愚昧啊！

蔡必昌太守，曾经判过阴间的案子。一次朱石君中丞问，以佛法看，忏悔有没有好处。蔡必昌说："一般的冤仇，佛祖可以给原告一个好的处理结果。他得到了想要的，怨仇自然就化解了，就如同人世间的调解平息。至于重大的罪孽、深重的冤仇，不是人间可以调解平息的，也不是在佛祖面前忏悔就可以平息的，释迦牟尼也没有什么办法。"这些话平易而有道理。儒家认为佛法肯定没有，佛家说种种罪恶都能消除，两者都有不当之处。

我家离海仅有百里，所以河间这个地方古代称为瀛州。这一带地势趋东渐高，因此海岸很陡，潮不能涌出来，河水也不能直接流进大海。九河都在河间，大禹治水导河，不是直接让河流入海，而是引河北行几百里，从碣石入海，就是地势的缘故。海上每隔几年或几十年，就会远远望见在弥漫无际的水云中，有红光照亮天空，人们称为"烧海"。烧海之后，就有折断的椽子和栋梁，随着潮水漂到海边，人们捡回去当柴烧。几天后，肯定会互相传言，某某工匠被神招去修建龙宫了。可是并没有谁亲眼目睹修建龙宫的工匠，听他讲述龙宫是什么样子，只是互相传闻罢了。我认为可能是远渡重洋的巨大船舶，不慎失火，大火经水光映射，

空无障翳，故千百里外皆可见；梁柱之类，舶上皆有，亦不必定属殿材也。

献县捕役某，尝奉差捕剧盗，就絷也。盗妇有色，盗乞以妇侍寝而纵之逃，某弗许。后以积蠹多赃坐斩。行刑前二日，狱舍墙圮，压而死。狱吏叶某，坐不早葺治，得重杖。先是叶某梦身立堂下，闻堂上官吏论捕役事。官指挥曰："一善不能掩千恶，千恶亦不能掩一善。免则不可，减则可。"既而吏抱牍出，殊不相识，谛视其官，亦不识，方悟所到非县署。醒而阴贺捕役，谓且减死；不知神以得保首领为减也。人计捕役生平，只此一善，而竟得免刑。天道昭昭，何尝不许人晚盖哉！

吴江吴林塘言：其亲表有与狐女遇者，虽无疾病，而惘惘恒若神不足。父母忧之，闻有游僧能劾治，试往祈请。僧曰："此魅与郎君夙缘，无相害意。郎君自耽玩过度耳。然恐魅不害郎君，郎君不免自害。当善遣之。"乃夜诣其家，趺坐诵梵咒。家人遥见烛下似绣衫女子，冉冉再拜。僧举拂子曰："留未尽缘作来世欢，不亦可乎？"欻然而隐，自是遂绝。

林塘知其异人，因问以神仙感遇之事。僧曰："古来传记所载，有寓言者，有托名者，有借抒恩怨者，有喜谈诙诡，以诧异闻者，有点缀风流以为佳话，有本无所取而寄情绮语，如诗人之拟艳词者：大都伪者十八九，真者十一二。此一二真者，又大都皆才鬼灵狐，花妖木魅，而无一神仙。其称神仙必诡词。

水天空阔没有遮碍，因此千百里外都能看见；至于梁柱之类的东西，船舶上都有，也未必就是建筑宫殿的木材。

献县某个捕吏，曾经奉令捕捉大盗，把他擒获了。大盗的妻子很漂亮，大盗愿意把妻子献给捕吏，乞求捕吏放了他，捕吏没有答应。后来捕吏因为贪赃要受斩刑。行刑前两天，监狱的墙塌了，把他压死了。狱卒叶某，因为没有及早修理狱舍，被判重杖。在这以前，叶某梦见自己立在大堂下，听堂上的官吏议论捕吏的案子。一个官员说："一善不能掩千恶，千恶也不能掩一善。免罪是不能的，减刑就行了。"之后衙吏抱着文牍出来，叶某并不认识，仔细看那个官员，也不认识，这才明白不是县署。醒后偷偷地向捕吏道贺，认为他可以减刑不死了；不料神以保全他的首级为减刑。人们估算，捕吏一生只干了这一件善事，竟然得以免刑。天理昭昭，何曾不许人事后将功补过、行善赎罪啊！

吴江人吴林塘说：他的表亲中有个人与狐女相好，虽然没什么病，但总是怅惘茫然，好像精神不足。他父母为此而感到忧虑，听说有个云游僧人能镇治狐魅，就试着去祈请僧人。僧人说："这个狐女与你家公子有一段姻缘，她没有害人的意思。是你家公子自己沉溺于此，玩乐过度罢了。然而我还是担心，即使狐女不伤害公子，公子也会自己害了自己。所以应当好好地把狐女送走。"于是夜里来到他们家，盘腿坐着念诵咒语。他们家的人远远地看见烛光下，似乎有一个身穿锦绣衣衫的女子，慢悠悠地拜了两拜。僧人举起拂尘说："留下这一段未完的姻缘，来世再结欢情，不也可以吗？"狐女一下子消失了，以后再没来过。

吴林塘知道僧人是个奇异的人，就向他求教神仙感慨知遇一类的事情。僧人说："自古以来，传记中记载有关神仙的事，有的是寓言，有的是假冒其名，有的是借此抒发恩怨，有的是喜欢谈论一些诙谐怪异的事情达到耸人听闻的目的，有的是点缀风流以传为佳话，有的没有别的意图，只不过将感情寄寓在绮丽的语词之中，就像诗人所作的一些艳丽词曲：一般假的占了十分之八九，真的只有十分之一二。而且这十分之一二的真事又大多数是关于才鬼灵狐，花妖木魅，没有一件是关于神仙的。那些说神仙的一定在撒谎。

夫神正直而聪明，仙冲虚而清静，岂有名列丹台，身依紫府，复有荡姬佚女，参杂其间，动入桑中之会哉？”林塘叹其精识，为古所未闻。

说是事时，林塘未举其名字。后以问林塘子钟侨，钟侨曰：“见此僧时，才五六岁。当时未闻呼名字，今无可问矣。惟记其语音，似杭州人也。”

李芍亭家扶乩，其仙自称邱长春。悬笔而书，疾于风雨，字如颠、素之狂草。客或求丹方，乩判曰：“神仙有丹诀，无丹方，丹方是烧炼金石之术也。《参同契》炉鼎铅汞，皆是寓名，非言烧炼。方士转相附会，遂贻害无穷。夫金石燥烈，益以火力，亢阳鼓荡，血脉偾张，故筋力似倍加强壮；而消铄真气，伏祸亦深。观艺花者，培以硫黄，则冒寒吐蕊；然盛开之后，其树必枯。盖郁热蒸之下，则精华涌于上，涌尽则立槁耳。何必纵数年之欲，掷千金之躯乎？”其人悚然而起。后芍亭以告田白岩，白岩曰：“乩仙大抵皆托名。此仙能作此语，或真是邱长春欤！”

吴云岩家扶乩，其仙亦云邱长春。一客问曰：“《西游记》果仙师所作，以演金丹奥旨乎？”批曰：“然。”又问：“仙师书作于元初，其中祭赛国之锦衣卫，朱紫国之司礼监，灭法国之东城兵司马，唐太宗之大学士、翰林院中书科，皆同明制，何也？”乩忽不动，再问之，不复答。知已词穷而遁矣。然则《西游记》为明人依托无疑也。

文安王氏姨母，先太夫人第五妹也。言未嫁时，坐度帆楼中，遥见河畔一船，有宦家中年妇，伏窗而哭，观者如堵。

神正直而聪明，仙冲淡而清静，难道在天宫仙境里还会有放荡的女人混杂其间，动不动就和人幽会吗？”吴林塘感叹僧人的见识精辟，僧人说的是他从来没有听过的。

说起这件事的时候，吴林塘没有说出僧人的名字。后来问吴林塘的儿子钟侨，钟侨说：“我见到这位僧人时，才五六岁。当时没有听过谁叫他的名字，现在也没有办法问了。我只记得他的口音，听起来好像是杭州人。”

李芍亭家扶乩降仙，乩仙自称是邱长春。乩仙悬笔写字，比风雨还快，字体像张旭、怀素的狂草。有人拜求丹方，乩词称：“神仙有丹诀，没有丹方，丹方是烧炼金石的手段。《周易参同契》里提到炉鼎铅汞，都是托名，并非真讲烧炼。方士们相互附会歪曲，结果贻害无穷。因为金石本身燥烈，加上火力，阳气激荡，使血脉膨胀，所以筋骨气力好像倍加强壮；但这是消耗元气，留下的祸害也深。看那些养花的人，用硫黄培在树的根部，在严寒时能吐蕊开花；但盛开之后，那株树肯定枯死。因为热量在下蒸腾，其精华就从上面涌出，精华涌尽就马上枯槁了。你何必为放纵数年之欲，而抛弃千金之躯呢？”那人吓得赶紧起身。后来李芍亭将此事告诉田白岩，田白岩说：“乩仙大都是托名。这个乩仙能说出这样的话，也许真是邱长春吧！”

吴云岩家扶乩招仙，乩仙也自称邱长春。有个客人问：“《西游记》果然是仙师所作，用来阐明道家烁金炼丹秘诀妙旨的吗？”乩仙批道：“是的。”客人又问：“仙师的《西游记》作于元初，而其中祭赛国的锦衣卫，朱紫国的司礼监，灭法国的东城兵司马，唐太宗的大学士以及翰林院中书科，都是明朝的官制，这又如何解释呢？”乩忽然停止不动，再怎么问也不回答了。人们知道乩仙已经理屈词穷逃走了。可见，《西游记》无疑是明人伪托元人邱长春所作。

文安的王氏姨母，是先太夫人的第五个妹妹。她说没出嫁时，有一天坐在度帆楼上，远远地看到河畔停泊的一只船里，有位官宦人家的中年妇女，伏在窗上痛哭，看热闹的人围得像堵墙。

乳媪启后户往视，言是某知府夫人，昼寝船中，梦其亡女为人执缚宰割，呼号惨切。悸而寤，声犹在耳，似出邻船。遣婢寻视，则方屠一豚子，泻血于盎，未竟也。梦中见女缚足以绳，缚手以红带。覆视其前足，信然，益悲怆欲绝，乃倍价赎而瘗之。其僮仆私言：此女十六而殁。存日极柔婉，惟嗜鸡，每饭必具；或不具，则不举箸。每岁恒割鸡七八百。盖杀业云。

交河有书生，日暮独步田野间，遥见似有女子，避入秫田。疑荡妇之赴幽期者，逼往视之，寂无所睹，疑其窜伏深丛，不复追迹。归而大发寒热，且作谵语曰："我饿鬼也，以君有禄相，不敢触忤，故潜匿草间。不虞忽相顾盼，枉步相寻。既尔有情，便当从君索食，乞惠薄奠，即从此辞。"其家为具纸钱肴酒，霍然而愈。苏进士语年曰："此君本无邪心，以偶尔多事，遂为此鬼所乘。小人之于君子，恒伺隙而中之也。言动可不慎哉！"

炎凉转瞬，即鬼魅亦然。程鱼门编修曰："王文庄公遇陪祀北郊，必借宿安定门外一坟园。园有故祟，文庄弗睹也。一岁，灯下有所睹，越半载而文庄卒矣。所谓山鬼能知一岁事耶！"

太原申铁蟾言：昔自苏州北上，以舵牙触损，泊舟兴济之南。荒塍野岸，寂无一人，而夜闻草际有哦诗声。心知是鬼，与其友谛听之。所诵凡数十篇，幽咽断续，不甚可辨。铁蟾惟听得一句，曰"寒星炯炯生芒角"，其友听得二句，曰"夜深翁仲语，月黑鬼车来"。

乳母打开后门去看了看，回来说是某知府的夫人，白天在船里睡午觉，梦到她死去的女儿被人捆绑着宰割，凄惨地呼号。她吓醒了，声音却还在耳畔，好像就出自邻船。派丫环过去一看，原来是邻船正在杀一只小猪，往盆里放血，血还没放完。夫人梦中曾见女儿脚上绑着绳子，手上绑着红带子。再看小猪的前脚，果然不错，夫人越发悲痛欲绝，加倍出钱把小猪买来埋葬了。他们家的佣人私下里说：她的女儿十六岁就死了。活着的时候非常温柔恬静，唯独喜欢吃鸡，每顿饭必须有；要是没有鸡，就不吃饭。每年要杀七八百只鸡。大概是杀生太多造了孽得到报应了吧。

交河有个书生，一天傍晚独自在田野里散步，远远看到好像有个女子，躲进高粱地里。他怀疑是荡妇赴幽会，就跟过去靠近了看，却是静悄悄的什么也没有看到，他怀疑她可能躲到高粱地深处去了，就不再跟踪。书生回来后却大发起寒热病来，一边还说胡话："我是饿鬼，因为你有福禄相，不敢冲撞，所以躲到了草丛中。没想到你忽然过来查寻。既然你有情谊，我就向你索要吃食，求你祭奠一下，我就从此辞去。"家人准备了纸钱酒菜，书生的病一下子就好了。苏语年进士说："这个书生本来没有邪心，因为偶尔多事，于是被鬼缠住。小人对君子，常常是伺机伤害的。所以人们的言行怎么能不慎重呢！"

世态炎凉，转眼之间就变了，即使在鬼魅界也是如此。程鱼门编修说："王文庄公每次陪同皇上在北郊祭祀，必定借宿在安定门外一个坟园里。坟园本来一直闹鬼，王文庄一直未曾看见过。有一年，他灯下看到了鬼魅，过了半年，王文庄就死了。这就是人们所说的山鬼能预知一年的事情啊！"

太原人申铁蟾说：他过去从苏州北上，因为船舵碰坏，就停船在兴济的南边。荒郊野外，空无一人，夜晚却能听到草丛中有吟诗的声音。申铁蟾心知是鬼，就和朋友仔细地听。吟诵的诗有几十篇，声音轻幽呜咽、断断续续，不太听得清楚。申铁蟾只听出一句，是"寒星炯炯生芒角"，他的朋友听出两句，是"夜深翁仲语，月黑鬼车来"。

张完质舍人，僦居一宅，或言有狐。移入之次日，书室笔砚皆开动，又失红柬一方。纷纭询问间，忽一钱铮然落几上，若偿红柬之值也。俄喧言所失红柬，粘宅后空屋。完质往视，则楷书“内室止步”四字，亦颇端正。完质曰：“此狐狡狯。”恐其将来恶作剧，乃迁去。闻此宅在保安寺街，疑即翁覃溪宅也。

李又聃先生言：东光某氏宅有狐。一日，忽掷砖瓦，伤盆盎，某氏詈之。夜间人叩窗语曰：“君睡否？我有一言。邻里乡党，比户而居，小儿女或相触犯，事理之常，可恕则恕之，必不可恕，告其父兄，自当处置。遽加以恶声，于理毋乃不可。且我辈出入无形，往来不测，皆君闻见所不及，提防所不到。而君攘臂与为难，庸有幸乎？于势亦必不敌，幸熟计之。”某氏披衣起谢，自是遂相安。会亲串中有以僮仆微衅，酿为争斗，几成大狱者，又聃先生叹曰：“殊令人忆某氏狐。”

北河总督署，有楼五楹，为蝙蝠所据多年矣。大小不知凡几万，一白者巨如车轮，乃其魁也，能为变怪。历任总督，皆扃钥弗居。福建李公清时，延正一真人劾治，果皆徙去。不久，李公卒，蝙蝠复归。于是无敢问之者。余谓汤文正公驱五通神，除民害也。蝙蝠自处一楼，与人无患，李公此举，诚为可已而不已。至于猝捐馆舍，则适值其时，不得谓蝙蝠为祟。修短有数，岂妖魅能操其权乎！

余七八岁时，见奴子赵平自负其胆，老仆施祥摇手曰：

中书舍人张完质，租了一处宅子居住，有人说宅子里有狐精。搬进去的第二天，书房的笔砚都打开动过了，还少了一方红柬。正在乱纷纷查问的时候，忽然有一文钱“当啷”一声落在书案上，似乎是抵还红柬的价钱。不一会儿人声喧嚷，说是丢失的红柬贴在了宅后的空屋。张完质亲自前往察看，见红柬上用楷书写着“内室止步”四字，写得十分端正。张完质说：“这个狐精真狡猾。”担心狐妖精日后恶作剧，就搬了出去。听说这处宅院在保安寺街，怀疑可能就是翁覃溪的住宅。

李又聃先生说：东光县某家的宅子里有狐精。有一天，忽然扔砖瓦，砸坏了盆盆罐罐，这家主人便骂了起来。夜里听到有人敲打窗户说：“主人睡了吗？我有句话要说。邻里乡亲，门挨着门住在一起，我的小儿女有时冒犯，这是平常小事，可以宽恕的就宽恕；一定不能宽恕的，告诉父兄，自然也会处置。你突然张口就骂得那么难听，从道理上说不过去。况且我们出入无形无踪，往来无法预测，你听不到看不见，也无法提防。你却要伸腿伸胳膊跟我们为难，又有什么好处呢？看情形你肯定胜不过我们，请主人仔细考虑。”主人披衣起来道歉，从此彼此便相安无事了。正好亲戚中有户人家因为佣人的一点儿小事，与别人酿成争斗，几乎弄成大案，李又聃先生叹息说：“真令人怀念那家的狐精。”

北河总督衙门有五间楼房，被蝙蝠占据多年。大大小小的蝙蝠不知道有几万只，其中有一只白色的蝙蝠，像车轮那么大，是它们的首领，会变幻成怪。历任总督都锁着楼房不去居住。福建李清公任总督时，请求正一真人设法镇治，果然蝙蝠都离开了。不久，李公去世，蝙蝠又回来了。从此没有人再去驱赶惊动它们。我认为汤文正驱逐五通神，是为民除害。蝙蝠独自居住在一幢楼房里，对人不构成危害，李公的这个举动，实在是没有必要。至于他猝然去世，只是碰巧罢了，不能认为这是蝙蝠作怪的缘故。人的生命本来就有长短，妖魅哪里能操纵得了这种权力呢！

我七八岁时，看到家奴赵平自吹有胆量，老仆人施祥对他摇着手说：

"尔勿恃胆，吾已以恃胆败矣。吾少年气最盛，闻某家凶宅无人敢居，径携襆被卧其内。夜将半，剨然有声，承尘中裂，忽堕下一人臂，跳掷不已；俄又堕一臂，又堕两足，又堕其身，最后乃堕其首，并满屋迸跃如猿猱。吾错愕不知所为。俄已合为一人，刀痕杖迹，腥血淋漓，举手直来搦吾颈。幸夏夜纳凉，挂窗未阖，急自窗跃出，狂奔而免。自是心胆并碎，至今犹不敢独宿也。汝恃胆不已，无乃不免如我乎！"平意不谓然，曰："丈原大误，何不先捉一段，使不能凑合成形？"后夜饮醉归，果为群鬼所遮，掖入粪坑中，几于灭顶。

同年钟上庭言：官宁德日，有幕友病亟。方服药，恍惚见二鬼曰："冥司有某狱，待君往质。药可勿服也。"幕友言："此狱已五十馀年，今何尚未了？"鬼曰："冥司法至严，而用法至慎。但涉疑似，明知其事，证人不具，终不为狱成。故恒待至数十年。"问："如是不稽延拖累乎？"曰："此亦千万之一，不恒有也。"是夕果卒。然则果报有时不验，或缘此欤？又小说所载，多有生魂赴鞫者，或宜迟宜速，各因其轻重缓急欤？要之早晚虽殊，神理终不愦愦，则凿然可信也。

田氏媪诡言其家事狐神，妇女多焚香问休咎，颇获利。俄而群狐大集，需索酒食，罄所获不足供。乃被击破瓮盎，烧损衣物，哀乞不能遣，怖而他投。濒行时，闻屋上大笑曰："尔还敢假名敛财否？"自是遂寂，亦遂不徙。然并其先有之赀，

“你不要自恃有胆，我已经因为自恃有胆而遭过殃了。我年轻时气最盛，听说某家凶宅无人敢住，就径自抱了铺盖卷儿睡在里面。快到半夜时，‘哗’的一声，天花板裂了开来，忽然掉下来一条人的胳膊，在地上不停地跳来跳去；过了一会儿又掉下一条胳膊，又掉下两只脚，又掉下身体，最后掉下了头，满屋子的残肢都像猴子一样跳跃。我吓得不知该怎么办。不一会儿已经合成一个人，身上都是刀痕杖迹，腥血淋漓，伸手直冲我扑来，要掐我脖子。幸亏夏夜纳凉，挂窗没有关上，我急忙从窗口跳出，拼命奔逃，才得脱免。从此以后我的胆被吓破了，至今还不敢独宿。你还要自恃有胆，不是要难免和我一样么！”赵平很不以为然地说：“老伯本来就大错，为什么不先捉住一段，让它不能凑合成形呢？”后来赵平夜里喝醉酒回家，果然被群鬼拦住，被架到粪坑里，几乎淹死。

和我同科取中的钟上庭说：他在宁德做官时，有个幕友病得很重。正在服药，恍惚中看见两个鬼对他说：“冥司中的某件案子，一直等你前往对质。药可以不用吃了。”幕友说：“这桩案件已经五十多年了，怎么现在还没结案？”鬼说：“冥司的法律最严厉，可是执行起来也最谨慎。一旦涉及疑点，虽然明知事实真相，如果证人不出庭作证，不能终审定案。因此往往一拖就是几十年。”幕友问：“这样的话，那不是拖延时间牵累当事人了吗？”鬼说：“这种情况只占千万分之一，不是常有的。”当天夜里，幕友果然死了。由此看来，因果报应有时不灵验，或许是由于这个缘故吧？还有，小说的记载中，有许多生魂前往冥司对质的，或许是定案的迟早，是要各自根据案情的轻重缓急吧？总之，定案虽然有早晚的差别，神灵终究不糊涂，这是确凿无疑的。

有位姓田的老妇人骗人说她家供奉着狐精，许多妇女都去烧香问吉凶，老妇人得了不少钱。不久，来了一大群狐聚集，要吃要喝，老妇人花尽了赚来的钱也不够供应。结果被狐狸打破盆罐，烧坏衣物，田老太哀求，狐狸也不走，田老太害怕了，想要投奔他处，将要出门时，听到屋上大笑说：“你还敢借我们的名声收取钱财吗？”从此就安静了，田老太也就不搬了。但是连她原有的钱财，

耗大半矣。此余幼时闻先太夫人说。

又有道士称奉王灵官，掷钱卜事，时有验，祈祷亦盛。偶恶少数辈，挟妓入庙，为所阻。乃阴从伶人假灵官鬼卒衣冠，乘其夜醮，突自屋脊跃下，据坐诃责其惑众，命鬼卒缚之，持铁蒺藜拷问。道士惶怖伏罪，具陈虚诳取钱状。乃哄堂一笑，脱衣冠高唱而出。次日，觅道士，则已窜矣。此雍正甲寅七月事。余随姚安公宿沙河桥，闻逆旅主人说。

安邑宋半塘，尝官鄞县。言鄞有一生，颇工文，而偃蹇不第。病中梦至大官署，察其形状，知为冥司。遇一吏，乃其故人，因叩以此病得死否。曰："君寿未尽而禄尽，恐不久来此。"生言："平生以馆谷糊口，无过分之暴殄，禄何以先尽？"吏太息曰："正为受人馆谷而疏于训课，冥司谓无功窃食，即属虚縻。销除其应得之禄，补所探支，故寿未尽而禄尽也。盖在三之义，名分本尊，利人脩脯，误人子弟，谴责亦最重。有官禄者减官禄，无官禄者则减食禄，一锱一铢，计较不爽。世徒见才士通儒，或贫或夭，动言天道之难明，乌知自误生平，罪多坐此哉！"生怅然而寤，病果不起。临殁，举以戒所亲，故人得知其事云。

道士庞斗枢，雄县人。尝客献县高鸿胪家。先姚安公幼时，见其手撮棋子布几上，中间横斜萦带，不甚可辨；外为八门，则井然可数。投一小鼠，从生门入，则曲折寻隙而出；从死门入，则盘旋终日不得出。以此信鱼腹阵图，定非虚语。

也损失了大半。这是我小时候听先母张太夫人讲的。

还有一个道士声称供奉王灵官，花钱占卜，常有灵验，去祈祷的人也就多起来。有一次，几个恶少带着妓女进庙，被他挡住了。于是恶少就暗中向伶人借来王灵官和鬼卒的戏装，趁道士夜间做道场时，突然从房顶上跳下来，坐在祭坛上责骂他迷惑百姓，命鬼卒绑起他，拿来铁蒺藜要拷问他。道士吓得连忙认罪，把他骗人赚钱的真相全都说了出来。大家轰然一笑，脱下衣帽高唱着走了出去。第二天去找道士，他已经逃走了。这是雍正甲寅年七月的事。我和先父姚安公在沙河桥过夜时，听旅店主人说起。

安邑人宋半塘，曾经在鄞县做官。说鄞县有个书生，文章写得很好，却总是考不上功名。有一次他病了，梦里来到一座大官署，看官署的形状，知道自己是到了阴间。书生碰到一个小吏，原来是以前的老熟人，就问他得了这种病会不会死。小吏说："你的寿命还没有到头，但你的禄运到头了，恐怕不久就要来阴间。"书生说："生平只是用教书的酬金养家糊口，没有过分糟踏也没有损害别人，为什么禄运就先到头了呢？"小吏叹息着说："正是因为你拿了人家的报酬，却不好好给人上课，阴间认为没有功劳而偷吃，就属于浪费。那就削减他本来应该得到的禄运，来弥补他浪费掉的，因此你的寿运还没有到头，禄运就已经到头了。老师本来是三恩之一，名分本来尊贵，只收人家的学费，耽误人家的子弟，因此受的惩罚也最重。有官禄的就削减他的官禄，没有官禄的就削减他的食禄，一锱一铢，都计算得毫不偏差。世间的人只看见有才能的士人儒生，有的贫穷有的早逝，动不动就说天道不明，却不知道他们是自己耽误了一生，大多是触犯了这一条啊！"书生怅然醒来，病情果然没有起色。临终的时候，他把这件事说出来以告诫身边的人，人们才知道了这件事。

道士庞斗枢，雄县人。曾到献县高鸿胪家做门客。先父姚安公年幼时，看到他手撮棋子布在桌上，中间横斜连带，看不太清楚；外围有八个门，清清楚楚数得出来。抓一只小鼠，从生门放进去，能曲曲折折地找到缝隙钻出来；从死门放进去，在里面转一整天也出不来。由此相信鱼腹浦的八阵图，决不是虚构出来的。

然斗枢谓此特戏剧耳。至国之兴亡，系乎天命；兵之胜败，在乎人谋。一切术数，皆无所用。从古及今，有以壬遁星禽成事者耶？即如符咒厌劾，世多是术，亦颇有验时。然数千年来，战争割据之世，是时岂竟无传？亦未闻某帝某王某将某相死于敌国之魇魅也，其他可类推矣。姚安公曰："此语非术士所能言，此理亦非术士所能知。"

从舅安公介然言：佃户刘子明，家粗裕。有狐居其仓屋中，数十年一无所扰，惟岁时祭以酒五琖，鸡子数枚而已。或遇火盗，辄叩门窗作声，使主人知之。相安已久。一日，忽闻吃吃笑不止，问之不答，笑弥甚。怒而诃之。忽应曰："吾自笑厚结盟之兄弟、而疾其亲兄弟者也。吾自笑厚其妻前夫之子、而疾其前妻之子者也。何预于君，而见怒如是？"刘大惭，无以应。俄闻屋上朗诵《论语》曰："法语之言，能无从乎？改之为贵。巽语之言，能无说乎？绎之为贵。"太息数声而寂。刘自是稍改其所为。后余以告邵阇谷，阇谷曰："此至亲密友所难言，而狐能言之；此正言庄论所难入，而狐以诙谐悟之。东方曼倩何加焉！予倘到刘氏仓屋，当向门三揖之。"

玛纳斯有遣犯之妇，入山樵采，突为玛哈沁所执。玛哈沁者，额鲁特之流民，无君长，无部族，或数十人为队，或数人为队；出没深山中，遇禽食禽，遇兽食兽，遇人即食人。妇为所得，已褫衣缚树上，炽火于旁。甫割左股一脔，倏闻火器一震，人语喧阗，马蹄声殷动山谷。以为官军掩至，弃而遁。

但庞斗枢说这只不过是游戏罢了。至于国家的兴亡，因天命而定；战斗的胜败，因人的谋略而定。一切方术，都起不了作用。从古到今，有靠星相之术而成就事业的吗？就是像符咒厌胜这些方术，世间很流行，也颇有些灵验的时候。但是几千年来，战争割据的时代，那时方术难道就失传了吗？也没听说过哪个皇帝、哪个大王、哪个将军、哪个丞相死于敌国的诅咒厌胜，其他就可以推想而知了。姚安公说："这番话不是一般的方士能说得出的，这个道理也不是一般的方士所能理解的。"

堂舅安介然公说：佃户刘子明，家境还算富裕。有个狐精住在他家当仓库的房子里，几十年了，从不不打扰他们，只在过年祭祀时，给狐精供五小杯酒，几只鸡蛋而已。有时遇到火灾、偷盗等事，狐精就敲打门窗发出声响，让主人知道。大家平安相处了很久。有一天，刘子明忽然听到"吃吃"不断的笑声，问也不回答，笑声反而更大。刘子明生气地呵斥起来。忽然听见应声道："我笑厚待结义的兄弟、却厌恶亲兄弟的人。我笑厚待妻子和前夫生的儿子、却痛恨自己和前妻生的孩子。这些事与你何干，又何必如此动怒？"刘子明大为惭愧，无话回答。不久又听到屋顶上朗诵《论语》中的话："严肃而合乎原则的话语，能够不接受吗？改正错误才可贵。顺从自己心意的话，能不高兴吗？分析一下才可贵。"叹息了几声就安静了下来。刘子明从此稍稍改变了他过去的所为。我把这件事告诉了邵闇谷，邵闇谷说："这是至亲密友也难说出口的话，狐精却说了出来；这些话认认真真地说让人难以接受，而狐精用诙谐的话使他觉悟。东方朔也未必能超过它！倘若我到刘氏的仓房，一定要向门作三个揖。"

玛纳斯有个流放犯人的妻子，进山打柴，突然被玛哈沁抓住。玛哈沁是额鲁特的流民，没有首领，也没有部族，或许几十人一伙，或许几人一伙；他们出没深山丛林，遇到飞禽吃飞禽，遇到野兽吃野兽，遇到活人就吃人肉。妇人落到他们手里，已经被扒了衣服，捆在树上，玛哈沁在一旁燃起篝火。刚从妇人左大腿上割下一块肉，忽然听到一声火枪响，人语喧哗，众多的马蹄声震动了山谷。玛哈沁以为大队官兵围追过来，扔下妇人和火堆，慌忙逃跑了。

盖营卒牧马，偶以鸟枪击雉子，误中马尾。一马跳掷，群马皆惊，相随逸入万山中，共噪而追之也。使少迟须臾，则此妇血肉狼藉矣，岂非若或使之哉！妇自此遂持长斋，尝谓人曰："吾非佞佛求福也。天下之痛苦，无过于脔割者；天下之恐怖，亦无过于束缚以待脔割者。吾每见屠宰，辄忆自受楚毒时；思彼众生，其痛苦恐怖，亦必如我。故不能下咽耳。"此言亦可告世之饕餮者也。

奴子刘琪，畜一牛一犬。牛见犬辄触，犬见牛辄噬，每斗至血流不止。然牛惟触此犬，见他犬则否；犬亦惟噬此牛，见他牛则否。后系置两处，牛或闻犬声，犬或闻牛声，皆昂首瞑视。后先姚安公官户部，余随至京师，不知二物究竟如何也。或曰："禽兽不能言者，皆能记前生。此牛此犬殆佛经所谓夙冤，今尚相识欤？"余谓夙冤之说，凿然无疑。谓能记前生，则似乎未必。亲串中有姑嫂相恶者，嫂与诸小姑皆睦，惟此小姑则如仇；小姑与诸嫂皆睦，惟此嫂则如仇。是岂能记前生乎？盖怨毒之念，根于性识，一朝相遇，如相反之药，虽枯根朽草，本自无知，其气味自能激斗耳。因果牵缠，无施不报。三生一瞬，可快意于睚眦哉？

从伯君章公言：前明青县张公，十世祖赞祁公之外舅也。尝与邑人约，连名讼县吏。乘马而往，经祖墓前，有旋风扑马首。惊而堕，从者舁以归。寒热陡作，忽迷忽醒，

原来，军营的士卒放马，偶尔用鸟枪射击野鸡，误中马尾。一匹马横着蹦跳起来，群马都惊了，纷纷往山里狂奔，士卒呐喊着追马，无意中吓跑玛哈沁，救了妇人一命。假设他们迟到片刻，这个妇人就血肉狼藉了，这岂不是好像有什么神灵暗中促使他们这样做的吗！从此以后，这个死里逃生的妇人持了长斋，一次她对人说："我并非是虚情假意敬佛求福。天下的痛苦，没有比得上割肉的；天下的恐怖，也没有比得上被捆起来等着被割肉的。我每次见到屠宰动物，就会想起自身曾经受过的痛苦和恐怖；想到那些被宰的众生，痛苦和恐怖也必然像我当初的情景一样。因此我就咽不下去了。"这番话也可以用来告诫世上那些贪吃的人。

家奴刘琪，养了一头牛、一只狗。牛看见狗就用角抵，狗看见牛就用牙咬，每次斗得流血还停不下来。然而这头牛只是抵这只狗，而看见其他的狗不这样；狗也只是咬这头牛，看见其他的牛也不这样。后来把它们分开，拴在两个不同的地方，牛有时听到狗的声音，狗有时听到牛的声音，都抬起头瞪大眼。后来先父姚安公在户部做官，我跟随着他一起到了京城，不知道这两个东西究竟怎么样了。有人说："禽兽不能说话，但都能记得前生。这头牛和这只狗，大概就是佛经里所说的前世冤家，今世相逢认出来了吧？"我认为夙冤的说法是确凿无疑的。但是所谓的能记起前生，则不一定。亲戚中有姑嫂二人互相厌恶。嫂子与其他小姑子都能和睦相处，唯独和这个小姑子像仇人一般；小姑子与其他嫂子都能和睦相处，唯独和这个嫂子像仇人一般。难道这也是能记得前生的冤仇吗？相互厌恶怨恨的念头，根源在于各自的性情喜好不同，一旦碰上，就像相反的药，即使是枯根朽草，本身没有知觉，彼此的气味就能激发相斗。因果互相牵连纠缠，没有什么作为不会受到报应的。即使是有"三生"，也不过眨眼就过去了，能为一些小事而图一时痛快吗？

堂伯君章公说：明朝青县的张公，是十世祖赞祁公的岳父。他曾经和乡里人相约，连名控告县衙里的小吏。张公骑马前往，经过祖坟前，一阵旋风直扑马头。马受惊跳起来，他被摔下了地，同去的人把他抬了回来。回到家里，他寒热病突然发作，一会儿昏迷，一会儿清醒，

恍惚中似睹鬼物。将延巫禳解，忽起坐，作其亡父语曰："尔勿祈祷，扑尔马者我也。凡讼无益：使理曲，何可讼？使理直，公论具在，人人为扼腕，是即胜矣，何必讼？且讼役讼吏，为患尤大：讼不胜，患在目前；幸而胜，官有来去，此辈长子孙必相报复，患在后日。吾是以阻尔行也。"言讫，仍就枕，汗出如雨。比睡醒，则霍然矣。既而连名者皆败，始信非谵语也。此公闻于伯祖湛元公者。湛元公一生未与人涉讼，盖守此戒云。

世有圆光术：张素纸于壁，焚符召神，使五六岁童子视之。童子必见纸上突现大圆镜，镜中人物，历历示未来之事，犹卦影也。但卦影隐示其象，此则明著其形耳。庞斗枢能此术，某生素与斗枢狎，尝觊觎一妇，密祈斗枢圆光，观谐否。斗枢骇曰："此事岂可渎鬼神。"固强之。不得已勉为焚符，童子注视良久曰："见一亭子，中设一榻，三娘子与一少年坐其上。"三娘子者，某生之亡妾也。方诟责童子妄语，斗枢大笑曰："吾亦见之。亭中尚有一匾，童子不识字耳。"怒问："何字？"曰："'己所不欲'四字也。"某生默然，拂衣去。或曰："斗枢所焚实非符，先以饼饵诱童子，教作是语。"是殆近之。虽曰恶谑，要未失朋友规过之义也。

先太夫人言：外祖家恒夜见一物，舞蹈于楼前，见人则窜避。月下循窗隙窥之，衣惨绿衫，形蠢蠢如巨鳖。见其手足而不见其首，不知何怪。外叔祖紫衡公遣健仆数人，持刀杖绳索伏门外，伺其出，突掩之。踉跄逃入楼梯下。秉火照视，则墙隅绿锦袱包一银船，左右有四轮，盖外祖家全盛时儿童戏剧之物。

迷迷糊糊地好像见到了鬼。家人正要去请巫师来禳解，张公忽然坐了起来，发出他亡父的声音说："你不要祈祷，扑你马的就是我。凡是打官司都没好处：假如理屈，有什么可诉讼的呢？假如理直，是非自有公论，人人替你鸣不平，这就是胜利，何必要打官司呢？况且告差役告小吏，祸患尤其厉害：官司打败了，祸在眼前；侥幸打胜了，做官的有来有去，而这种人土生土长，他们的子孙肯定要报复，祸在日后。因此我来拦住你。"说完，张公又倒在枕头上，汗流如雨。等到一觉醒来，病一下子就好了。后来连名上诉的人都遭了殃，才知道这不是说胡话。此事是堂伯从堂伯祖湛元公那里听来的。湛元公一生没和人打过官司，大概是严守这个训诫吧。

世上有一种圆光术：把白纸贴在墙上，焚烧符箓招来神仙，让五六岁的童子来看。童子一定会看到纸上突然出现一个大圆镜，镜中人物，一件件地显示未来的事，就像古时卜卦的图形。不过卦影隐晦地显示形象，这种法术却明确显示人物形状。庞斗枢会这种法术，某生和庞斗枢一直很要好，他曾经暗暗打一个女人的主意，悄悄请庞斗枢用圆光术，看看能否得到她。庞斗枢惊怕地说："这种事，怎么可以拿来亵渎鬼神。"某生坚持请求。庞斗枢不得已勉强烧化符箓，童子注视了好久说："见到一个亭子，中间有一张床，三娘子和一个年轻人坐在上面。"三娘子是某生的亡妾。某生骂童子胡说，庞斗枢大笑着说："我也见到了。亭中还有一个匾，童子不识字罢了。"某生生气地问："是什么字？"庞斗枢说："是'己所不欲'四个字。"某生默然不语，一甩袖子走了。有人说："庞斗枢焚化的不是符箓，他事先拿吃的哄童子，教他说这些话。"大概是这样吧。虽然玩笑过分，但主旨仍不失为规劝朋友改过。

先太夫人说：外祖家夜间总是看见一个怪物，在楼前跳舞，一见人就逃窜躲起来。家人借着月光从窗缝偷偷看，见怪物穿着暗绿色衣衫，形状粗粗笨笨的，就像一只巨鳖。只有手足却看不见头，不知是个什么怪物。外叔祖紫衡公安排了几个身强力壮的仆人，拿着刀杖绳索埋伏在门外，怪物一出现，突然围过去捕捉。怪物跌跌撞撞逃到了楼梯底下。人们用火把一照，发现墙角有个绿锦包袱，包袱里包着一只银船，左右共有四只轮子，是外祖家鼎盛时期的儿童玩具。

乃悟绿衫其袯，手足其四轮也。熔之得三十馀金。一老媪曰：“吾为婢时，房中失此物，同辈皆大遭箠楚。不知何人窃置此间，成此魅也。”《搜神记》载孔子之言曰：“夫六畜之物，龟蛇鱼鳖草木之属，神皆能为妖怪，故谓之五酉。五行之方，皆有其物。酉者老也，故物老则为怪矣。杀之则已，夫何患焉！”然则物久而幻形，固事理之常耳。

两世夫妇，如韦皋、玉箫者，盖有之矣。景州李西崖言：乙丑会试，见贵州一孝廉，述其乡民家生一子，甫能言，即云我前生某氏之女，某氏之妻，夫名某字某；吾卒时夫年若干，今年当若干；所居之地，距民家四五日程耳。此语渐闻。至十四五岁时，其故夫知有是说，径来寻问。相见涕泗，述前生事悉相符。是夕竟抱被同寝。其母不能禁，疑而窃听，灭烛以后，已妮妮儿女语矣。母怒，逐其故夫去。此子愤悒不食，其故夫亦栖迟旅舍不肯行。一日防范偶疏，竟相偕遁去，莫知所终。异哉此事！古所未闻也。此谓发乎情而不止乎礼矣。

东光霍从占言：一富室女，五六岁时，因夜出观剧，为人所掠卖。越五六年，掠卖者事败，供曾以药迷此女。移檄来问，始得归。归时视其肌肤，鞭痕、杖痕、剪痕、锥痕、烙痕、烫痕、爪痕、齿痕遍体如刻画。其母抱之泣数日，每言及，辄沾襟。先是女自言主母酷暴无人理，幼时不知所为，战栗待死而已；年渐长，不胜其楚，思自裁。夜梦老人曰：“尔勿短见，

人们这才明白原来是银船作怪，绿衫是包袱皮，手足是四轮。把银船熔化，得了三十多两银子。一位老妇说："我做丫鬟时，房里丢了这个玩具，大家都挨了不少打。不知当初是什么人偷来放到这里，成了精怪。"《搜神记》记载孔子的话说："家庭饲养的马、牛、羊、猪、狗、鸡六畜和龟蛇鱼鳖草木这些东西，通灵以后都能兴妖作怪，所以称为'五酉'。五行所在的地方，到处都有这种成精的东西。'酉'的意思是老，物件老了就能作怪。杀了也就罢了，有什么可怕的呢！"由此看来，物久幻形，本来就是常理。

两世都成为夫妻，像韦皋、玉箫那样隔世相逢，大概还是有的。景州人李西崖说：乾隆乙丑年参加会试，碰到贵州的一个孝廉，说他的家乡有个村民家生了个孩子，刚会说话，就说前生是某人的女儿，是某人的妻子，丈夫名叫某某；自己死时丈夫年龄多大，现在应当多大；以前住的地方，距离村民家大约有四五天的路程。这些话渐渐地传开了。到这个孩子十四五岁的时候，自称是上辈子丈夫的人就径自找来查问。他们二人一见面，就痛哭流涕，说前生的事情说得完全一致。这天晚上，竟然抱了被褥一同就寝。孩子的母亲制止不了，起了疑心偷听他们讲话。熄灭蜡烛以后，他们俩已经在喃喃地说着一些亲热的情话了。她的母亲勃然大怒，把所谓前世的丈夫赶了出去。这个孩子气愤愤的不吃饭，她前世的丈夫也住在旅馆迟迟不肯动身。有一天防范偶然疏忽，二人竟然一起逃走了，不知道去了哪里。这件事真是奇怪！自古以来就没听说过。这可以说是发于情而不能止于礼了。

东光的霍从占说：有个有钱人家的女孩，五六岁时，晚上外出看戏，被人拐卖。过了五六年，拐卖她的人事情败露被抓住，招供曾经用迷药麻醉这个女孩。官府发公文追查，女孩才得以解救回家。归来时只见她遍体鳞伤，鞭痕、杖痕、剪痕、锥痕、烙痕、烫痕、爪痕、齿痕，全身布满就像刻上去、画上去的一样。她母亲抱着她哭了几天，一提起就泪流满襟。女孩说女主人残酷凶暴，毫无人性，自己年纪小，不知所措，只有胆战心惊地等死。年纪渐渐大了以后，实在受不了毒打，就想到自杀。一天夜里梦见一个老人对她说："你不要寻短见，

各烙再次，鞭一百，业报满矣。”果一日缚树受鞭，甫及百而县吏持符到。盖其母御婢极残忍，凡觳觫而侍立者，鲜不带血痕；回眸一视，则左右无人色。故神示报于其女也。然竟不悛改，后疽发于项死。子孙今亦式微。从占又云：一宦家妇，遇婢女有过，不加鞭捶，但褫下衣，使露体伏地。自云如蒲鞭之示辱也。后患颠痫，每防守稍疏，辄裸而舞蹈云。

及孺爱先生言：其仆自邻村饮酒归，醉卧于路。醒则草露沾衣，月向午矣。欠伸之顷，见一人瑟缩立树后，呼问“为谁”。曰：“君勿怖，身乃鬼也。此间群鬼喜嬲醉人，来为君防守耳。”问：“素昧生平，何以见护？”曰：“君忘之耶？我殁之后，有人为我妇造蜚语，君不平而白其诬，故九泉衔感也。”言讫而灭，竟不及问其为谁，亦不自记有此事。盖无心一语，黄壤已闻。然则有意造言者，冥冥之中宁免握拳啮齿耶！

河间献王墓在献县城东八十里。墓前有祠，祠前二柏树，传为汉物，未知其审，疑后人所补种。左右陪葬二墓，县志称左毛苌，右贯长卿；然任邱又有毛苌墓，亦莫能详也。或曰：“苌宋代追封乐寿伯，献县正古乐寿地。任邱毛公墓，乃毛亨也。”理或然欤！

从舅安公五占言：康熙中，有群盗觊觎玉鱼之藏，乃种瓜墓旁，阴于团焦中穿地道。将近墓，探以长锥，有白气随锥射出，声若雷霆，冲诸盗皆仆，乃不敢掘。论者谓王墓封闭二千载，地气久

再被烙两次，打一百鞭，业报就满了。”果然有一天，她被绑在树上挨鞭打，刚打到一百鞭，县吏就拿着文书到了。原来这个女孩的母亲对婢女极其残忍，那些战战兢兢侍立身边的丫头，很少有身上不带血痕的；只要她回眸一看，左右的人就吓得面无人色。所以神明就在她女儿身上显示报应。但她竟然不思悔改，后来脖子上生了毒疮而死。她的子孙现在也衰落了。霍从占又说：有一位官太太，遇到婢女有过失，并不鞭打，只是扒掉裤子，让她裸体趴在地上。自称这和蒲鞭示辱一样。后来官太太得了癫痫病，只要家人看管不严，她就要光着身子跳舞。

及孺爱先生说：他的仆人从邻村饮酒归来，醉倒在半路上。醒来时草叶上露水已经沾湿衣服，月亮已经升上了半空。他伸了个懒腰想要起身时，看到一个人瑟缩着站在树后，呼问“是谁”。那人说：“请你别害怕，我是个鬼。这里的群鬼喜欢捉弄醉人，我是为你防守的。”仆人问：“我们素不相识，为何能蒙受老兄的保护呢？”鬼说：“难道你忘了吗？我死以后，有人造我老婆的谣，你打抱不平为她辩白，我在九泉之下都很感激。”说完就消失了，仆人没来得及问他的姓名，也不记得自己曾经有过这件事。大概无意中的一句话，九泉之下已听到了。可见，故意造谣的人，阴间难道会少得了握紧拳头切齿愤恨的鬼吗？

河间献王墓在献县城东八十里。墓的前面有座祠堂，祠堂前面有两棵柏树，传说是汉代时栽种的，不知真假，怀疑是后人补种的。左右是两座陪葬的墓，县志上说左边的是毛苌，右边的是贯长卿；可是任邱县也有毛苌墓，也没有人能说得清。有人说：“毛苌在宋代被追封为乐寿伯，献县正好是古代乐寿的所在地。任邱的毛公墓是毛亨的墓。”按道理说或许是这样吧！

堂舅安五占公说：康熙年间有一伙盗墓的人，觊觎墓里的珠宝玉器，就在墓地前面种瓜，偷偷地在看瓜的小屋中挖地道盗墓。接近墓穴时，他们用长铁锥试探，突然一道白气随着铁锥喷射出来，声音像雷鸣一般，把盗贼全冲倒了，他们才不敢再挖下去了。有人议论说，献王墓封闭了两千年，地气长久

郁，故遇隙涌出，非有神灵。余谓王功在六经，自当有神呵护。穿古冢者多矣，何他处地气不久郁而涌乎？

鬼魅在人腹中语，余所闻见，凡三事：一为云南李编修衣山，因扶乩与狐女唱和。狐女姊妹数辈，并入居其腹中，时时与语。正一真人劾治弗能遣，竟颠痫终身。余在翰林目睹之。一为宛平张丈鹤友，官南汝光道时，与史姓幕友宿驿舍。有客投刺谒史，对语彻夜。比晓，客及其仆皆不见，忽闻语出史腹中。后拜斗祛之去，俄仍归腹中，至史死乃已。疑其夙冤也。闻金听涛少宰言之。一为平湖一尼，有鬼在腹中，谈休咎多验，檀施鳞集。鬼自云夙生负此尼钱，以此为偿。如《北梦琐言》所记田布事，人侧耳尼腋下，亦闻其语，疑为樟柳神也。闻沈云椒少宰言之。

晋杀秦谍，六日而苏。或由缢杀杖杀，故能复活。但不识未苏以前，作何情状。诂经有体，不能如小说琐记也。佃户张天锡，尝死七日，其母闻棺中击触声，开视，已复生。问其死后何所见，曰："无所见，亦不知经七日，但倏如睡去，倏如梦觉耳。"时有老儒馆余家，闻之，拊髀雀跃曰："程朱圣人哉！鬼神之事，孔孟犹未敢断其无，惟二先生敢断之。今死者复生，果如所论，非圣人能之哉！"余谓天锡自以气结尸厥，瞀不知人，其家误以为死耳，非真死也。虢太子事，载于《史记》，此翁未见耶？

郁积，所以遇到缝隙就喷涌而出，并非有什么神灵。我觉得献王的功绩在于六经，自然应该有神灵保护。盗古墓的事情多了，怎么别处的地气长久郁积却不喷涌而出呢？

鬼怪在人的肚子里说话，我看见和听到的，有三件事：一件是云南的李衣山编修，扶乩时同狐女一起唱和诗歌。狐女姐妹几个，都住进他肚子里，时常在肚子里跟他讲话。正一真人作法镇治，也没能把她们赶走，后来他竟终生患癫痫。我在翰林院亲眼见过他。另一件是宛平张文鹤老丈的朋友，在南汝光道做官时，与一个姓史的幕僚同住在驿站。有个客人递上自己的名片，请求同史某见面，他们说了一夜的话。到天亮，客人和他的仆人都不见了。忽然从史某的肚子里传来了说话的声音。后来史某对着北斗跪拜，把他们从肚里赶了出去，但是不久他们又回到了史某的肚里，一直到他去世。怀疑是前世的冤孽。这是听吏部侍郎金听涛讲的。还有一件是说平湖有一个尼姑，有一个鬼在她的肚子里，谈吉凶祸福，大多很灵验，施主们也就越来越多。鬼自称前生欠了这个尼姑的钱，所以用这种方式偿还。就像《北梦琐言》记载的田布故事一样，人们在尼姑的腋下侧着耳朵倾听，可以听到鬼的说话声，怀疑是樟柳神。这是听吏部侍郎沈云椒说的。

晋国杀了秦国的间谍，这个间谍六天后又活了过来。也许是缢杀或杖杀，所以能活过来。但是不知道没有复苏以前是什么情况。注解经书有体裁限制，不能像写小说那样琐琐碎碎什么都记。有个佃户叫张天锡，曾死了七天，他母亲听到棺材中有敲击声，打开一看，张天锡已经活过来了。问他死后都见到了什么，回答说："没见到什么，也不知道经过了七天。只是好像忽然间睡了过去，忽然间醒了过来。"当时有个老儒在我家教课，听了这事，拍着大腿高兴地说："程子、朱子真是圣人呀！关于鬼神的事，孔子、孟子尚且不敢断定有无，只有程、朱二位先生敢于断定。现在死人复活，果然如同他们说的那样，不是圣人能这么明断吗！"我觉得张天锡是气息郁结，昏迷过去不省人事，他的家人误以为他死了，并不是真的死了。虢国太子假死的事在《史记》中有记载，这位老先生难道没看过吗？

帝王以刑赏劝人善，圣人以褒贬劝人善；刑赏有所不及，褒贬有所弗恤者，则佛以因果劝人善。其事殊，其意同也。缁徒执罪福之说，诱胁愚民，不以人品邪正分善恶，而以布施有无分善恶。福田之说兴，瞿昙氏之本旨晦矣。

闻有走无常者，以《血盆经》忏有无利益问冥吏。冥吏曰："无是事也。夫男女构精，万物生化，是天地自然之气，阴阳不息之机也。化生必产育，产育必秽污，虽淑媛贤母，亦不得不然，非自作之罪也。如以为罪，则饮食不能不便溺，口鼻不能不涕唾，是亦秽污，是亦当有罪乎？为是说者，盖以最易惑者惟妇女，而妇女所必不免者惟产育，以是为有罪，以是罪为非忏不可；而闺阁之财，无不充功德之费矣。尔出入冥司，宜有闻见，血池果在何处？堕血池者果有何人？乃犹疑而问之欤！"走无常后以告人，人讫无信其言者。积重不返，此之谓矣。

释明玉言：西山有僧，见游女踏青，偶动一念。方徙倚凝想间，有少妇忽与目成，渐相软语，云："家去此不远，夫久外出。今夕当以一灯在林外相引。"丁宁而别。僧如期往，果荧荧一灯，相距不半里。穿林渡涧，随之以行，终不能追及。既而或隐或见，倏左倏右，奔驰辗转，道路遂迷。困不能行，踣卧老树之下。天晓谛观，仍在故处。再视林中，则苍藓绿莎，履痕重叠。乃悟彻夜绕此树旁，如牛旋磨也。自知心动生魔，急投本师忏悔。后亦无他。

又言：山东一僧，恒见经阁上有艳女下窥，心知是魅；然私念魅亦良得，径往就之，则一无所睹，呼之亦不出。

帝王用赏罚来劝人为善，圣人用表扬和批评劝人为善；赏罚有所不及，褒贬有所不到的，佛教就用因果报应的说法劝人为善。方式不同，目的是相同的。和尚们用因果祸福的说法，诱骗胁迫那些愚蠢的人，不是以人品的正邪来区分善恶，而是以有没有布施来区分善恶。自从“福田”之说兴起，佛祖的本旨就不清楚了。

听说有个走无常的人，问冥吏诵《血盆经》有无好处。冥吏说：“没有这样的事。世间男女相交，万物滋生，都是天地间的自然现象，是阴阳相合生生不息。要繁衍就要有生育，要生育就必然有污秽，就是淑女贤母，也不得不如此，这并不是自己造的罪孽。如果把这些当作罪孽，那么要饮食就不能不大小便，口鼻难免要流口水淌鼻涕，这也是污秽之物，难道也应该认为是有罪的吗？编造这种说法的人，是因为只有妇女最容易被蛊惑，而妇女免不了都要生育，就认为有罪，还说这种罪孽非要拜佛忏悔不可；于是闺阁里的钱，都充当功德费了。你出入阴司，应该有所见闻，血池究竟在哪里？堕入血池的究竟有谁？你还有疑问、还来追问我吗！”走无常的人后来把这些告诉别人，但没有人相信他的话。这就是所谓的积重难返啊。

释明玉说：西山有个僧人，见游女春游，偶然动了凡人春心。他正在徘徊凝想的时候，忽然有个少妇媚眼抛送情波，情意绵绵地和他说起话来，少妇说：“我家离这里不远，丈夫出门在外很久了。今夜我用一盏灯在林外相候，引你到我家来。”叮咛再三，告别而去。夜里，僧人如约前往，果然有一盏灯，荧荧发光，相距不过半里。他穿林渡涧，跟着灯走，始终追不上。后来，灯光时隐时现，忽左忽右，他辗转奔跑，迷了路。累得再也走不了，倒在一棵老树下。天亮后，他仔细看，发现自己仍然在原来的地方。再看树林里，苍绿的苔藓上，重重叠叠布满了自己的足迹。这才悟出原来自己像牛转磨一样，绕着老树走了一夜。他自知心生妄念，才导致魔障，急忙投拜到我这里忏悔。后来也没发生什么怪异的事。

释明玉又说：山东有个僧人，常常看见藏经阁上有个美艳女子往下偷看，心知她是鬼魅；可是，他暗想这样的鬼魅也不错，就径直上楼寻找，上阁以后，一无所见，呼唤她也不露面。

如是者凡百馀度，遂惘惘得心疾，以至于死。临死乃自言之。此或夙世冤愆，借以索命欤？然二僧究皆自败，非魔与魅败之也。

吴惠叔言：医者某生，素谨厚。一夜有老媪持金钏一双，就买堕胎药。医者大骇，峻拒之。次夕，又添持珠花两枝来。医者益骇，力挥去。越半载馀，忽梦为冥司所拘，言有诉其杀人者。至则一披发女子，项勒红巾，泣陈乞药不与状。医者曰："药以活人，岂敢杀人以渔利！汝自以奸败，与我何尤？"女子曰："我乞药时，孕未成形，倘得堕之，我可不死。是破一无知之血块，而全一待尽之命也。既不得药，不能不产，以致子遭扼杀，受诸痛苦，我亦见逼而就缢。是汝欲全一命，反戕两命矣。罪不归汝，反归谁乎？"冥官喟然曰："汝之所言，酌乎事势；彼所执者，则理也。宋以来，固执一理而不揆事势之利害者，独此人也哉？汝且休矣！"拊几有声，医者悚然而寤。

惠叔又言：有疫死还魂者，有冥司遇其故人，褴褛荷校。相见悲喜，不觉握手太息曰："君一生富贵，竟不能带至此耶？"其人蹙然曰："富贵皆可带至此，但人不肯带耳。生前有功德者，至此何尝不富贵耶？寄语世人，早做带来计可也。"李南涧曰："善哉斯言，胜于谓富贵皆空也。"

这个僧人仍不甘心，上来下去找了一百多遍，恍恍惚惚成了心病，以至于病亡了。临死时他才说出了这件事。这也许是前世冤家，这样来索命吧？不过，两个僧人归根结底都是自己害自己，并不是妖魔鬼魅要害他们。

吴惠叔说：有个医生，一向谨慎忠厚。一天夜里，有个老太太拿着一对金钏来买堕胎药。医生吓坏了，严辞拒绝。第二天夜里，老太太又添了两枝珠花还是要买药。医生更加害怕，硬是赶走了她。过了半年多，医生忽然梦见冥府把他捉去，说有人告他杀了人。到冥府后见一个披散着头发的女人，脖子上勒着红巾，边哭边陈述着当初买堕胎药医生不给的情形。医生说："药是用来医治救人的，怎么敢用来杀人赚钱呢！你自己的淫行败露了，跟我有什么关系？"女人说："我向你求药时，所孕胎儿尚未成形，如果能打掉，我可以不死。这等于破了一个无知觉的血块而保住一条等死的性命。结果我没能得到药，不得已生下孩子，以致孩子被扼死，受尽痛苦之后，我也被迫上了吊。这样，你本想保全一条性命，反倒害了两条性命。这不是你的罪过又是谁的呢？"冥府判官叹口气说："你所说的，符合事情的实际情况；他所坚持的是理。自宋朝以来，固执于理，不去考虑事情发展的利害关系的，难道就医生一个人吗？你就别追究了！"判官"砰砰"拍着桌子，医生被吓醒了。

吴惠叔又说：有个人得传染病死了，后来又还魂，说在阴间遇到他以前的老朋友，这位老朋友衣衫褴褛，戴着枷锁。一见之下不觉悲喜交加，他握着老友的手叹息着说："你一生富贵，财产最终不能带到这里来啊？"那个人皱着眉头说："富贵完全可以带到这儿来，只是人不肯带。如果生前做了善事，积了功德，到这里来怎么会不富贵呢？所以我想奉劝世人一句，早点儿作好把富贵带到这里来的打算。"李南涧说："这句话很对，比富贵一场空的说法强多了。"

卷十 如是我闻四

长山聂松岩言：安邱张卯君先生家，有书楼为狐所据，每与人对语。媪婢童仆，凡有隐慝，必对众暴之。一家畏若神明，惕惕然不敢作过。斯亦能语之绳规，无形之监史矣。然奸黠者或敬事之，则讳其所短，不肯质言。盖聪明有馀，正直则不足也。斯狐之所以为狐欤！

沧州插花庙老尼董氏言：尝夜半睡醒，闻佛殿磬声铿然，如有人礼拜者。次日，告其徒。曰："师耳鸣也。"至夜复然，乃潜起蹑足窥之。佛火青荧，依稀辨物，见击磬者乃其亡师，一少妇对佛长跪，喁喁絮祝。回面向内，不识为谁。细听所祝，则为夫病祈福也。恐怖失措，触朱槅有声。阴气冥濛，灯火骤暗。再明，则已无睹矣。先外祖雪峰张公曰："此少妇已入黄泉，犹忧夫病，闻之使人增伉俪之情。"

董尼又言：近一卖花媪，夜经某氏墓，突见某夫人魂立树下，以手招之。无路可避，因战栗拜谒。某夫人曰："吾夜夜在此，待一相识人寄信，望眼几穿，今乃见尔。归告我女我婿，一切阴谋，鬼神皆已全知，无更枉抛心力。吾在冥府，大受鞭笞；地下先亡，更人人唾詈。无地自容，日惟避此树边，苦雨凄风，

长山人聂松岩说：安邱的张卯君先生家，有座书楼被狐精占据了。这个狐精经常和人对话。一家的婆子丫头书童佣人，凡是有什么欺瞒别人的事情，一定会被狐精当众揭发。张家的人对它畏若神明，都小心翼翼不敢有什么过失。这也称得上是会说话的戒律、无形的监察官了。但有的人狡猾，有时奉承它，狐精就会为他隐瞒过失而不肯直说了。这个狐精是聪明有馀而正直不足，这大概也是狐之所以为狐的道理吧！

沧州插花庙的老尼姑董氏说：她曾经在半夜醒来，听到佛殿里钟磬声声，就像有人在做礼拜一样。第二天，她把这事告诉了徒弟们。徒弟们说："师傅耳鸣了吧。"到了夜里，前夜的情形又出现了，董尼悄悄起来，蹑手蹑脚向佛殿里偷看。佛灯闪着荧荧青光，殿里景物依稀可见，敲磬的人正是董尼的亡师，一个少妇对佛长跪，悄声细语絮絮祷告着。因为她脸向里面，看不出是谁。细听她的祷告之词，是为她生病的丈夫求福。董尼一时惊恐失措，碰响了朱门。霎时阴气升腾起来，灯光一下子暗了。灯光恢复原先的明亮时，亡师和少妇都已经不见了。先外祖父张雪峰先生说："这个少妇已经命归黄泉，仍然忧虑着丈夫的病。听后使人更加看重夫妻恩爱之情。"

董尼又说：附近一位卖花的老妇人夜里经过某家的墓地，突然看见这家已经去世的夫人站在树下，向她招手。卖花老妇没有地方可躲，只好颤抖着上前拜见。某夫人说："我夜夜在这里等，等一个相识的人捎个口信，几乎望眼欲穿，今天才见到了你。你回去告诉我的女儿女婿，一切阴谋诡计，鬼神已经全都知道了，再不要枉费心机了。我为了他们在阴间大受鞭笞；地下的亲人们，更是人人唾骂我。我无地自容，只好天天躲在这棵树下，经受着苦雨凄风，

醉辛万状。尚不知沉沦几载，得付转轮。似闻须所夺小郎赀财耗散都尽，始冀有生路也。又婿有密札数纸，病中置螺甸小箧中。嘱其检出毁灭，免为他日口实。”丁宁再三，呜咽而灭。媪潜告其女，女怒曰：“为小郎游说耶！”迨于箧中见前札，乃始悚然。后女家日渐消败。亲串中知其事者，皆合掌曰：“某夫人生路近矣。”

乌鲁木齐提督巴公彦弼言：昔从征乌什时，梦至一处山麓，有六七行幄，而不见兵卫；有数十人出入往来，亦多似文吏。试往窥视，遇故护军统领某公，某名凡五字，公以滚舌音急呼之，今不能记。握手相劳苦，问：“公久逝，今何事到此？”曰：“吾以平生拙直，得授冥官。今随军籍记战殁者也。”见其几上诸册，有黄色、红色、紫色、黑色数种，问：“此以旗分耶？”微哂曰：“安有紫旗、黑旗，按，虽旧制本有黑旗，以黑色夜中难辨，乃改为蓝旗。此公盖偶未知也。此别甲乙之次第耳。”问：“次第安在？”曰：“赤心为国，奋不顾身者，登黄册；恪遵军令，宁死不挠者，登红册；随众驱驰，转战而殒者，登紫册；仓皇奔溃，无路求生，蹂践裂尸，追歼断脰者，登黑册。”问：“同时授命，血溅尸横，岂能一一区分，毫无舛误？”曰：“此惟冥官能辨矣。大抵人亡魂在，精气如生；应登黄册者，其精气如烈火炽腾，蓬蓬勃勃。应登红册者，其精气如烽烟直上，风不能摇；应登紫册者，其精气如云漏电光，往来闪烁。此三等中，最上者为明神，最下者亦归善道。至应登黑册者，其精气瑟缩摧颓，如死灰无焰。在朝廷褒崇忠义，自一例哀荣，阴曹则以常鬼视之，不复齿数矣。”巴公侧耳敬听，悚然心折。

无比辛酸。不知还要沉沦多久，才能得以轮回转生。我好像听说，要等到女婿侵夺小兄弟的财产消耗完了，我才有转生的希望。还有，我女婿有几封密信，我生病时帮他藏在镶着贝雕的小竹箱里。嘱咐他找出来毁掉，免得以后成为别人的把柄。”某夫人叮嘱再三，呜咽着消失了。卖花老妇悄悄将这些告诉了某夫人的女儿，她女儿发怒道：“这是帮小叔子游说吧！”等她打开小箱子真的看到了密信，才感到害怕。后来，这个女儿家境日渐败落。知道这事的亲戚都合掌祷告说：“夫人快要转生了。”

乌鲁木齐提督巴彦弼公说：以前从征乌什时，梦见来到一处山麓，有六七座帐篷，不见士兵守卫，几十人出入往来，也大多像是文吏。巴公走过去想悄悄看一下，遇到了已经亡故的护军统领某公，某公的名字有五个字，巴公说的时候用的是滚舌音，又说得很快，现在已经想不起来了。握手问候，问他：“您已经过世很久了，今天因为何事到这里来了呢？”护军统领说：“我因为生前正直，被封了个冥官。现在随军登记阵亡的官兵。”巴公见办公桌上放着许多登记册，有黄色、红色、紫色、黑色几种颜色，便问：“这是按旗划分的吧？”某公微微一笑说：“哪有紫旗、黑旗呢，按，旧制本来是有黑旗的，因为黑色在夜里看不清，于是改成蓝旗。此公大概碰巧不知道。这是用来区别甲乙等级次第的。”巴公问：“怎样划分次第呢？”某公回答说：“赤心为国，奋不顾身的，登记在黄册上；严守军令，宁死不屈的，登记在红册上；随众冲锋战死的，登记在紫册上；仓皇奔逃，无路求生，被践踏而死、追歼杀头的，登记在黑册上。”巴公问：“同时受命，同时参战，血溅横尸，战场混乱，哪里就能一一区分，毫无差错呢？”某公说：“这就只有冥官才能分辨了。大体上人死后灵魂存在，精气就如生前。应该登入黄册的，精气像烈火炽腾，蓬蓬勃勃；应该登入红册的，精气像烽烟直上，风吹不摇；应该登入紫册的，精气像云漏电光，往来闪烁。这三等阵亡官兵，最好的将成为明神，最下等的也能归到善道轮回。至于应该登入黑册的，精气瑟缩摧颓，像没有火焰的死灰一样。阳世朝廷褒扬忠义时，虽然连他们的丧事也很隆重，但是阴曹地府却按普通鬼魂对待，不再承认他们是为国事阵亡的魂魄。”巴公侧耳恭听，心里又害怕又佩服。

方欲自问将来，忽炮声惊觉。后常以告麾下曰：“吾临阵每忆斯语，便觉捐身锋镝，轻若鸿毛。”

《夜灯丛录》载谢梅庄戆子事，而不知戆子姓卢名志仁，盖未见梅庄自作《戆子传》，仅据传闻也。霍京兆易书，戍葵苏图时，轿夫王二与戆子事相类。后殁于塞外，京兆哭之恸。一夕，忽闻帐外语曰：“羊被盗矣，可急向西北追。”出视果然。听其语音，灼然王二之魂也。京兆有一仆，方辞归，是日睹此异，遂解装不行，谓其曹曰：“恐冥冥中王二笑人。”

沧州瞽者蔡某，每过南川楼下，即有一叟邀之弹唱，且对饮。渐相狎，亦时到蔡家共酌。自云姓蒲，江西人，因贩磁到此。久而觉其为狐，然契分甚深，狐不讳，蔡亦不畏也。

会有以闺阃蜚语涉讼者，众议不一。偶与狐言及，曰：“君既通灵，必知其审。”狐艴然曰：“我辈修道人，岂干预人家琐事？夫房帏秘地，男女幽期，暧昧难明，嫌疑易起。一犬吠影，每至于百犬吠声。即使果真，何关外人之事？乃快一时之口，为人子孙数世之羞，斯已伤天地之和，召鬼神之忌矣。况杯弓蛇影，恍惚无凭，而点缀铺张，宛如目睹。使人忍之不可，辩之不能，往往致抑郁难言，含冤毕命。其怨毒之气，尤历劫难消。苟有幽灵，岂无业报？恐刀山剑树之上，不能不为是人设一坐也。汝素朴诚，闻此事自当掩耳，乃考求真伪，意欲何为？岂以失明不足，尚欲犁舌乎？”投杯径去，从此遂绝。蔡愧悔，自批其颊，恒述以戒人，不自隐匿也。

他正想叩问一下自己的将来，忽然被炮声惊醒。后来，他常用这件事告诫部下说："我临阵时每当想起这番话，就觉得捐躯战场，轻如鸿毛。"

《夜灯丛录》记载谢梅庄写戆子的故事，却不知道这个戆子姓卢名志仁，大概作者没见过谢梅庄的原作《戆子传》，仅仅根据传闻而已。京兆尹霍易书，戍守癸苏图时，他的轿夫王二与故事中的卢志仁相类似。后来王二死在塞外，霍易书哭得很悲伤。一天晚上，霍易书忽听见帐外有人说："羊被偷了，赶快向西北面追。"出来一看，果然不错。他觉得刚才听到的声音，很像是王二的亡魂发出的。霍易书有个仆人，正准备辞别离去，那天目睹了这件怪事，就解开行李不走了。他对同伴说："我怕冥冥之中的王二笑话我。"

沧州有个盲人蔡某，每次经过南川楼下，就有个老者请他弹唱，并且请他一起喝酒。两人渐渐熟识起来，那个老者也经常到蔡家对酌。老者自称姓蒲，江西人，因为贩卖磁器到了这里。时间长了，蔡某察觉他是个狐精，但交情已经很深，狐精不隐讳，蔡某也不惧怕。

当时有人为了男女情事流言蜚语打官司，人们议论纷纷。蔡某偶尔与狐精谈及此事，说："你既然能通灵，肯定知道其实情。"狐精不高兴地说："我们是修道的，怎么能干预别人的家庭琐事？闺房秘地，男女幽会，本来就是众人不可能明明白白知道的，容易产生嫌疑。一只狗看到影子吠叫，常常引得一百只狗听见了一起吠叫。即使真有其事，和外人又有什么相干？图一时之快意而说出来，让别人家子孙几代都蒙羞，这已经伤了天地之间的和气，招来鬼神的忌恨。何况杯弓蛇影，毫无凭据，却添油加醋，好像是亲眼目睹一样。让别人既不能忍受，又不能辩解，往往导致抑郁难言，含冤丧命。这种怨恨之气，更是过了几辈子也难消除。如果有幽灵，难道就没有业报？恐怕刀山剑树上，不能不为这种人安排一个位置啊。你向来质朴诚实，听到这种事本该掩耳，却还要查问真伪，你想要干什么？难道是因为失明还不够，还想被割舌头吗？"狐精说罢，扔下杯子就径直走开了，从此绝迹不来。蔡某又惭愧又悔恨，自己打自己的嘴巴，常讲这事以告诫别人，毫不隐晦。

舅氏张公梦征言：所居吴家庄西，一丐者死于路，所畜犬守之不去。夜有狼来啖其尸，犬奋啮不使前；俄诸狼大集，犬力尽踣，遂并为所啖。惟存其首，尚双目怒张，眦如欲裂。有佃户守瓜田者亲见之。又程易门在乌鲁木齐，一夕，有盗入室。已逾垣将出，所畜犬追啮其足。盗抽刃斫之，至死啮终不释，因就擒。时易门有仆，曰龚起龙，方负心反噬。皆曰程太守家有二异：一人面兽心，一兽面人心。

余在乌鲁木齐日，骁骑校萨音绰克图言：曩守红山口卡伦，一日将曙，有乌哑哑对户啼。恶其不吉，引骹矢射之。嗷然有声，掠乳牛背上过，牛骇而奔，呼数卒急追。入一山坳，遇耕者二人，触一人仆。扶视无大伤，惟足跛难行。问其家不远，共舁送归。入室坐未定，闻小儿连呼"有贼"！同出助捕，则私逃遣犯韩云。方逾垣盗食其瓜，因共执焉。使乌不对户啼，则萨音绰克图不射；萨音绰克图不射，则牛不惊逸；牛不惊逸，则不触人仆；不触人仆，则数卒不至其家；徒一小儿见人盗瓜，其势必不能执缚。乃辗转相引，终使受縶伏诛。此乌之来，岂非有物凭之哉？盖云本剧寇，所劫杀者多矣。尔时虽无所睹，实与刘刚遇鬼因果相同也。

又佐领额尔赫图言：曩守吉木萨卡伦，夜闻团焦外呜呜有声。人出逐，则渐退；人止则止，人返则复来。如是数夕。一戍卒有胆，竟操刃随之，寻声迤逦入山中，至一僵尸前而寂。视之有野兽啮食痕，已久枯矣。卒还以告，心知其求瘗也，

舅舅张梦征先生讲：他住的吴家庄西，有个乞丐死在路上，乞丐养的狗守着他的尸体不离开。夜晚有狼来吃尸体，狗奋力拼咬逼得狼不能靠近；不一会儿，群狼聚集而至，狗筋疲力尽倒下，终于和主人一道也被狼吃掉了，只剩下一个头，仍然双眼怒睁欲裂。有个守瓜田的佃户亲眼看见了。又有，程易门在乌鲁木齐时，一天晚上，有个强盗进了他的住所。要跳墙逃出去时，被程家养的狗追上去咬住了脚。强盗抽刀猛砍，狗直到被砍死也没松口，强盗因此被捉住了。当时，程易门家有个叫龚起龙的仆人，忘恩负义诬害主人。人们都说，程太守家有两怪：一个人面兽心，一个兽面人心。

我在乌鲁木齐时，听骁骑校萨音绰克图说：以前他驻守红山口哨卡，有一天天将亮时，有只乌鸦对着门哑哑啼叫。他讨厌乌鸦叫不吉利，就拉弓搭箭射它。乌鸦怪叫一声，从奶牛背上掠过飞去，牛受了惊吓狂奔，他急忙招呼几个士兵追赶。追进一个山坳，遇见两个耕地的农夫，牛把其中一人撞倒了。扶起来一看，没有大伤，只是崴脚了难以行走。询问到农夫家离这儿不远，就一起搀扶送他回家。进了农夫家门还没坐定，就听见一个小孩连呼“有贼”！士兵们出门追捕，竟是在逃犯韩云。韩云正好跳过墙来偷瓜吃，于是大家一拥而上捉住了他。假使乌鸦不对着门啼叫，萨音绰克图不会射它；萨音绰克图不射乌鸦，牛就不会狂奔；牛不奔逃，就不会撞倒农夫；不撞倒农夫，士兵也不会到农夫家；如果只是一个小孩看见有人偷瓜，也不可能把盗贼捉住。就这样转辗牵扯，终于使盗贼被捕受到制裁。这只乌鸦的到来，莫非是受了什么东西引导？韩云本来是个大盗，被他抢劫杀掉的人不少。他当时虽然没有看到什么，但实际上与刘刚遇鬼的因果报应是一样的。

又听佐领额尔赫图说：以前他驻守吉木萨哨卡时，有几天夜里听见窝棚外有“呜呜”的声音。人出来追，声音就渐渐退远；人停止追逐，声音就停下，人返回窝棚，声音又来了。这种情况持续了几个晚上。一个胆大的士兵，竟提着刀跟随着声音追寻下去，七拐八绕进入山坳，到了一具僵尸前，声音停止了。看那具僵尸上有野兽啃咬的痕迹，早已干枯了。士兵回来后报告所见，额尔赫图明白这是僵尸求葬，

具棺葬之，遂不复至。夫神识已离，形骸何有？此鬼沾沾于遗蜕，殊未免作茧自缠。然蝼蚁鱼鳖之谈，自庄生之旷见，岂能使含生之属，均如太上忘情。观于兹事，知棺衾必慎，孝子之心；胔骼必藏，仁人之政。圣人通鬼神之情状，何尝谓魂升魄降，遂冥漠无知哉？

献县令某，临殁前，有门役夜闻书斋人语曰："渠数年享用奢华，禄已耗尽。其父诉于冥司，探支来生禄一年，治未了事。未知许否也？"俄而令暴卒。董文恪公尝曰："天道凡事忌太甚。故过奢过俭，皆足致不祥。然历历验之，过奢之罚，富者轻而贵者重；过俭之罚，贵者轻而富者重。盖富而过奢，耗己财而已；贵而过奢，其势必至于贪婪。权力重，则取求易也。贵而过俭，守己财而已；富而过俭，其势必至于刻薄，计较明则机械多也。士大夫时时深念，知益己者必损人。凡事留其有馀，则召福之道矣。"

小奴玉保言：特纳格尔农家，忽一牛入其牧群，甚肥健。久而无追寻者，询访亦无失牛者，乃留畜之。其女年十三四，偶跨此牛往亲串家。牛至半途，不循蹊径，负女度岭蓦涧，直入乱山。崖陡谷深，堕必糜碎，惟抱牛颈呼号。樵牧者闻声追视，已在万峰之顶，渐灭没于烟霭间。其或饲虎狼，或委溪壑，均不可知矣。皆咎其父贪攘此牛，致罹大害。余谓此牛与此女，合是夙冤，即驱逐不留，亦必别有以相报也。

就置备棺材把僵尸埋葬了。此后那呜呜声就再没出现。人死后灵魂离开了，还要形骸干什么？这个鬼念念不忘自己的遗体，未免是作茧自缚。然而，在土就喂蝼蚁，在水就让鱼鳖吃，这些论调本来是庄子的旷达观念，怎么可能使芸芸众生都像老子那样忘情忘我呢？从这件事情可见，棺殓必须郑重，体现孝子的心；死人遗骨必须掩埋是仁人应有的德政。圣人通晓鬼神的情感和心境，何曾说过人死后魂升魄降，就冥冥无知觉了呢？

献县某县令，临死前，看门的人夜里听见书斋里有人说："他这些年享用奢华，禄数已耗尽。他父亲在阴间请求预支下辈子的一年禄运，叫他了结没有办完的事。不知批准了没有？"不一会儿县令暴死。董文恪公曾说："凡事不可做得太过分，这是天理。因此过分奢华过分节俭，都足以招致不幸。然而据多次的验证，惩罚过分奢华的，对有钱人轻而对有权势的人重；惩罚过分节俭的，对有权势的人轻而对有钱的人重。因为有钱人过分奢华，耗费自己的钱财而已；有权势的人过分奢华，一定是贪婪之徒。权势大求取财物就容易。有权势的人过分节俭，守自己的财而已；有钱的人过分节俭，一定是刻薄之辈，斤斤计较必定狡猾奸诈。士大夫们要时时多思考，要牢记，知道过分利己必然损害他人。凡事要留有馀地，这是赢得幸福的途径。"

小奴玉保说：特纳格尔有户农家，忽然有头陌生的牛混进他家的牧群，这头牛膘肥体壮。过了好久时间，没人前来寻问，访察附近居民也没有丢牛的，就收留饲养。这家有个十三四岁的女孩，偶然骑着这头牛到亲戚家去。走到半路，牛不沿道路走，却驮着女孩跨涧越岭，直入乱山深处。山里崖陡谷深，掉下牛背必定粉身碎骨，女孩只有抱紧牛颈高声呼号。砍柴放牧的山民们闻声追赶，驮着女孩的牛已经上了万峰之顶，很快就消失在云烟之中了。这个女孩也许喂了虎狼，也许被扔在了溪壑之中，都没法知道了。人们都埋怨女孩的父亲贪心收留这头来历不明的牛，以致女孩罹遭大害。我认为这头牛与女孩是前生仇家，就是驱逐不收留，它也会通过其他方式报复的。

故城刁飞万言：一村有二塾师，雨后同步至土神祠，踞砌对谈，移时未去。祠前地净如掌，忽见坌起似字迹。共起视之，则泥上杖画十六字曰："不趁凉爽，自课生徒；溷人书馆，不亦愧乎？"盖祠无居人，狐据其中，怪二人久聒也。时程试方增律诗，飞万戏曰："随手成文，即四言叶韵。我愧此狐。"

飞万又言：一书生最有胆，每求见鬼不可得。一夕，雨霁月明，命小奴携罂酒诣丛冢间，四顾呼曰："良夜独游，殊为寂寞。泉下诸友，有肯来共酌者乎？"俄见磷火荧荧，出没草际。再呼之，呜呜环集，相距丈许，皆止不进。数其影约十馀，以巨杯挹酒洒之，皆俯嗅其气。有一鬼称酒绝佳，请再赐。因且洒且问曰："公等何故不轮回？"曰："善根在者转生矣，恶贯盈者堕狱矣。我辈十三人，罪限未满，待轮回者四；业报沉沦，不得轮回者九也。"问："何不忏悔求解脱？"曰："忏悔须及未死时，死后无着力处矣。"酒洒既尽，举罂示之，各踉跄去。中一鬼回首丁宁曰："饿魂得沃壶觞，无以报德。谨以一语奉赠，忏悔须及未死时也。"

翰林院笔帖式伊实从征伊犁时，血战突围，身中七矛死。越两昼夜，复苏；疾驰一昼夜，犹追及大兵。余与博晰斋同在翰林时，见有伤痕，细询颠末。自言被创时，绝无痛楚，但忽如沉睡。既而渐有知觉，则魂已离体，四顾皆风沙澒洞，不辨东西，了然自知为已死。倏念及子幼家贫，酸彻心骨，便觉身如一叶，

故城人刁飞万说：某村有两个塾师，一天雨后，两人一起散步到土地祠，蹲在台阶上谈天，聊了一个时辰还没离去。祠前的土地原来很平整，这时忽然看到有隆起的地方，像是字迹。两人一道细看，只见泥地上用棍子画出十六个字：“不趁凉爽，自课生徒；溷人书馆，不亦愧乎？”意思是天气如此凉爽舒适，你们俩吃饱没事干，不去教徒授馆，荒废了人家的书馆学堂，你们就不觉得惭愧吗？大概是祠里没人居住，狐精住在里面，嫌弃两个人在这里聒噪得太久了。当时正巧科举考试增考格律诗，刁飞万开玩笑说：“随手一画，就是四言押韵，我愧对这个狐精。”

刁飞万又说：有个书生最是大胆，常想见见鬼，可总没见到。一天夜里，雨过天晴，明月高挂，书生叫小奴带着一坛酒来到坟地，四面转着圈大声喊：“如此良宵我独自一个人游玩，实在太寂寞。九泉之下各位朋友，有愿意来与我共饮的吗？”不一会儿，只见鬼火闪闪，在草间出没。再喊，听到“呜呜”着围过来了，相距一丈来远，停在那里，不肯近前来。数一数大约有十几条黑影，书生用大杯盛满酒向他们洒过去，众鬼都俯身去闻酒香气。有个鬼称赞酒好，请求再赏。书生一边洒酒一边问：“各位为什么不轮回转生呢？”回答说：“善心未泯的转生，恶贯满盈的下地狱。我们这十三个鬼，服罪期没满，等待轮回转生的有四个；被判决沉入地狱、不得轮回的有九个。”书生问：“为什么不忏悔求解脱呢？”回答说：“忏悔必须在没死的时候，死后便无从努力了。”酒已洒光了，书生举起空酒坛给鬼看，鬼踉踉跄跄离去了。其中一个鬼回头叮咛说：“我们这些饿鬼喝了您的酒，无以报答，谨以一句话奉赠您，忏悔一定要在没死的时候。”

翰林院笔帖式伊实从征到伊犁时，一次血战中突围，身中七矛，死了。两天两夜后，又苏醒过来，骑马急奔一昼夜，终于追上了大部队。我与博晰斋同在翰林院任职时，见到伊实身上有伤痕，仔细询问事情的原委。伊实说受伤时一点儿不觉得疼痛，只是忽然间像沉睡过去似的。后来渐渐有了知觉，灵魂已离了身体，四面环顾，风沙茫茫，辨不清方向，心里明白自己已经死了。突然想到孩子尚小，家中贫寒，心酸彻骨，这时就觉得身躯像一片树叶一样

随风漾漾欲飞。倏念及虚死不甘，誓为厉鬼杀贼，即觉身如铁柱，风不能摇。徘徊伫立间，方欲直上山巅，望敌兵所在，俄如梦醒，已僵卧战血中矣。晰斋太息曰："闻斯情状，使人觉战死无可畏，然则忠臣烈士，正复易为，人何惮而不为也！"

里有古氏，业屠牛，所杀不可缕数。后古叟目双瞽，古媪临殁时，肌肤溃裂，痛苦万状，自言冥司仿屠牛之法宰割我。呼号月馀乃终。侍姬之母沈媪，亲睹其事。杀业至重，牛有功于稼穑，杀之业尤重。《冥祥记》载晋庾绍之事，已有"宜勤精进，不可杀生；若不能都断，可勿宰牛"之语，此牛戒之最古者。《宣室志》载夜叉与人杂居则疫生，惟避不食牛人。《酉阳杂俎》亦载之。今不食牛人，遇疫实不传染，小说固非尽无据也。

海宁陈文勤公言：昔在人家遇扶乩，降坛者安溪李文贞公也。公拜问涉世之道，文贞判曰："得意时毋太快意，失意时毋太快口，则永保终吉。"公终身诵之。尝诲门人曰："得意时毋太快意，稍知利害者能之；失意时毋太快口，则贤者或未能。夫快口岂特怨尤哉！夷然不屑，故作旷达之语，其招祸甚于怨尤也。"余因忆先高祖《花王阁剩稿》中载宋盛阳先生讳大壮，河间诸生，先高祖之外舅也。赠诗曰："狂奴犹故态，旷达是牢骚。"与公所论，殆似重规叠矩矣。

有额鲁特女，为乌鲁木齐民间妇，数年而寡。妇故有姿首，媒妁日叩其门。妇谢曰："嫁则必嫁。然夫死无子，翁已老，我去将谁依？请待养翁事毕，然后议。"有欲入赘其家

随风飘荡似乎要飞起来。突然又想到就这样白白死去不甘心，立誓要变成厉鬼再去杀敌，顿时觉得身躯像一根铁柱，风怎么刮吹也不能动摇。徘徊伫立片刻，正想直上山顶观看敌兵在哪儿，顷刻间如梦初醒，发现自己正直挺挺躺在血泊之中。博晰斋听罢叹息说："听这么说，让人觉得战死并不可怕，这么看来做忠臣烈士也是容易的，人为什么害怕而不去做呢！"

家乡有一户姓古的人家，以屠牛为业，杀的牛不计其数。后来，古家老汉双目失明，他老伴临终前，肌肉皮肤溃烂，痛苦万分。她自称冥司用屠牛的办法宰割我。惨叫了一个多月才死去。我的侍姬之母沈氏，亲眼目睹了她临终前的惨状。杀生的罪业是最重的，牛有功于耕作，杀牛罪业更重。《冥祥记》记载了晋朝庾绍的事迹，其中已经有"应该勤勉精诚，努力上进，不可杀生；如果不能都戒掉，那就不要杀牛"这样的话，是最早戒杀牛的记载。《宣室志》记载夜叉与人杂居会传染瘟疫，唯独不传染不吃牛肉的人。《酉阳杂俎》也记载了这番话。现在不吃牛肉的人，遇到瘟疫也确实不传染，可见小说本来就不是全无根据。

海宁的陈文勤公说：他以前在别人家遇到扶乩，乩仙是安溪的李文贞公。陈公拜问处世之道，文贞公的判词说："得意的时候不要太高兴，失意的时候不要过分图嘴上痛快，就可永保吉祥。"陈公终身记住这几句话。他曾经教导门生说："得意时不要太高兴，这是稍微知道点儿利害关系的人就能做到的；失意时不要过分图嘴上痛快，就是贤能的人也不一定能做到。嘴上痛快哪里只是指口出怨言呢！假装坦然不介意，故意说些旷达的话，招来的祸害比口出怨言还厉害。"我由此想起高祖父《花王阁剩稿》中载有宋盛阳先生名大壮，河间的秀才，是高祖父的岳父。赠诗说："狂奴犹故态，旷达是牢骚。"与陈公的言论，几乎如出一辙。

有个额鲁特族女子，是乌鲁木齐平民的妻子，婚后几年就守了寡。这个少妇颇有姿色，媒人天天来敲门。妇人辞谢说："再嫁是肯定要嫁。然而丈夫死了，没有儿子，公公年老，我走了他依靠谁呢？等我把公公养老送终后，再说嫁人的事吧。"有人愿意到她家入赘，

代养其翁者。妇又谢曰："男子性情不可必，万一与翁不相安，悔且无及。亦不可。"乃苦身操作，翁温饱安乐，竟胜于有子时。越六七年，翁以寿终。营葬毕，始痛哭别墓，易彩服升车去。论者惜其不贞，而不能不谓之孝。内阁学士永公时镇其地，闻之叹曰："此所谓质美而未学。"

新城王符九言：其友人某，选贵州一令。贷于西商，抑勒剥削，机械百出。某迫于程限，委曲迁就，而西商枝节益多。争论至夜分，始茹痛书券。计券上百金，实得不及三十金耳。西商去后，持金贮箧，方独坐太息，忽闻檐上人语曰："世间无此不平事！公太柔懦，使人愤填胸臆。吾本意来盗公，今且一惩西商，为天下穷官吐气也。"某悸不敢答。俄屋角窸窣有声，已越垣径去。次日，闻西商被盗，并箧中新旧借券，皆席卷去矣。此盗殊多侠气，然亦西商所为太甚，干造物之忌，故鬼神巧使相值也。

许文木言：其亲串有新得官者，盛具牲醴享祖考。有巫能视鬼，窃语人曰："某家先灵受祭时，皆颜色惨沮，如欲下泪。而后巷某家之鬼，乃坐对门屋脊上，翘足而笑。是何故也？"后其人到官未久，即伏法。始悟其祖考悲泣之由。而某甲之喜，则终不解。久而有知其阴事者曰："某甲女有色，是尝遣某妪诱以金珠，同宿数夕。人不知而鬼知也。谁谓冥冥中可堕行哉！"

代她赡养公公。妇人又辞谢说："男人的性情不可能没有变化，万一与公公合不来，后悔就来不及了。这也不行。"妇人辛苦操劳，公公生活得温饱安乐，竟然胜过了以前儿子在世时。过了六七年，公公寿终正寝。妇人操办完丧事，在墓前痛哭辞别，然后换上鲜艳的衣服登车改嫁了。议论者惋惜她不贞节，却不得不称赞她是个孝妇。内阁学士永公当时镇守乌鲁木齐，听说这事后叹惋道："这就是所谓品质美好而没有受过教育。"

新城人王符九说：他的朋友某人，被任命为贵州的县令。向一个山西商人借钱，商人趁机盘剥勒索，使出各种各样克扣的诡计。朋友迫于启程期限已到，委曲迁就，而商人愈发节外生枝。争执到深夜，朋友只得忍痛写了借据。借据上写的是一百两银子，实际上拿到的不足三十两。商人离去后，朋友将银两收进箱子里，正独自一个坐着叹气，忽然听房檐上有人说："世上没有这么不公平的事！先生太软弱可欺了，让人义愤填膺。我本来打算来偷你，今天还是惩罚一下那个商人，为天下的穷官出口气。"朋友吓得没敢搭话。不一会儿，听到屋角发出窸窸窣窣的声音，那个盗贼已越墙而去。第二天，听说那个山西商人被盗了，箱子里新旧借据都被席卷而去。这个盗贼真够侠义，然而也是因为那个商人做事也太过分了，他冒犯了造物主的忌讳，所以鬼神巧妙地让他付出了代价。

许文木说：他的一个亲戚刚刚得了官职，准备了丰盛的祭品祭祀祖先。有个巫师能看到鬼，悄悄对人说："某人家的先灵们受祭时，都神色沮丧，好像要掉泪的样子。而后巷某甲的鬼魂，却坐在他家对门的屋脊上，翘着脚笑，一副幸灾乐祸的样子。这是什么缘故呢？"后来，这个新官到任不久，就犯罪伏法。人们这才悟出他家祖先们悲哭的原由。可是，某甲为何高兴，却一直没法解释。过了很久，有知道新官隐私的人说："某甲的女儿有姿色，他曾经让某个老妇用金钱珠宝买通，陪他睡了几个晚上。人不知道而鬼却知道。谁说暗地里就能做缺德的事啊！"

王梅序孝廉言：交河城西有古墓，林木丛杂，云藏妖魅，犯之者多患寒热，樵牧弗敢近。一老儒耿直负气，由所居至县城，其地适中，过必憩息，偃蹇傲睨，竟无所见闻。如是数年。一日，又坐墓侧，袒裼纳凉，归而发狂，谵语曰："曩以汝为古君子，故任汝放诞，未敢侮汝。汝近乃作负心事，知从前规言矩步，皆貌是心非，今不复畏汝矣。"其家再三拜祷，昏愦数日始痊。自是索然气馁，每经其地，辄俯首疾趋。观此知魅不足畏，心苟无邪，虽凌之而不敢校；亦观此而知魅大可畏，行苟有玷，虽秘之而皆能窥。

门人萧山汪生辉祖，字焕曾，乾隆乙未进士，今为湖南宁远县知县。未第时，久于幕府，撰《佐治药言》二卷，中载近事数条，颇足以资法戒。

其一曰：孙景溪先生，讳尔周。令吴桥时，幕客叶某一夕方饮酒，偃仆于地，历二时而苏。次日闭户书黄纸疏，赴城隍庙拜毁，莫喻其故。越六日，又偃仆如前，良久复起，则请迁居于署外。自言八年前在山东馆陶幕，有士人告恶少调其妇。本拟请主人专惩恶少，不必妇对质。而问事谢某，欲窥妇姿色，怂恿传讯。致妇投缳，恶少亦抵法。今恶少控于冥府，谓妇不死，则渠无死法；而妇死由内幕之传讯。馆陶城隍神移牒来拘，昨具疏申辩，谓妇本应对质；且造意者为谢某。顷又移牒，谓："传讯之意，在窥其色，非理其冤；念虽起于谢，笔实操于叶。谢已摄至，叶不容宽。"余必不免矣。越夕而殒。

王梅序举人说：交河县城西面有古墓，树木丛生，传说里面藏着妖怪，冒犯妖怪的人大都会得寒热病，樵夫牧童都不敢靠近。有个老儒耿直，脾气也大，从他家到县城，古墓刚好在半路上，他每次经过都要在这里休息，态度傲慢，根本不讲什么礼节，可是竟然什么也没看到没听到。就这样过了几年。一天，他又坐在墓旁，解开衣服乘凉，回到家就发了狂症，说着疯话："以前把你当作古君子，所以任凭你放诞，不敢冒犯你。你最近做了亏心事，才知道以前你堂堂正正的行为，都是装出来的，现在不再怕你了。"家里人再三地拜求祈祷，老儒还是昏昏沉沉好几天才痊愈。从此以后，他气馁胆虚，每次经过那个地方，就低着头急步走过。由此看来，妖怪并不可怕，只要心中无邪，就是冒犯它，也不敢和你计较；同时也可知妖怪很可怕，只要行为稍有污点，即使很隐秘，它也都能看到。

我的门人汪辉祖，萧山人，字焕曾，是乾隆乙未年进士，现任湖南宁远县知县。没有及第时，他长期在州县做幕僚，曾撰《佐治药言》二卷，其中记载几条最近的案例，很值得供执法者参考。

其中一条说：孙景溪先生，名尔周。任吴桥县令时，有个幕僚叶某，一天晚上正在喝酒，忽然昏倒在地，过了两个时辰才醒过来。第二天，他关着门用黄纸写了一篇呈文，拿到城隍庙祭拜而后焚烧了，没人知道其中的缘故。过了六天，又像前次一样昏倒在地，很久才醒来，他请求搬到府外去住。他说，八年前，在山东馆陶县做幕僚，有个士子控告一个恶少调戏了他妻子。叶某本打算报请县令只惩治恶少，不必让这个女人出堂对质。但掌刑的衙役谢某却想看看女人的姿色，怂恿叶某传讯她。结果女人上吊死了，恶少因为犯了人命案论罪抵命。现在恶少在阴间控告，说那个女人如果不死，他就不需要抵命案；而女人死是因为衙门传讯。馆陶县城隍神发来文牒拘审叶某，昨天，叶某呈文申辩说，那个女人本应出庭对质；况且出此主意的是谢某。很快，城隍神又来文说："传讯那个女人的本意，是想看姿色，不是为了帮她申冤；这个主意虽然是谢某出的，但刀笔却操在叶某手里。谢某已经拘拿到此，叶某也不能宽恕。"叶某说，我是逃不过去了。第二天晚上，叶某死了。

其一曰：浙江臬司同公言，乾隆乙亥秋审时，偶一夜潜出，察诸吏治事状。皆已酣寝，惟一室灯烛明。穴窗窃窥，见一吏方理案牍，几前立一老翁、一少妇。心甚骇异，姑视之。见吏初草一签，旋毁稿更书，少妇敛衽退。又抽一卷，沉思良久，书一签，老翁亦揖而退。传诘此吏，则先理者为台州因奸致死一案。初拟缓决，旋以身列青衿，败检酿命，改情实。后抽之卷为宁波叠殴致死一案。初拟情实，旋以索逋理直，死由还殴，改缓决。知少妇为捐生之烈魄，老翁为累囚之先灵矣。

其一曰：秀水县署有爱日楼，板梯久毁，阴雨辄闻鬼泣声。一老吏言，康熙中，令之母喜诵佛号，因建此楼。雍正初，有令挈幕友胡姓来。盛夏不欲见人，独处楼中；案牍饮食，皆缒而上下。一日，闻楼上惨号声。从者急梯而上，则胡裸体浴血，自刺其腹，并碎劙周身如刻画。自云曩在湖南某县幕，有奸夫杀本夫者，奸妇首于官。吾恐主人有失察咎，以访拿报，妇遂坐磔。顷见一神引妇来，剚刃于吾腹，他不知也。号呼越夕而死。

其一曰：吴兴某，以善治钱谷有声。偶为当事者所慢，因密讦其侵盗阴事于上官，竟成大狱。后自啮其舌而死。又无锡张某，在归安令裘鲁青幕，有奸夫杀本夫者，裘以妇不同谋，欲出之。张大言曰："赵盾不讨贼为弑君，许止不尝药为弑父。《春秋》有诛意之法，是不可纵也。"妇竟论死。后张梦一女子，

其中一条说：浙江按察使同公讲，乾隆乙亥年秋季复审各省死刑犯时，有一天夜晚，他悄悄出去暗察下属官员的办案情况。大部分官员都已经睡觉了，只有一个房间还灯烛明亮。他透过窗户向里窥视，见一个官员正在翻阅案卷，几案前站着一个老翁和一个少妇。同公又害怕又很惊奇，就多看了一会儿。只见官员先起草写了一张案卷，随即撕毁了又重写。那个少妇恭恭敬敬退下去了。官员又抽出一份案卷，沉思了许久，写了一张判决书，老翁也作了揖退去。后来，同公传问了这个官员，得知先审理的是台州的强奸致死案。开始时考虑判定缓期处决，但又考虑到奸污犯是读书人，却德行败坏致人寻死，改判为立斩。后审理的是宁波斗殴致死案。开始时考虑判为立斩，随后考虑到凶手本来是去讨债，为了自卫而还击欠债人的无理殴打而致伤人命，改判为缓期处决。同公才知那个少妇是宁死不愿失节的烈女的魂魄，那个老翁是在押死囚祖先的神灵。

其中一条说：秀水县县衙门里有座爱日楼，楼梯和楼板早已毁坏，每逢阴雨天就会听见鬼哭声。一个老吏讲，康熙年间一个县令的母亲喜好诵经念佛，于是修建了这座爱日楼。雍正初年，有位县令携同他的幕友胡某来上任。盛夏时节胡某不愿见人，独居楼上；他用的书籍、案卷和吃的喝的，都是用绳子吊上吊下。一天，人们听到楼上惨叫。手下人急忙搭梯子上去，见胡某赤身裸体浑身是血，拿刀刺自己的肚子，并且满身刀伤，像是被刻画了似的。胡某说，过去在湖南某县做幕僚，有一桩案子是奸夫杀了本夫，奸妇向官府自首了。我担心县令责怪我失察，就上报说访拿住了奸夫奸妇，奸妇于是被分尸而死。刚才，我看见一位神灵带领着那个奸妇来了，用刀刺进我的肚子，别的事情就不知道了。胡某呼号了一天一夜后死了。

其中一条说：吴兴县吏，以善于治理钱财粮税著名。同事偶然怠慢了他，他就向上司密告同事贪污盗窃，竟然引出一桩大案。后来这个县吏咬烂自己的舌头而死。又有，无锡的张某在归安县县令裘鲁青府上做幕僚，有个奸夫杀了本夫，裘县令认为奸妇并未参与谋杀，想释放她。张某大声争辩说："赵盾没有讨伐弑君者，就是弑君；许世子为父亲进药而没尝，就是弑父。《春秋》有追究动机之法，因此奸妇不能宽恕。"结果奸妇被处死。后来张某梦见一女子，

被发持剑，搏膺而至曰："我无死法，汝何助之急也？"以刃刺之。觉而刺处痛甚。自是夜夜为厉，以至于死。

其一曰：萧山韩其相先生，少工刀笔，久困场屋，且无子，已绝意进取矣。雍正癸卯，在公安县幕，梦神人语曰："汝因笔孽多，尽削禄嗣。今治狱仁恕，赏汝科名及子，其速归。"未以为信，次夕梦复然。时已七月初旬，答以试期不及。神曰："吾能送汝也。"寤而急理归装。江行风利，八月初二日竟抵杭州，以遗才入闱中式。次年，果举一子。焕曾笃实有古风，其所言当不妄。

又所记《囚关绝祀》一条曰：平湖杨研耕在虞乡县幕时，主人兼署临晋，有疑狱，久未决。后鞫实为弟殴兄死，夜拟谳牍毕，未及灭烛而寝。忽闻床上钩鸣，帐微启，以为风也。少顷复鸣，则帐悬钩上，有白须老人跪床前叩头。叱之不见，而几上纸翻动有声。急起视，则所拟谳牍也。反复详审，罪实无枉。惟其家四世单传，至其父始生二子，一死非命，一又伏辜，则五世之祀斩矣。因毁稿存疑如故，盖以存疑为是也。余谓以王法论，灭伦者必诛；以人情论，绝祀者亦可悯。生与杀皆碍，仁与义竟两妨矣。如必委曲以求通，则谓杀人者抵，以申死者之冤也。申己之冤以绝祖父之祀，其兄有知，必不愿；使其竟愿，是无人心矣。虽不抵不为枉，是一说也。或又谓情者一人之事，法者天下之事也。使凡仅兄弟二人者，弟杀其兄，哀其绝祀，皆不抵，

披头散发，手持利剑，捶着胸脯到他面前说："我本无死罪，你为什么非急着要我死不可？"说着用刀刺他。张某惊醒，觉得被刺处剧痛。自此夜夜有这样的恶梦，因为这个原因死了。

其中一条说：萧山人韩其相先生，少年时擅长写讼状，屡屡应举落第，而且没有子嗣，他已经没有进取之心了。雍正癸卯年，韩先生在公安县做幕僚，梦见神灵对他说："你因为笔下的罪孽太多，被剥夺了官禄和子嗣。现在你治狱办案仁义宽恕，神灵将赏赐你科考功名和儿子，赶快启程回去赴试吧。"韩先生不相信，第二天晚上又做了这样的梦。当时已是七月上旬，他说赶考已来不及了。神灵说："我能送你。"醒来后，他急忙整理行装回去。船行江中一路顺风，八月初二竟然到达了杭州，补办了手续参加乡试，考中了举人。第二年，果然又得了个儿子。汪焕曾治学严谨笃实，有古学者之风，他讲的事情不会是妄言误说。

还有，汪焕曾又在《囚关绝祀》一条中说：平湖人杨研耕在虞乡县做幕僚时，县令兼理临晋县，有桩疑案，很久未能判决。后调查核实是弟弟将哥哥殴打致死，杨研耕夜里写完文案，没来得及熄烛就上床睡着了。忽然听见床上的帐钩发出响声，帐子微微打开，他以为是风刮的。不一会儿帐钩又响，帐子被帐钩挂了起来，有一个白胡须老人跪在床前磕头。杨研耕叱喝一声，那个老人不见了，但几案上有翻动纸的声音。他急忙起身去看，翻开的正是他刚才起草的案卷。他反复详细审阅，罪状并无冤情。只是这家人四代单传，到罪犯父亲辈才生了两个儿子，现在一个死于非命，一个又论罪处死，那么这家在传到第五代时就要绝后了。杨研耕于是将判决书撕掉，将此案依然存疑搁置起来，因为存疑是最好的办法。我认为按照律令，灭绝人伦的一定要杀；以人情论，断绝子孙的也值得怜悯。生与杀都有所违背，仁与义最终难以两全。如果一定要委曲人情而变通王法，杀人者抵命，死者才能申冤。死者申了冤而使祖上绝后，这个哥哥若有知，也会不情愿。假如死者竟然愿意父亲断子绝孙，那就是没有人性了。即使不抵命也不能说是枉法，这是一种说法。有人又说，人情只是一个人的事，律条是天下之事。假使凡是家中只有兄弟二人，弟弟杀了兄长，怜悯他们家会绝后就不让抵命，

则夺产杀兄者多矣，何法以正伦纪乎？是又未尝非一说也。不有皋陶，此狱实为难断，存以待明理者之论定可矣。

姚安公言：昔在舅氏陈公德音家，遇骤雨，自巳至午乃息，所雨皆沤麻水也。时西席一老儒方讲学，众因叩曰："此雨究竟是何理？"老儒掉头面壁曰："子不语怪。"

刘香畹言：曩客山西时，闻有老儒经古冢，同行者言中有狐。老儒詈之，亦无他异。老儒故善治生，冬不裘，夏不絺，食不肴，饮不荈，妻子不宿饱。铢积锱累，得四十金，镕为四铤，秘缄之。而对人自诉无担石。自詈狐后，所储金或忽置屋颠树杪，使梯而取；或忽在淤泥浅水，使濡而求；甚或忽投圊溷，使探而濯；或移易其地，大索乃得；或失去数日，从空自堕；或与客对坐，忽纳于帽檐；或对人拱揖，忽铿然脱袖。千变万化，不可思议。一日，忽四铤跃掷空中，如蛱蝶飞翔，弹丸击触，渐高渐远，势将飞去。不得已，焚香拜祝，始自投于怀。自是不复相嬲，而讲学之气焰已索然尽矣。说是事时，一友曰："吾闻以德胜妖，不闻以詈胜妖也。其及也固宜。"一友曰："使周、张、程、朱詈，妖必不兴。惜其古貌不古心也。"一友曰："周、张、程、朱必不轻詈。惟其不足于中，故悻悻于外耳。"香畹首肯曰："斯言洞见症结矣。"

那么夺产杀兄的就多了，那么律条又怎么能起到正人伦纲纪的作用呢？这未尝不是一种值得考虑的说法。看来没有皋陶那样明断的官，此案确实难判决。还是存留着等待明理的人去论定吧。

姚安公说：从前他在舅父陈德音公家时，遇到一场大暴雨，从上午九点直下到下午一点多才停，下的都是浸麻的黄水。当时家塾里一个老儒正在讲学，大家就去问他："下这样的雨，究竟是什么道理？"老儒掉头面向墙壁回答说："孔子不谈论怪异的事。"

刘香畹说：他从前客居山西时，听说有个老儒赶路经过古墓，同行者说墓里住着狐精。老儒就大骂了一通，当时也没发生任何怪异。老儒平常很善于持家，冬天不穿皮衣，夏季不穿细布，吃饭时没有荤菜，平日也不饮茶，老婆孩子经常饿着肚子。他节衣缩食，一点点积累，存了四十两银子，铸成四个大元宝，悄悄藏起来。他却对人说自己家里没有一担粮。自从骂了狐精后，他密藏的元宝有时忽然被放在房顶树梢上，要搬梯子去取；有时忽然被撩在淤泥浅水里，要弄湿了衣服去捞；有时甚至被扔在厕所的屎坑里，要探着拿出来冲洗；有时被移动了匿藏地点，要费很大劲儿才能找到；有时丢了好几天，又会自己从空而落；有时老儒正在与客对坐说话，元宝忽然塞在了他的帽檐里；有时老儒正在对人拱手揖礼，元宝忽然咣啷一声从袖里掉出来。千变万化，不可思议。一天，四个元宝忽然跳起来飞上了天，像蝴蝶旋舞，又像弹弓打出的弹丸，越来越高，越来越远，眼看飞走不再回来了。老儒实在没办法，只好焚香对空拜祝，元宝这才又飞回来投进他的怀里。从此以后，狐精不再捉弄老儒，可是老儒讲学的气势一下子跌落了。刘香畹讲述这件事时，一位友人说："我常听说以德胜妖，从没听说以骂胜妖。这个老儒受到狐精戏弄，那是活该。"另一位友人说："假如周敦颐、张载、程氏兄弟、朱熹骂狐，狐妖必定不会兴妖作怪。可惜这位老儒貌似不俗，其实内心庸俗得很。"还有一位友人说："周敦颐、张载、程氏兄弟、朱熹等人必定不会随便骂人。只有内心修养不够，才会整天一副气哼哼的样子。"刘香畹评点说："这话说得一针见血。"

香畹又言：一孝廉颇善储蓄，而性啬。其妹家至贫，时逼除夕，炊烟不举。冒风雪徒步数十里，乞贷三五金，期明春以其夫馆谷偿。坚以窘辞。其母涕泣助请，辞如故。母脱簪珥付之去，孝廉如弗闻也。是夕，有盗穴壁入，罄所有去。迫于公论，弗敢告官捕。越半载，盗在他县败，供曾窃孝廉家，其物犹存十之七。移牒来问，又迫于公论，弗敢认。其妇吝财不能忍，阴遣子往认焉。孝廉内愧，避弗见客者半载。

夫母子天性，兄妹至情，以啬之故，漠如陌路。此真闻之扼腕矣。乃盗遽乘之，使人一快；失而弗敢言，得而弗敢取，又使人再快。至于椎心茹痛，自匿其瑕，复败于其妇，瑕终莫匿，更使人不胜其快。颠倒播弄，如是之巧，谓非若或使之哉！然能愧不见客，吾犹取其足为善。充此一愧，虽以孝友闻可也。

卢霁渔编修患寒疾，误延读《景岳全书》者投人参，立卒。太夫人悔焉，哭极恸。然每一发声，辄闻板壁格格响；夜或绕床呼阿母，灼然辨为霁渔声。盖不欲高年之过哀也。悲哉！死而犹不忘亲乎。

海阳鞠前辈庭和言：一宦家妇临卒，左手挽幼儿，右手挽幼女，呜咽而终。力擘之乃释，目炯炯尚不瞑也。后灯前月下，往往遥见其形，然呼之不应，问之不言，招之不来，即之不见。或数夕不出，或一夕数出；或望之在某人前，而某人反无睹；或此处方睹，而彼处又睹。大抵如泡影空花，电光石火，

刘香畹又说：有个举人很会聚财，但极其吝啬。他妹妹家很穷，当时将近年关，家里揭不开锅。妹妹冒着风雪走了几十里，求借三五两银子，说好到明年春天用她丈夫做塾师的收入来偿还。但举人一再说自己手头紧张，就是不肯借。他母亲哭着为妹妹求情，举人依然拒绝。母亲取下自己的发簪耳环交给女儿，举人好像没看到一样。这天夜里，有贼挖墙洞进了家，偷走了他所有的钱财。他害怕众人议论，不敢报官。过了半年，那个盗贼在别的县作案被捉，供出曾经偷过举人家，偷的钱财还剩十分之七。官府发公文来查询，他仍害怕别人议论，不敢认领。他妻子爱财，实在忍不住，就暗地里派儿子去认领了。举人内心羞愧，闭门谢客半年。

母子之间的爱是天性，兄妹之间是骨肉亲情，因为吝啬，竟冷漠得像对陌生人。听到这样的事令人扼腕愤恨。那个盗贼一下子得手，使人感到痛快；失了钱不敢声张，钱追回来又不敢领取，更令人痛快。至于忍着椎心之痛，自己掩盖缺德事，又因为妻子而败露，缺德事最终还是隐瞒不住，更是令人痛快极了。颠倒捉弄，如此之巧，谁说不是好像有人在摆布安排呢！但是能够羞愧而不见客，我认为还可以救药。就从这一点羞愧之心扩展开去，也是可以做到孝友的。

编修卢霁渔得了伤寒病，误请了一个读过《景岳全书》的医生来治，他在药里放了人参，卢霁渔服药后立即死了。太夫人悔恨痛心，哭得极其悲哀。但是她每哭一声，就听见板壁“格格”作响；夜间听见有人绕着床呼喊阿母，太夫人清楚地辨别出是卢霁渔的声音。这是卢霁渔不想让年迈的母亲过分哀伤悲痛。令人悲痛啊！死了还不忘老母亲。

海阳县的鞠庭和前辈说：一位官宦人家的夫人临终前，左手挽着幼子，右手挽着幼女，呜咽而死。费了很大劲儿才把她的手掰开，她的眼睛却睁得很大，不肯瞑目。后来，灯前月下，往往远远看见她，但是叫她不答应，问她不说话，向她招手也不过来，走近去却不见了。有时几个晚上不出来，有时一夜出现好几回；有时望见她站在某人的面前，但某人却什么也没看见；有时在此处看见她，有时又在别处看到她。大概如同泡影空花，电光石火，

一转瞬而即灭，一弹指而倏生。虽不为害，而人人意中有一先亡夫人在。故后妻视其子女，不敢生分别心；婢媪童仆视其子女，亦不敢生凌侮心。至男婚女嫁，乃渐不睹，然越数岁或一见，故一家恒惴惴栗栗，如时在其房。或疑为狐魅所托，是亦一说。惟是狐魅扰人，而此不近人。且狐魅又何所取义，而辛苦十馀年，为时时作此幻影耶？殆结恋之极，精灵不散耳。为人子女者，知父母之心，殁而弥切如是也。其亦可以怆然感乎？

庭和又言：有兄死而吞噬其孤侄者，迫胁侵蚀，殆无以自存。一夕，夫妇方酣眠，忽梦兄仓皇呼曰："起起！火已至。"醒而烟焰迷漫，无路可脱，仅破窗得出。喘息未定，室已崩摧，缓须臾，则灰烬矣。次日，急召其侄，尽还所夺。人怪其数朝之内，忽跖忽夷。其人流涕自责，始知其故。此鬼善全骨肉，胜于为厉多多矣。

高淳令梁公钦官户部额外主事时，与姚安公同在四川司。是时六部规制严，凡有故不能入署者，必遣人告掌印，掌印移牒司务，司务每日汇呈堂，谓之出付；不能无故不至也。一日，梁公不入署，而又不出付，众疑焉。姚安公与福建李公根侯，寓皆相近，放衙后同往视之。则梁公昨夕睡后，忽闻砰訇撞触声，如怒马腾踏。呼问无应者，悸而起视，乃二仆一御者裸体相搏，捶击甚苦，然皆缄口无一言。时四邻已睡，寓中别无一人，无可如何，坐视其斗。至钟鸣乃并仆，迨晓而苏，伤痕鳞叠，

一眨眼不见了，弹指之间又忽然出现了。虽然不害人，但人人心中都有个已故夫人的影子。因而，后妻对她的子女，不敢有歧视的心思；婢女僮仆对她的子女，也不敢有凌侮的心思。等到男婚女嫁后，才渐渐看不见她了，但过几年就间或出现一次，因此一家人总是战战兢兢，好像她就在身边。有人怀疑是狐魅冒形作祟，这也是一种说法。只是狐魅是搅扰人的，但是这个鬼却从不靠近人。况且狐魅又是为了什么要辛苦十多年，时时变幻这个形象出现呢？可能还是夫人过于眷恋，魂灵不散吧。为人子女的，得知父母的爱心，死后还更加关切子女，竟然到了这个地步。这也足以让人怆然感叹吧？

鞠庭和前辈又说：有一个弟弟，在哥哥死后侵吞侄儿的财产，逼迫、威胁、蚕食，侄儿几乎无法活下去了。一天夜里，这个弟弟夫妻俩正在酣睡，忽然梦见哥哥急急地呼喊："快起来！快起来！火烧来了！"他们从梦中惊醒，只见屋里烟火迷漫，已经无路可逃，只得破窗而出。喘息未定，房子已经崩塌，如果逃得稍慢一点儿，人就烧成灰烬了。第二天，他急忙叫来侄儿，全部退还侵吞的财产。人们对他几天之内忽坏忽好觉得很奇怪。那个人流泪自责，人们才知道其中的原因。这个哥哥的鬼魂善于保全骨肉，比变成厉鬼要好得多了。

高淳县令梁钦先生担任户部额外主事时，与姚安公同在四川司。当时六部规章制度很严格，凡是因故不能入署上班的官员，必须派人报告掌印官，掌印官到司务官那里备案，司务官每天汇总呈报正堂，称为"出付"，谁也不能无故不到。一天，梁公没有到署，也未"出付"，众人都疑心他出了什么事。姚安公和福建李根侯先生的住所都靠近梁公家，下班后就一道去看望。原来梁公昨夜睡下后，忽然听到"砰砰"的撞击声，如同马发怒了跳跃踢蹄子。呼问没人应答，他吃惊地起来察看，原来是两个仆人和一个车夫裸体搏斗，打得难解难分，但是都闭着嘴巴不说一句话。当时四邻都已入睡，家里别无一人，他束手无策，只好坐观其斗。一直打到晨钟鸣响，三个人才一同扑倒在地上，到天亮才苏醒，三人遍体伤痕，

面目皆败。问之都不自知，惟忆是晚同坐后门纳凉，遥见破屋址上有数犬跳踉，戏以砖掷之，嗥而跳。就寝后遂有是变。意犬本是狐，月下视之未审欤！梁公泰和人，与正一真人为乡里，将往陈诉。姚安公曰："狐自游戏，何预于人？无故击之，曲不在彼。袒曲而攻直，于理不顺。"李公亦曰："凡仆隶与人争，宜先克己；理直尚不可纵使有恃而妄行，况理曲乎？"梁公乃止。

乾隆己未会试前，一举人过永光寺西街，见好女立门外，意颇悦之，托媒关说，以三百金纳为妾。因就寓其家，亦甚相得。迨出闱返舍，则破窗尘壁，阒无一人，污秽堆积，似废坏多年者。访问邻家，曰："是宅久空，是家来住仅月馀，一夕自去，莫知所往矣。"或曰："狐也，小说中盖尝有是事。"或曰："是以女为饵，窃赀远遁，伪为狐状也。"夫狐而伪人，斯亦黠矣；人而伪狐，不更黠乎哉！余居京师五六十年，见类此者不胜数，此其一耳。

汪御史香泉言：布商韩某，昵一狐女，日渐尪羸。其侣求符箓劾禁，暂去仍来。一夕，与韩共寝，忽披衣起坐曰："君有异念耶？何忽觉刚气砭人，刺促不宁也？"韩曰："吾无他念。惟邻人吴某，迫于债负，鬻其子为歌童。吾不忍其衣冠之后沦下贱，措四十金欲赎之，故辗转未眠耳。"狐女蹶然推枕曰："君作是念，即是善人。害善人者有大罚，吾自此逝矣。"以吻相接，嘘气良久，乃挥手而去。韩自是壮健如初。

鼻青脸肿。问他们为什么打架，他们却都说不知道斗殴的事，只是记得晚上一起坐在后门口乘凉，远远看见破屋的废址上有几只狗跳来跳去，他们开玩笑扔砖石砸狗，狗嚎叫着跳来跳去。睡下后，就发生了这件互相斗殴的怪事。现在想来那几只狗本来是狐，因为月下看不清楚，误认作狗了吧！梁公是泰和人，与正一真人同乡，想要找正一真人控诉狐精。姚安公说："狐精自己游戏，碍着人的什么事呢？无缘无故砸它们，理亏的是人。你偏袒理亏的，攻击理直的，这在情理上说不过去。"李公也说："凡是自己的仆人与人争斗，应该先管教自己的仆人；就是理直还不能放纵仆人仗势胡为，何况是理亏呢？"梁公这才打消了念头。

乾隆己未年会试前夕，有个举人经过永光寺西街，看见一个漂亮女子站在门前，十分爱慕，就托媒人说合，用了三百两银子纳她为妾。接着举人就住在她家，两人也十分恩爱。等举人考完出了试院回去，只见破窗尘壁，静悄悄的没有一人，污秽堆积，好像废弃多年了。询问邻居，说："这个宅子已经空了很久，这家人只来住了一个多月，一天晚上忽然离开，不知到哪里去了。"有人说："这是狐精，传奇小说中就有这样的事情。"有人说："这是用女子做诱饵，骗了钱财后远逃了，是伪装为狐精。"狐精假扮成人，这也够狡猾的了；但是人假扮成狐精，不是更狡猾吗！我住在京城五六十年，这类事情见得太多了，这只是其中之一。

御史汪香泉说：布商韩某，跟一个狐女亲昵，一天比一天瘦弱。他的伙伴求得了符咒劾禁，那个狐女离开后没几天又回来了。一天夜里，她与韩某睡在一起，忽然披衣坐起，说："你有别的想法了？为什么我觉得刚气逼人，心慌慌的睡不稳呢？"韩某说："我并没有别的想法。只是邻居吴某欠债还不了，将儿子卖为歌童了。我不忍读书人的后代沦为下贱，就筹措四十两银子想把他赎回来，因此才翻来覆去睡不着。"狐女急忙推开枕头说："你有这样的念头，就是善人。害善人会受到重罚，我从此就离开你。"于是，她与韩某嘴对嘴，嘘了好一会儿气，才挥手别去。韩某从此又像原先那样健壮了。

戴遂堂先生曰：尝见一巨公，四月八日在佛寺礼忏放生。偶散步花下，遇一游僧，合掌曰："公至此何事？"曰："作好事也。"又问："何为今日作好事？"曰："佛诞日也。"又问："佛诞日乃作好事，馀三百五十九日皆不当作好事乎？公今日放生，是眼见功德，不知岁岁庖厨之所杀，足当此数否乎？"巨公猝不能对。知客僧代叱曰："贵人护法，三宝增光。穷和尚何敢妄语！"游僧且行且笑曰："紫衣和尚不语，故穷和尚不得不语也。"掉臂径出，不知所往。一老僧窃叹曰："此阇黎大不晓事；然在我法中，自是突闻狮子吼矣。"

昔五台僧明玉尝曰："心心念佛，则恶意不生，非日念数声，即为功德也。日日持斋，则杀业永除，非月持数日即为功德也。燔炙肥甘，晨昏餍饫，而月限某日某日不食肉，谓之善人。然则苞苴公行，簠簋不饰，而月限某日某日不受钱，谓之廉吏乎？"与此游僧之言，若相印合。李杏浦总宪则曰："此为彼教言之耳。士大夫终身茹素，势必不行。得数日持月斋，则此数日可减杀；得数人持月斋，则此数人可减杀，不愈于全不持乎？"是亦见智见仁，各明一义。第不知明玉傥在，尚有所辨难否耳？

恒王府长史东鄂洛，据《八旗氏族谱》，当为"董鄂"，然自书为"东鄂"。案牍册籍亦书为"东鄂"。《公羊传》所谓"名从主人也"。谪居玛纳斯，乌鲁木齐之支属也。

一日，诣乌鲁木齐，因避暑夜行，息马树下。遇一人半跪问起居，云是戍卒刘青。与语良久，上马欲行。青曰："有琐事，乞公寄一语：印房官奴喜儿，欠青钱三百。青今贫甚，宜见还也。"次日，见喜儿，告以青语。喜儿骇汗如雨，面色如死灰。

戴遂堂先生说：曾经见到一个高官，四月八日在佛寺拜祝、诵经、放生。这个高官在花丛散步时，偶遇一个行脚僧，合掌问道："您到这里来干什么？"高官答道："做好事。"又问："为何今天做好事？"答道："这是佛祖诞生的日子。"又问："佛祖诞生的日子才做好事，其馀三百五十九天都不该做好事吗？您今天放生，是看得见的功德；不知你年年厨房里杀生，抵得上你今天放生的数目吗？"高官一下子回答不上来。接待宾客的和尚上前喝道："贵人护法，三宝增光。你一个穷和尚，怎么敢胡说八道！"行脚僧边走边笑道："紫衣和尚不说，所以穷和尚不得不说了。"甩着胳膊径自出门，不知去了哪里。一个老和尚偷偷地感叹道："这个师父太不懂世事，不过对我们佛教中人来说，好像是突然听到狮子吼一样。"

从前五台山的高僧明玉曾说过："心心念佛，则恶意不生，不是每天念几声就算是功德了。日日持斋吃素，就可永远消除杀生的罪孽，不是每月吃几天斋就算是功德了。平时大鱼大肉，整天吃喝，而每月规定哪天哪天不吃肉，就是说善人。如果这样的话，那么公开接受贿赂，贪婪成性，而每月规定哪天哪天不受钱礼，就能称之为廉洁的官吏吗？"这和那行脚僧说的，好像很相符合。都察院左都御史李杏浦则说："这是为他们的教派说法的。士大夫终身吃素，势必做不到。能够几天持月斋，那么这几天可以减少杀生；能够有几人持月斋，那么这几人可以减少杀生，不是比完全不持斋要好吗？"这也是见仁见智，各自说明一个道理。只是不知道假如明玉在，还会有辩驳的话吗？

恒王府的长史东鄂洛，据《八旗氏族谱》，应该是"董鄂"，但他自己写作"东鄂"，案牍册籍也写作"东鄂"。这是《公羊传》所说的"名从主人"。因故被贬谪到玛纳斯，这里归属于乌鲁木齐。

一天，他去乌鲁木齐，因为天气太热就赶夜路，在树下歇马。遇见一个人半跪着向他问好，自称是戍卒刘青。东鄂洛和他说了好一会儿话，上马要走。刘青说："有件小事，求您传一句话：印房官奴喜儿，欠我三百钱。我如今很穷，他应该还给我。"第二天见到喜儿，东鄂洛将刘青的话告诉了他。喜儿一听，顿时吓得汗流如雨，面色如死灰。

怪诘其故，始知青久病死。初死时，陈竹山闵其勤慎，以三百钱付喜儿市酒脯楮钱奠之。喜儿以青无亲属，遂尽干没。事无知者，不虞鬼之见索也。竹山素不信因果，至是悚然曰：“此事不诬，此语当非依托也。吾以为人生作恶，特畏人知；人不及知之处，即可为所欲为耳。今乃知无鬼之论，竟不足恃。然则负隐慝者，其可虑也夫！”

昌吉平定后，以军俘逆党子女分赏诸将。乌鲁木齐参将某，实司其事。自取最丽者四人，教以歌舞，脂香粉泽，彩服明珰，仪态万方，宛然娇女，见者莫不倾倒。后迁金塔寺副将，戒期启行，诸童检点衣装，忽箧中绣履四双，翩然跃出，满堂翔舞，如蛱蝶群飞。以杖击之乃堕地，尚蠕蠕欲动，呦呦有声。识者讶其不祥。行至辟展，以鞭挞台员为镇守大臣所劾，论戍伊犁，竟卒于谪所。

至危至急之地，或忽出奇焉；无理无情之事，或别有故焉。破格而为之，不能胶柱而断之也。吾乡一媪，无故率媪妪数十人，突至邻村一家，排闼强劫其女去。以为寻衅，则素不往来；以为夺婚，则媪又无子。乡党骇异，莫解其由。女家讼于官，官出牒拘摄，媪已携女先逃，不能踪迹；同行婢妪，亦四散逋亡。累绁多人，辗转推鞫，始有一人吐实，曰：“媪一子，病瘵垂殁，媪抚之恸曰：‘汝死自命，惜哉不留一孙，使祖父竟为馁鬼也。’子呻吟曰：‘孙不可必得，然有望焉。吾与某氏女私昵，孕八月矣，但恐产必见杀耶。’子殁后，媪咄咄独语十馀日，突有此举。殆劫女以全其胎耳。”官怃然曰：

东鄂洛觉得奇怪，就询问他，才知道刘青早已病死很久了。当初他死时，陈竹山念他勤谨，把三百钱交给喜儿，让他买些酒肉纸钱祭奠刘青。喜儿因为刘青没有亲属，就把钱私吞了。这事谁也不知道，没想到鬼会来索要。陈竹山素来不信因果，听到这些才惊惧地说："此事不假，这话并非是假冒的。我以为人活着时作恶，只怕别人知道；在人不知道的地方，就可以为所欲为。如今才知道无鬼之论不足为凭。这么说来暗地里干了亏心事的人，可要小心啊！"

昌吉起事平定后，俘获的乱党子女都分赏给了各位将领。乌鲁木齐的某位参将掌管分配。他自己先挑了四个最漂亮的，教她们唱歌跳舞，涂脂抹粉，穿彩衣，戴珠饰，打扮得仪态万方，个个婀娜多姿，就像大户人家的娇美女子一般，见到的人无不倾倒。后来，这位参将迁任金塔寺副将，到了启程日期，童仆们检点衣装时，忽然箱子里的四双绣鞋跳了出来，满堂飞舞，就像蝴蝶群飞一样。仆人们用棍杖敲打，才落下地来，可是仍然蠕蠕欲动，还发出"呦呦"的叫声。懂得这种现象的人惊讶这是不祥之兆。果然，参将行至辟展时，因为鞭打地方官员，受到镇守大臣的弹劾，判定谪戍伊犁，最后死在戍所。

人在极危险极紧迫的时候，或许会忽然生出奇谋；看起来不合情理的事情，或许另有缘故。反常出格的事情，不能墨守成规地判断。我的家乡有个老妇，有一天夜里无缘无故率领几十个妇人，突然来到邻村一户人家，闯进门去强行劫走了这家的女儿。以为是寻衅闹事，但彼此又一向没有往来；以为是抢婚，而老妇又没有儿子。乡里人又惊又怕又觉得怪异，想不出是什么缘故。女家告官之后，官府就发出通牒追捕，而老妇早就携女逃走了，不知道往哪里追才能找到；同案的众妇人也已经四散逃走。此事牵连多人，辗转传讯，才有一个人吐出实情，说："老妇有个儿子，病危将亡时，老妇抚着他痛哭道：'你死是你的命，只可惜没有留下一个孙子，你的先祖先父要成饿鬼了。'儿子呻吟着说：'孙子不能肯定有，可还是有希望的。我与某女私通，她已有了八个月的身孕，只是恐怕生下来孩子就会被杀死。'儿子死后，老妇自言自语了十来天，才突然有此举动。大概抢劫女子是为保全胎儿吧。"县官茫然若失，说：

“然则是不必缉，过两三月自返耳。”届期果抱孙自首，官无如之何，仅断以不应重律，拟杖纳赎而已。此事如兔起鹘落，少纵即逝。此媪亦捷疾若神矣。

安静涵言：其携女宵遁时，以三车载婢妪，与己分四路行，故莫测所在。又不遵官路，横斜曲折，岐复有岐，故莫知所向。且晓行夜宿，不淹留一日，俟分娩乃税宅，故莫迹所居停。其心计尤周密也。女归，为父母所弃，遂偕媪抚孤，竟不再嫁。以其初涉溱洧，故旌典不及，今亦不著其氏族焉。

李庆子言：尝宿友人斋中，天欲晓，忽二鼠腾掷相逐，满室如飚轮旋转，弹丸迸跃，瓶彝罍洗，击触皆翻，砰铿碎裂之声，使人心骇。久之，一鼠踊起数尺，复堕于地，再踊再仆，乃僵。视之七窍皆血流，莫测其故。急呼其家僮收检器物，见柈中所晾媚药数十丸，啮残过半。乃悟鼠误吞此药，狂淫无度，牝不胜嬲而窜避，牡无所发泄，蕴热内燔以毙也。友人出视，且骇且笑，既而悚然曰：“乃至是哉，吾知惧矣！”尽覆所蓄药于水。夫燥烈之药，加以锻炼，其力既猛，其毒亦深。吾见败事者多矣，盖退之硫黄，贤者不免。庆子此友，殆数不应尽，故鉴于鼠而忽悟欤！

张鷟《朝野佥载》曰：“唐青州刺史刘仁轨，以海运失船过多，除名为民，遂辽东效力。遇病，卧平壤城下，褰幕看兵士攻城。有一兵直来前头背坐，叱之不去，须臾城头放箭，

"既然是这样，那就不必通缉了，过两三个月，她自己会回来的。"到了县官说的时间老妇果然抱着孙子来自首，县官无可奈何，判决不应定重罪，只处以杖责，交钱赎打就可以了。这件事的变化快得让人几乎反应不过来，追查起来线索稍纵即逝，这个老妇也真是迅捷如神。

安静涵说：老妇携女夜里逃走时，三辆车载着其他妇人，加上她自己，分成四路走，因而没有谁知道她到了哪里。她又不走官道，横斜曲折，岔路中又有岔路，因而也不知她往哪儿去了。况且晓行夜宿，一天也不停，等分娩时才租借住宅，所以也查不出她停留的地方。她的心计是很周密的。女儿回来后，父母不让进屋，她就与老妇一同抚养孤儿，最终也没有再嫁人。因为她当初是和人私通，因而不能以节妇的名义受表彰，现在我也不便写出她的家族。

李庆子说：曾经有一夜住在朋友家里，天快亮时，忽然有两只老鼠奔跳追逐，满房间里像风轮一样旋转，弹丸一样跳跃，瓶罐炉盆，都被撞翻了，砰铿碎裂的声音，让人心慌慌的。过了很长时间，一只老鼠跳起几尺高，又落到地上，再跳起再倒下，才僵死。看它七窍流血，不知是怎么回事。他急忙叫朋友家的僮仆收拾器物，见盘中晾着的几十粒春药，大半被咬过了。这才明白老鼠误吞了春药，狂淫无度，雌鼠受不了骚扰拼命逃避，雄鼠无处发泄，热火内烧蹦撞死了。朋友出来一看，又惊又笑，随后惊恐地说："居然会这样啊！我知道厉害了。"他把藏着的药全都倒进了水里。燥烈的药物，加以提炼，药力很猛，毒性也很大。我见过因为服用这种药而坏了事的人太多了，大概像韩愈服用硫黄，贤者也免不了这种事儿。李庆子的这位朋友，也许是命不该尽，所以能从老鼠得到启示而忽然悔悟吧！

唐朝的张鷟在《朝野佥载》中说："唐代青州刺史刘仁轨，因为海运船只失事过多，被革职为民，流放到辽东效力。后来他病了，躺在平壤城下，揭开帐幕看兵士攻城。有一个士兵径直来到他面前，背对着他坐下，呵斥他也不离开。不一会儿城上放箭，

正中心而死。微此兵，仁轨几为流矢所中。”大学士温公征乌什时，为领队大臣。方督兵攻城，渴甚，归帐饮。适一侍卫亦来求饮，因让茵与坐。甫拈碗，贼突发巨炮，一铅丸洞其胸死。使此人缓来顷刻，则必不免矣。此公自为余言，与刘仁轨事绝相似。后公征大金川，卒战殁于木果木。知人之生死，各有其地，虽命当阵殒者，苟非其地，亦遇险而得全。然则畏缩求免者，不徒多一趋避乎哉！

人物异类，狐则在人物之间；幽明异路，狐则在幽明之间；仙妖异途，狐则在仙妖之间。故谓遇狐为怪可，谓遇狐为常亦可。三代以上无可考。《史记·陈涉世家》称篝火作狐鸣曰：“大楚兴，陈胜王。”必当时已有是怪，是以托之。吴均《西京杂记》称广川王发栾书冢，击伤冢中狐，后梦见老翁报冤。是幻化人形，见于汉代。张鷟《朝野佥载》称唐初以来，百姓多事狐神，当时谚曰：“无狐魅，不成村。”是至唐代乃最多。《太平广记》载狐事十二卷，唐代居十之九，是可以证矣。诸书记载不一，其源流始末，则刘师退先生所述为详。

盖旧沧州南一学究与狐友，师退因介学究与相见。躯干短小，貌如五六十人，衣冠不古不今，乃类道士；拜揖亦安详谦谨。寒温毕，问枉顾意。师退曰：“世与贵族相接者，传闻异词，其间颇有所未明。闻君豁达不自讳，故请祛所惑。”狐笑曰：“天生万品，各命以名。狐名狐，正如人名人耳；呼狐为狐，正如呼人为人耳，何讳之有？至我辈之中，好丑不一，

士兵正好被射中胸脯，死了。如果不是这个士兵，刘仁轨差点儿被流箭射中。”大学士温公出征乌什时是领队大臣。正督兵攻城，觉得非常口渴，就回帐中喝水。恰好一个侍卫也来喝水，温公就让出垫子给他坐。刚拿起碗，敌阵突然放炮，一枚铅弹击穿侍卫胸膛，侍卫当场死亡。假如这个人迟来片刻，温公就不免一死。这是温公亲口告诉我的，与刘仁轨之事极其相似。后来温公出征大金川，战死在木果木。可知人的生死，各有自己的地方，即使命当阵亡，如果不是命里注定的地方，也能遇险而安然。那些畏缩不前贪生怕死的人，不是白白多此一举吗！

人和动物不是同类，狐则处于二者之间；阳世和阴间不是同一个空间，狐则处于二者之间；仙和妖不是一条途径，狐则处于二者之间。因此说遇到狐是怪事也可以，说遇到狐是常事也可以。夏、商、周三代以上，有关狐的事迹无可考察。《史记·陈涉世家》记载陈胜等人点起篝火、假装狐狸鸣叫道：“大楚兴，陈胜王。”可知当时必定已经有狐妖作怪的传说，因而他们才这样伪托。吴均的《西京杂记》说广川王发掘栾书的墓葬，打伤了墓里的狐，后来梦见有个老翁前来报仇。可见狐妖幻化人形的事迹，已经见于汉代。张鷟《朝野佥载》称唐初以来，百姓有很多供奉狐神，当时流行谚语说：“无狐魅，不成村。”看来唐代狐妖最盛。《太平广记》记载狐妖事迹十二卷，唐代的狐妖故事占了十分之九，可以作为明证。各种书上对狐妖记载不一，关于狐妖的源流始末，刘师退先生讲述得最详细。

原来旧沧州南有个学究与狐妖为友，刘师退请学究介绍，拜见了他的狐友。这个狐友身躯短小，看上去像是五六十岁的人，衣帽不今不古，类似道士；见面时揖礼态度安详谦谨。相互寒暄问候完毕，狐友问刘师退的来意。刘师退说：“我们人类世世代代与你们这一族相处，但是对这一族的传闻却大不一样，这其中有许多我不明白的地方。听说你的性格豁达，并不忌讳谈论自己的身世，因此前来请教，解除疑惑。”狐友笑着说：“天生万物，各自都有名称。狐名为狐，就如人名为人一样；称呼狐为狐，正如称呼人为人一样。有什么可忌讳的呢？至于我们狐类中善恶不一，

亦如人类之内，良莠不齐。人不讳人之恶，狐何必讳狐之恶乎？第言无隐。”师退问：“狐有别乎？”曰：“凡狐皆可以修道，而最灵者曰狴狐。此如农家读书者少，儒家读书者多也。”问：“狴狐生而皆灵乎？”曰：“此系乎其种类。未成道者所生，则为常狐；已成道者所生，则自能变化也。”问：“既成道矣，自必驻颜。而小说载狐亦有翁媪，何也？”曰：“所谓成道，成人道也。其饮食男女，生老病死，亦与人同。若夫飞升霞举，又自一事。此如千百人中，有一二人求仕宦。其炼形服气者，如积学以成名；其媚惑采补者，如捷径以求售。然游仙岛、登天曹者，必炼形服气乃能。其媚惑采补，伤害或多，往往干天律也。”问：“禁令赏罚，孰司之乎？”曰：“小赏罚统于其长，大赏罚则地界鬼神鉴察之。苟无禁令，则来往无形，出入无迹，何事不可为乎！”问：“媚惑采补，既非正道，何不列诸禁令，必俟伤人乃治乎？”曰：“此譬诸巧诱人财，使人喜助，王法无禁也。至夺财杀人，斯论抵耳。《列仙传》载酒家妪，何尝干冥诛乎！”问：“闻狐为人生子，不闻人为狐生子，何也？”微哂曰：“此不足论。盖有所取无所与耳。”问：“支机别赠，不惮牵牛妒乎？”又哂曰：“公太放言，殊未知其审。凡女则如季姬鄫子之故事，可自择配。妇则既有定偶，弗敢逾防。若夫赠芍采兰，偶然越礼，人情物理，大抵不殊，固可比例而知耳。”问：“或居人家，或居旷野，何也？”曰：

也像人类中良莠不齐一样。人并不忌讳人类的丑恶，狐何必要忌讳狐的丑恶呢？你尽可放心说话，毋须隐讳。”刘师退问：“狐类中是否有区别呢？”狐友说：“凡是狐都可以修道，最灵通的狐族叫狏狐。这就好比人类中农民读书少，儒生读书多。”问：“狏狐一出生就都通灵吗？”狐友说：“这关系到种族。没成道的狐所生的狐就是常狐，已成道的狐所生的狐一出生就自能变化。”问：“狐既成道，自然必定驻颜不老。而小说里记载的狐却有老翁老妇，这是什么道理？”狐友说：“所谓成道，仅仅指狐修成了人道。修成人道后也要饮食起居，男女结合，生老病死，这些都跟人类相同。至于飞升天界，云来霞去，那是另外一回事。这好比人类，千百个人只有一两个人做得了官。狐采用炼形服气的方法修道，如同人积累学问成就名声；媚惑采补的，就如同人走捷径求得成功。但是，要达到游仙岛、登天界的地步，必须炼形服气才能成功。媚惑采补，伤害很多，往往会触犯天律。”问：“由谁掌管对狐辈的禁令赏罚呢？”狐友说：“小的赏罚由狐族自己的首领掌管，大的赏罚则由天地鬼神暗中鉴察。如果没有禁令，狐类来往无形，出入无迹，什么事情做不出来呢？”问：“媚惑采补既然不是正道，为什么不列入禁令，必定要等到伤人之后才惩罚呢？”狐友说：“这好比人群中有人以巧妙手段诱骗人的钱财，而受诱惑的人喜欢出钱资助，王法是不可能禁止的。至于因为夺财而杀害了人命，那就要依法抵罪了。《列仙传》记载的酒家婆，又何尝违犯律条受到冥司诛杀呢？”问：“常常听说狐为人生子，没听说人为狐生子，这是什么原因呢？”狐友微笑着说：“这个问题不足以讨论。因为狐要采补得道，对人只有所取，而无所予。”问：“狐妻与他人亲近，就不怕丈夫妒嫉吗？”狐友又笑着说：“先生太放肆了，一点儿也不知道其中的详情。狐类中凡是未婚的狐女，都像人类历史上季姬鄫子的故事一样，可以自己任意选择配偶。已婚狐妇既然已有配偶，是不敢逾越防线的。至于偷郎献花，偶然越了礼仪，既是人之常情，也是事物常理，大体上人和狐没有区别，从人情稍加推论也就明白了。”问：“有的狐住在人家，有的狐住在旷野，这是何故？”狐友说：

“未成道者未离乎兽，利于远人，非山林弗便也；已成道者事事与人同，利于近人，非城市弗便也；其道行高者，则城市山林皆可居，如大富大贵家，其力百物皆可致，住荒村僻壤与通都大邑一也。”师退与纵谈，其大旨惟劝人学道，曰：“吾曹辛苦一二百年，始化人身。公等现是人身，功夫已抵大半，而悠悠忽忽，与草木同朽，殊可惜也。”师退腹笥三藏，引与谈禅。则谢曰：“佛家地位绝高，然或修持未到，一入轮回，便迷却本来面目。不如且求不死，为有把握。吾亦屡逢善知识，不敢见异而迁也。”

师退临别曰：“今日相逢，亦是天幸，君有一言赠我乎？”踌躇良久，曰：“三代以下恐不好名，此为下等人言。自古圣贤，却是心平气和，无一毫做作。洛、闽诸儒，撑眉努目，便生出如许葛藤。先生其念之。”师退怃然自失。盖师退崖岸太峻，时或过当云。

裘文达公言：尝闻诸石东村曰，有骁骑校，颇读书，喜谈文义。一夜寓直宣武门城上，乘凉散步。至丽谯之东，见二人倚堞相对语。心知为狐鬼，屏息伺之。其一举手北指曰：“此故明首善书院，今为西洋天主堂矣。其推步星象，制作器物，实巧不可阶。其教则变换佛经，而附会以儒理。吾曩往窃听。每谈至无归宿处，辄以天主解结，故迄不能行。然观其作事，心计亦殊黠。”其一曰：“君谓其黠，我则怪其太痴。彼奉其国王之命，航海而来，不过欲化中国为彼教。揆度事势，宁有是理！而自利玛窦以后，源源续至，不偿其所愿终不止，不亦颠欤？”其一又曰：“岂但此辈痴，即彼建首善书院者亦

“狐中未成道者还没脱离兽性，还是远离人类为好，不住山林不方便；已成道者事事和人相同，接近人类才比较便利，不住城市不方便；道行高的，城市山林都可居住，如同大富大贵的人家一样，财力够得上什么都可以买到，住荒村僻壤与通都大邑没有差别。”刘师退与狐友高谈阔论，狐友的主要意思只是劝人学道，说：“我们狐类辛苦一两百年，才修炼得化成了人身。你们现在就是人身，成仙功夫已抵大半，却忽忽悠悠浪费一生，与草木一样归于腐朽，太可惜了。”刘师退对佛教经典很有造诣，就换了话题与狐友谈禅。狐友谢绝说：“佛家地位绝高，可是假如修持不到，一入轮回就迷失了本来面目。不如先求得长生不死，这样还有点儿把握。我也曾经多次遇到过真佛真师，可从来不敢见异思迁。”

刘师退与狐友临别时说：“今日相逢，也是天大的幸运。你能否赠我一句话？”狐友踌躇很久，说：“夏、商、周三代以下恐怕没有不追求名声的，这些都是所谓的下等人。如果要说到古来的圣人贤者，却是心平气和，毫无做作的。宋代洛、闽的一些理学家，张眉怒目，就生出许多的枝节。先生请认真想想。”刘师退心有所感，若有所失。大概是他一向都很高傲严峻，时常有些过分的言行吧。

裘文达公说：曾经听石东村讲，有个骁骑校，读过不少书，喜欢谈论文义。一天夜里在宣武门城上值班，乘凉散步。走到城楼东侧，看见有两个人倚靠着城堞说话。他知道非狐即鬼，就屏息观察。其中一个抬手指着北面说：“这里原先是明代的首善书院，如今成了西洋天主教堂。他们观察天体推算月历，制作器物，精巧得实在学不来。但他们的教义则是变换了佛经，再附会上儒家学说。我从前去偷听，每逢谈到不能解释的地方，就归结到天主，因此他们的教义至今推广不开。但是看他们行事，心计也十分狡猾。”另一个说：“你说他狡猾，我却认为太痴迷。他们奉自己国王之命，远涉重洋来到这里，不过是要用他们的宗教来同化中国。分析一下形势，哪里同化得了呢！但自从利玛窦之后，传教士们陆陆续续地来中国，不达目的决不罢休，这不是有点儿痴癫了吗？”先前说话的那个说：“岂止这些人痴迷，即便是建首善书院的那班人也是

复大痴。奸珰柄国，方阴伺君子之隙，肆其诋排，而群聚清谈，反予以钩党之题目，一网打尽，亦复何尤！且三千弟子，惟孔子则可，孟子揣不及孔子，所与讲肄者公孙丑、万章等数人而已。洛闽诸儒，无孔子之道德，而亦招聚生徒，盈千累百，枭鸾并集，门户交争，遂酿为朋党，而国随以亡。东林诸儒，不鉴覆辙，又骛虚名而受实祸。今凭吊遗踪，能无责备于贤者哉！”方相对叹息，忽回顾见人，翳然而灭。东村曰：“天下趋之若骛，而世外之狐鬼，乃窃窃不满也。人误耶？狐鬼误耶？”

王西园先生守河间时，人言献县八里庄河夜行者多遇鬼，惟县役冯大邦过，则鬼不敢出。有遇鬼者，或诈称冯姓名，鬼亦却避。先生闻之曰：“一县役能使鬼畏，此必有故矣。”密访将惩之，或为解曰：“本无是事，百姓造言耳。”先生曰：“县役非一，而独为冯大邦造言，此亦必有故矣。”仍檄拘之，大邦惧而亡去。此庚午、辛未间事，先生去郡后数载，大邦尚未归。今不知如何也。

里有崔某者，与豪强讼，理直而弗能伸也。不胜其愤，殆欲自戕。夜梦其父语曰：“人可欺，神则难欺；人有党，神则无党。人间之屈弥甚，则地下之伸弥畅。今日之纵横如志者，皆十年外业镜台前觳觫对簿者也。吾为冥府司茶吏，见判司注籍矣，汝何恚焉！”崔自是怨尤都泯，更不复一言。

有善讼者，一日为人书讼牒，将罗织多人。端绪缴绕，猝不得分明，欲静坐搆思。乃戒毋通客，并妻亦避居别室。

太痴了。奸臣宦官掌权，本来就在暗中偷偷想要抓住君子的闪失大肆毁谤，那些书生却聚在一起清谈，反而让宦官抓住了他们拉帮结党的把柄，被一网打尽，这又去怨谁呢！况且收三千弟子，只有孔子还行，孟子自认为不及孔子，来听他讲课的不过公孙丑、万章等数人而已。周敦颐、二程、朱熹、张载这样一些儒生，没有孔子的德行，却也招收学生，达到成千上百，君子小人混在一起，以至于门户相争，结成朋党，而国家也随之灭亡了。东林党的诸儒，不重视前车之鉴，又一味追求虚名，以至于遭受灾祸。如今凭吊遗迹，对这种贤者能不责备吗？”两个正相对叹息，忽然回头发现有人，一下子突然消失了。石东村说：“天下人趋之若鹜的事，世外的狐和鬼却窃窃私语表示不满。是人错了呢，还是狐和鬼错了呢？”

王西园先生任河间太守时，人们传说献县八里庄河走夜路的人大多会碰见鬼，只有县役冯大邦经过时鬼才不敢出来。有些碰到鬼的人谎称自己是冯大邦，鬼也退避。王先生听了之后说：“一个县役能叫鬼害怕，其中必有缘由。”于是暗中察访，打算惩处冯大邦，有人为他辩解说：“本来没有这回事，不过是老百姓造谣罢了。”王先生说：“县役并非只他一人，而单单给冯大邦造谣，这也是有缘故的。”还是发文书拘捕，冯大邦畏惧而逃走了。这是乾隆庚午、辛未年间的事情，王先生离开河间几年后冯大邦仍没回来。现在不知怎样了。

我的家乡有个崔某，和豪强打官司，虽然有理却不能胜诉。不胜悲愤，几乎要自杀。夜里梦见他父亲说：“人可欺，神就难欺了；人有朋党，神就没有朋党。人间受屈越深，那么今后到地下申冤就越酣畅。今天纵横称意的人，都是十年后业镜台前颤抖着受审的人。我在冥府做司茶吏，看到判官已经把你的事情登记在册了，你何必怨恨愤怒呢！”崔某从此怨恨全消，打官司的事他一句话也不说了。

有个人特别擅长打官司，有一天为人起草诉讼书，打算把很多人都牵扯进去。由于头绪纷繁复杂，一时间理不清楚，想要静静坐着构思。于是告诫家人闭门谢客，让妻子也避到别的屋子里。

妻先与邻子目成，家无隙所，窥伺岁馀，无由一近也，至是乃得间焉。后每搆思，妻辄嘈杂以乱之，必叱使避出，袭为例。邻子乘间而来，亦袭为例，终其身不败。殁后岁馀，妻以私孕为怨家所讦。官鞫外遇之由，乃具吐实。官拊几喟然曰：“此生刀笔巧矣，乌知造物更巧乎！”

必不能断之狱，不必在情理外也；愈在情理中，乃愈不能明。门人吴生冠贤，为安定令时，余自西域从军还，宿其署中。闻有幼女幼男皆十六七岁，并呼冤于舆前。幼男曰：“此我童养之妇。父母亡，欲弃我别嫁。”幼女曰：“我故其胞妹。父母亡，欲占我为妻。”问其姓，犹能记。问其乡里，则父母皆流丐，朝朝转徙，已不记为何处人矣。问同丐者，则曰：“是到此甫数日，即父母并亡，未知其始末。但闻其以兄妹称。然小家童养媳，与夫亦例称兄妹，无以别也。”有老吏请曰：“是事如捉影捕风，杳无实证，又不可以刑求，断合断离，皆难保不误。然断离而误，不过误破婚姻，其失小；断合而误，则误乱人伦，其失大矣。盍断离乎！”推研再四，无可处分，竟从老吏之言。

因忆姚安公官刑部时，织造海保方籍没，官以三步军守其宅。宅凡数百间，夜深风雪，三人坚扃外户，同就暖于邃密寝室中，篝灯共饮。沉醉以后，偶剔灯灭，三人暗中相触击，因而互殴。殴至半夜，各困踣卧。至曙，则一人死焉。其二人一曰戴符，一曰七十五，伤亦深重，幸不死耳。鞫讯时，并云共殴致死，论抵无怨。至是夜昏黑之中，觉有扭者即相扭，

妻子原先早已与邻家子眉目传情，只是因为家里没有隐蔽的地方，等了一年多，也没有机会接近，直到这一天才有了机会。以后他每次构思讼词，妻子就嘈杂干扰，丈夫必定叱骂让她避出去，久而久之，竟沿袭成了惯例。邻家子乘机而来，也沿袭成了惯例，这样一直到他去世，奸情都没有败露。他死后一年多，妻子怀了孕，被仇家揭露告发。官府审问她外遇的来由，她才吐出全部实情。审问官拍案感叹道："此人的诉讼状写得很是巧妙，哪里知道造物主比他更巧妙啊！"

实在难以判决的案件，不一定在情理之外；然而越在情理之中，就越不能分明。门生吴冠贤任安定县令时，我从西域从军回来，住在他的衙署里。听说有少男少女两个人，都是十六七岁，一起在车前大喊冤枉。少男说："她是我的童养媳妇。父母死后，就想抛弃我另嫁。"少女说："我本来是他的亲妹妹。父母死后，他想霸占我为妻。"问他们的姓名，两人还能记起来。问他们的籍贯，则说他们的父母都是到处流浪的乞丐，每天都换地方，已经不记得是哪里的人了。问起与他们一起行乞的人，他们说："他们到这里才几天，父母就都亡故了，因而不知道他们的来历。只听到他们以兄妹相称。但是小家小户的童养媳，和丈夫按惯例也是互称兄妹，实在没法分别。"有个老吏请示说："这种事就像捕风捉影，没有证据，又不能用刑逼供，断合断离都难保不错。但如果是断离判错了，只不过破坏了一桩婚姻，算是小过失；如果是断合判错了，就会乱了人伦，那过失就大了。不如断离吧！"推敲再三，也没更好的办法，竟依从了老吏的建议。

由此回忆起姚安公在刑部任职时，织造官海保的家产被没收入官，官府派了三个军士严守他的房宅。房宅共有几百间，夜深时风雪大作，三人关紧大门，图暖和，就一同在一间幽深的寝室里点着灯喝酒。大醉之后，偶然把灯剔灭了，三人在黑暗中相互碰撞，因而斗殴起来。打到半夜，都被打翻在地。到了早晨天亮，才发现一人死了。另外两个人，一个叫戴符，一个叫七十五，受伤也很重，还好没有死。审讯时，两人都说是互相斗殴时打死的，被判抵命也无怨。至于那夜在黑暗之中，觉得有人扭我就扭对方，

觉有殴者即还殴，不知谁扭我谁殴我，亦不知我所扭为谁所殴为谁；其伤之重轻，与某伤为某殴，非惟二人不能知，即起死者问之，亦断不能知也。既一命不必二抵，任官随意指一人，无不可者。如必研讯为某人，即三木严求，亦不过妄供耳。竟无如之何，相持月馀，会戴符病死，借以结案。姚安公尝曰："此事坐罪起衅者，亦可以成狱。然核其情词，起衅者实不知谁。锻炼而求，更不如随意指也。迄今反复追思，究不得一推鞫法。刑官岂易为哉？"

文安王岳芳言：其乡有女巫，能视鬼。尝至一宦家，私语其仆妇曰："某娘子床前，一女鬼，着惨绿衫，血渍胸臆，颈垂断而不殊，反折其首，倒悬于背后，状甚可怖。殆将病乎？"俄而寒热大作。仆妇以女巫言告，具楮钱酒食送之，顷刻而痊。余尝谓风寒暑暍，皆可作疾，何必定有鬼为祟。一女巫曰："风寒暑暍之疾，其起也以渐而觉，其愈也以渐而减。鬼病则陡然而剧，陡然而止。以此为别，历历不失也。"此言似亦近理。

陈石闾言：有旧家子偕数客观剧九如楼。饮方酣，忽一客中恶仆地。方扶掖灌救，突起坐张目直视。先拊膺痛哭，责其子之冶游；次啮齿握拳，数诸客之诱引。词色俱厉，势若欲相搏噬。其子识是父语声，蒲伏战栗，殆无人色。诸客皆瑟缩潜遁，有踉跄失足破额者。四坐莫不太息。此雍正甲寅事，石闾曾目击之，但不肯道其姓名耳。先师阿文勤公曰：

觉得有人打我就打对方，不知是谁扭了打了我，也不知我扭的是谁、打的是谁；至于受伤轻重以及谁的伤是谁打的，不但这两个人不能知道，就是使死者复生询问，也肯定不能知道。既然一条命不能用两条命来抵偿，那么任凭官员随意判定其中一人有罪，也没有什么不可以的。如果一定要审讯出是某人所为，那么就是颈项手足上都给带上刑具严刑拷打，得到的也不过是假供词。官府竟无可奈何，这么拖延了一个多月，恰巧戴符病死，就借此了结此案。姚安公说："把这件事归罪于最先挑衅的人，也可以结案。但考察当时的情况及其供词，实在不知道挑衅者是谁。如果用刑逼供，还不如随意判决。至今反复考虑，还是没有想出一个审理的方法。刑官难道是容易当的吗？"

文安人王岳芳说：乡里有个女巫能看见鬼。她曾经到过一户官宦人家，悄悄对女仆说："你家娘子床前有一个女鬼，穿着暗绿色衣衫，胸前沾满了血，颈子折了但是没有断，脑袋倒挂在背后，样子非常可怕。大概你家娘子快要生病了吧？"不久，夫人寒热大作。女仆把女巫的话告诉了主人。主人准备了纸钱酒食送鬼，夫人的病就立刻好了。我觉得风寒暑热都可能引发疾病，何必非得说是鬼在作祟呢。一个女巫说："风寒暑热引起的疾病，发病时是渐渐有感觉，病好也是渐渐退去。鬼作祟的病症却是突然发作得很厉害，突然而止的。就用这样的说法去比照着看，一向都不会有错。"似乎也有些道理。

陈石闾说：有个大户人家的儿子陪着几个宾客在九如楼看戏。喝酒喝得正高兴，忽然有个客人发病倒在地上。大家忙着搀扶灌水抢救时，这个客人突然坐了起来，直愣愣地睁大眼睛。先是捶胸痛哭，责骂那个儿子放荡游乐；然后咬牙切齿，握紧拳头，责备宾客们引诱儿子。那副声色俱厉的样子，好像是要跟人打架、要咬人一口。儿子听出是父亲的声音，吓得趴在地上发抖，面无人色。客人们都颤抖着躲的躲逃的逃，有的还踉跄跌倒，摔破了额头。四座的人看了，无不叹息。这是雍正甲寅年的事，陈石闾曾亲眼目睹，只是他不肯说出那个儿子的姓名罢了。先师阿文勤公说：

“人家不通宾客，则子弟不亲士大夫，所见惟妪婢僮奴，有何好样？人家宾客太广，必有淫朋匪友参杂其间，狎昵濡染，贻子弟无穷之害。”数十年来，历历验所见闻，知公言真药石也。

五军塞王生言：有田父夜守枣林，见林外似有人影。疑为盗，密伺之。俄一人自东来，问：“汝立此有何事？”其人曰：“吾就木时，某在旁窃有幸词，衔之二十馀年矣。今渠亦被摄，吾在此待其缧绁过也。”怨毒之于人甚矣哉！

甲与乙有隙，甲妇弗知也。甲死，妇议嫁，乙厚币娶焉。三朝后，共往谒兄嫂，归而迂道至甲墓，对诸耕者馌者拍妇肩呼曰：“某甲，识汝妇否耶？”妇恚，欲触树。众方牵挽，忽旋飚飒然，尘沙眯目，则夫妇已并似失魂矣。扶回后，倏迷倏醒，竟终身不瘥。外祖家老仆张才，其至戚也，亲目睹之。夫以直报怨，圣人弗禁，然已甚则圣人所不为。《素问》曰：“亢则害。”《家语》曰：“满则覆。”乙亢极满极矣，其及也固宜。

僧所诵焰口经，词颇俚，然闻其召魂施食诸梵咒，则实佛所传。余在乌鲁木齐，偶与同人论是事，或然或否。印房官奴白六，故剧盗遣戍者也，卒然曰：“是不诬也。曩遇一大家放焰口，欲伺其匆扰取事，乃无隙可乘。伏卧高楼檐角上，俯见摇铃诵咒时，有黑影无数，高可二三尺，或逾垣入，或由窦入，往来摇漾，凡无人处皆满。迨撒米时，倏聚倏散，倏前倏后，

"如果一个人家不交接宾客，那么子弟就没有机会接近士大夫，见到的只有老妇婢女僮仆家奴，这些人有什么好榜样呢？但是一个人家宾客太多，也肯定会有好色之徒或恶人混杂其间，和他们亲近，受他们影响，会给子弟带来无穷的害处。"几十年来，用我所见所闻来一一验证，知道阿公的话真比得上治病的药。

五军塞王生说：有个农夫夜间看守枣树林，看见林外好像有人影。他疑心是偷枣的，就在暗中监视。不一会儿，从东面走过来一个人，向黑影问道："你站在这里有什么事？"人影说："当年我进棺材时，某人在一旁悄悄说些了幸灾乐祸的话，我已经怀恨二十多年了。今天他的魂也要被冥司拘摄，我在等着看他怎么被捆着绑着经过这里。"怨毒之情对人来说，真是太厉害了！

甲与乙有积怨，甲的妻子不知道。甲死后，甲妻要再嫁，乙用重金把她娶了过来。三天后，夫妻一起去见兄嫂，回来时绕道到甲墓前，乙对着耕地的、送饭的，拍着妻子的肩说："某甲，你还认识你的妻子么？"妻子怨愤，想撞树而死。大家正在拉扯着，忽然旋风突起，尘沙迷眼，乙夫妇俩都像丢了魂一样。扶回来后，他们有时迷糊有时清醒，竟然终身不愈。外祖父家的老仆张才，是他的至亲，亲眼看到了这件事。有理而报冤，圣人不会禁止，但是过分了，圣人就不能容忍。《素问》中说："过分就有害。"《家语》说："太满就翻倒了。"乙过分到极点，怨恨讥讽满到极点，落到这个地步，本来就该这样。

和尚念诵的焰口经，文辞很粗俗，但听说和尚招魂施食的梵咒，确实是佛祖传下来的。我在乌鲁木齐时，偶然和同去的说起此事，有人说是，有人说不是。印房的官奴白六，原先是个大盗，后来被遣送到这里戍边，突然说："这一点儿不假。以前遇见一个大户放焰口，我想趁他们混乱时偷盗，却无机可乘。我趴在高楼的檐角上，俯瞰和尚摇铃念咒的时候，发现有无数黑影，高约二三尺，有的翻墙进来，有的从洞穴钻进来，往来纷乱，凡是没人的地方都挤满了。等到撒米的时候，鬼影忽然聚集，忽然散开，忽然上前，忽然退后，

如环绕攘夺，并仰接俯拾之态，亦仿佛依稀。其色如轻烟，其状略似人形，但不辨五官四体耳。”然则鬼犹求食，不信有之乎？

后汉敦煌太守裴岑破呼衍王碑，在巴里坤海子上关帝祠中，屯军耕垦，得之土中也。其事不见《后汉书》，然文句古奥，字划浑朴，断非后人所依托。以僻在西域，无人摹拓，石刻锋棱犹完整。乾隆庚寅，游击刘存存此是其字，其名偶忘之。武进人也。摹刻一木本，洒火药于上，烧为斑驳，绝似古碑。二本并传于世，赏鉴家率以旧石本为新，新木本为旧。与之辩，傲然弗信也。以同时之物，有目睹之人，而真伪颠倒尚如此，况于千百年外哉！《易》之象数，《诗》之小序，《春秋》之三传，或亲见圣人，或去古未远，经师授受，端绪分明。宋儒曰：“汉以前人皆不知，吾以理知之也。”其类此夫。

康熙十四年，西洋贡狮，馆阁前辈多有赋咏。相传不久即逸去，其行如风，巳刻绝锁，午刻即出嘉峪关。此齐东语也。圣祖南巡，由卫河回銮，尚以船载此狮，先外祖母曹太夫人，曾于度帆楼窗罅窥之，其身如黄犬，尾如虎而稍长，面圆如人，不似他兽之狭削。系船头将军柱上，缚一豕饲之。豕在岸犹号叫，近船即噤不出声，及置狮前，狮俯首一嗅，已怖而死。临解缆时，忽一震吼声，如无数铜钲陡然合击。外祖家厩马十馀，隔垣闻之，皆战栗伏枥下；船去移时，尚不敢动。信其为百兽王矣。狮初至，时吏部侍郎阿公礼稗，画为当代顾、陆，曾橐笔对写一图，笔意精妙。旧藏博晰斋前辈家，阿公手赠其祖者也。后售于余，尝乞一赏鉴家题签。

好像围着争抢，甚至连仰头接米弯腰捡拾的神态，也模模糊糊能辨别出来。他们的颜色如同轻烟，形状略似人形，只是分不清五官和四肢罢了。”可见鬼还是要求食，这能叫人不相信吗？

东汉敦煌太守裴岑的《破呼衍王碑》，在巴里坤湖上游的关帝祠中，是屯军垦荒时，从土中挖到的。《后汉书》没有记载这块碑，但碑上的文辞古奥，书法浑朴，肯定不是后人假冒的。因为是在偏僻的西域，没有人摹拓，石刻的刀痕笔划还完好无损。乾隆庚寅年，游击官刘存存这是他的字，他的名偶尔忘记了。武进人。摹刻了一个木本，将火药洒在上面，烧成斑斑驳驳的痕迹，极像古碑。两个碑文拓本并传于世，鉴赏家大都认为旧石本是新的，认为新木本是旧的。与他们争辩，他们傲然不信。本来是同时代的东西，又有亲眼目睹的人，却还会如此的真伪颠倒，更何况千百年以外的事物呢？《周易》的象数，《诗经》的小序，《春秋》的三传，有的是和圣人同时，有的是离古代不远，师徒授受，头绪很清楚。宋代的理学家却说：“汉代以前的人都不懂，我凭借推理弄懂了。”这跟此事也很相像吧。

康熙十四年，西洋进贡了一头狮子，翰林院的前辈们大多写了词赋咏唱。相传这头狮子不久就逃走了，跑起来像风一样，上午十点多挣开锁链，中午就出了嘉峪关。这只是齐东野语而已。康熙皇帝南巡，由卫河回京，还用船运载过这头狮子，先外祖母曹太夫人当时还在度帆楼窗缝里偷偷看过，狮身像黄犬，狮尾像老虎但稍长，脸圆圆的像人，不像其他兽类那样尖尖长长的。狮子系在船头将军柱上，有人捆了一头猪来喂狮子。猪在河岸时还号叫，靠近船就吓得不出声了，等放到狮子面前，狮子低头一闻，猪已经吓死了。临开船时，狮子忽然一声震吼，犹如无数铜钲猛然合击。外祖家的十多匹厩马隔墙听见，都战栗着伏在槽下，船离开好久还不敢动。这让人相信狮子真的是百兽之王。狮子刚由西洋入京时，绘画技艺号称当代顾、陆的吏部侍郎阿礼稗先生，曾经对狮写生画成一图，笔意十分精妙。这幅图以前收藏于博晰斋前辈家，因为当初阿公亲手赠给了他的祖父。后来卖给了我，我曾经请一位鉴赏家题签。

阿公原未署名，以元代曾有献狮事，遂题曰“元人狮子真形图”。晰斋曰：“少宰丹青，原不在元人下。此赏鉴未为谬也。”

乾隆庚辰，戈芥舟前辈扶乩，其仙自称唐人张紫鸾，将访刘长卿于瀛洲岛，偕游天姥。或叩以事，书一诗曰：“身从异域来，时见瀛洲岛。日落晚风凉，一雁入云杳。”隐示以鸿冥物外，不预人世之是非也。芥舟与论诗，即欣然酬答，以所游名胜《破石崖》、《天姥峰》、《庐山联句》三篇而去。芥舟时修《献县志》，因附录志末。其《破石崖》一篇，前为五言律诗八韵，对偶声韵俱谐；第九韵以下，忽作鲍参军《行路难》、李太白《蜀道难》体。唐三百年诗人无此体裁，殊不入格。其以东、冬、庚、青四韵通押，仿昌黎“此日足可惜”诗，以穿鼻声七韵为一部例，又似稍读古书者。盖略涉文翰之鬼，伪托唐人也。

河城在县东十五里，隋乐寿县故城也。西村民，掘地得一镜，广丈馀，已触碎其半。见者人持一片去，置室中，每夕吐光。凡数家皆然。是亦王度神镜，应月盈亏之类。但残破之馀，尚能如是，更异耳。或疑镜何以如此之大，余谓此必河间王宫殿中物。陆机与弟云书曰：“仁寿殿中有大方镜，广丈馀，过之辄写人影。”是晋代犹沿此制也。

乾隆己卯、庚辰间，献县掘得唐张君平墓志。大中七年明经刘伸撰，字画尚可观，文殊鄙俚。余拓示李廉衣前辈，曰：“公谓古人事事胜今人，此非唐文耶？天下率以名相耀耳。如核其实，善笔札者必称晋，其时亦必有极拙之字；善吟咏者必称唐，其时亦必有极恶之诗。非晋之厮役皆羲、献，

阿公原未署名，鉴赏家因为元代曾经有过献狮的事，于是题为“元人狮子真形图”。博晰斋说：“阿公的丹青技艺，原也不在元人之下。这种赏鉴也不能算错。”

乾隆庚辰年间，戈芥舟前辈扶乩，降坛的仙人自称是唐代的张紫鸾，正要去瀛洲岛找刘长卿，一同去游天姥山。有人卜问一些事，他写了一首诗道：“身从异域来，时见瀛洲岛。日落晚风凉，一雁入云杳。”暗示他是世外的神仙，不愿干预人世间的是非。戈芥舟前辈和他论诗，他随即欣然应答，以他游览过的名胜为题作《破石崖》、《天姥峰》、《庐山联句》三篇而去。戈芥舟前辈当时正在编写献县志，就将这件事附录在县志后面。其中《破石崖》一首，前边为八韵五言律诗，对偶声韵全都和谐；第九韵以下，忽然变成鲍照《行路难》、李白《蜀道难》的诗体。唐代三百年间的诗人都没有这种诗体，实在不入格调。诗里用东、冬、庚、青四韵通押，模仿韩愈的“此日足可惜”一诗，用穿鼻声七韵为一部的例，由此看来，又像是稍稍读过古书的人。大概这是个略微读点儿书写过诗文的鬼，而假冒唐代人。

河城在县城东面十五里，是隋朝乐寿县的旧城。西村的村民挖地时挖到一块镜子，有一丈多宽，已经碎了一半。见到的人都拿了一片回家，放在屋子里，每到夜里都放出光亮。好几家都是这样。这也许像王度写过的神镜，能够与月亮的盈亏相应。但是破损后的碎片还能放光，就更奇异了。有人不明白镜子怎么会这么大，我认为一定是河间王宫中的物品。陆机给他弟弟陆云的信中写道：“仁寿殿中有大方镜，有一丈多宽，经过它前面，能照出人影。”可见晋代还沿用这种规格。

乾隆己卯、庚辰年间，献县挖出了唐代张君平的墓志，是大中七年明经刘伸所撰，书法绘画还颇有品位，文词则很鄙俗。我拓了一本给李廉衣前辈看，说：“先生说古人事事胜今人，这不是唐人的文章吗？天下人大都是以名气相互炫耀罢了。如果从实际看，善书法的人言必称晋，其实当时也肯定有极拙劣的字；善吟诗的人言必称唐，其实当时也肯定有极差的诗。并非晋代的差役走卒都是王羲之、王献之，

唐之屠沽皆李、杜也。西子、东家实为一姓，盗跖、柳下乃是同胞，岂能美则俱美，贤则俱贤耶？赏鉴家得一宋砚，虽滑不受墨，亦宝若球图；得一汉印，虽缪不成文，亦珍逾珠璧。问何所取，曰取其古耳。东坡诗曰：‘嗜好与俗殊酸咸。’斯之谓欤！”

交河老儒刘君琢，名璞，素谨厚，以长者称。在余家设帐二十馀年，从兄懋园坦居，从弟东白羲轮，皆其弟子也。尝自河间岁试归，中途遇雨，借宿民家。主人曰：“家惟有屋两楹，尚可栖止，然素有魅，不知狐与鬼也。君能不畏，则请解装。”不得已宿焉。灭烛以后，承尘上轰轰震响，如怒马奔腾。君琢起着衣冠，长揖仰祝曰：“偃蹇寒儒，偶然宿此，欲祸我耶？我非君仇，欲戏我耶？与君素不狎昵，欲逐我耶？今夜必不能行，明朝亦必不能住，何必多此扰攘耶？”俄闻承尘上似老媪语曰：“客言殊有理，尔辈勿太造次。”闻足音橐橐然，向西北隅去，顷刻寂然矣。君琢尝以告门人曰：“遇意外之横逆，平心静气，或有解时。当时如怒詈之，未必不抛砖掷瓦。”

又刘景南尝僦一寓，迁入之夕，大为狐扰。景南诃之曰：“我自出钱租宅，汝何得鸠占鹊巢？”狐厉声答曰：“使君先居此，我续来争，则曲在我。我居此宅五六十年，谁不知者。君何处不可租宅，而必来共住？是恃气相凌也，我安肯让君？”景南次日遂移去。何励庵先生曰：“君琢所遇之狐，能为理屈；景南所遇之狐，能以理屈人。”先兄晴湖曰：“屈狐易，能屈于狐难。”

也不是唐代的屠夫和酒贩都是李白、杜甫。西施、东施是同姓，柳下跖、柳下惠是同胞，哪里能够说美就所有女子都美，说贤就所有士人都贤呢？鉴赏家得到一方宋砚，虽然光滑不受墨，也看得像美玉一样宝贵；得到一枚汉印，虽然错得不成字形，也把它看得比珠璧还珍贵。问他看中了什么，说是看中它的古老。东坡诗说：'嗜好与俗殊酸咸。'说的就是这种现象吧！"

交河老儒刘君琢，名璞，一向淳谨宽厚，以忠厚长者著称。在我家教书二十多年，堂兄懋园坦居和堂弟东白羲轮，都是他的学生。一次，刘君琢从河间岁试归来，中途遇到大雨，借住在一户百姓家。主人说："家中只有两间空屋可以住宿，可是一向有妖魅，不知是狐是鬼。先生如果不害怕，就请打开行李住进去吧。"刘君琢不得已住了进去。熄灭灯烛以后，听到天花板上"轰轰"震响，如同怒马奔腾。刘君琢起身穿戴好衣帽，仰面对屋顶长揖施礼，祝告说："我是一个困顿的穷书生，偶然路过住在这里，要害我吗？我与君无仇，要戏弄我吗？我与君不熟识，要驱逐我吗？今晚我肯定不能走，明天也必定不会再住，何必多此一举来骚扰呢？"不一会儿，听到天花板上似乎是一个老太太说："客人说得很有道理，你们不要太莽撞。"随后听到一阵"笃笃"的脚步声往西北角过去，很快就寂静无声了。刘君琢曾经告诫学生说："遇到意外险境，平心静气，或许有化解的可能。当时如果破口大骂，未必不会抛砖掷瓦来打我。"

还有，刘景南曾经租借一处住宅，搬进去的当天夜晚，就受到了狐精的大肆骚扰。刘景南呵斥说："我自己出钱租宅，你怎么能占居我的住处呢？"狐精厉声回答说："假设是先生你先来住，我是后到的来争，可以说是我理曲。可是我住在这里已经五六十年，谁不知道。先生哪里不可以租房子住呢，却偏偏要与我一起住？况且，先生既然对我盛气相凌，我怎么可能让你？"第二天刘景南就搬走了。何励庵先生说："刘君琢所遇到的狐精，能被人的道理屈服；刘景南所遇到的狐精，能用道理使人屈服。"先兄晴湖说："能让狐精屈服容易，能被狐精屈服就难了。"

道家有太阴炼形法，葬数百年，期满则复生。此但有是说，未睹斯事。古以水银敛者，尸不朽，则凿然有之。董曲江曰："凡罪应戮尸者，虽葬多年，尸不朽。吕留良焚骨时，开其棺，貌如生，刃之尚有微血。盖鬼神留使伏诛也。某人是曲江之亲族，当时举其字，今忘之矣。时官浙江，奉檄莅其事，亲目击之。然此类皆不为祟。其为祟者曰僵尸。僵尸有二：其一新死未敛者，忽跃起搏人；其一久葬不腐者，变形如魑魅，夜或出游，逢人即攫。或曰：'旱魃即此。'莫能详也。夫人死则形神离矣，谓神不附形，安能有知觉运动？谓神仍附形，是复生矣，何又不为人而为妖？且新死尸厥者，并其父母子女或抱持不释，十指抉入肌骨。使无知，何以能踊跃？使有知，何以一息才绝，即不识其所亲？是殆别有邪物凭之，戾气感之，而非游魂之为变欤！袁子才前辈《新齐谐》载南昌士人行尸夜见其友事，始而祈请，继而感激，继而凄恋，继而忽变形搏噬。谓人之魂善而魄恶，人之魂灵而魄愚。其始来也，一灵不泯，魄附魂以行；其既去也，心事既毕，魂一散而魄滞。魂在则为人也，魂去则非其人也。世之移尸走影，皆魄为之。惟有道之人，为能制魄。"语亦凿凿有精理，然管窥之见，终疑其别有故也。

任子田言：其乡有人夜行，月下见墓道松柏间，有两人并坐。一男子年约十六七，韶秀可爱；一妇人白发垂项，佝偻携杖，似七八十以上人。倚肩笑语，意若甚相悦。窃讶何物淫妪，乃与少年儿狎昵。行稍近，冉冉而灭。次日，

道家有太阴炼形法，埋葬几百年后，到了期限人就复活了。不过只有这种说法，没人见过这种事。古时候用水银收殓死者，尸体不腐烂，则是确有其事。董曲江说："凡是罪大恶极应当戮尸的人，即使埋葬多年，尸体也不腐朽。吕留良的尸骨要被焚烧时，打开他的棺材，他的相貌还像活人一样，用刀砍下去，还微微有血迹。大概是鬼神想保留着他的尸体，让他受刑。某人是董曲江的亲戚，当时说了他的名字，现在忘记了。当时在浙江做官，奉命主办这件事，曾经亲眼见到过。不过这一类尸体都不会作怪。那些作怪的叫作僵尸。僵尸有两种：一种是刚死还没有装殓的，忽然跳起来伤人；一种是埋葬了很长时间还没腐烂的，变成鬼怪的样子，有时夜里出来，遇到人就打斗。有人说：'这就是旱魃。'没人能说明白。一般人死后神与形就分离了，既然神不附在形上，尸体怎么还有知觉能运动？如果说神仍附在形上，这就是复活了，那怎么又不是人而变成妖呢？而且刚死去发生尸变的，不论父母子女都会抱住不放，十个指头都插进人的身体里去。如果说他没有知觉，又怎么能跳跃起来？如果说他有知觉，为什么呼吸刚停就不认亲人呢？这大概是另有邪物驱使、恶气感染，而不是游魂成精变怪吧！袁枚袁子才前辈的《新齐谐》中记载南昌的书生死后尸体行走、夜里见到他朋友的事，书生尸体对朋友起初请求，继而表示感激，继而恋恋不舍，后来忽然变形去扑打撕咬朋友。因此说人的魂善良而魄凶恶，人的魂灵巧而魄愚蠢。人在世上，魂没有泯灭，魄就附在魂上行动；人去世后，心事已了，魂散去而留下了魄。魂在时就是人，魂离去就不是人了。世上的行尸走影，其实都是魄驱使的。只有道德修养达到一定程度，才能制得住魄。这些话的道理确实精妙。不过是管窥之见，我始终认为其中另有原因。

任子田说：他的乡里有一个人走夜路，月下看到墓道的松柏之间有两个人并肩坐着。男子年纪十六七岁，清秀可爱；妇人的白发垂到脖子，驼着背拿着拐杖，看上去在七八十岁以上。他们挨得紧紧的坐着说笑，看上去很亲热。那个人暗自惊讶，哪来的淫荡老太婆，和小伙子这么热乎。他稍稍走近，二人慢慢消失了。第二天，

询是谁家冢，始知某早年夭折，其妇孀守五十馀年，殁而合窆于是也。《诗》曰："穀则异室，死则同穴。"情之至也。《礼》曰："殷人之祔也离之，周人之祔也合之。善夫！"圣人通幽明之礼，故能以人情知鬼神之情也。不近人情，又乌知《礼》意哉！

族侄肇先言：有书生读书僧寺，遇放焰口。见其威仪整肃，指挥号令，若可驱役鬼神。喟然曰："冥司之敬彼教，乃过于儒。"灯影朦胧间，一叟在旁语曰："经纶宇宙，惟赖圣贤，彼仙佛特以神道补所不及耳。故冥司之重圣贤，在仙佛上，然所重者真圣贤。若伪圣伪贤，则阴干天怒，罪亦在伪仙伪佛上。古风淳朴，此类差稀。四五百年以来，累囚日众，已别增一狱矣，盖释道之徒，不过巧陈罪福，诱人施舍。自妖党聚徒谋为不轨外，其伪称我仙我佛者，千万中无一，儒则自命圣贤者，比比皆是。民听可惑，神理难诬。是以生拥皋比，殁沉阿鼻，以其贻害人心，为圣贤所恶故也。"书生骇愕，问："此地府事，公何由知？"一弹指间，已无所睹矣。

甲乙有夙怨，乙日夜谋倾甲。甲知之，乃阴使其党某以他途入乙家，凡为乙谋，皆算无遗策；凡乙有所为，皆以甲财密助其费，费省而功倍。越一两岁，大见信，素所倚任者皆退听。乃乘间说乙曰："甲昔阴调我妇，讳弗敢言，然衔之实次骨。以力弗敌，弗敢婴。闻君亦有仇于甲，故效犬马于门下。所以尽心于君者，固以报知遇，亦为是谋也。今有隙可抵，盍图之。"乙大喜过望，出多金使谋甲。某乃以乙金

他打听是谁家的墓地，这才知道那个年轻人早年夭折，他的妻子守寡五十多年，死后合葬在这里。《诗经》中说：“活着各住各的房，死后同埋一个圹。”这是感情深到极致的话。《礼记》中说：“殷人夫妇合葬，两棺之间有东西隔开；周人夫妇合葬，两棺之间不隔开。这样好啊！”圣人通晓生死之礼，所以能通过人情知晓鬼神之情。不近人情，又怎么能理解《礼记》的意思呢！

我的本家侄子肇先说：有个书生在寺院读书，遇到放焰口。看到仪式威严整肃，僧人指挥号令，好像真能驱使鬼神。书生感叹地说：“阴司敬重佛教，竟然胜过了儒教。”灯影朦胧中，有个老翁在旁边说道：“处理天下大事，只能靠圣贤，那些仙佛只是以神道来补圣贤顾及不到的地方罢了。所以阴司敬重圣贤，在仙佛之上，但所敬重的是真圣贤。如果是伪圣伪贤，就是暗暗触犯天怒，罪过也比伪仙伪佛要重。古代风俗淳朴，这类事很少。近四五百年以来，拘押的犯人一天比一天多，已经另外增加一所地狱了，因为和尚道士之流，不过是花言巧语说祸说福，引诱人施舍。除了妖党聚众、图谋不轨以外，假称我是仙我是佛的人，千万人中没有一个。儒生中自命为圣贤的人，却到处都是。老百姓可能被迷惑，神却难以被骗。因此活着时高坐讲学，死后却沉入阿鼻地狱，都是因为他贻害人心，被圣贤所嫌恶的缘故。”书生大惊，问：“这是地府里的事，你怎么会知道？”弹指之间，已经看不见老翁了。

甲乙二人之间积怨很久了，乙日夜都想害甲。甲知道了，就暗中派他的亲信某人，从其他途径进到了乙家，凡是为乙谋划的事，某人都算计得没有疏漏；凡是乙要干什么，某人都用甲的钱暗中资助，这样，乙没费多少钱而功效倍增。过了一两年，某人得到乙的极端信任，乙平素所倚重的人都排到某人后边了。于是某人趁机对乙说：“甲过去曾经暗中调戏我的妻子，我不敢说，但是恨他恨到刻骨。因为力量敌不过，所以不敢和他斗。听说你和甲也有仇，所以我到你门下效犬马之劳。我尽心尽力为你办事，一方面是报答你的知遇之恩，同时也是为了报复甲。现在有了机会，咱们何不一起对付他。”乙大喜过望，拿出很多钱来让某人谋划陷害甲。某人却用这些钱

为甲行赂，无所不曲到。阱既成，伪造甲恶迹及证佐姓名以报乙，使具牒。比庭鞫，则事皆子虚乌有，证佐亦莫不倒戈，遂一败涂地，坐诬论戍。愤恚甚，以昵某久，平生阴事皆在其手，不敢再举，竟气结死。死时誓诉于地下，然越数十年卒无报。论者谓难端发自乙，甲势不两立，乃铤而走险，不过自救之兵，其罪不在甲。某本为甲反间，各忠其所事，于乙不为负心，亦不能甚加以罪。故鬼神弗理也。此事在康熙末年。《越绝书》载子贡谓越王曰："夫有谋人之心，而使人知之者，危也。"岂不信哉！

里人范鸿禧，与一狐友昵。狐善饮，范亦善饮，约为兄弟，恒相对醉眠。忽久不至，一日遇于秫田中，问："何忽见弃？"狐掉头曰："亲兄弟尚相残，何有于义兄弟耶？"不顾而去。盖范方与弟讼也。杨铁崖《白头吟》曰："买妾千黄金，许身不许心；使君自有妇，夜夜白头吟。"与此狐所见正同。

献县捕役樊长，与其侣捕一剧盗。盗跳免，絷其妇于官店，捕役拷盗之所，谓之官店，实其私居也。其侣拥之调谑，妇畏箠楚，噤不敢动，惟俯首饮泣。已缓结矣，长突见之，怒曰："谁无妇女？谁能保妇女不遭患难落人手？汝敢如是，吾此刻即鸣官。"其侣慑而止。时雍正四年七月十七日戌刻也。长女嫁为农家妇，是夜为盗所劫，已褫衣反缚，垂欲受污，亦为一盗呵而止。实在子刻，中间仅仅隔一亥刻耳。次日，长闻报，仰面视天，舌挢不能下也。

为甲疏通关系，能想到的各个关节都打通了。布置好了圈套，某人就把伪造的甲的恶劣行径和证人姓名告诉了乙，让乙写状子上告。结果在法庭上审问时，所有的罪名都是子虚乌有的事，证人也都不认账，乙一败涂地，因为犯了诬陷罪被判戍边发配。乙又气又恨，但因为和某人长期以来很亲密，平生的隐私都被他掌握着，因此不敢上告，竟然气闷郁结而死。死时发誓要告到地下，可是过了几十年，还是没有报应。人们议论起这事，认为是乙首先发难，甲才与乙势不两立，才铤而走险，这不过是相当于为了自救的兵法，罪过不在甲。某人本来就是为甲实施反间计，忠于职责，对乙也不算负心，也不能把罪名加给某人。所以鬼神也不管这事。这事发生在康熙末年。《越绝书》中记载子贡对越王说："有谋害别人的心思，还让别人知道，这就危险了。"难道不正是如此吗！

家乡人范鸿禧，与一个狐精处得很好。狐友能喝酒，范鸿禧也很能喝，两人相约为兄弟，经常对饮喝醉了睡在一起。忽然狐友很久没来找范鸿禧，一天他们偶尔在高粱地相遇，范鸿禧问狐友："为什么忽然不理我了？"狐友掉转头去说："亲兄弟还手足相残，还有什么情意到我这结义兄弟？"头也不回就走了。原来当时范鸿禧正与弟弟打官司。杨铁崖《白头吟》说："买妾千黄金，许身不许心；使君自有妇，夜夜白头吟。"与这个狐精的见解完全相同。

献县的捕快樊长带人去抓捕一个大盗。大盗逃脱了，于是把他的妻子抓到了官店，这是差人临时拘押盗贼的地方，说是官店，其实还是私人的住房。手下人抱着大盗的妻子想要调戏，她害怕挨打，颤抖着不敢挣扎，只是低头哭泣。她的衣带已被松开了，这时樊长突然看到，生气地训斥道："谁家没有妻女？谁能保证妻女不会遭难落到别人手里？你敢这样，我现在就上告长官。"同伴害怕住了手。当时是雍正四年七月十七日戌刻。樊长的女儿嫁到农家，这天晚上被强盗劫走了，被反绑着剥去了衣服，眼看就要被污辱，也被一个强盗严厉制止了。那件事发生在子刻，中间仅仅隔了亥刻这一段时间。第二天，樊长听到了这个消息，仰面看天，惊讶得舌头翘起来收不回去。

裘文达公赐第，在宣武门内石虎衚衕。文达之前，为右翼宗学。宗学之前，为吴额驸府。吴额驸之前，为前明大学士周延儒第。阅年既久，又案窗闳深，故不免时有变怪，然不为人害也。厅事西小屋两楹，曰好春轩，为文达燕见宾客地。北壁一门，又横通小屋两楹。僮仆夜宿其中，睡后多为魅昇出。不知是鬼是狐，故无敢下榻其中者。琴师钱生独不畏，亦竟无他异。钱面有癞风，状极老丑。蒋春农戏曰："是尊容更胜于鬼，鬼怖而逃耳。"一日，键户外出，归而几上得一雨缨帽，制作绝佳，新如未试。互相传视，莫不骇笑。由此知是狐非鬼，然无敢取者。钱生曰："老病龙钟，多逢厌贱。自司空以外，文达公时为工部尚书。怜念者曾不数人，我冠诚敝，此狐哀我贫也。"欣然取着，狐亦不复摄去。其果赠钱生耶？赠钱生者又何意耶？斯真不可解矣。

尝与杜少司寇凝台同宿南石槽，闻两家轿夫相语曰："昨日怪事：我表兄朱某在海淀为人守墓，因入城未返，其妻独宿。闻园中树下有斗声，破窗纸窃窥，见二人攘臂奋击，一老翁举杖隔之，不能止。俄相搏仆地，并现形为狐，跳踉摆拨，触老翁亦仆。老翁蹶起，一手按一狐呼曰：'逆子不孝！朱五嫂可助我！'朱伏不敢出，老翁顿足曰：'当诉诸土神。'恨恨而散。次夜，闻满园银铛声，似有所搜捕。觉几上瓦瓶似微动，怪而视之，瓶中小语曰：'乞勿言，当报恩。'朱怒曰：'父母恩且不肯报，何有于我！'与瓶掷门外碑趺上，砉然而碎，即闻嗷嗷有声，意其就执矣。"一轿夫曰："斗触父母倒是何大事，

皇上赐给裘文达公的宅第，在宣武门内的石虎胡同。文达公宅第的前身，是右翼宗学。宗学之前，是吴驸马的府第。吴驸马作府第之前，是明朝大学士周延儒的府第。因为年代久远，又宏丽幽深，所以难免常常有鬼怪，但是不害人。厅堂西侧有两间小屋，名为“好春轩”，是文达公会见宾客的地方。北墙开了一道门，又横着通往另两间小屋。僮仆夜里睡在这屋内，睡着后都被妖怪抬出来。但不知是鬼还是狐，因此没有人再敢到里面去睡觉。只有琴师钱生不怕，也从来没遇到什么怪异。钱生脸上有白癜风，样子又老又丑。蒋春农向他开玩笑说：“这是因为尊容更胜于鬼，所以鬼被吓跑了。”一天，钱生锁了房门外出，回来时桌上多了一顶雨缨帽，制作精美，而且崭新的像是没戴过。大家互相传看，无不又惊又笑。因此知道这屋里住的是狐而不是鬼，但是没人敢拿这顶帽子。钱生说：“我老病龙钟，总是遭到嫌弃鄙视。除司空外，文达公当时为工部尚书。同情我的还没有几个人。我的帽子确实破旧，这个狐是同情我太穷了。”高高兴兴取来戴上，狐也不再拿回去。帽子真的是送给钱生的吗？又为什么要送给钱生呢？这真无法解释。

我曾经与刑部侍郎杜凝台一道住在南石槽，听两家轿夫闲谈说：“昨天出了件怪事：我的表兄朱某在海淀给人看守坟墓，因为进城没有来得及回去，表嫂独自宿在坟园。夜间，听到园里的树下有打斗的声音，她抠破窗纸悄悄往外看，见两人拳来脚去打得正来劲儿，一个老翁举着拐杖隔开两人，还是制止不了。不一会儿，两人扭打着倒在地上，一起现形为狐，跳跃相扑，把老翁也撞倒了。老翁挣扎着爬起来，一手按住一只狐叫道：‘逆子不孝！朱五嫂快出来帮我一把！’表嫂躲在屋里没敢出去，老翁跺着脚说：‘我要到土地神那里告你们。’都恨恨地散去了。第二天夜里，又听见满园子锒铛的响声，好像是在搜捕。朱五嫂忽然觉得几案上的瓦瓶好像微微一动，觉得奇怪，就去察看，听见瓶里低声细语地说：‘请别声张，日后我当报恩。’朱五嫂气愤地说：‘父母的恩都不肯报，报恩还能报到我！’连瓦瓶一起向门外的碑座上扔过去，瓦瓶‘嘭’地碎了，就听到了‘嗷嗷’的叫声，好像是瓶里的东西被捉住了。”另一个轿夫说：“打架撞倒父母算什么了不得的大事，

乃至为土神捕捉？殊可怖也。”凝台顾余笑曰：“非轿夫不能作此言。”

里有张媪，自云尝为走无常，今告免矣。昔到阴府，曾问冥吏：“事佛有益否？”吏曰：“佛只是劝人为善，为善自受福，非佛降福也。若供养求佛降福，则廉吏尚不受赂，曾佛受赂乎？”又问：“忏悔有益否？”吏曰：“忏悔须勇猛精进，力补前愆。今人忏悔，只是自首求免罪，又安有益耶？”此语非巫者所肯言。似有所受之。

竟至于被土地神捕捉？真是太可怕了。”杜凝台回过头来对我笑着说：“不是轿夫说不出这样的话。”

乡里有个张老妇人，说自己曾经是走无常，如今不干了。过去到阴府，曾经问冥吏：“拜佛有没有好处？”冥吏说：“佛只是劝人做善事，做善事自然有福，并不是佛降福。如果说供养求佛就能降福，那么清廉的官吏尚且不受贿赂，佛怎么会接受贿赂呢？”她又问：“忏悔有没有益处？”冥吏说：“忏悔必须勇于上进，努力补救以前犯下的罪过。现在人的忏悔，只是首先要求免罪，这又怎么能有益处呢？”这些话不是巫师肯说出来的。好像是受人教导这么说的。

卷十一　槐西杂志一

余再掌乌台，每有法司会谳事，故寓直西苑之日多。借得袁氏婿数楹，榜曰“槐西老屋”。公馀退食，辄憩息其间。距城数十里，自僚属白事外，宾客殊稀。昼长多暇，晏坐而已。旧有《滦阳消夏录》、《如是我闻》二书，为书肆所刊刻。缘是友朋聚集，多以异闻相告。因置一册于是地，遇轮直则忆而杂书之，非轮直之日则已。其不能尽忆则亦已。岁月骎寻，不觉又得四卷，孙树馨录为一帙，题曰《槐西杂志》，其体例则犹之前二书耳。自今以往，或竟懒而辍笔欤，则以为《挥麈》之三录可也；或老不能闲，又有所缀欤，则以为《夷坚》之丙志亦可也。壬子六月，观弈道人识。

《隋书》载兰陵公主死殉后夫，登于《列女传》之首。颇乖史法，祖君彦《檄隋文》称兰陵公主逼幸告终。盖欲甚炀帝之恶，当以史文为正。沧州医者张作霖言，其乡有少妇，夫死未周岁辄嫁。越两岁，后夫又死，乃誓不再适，竟守志终身。尝问一邻妇病，邻妇忽瞋目作其前夫语曰：“尔甘为某守，不为我守何也？”

我再次担任了御史台这个官职，经常遇到一些案件要在官署研究审理，所以我住在西苑的时间多一些。后来，又借了袁家女婿家的几间屋子，匾额题为“槐西老屋”。工作结束后，我就到老屋里吃饭、休息。这里离京城有几十里地，除了所属官员到这里回禀公事以外，其他宾客就很少了。夏日，白天很长，有很多富裕时间，我经常静悄悄坐着消磨时光。我过去写的《滦阳消夏录》和《如是我闻》二书，已经被书店刊印成册。因此亲朋好友聚到一起时，常常将一些异闻轶事告诉我。所以，就在这里放了一个记事本，每当轮到值班住下的时候，就回忆大家谈论过的事情信笔记录下来，如果不值班，就暂时搁笔。有些事情回忆不起来，也就算了。岁月过得很快，不知不觉又写了四卷，孙子树馨抄录成一册，书名叫作《槐西杂志》，这册书的体例与前两册大体相同。从今以后，也许会因为懒惰而停笔，所写的内容，就像《挥麈录》之三记载的内容那样直录也行；有时候又觉得虽然年迈但不能闲散，于是又提笔写了一些，认为就像《夷坚志》的丙志那样也行。乾隆壬子年六月，观弈道人记。

《隋书》记载兰陵公主自杀为后夫殉葬，所以《列女传》把她列在第一篇。这种把野史当成正史记载的做法与传统史学相违背，祖君彦《檄隋文》说兰陵公主逼淫地位比自己低的男人而告终。这种说法大概是想夸大隋炀帝的恶行，还是应当以正史记载为正。沧州有位名叫张作霖的医生说，乡里有个少妇，丈夫死了不到一年就嫁人了。过了两年，后夫又死了，她就赌咒发誓不再改嫁，竟然守了一辈子。有一天她去看望邻居生病的女人，那个女人忽然瞪起眼睛，用少妇前夫的声调呵叱道：“你怎么甘心为后夫守节，竟不为我守？”

少妇毅然对曰："尔不以结发视我，三年曾无一肝鬲语，我安得为尔守！彼不以再醮轻我，两载之中，恩深义重，我安得不为彼守！尔不自反，乃敢咎人耶？"鬼竟语塞而退。

此与兰陵公主事相类。盖亦豫让"众人遇我，众人报之；国士遇我，国士报之"之意也。然五伦之中，惟朋友以义合。不计较报施，厚道也；即计较报施，犹直道也。兄弟天属，已不可言报施；况君臣父子夫妇，义属三纲哉。渔洋山人作《豫让桥》诗曰："国士桥边水，千年恨不穷；如闻柱厉叔，死报莒敖公。"自谓可以敦薄，斯言允矣。然柱厉叔以不见知而放逐，乃挺身死难，以愧人君不知其臣者，事见刘向《说苑》。是犹怨怼之意；特与君较是非，非为君捍社稷也。其事可风，其言则未协乎义。或记载者之失乎？

江宁王金英，字菊庄，余壬午分校所取士也。喜为诗，才力稍弱，然秀削不俗，颇近宋末四灵。尝画艺菊小照，余戏仿其体格题之，有"以菊为名字，随花入画图"句，菊庄大喜。则所尚可知矣。撰有诗话数卷，尚未成书，霜凋夏绿，其稿不知流落何所。犹记其中一条云：江宁一废宅，壁上微有字迹。拂尘谛视，乃绝句五首。其一曰："新绿渐长残红稀，美人清泪沾罗衣。蝴蝶不管春归否，只趁菜花黄处飞。"其二曰："六朝燕子年年来，朱雀桥圮花不开。未须惆怅问王谢，刘郎一去何曾回？"其三曰："荒池废馆芳草多，踏青年少时行歌。谯楼鼓动人去后，回风袅袅吹女萝。"其四曰："土花漠漠围颓垣，

她语气坚定地回答：“你不把我当作结发妻子，在一起生活了三年，你却从来没有跟我说过一句贴心的话，我凭什么为你守节！后夫不嫌我是二婚，两年之中，夫妻恩爱，情深义重，我怎么能不为他守节呢？你不扪心自问，还敢来责怪我？”鬼魂被问得无话可说，退走了。

这个故事跟兰陵公主用死来殉后夫的故事差不多。这也是豫让所说的“你以普通人待我，我也像普通人一样地对待你；你把我当作一国之中最优秀的人，我就以优秀来回报你”意思。不过，在五常之中，只有朋友是以义相交的。朋友之间不讲报答，这就是厚道；就是讲求报答，也说得过去。兄弟之间的关系是天然的，不能谈报答；更何况君与臣、父与子、夫与妇在三纲之内。渔洋山人写了一首诗《豫让桥》说：“国士桥边水，千年恨不穷；如闻柱厉叔，死报莒敖公。”他认为豫让的事迹可以敦睦浇薄的世风，这种说法是对的。然而，柱厉叔因为不被国君了解而被放逐，依然挺身死难，足以使不了解臣子的君主惭愧，事见刘向《说苑》。他的这种行动仍然包含着不满和怨恨；只是为了与君王计较是非，而不是为了捍卫江山社稷。他的事迹可以传说，但他的话却不合乎教义。也许这是记叙者的过失吧？

江宁人王金英，字菊庄，是乾隆壬午年间我任同考官时录取的举人。他喜欢作诗，但才气稍弱，不过诗风清秀挺拔，不落俗套，与南宋的永嘉四灵很相近。他曾经画过一幅莳弄菊花的画像，我有意模仿他的诗风在画上题辞，其中有“以菊为名字，随花入画图”的句子，王金英很高兴。由此，他的爱好就可想而知了。他写过几卷诗话，还没有成书，不幸早早逝世，现在书稿不知流落到何方了。我还记得其中有一条说：江宁有一间废弃的住宅，墙壁上隐约有字迹。扫去灰尘，仔细辨认，原来是五首绝句。第一首：“新绿渐长残红稀，美人清泪沾罗衣。蝴蝶不管春归否，只趁菜花黄处飞。”第二首：“六朝燕子年年来，朱雀桥圯花不开。未须惆怅问王谢，刘郎一去何曾回。”第三首：“荒池废馆芳草多，踏青年少时行歌。谯楼鼓动人去后，回风袅袅吹女萝。”第四首：“土花漠漠围颓垣，

中有桃叶桃根魂。夜深踏遍阶下月，可怜罗袜终无痕。”其五曰：“清明处处啼黄鹂，春风不上枯柳枝。惟应夹爬双石兽，记汝曾挂黄金丝。”字极怪伟，不著姓名，不知为人语鬼语。余谓此福王破灭以后前明故老之词也。

董秋原言：昔为钜野学官时，有门役典守节孝祠，即携家居祠侧。一日秋祀，门役夜起洒扫，其妻犹寝。梦中见妇女数十辈，联袂入祠。心知神降，亦不恐怖。忽见所识二贫媪亦在其中，再三审视，真不谬。怪问：“其未邀旌表，何亦同来？”一媪答曰：“人世旌表，岂能遍及穷乡蔀屋？湮没不彰者，在在有之。鬼神愍其荼苦，虽祠不设位，亦招之来飨。或藏瑕匿垢，冒滥馨香，虽位设祠中，反不容入。故我二人得至此也。”此事颇创闻，然揆以神理，似当如是。

又，献县礼房吏魏某，临终喃喃自语曰：“吾处闲曹，自谓未尝作恶业；不虞贫妇请旌，索其常例，冥谪如是其重也。”二事足相发明。信忠孝节义，感天地动鬼神矣！

族叔行止言：有农家妇，与小姑并端丽。月夜纳凉，共睡檐下。突见赤发青面鬼，自牛栏后出，旋舞跳掷，若将搏噬。时男子皆外出守场圃，姑嫂悸不敢语。鬼一一攫搦强污之，方跃上短墙，忽噭然失声，倒投于地。见其久不动，乃敢呼人。邻里趋视，则墙内一鬼，乃里中恶少某，已昏仆不知人事；墙外一鬼屹然立，则社公祠中土偶也。父老谓社公有灵，议至晓报赛。一少年哑然曰：“某甲恒五鼓出担粪，吾戏抱神祠鬼卒置路侧，使骇走，以博一笑；不虞遇此伪鬼，

中有桃叶桃根魂。夜深踏遍阶下月，可怜罗袜终无痕。”第五首：“清明处处啼黄鹂，春风不上枯柳枝。惟应夹戺双石兽，记汝曾挂黄金丝。”字迹雄健怪异，没有写上作者姓名，不知道是人的诗还是鬼的诗。我认为这是福王被歼灭之后，明朝遗老写的。

董秋原说：以前他做钜野学官时，有个门役主管节孝祠，也就带着家眷住在节孝祠旁。时值秋祀的一天，门役深夜起身洒扫祠堂，门役妻子还在睡觉。她梦见有几十批妇女，拉着手进入了节孝祠。心里明白是神降临了，也没有害怕。忽然看见她所认识的两个家境贫穷的老妇也在其中，再三辨认，确实没错。她奇怪地问：“你们生前没有受到表彰，怎么也一起来了？”一个贫家婆说：“人世间的表彰，哪能遍及穷乡僻壤、顾及破草棚里的人呢？湮没不闻的，到处都有。神明同情她们含辛茹苦，虽然祠里没有设位，也招来享受祭祀。有的人隐瞒做过的丑事，冒充贞妇，虽然牌位在祠堂里有位置，反倒不允许进入。因此我们俩今天能够到这里来。”这件事真是闻所未闻，不过按神的道理推测，似乎应该如此。

又，献县礼房吏魏某，临终时喃喃自语说：“我当个闲差，自认为没干什么坏事；贫家妇请求表彰时，我按照常规索要经手费用，想不到阴间的惩罚竟然会这样严重。”这两件事可以相互参照印证。相信忠孝节义，真的可以感天地动鬼神的啊！

我的本家叔叔行止说：有一户农家，姑嫂两个都长得端庄秀丽。两人月夜乘凉，睡在屋檐下。突然看见一个红发青面鬼，从牛栏后窜出来，旋转蹦跳着，好像要吃人。当时，男人们都去看守谷场和瓜果园了，姑嫂二人吓得什么都不敢说。红发青面鬼把两人摁着一一奸污了，之后鬼刚跳上短墙，却忽然“嗷”地一声怪叫，头朝下摔了下来。姑嫂俩见鬼倒在地上好久不动，才敢大声叫人。左邻右舍纷纷赶来察看，原来墙里躺着的鬼是本村的恶少某某，已经昏迷不省人事；墙外有一个鬼巍然挺立，原来是土地庙里的泥像。父老乡亲议论说是土地爷显灵，商量着天亮了要去祭祀。一个年轻人哑然失笑说：“某甲每天都是五更天起身去挑粪，我把土地庙里的小鬼抱到这儿放在路边，想吓得他逃走，看他的笑话；不料让这个假鬼撞上，

误为真鬼惊蹭也。社公何灵哉！”中一老叟曰：“某甲日日担粪，尔何他日不戏之而此日戏之也？戏之术亦多矣，尔何忽抱此土偶也？土偶何地不可置，尔何独置此家墙外也？此其间神实凭之，尔自不知耳。”乃共醵金以祀。其恶少为父母舁去，困卧数日，竟不复苏。

山西太谷县西南十五里白城村，有糊涂神祠，土人奉事之甚严。云稍不敬，辄致风雹。然不知神何代人，亦不知何以得此号。后检《通志》，乃知为狐突祠，元中统三年敕建，本名利应狐突神庙。狐、糊同音，北人读入声皆似平，故“突”转为“涂”也。是又一杜十姨矣。

石中物象，往往有之。姜绍书《韵石轩笔记》言见一石子，作太极图。是犹纹理旋螺，偶分黑白也。颜介子尝见一英德砚山，上有白脉，作“山高月小”四字，炳然分明；其脉直透石背，尚依稀似字之反面，但模糊散漫，不具点画波磔耳。谛视，非嵌非雕，亦非渍染，真天成也。不更异哉！夫山与地俱有，石与山俱有，岂开辟以来，即预知有程邈隶书欤？即预知有东坡《赤壁赋》欤？即曰山孕此石，在宋以后，又谁使仿此字？谁使题此语欤？然则天工之巧，无所不有，精华蟠结，自成文章，非常理所可测矣。

世传河图、洛书，出于北宋，唐以前所未见也。河图作黑白圈五十五，洛书作黑白圈四十五。考孔安国《论语注》，称河图即八卦。孔安国《论语注》今已不传，此条乃何晏《论语集解》

以为是真鬼给吓趴下了。土地爷显什么灵！”有位老者说：“某甲天天挑粪，你为什么别的时候不吓唬他，唯独今天才去吓唬他？开玩笑的方法多得很，为什么忽然抱来这尊泥像来？这尊泥像放在哪里不行，为什么偏偏放在这家人的墙外？这里边一定有鬼神支使啊，你自己不知道罢了。”于是大家凑了些钱，祭祀了一番。那个恶少被他的父母抬回家去，昏迷了几天，竟然再没醒过来。

山西太谷县西南十五里的白城村，有一座糊涂神祠，当地人对这位糊涂神敬奉极为虔诚。传说稍有不敬，就会遭受大风冰雹的灾祸。然而不知这位糊涂神是哪一代人，也不知为什么得了这个名号。后来查阅《通志》，才知道是“狐突祠”，是元朝中统三年奉皇帝之旨建造的，本名“利应狐突神庙”。“狐”与“糊”同音，当地人读入声和平声相似，所以“突”也就成了“涂”。这也是另一个“杜十姨”式的笑话了。

石头中有事物的图像，这种情况常常能够见到。姜绍书《韵石轩笔记》中说，见过一块石头，上面有太极图的纹样。这还是石头纹理呈螺旋形，偶然分为黑白两色而已。颜介子曾经见过一块英德产的石砚，上面有白色纹理，呈现为“山高月小”四个字，笔画分明；白色纹路一直透入石砚背后，隐隐约约还像字的反面，只是模糊不清，点折撇捺不很分明而已。仔细地察看，这几个字并非镶嵌也非雕刻，更不是染上去的，真是天然生成。这不是更奇异吗！山岭和大地是共存的，石头与山岭也是共存的，难道是开天辟地的时候，就预先知道有程邈的隶书吗？就预先知道有苏东坡的《赤壁赋》吗？即使是说山岭孕育这块石砚，时代是在宋以后，那么又是谁模仿了程邈的隶书？又是谁题了苏东坡《赤壁赋》中的字句？但是天然物象的巧妙，确实是无所不有，精华汇集，自成文章，不是常理所能解释的。

世间流传的河图洛书，出现在北宋，唐以前没有出现过。河图上有黑白圆圈五十五个，洛书上有黑白圆圈四十五个。据孔安国《论语注》说，河图就是八卦。孔安国《论语注》已经失传，这里引用的是何晏《论语集解》

所引。是孔氏之门，本无此五十五点之图矣，陈抟何自而得之？至洛书既谓之书，当有文字，乃亦四十五圈，与河图相同，是宜称洛图不得称书。《系辞》又何以别之曰书乎？刘向、刘歆、班固并称洛书有文，孔颖达《尚书正义》并详载其字数。《洪范》“初一曰五行”一章疏曰，《五行志》全载此一章，云此六十五皆洛书本文。计天言简要，必无次第之数。“初一曰”等二十七字，是禹加之也；“其敬用农用”等一十八字，大刘及顾氏以为龟背先有总三十八字，小刘以为“敬用”等皆禹所第叙，其龟文惟有二十字云云。虽所说字数不同，而足见由汉至唐，洛书无黑白点伪图也。观此砚山，知石纹成字，凿然不诬，未可执卢辩晚出之说。明堂九室法龟文，始见北齐卢辩《大戴礼注》。朱子以为郑康成说，偶误记也，遂以太乙九宫真为神禹所受也。今术家所用洛书，乃太乙行九宫法，出于《易纬·乾凿度》，即《汉书·艺文志》所谓太乙家，当时原不称为洛书也。

表兄刘香畹言：昔官闽中，闻有少妇素幽静，殁葬山麓。每月明之夕，辄遥见其魂，反接缚树上，渐近则无睹。莫喻其故也。余曰：“此有所示也：人莫喻其受谴之故，而必使人见其受谴，示人所不知，鬼神知之也。”

陈太常枫崖言：一童子年十四五，每睡辄作呻吟声，疑其病也。问之，云无有。既而时作呓语，呼之不醒。其语颇了了，谛听皆媟狎之词，其呻吟亦受淫声也。然问之终不言。知为魅，牒于社公。夜梦社公曰：“魅诚有之，非吾力所能制也。”乃牒于城隍。越一宿，城隍祠中泥塑控马卒无故首自陨，始悟社公所谓力不能制也。然一驺耳，未必城隍之所爱；

一书中曾引用过的条目。这么说，孔氏之门本来没有这种五十五点的河图，陈抟又从何处得到呢？至于洛书，既然叫做书，应当有文字，却也是四十五个圈，和河图相同，这应该称为洛图，不能称为洛书。《系辞》又怎能偏偏称为书呢？刘向、刘歆、班固等人都说洛书有文字，孔颖达《尚书正义》还详细地记载了洛书的字数。《洪范》“初一曰五行”一章的注疏说，《五行志》全文记载了这一章，说这六十五字都是洛书本来的文字。估计上天的言语简单扼要，一定没有次序的数目。“初一曰”等二十七字，是大禹加上去的；“其敬用农用”等十八字，大刘和顾氏认为龟背先有，共三十八字，小刘认为“敬用”等话都是大禹所解释的，龟文只有二十字。虽然说的字数不同，但完全可以看出，从汉代至唐代，洛书没有黑白点的伪图形。看到这个石砚，知道石头的纹理形成文字，是确凿可信的，不能偏信卢辩晚出的说法。明堂九室法龟文，首先出于北齐卢辨的《大戴礼注》。朱子以为是郑康成的说法，是偶然记错了。就以为太乙九宫真是大禹神所传授的。现在的术士所用的洛书，是太乙行九宫法，出于《易纬·乾凿度》，也就是《汉书·艺文志》所说的太乙家，当时本来就不叫洛书。

表兄刘香畹说：以前在福建做官时，听说有位少妇，一向幽雅安静，死后埋葬在山脚下。每到月亮好的夜晚，就会远远看见她的鬼魂被反绑在树上，走近了就什么也看不见了。没有人明白其中的缘故。我说：“这就是有所显示：人不知道她受惩罚的缘故，却必定要让人看见她受惩罚，表明人不知道的隐迹，鬼神是知道的。”

太常寺卿陈枫崖说：有个男孩子，大约十四五岁，每当熟睡就发出呻吟的声音，家里人都疑心他病了。问他，他说没有。后来，男孩又在睡觉时说起了梦话，叫也叫不醒他。梦话说得很清楚，仔细一听，尽是些淫亵的话，他的呻吟声，也是受到奸亵的声音。然而问起来他始终不说。家里人断定是妖魅作怪，就到土地庙里告状。这天夜里土地爷托梦说：“鬼魅确实有，但不是我的能耐可以制服的。”于是男孩家长又告到城隍庙。过了一夜，城隍庙里泥塑的牵马卒的脑袋无缘无故地掉了下来。人们这才意识到土地爷说的“制服不了”的缘由。不过一个小小的牵马卒罢了，也不见得就是城隍钟爱的；

即城隍之所爱，神正直而聪明，亦必不以所爱之故，曲法庇一骀。牒一陈而伏冥诛，城隍之心事昭然矣。彼社公者乃揣摩顾畏，隐忍而不敢言，其视城隍何如也！城隍之视此社公，又何如也！

赵太守书三言：有夜遇狐女者，近前挑之，忽不见。俄飞瓦击落其帽。次日睡起，见窗纸细书一诗，曰："深院满枝花，只应蝴蝶采。喓喓草下虫，尔有蓬蒿在。"语殊轻薄，然风致楚楚，宜其不爱纨袴儿。

田白岩言：尝与诸友扶乩，其仙自称真山民，宋末隐君子也。按，山民有诗集，今著录《四库全书》中。倡和方洽，外报某客某客来，乩忽不动。他日复降，众叩昨遽去之故。乩判曰："此二君者，其一世故太深，酬酢太熟，相见必有谀词数百句。云水散人，拙于应对，不如避之为佳。其一心思太密，礼数太明，其与人语恒字字推敲，责备无已。闲云野鹤，岂能耐此苛求，故逋逃尤恐不速耳！"后先姚安公闻之，曰："此仙究狷介之士，器量未宏。"

从兄懋园言：乾隆丙辰乡试，坐秋字号中。续一人入号，号军问姓名籍贯，拱手致贺曰："昨梦女子持杏花一枝插号舍上，告我曰：'明日某县某人至，为言杏花在此也。'君名姓籍贯适符，岂非佳兆哉！"其人愕然失色，竟不解考具，称疾而出。乡人有知其事者曰："此生有小婢名杏花，逼乱之而终弃之。竟流落不知所终，意其赍恨以殁矣。"

即使是城隍喜欢的，以神灵的正直和聪明而言，也不会因为自己喜欢就枉法庇护一个牵马卒。状子一呈上去，牵马卒立刻被阴间处死，城隍怎么想的也就很明白了。那个土地爷却揣摩别人，畏畏缩缩，不敢说真话，他把城隍看成什么了呢！城隍又会怎样看这个土地神呢！

太守赵书三说：有个人晚上遇见狐女，就上前去挑逗，狐女忽然不见了。不一会儿飞来了一片瓦，打落了那个人的帽子。第二天早上起床后，他发现窗户纸上小字写了一首诗："深院满枝花，只应蝴蝶采。喓喓草下虫，尔有蓬蒿在。"语气非常蔑视鄙薄，不过风流别致楚楚动人，难怪她不爱那个纨绔子弟。

田白岩说：曾经和朋友们一起扶乩，请来的乩仙自称真山民，是宋代末年的隐士。按，山民有诗集，现今著录在《四库全书》中。大家互相唱和，谈兴正浓时，外面传报，说有某某、某某两位客人来了，乩马上就停下不动了。后来扶乩时，真山民又降临了，大家问他那天突然离开的原因，乩仙在沙盘上写乩语说："那两个人，一个太世故，应酬太熟练，一见面必定有几百句阿谀奉承的话。我是个看山观水懒散的人，不善于应酬，不如躲开为好。另一个心思太细致，礼数太苛刻，他和别人说话，常常一字一句地推敲，没完没了责备。我一个闲云野鹤般的人，怎么受得了这种苛求，逃避还担心来不及呢！"后来，先父姚安公听说这件事，说："这个乩仙毕竟是拘束谨慎洁身自好的读书人，气量太小。"

堂兄懋园说：乾隆丙辰年乡试，他坐在秋字号舍。接着有一人进号舍，守号舍的军士问了他的姓名籍贯，拱手祝贺说："昨天晚上我梦见一个女子，手拿一枝杏花，插在号舍上，并告诉我说：'明天某县某人来，请你转告他，就说杏花在这里了。'您的姓名籍贯恰巧与她说的相符，难道不是吉兆么！"这人一听，大惊失色，连随身带来的考试文具都没放下来，就推说有病出去了。有个了解这人的同乡说："这个书生有个小婢女名叫杏花，被他强行奸污之后，又遗弃了。后来杏花流落他乡，不知到哪里去了，这样看来是早已经抱恨身亡了。"

从孙树森言：晋人有以赀产托其弟而行商于外者。客中纳妇，生一子。越十馀年，妇病卒，乃携子归。弟恐其索还赀产也，诬其子抱养异姓，不得承父业。纠纷不决，竟鸣于官。官故愦愦，不牒其商所问真赝，而依古法滴血试。幸血相合，乃笞逐其弟。弟殊不信滴血事，自有一子，刺血验之，果不合。遂执以上诉，谓县令所断不足据。乡人恶其贪媢无人理，佥曰：“其妇夙与某私昵，子非其子，血宜不合。”众口分明，具有征验，卒证实奸状。拘妇所欢鞫之，亦俯首引伏。弟愧不自容，竟出妇逐子，窜身逃去，赀产反尽归其兄。闻者快之。

按，陈业滴血，见《汝南先贤传》，则自汉已有此说。然余闻诸老吏曰：“骨肉滴血必相合，论其常也。或冬月以器置冰雪上，冻使极冷；或夏月以盐醋拭器，使有酸咸之味，则所滴之血，入器即凝，虽至亲亦不合。故滴血不足成信谳。”然此令不刺血，则商之弟不上诉，商之弟不上诉，则其妇之野合生子亦无从而败。此殆若或使之，未可全咎此令之泥古矣。

都察院蟒，余载于《滦阳消夏录》中，尝两见其蟠迹，非乌有子虚也。吏役畏之，无敢至库深处者。壬子二月，奉旨修院署。余启库检视，乃一无所睹。知帝命所临，百灵慑伏矣。院长舒穆噜公因言内阁学士札公祖墓亦有巨蟒，恒遥见其出入曝鳞，

侄孙纪树森说：山西有个人把家产都托付给弟弟，自己出外经商去了。他旅居外乡时娶了妻子，生了个儿子。过了十多年，妻子病逝了，这个做生意的哥哥带着儿子回到老家。他弟弟担心他讨还资产，就造谣说哥哥带回来的孩子是抱养的，不能继承父亲的家产。兄弟俩为此闹得不可开交，后来告到了官府。县令一贯昏庸，他没有仔细审问哥哥外出经商一应事由的真假，而是按照古代的滴血法来验证。幸好父子的血相合，县令就把商人的弟弟打了一顿，赶走了。商人的弟弟不相信滴血的事，他也有一个儿子，就刺血相验，果然他与儿子的血不相合。于是，就以此作为证据，说县令的判断不足为凭。乡里人都厌恶他贪婪嫉妒没有人性，都向官府作证说："他妻子以前跟别人相好，那个儿子根本不是他的，因此血应当不合。"众口一辞说得很明白，又有证据，奸情确凿。拘来他妻子的相好一审，对方也低头认罪。商人的弟弟羞愧无地自容，竟然休了妻子赶走了儿子，自己也弃家外逃，连他的那份家产也一同归了他的哥哥。听说此事的人无不称快。

据考，陈业滴血辨认兄长骸骨的故事，见于《汝南先贤传》，可见从汉朝以来就有用滴血辨认血缘关系的说法。然而我听一个老吏说："亲骨肉的血必能相互融合，这是说一般情况。如果在冬天把验血的容器放在冰雪上，把它冻得极冷；或者在夏天用盐醋擦拭容器，让容器有酸咸的味道，那么滴的血一接触容器，就会马上凝结，即使是骨肉至亲的血也不会相合。所以用滴血验亲法断案，并不能断得完全正确。"但是这位县官如果不使用滴血法，那么商人的弟弟就不会上诉，商人的弟弟不上诉，他妻子跟别人私通并生了孩子的事就不会败露。也许有什么神秘的原因驱使，不能完全责备这个县令拘泥于古法。

都察院蟒蛇的事，我在《滦阳消夏录》中记载过，我曾经两次见到它蟠踞的痕迹，并不是凭空虚构的。衙署的差役害怕蟒蛇，没有人敢走到库房深处去。壬子年二月，我奉旨维修都察院房屋。亲自打开仓库检查，却什么都没有看到。大概是皇帝命令所到的地方，各种生灵都摄于威严躲藏起来了。院长舒穆噜公说，内阁学士札公的祖坟墓地也有巨蟒，经常远远看到它出来晒太阳，

墓前两槐树，相距数丈，首尾各挂于一树，其身如彩虹横亘也。后葬母卜圹，适当其地，祭而祝之，果率其族类千百蜿蜒去，葬毕，乃归。去时其行如风，然渐行渐缩，乃至长仅数尺。盖能大能小，已具神龙之技矣。乃悟都察院蟒，其围如柱，而能出入窗棂中，隙才寸许，亦犹是也。

是月，与汪蕉雪副宪同在山西马观察家，遇内务府一官。言西十库贮硫黄处亦有二蟒，皆首矗一角，鳞甲作金色。将启钥，必先鸣钲。其最异者，每一启钥，必见硫黄堆户内，磊磊如假山，足供取用，取尽复然。意其不欲人入库，人亦莫敢入也。或曰即守库之神，理或然欤！《山海经》载诸山之神，蛇身鸟首，种种异状，不必定作人形也。

先兄晴湖言：有王震升者，暮年丧爱子，痛不欲生。一夜偶过其墓，徘徊凄恋，不能去。忽见其子独坐陇头，急趋就之。鬼亦不避。然欲握其手，辄引退。与之语，神意索漠，似不欲闻。怪问其故，鬼哂曰："父子宿缘也，缘尽，则尔为尔我为我矣，何必更相问讯哉！"掉头竟去。震升自此痛念顿消。客或曰："使西河能知此义，当不丧明。"先兄曰："此孝子至情，作此变幻，以绝其父之悲思，如郗超密札之意耳，非正理也。使人存此见，父子兄弟夫妇，均视如萍水之相逢，不日趋于薄哉！"

某公纳一姬，姿采秀艳，言笑亦婉媚，善得人意。然独坐则凝然若有思。习见亦不讶也。一日，称有疾，键户昼卧。

墓前有两棵槐树，相距几丈远，大蟒蛇的头和尾各挂在一棵树上，蛇身像彩虹一般横挂空中。后来札公安葬母亲时，占卜选定的墓地刚好在那个地方，于是祭祀祈祷，大蟒蛇果然带着成千上百的蛇蜿蜒离去，等他母亲葬礼结束，蟒蛇才回来。大蟒蛇游动时，快得像风一样。不过一边游动，一边缩小，最后缩到只有几尺长。看起来蟒蛇能大能小，大概已经有神龙的技能了。于是醒悟到都察院的蟒蛇，粗得像柱子一样，却能在窗棂间出出进进，窗棂缝隙只有一寸来宽，这条蟒蛇大概也是有神龙的技能啊。

还是壬子年二月，我与副宪汪蕉雪在山西马观察家，遇到内务府的一位官员。据这位官员说，内务府西十库中藏硫黄的地方，也有两条蟒蛇，头上都竖着一只角，全身布满金色的鳞片。为了安全，开库取硫黄时，一定先敲打铜钲。最稀奇的是，每次开库，一定见到门内硫黄堆积得像假山，足够取用，用完了又堆得高高的。料想它是不要人进入库房，所以人也不敢随便进去。有人说这就是守库之神，从道理上说，也许是吧！《山海经》中记载的许多山神，或蛇身，或鸟首，形状怪异，不必一定像人的样子。

先兄晴湖说：王震升晚年失去爱子，痛不欲生。一天夜里他偶尔路过儿子的坟墓，徘徊留恋不忍离去。忽然看见儿子独自坐在田陇尽头，急忙跑过去靠近儿子。鬼也不避他。他想握儿子的手，鬼却后退。他和儿子说话，儿子却非常冷漠，似乎不想听。他感到奇怪，问怎是么回事，鬼冷笑道："父子之情，不过是过去的缘分，如今缘分已尽，你是你，我是我，又何必寒暄问来问去呢！"说完掉头就走了。王震升思念儿子的悲痛心情从此一下子消散了。有个门客说："如果西河的子夏能明白这个道理，也不会失明了。"晴湖说："这是孝子的至情，以这样的变幻，断绝父亲对他的悲痛思念之情，这与郗超把密信交给父亲的用意一样，但这不是常理。如果每人心中都存有这个念头，那么父子、兄弟、夫妻之间的情谊都被看作萍水相逢，人情不是越来越淡薄了吗！"

某公纳了个妾，不但姿貌秀丽，言谈举止也温婉妩媚，十分善解人意。可是，每当她独自静坐时，就会凝神发呆，若有所思。某公看惯了，也不惊讶。一天，她自称有病，大白天关起门来说是要睡觉。

某公穴窗纸窥之，则涂脂傅粉，钗钏衫裙，一一整饬，然后陈设酒果，若有所祀者。排闼入问，姬蹙然敛衽跪曰："妾故某翰林之宠婢也。翰林将殁，度夫人必不相容，虑或鬻入青楼，乃先遣出。临别，切切私嘱曰：'汝嫁我不恨，嫁而得所我更慰。惟逢我忌日，汝必于密室靓妆私祭我。我魂若来，以香烟绕汝为验也。'"某公曰："徐铉不负李后主，宋主弗罪也。吾何妨听汝。"姬再拜炷香，泪落入俎。烟果袅袅然三绕其颊，渐蜿蜒绕至足。温庭筠《达摩支曲》曰："捣麝成尘香不灭，拗莲作寸丝难绝。"此之谓欤！虽琵琶别抱，已负旧恩，然身去而心留，不犹愈于同床各梦哉。

交河一节妇建坊，亲串毕集。有表姊妹自幼相谑者，戏问曰："汝今白首完贞矣，不知此四十馀年中，花朝月夕，曾一动心否乎？"节妇曰："人非草木，岂得无情？但觉礼不可逾，义不可负，能自制不行耳。"一日，清明祭扫毕，忽似昏眩，喃喃作呓语。扶掖归，至夜乃苏。顾其子曰："顷恍惚见汝父。言不久相迎，且劳慰甚至，言人世所为，鬼神无不知也。幸我平生无瑕玷，否则黄泉会晤，以何面目相对哉！"越半载，果卒。此王孝廉梅序所言。梅序论之曰："佛戒意恶，是划除根本工夫，非上流人不能也。常人胶胶扰扰，何念不生？但有所畏而不敢为，抑亦贤矣。此妇子孙，颇讳此语。余亦不敢举其氏族。

某公抠破窗纸悄悄往里面看，见她涂脂敷粉，戴好钗钏，穿上盛装，浑身上下一一精心打扮妥当，然后陈设酒果，似乎是要祭祀什么人。某公推门而入，盘问她要干什么，她神色悲哀整了整衣襟跪在地上说："妾身原来是某位翰林最宠爱的丫鬟。翰林临终前，揣度自己死后夫人必定不容我，担心我会被卖入青楼，就提前安排我出了府门。临别时，他情意恳切悄悄嘱咐我说：'你嫁人我不遗憾，嫁得其所我更欣慰。只是希望每逢我的忌日，你一定要在密室中靓妆悄悄祭祀我。我的灵魂如果前来，就以香烟缠绕在你的周围作为验证。'"某公说："徐铉最后不背叛李后主，宋朝的君王都没有怪罪他。我何妨听任你。"妾拜了两拜又焚香拜祀，泪水纷纷落到了供桌上。果然，袅袅香烟围着她的面颊绕了三周，并逐渐蜿蜒向下，一直缠绕到双脚。温庭筠的《达摩支曲》说："捣麝成尘香不灭，拗莲作寸丝难绝。"描写的就是这种情况啊！虽然这女子再嫁，已经辜负了亡夫的旧恩，但是，身体虽然离去，感情长久保留，这不比同床异梦的夫妻强得多嘛。

交河县一位守节的寡妇建了牌坊，亲戚们都来了。有个表姐妹从小就喜欢和她闹着玩，开玩笑地说："如今你是守节到白头，不知在这四十多年里，面对晨花夕月，曾经动过心吗？"节妇回答："人不是草木，哪能没有感情？但我觉得不能越礼，不能负义，因此能够克制自己、不干违背礼义的事罢了。"有一天，清明祭扫完坟墓，这位节妇忽然感到眩晕，喃喃地说起胡话来。人们将她搀扶回家，到了夜里才清醒过来。她对儿子说："刚才恍惚看见了你父亲。他说不久就要来接我，还道辛苦，说了很多安慰我的话，说人世间的所作所为，鬼神没有不知道的。幸好我这一生没干什么见不得人的事，不然，在九泉之下有何脸面与他相见！"过了半年，她果然去世了。这是举人王梅序对我说的。王梅序评论说："佛教要人戒除意念中的恶，这是铲除邪恶的根本功夫，不是品行高尚的人就做不到这一点。普通人各种各样的事情交叉缠绕，什么念头没有？只因有所畏惧就不敢乱来，也就是贤德之人了。这个节妇的子孙，很忌讳别人说节妇讲过的话，所以我也不敢说出他们的姓名和家族。

然其言光明磊落，如白日青天，所谓皎然不自欺也，又何必讳之！”

姚安公监督南新仓时，一厫后壁，无故圮。掘之，得死鼠近一石，其巨者形几如猫。盖鼠穴壁下，滋生日众，其穴亦日廓，廓至壁下全空，力不任而覆压也。公同事福公海曰：“方其坏人之屋，以广己之宅，殆忘其宅之托于屋也耶？”余谓李林甫、杨国忠辈尚不明此理，于鼠乎何尤！

先曾祖润生公，尝于襄阳见一僧，本惠登相之幕客也。述流寇事颇悉，相与叹劫数难移。僧曰：“以我言之，劫数人所为，非天所为也。明之末年，杀戮淫掠之惨，黄巢流血三千里，不足道矣。由其中叶以后，官吏率贪虐，绅士率暴横，民俗亦率奸盗诈伪，无所不至。是以下伏怨毒，上干神怒，积百年冤愤之气，而发之一朝。以我所见闻，其受祸最酷者，皆其稔恶最甚者也。是可曰天数耶？昔在贼中，见其缚一世家子，跪于帐前，而拥其妻妾饮酒，问：‘敢怒乎？’曰：‘不敢。’问：‘愿受役乎？’曰：‘愿。’则释缚使行酒于侧。观者或太息不忍。一老翁陷贼者曰：‘吾今乃始知因果。是其祖尝调仆妇，仆有违言，箠而缚之槐，使旁观与妇卧也。即是一端，可类推矣。”座有豪者曰：“巨鱼吞细鱼，鸷鸟搏群鸟，神弗怒也，何独于人而怒之？”僧掉头曰：“彼鱼鸟耳，人鱼鸟也耶？”豪者拂衣起。明日，邀客游所寓寺，欲挫辱之。已打包去，

但是她的话光明磊落，如同白日青天，正所谓纯洁高尚，毫不隐藏，又何必忌讳呢！”

我的父亲姚安公任南新仓监督时，一个仓库的后墙无故倒塌了。挖开来一看，发现的死鼠将近一担，大的几乎有猫那样大。这大概是因为老鼠长期在墙下打洞，繁殖得越来越多，洞也越打越大，以至于这堵墙下全被掏空了，粮仓承受不了，终于倒塌了。先父的同事福海公说："老鼠破坏别人房屋，扩大自己的洞穴时，可能忘了自己的洞穴是依赖房屋而存在的吧？”我认为，李林甫、杨国忠之流尚且不明白这番道理，又怎么能苛求老鼠呢！

我的曾祖父润生公，曾经在襄阳遇见一个僧人，本来是惠登相幕下的僚属。说到流寇的事，他讲述得相当详细，大家都一起感叹劫数难逃。僧人说："按我的看法，劫数是人自己造成的，并非上天所为。明朝末年，杀人奸淫抢掠的残酷程度，连黄巢那时所谓的杀人流血三千里，都不能相比。原因是明朝中叶以后，官吏都贪污枉法，地主富豪都残暴横行，社会风气也是奸诈偷窃欺骗成风，无所不至。所以下面百姓蕴积着怨恨，上面引起天神的愤怒，百年来积下的冤枉怨愤的怒气，一下子爆发。以我的所见所闻，受到灾祸最残酷的人，都是作恶最多的人。这能说是天命吗？那时我在流寇的据点里，看到他们绑住一个贵族官僚的公子，要他跪在军营帐篷前面，他们抱着他的妻子姬妾饮酒，问这个公子：'你敢生气吗？'公子说：'不敢。'又问：'你愿意做奴才吗？'答说：'愿意。'于是给公子松绑，叫他在旁边斟酒侍候。看到这些的，有人感叹，觉得于心不忍。有个被困在流寇营里的老人说：'我今天才明白因果报应了。'原来这个公子的祖父曾经调戏仆人的老婆，仆人发牢骚，被主人打了一顿，绑在槐树上，让他在旁边看着主人和仆人老婆睡觉。就从这一件事，可以类推其他的事情了。”在座的一个富豪说："大鱼吃小鱼，老鹰抓群鸟，神灵都不发怒，你为什么只是谴责人呢？”僧人转过头去说："那些是鱼类、鸟类，人难道是鱼是鸟吗？”富豪生气地站起来就走了。第二天，这个富豪找了人，冲到僧人借住的寺院，想羞辱僧人一番。谁知僧人已经带着行李离开了，

壁上大书二十字曰："尔亦不必言，我亦不必说，楼下寂无人，楼上有明月。"疑刺豪者之阴事也。后豪者卒覆其宗。

有郎官覆舟于卫河，一姬溺焉。求得其尸，两掌各握粟一匊，咸以为怪。河干一叟曰："是不足怪也。凡沉于水者，上视暗而下视明，惊惶瞀乱，必反从明处求出，手皆掊土。故检验溺人，以十指甲有泥无泥别生投死弃也。此先有运粟之舟沉于水底，粟尚未腐，故掊之盈手耳。"此论可谓入微，惟上暗下明之故，则不能言其所以然。按，张衡《灵宪》曰："日譬犹火，月譬犹水。火则外光，水则含景。"又刘邵《人物志》曰："火日外照，不能内见；金水内映，不能外光。"然则上暗下明，固水之本性矣。

程念伦，名思孝，乾隆癸酉、甲戌间，来游京师，弈称国手。如皋冒祥珠曰："是与我皆第二手，时无第一手，遽自雄耳。"一日，门人吴惠叔等扶乩，问："仙善弈否？"判曰："能。"问："肯与凡人对局否？"判曰："可。"时念伦寓余家，因使共弈。凡弈谱，以子记数。象戏谱，以路记数。与乩仙弈，则以象戏法行之。如纵第九路横第三路下子，则判曰："九三。"馀皆仿此。初下数子，念伦茫然不解，以为仙机莫测也，深恐败名，凝思冥索，至背汗手颤，始敢应一子，意犹惴惴。稍久，似觉无他异，乃放手攻击。乩仙竟全局覆没，满室哗然。乩忽大书曰："吾本幽魂，暂来游戏，托名张三丰耳。因粗解弈，故尔率答。不虞此君之见困，吾今逝矣。"惠叔慨然曰："长安道上，

只见墙上写了二十个大字："尔亦不必言，我亦不必说。楼下寂无人，楼上有明月。"大家疑心这是讽刺富豪暗中干的坏事。后来，这个富豪终于被灭了族。

有一艘郎中的船在卫河上翻了，他的一个侍姬溺水而死。把她的尸体打捞上来，发现她的两只手都攥着一把谷子，人们都觉得很奇怪。河岸上的一个老人说："这一点儿也不奇怪。凡是沉到水里的人，往上看黑暗，往下看明亮，惊恐慌乱之中，只想往亮的地方逃生，所以淹死的人都攥着两把泥。所以，检验水里的尸体，就看十个指甲里有没有污泥来分别是自己投水还是死后弃尸水中。这儿原先沉了一艘运粮船，谷子还没有完全腐烂，所以死者就攥了满满两把。"这一番分析可以说细致入微。只是上暗下明这一说法，还不能说出个所以然来。据考证，张衡在《灵宪》篇中说："太阳好比是火，月亮好比是水。火向外发射光芒，水则往内收纳景物。"刘邵在《人物志》一文中说："火焰、太阳向外发光，不能见到内部；金属和水，向内反映事物，不能向外发光。"那么，上面黑暗，下面明亮，原是水的本性了。

程念伦，名思孝，乾隆癸酉、甲戌年间，来到京城游历，他的棋艺，堪称国手。如皋人冒祥珠说："他和我都是二流棋手，因为当时没有一流高手，所以就称雄一时罢了。"一天，我的学生吴惠叔等人扶乩招仙，众人问："仙人善于对弈吗？"乩仙说："能。"又问："肯与凡人对下一局吗？"乩仙说："可以。"当时程念伦住在我家，就让他与乩仙下棋。凡是棋谱，都以子数来计算。模仿下棋的记谱，则以路计数。和乩仙下棋，就以路计数进行。例如在纵第九路横第三路下子，乩仙就说："九三。"其馀都是这样下法。刚下几个子，程念伦茫然不解，以为仙机莫测，唯恐失败坏了自己的名声，凝思苦想，汗流浃背，手发着颤，好半天才敢应落一子，落子后还惴惴不安。时间稍微一长，似乎觉得乩仙并无高深技能，于是放手攻击。乩仙竟然全局覆灭，满室哗然。乩仙忽然大字写道："我本来是个幽魂，偶尔来玩玩，假冒张三丰的名字而已。棋艺我只是懂点儿皮毛，随便答应和你下棋。想不到这位先生杀败了我，我现在告辞了！"吴惠叔感叹地说："京城里面，

鬼亦诳人。”余戏曰：“一败即吐实，犹是长安道上钝鬼也。”

景州申谦居先生，讳诩，姚安公癸巳同年也。天性和易，平生未尝有忤色，而孤高特立，一介不取，有古狷者风。衣必缊袍，食必粗粝。偶门人馈祭肉，持至市中易豆腐，曰：“非好苟异，实食之不惯也。”尝从河间岁试归，使童子控一驴。童子行倦，则使骑而自控之。薄暮遇雨，投宿破神祠中。祠止一楹，中无一物，而地下芜秽不可坐。乃摘板扉一扇，横卧户前。夜半睡醒，闻祠中小声曰：“欲出避公，公当户不得出。”先生曰：“尔自在户内，我自在户外，两不相害，何必避？”久之，又小声曰：“男女有别，公宜放我出。”先生曰：“户内户外即是别，出反无别。”转身酣睡。至晓，有村民见之，骇曰：“此中有狐，尝出媚少年人，入祠辄被瓦砾击。公何晏然也？”后偶与姚安公语及，掀髯笑曰：“乃有狐欲媚申谦居，亦大异事。”姚安公戏曰：“狐虽媚尽天下人，亦断不到君。当是诡状奇形，狐所未睹，不知是何怪物，故惊怖欲逃耳。”可想见先生之为人矣。

董曲江前辈言：乾隆丁卯乡试，寓济南一僧寺。梦至一处，见老树下破屋一间，欹斜欲圮。一女子靓妆坐户内，红愁绿惨，摧抑可怜。疑误入人内室，止不敢进。女子忽向之遥拜，泪涔涔沾衣袂，然终无一言。心悸而悟。越数夕，梦复然，女子颜色益戚，叩额至百馀。欲逼问之，倏又醒。疑不能明，

连鬼也会骗人！”我开玩笑说：“棋输了马上讲老实话，还是京城里的钝鬼啊。”

景州人申谦居先生，名诩，是与我父亲姚安公同在康熙癸巳年中的举人。申先生天性温和，平生没有发过脾气，但是他孤高自赏，一尘不染，大有独善其身的古君子之风。论穿，一定是粗麻袍子，论吃，一定是粗茶淡饭。偶尔他的学生把祭祀用过的肉送给他，他却把肉拿到市上去换豆腐，他说：“不是我喜欢与众不同，实在是吃不惯这些东西。”一次他从河间参加岁试归来，叫小童牵着驴。小童走累了，他就让小童骑驴，自己牵着走。天色将晚，又下起雨来，他们只好到一所破庙投宿。这座破庙只有一间房子，屋里什么也没有，地面上污秽不堪，连坐都没法坐。他摘下一扇门板，横躺在门前。半夜醒来，他听到庙里有人轻声说：“我想出去回避您，可您在门口挡着，出不去。”申先生说：“你在屋里，我在屋外，互不影响，何必回避呢。”待了一会儿，又听到屋里小声说：“男女有别，还请您放我出去。”申先生说：“一个在屋里，一个在屋外，已经是男女有别了，出来反而不方便。”翻个身又接着酣睡。天亮后，村民发现申先生睡在这儿，吃惊地说：“这儿有狐精，经常出来迷惑年轻人，进庙就会遭到砖头瓦片袭击。您怎么会平安无事呢？”后来他偶然和姚安公谈起这件事，笑得胡子都翘了起来，道：“狐仙要迷惑我申谦居，可是一件大奇闻。”姚安公开玩笑说：“狐精即便媚遍了天下人，也轮不到你申谦居。您这副诡状奇形，狐仙恐怕没有见过，弄不清你到底是什么怪物，所以被吓得想要逃跑了。”由此可见申谦居先生的为人了。

前辈董曲江说：乾隆丁卯年准备参加乡试，借住在济南一所寺院里。做梦到了一个地方，看到一棵大树下有间破屋子，歪歪斜斜，快要倒塌的样子。屋子里坐着一个打扮得漂漂亮亮的女子，愁眉苦脸，面色黯淡，悲伤困顿的样子十分可怜。他怀疑错进了别人家的内室，就站住不敢进去。那个女子忽然远远地向董曲江行礼，眼泪沾湿了衣襟，但始终不讲一句话。董曲江心里发慌，梦就醒了。过了几夜，又做同样的梦，那个女子的神色更加悲伤，磕头竟然磕到一百多次。想靠近去问她，突然梦又醒了。这个疑团一直解不开，

以告同寓，亦莫解。一日，散步寺园，见庑下有故柩，已将朽。忽仰视其树，则宛然梦中所见也。询之寺僧，云是某官爱妾，寄停于是，约来迎取。至今数十年，寂无音问。又不敢移瘗，旁皇无计者久矣。曲江豁然心悟。故与历城令相善，乃醵金市地半亩，告于官而迁葬焉。用知亡人以入土为安，停阁非幽灵所愿也。

朱青雷言：高西园尝梦一客来谒，名刺为司马相如。惊怪而寤，莫悟何祥。越数日，无意得司马相如一玉印。古泽斑驳，篆法精妙，真昆吾刀刻也。恒佩之不去身，非至亲昵者不能一见。官盐场时，德州卢丈雅雨为两淮运使，闻有是印，燕见时偶索观之。西园离席半跪，正色启曰："凤翰一生结客，所有皆可与朋友共，其不可共者惟二物。此印及山妻也。"卢丈笑遣之曰："谁夺尔物者，何痴乃尔耶！"西园画品绝高，晚得末疾，右臂偏枯，乃以左臂挥毫。虽生硬倔强，乃弥有别趣。诗格亦脱洒，虽托迹微官，蹉跎以殁，在近时士大夫间，犹能追前辈风流也。

杨铁崖词章奇丽，虽被文妖之目，不损其名。惟鞋杯一事，猥亵淫秽，可谓不韵之极，而见诸赋咏，传为佳话。后来狂诞少年，竞相依仿，以为名士风流，殊不可解。闻一巨室，中元家祭，方举酒置案上，忽一杯声如爆竹，剨然中裂，莫解何故。久而知数日前其子邀妓，以此杯效铁崖故事也。

告诉同住的人，也都解释不了。有一天，他在寺院的园林里散步，看见廊屋下面停放着一具旧棺材，快要朽烂掉了。忽然间，抬头看到那棵大树，就跟梦中见到的一模一样。向寺院僧人询问，说是这棺材里是某某官员的爱妾，停放在这里，约好以后来运走。从停放到现在，已经几十年了，一点儿音讯都没有。又不敢送去安葬，想来想去没有办法，已经很长久了。董曲江一下子明白过来。他本来和历城县令是朋友，于是就凑银子买了半亩坟地，禀告过县官，把棺材迁葬了。从这件事知道，死人以入土为安，棺材长期停放，并不是幽灵的愿望。

朱青雷说：高西园曾梦见一位客人来拜访他，名片上写的是“司马相如”。他惊奇地醒来，不知道预示什么。几天以后，高西园无意之中得到一枚司马相如的玉印。玉印古色古香，包浆斑驳，篆刻极为精妙，真是昆吾刀刻的。高西园常佩带着不离身，除非是至亲好友，谁也不让看。他在盐场任职时，德州的卢雅雨老先生任两淮盐运使，听说他有这方玉印，宴席间偶然向他索要观看。高西园离席半跪着严肃地说：“凤翰我一生结交了很多朋友，我所有的东西都可以跟朋友共享，唯有两样东西不可共享。一是这枚玉印，再就是我的妻子。”卢老先生笑着赶他说：“谁想抢你的东西？怎么痴心到这个样子！”高西园的画艺极高，晚年得了偏瘫，右臂残废，就用左臂挥笔作画。画出的画看起来生硬不流畅，却别有一番风趣。他的诗风格也洒脱，虽然他官职低微，终因坎坷潦倒而亡，但是在现在的读书人当中，也称得上是具有前辈才气的人了。

杨铁崖的诗词文章奇妙绚丽，虽然被人看作文妖，但并不损害名声。只有将酒杯放在妓女鞋子里行酒这件事，猥亵淫秽，可以说是不雅到了极点，却被人吟诗作赋赞叹，传为美谈。后来，那些放荡的年轻人竞相模仿，认为这是名士的风流逸事，真是太不可理解了。听说有家富豪，中元节祭祀祖先，刚把斟满酒的杯子放在供桌上，忽然有一只杯子声如爆竹，砉地从中间裂开，没有人能够解释其中的缘故。时间一久，才知道祭祀的前几天，这家富豪的公子招妓饮酒，曾经模仿杨铁崖的行为，用过这只酒杯。

太常寺仙蝶、国子监瑞柏，仰邀圣藻，人尽知之。翰林院金槐，数人合抱，瘿磊砢如假山，人亦或知之。礼部寿草，则人不尽知也。此草春开红花，缀如火齐，秋结实如珠。《群芳谱》、《野菜谱》皆未之载，不知其名。或曰：“即田塍公道老。”此草种两家田塍上，用识界限。犁不及则一茎不旁生，犁稍侵之；即蔓延不止，反过所侵之数。故得此名。余谛审之，叶作锯齿，略相似，花则不似，其说非也。在穿堂之北，治事处阶前甬道之西。相传生自国初，岁久渐成藤本。今则分为二岐，枝格杈桠，挺然老木矣。曹地山先生名之曰“长春草”。余官礼部尚书时，作木栏护之。门人陈太守渼，时官员外，使为之图。盖酝化湛深，和气涵育，虽一草一虫，亦各遂其生若此也。礼部又有连理槐，在斋戒处南荣下。邹小山先生官侍郎，尝绘图题诗，今尚贮库中。然特大小二槐相并而生，枝干互相缠抱耳，非真连理也。

道家言祈禳，佛家言忏悔，儒家则言修德以胜妖。二氏治其末，儒者治其本也。族祖雷阳公畜数羊，一羊忽人立而舞。众以为不祥，将杀羊。雷阳公曰：“羊何能舞，有凭之者也。石言于晋，《左传》之义明矣。祸已成欤，杀羊何益？祸未成而鬼神以是警余也，修德而已。岂在杀羊？”自是一言一动，如对圣贤。后以顺治乙酉拔贡，戊子中副榜，终于通判，讫无纤芥之祸。

太常寺的仙蝶、国子监的瑞柏，有幸得到皇上的题咏，无人不知。翰林院的金槐，好几个人才能抱过来，树身上木瘤累累像假山，也有人知道。但礼部衙门的寿草，却很少有人知道。寿草春天开红花，像聚集连结的红宝石一般；秋天结果，像珠子一样。《群芳谱》、《野菜谱》中都没有关于寿草的记载，不知道它的名称。有人说："这就是叫田塍公道老的那种草。"这种草种在两家的田界，用来识别界限。犁田时如果不碰到它，那就一点儿旁枝也不长；如果犁稍微碰到一点儿，旁枝就会蔓延生长，盖过多占的田界。所以得到"公道老"的名称。我仔细观察这种草，叶子呈锯齿形，和"田塍公道老"大体相像，它的花却不像，所以我认为上述说法不对。这种寿草生长在礼部衙门的穿堂以北、办事处台阶前甬道以西的地方。相传草生长于开国之初，天长日久，渐渐长成藤科植物。如今它分成两枝，枝杈繁茂，挺拔直立简直成了一棵老树。曹地山先生把它称为"长春草"。我担任礼部尚书的时候，曾经叫人做了木栏杆加以保护。我的学生陈渼太守，当时任礼部员外郎，我还请他画了一幅图画。这是因为教化深厚，天地祥和之气滋生孕育，即便是一草一虫，也都这么生机勃勃。礼部还有一棵连理槐，在斋戒处的南边屋檐下。邹小山先生任礼部侍郎的时候，曾经为这棵连理槐画了一幅图，并在图上题了诗。这幅画如今还保存在府库里。这不过是大小两棵槐树挨近了生长，枝干互相缠抱而已，并不是真正的枝杈相连的连理。

道家主张以祈福消灾，佛家主张以忏悔赎过，儒家则主张以修养品德来战胜邪魔。道家、佛家是治标，只有儒家才是治本。本家祖父雷阳公养了几只羊，有一只羊忽然像人那样站立起来跳舞。人们都以为不吉利，主张把这只羊杀掉。雷阳公说："羊怎么能跳舞呢，一定是有什么灵物依凭着它。晋地魏榆的石头自言自语，《左传》已经解释得很清楚了。如果灾祸已经形成，杀掉这只羊有什么好处？如果灾祸没有形成，那就是鬼神对我提出的警告，我只有加深道德修养，怎么能只是杀羊呢？"从此以后，雷阳公的一举一动都像是面对圣贤。后来，他在顺治乙酉年成为拔贡生，戊子年会试考中副榜，最终官至通判，一直太平无事。

三从兄晓东言：雍正丁未会试归，见一丐妇，口生于项上，饮啜如常人。其人妖也耶？余曰："此偶感异气耳，非妖也。骈拇枝指，亦异于众，可曰妖乎哉？余所见有豕两身一首者，有牛背生一足者。又于闻家庙社会见一人，右手掌大如箕，指大如椎，而左手则如常。日以右手操笔鬻字画。使谈谶纬者见之，必曰此豕祸，此牛祸，此人痾也，是将兆某患；或曰，是为某事之应。然余所见诸异，讫毫无征验也。故余于汉儒之学，最不信《春秋》阴阳、《洪范》五行传；于宋儒之学，最不信河图洛书、《皇极经世》。"

房师孙端人先生，文章淹雅，而性嗜酒。醉后所作，与醒时无异。馆阁诸公，以为斗酒百篇之亚也。督学云南时，月夜独饮竹丛下，恍惚见一人注视壶盏，状若朵颐。心知鬼物，亦不恐怖，但以手按盏曰："今日酒无多，不能相让。"其人瑟缩而隐。醒而悔之，曰："能来猎酒，定非俗鬼。肯向我猎酒，视我亦不薄。奈何辜其相访意！"市佳酿三巨碗，夜以小几陈竹间。次日视之，酒如故。叹曰："此公非但风雅，兼亦狷介。稍与相戏，便涓滴不尝。"幕客或曰："鬼神但歆其气，岂能真饮？"先生慨然曰："然则饮酒宜及未为鬼时，勿将来徒歆其气。"先生侄渔珊，在福建学幕，为余述之。觉魏晋诸贤，去人不远也。

堂兄晓东三哥说：雍正丁未年会试回来，看见一个讨饭妇人，嘴巴生在脖子上，吃喝却和常人一样。这是个人妖吗？我说："这是偶然间感受到奇怪的精气而已，并非妖怪。有人两个脚趾头连生，手长出六个手指，也不同于正常人，难道可以叫他妖怪吗？我见过有两个身子一个头的猪，有背上长一只蹄的牛。在闻家庙的祭社赛会上，我见到一个人，右手的手掌大得像畚箕，手指粗得像小棍子，但左手却很正常。平日他用右手拿笔写字画画卖，假如谈论谶纬征兆的人见了，一定说那是猪的灾祸，那是牛的灾祸，那是人的怪病了，将会预兆什么什么；还有人会说，这是某件事的报应。但是，我见到的这些各种异常的事物，一直没有什么因果报应。所以，我对于汉代儒者的学说，最不相信的是《春秋》讲阴阳，以及《洪范》五行传；对于宋代儒者的学说，最不相信河图、洛书、《皇极经世》。"

我考科举时的房师孙端人先生，文章渊博高雅，天性喜欢饮酒。醉后写的作品，与清醒时所作的没有差别。翰林院诸公，都认为他是继李白之后第二个斗酒诗百篇的大家。孙先生督学云南时，一次在月夜的竹丛下独自饮酒，恍惚见一人注视酒壶酒杯，嘴巴一动一动的。他心里明白这是鬼，也不害怕，只是用手按住酒杯说："今天酒不多，不能请你喝了。"那人一听，就退缩着消失了。他酒醒后很后悔，说："能来讨酒喝的，肯定不是俗鬼。肯向我讨酒，是看得起我。怎么当时就辜负了他前来相访的好意呢！"于是买来三大碗好酒，夜晚用小桌陈放在竹丛下。第二天一看，酒丝毫也没动过。于是叹息说："这位先生非但风雅，也很耿直清正。稍微和他开了一下玩笑，他就一滴酒都不肯尝了。"有个幕客说："鬼神只会嗅吸酒食的气味，哪里能真的喝？"孙先生又感慨道："这么看来，应该在做鬼以前抓紧时间痛饮，不要等将来做了鬼空闻酒气。"孙先生的侄子渔珊在福建学幕对我讲了这件事。我认为魏晋年间贤人们的风度，与孙先生比较起来，相差不远。

钱塘俞君祺偶忘其字，似是佑申也。乾隆癸未，在余学署。偶见其《野泊不寐》诗曰："芦荻荒寒野水平，四围唧唧夜虫声。长眠人亦眠难稳，独倚枯松看月明。"余曰："杜甫诗曰：'巴童浑不寝，夜半有行舟。'张继诗曰：'姑苏城外寒山寺，夜半钟声到客船。'均从对面落笔，以半夜得闻，写出未睡，非咏巴童舟、寒山寺钟也。君用此法，可谓善于夺胎。然杜、张所言是眼前景物，君忽然说鬼，不太鹘兀乎？"俞君曰："是夕实遥见月下一人倚树立，似是文士。拟就谈以破岑寂，相去十馀步，竟冉冉没，故有此语。"钟忻湖戏曰："'云中鸡犬刘安过，月里笙歌炀帝归。'唐人谓之见鬼诗，犹嫌假借。如公此作，乃真不愧此名。"

霍丈易书言：闻诸海大司农曰："有世家子，读书坟园。园外居民数十家，皆巨室之守墓者也。一日，于墙缺见丽女露半面。方欲注视，已避去。越数日，见于墙外采野花，时时凝睇望墙内。或竟登墙缺，露其半身，以为东家之窥宋玉也，颇萦梦想。而私念居此地者皆粗材，不应有此艳质；又所见皆荆布，不应此女独靓妆，心疑为狐鬼。故虽流目送盼，而未通一词。一夕，独立树下，闻墙外二女私语。一女曰：'汝意中人方步月，何不就之？'一女曰：'彼方疑我为狐鬼，何必徒使惊怖！'一女又曰：'青天白日，安有狐鬼？痴儿不解事至此。'世家子闻之窃喜，褰衣欲出，忽猛省曰：'自称非狐鬼，其为狐鬼也确矣。天下小人未有自称小人者，岂惟不自称，且无不痛诋小人以自明非小人者。此魅用此术也。'掉臂竟返。

钱塘人俞祺君一下子想不起他的名字，好像叫佑申。乾隆癸未年，在我的学署里任职。我偶然看到他一首名为《野泊不寐》的诗，写道："芦荻荒寒夜水平，四围唧唧夜虫声。长眠人亦眠难稳，独倚枯松看月明。"我说："杜甫的诗说：'巴童浑不寝，夜半有行舟。'张继的诗说：'姑苏城外寒山寺，夜半钟声到客船。'都是从对面落笔，以半夜听到声音，写出这个人没有睡着，并非吟咏巴童的舟、寒山寺的钟。您用了这种笔法，真称得上是善于创新。然而，杜甫、张继描写的都是眼前景物，您却忽然说起鬼来，不是太突然了吗？"俞祺君说："这天晚上，我确实远远看见月下一个人倚树而立，看上去是个文士。我想过去跟他攀谈解闷，距离他十几步远，他竟然慢慢地消失了，所以有了这么几句诗。"钟忻湖开玩笑说："'云中鸡犬刘安过，月里笙歌炀帝归。'唐朝人说这是见鬼诗，还觉得是假借。像您这首诗，真不愧为名副其实的见鬼诗了。"

霍易书老先生说：听户部尚书海先生说："有个显贵人家的子弟在坟园里读书。园外住着几十户人家，都是为有身份、有地位的人家看坟的。有一天，他在围墙缺口处看见一个美女，露出半张脸来。他刚要仔细看看，女子已经避开了。过了几天，看到这个女子在墙外采野花，时时往墙里看。有一回竟然爬上围墙缺口，露出上半身，他以为这是美女对自己有意，觉得倒也有点儿值得魂牵梦绕思念的意思。但他转念一想，这儿住的都是粗俗之人，不应该有这么漂亮的风姿；而且这里女人都是布衣荆钗，不应该只有这一个女子浓妆艳抹，疑心是狐鬼。所以女子虽然眉目传情，他始终没有搭一句话。一天晚上，他独自站在树下，听到墙外两个女子窃窃私语。一个女子说：'你的意中人正在月下散步，还不快点儿找他去。'一个女子说：'他正疑心我是狐仙鬼怪，何必让他白白担惊受怕！'一个又说：'青天白日的，哪来的狐仙鬼怪？这家伙怎么傻到这个份上。'他听了这话暗自高兴，提了提衣服就要出去，忽然又猛地醒悟：'她们自称不是狐仙鬼怪，就的确是狐仙鬼怪了。天下的小人没有自称是小人的，不但不自称是小人，还都痛骂小人，表明自己不是小人。这两个狐狸精玩的也是这套把戏。'他一甩胳膊最终回去了。

次日密访之，果无此二女。此二女亦不再来。”

吴林塘言：曩游秦陇，闻有猎者在少华山麓，见二人儽然卧树下。呼之犹能强起，问：“何困踬于此？”其一曰：“吾等皆为狐魅者也。初，我夜行失道，投宿一山家。有少女绝妍丽，伺隙调我。我意不自持，即相媟狎。为其父母所窥，甚见詈辱。我拜跪，始免箠挞。既而闻其父母絮絮语，若有所议者。次日，竟纳我为婿，惟约山上有主人，女须更番执役，五日一上直，五日乃返。我亦安之。半载后，病瘵，夜嗽不能寝，散步林下。闻有笑语声，偶往寻视。见屋数楹，有人拥我妇坐石看月。不胜恚忿，力疾欲与角。其人亦怒曰：‘鼠辈乃敢瞰我妇！’亦奋起相搏。幸其亦病惫，相牵并仆。妇安坐石上，嬉笑曰：‘尔辈勿斗，吾明告尔，吾实往来于两家，皆托云上直，使尔辈休息五日，蓄精以供采补耳。今吾事已露，尔辈精亦竭，无所用尔辈。吾去矣。’奄忽不见。两人迷不能出，故饿踣于此，幸遇君等得拯也。”其一人语亦同。

猎者食以干糒，稍能举步，使引视其处。二人共诧曰：“向者墙垣故土，梁柱故木，门故可开合，窗故可启闭，皆确有形质，非幻影也，今何皆土窟耶？院中地平如砥，净如拭，今何土窟以外，崎岖不容足耶？窟广不数尺，狐自容可矣，何以容我二人？岂我二人之形亦为所幻化耶？”一人见对面崖上有破磁，曰：“此我持以登楼失手所碎，今峭壁无路，

第二天，他暗地里细细查访，果然没有这样两个女子，这两个女子再也没有出现过。”

吴林塘说：以前游历秦陇一带，听说有一个猎人，在少华山的山脚下，看见两个人虚弱疲惫躺在树下。猎人叫他们，还能勉强坐起来。猎人问：“你们怎么会困在这里？”其中一个人说：“我们都是被狐狸精迷惑的。当初，我晚上赶路，走错了路口，到一户山民家借宿。这家有个姑娘很漂亮，找机会悄悄地和我调情。我把持不住，就和她厮混起来。被她父母偷偷看到，骂得很难听。我跪下求饶，才免了挨打。之后听到她父母絮絮叨叨说话，好像商量着什么。第二天，居然招我做女婿，只是约定山上还有主人，姑娘要轮番去做工，五天当班，五天在家里。我也安顿下来。过了半年，我得了痨病，晚上咳嗽得不能入睡，就到树林里去散步。我听到有谈笑说话的声音，走过去看看。只见有几间屋子，有个人抱着我妻子坐在石头上看月亮。我很愤怒，想要痛打那人一顿。那人也很生气，说：‘胆大鼠辈，竟敢偷看我老婆！’也跳起来跟我对打。幸而那个人也是病得有气无力，我们拉拉扯扯，都倒在地上。那个女人却安安稳稳地坐在石头上，笑嘻嘻地说：‘你们两个不要打了，我明白告诉你们吧，我实际上来往于你们两个人之间，都借口当班，让你们各自休息五天，养精蓄锐，供我采补罢了。今天我的事情已经败露了，你们的精气也已经枯竭，没什么用了。我走了。’一下子就不见了。我们两人找不到路，走不出山，饿倒在这里，幸好碰到你，我们有救了。”另外一个人讲的也一样。

猎人给他们吃了干粮，他们勉强能走了，叫他们带路到原来住的地方。两人都很诧异地说：“以前这里是土墙，屋梁屋柱是木头的，大门和窗户都可以开可以关，都是实实在在的，并不是虚幻的影子，现在怎么都是土洞呢？原来院子地面平坦，干净得像擦过一样，现在怎么土洞以外，坑坑洼洼的，连站都没法站呢？土洞不过几尺大小，狐狸躲藏没问题，又怎么能容得下我们两个呢？难道我们两个的形体也被狐狸精变化了吗？”其中一个人看见对面山崖上有几片破磁片，说：“这是我上楼时失手跌碎的碗，现在悬崖峭壁，路都没有，

当时何以上下耶？”四顾徘徊，皆惘惘如梦。二人恨狐女甚，请猎者入山捕之。猎者曰：“邂逅相遇，便成佳偶，世无此便宜事。事太便宜，必有不便宜者存。鱼吞钩，贪饵故也；猩猩刺血，嗜酒故也。尔二人宜自恨，亦何恨于狐？”二人乃悯默而止。

林塘又言：有少年为狐所媚，日渐羸困，狐犹时时来。后复共寝，已疲顿不能御女。狐乃披衣欲辞去，少年泣涕挽留，狐殊不顾。怒责其寡情，狐亦怒曰：“与君本无夫妻义，特为采补来耳。君膏髓已竭，吾何所取而不去！此如以势交者，势败则离；以财交者，财尽则散。当其委曲相媚，本为势与财，非有情于其人也。君于某家某家，皆向日附门墙，今何久绝音问耶？乃独责我？”其音甚厉，侍疾者闻之皆太息。少年乃反面向内，寂无一言。

汪旭初言：见扶乩者，其仙自称张紫阳。叩以《悟真篇》，弗能答也，但判曰“金丹大道，不敢轻传”而已。会有仆妇窃赀逃，仆叩问：“尚可追捕否？”仙判曰：“尔过去生中，以财诱人，买其妻；又诱之饮博，仍取其财。此人今世相遇，诱汝妇逃者，买妻报；并窃赀者，取财报也。冥数先定，追捕亦不得，不如已也。”旭初曰：“真仙自不妄语。然此论一出，凡奸盗皆诿诸夙因，可勿追捕，不推波助澜乎？”乩不能答。有疑之者曰：“此扶乩人多从狡狯恶少游，安知不有人匿仆妻而教之作此语？”阴使人侦之。薄暮，果赴一曲巷。登屋脊密伺，

当时怎么能上上下下呢?”他们四处东张西望,转来转去,觉得迷迷糊糊的,像是做了一场梦。这两个人恨透那个狐狸精,请求猎人进山追捕。猎人说:“意外相逢,就结成夫妻,世界上没有这样便宜的事。事情太便宜了,其中一定有不便宜的东西。鱼吞钓钩,是贪吃鱼饵的原故;猩猩被捉住了放血,是贪酒的原故。你们两个应该恨自己,又怎么能恨狐狸精呢!”两个人才可怜兮兮的不说什么了。

吴林塘又说:有个年轻人受到狐女媚惑,身体越来越虚弱,狐女还是时常来。后来他们共寝时,年轻人已经委顿得不能与狐女做爱交合。狐女披衣起身要走,年轻人流着泪挽留,狐女却毫不顾念。年轻人气愤地指责狐女薄情,狐女也怒形于色地说:“我跟你本来就没有夫妻情义,只是为采补才来的。既然你的精血已经干竭,我不走还能采补什么!这好比贪图权势而交往,权势败落就离开;又好比贪图钱财而交往,钱财用尽就散了。当初委曲攀附,本来就是为了权势和钱财,并不是对人有情义。君对待某家某家,以前一直都攀附门墙,为什么如今已经很长时间不通音信了呢?还单单指责我?”狐女声色俱厉,照料病人的听了无不叹息。年轻人转身朝向里面,一句话也说不出来。

汪旭初说:见过一个扶乩的,乩仙自称张紫阳。问他《悟真篇》中的内容,乩仙竟不能回答,只是判道“炼金丹是大道行,不敢轻易传给别人”。恰巧有个仆人的妻子偷了钱逃跑了,仆人就问乩仙:“还能把她抓回来么?”乩仙下判语说:“你上辈子用钱财诱骗人,把他的妻子买到了手;又引诱他喝酒赌博,把他的钱再赚回来。这个人今世相遇,拐骗走你的妻子,是报复你买他的妻子;偷走了你的钱,是对你诈骗人家钱财的报应。气数事先定了,追捕也抓不到,不如算了吧。”汪旭初说:“真仙自然不讲假话。不过,这种议论一旦形成,那么凡是奸盗都把责任推到夙因上,无需追捕,这不就等于推波助澜吗?”乩仙回答不上来。有人怀疑说:“这个扶乩的人常常和一伙狡猾的恶少混在一起,怎么能知道不是他们把仆人的妻子藏了起来,而叫他说这种话?”于是暗地里派人去侦察。天刚黑,扶乩人果然往一个幽深的巷子里去了。跟踪的人上了屋顶悄悄蹲守,

则聚而呼卢，仆妇方艳饰行酒矣。潜呼逻卒围所居，乃弭首就缚。

律禁师、巫，为奸民窜伏其中也。蓝道行尝假此术以败严嵩，论者不甚以为非，恶嵩故也。然杨、沈诸公，喋血碎首而不能争者，一方士从容谈笑，乃制其死命，则其力亦大矣。幸所排者为嵩，使因而排及清流，虽韩、范、富、欧阳，能与枝梧乎？故乩仙之术，士大夫偶然游戏，倡和诗词，等诸观剧则可；若借卜吉凶，君子当怖其卒也。

从叔梅庵公曰："淮镇人家有空屋五间，别为院落，用以贮杂物，儿童多往嬉游，跳掷践踏，颇为喧扰。键户禁之，则窃逾短墙入。乃大书一帖粘户上，曰：'此房狐仙所住，毋得秽污！'姑以怖儿童云尔。数日后，夜闻窗外语：'感君见招，今已移入，当为君坚守此院也。'自后人有入者，辄为砖瓦所击，并僮奴运杂物者亦不敢往。久而不治，竟全就圮颓，狐仙乃去。此之谓'妖由人兴'。"

余有庄在沧州南，曰上河涯，今鬻之矣。旧有水明楼五楹，下瞰卫河，帆樯来往栏楯下。与外祖雪峰张公家度帆楼，皆游眺佳处。先祖母太夫人夏日每居是纳凉，诸孙更番随侍焉。

一日，余推窗南望，见男妇数十人，登一渡船，缆已解。一人忽奋拳击一叟落近岸浅水中，衣履皆濡。方坐起愤詈，船已鼓棹去。时卫河暴涨，洪波直泻，汹涌有声。一粮艘张双帆顺流来，急如激箭，触渡船，碎如柿。数十人并没，惟此叟存，

只见一帮人聚在一起赌博喝酒，仆人的妻子打扮得花枝招展，给大家斟酒。跟踪的人悄悄地叫来巡逻的士兵，把房子团团围住，屋里的人俯首就擒。

律条禁止巫师、巫婆活动，是因为往往有作奸犯科的人潜伏其中。蓝道行曾经用巫术让皇帝不再信任严嵩。议论的人们并不认为蓝道行不对，因为民众太恨严嵩了。然而像杨继盛、沈炼等忠臣，抛头颅、洒热血所办不到的事，一个方士在谈笑之间就置严嵩于死地，那么方士的能量也是很大的。幸亏他排斥的是严嵩，假使排挤的是那些清官名士，就是韩琦、范仲淹、富弼、欧阳修这样的名臣，能与他相抗衡么？所以说，乩仙术只能供士大夫们偶然玩玩，作诗唱和，把它当作看戏还行；如果用来卜问吉凶，君子就得小心，要好好考虑一下后果。

我的堂叔梅庵公说："淮镇一户人家有五间空房，自成院落，用来贮存杂物，儿童常常聚集到这里玩耍，蹦蹦跳跳、扔东西、踩踏，吵吵闹闹。主人把院门锁上，孩子们就跳矮墙进去。主人用很大的字写了一个告示贴在门上，说：'这是狐仙住的地方，不能弄脏了！'想暂且吓唬吓唬那些孩子。过了几天，夜里听到窗外有人说：'感谢主人召唤，我们已经搬过来住了，今后要为你看牢守住这个院子。'从此以后，只要有人进入这个院子，就会遭到砖瓦的袭击，就连僮仆搬运杂物，也不敢去了。由于长久不修整，房屋最终全部倒塌了，狐精这才离去。这就叫做'妖是由人作怪引起的'。"

我家有处庄园在沧州南，名叫上河涯，现在已经卖了。庄园里过去有五间水明楼，可以鸟瞰卫河，帆船就在栏杆下来往。与外祖张雪峰先生家的度帆楼一样，都是游览远眺的好地方。先祖母和太夫人夏季常住这座楼上乘凉，儿孙们轮流侍奉。

一天，我推窗向南望去，见男男女女几十个人，登上一艘渡船，船已经解开缆绳离岸。一个人忽然朝一个老翁奋击一拳，把老翁打落到岸边的浅水里，衣服鞋子全湿了。老翁刚起身怒骂，渡船已经离开岸边划走了。当时卫河暴涨，洪波直泻，汹涌湍急涛声阵阵。一艘满张双帆的粮船从上游顺流而下，急如快箭，将渡船撞得粉碎。船上的几十个人全部丧命，只有这个老翁幸存，

乃转怒为喜，合掌诵佛号。问其何适。曰：“昨闻有族弟得二十金，鬻童养媳为人妾，以今日成券，急质田得金如其数，赍之往赎耳。”众同声曰：“此一击神所使也。”促换渡船送之过。时余方十岁，但闻为赵家庄人，惜未问其名姓。此雍正癸丑事。

又，先太夫人言：沧州人有逼嫁其弟妇而鬻两侄女于青楼者，里人皆不平。一日，腰金贩绿豆泛巨舟诣天津，晚泊河干，坐船舷濯足。忽西岸一盐舟纤索中断，横扫而过，两舷相切，自膝以下，筋骨糜碎如割截，号呼数日乃死。先外祖一仆闻之，急奔告曰：“某甲得如是惨祸，真大怪事！”先外祖徐曰：“此事不怪。若竟不如此，反是怪事。”此雍正甲辰、乙巳间事。

交河王洪绪言：高川刘某，住屋七楹，自居中三楹；东厢二楹，以妻殁无葬地，停柩其中；西厢二楹，幼子与其妹居之。一夕，闻儿啼甚急，而不闻妹语。疑其在灶室未归，从窗罅视已熄灯否。月明之下，见黑烟一道，蜿蜒从东厢户下出，萦绕西厢窗下，久之不去。迨妹醒拊儿，黑烟乃冉冉敛入东厢去。心知妻之魂也。自后每月夜闻儿啼，潜起窥视，所见皆然。以语其妹，妹为之感泣。悲哉，父母之心，死尚不忘其子乎！人子追念其父母，能如是否乎？

先师桂林吕公阆斋言：其乡有宦邑令者，莅任之日，梦其房师某公。容色憔悴，若重有忧者。邑令蹙然迎拜曰：“旅榇未归，是诸弟子之过也。然念之未敢忘。今幸托荫得一官，将拮据营窀穸矣。”盖某公卒于戍所，尚浮厝僧院也。某公曰：

老翁这才转怒为喜，合掌高诵佛号。人们问他要到哪里去。老翁说："昨天听说有个堂弟以二十两银子的价格把童养媳卖给人做妾，约定今天写卖身契，我急忙典质田产，凑足了这笔钱，带着想去帮他赎人。"众人异口同声地说："看来这一拳是神灵指使的。"都催促船家立即用另一只渡船快送老翁过河。当时我只有十岁，只是听说老翁是赵家庄的人，可惜没问他的姓名。这是雍正癸丑年的事。

还有，先太夫人说：有个沧州人，逼他的弟媳改嫁，把两个侄女卖到了青楼，邻里都愤愤不平。一天，他腰缠重金，乘坐大船到天津贩卖绿豆，晚上船停在河边，他坐在船舷上洗脚。忽然西岸的一艘盐船断了纤索，横扫而过，两艘船的船舷相擦，他从两膝以下，筋骨糜碎，如同割断了一般，一连嚎叫了几天才死。先外祖父的一个仆人听到这件事，忙来报告外祖说："某甲遭到这等惨祸，真是一大怪事！"先外祖父慢吞吞地说："这事并不奇怪。如果他不遭此祸，反而是怪事。"这是雍正甲辰、乙巳年间的事。

交河的王洪绪说：高川的刘某，有七间住房，自己住中间三间；东厢房两间，因为妻子死后还没有坟地，停放着亡妻的棺木；西厢房两间，是妹妹带着刘某的小儿子住着。一天晚上，他听到小孩啼哭得很急，却听不到妹妹说话，他怀疑妹妹在厨房没有回来，就从窗缝中看看西厢房熄灯了没有。在月光下，他看见有一道黑烟，从东厢房门下面蜿蜒飘出，到西厢房的窗户下面，盘来盘去，很久都不离去。等到妹妹醒来，拍着抚慰小儿子，那道黑烟才慢慢地退回东厢房。刘某知道这是妻子的魂。从此以后，每次夜里听到孩子啼哭，刘某都悄悄起床去看，见到的情形都是这样。刘某告诉了妹妹，妹妹感动得哭起来。可怜啊，父母之心，死后还不忘记孩子啊！做子女的追念父母，能像这样吗？

先师桂林人吕阍斋先生说：他的家乡有人当了县令，上任那天，夜里梦见自己科举考试的房师某先生。某先生面容憔悴，好像有很深的忧虑。县令悲切地迎上前去拜见说："您的遗体寄居在外，是我们这些弟子们的过错。但是我心里总惦念着这件事，并没有忘记。如今托您的福得了一官半职，正想方设法在筹备安葬。"原来这位某先生死在戍所，灵柩还寄存在庙里。某先生说：

“甚善。然归我之骨，不如归我之魂。子知我骨在滇南，不知我魂羁于此也。我初为此邑令，有试垦汙莱者，吾误报升科。诉者纷纷，吾心知其词直，而恐干吏议，百计回护，使不得申，遂至今为民累。土神诉诸东岳，岳神谓事由疏舛，虽无自利之心，然恐以检举妨迁擢，则其罪与自利等。牒摄吾魂，羁留于此，待此浮粮减免，然后得归。困苦饥寒，所不忍道。回思一时爵禄，所得几何？而业海茫茫，竟杳无崖岸，诚不胜泣血椎心。今幸子来官此，倘念平生知遇，为吁请蠲除，则我得重入转轮，脱离鬼趣。虽生前遗蜕，委诸蝼蚁，亦非所憾矣。”邑令检视旧牍，果有此事。后为宛转请豁，又恍惚梦其来别云。

交河及方言曰：“说鬼者多诞，然亦有理似可信者。雍正乙卯七月，泊舟静海之南。微月朦胧，散步岸上，见二人坐柳下对谈。试往就之，亦欣然延坐。谛听所说，乃皆幽冥事。疑其为鬼，瑟缩欲遁。二人止之曰：‘君勿讶，我等非鬼，一走无常，一视鬼者也。’问：‘何以能视鬼？’曰：‘生而如是，莫知所以然。’又问：‘何以走无常？’曰：‘梦寝中忽被拘役，亦莫知所以然也。’共话至二鼓，大抵缕陈报应。因问：‘冥司以儒理断狱耶？以佛理断狱耶？’视鬼者曰：‘吾能见鬼，而不能与鬼语，不知此事。’走无常曰：‘君无须问此，只问己心。问心无愧，

“这很好。但是，与其归葬我的骸骨，不如让我的灵魂有所归属。你只知道我的遗体在滇南，却不知道我的灵魂还被拘留在这里。当年，我曾在这里当县令，有老百姓试着开垦洼地荒山，我错误当成熟地上报，照章收纳赋税。百姓纷纷写状子上告，我明知他们有理，却又怕官吏的议论对我不利，就千方百计阻挠，让他们申诉无效，直到现在，新开荒田地上的赋税，仍然是百姓沉重的负担。土地爷报告了东岳神，东岳神认为这是由于工作失误造成的，虽然并非出于自私，但因为担心被检举影响升迁，那么罪行和自私自利是一样的。因此把我的灵魂拘留在此，要等这一项租税免除了，才能回去。所受饥寒困苦，我也不忍心再说了。回想起来，生前一时的官位俸禄，究竟又得到了多少好处？可是造下的冤孽，竟像茫茫大海，见不到岸边，实在比哭出血泪、钻心刺骨还要痛苦万分。今天幸好你来这里任官，倘若你念着我的知遇之情，能呼吁免除不合理的租税，那么我就可以重新进入转轮，脱离鬼界。我的遗体就是去喂蚂蚁，我也毫无遗憾。”县令翻阅旧时卷宗，果然有这件事。他通过各种渠道请求废除之后，恍惚又梦见那位先生前来道别了。

交河人及方言说：“关于鬼的传说，大多荒诞不经，但是也有让人觉得可信的。雍正乙卯年七月，我的船靠边停泊在静海以南。月色朦胧，我上岸散步，看见有两人坐在柳树下聊天。我试探着走近他们，他们也热情地让我坐下。我仔细听了一会儿，他们讲的全是阴曹地府的事儿。我以为他们是鬼，吓得哆哆嗦嗦想转身逃走。那两个人拦住我说：‘别害怕，我们俩不是鬼，一个是走无常，一个能看见鬼。’我问：‘怎么能看见鬼呢？’对方回答：‘生来就这样，我也说不上为什么。’我又问：‘怎么当上走无常的？’回答说：‘在梦里突然被捉去担当这个差事，我也说不出个所以然来。’一起聊到二更天，一件一件说的大都是因果报应的事。我又问：‘阴曹断案是以儒理为根据，还是以佛理为根据？’能看见鬼的人说：‘我能看见鬼，但是不能和鬼说话，所以不知道这事。’走无常说：‘你不必问这个问题，只要问问自己就行了。能做到问心无愧，

即阴律所谓善；问心有愧，即阴律所谓恶。公是公非，幽明一理，何分儒与佛乎？'其说平易，竟不类巫觋语也。"

里有视鬼者曰："鬼亦恒憧憧扰扰，若有所营，但不知所营何事；亦有喜怒哀乐，但不知其何由。大抵鬼与鬼竞，亦如人与人竞耳。然微阴不足敌盛阳，故莫不畏人。其不畏人者，一由人据所居，鬼刺促不安，故现变相驱之去；一由祟人求祭享；一由桀骜强魂，戾气未消。如人世无赖，横行为暴，皆遇气旺者避，遇运蹇者乃敢侵。或有冤魂厉魄，得请于神，报复以申积恨者，不在此数。若夫欲心所感，淫鬼应之；杀心所感，厉鬼应之；愤心所感，怨鬼应之。则皆由其人之自召，更不在此数矣。我尝清明上冢，见游女踏青，其妖媚弄姿者，诸鬼随之嬉笑；其幽闲贞静者，左右无一鬼。又尝见学宫有数鬼，教谕鲍先生出，先生讳梓，南宫人，官献县教谕。载县志《循吏传》。则瑟缩伏草间；训导某先生出，则跳掷自如。然则鬼之敢侮与否，尤视乎其人哉！"

侍姬之母沈媪言：盐山有刘某者，患癃闭，百药不验。一夕，梦神语曰："铜头煅灰，酒服之，即通。"问："铜头何物？"曰："汝辈所谓蝼蛄也。"试之果愈。余谓此湿热蕴结，以湿热攻湿热，借其窜利下行之性耳。若州都之官，气不能化，则求之于本原，非此物所能导也。

就是阴间法律认为的善；问心有愧，就是阴间法律认定的恶。大是大非，阳间阴间同一个道理，何必分儒和佛呢？'他们说的道理通俗易懂，居然不像巫师说的话。"

我们家乡有个能看得见鬼的人说："鬼也总是忙忙碌碌、心乱神疲，仿佛在忙着什么事，但是我不知道在忙些什么；也有喜怒哀乐，但是我也不知道为了什么。大概鬼与鬼竞争，也和人与人竞争一样。不过，微弱的阴气不能抵挡旺盛的阳气，所以没有不怕人的鬼。那些不怕人的鬼，一是人占领了鬼住的地方，刺激得鬼日夜不安，因而作出怪样子，把人赶出去；一是骚扰人们以求祭祀；一是强横刚烈的鬼魂，凶暴之气还没有消散。就像人世间的流氓无赖，横行霸道，他们的鬼魂碰上阳气旺盛的人就躲避，遇到时运困顿的人才敢欺侮。另外有些冤魂恶鬼，得到神的批准，向某人报复，发泄心中的愤怨，就不在这个范围内了。人们有淫邪的欲念，就有淫鬼去回应；有凶杀的念头，就有恶鬼去回应；有怨恨的心思，就有怨鬼去回应。鬼都是那些人自己找来的，更不在这个范围内了。我曾经在清明时上坟，看到出来踏青春游的女人，那些妖媚的搔首弄姿，鬼就跟着她们玩耍嬉笑；那些端庄稳重的，旁边一个鬼也没有。又曾经看到学宫里有几个鬼，教谕鲍先生出来的时候，先生名梓，南宫县人，担任献县的教谕。事迹记载在县志的《循吏传》中。鬼就躲在草丛中发抖；训导某先生出来的时候，鬼就自由自在地蹦蹦跳跳。所以，鬼敢不敢欺侮人，还是看这个人是什么样的了！"

我侍妾的母亲沈老太太说：盐山县有个刘某人，得了癃闭症，小便不通，吃了许多药都治不好。一天夜晚，他梦见神对他说："将铜头煅成灰，用酒服下去，小便就通了。"他问："铜头是什么？"神说："就是你们所说的蝼蛄啊。"刘某人照方试用，果然痊愈了。我认为刘某的病是湿热蕴结，以湿热攻湿热，借用了药性利于攻下罢了。如果这种毛病生在膀胱，郁结的湿气不能通畅，就要寻求最根本的原因，并不是这种东西能导引。

梁铁幢副宪言：有夜行者，于竹林边见一物，似人非人，蠢蠢然摸索而行。叱之不应。知为精魅，拾瓦石击之。其物化为黑烟，缩入林内，啾啾作声曰："我缘宿业，堕饿鬼道中。既瞽且聋，艰苦万状。公何忍复相逼？"乃委之而去。余《滦阳消夏录》中，记王菊庄所言女鬼以巧于谗搆受哑报，此鬼受聋瞽报，其聪明过甚者乎？

先师汪文端公言：有欲谋害异党者，苦无善计。有黠者密侦知之，阴裹药以献，曰："此药入腹即死，然死时情状，与病卒无异；虽蒸骨验之，亦与病卒无异也。"其人大喜，留之饮。归则以是夕卒矣。盖先以其药饵之，为灭口计矣。公因太息曰："献药者杀人以媚人，而先自杀也；用其药者，先杀人以灭口，而口终不可灭也。纷纷机械何为乎？"张樊川前辈时在座，因言有好娈童者，悦一宦家子。度无可得理，阴属所爱姬托媒妪招之，约会于别墅，将执而胁污焉。届期，闻已至，疾往掩捕。突失足堕荷塘板桥下，几于灭顶。喧呼掖出，则宦家子已遁，姬已鬓乱钗横矣。盖是子美秀甚，姬亦悦之故也。后无故开阁放此姬，婢妪乃稍泄其事。阴谋者鬼神所忌，殆不虚矣。

卖花者顾媪，持一旧磁器求售。似笔洗而略浅，四周内外及底皆有泑色，似哥窑而无冰纹，中平如砚，独露磁骨，边线界画甚明，不出入毫发，殊非剥落。不知何器，

都察院右都御史梁铁幢说：有个走夜路的人，在竹林边看见一个怪物，样子像人又不是人，笨头笨脑的样子，摸索着往前走。大声呵斥它，也没什么反应。他知道是个鬼怪，拾起砖头瓦片打过去。怪物化作一团黑烟，缩进竹林，发出“啾啾”的声音说：“我因为造了孽，堕身饿鬼道中。现在又瞎又聋，受尽千般艰难万种辛苦。您怎么忍心再逼我呢？”这人丢下鬼走了。我在《滦阳消夏录》中，记叙王菊庄讲的女鬼因为喜欢编排别人的坏话，结果遭到报应成了哑鬼，这个鬼遭受报应又聋又瞎，大概是生前聪明过分了吧？

先师汪文端先生说：有个人想要设计害死他的对头，苦于没有好办法。有个狡猾的人悄悄打听了解了他的想法，暗地里揣着毒药献给他，说：“这种药一下肚就死，死的情状与病死的没什么两样；即使用蒸骨法检查，也与病死的一样。”那个人非常高兴，就留献药人喝酒。献药人回去，当天晚上就死了。原来那个人用毒药毒死了献药人，为的是杀人灭口。汪公叹息道：“献药人想要帮着杀人拍马屁，结果先遭杀身之祸；预谋杀人的人先杀人灭口，但却做不到永远封住别人的口。他们纷纷扰扰挖空心思想害人，为的是什么呢？”前辈张樊川当时也在座，接着说，有个专门喜爱玩弄男童的人，看上了一个官家的子弟。又没有办法弄到手，就暗中吩咐自己最喜欢的姬妾，让她派媒婆去找官家子弟，说好在别墅幽会，打算到时用威胁手段奸污他。时间到了，这个人听到官家子弟已经去了别墅，就急忙赶去想堵门捉拿。路上突然跌了一跤，失足掉进了荷塘的板桥下，差点儿淹死。待众人闹闹嚷嚷把他救上来，那个少年已经跑了，别墅里那个爱姬却已经是披头散发的。原来那个少年清秀俊美，姬妾也喜欢上了他。后来，这人无缘无故把那姬妾赶了出去，手下的丫头和老妈子才悄悄把这件事说了出来。善于耍弄诡计，玩弄阴谋的人，连鬼神也厌恶忌恨，实在是一点儿不假啊。

卖花的顾老太太拿着一个旧磁器出售。这个旧磁器好像笔洗，但是略微浅了一些，四周内外以及底部都有釉色；像是哥窑又没有冰裂纹，中间平平的像砚台，只露出边缘的内坯，界线很分明，没有参差不齐的地方，绝不是破裂剥落的。我不知这是什么器皿，

以无用还之。后见《广异志》载嵇胡见石室道士案头朱笔及杯语，《乾譔子》载何元让所见天狐有朱盏笔砚语，又《逸史》载叶法善有持朱钵画符语，乃悟唐以前无朱砚，点勘文籍，则研朱于杯盏；大笔濡染，则贮朱于钵。杯盏略小而口哆，以便掭笔；钵稍大而口敛，以便多注浓沈也。顾媪所持，盖即朱盏，向来赏鉴家未及见耳。急呼之来，问："此盏何往？"曰："本以三十钱买得，云出自井中。因公斥为无用，以二十钱卖诸杂物摊上。今将及一年，不能复问所在矣。"深为惋惜。世多以高价市赝物，而真古器或往往见摈。余尚非规方竹漆断纹者，而交臂失之尚如此，然则蓄宝不彰者，可胜数哉！余后又得一朱盏，制与此同，为陈望之抚军持去。乃知此物世尚多有，第人不识耳。

先师介公野园言：亲串中有不畏鬼者，闻有凶宅，辄往宿。或言西山某寺后阁，多见变怪。是岁值乡试，因僦住其中。奇形诡状，每夜环绕几榻间，处之恬然，然亦弗能害也。一夕月明，推窗四望，见艳女立树下，咥然曰："怖我不动，来魅我耶？尔是何怪，可近前。"女亦咥然曰："尔固不识我，我尔祖姑也，殁葬此山。闻尔日日与鬼角，尔读书十馀年，将徒博一不畏鬼之名耶？抑亦思奋身科目，为祖父光、为门户计耶？今夜而斗争，昼而倦卧，试期日近，举业全荒，岂尔父尔母遣尔裹粮入山之本志哉？我虽居泉壤，于母家不能无情，故正言告尔。尔试思之！"言讫而隐。私念所言颇有理，

觉得没有用处，就还给了她。后来，看到唐人戴孚的《广异志》上记载嵇胡看见石室道士书桌上有朱笔和杯子的事，晚唐时温庭筠写的小说《乾䉛子》上记载何元让所见天狐有朱盏笔砚的事，还有唐代卢肇编撰的《逸史》记载叶法善拿着朱钵画符的事，才醒悟到唐代以前没有朱砚台，校勘典籍文书，就在杯盏中研磨朱汁；要用大笔沾点朱汁时，朱汁就贮放在钵子里。这种杯盏比较小，口是敞开的，便于掭笔；钵容量大，口是收敛的，便于贮存更多的朱汁。顾老太太要拿来卖的，原来就是朱盏，只是以前的鉴赏家还没有见过。我急忙把顾老太太叫来，问她："那只杯盏卖到什么地方去了？"她说："原是我用三十钱买来的，那个卖的人说是水井里挖出来的。因为您说这东西无用，我就以二十个小钱的价格卖给杂货摊。到现在已经将近一年，不知道已流落到什么地方去了。"我觉得十分可惜。世间常常用高价买假货，而真正的古董，却往往被抛弃。我还不算不懂事物、不通风雅的人，尚且像这样失之交臂，那么，藏有宝物而不识货的人，还数得过来吗！后来我又得到一只朱盏，杯子和这个一样，被陈望之巡抚拿去了。才知道这类物品在世间还有不少，只是人们不认识罢了。

先师介野园先生说：他的亲戚中有个不怕鬼的人，听到哪里有凶宅，就去住。有人说西山某个寺院后面的阁楼，经常有作怪的。这一年他正好参加乡试，就租了这座阁楼住下来。每天夜里，他都看到有奇形怪状的东西围在几案和床边，他泰然处之，怪物也害不了他。一天夜里月色明亮，他推开窗子四面观望，看到有个美女站在树下，冷笑道："吓不住我，就来迷惑我么？你是什么妖怪，到我面前来！"女鬼也冷笑着说："你当然不认识我，我是你的祖姑奶奶，死后葬在这座山上。听说你天天与鬼争斗，你读了十几年书，只想奋斗到不怕鬼的名声吗？还是也想中举人进士，为祖宗争光、光耀门庭呢？现在，你每天夜里和鬼斗，累得白天睡大觉，考试日子临近了，学业全都荒废，难道这是你父母让你带着钱粮到山上读书的本意吗？我虽然在黄泉之下，对娘家却不能无情无义，所以对你正言相告。你再想想吧！"说罢，就不见了。他心想女鬼说得有道理，

乃束装归。归而详问父母，乃无是祖姑。大悔，顿足曰："吾乃为黠鬼所卖。"奋然欲再往。其友曰："鬼不敢以力争，而幻其形以善言解，鬼畏尔矣，尔何必追穷寇？"乃止。此友可谓善解纷矣。然鬼所言者正理也，正理不能禁，而权词能禁之，可以悟消镕刚气之道也。

前记阁学札公祖墓巨蟒事，据总宪舒穆噜公之言也。壬子三月初十日，蒋少司农戟门邀看桃花，适与札公联坐，因叩其详，知舒穆噜公之语不诬。札公又曰："尚有一轶事，舒穆噜公未知也。守墓者之妻刘媪，恒与此蟒同寝处，蟠其榻上几满。来必饮以火酒，注巨碗中，蟒举首一嗅，酒减分许，所馀已味淡如水矣。凭刘媪与人疗病，亦多有验。一旦，有欲买此蟒者，给刘媪钱八千，乘其醉而舁之去。去后，媪忽发狂曰：'我待汝不薄，汝乃卖我。我必褫汝魄。'自挝不止。媪之弟奔告札公。札公自往视，亦无如何。逾数刻竟死。夫妖物凭附女巫，事所恒有；忤妖物而致祸，亦事所恒有。惟得钱卖妖，其事颇奇；而有人出钱以买妖，尤奇之奇耳。此蟒今犹在，其地在西直门外，土人谓之红果园。"

育婴堂、养济院，是处有之。惟沧州别有一院养瞽者，而不隶于官。瞽者刘君瑞曰："昔有选人陈某，过沧州，资斧匮竭，无可告贷，进退无路，将自投于河。有瞽者悯之，倾囊以助其行。选人入京，竟得官，荐至州牧。念念不能忘瞽者，自赍数百金，将申漂母之报。而偏觅瞽者不可得，并其姓名无知者。乃捐金建是院，以收养瞽者。此瞽者与此选人，

就收拾行李回家。回去后详细询问父母，才知道并没有这个祖姑奶奶。他很后悔，跺着脚说："我竟然被狡猾的鬼暗算了。"于是鼓足了劲想再上山去。他的朋友劝他说："鬼不敢和你斗力，就变了形好言相劝解决争斗，已经说明鬼怕你了，你何必穷追不舍呢？"他这才罢休。这位朋友可说是善于调解纠纷。不过，鬼讲的是正理，正理说服不了人，权变之词却能制止他，从这里可以领悟到消融刚气的办法了。

前面记载的内阁学士札公祖坟里出现巨蟒的事，是督察院左都御史舒穆噜先生讲的。乾隆壬子年三月初十，户部侍郎蒋戟门邀请我观赏桃花，恰好与札公坐在一起，于是我又详细地询问了这事，得知舒穆噜公说的是真的。札公又说："还有一件事，舒穆噜先生不知道。看坟人的老伴刘老婆子，常常与这条巨蟒同床睡觉，巨蟒盘曲着几乎占满了床。巨蟒一来，刘老婆子就给它烧酒喝，把酒倒进大碗里，巨蟒抬头一闻，杯中的酒减少了一分多，剩下的酒就味淡如水了。巨蟒凭附在刘老太身上给人看病，也多有灵验。一天早晨，有人要买这条巨蟒，给刘老婆子八千钱，趁着巨蟒酒醉把它抬走了。买蛇人走后，刘老婆子忽然发病说：'我待你不薄，你竟然卖我。我一定要夺了你的魂。'并不停地打自己的嘴巴。老婆子的弟弟跑去报告札公。札公亲自去看，也没有办法。过了几刻钟，刘老婆子真的死了。妖物凭附在巫婆身上这本是常有的事儿；触犯了妖物而遭祸，这种事情也不少见。为了得钱出卖妖物，这种事很离奇；有人花钱买妖物，更是奇上加奇了。这条巨蟒至今还在，所在的地方在西直门一带，当地人叫红果园。"

育婴堂、养济院到处都有。只有沧州另有一院专门收养盲人，却不隶属于官府。有个叫刘君瑞的盲人说："以前有个候补官员陈某，路过沧州，路费用完了，无处借贷，进退无路，想投河自尽。有个盲人同情他，倾囊相助。陈某赶赴京城，得到了官职，后来被举荐为州牧。陈某一直念念不忘那个盲人，亲自带了几百两银子，打算像韩信报答有恩的漂母那样去报答他。但他四处寻访，始终没有找到那位盲人，而且连盲人的姓名也没有人知道。于是就捐钱在沧州修建了这个养瞽院，收养盲人。这个盲人和这位陈某，

均可谓古之善人矣。"君瑞又言:"众瞽者留室一楹,旦夕炷香拜陈公。"余谓陈公之侧,瞽者亦宜设一坐。君瑞嗫嚅曰:"瞽者安可与官坐?"余曰:"如以其官而祀之,则瞽者自不可坐。如以其义而祀之,则瞽者之义与官等,何不可坐耶?"此事在康熙中,君瑞告余在乾隆乙亥、丙子间,尚能举居是院者为某某。今已三十馀年,不知其存与废矣。

明季兵乱,曾伯祖镇番公年甫十一,被掠至临清。遇旧客作李守敬,以独轮车送归。崎岖戈马之间,濒危者数,终不舍去也。时宋太夫人在,酬以金。先顿首谢,然后置金于案曰:"故主流离,心所不忍,岂为求赏来耶?"泣拜而别,自后不复再至矣。守敬性戆直,侪辈有作奸者,辄龂龂与争,故为众口所排去。而患难之际,不负其心乃如此。

事有先兆,莫知其然。如日将出而霞明,雨将至而础润,动乎彼则应乎此也。余自四岁至今,无一日离笔砚。壬子三月初二日,偶在直庐,戏语诸公曰:"昔陶靖节自作挽歌,余亦自题一联曰:'浮沉宦海如鸥鸟,生死书丛似蠹鱼。'百年之后,诸公书以见挽足矣。"刘石庵参知曰:"上句殊不类公,若以挽陆耳山,乃确当耳。"越三日而耳山讣音至,岂非机之先见欤!

申苍岭先生言:有士人读书别业,墙外有废冢,莫知为谁。园丁言夜中或有吟哦声,潜听数夕,无所闻。一夕,忽闻之,急持酒往浇冢上曰:"泉下苦吟,定为词客。幽明虽隔,

都称得上是古道热肠的人。”刘君瑞又说：“盲人们在院里留出一间房子，早晚烧香膜拜陈公。”我认为在陈公的座位旁，也应为盲人设一个座位。刘君瑞不安地说：“盲人怎敢与州官平起平坐？”我说：“如果按官位来祭祀，盲人当然不能坐。如果因为义举来祭祀，那么盲人的义和官员相等，怎么不能坐呢？”这件事发生在康熙年间，而刘君瑞讲给我听时，是在乾隆乙亥、丙子年间，当时，刘君瑞还能说出住在这个院里盲人的名字。如今已经三十多年了，不知养瞽院还在不在。

明朝末年发生兵乱时，我的曾伯祖镇番公只有十一岁，被乱兵掠到临清。在临清遇到家里以前的佣工李守敬，李守敬用独轮车把他送回家来。一路上兵荒马乱，道路崎岖，多次面临危难，可是李守敬始终没有丢下曾伯祖自己逃命。当时宋太夫人在世，拿出银子来酬谢。李守敬先叩头表示感谢，然后将银子放在桌上说：“旧主人流离失所，我于心不忍，难道我是为了求赏赐才来的吗？”他流着泪拜别而去，从此再也没来过。李守敬性格耿直，佣工中有人使奸耍滑，他就据理力争，因此受到众口攻击，被排挤走了。在患难之际，他竟能如此不负故主。

凡事都有先兆，不知是怎么道理。比如太阳将升，云霞放出光明；将要下雨，柱子基石就潮湿，那边一动，这边就响应。我从四岁开始到今天，没有一天离开过笔砚。乾隆壬子年三月初二，我在值班房偶然和同事们开玩笑说：“过去陶渊明曾为自己写了一首挽歌，我也为自己题写了一副挽联：‘浮沉宦海如鸥鸟，生死书丛似蠹鱼。’在我百年之后，诸位用这副挽联来悼念我，我就知足了。”参知政事刘石庵说：“上半联很不像您，假若用来悼念陆耳山先生，更确切些。”过了三天，陆耳山先生去世的消息就到了，这不是气机的先兆吗！

申苍岭先生说：有个士子在别墅读书，墙外有座荒坟，也不知埋的是什么人。园丁说，晚上有时能听到吟诗的声音，士子悄悄地听了几个晚上，什么也没听到。一天晚上，忽然听到吟诗的声音，急忙端酒浇在坟上，说：“在黄泉之下苦读，一定是诗人。阴阳虽然间隔，

气类不殊。肯现身一共谈乎？”俄有人影冉冉出树阴中，忽掉头竟去。殷勤拜祷，至再至三，微闻树外人语曰：“感君见赏，不敢以异物自疑。方拟一接清谈，破百年之岑寂。及遥观丰采，乃衣冠华美，翩翩有富贵之容，与我辈缊袍，殊非同调。士各有志，未敢相亲，惟君委曲谅之。”士人怅怅而返，自是并吟哦声亦不闻矣。余曰：“此先生玩世之寓言耳。此语既未亲闻，又旁无闻者，岂此士人为鬼揶揄，尚肯自述耶？”先生掀髯曰：“钼麑槐下之词，浑良夫梦中之噪，谁闻之欤？子乃独诘老夫也！”

邱孝廉二田言：永春山中有废寺，皆焦土也。相传初有僧居之，僧善咒术。其徒夜或见山魈，请禁制之。僧曰：“人自人，妖自妖，两无涉也。人自行于昼，妖自行于夜，两无害也。万物并生，各适其适。妖不禁人昼出，而人禁妖夜出乎？”久而昼亦嬲人，僧寮无宁宇，始施咒术。而气候已成，党羽已众，竟不可禁制矣。愤而云游，求善劾治者偕之归。登坛檄将，雷火下击，妖歼而寺亦烬焉。僧拊膺曰：“吾之罪也！夫吾咒术始足以胜之，而弗肯胜也；吾道力不足以胜之，而妄欲胜也。博善化之虚名，溃败决裂乃至此。养痈贻患，我之谓也夫！”

飞车刘八，从孙树珊之御者也。其御车极鞭策之威，尽驰驱之力，遇同行者，必蓦越其前而后已，故得此名。马之强弱所不问，马之饥饱所不问，马之生死亦所不问也。历数主，

但读书人的气质一定是没有两样的。愿不愿意出来谈谈呢？”不一会儿，有个人影从树荫下慢慢出现，忽然掉转头就走。士子礼貌地再三邀请，远远地听到树荫下的人影说：“感谢你的赏识，我也不能因为自己是鬼就多疑了。我正想和你谈谈，解除我一百年来的孤独寂寞。刚才远远看见你的风度神采，衣服华贵精美，潇洒之中有富贵人家的样子，和我这种布衣并非同类。每个人有自己的志趣，我不敢和你亲近，只有请你多多原谅了。”士子只好惆怅地回去了，从此就连吟诗的声音也听不到了。我说：“这是先生玩世不恭的寓言故事罢了。鬼的话，先生既没有亲自听到，旁边又没有别人听到，难道这个士子被鬼嘲笑，还肯自己说出来吗？”申苍岭先生摸着胡子笑道：“春秋时鉏麑撞槐树自杀时说的话，卫侯梦里浑良夫的喊叫，谁在旁边听到了呢？你只是追问我这个老头子！”

举人邱二田说：福建永春县深山里有一座破庙，现在全是一片焦土。相传当初这里有僧人居住，他善于念咒降妖。他的徒弟夜间偶然看见山魈，就请僧人制服。僧人说：“人是人，妖是妖，各不相犯。人在白天活动，妖在夜间活动，不会互相伤害的。世上万物并生，各自有安身的地方。妖不干预人白天活动，而人为何要禁止妖夜间活动？”时间长了，山魈在大白天也骚扰起人来，僧舍没有安宁的地方，和尚这才念咒施法术。但是，山魈已经成了气候，它们广结党羽，竟然禁制不住了。和尚发怒，云游各地，请来善于降妖的人一起回寺院。在寺院设神坛，烧纸钱，请神灵，雷电大火从天而降，山魈被歼灭，同时寺庙也烧成了灰烬。僧人捶着胸脯说：“这是我的罪过呀！当初，我的法术足以治服它们，可我却不愿取胜；等到我的道行制伏不了妖怪时，却妄想一战求胜。为博取长于教化的虚名，最后一败涂地到这种地步。养毒疮而留祸患，说的正是我啊！”

飞车刘八，是我堂孙纪树珊的车夫。他驾车把马鞭的威力发挥到极致，马匹奔跑的速度用到极致，遇到同路的马车，非要超越到前面才作罢，所以得到飞车的名声。他不管驾车的马是强壮是瘦弱，不管马是饱是饿，也不管马是死是活。他曾为几个主人家驾车，

杀马颇多。一日，御树珊往群从家，以空车返。中路马轶，为轮所轧，仆辙中。其伤颇轻，竟昏瞀不知人，舁归则气已绝矣。好胜者必自及，不仁者亦必自及。东野稷以善御名一国，而极马之力，终以败驾。况此役夫哉！自陨其生，非不幸也。

先祖光禄公，有庄在沧州卫河东。以地恒积潦，其水左右斜衺如“人”字，故名“人字汪”。后土语讹“人字”曰“银子”，又转“汪”为“洼”，以吹唇声轻呼之，音乃近“娃”，弥失其真矣。土瘠而民贫，凋敝日甚。庄南八里为狼儿口。土语以“狼儿”二字合声吹唇呼之，音近“辣”，平声。光禄公曰：“人对狼口，宜其不蕃也。”乃改庄门北向。直北五里曰木沽口，“沽”字，土音在果、戈之间。自改门后，人字汪渐富腴，而木沽口渐凋敝矣。其地气转移欤？抑孤虚之说竟真有之？

人字汪场中有积柴，俗谓之垛。多年矣。土人谓中有灵怪，犯之多致灾祸；有疾病，祷之亦或验。莫敢撷一茎，拈一叶也。雍正乙巳，岁大饥，光禄公捐粟六千石，煮粥以赈。一日，柴不给，欲用此柴，而莫敢举手。乃自往祝曰：“汝既有神，必能达理。今数千人枵腹待毙，汝岂无恻隐心？我拟移汝守仓，而取此柴活饥者，谅汝不拒也。”祝讫，麾众拽取，毫无变异。柴尽，得一秃尾巨蛇，蟠伏不动；以巨畚舁入仓中，斯须不见。从此亦遂无灵。然迄今六七十年，无敢窃入盗粟者，以有守仓之约故也。物至毒而不能不为理所屈，妖不胜德，此之谓矣。

被他累死的马很多。有一天，他驾车载树珊去堂兄弟家，空车回来。半路上，马匹突然受惊狂奔，刘八被车轮碾过，倒在车辙当中。他伤得不重，却昏迷不省人事，被人抬回家，早就断气了。好胜的人一定自食其果，不仁义的人也一定殃及自己。东野稷以善于驾驭马名扬全国，可是用尽了马的力气，马也终于垮了。何况这个车夫呢！这是自己送命，并不是不幸的意外事件。

先祖父光禄公，有处庄园在沧州卫河东岸。因为地面常有积水，水分左右两边斜伸出去，像“人”字的样子，所以叫做“人字汪”。后来方言变音，把“人字”读为“银子”，又把“汪”字改为“洼”，用唇音轻读，发音近似“娃”字，就更失去了原来名称的本义。人字汪土质贫瘠，百姓穷苦，一天天荒凉破落。庄子南面八里是狼儿口。土语把“狼儿”两个字合起来用唇音读，音近“辣”，平声。光禄公说：“人对狼口，因此才不兴旺。”于是，把庄门改成朝北，正对着北面五里外的木沽口，“沽”字，方言语音在果、戈之间。自从改了大门以后，人字汪逐渐富裕肥沃起来，而木沽口却日益衰落，是地气转移了呢，还是占卜推算的说法当真呢？

人字汪的场院上有堆积的柴草，老百姓叫垛。很多年了。当地人说柴堆里面有灵怪，冒犯了它会有灾祸；有人生病，到柴堆前祈祷，有时也灵验。没有人敢折柴堆上的一枝、拿一叶。雍正乙巳年大饥荒，光禄公捐助六千石粮食，煮粥赈济灾民。有一天，柴草不够用，想用这垛柴禾，却没有人敢动手。光禄公亲自前往祝告神灵说：“你既然有灵验，一定能通情达理。现在，几千人空着肚子等死，你难道没有恻隐之心吗？我准备把你移去看守粮仓，田这些柴堆来煮粥，救活那些饥饿的人，大概你不会拒绝吧？”祝告之后，指挥众人拉取柴草，一点儿奇异变化也没有。柴草搬完，现出一条秃尾巴的巨蛇，蟠着一动也不动。大家就用大畚箕把巨蛇抬到粮仓里，一下子就不见了。从此以后，也没有什么灵验。不过，至今六七十年，没有人敢进粮仓偷粮，因为有过叫巨蛇守粮仓的约定。再毒的东西，也不能不被道理所制服，妖怪不能战胜德行，指的就是这种事情了。

从孙树宝言：韩店史某，贫彻骨。父将殁，家惟存一青布袍，将以敛。其母曰："家久不举火，持此易米，尚可多活月馀，何为委之土中乎？"史某不忍，卒以敛。此事人多知之。会有失银钏者，大索不得。史某忽得于粪壤中。皆曰："此天偿汝衣，旌汝孝也。"失钏者以钱六千赎之，恰符衣价。此近日事。或曰："偶然也。"余曰："如以为偶，则王祥固不再得鱼，孟宗固不再生笋也。幽明之感应，恒以一事示其机耳。汝乌乎知之！"

景州李晴嶙言：有刘生训蒙于古寺，一夕，微月之下，闻窗外窸窣声，自隙窥之，墙缺似有二人影。急呼"有盗"，忽隔墙语曰："我辈非盗，来有求于君者也。"骇问："何求？"曰："猥以夙业，堕饿鬼道中，已将百载。每闻僧厨炊煮，辄饥火如焚。窥君似有慈心，残羹冷粥，赐一浇奠可乎？"问："佛家经忏，足济冥途，何不向寺僧求超拔？"曰："鬼逢超拔，是亦前因。我辈过去生中，营营仕宦，势盛则趋附，势败则掉臂如路人。当其得志，本未扶穷救厄，造有善因；今日势败，又安能遇是善缘乎？所幸货赂丰盈，不甚爱惜，孤寒故旧，尚小有周旋。故或能时遇矜怜，得一沾馀沥。不然，则如目键连母在大地狱中，食至口边，皆化猛火，虽佛力亦无如何矣。"生恻然悯之，许如所请，鬼感激呜咽去。自是每以残羹剩酒浇墙外，亦似有肸蚃，然不见形，亦不闻语。越岁馀，夜闻墙外呼曰："久叨嘉惠，

堂孙纪树宝说：韩店镇有位史某，家里穷得简直一无所有。史某的父亲临终，家里仅有一件青布袍，史某要用这件衣服装殓。母亲说："家里好几天揭不开锅，把它拿去换米，还能多活一个月，为什么把它埋进土里呢？"史某于心不忍，还是用布袍装殓了父亲。这件事有很多人知道。正逢有个人丢了一副银手镯，怎么找也没找到。史某忽然在粪堆里发现了这副银手镯。大家都说："这是老天爷偿还给你布袍的钱，用来表彰你的孝心啊。"失主用六千钱赎回手镯，恰好是一件布袍的价。这是最近发生的事。有人说："这是偶然的。"我说："如果认为是偶然，那么，王祥再怎么卧冰，也不能得鱼，孟宗再流泪，冬天也不会生出竹笋来。阴阳之间的互相感应，常会通过一件事来显现它的玄机，你们哪里知道！"

景州人李晴嶙说：有个姓刘的书生在古庙里教儿童读书，一天晚上，月色微明，他听到窗外有窸窸窣窣的声音，从窗户缝隙往外一看，见墙缺口处有两个人影。刘生急忙喊"有贼！"忽然隔墙有声音说："我们不是贼，是有事情来求您啊。"刘生惊恐地问："求我什么？"墙外答道："我们因为前生罪孽，堕入饿鬼道中，已将近一百年了。每当闻到厨房烧火做饭，就饥火如焚。我们偷偷地看，觉得您有慈悲心，能否用残羹剩饭祭奠我们一下呢？"刘生说："佛教徒们整天诵经忏悔，足以周济阴间的鬼，你们为什么不向和尚求助超度？"饿鬼回答："鬼逢超度也是前因。我俩前生在官场钻营，谁有权势就巴结谁，一旦衰败了，就一甩胳膊离开如同陌路人。我们得意时，也没做过济贫救弱的好事，积下功德；如今势败，又怎能得到善报呢？幸运的是，当初对所得不义之财，还不那么吝惜，对亲朋好友、饥寒孤寡的人也小有周济。因此，有时也能得到些小小的怜悯，吃上一口残羹剩饭。不然，一定会像目犍连的母亲一样，在大地狱里，食物到了嘴边都化为猛火，就是神佛之功，也无能为力呵。"刘生可怜这两个饿鬼，就答应了他们的要求，鬼感激地呜咽着离去。从此以后，刘生经常把残羹剩酒洒向墙外，也能听到墙外隐隐约约似乎有声音回应，但见不到形状，也听不见说话。过了一年多，夜里听到墙外有人说："感谢对我们的长久赐予，

今来别君。”生问：“何往？”曰：“我二人无计求脱，惟思作善以自拔。此林内野鸟至多，有弹射者，先惊之使高飞；有网罟者，先驱之使勿入。以是一念，感动神明，今已得付转轮也。”生尝举以告人曰：“沉沦之鬼，其力犹可以济物，人奈何谢不能乎？”

族兄中涵知旌德县时，近城有虎暴，伤猎户数人，不能捕。邑人请曰：“非聘徽州唐打猎，不能除此患也。”休宁戴东原曰：“明代有唐某，甫新婚而戕于虎。其妇后生一子，祝之曰：‘尔不能杀虎，非我子也。后世子孙如不能杀虎，亦皆非我子孙也。’故唐氏世世能捕虎。”乃遣吏持币往。归报唐氏选艺至精者二人，行且至。至则一老翁，须发皓然，时咯咯作嗽；一童子十六七耳。大失望，姑命具食。老翁察中涵意不满，半跪启曰：“闻此虎距城不五里，先往捕之，赐食未晚也。”遂命役导往。役至谷口，不敢行，老翁哂曰：“我在，尔尚畏耶？”入谷将半，老翁顾童子曰：“此畜似尚睡，汝呼之醒。”童子作虎啸声。果自林中出，径搏老翁。老翁手持一柄短斧，纵八九寸，横半之，奋臂屹立。虎扑至，侧首让之。虎自顶上跃过，已血流仆地。视之，自颔下至尾闾，皆触斧裂矣。乃厚赠遣之。

老翁自言炼臂十年，炼目十年。其目以毛帚扫之不瞬，其臂使壮夫攀之，悬身下缒不能动。《庄子》曰：“习伏众神，

今天特地来向您告别。”刘生问：“到哪儿去？”鬼说：“我们俩没办法求得超脱，只想做点儿好事以求自拔。这片树林里野鸟很多，有来射杀的，我俩先惊吓鸟叫它们高飞；有用网捕捉的，我俩就事先驱赶它们，不让鸟儿入网。因为这一心念，感动了神明，已经允许我俩转轮托生了。”刘生曾经把这段故事讲给别人听，说：“沉沦的鬼尚且能用微薄之力救济生物，为什么人却说力不能及，推辞着不肯去做呢？”

堂兄纪中涵任旌德知县时，靠近县城的地方有老虎肆虐，咬伤了几名猎手，无法捕捉。当地人请求说：“除非聘请徽州唐打猎家，否则不能消除虎患。”休宁县戴东原说：“明代有个姓唐的人，刚结婚就被老虎吃了。后来他的妻子生了个儿子，祈祷说：‘你如果不能杀死老虎，就不是我的儿子。后代子孙如果不能杀死老虎，也都不是我的子孙。’所以唐家世世代代都会捕杀老虎。”于是纪中涵派下属带着银钱去聘请。下属回来报告，唐家选派两位武艺最高强的，马上就要来了。唐家两个人到了，原来一个是老爷子，胡子头发雪白，还时时“咯咯”地咳嗽；一个是十六七岁的少年。纪中涵很失望，命令手下姑且给这两个猎手准备酒饭。老爷子觉察纪中涵不满意，就行礼道：“听说这只老虎在离城不到五里的地方，不如先去捕杀，回来再赏饭也不迟。”纪中涵就派差役带这两个人前去。差役走到山谷入口，不敢再走，老爷子冷笑着说：“有我在这里，你还害怕吗？”进入山谷一半时，老爷子回头对少年说：“这畜生好像还在睡觉，你来喊醒它。”少年就模仿老虎的啸声。老虎果然从树林里冲出，直扑老爷子。老爷子手里拿着一把短柄的斧头，长八九寸，阔只有四五寸，高举手臂，直挺挺地站着。老虎扑过来，老爷子把头一歪，让老虎越过。老虎从老爷子的头顶飞跃而过，就流血滚地死去了。仔细一看，老虎从下巴至尾骨，都擦着斧头而过，全身被剖开两半了。纪中涵就重赏两个猎人，送他们回去。

老爷子说，臂力练了十年，眼力练了十年。他的眼睛，练到用毛帚扫也不会眨眼；他的手臂，即使强壮汉子攀着，把身子吊在手臂上，也不会动一动。《庄子》说：“技艺熟练能使技艺超群的人们佩服，

巧者不过习者之门。”信夫。尝见史舍人嗣彪，暗中捉笔书条幅，与秉烛无异。又闻静海励文恪公，剪方寸纸一百片，书一字其上，片片向日叠映，无一笔丝毫出入。均习而已矣，非别有谬巧也。

李庆子言：山东民家，有狐居其屋数世矣。不见其形，亦不闻其语；或夜有火烛盗贼，则击扉撼窗，使主人知觉而已。屋或漏损，则有银钱铿然坠几上。即为修葺，计所给恒浮所费十之二，若相酬者。岁时必有小馈遗置窗外。或以食物答之，置其窗下，转瞬即不见矣。从不出嬲人，儿童或反嬲之，戏以瓦砾掷窗内，仍自窗还掷出。或欲观其掷出，投之不已，亦掷出不已，终不怒也。一日，忽檐际语曰：“君虽农家，而子孝弟友，妇姑娣姒皆婉顺，恒为善神所护，故久住君家避雷劫。今大劫已过，敬谢主人，吾去矣。”自此遂绝。从来狐居人家，无如是之谨饬者，其有得于老氏“和光”之旨欤！卒以谨饬自全，不遭劾治之祸，其所见加人一等矣。

从侄虞惇，从兄懋园之子也。壬子三月，随余勘文渊阁书，同住海淀槐西老屋。余婿袁煦之别业，余葺治之，为轮对上直憩息之地。言懋园有朱漆藤枕，崔庄社会之所买，有年矣。一年夏日，每枕之，辄嗡嗡有声，以为作劳耳鸣也。旬馀后，其声渐厉，似飞虫之振羽。又月馀，声达于外，不待就枕始闻矣。疑而剖视，

能工巧匠不过是勤学苦练的结果。”这是可信的。我曾经见过史嗣彪舍人，他可以在黑暗中提笔写条幅，写出的条幅，和点着灯写的完全一样。又听说静海的励文恪公，剪一百张一寸正方的纸片，每片都写上一个相同的字，把这些纸片叠在一起，迎着太阳透视观察，每张纸片的字没有一笔一画有丝毫相差。这些都是练习勤奋而已，并不是另有什么巧妙的捷径可走。

李庆子说：山东有一户百姓家，狐精居住在他家已经几代了。平常不见狐精身形，也听不见声音；有时夜间如果有火灾或者盗贼，狐精就敲门摇窗，让主人知道。屋子有了漏损，就有银钱“铛啷”一声落到几案上。用这些银钱修缮房屋，费用总是能富裕十分之二，好像是对主人的酬谢。到了过年时，狐精必定赠送些小礼品，放在窗外。主人有时用食物答谢，放在狐精住的屋子窗外，转眼就不见了。狐精从来不扰人，有时候小孩子反而去惹狐精，往里面扔砖头瓦片玩，狐精也只是再从窗户扔出来。有时小孩子要看里面怎么往外扔，就不停地往里投，狐精不过是不停地往外扔，始终不发怒。有一天，忽然听到房檐上有声音说：“您虽说是农家，但是儿女孝敬，兄弟友爱，婆媳、妯娌和睦，常被神灵保护着，所以我长期居住在您家里，以避雷劫。如今大劫已过，敬谢主人，告辞了。”此后，再也没有狐精了。狐精居住在人家，从来也没有这么小心谨慎、自我约束的，大概他们是懂得了老子关于“和光同尘”的要旨了吧！他们终因小心谨慎、自我约束保全了自己，避免了被符咒法术制服的祸患，这种见识可以说高人一等了。

我的堂侄虞惇，是堂兄懋园的儿子。乾隆壬子年三月，他随我在文渊阁校勘书籍，一起住在海淀的槐西老屋里。这是我女婿袁煦的别墅，我修缮之后，作为轮到值班时休息的地方。他说懋园有个朱漆藤枕，是从崔庄的集市上买的，已经有些年头了。有一年夏天，懋园每次枕上这个藤枕，就会听到“嗡嗡”声，起初以为是操劳过度，自己耳鸣。十几天后，声音越来越大，好似是飞虫在振动羽翼。又过一个多月，嗡嗡声传出枕外，不等枕到枕头上也能听见了。疑惑不解，就剖开藤枕察看，

则一细腰蜂鼓翼出焉。枕四围无针芥隙，蜂何能遗种于内？如未漆时先遗种，何以越数岁乃生？或曰："化生也。"然蜂生以蛹，不以化。即果化生，何以他处不化而化于枕？他枕不化而化于此枕？枕中不饮不食，何以两月馀犹活？设不剖出，将不死乎？此理殊不可晓也。

虞惇又言：掖县林知州禹门，其受业师也。自言其祖年八十馀，已昏耄不识人，亦不能步履，然犹善饭。惟枯坐一室，苦郁郁不适。子孙恒以椅舁至门外延眺，以为消遣。一日，命侍者入取物，独坐以俟。侍者出，则并椅失之矣。阖家悲泣惶骇，莫知所为；裹粮四出求之，亦无踪迹。会有友人自劳山来，途遇禹门，遥呼曰："若非觅若祖乎？今在山中某寺，无恙也。"忽驰访之，果然。其地距掖数百里，僧不知其何以至。其祖但觉有二人舁之飞行，亦不知其为谁也。此事极怪而非怪，殆山魈狐魅播弄老人以为游戏耳。

戈孝廉廷模，字式之，芥舟前辈长子也。天姿朗彻，诗格书法，并有父风。于父执中独师事余。余期以远到，乃年四十馀，始选一学官。后得心疾，忽发忽止，竟夭天年。余深悲之，偶与从孙树珏谈及。树珏因言其未殁以前，读书至夜半，偶即景得句曰："秋入幽窗灯黯淡。"属对未就，忽其友某揭帘入，延与坐谈，因告以此句。其友曰："何不对以'魂归故里月凄清'。"式之愕然曰："君何作鬼语？"转瞬不见，

结果有一只细腰蜂扇动着翅膀飞了出来。藤枕周围密闭，连针尖大的孔隙都没有，蜂怎么能在枕内产卵呢？如果枕头在没有油漆时就被蜂产过卵，怎么会过了几年以后才生出蜂来？有人说："这是自然界化生的。"可是，蜂向来都是蛹生，从不化生。即使真的是化生，为何不在别处化生而单在枕头里化生？为何不在其他枕头里化生而偏偏在这只枕头里化生？蜂在枕头里不吃不喝，两个多月怎么还能活下来？假设不是剖开枕头让它飞出来，这蜂就会不死吗？这其中的缘故太不可理解了。

虞惇又说：掖县知州林禹门是他的老师。林禹门自己说，他祖父八十多岁了，年老糊涂，已经不认识人了，也不能走路，但是饭量很大。只是一个人呆呆地坐在房间里，感到闷闷不乐，很不舒服。子孙们经常用椅子把他抬出去，看看远处的风景，作为消遣。有一天，老人让侍候他的人进去拿东西，他独自坐在门外等着。仆人拿东西出来，老人和椅子全不见了。全家人伤心惊慌，不知怎么办才好；带上干粮，四处寻找，依然没有踪迹。恰巧有个朋友从崂山来，在路上遇到了林禹门，远远呼叫着说："你是来找爷爷的吧？他在崂山的一座庙里，一切都很好。"林禹门急忙奔赴崂山，果然老人在那里。崂山与掖县相距几百里，庙里的和尚也不知老人是怎么来的。老人只觉得有两个人抬着他的椅子飞跑，但不知道是什么人。这件事非常怪异但又不怪，也许是山魈、狐仙、鬼魅之类捉弄老人，当成一种游戏而已。

举人戈廷模，字式之，是前辈戈芥舟的长子。戈廷模形貌清俊，诗艺书法，都有他父亲的风格。在他父亲的同辈人中，他唯独把我当作他的老师。我对他也抱着很大的期望，但他直到四十岁，才被选任了个学官。后来得了心脏病，时发时好，竟然早逝了。我深感悲痛，偶然和堂孙纪树珏提起戈廷模。树珏说戈廷模去世之前，读书到深夜，偶然即景写了一句诗："秋入幽窗灯黯淡。"下联还没写出来，忽然见他的一位朋友掀帘进来，戈廷模让坐，告诉他这一句诗。那位朋友说："你何不以'魂归故里夜凄清'来对呢？"戈廷模吃惊地问："你怎么说起鬼话来了？"朋友转眼就不见了，

乃悟其非人。盖衰气先见，鬼感衰气应之也。故式之不久亦下世。与《灵怪集》载曹唐《江陵佛寺》诗“水底有天春漠漠”一联事颇相类。

曹慕堂宗丞言：有夜行遇鬼者，奋力与角。俄群鬼大集，或抛掷沙砾，或牵拽手足。左右支吾，大受箠击，颠踣者数矣。而愤恚弥甚，犹死斗不休。忽坡上有老僧持灯呼曰：“檀越且止！此地鬼之窟宅也，檀越虽猛士，已陷重围。客主异形，众寡异势，以一人气血之勇，敌此辈无穷之变幻，虽贲、育无幸胜也，况不如贲、育者乎？知难而退，乃为豪杰。何不暂忍一时，随老僧权宿荒刹耶？”此人顿悟，奋身脱出，随其灯影而行。群鬼渐远，老僧亦不知所往。坐息至晓，始觅得路归。此僧不知是人是鬼，可谓善知识耳。

海淀人捕得一巨鸟，状类苍鹅，而长喙利吻，目睛突出，眈眈可畏。非鹫非鹳，非鸨非鸬鹚，莫能名之，无敢买者。金海住先生时寓直澄怀园，独买而烹之，味不甚佳。甫食一二脔，觉胸膈间冷如冰雪，坚如铁石；沃以烧春，亦无暖气。委顿数日，乃愈。或曰：“张读《宣室志》载，俗传人死数日后，当有禽自柩中出，曰‘杀’。有郑生者，尝在隰川，与郡官猎于野，网得巨鸟，色苍，高五尺馀；解而视之，忽然不见。里中人言有人死且数日，卜者言此日‘杀’当去。其家伺而视之，果有巨鸟苍色自柩中出。”又，《原化记》载，韦滂借宿人家，射落“杀”鬼，烹而食之，味极甘美。先生所食，或即“杀”鬼所化，故阴凝之气如是欤？倪馀疆时方同直，闻之笑曰：“是又一终南进士矣。”

戈廷模这才醒悟对方不是人。因为他先已出现了衰气，鬼感受到了才来的。所以戈廷模不久也死了。这和《灵怪集》里记载的曹唐所作《江陵佛寺》诗中“水底有天春漠漠”一句的事特别相似。

曹慕堂宗丞说：有一个人赶夜路，遇到了鬼，就尽力同鬼争斗。不一会儿，大群的鬼拥过来，有的抛掷沙石，有的拉手拖脚。这个人左挡右防，受尽捶打，跌倒爬起很多次。这人更加愤怒，拚死争斗不停。忽然山坡上有个老和尚举着灯笼喊道：“施主不要再打了。这里是鬼的老窝，施主虽然是猛士，已经陷入重围了。客人和主人形类不同，人数多寡又不对等，以你一个人的勇猛，去对付这些鬼无穷的变化，即使有古代勇士孟贲、夏育的力量，也不能侥幸取胜，何况你还不及孟贲、夏育呢！知难而退，才是豪杰。你为什么不暂时忍耐一下，暂且跟老和尚到荒凉的寺院住一个晚上呢？”这个人顿时醒悟，奋力脱身，跟着老和尚的灯光走。群鬼越来越远了，老和尚也不知去向。这人坐下休息，到早晨才找到路回家。这个老和尚不知是人是鬼，但可以说是通晓一切的了。

海淀的人捉到一只很大的鸟，样子像只灰鹅，嘴巴又长又尖，两眼突出，眼神很凶恶可怕。这只大鸟不是野鸭，不是老鹳，不是鸨鸟，不是鸬鹚，没人能说出它的名字，也没人敢买它。当时金海住先生正在澄怀园值班，自己买来杀了煮熟，味道不怎么样。刚吃下去一两块，就觉得胸膈之间冷如冰雪，坚硬如铁石；喝了两杯烧酒，仍然没有暖和过来。不舒服了几天，才好了。有人说：“张读的《宣室志》中记载，民间传说人死几天之后，就有鸟从棺材里飞出来，这鸟叫‘杀’。有个姓郑的，在隰川郊外陪郡官打猎，网住了一只大鸟，灰色，有五尺多高；想把大鸟从网里取出来仔细看，忽然不见了。村子里有人说某人死了好几天，卜者说这一天‘杀’要离去。家属等在旁边看，果然有一只灰色大鸟从棺材里飞出来。”还有，《原化记》记载，韦滂寄宿人家，用箭射落了“杀”鬼，煮熟之后吃了，味道极美。先生吃的那只大鸟，大概也是“杀”鬼所幻化的，所以阴冷的气凝结得这样利害吧？倪馀疆先生正与金海住先生一起值班，听了这种说法，笑着说：“咱们这里又出现了一个终南进士钟馗！”

自黄村至丰宜门，俗谓之南西门。凡四十里。泉源水脉，络带钩连，积雨后污潦沮洳，车马颇为阻滞。有李秀者，御空车自固安返。见少年约十五六，娟丽如好女，蹩躠泥涂，状甚困惫。时日已将没，见秀行过，有欲附载之色，而愧沮不言。秀故轻薄，挑与语，邀之同车。忸怩而上。沿途市果饵食之，亦不甚辞。渐相软款，间以调谑。面赪微笑而已。行数里后，视其貌似稍苍，尚不以为意。又行十馀里，暮色昏黄，觉眉目亦似渐改。将近南苑之西门，则广颡高颧，鬑鬑有须矣。自讶目眩，不敢致诘。比至逆旅下车，乃须鬓皓白，成一老翁，与秀握手作别曰："蒙君见爱，怀感良深。惟暮齿衰颜，今夕不堪同榻，愧相负耳。"一笑而去，竟不知为何怪也。秀表弟为余厨役，尝闻秀自言之。且自悔少年无状，致招狐鬼之侮云。

文安王岳芳言：有杨生者，貌姣丽，自虑或遇强暴，乃精习技击，十六七时，已可敌数十人。会诣通州应试，暂住京城。偶独游陶然亭，遇二回人强邀入酒肆。心知其意，姑与饮啖，且故索珍味食。二回人喜甚，因诱至空寺，左右挟坐，遽拥于怀。生一手按一人，并踣于地，以足踏背，各解带反接，抽刀拟颈曰："敢动者死！"褫其下衣，并淫之，且数之曰："尔辈年近三十，岂足供狎昵！然尔辈污人多矣，吾为孱弱童子复仇也。"徐释其缚，掉臂径出。后与岳芳同行，遇其一于途。

从黄村到丰宜门，老百姓叫做南西门。共有四十里。此地是泉水河沟的源头，河汊水沟交错如网，积雨后道路泥泞，车马行走很不方便。有个叫李秀的人，驾着空车从固安回家。途中见到一个十五六岁的少年，清秀苗条，像个漂亮女子，正艰难地在泥路上走，看样子已经十分疲惫。当时天色已晚，少年见李秀顺路空车，流露出搭车的意思，但是害羞没有开口。李秀向来轻薄，主动说话挑逗少年，邀他上车。少年羞答答地上了车。沿途李秀买了一些果品给少年吃，少年也没怎么推辞。李秀渐渐地甜言蜜语与少年调情，少年也只是红着脸微笑而已。走了几里路后，少年的相貌似乎苍老了一些，一时还没有在意。又走了十几里路，暮色昏黄，李秀觉得少年的眉目似乎渐渐变了。将近南苑西门的时候，少年已经宽脑门、高颧骨，长出胡须来了。他惊讶自己可能是眼花，没敢多问。等到了旅店下车，少年已经须发全白，完全是个老翁了。老翁与李秀握手告别说："承蒙您喜欢，十分感动。只是垂暮之年，颜色衰败，今晚是不堪与君同床了。辜负了你的盛情，真是惭愧！"朝李秀一笑，转身离去，到底不知道是什么精灵鬼怪。李秀的表弟是我的厨师，曾经听李秀亲口讲述这件怪事。李秀自己讲述这件事时，表示很后悔年轻时荒唐，才招来了狐鬼的捉弄。

文安人王岳芳说：有个姓杨的书生，长得很漂亮，他担心可能遇到强暴，就精练武艺，十六七岁时，就已能抵挡几十个人了。他去通州应考，在京城暂住。偶然一个人到陶然亭游玩，遇到两个回民，强拉他到酒店喝酒。杨某知道他们不怀好意，姑且与他们吃喝，并故意点很贵的菜。两个回民非常高兴，把他骗到一座空庙里，一左一右挟制他坐着，突然把他拥到怀里。杨生一手一个，把两人按在地上，用脚踏住他们的脊背，解下他们的裤带，反绑了两手，抽出刀架在他们的脖子上说："谁敢动就要他的命！"他扒下两人的裤子，侮辱了一番，教训他们说："你们近三十岁了，哪里值得玩弄！不过你们玷污的人太多了，我要为被你们污辱的孩子们报仇。"说完，从容地给他俩松了绑，一甩胳膊径直离去。后来，杨生与王岳芳同行，在路上碰上了两个回民中的一个。

顾之一笑，其人掩面鼠窜去。乃为岳芳具道之。岳芳曰：“戕命者使还命，攘财者使还财，律也，此当相偿者也。惟淫人者有治罪之律，无还使受淫之律，此不当偿者也。子之所为，谓之快心则可，谓之合理则未也。”

从孙树畬言：南村戈孝廉仲坊，至遵祖庄土语呼榛子庄，遵、榛叠韵之讹，祖、子双声之转也。相近又有念祖桥，今亦讹为埝左。会曹氏之葬。闻其邻家鸡产一卵，入夜有光，仲坊偕数客往观。时已昏暮，灯下视之，无异常卵。撤去灯火，果吐光荧荧，周卵四围如盘盂。置诸室隅，立门外视之，则一室照耀如昼矣。客或曰：“是鸡为蛟龙所感，故生卵有是变怪。恐久而破壳出，不利主人。”仲坊次日即归，不知其究竟如何也。

案，木华《海赋》曰：“阳冰不冶，阴火潜然。”盖阳气伏积阴之内，则郁极而外腾。《岭南异物志》称海中所生鱼蜃，置阴处有光。《岭表录异》亦称黄蜡鱼头，夜有光如笼烛，其肉亦片片有光。水之所生，与水同性故也。必海水始有火，必海错始有光者，积水之所聚，即积阴之所凝，故百川不能郁阳气，惟海能郁也。至暑月腐草之为萤，以层阴积雨，阳气蒸而化为虫；塞北之夜亮木，以冰谷雪岩，阳气聚而附于木。萤不久即死，夜亮木移植盆盎，越一两岁亦不生明。出潜离隐，气得舒则渐散耳。惟鸡卵夜光则理不可晓，蛟龙所感之说，亦未必然。按，段成式《酉阳杂俎》称岭南毒菌夜有光，杀人至速。盖瘴疠所钟，以温热发为阳焰。此卵或沴疠之气，偶聚于鸡；

杨生向他微微一笑，那人吓得抱头鼠窜。杨生就把来龙去脉告诉了王岳芳。王岳芳说："杀人偿命，欠债还钱，律令规定这是应该偿还的。只有奸淫别人，另外又有判罪的律条，没有让奸污人的反过来受奸淫的律条，这是不该偿还的。你这么做，痛快倒是痛快，说它合理就不见得了。"

侄孙树森说：南村有个举人戈仲坊，到遵祖庄土语叫"榛子庄"，"遵"成"榛"是叠韵的变化，"祖"成"子"是双声的转换。相近地方又有"念祖桥"，现在也变音为"埝左"。参加曹家的葬礼。他听说曹家邻居的鸡生了一只蛋，到夜晚会发光，就和几位宾客一起去看。当时已是黄昏，在灯下看这只蛋，和一般鸡蛋没有不同。拿走灯火后，果然发出荧荧的光芒，在鸡蛋周围形成一个盘子大的光圈。把它放在房间的一角，站在门外看，就见光芒把整个房间都照得像白天一样明亮。有个客人说："这只鸡可能是受了蛟龙的精气，所以生下这样奇怪的蛋。只怕以后小鸡破壳而出，对主人不吉利。"戈仲坊第二天就回家了，不知道最后有什么事情发生。

据考证，木华的《海赋》说："阳冰不冶，阴火潜然。"原来阳气潜伏在积累阴气之中，到了饱和的程度，就要挥发出来。《岭南异物志》说海里产生的鱼蜃，放在暗处会发光。《岭表录异》也说有一种黄蜡鱼头，夜晚能发光，像一只灯笼，它的肉也是一片片会发光。水里的生物，和水的性质相同。一定要是海水才会有火，一定是海中各种海产品才会发光的情况，是因为水积聚的，也是阴气所凝聚的，所以河流不能够包容阳气，只有海才能包容。至于暑天野草腐烂产生了萤火虫，是因为阴云堆积就下雨，阳气蒸腾就化育昆虫；塞外的夜亮木，是因为有冰山雪峰的阳气聚集依附在树木上。萤火虫很快就死亡，夜亮木移栽到盆缸中，过一两年也不会发光了。离开潜伏隐蔽的地方，阳气得到伸展，也就渐渐消散了。只是鸡蛋夜里发光的道理，还是不清楚，蛟龙使鸡受精的说法，也不一定对。段成式的《酉阳杂俎》说到岭南有一种毒菌，晚上能发光，毒死人的速度最快。这是瘴疠之气所聚集，因为温热气候引发为明亮的火焰。这只鸡蛋或者是灾害不祥之气偶然聚集在鸡身上所致；

或鸡多食毒虫，久而蕴结，如毒菌有光之类，亦未可知也。

从侄虞惇言：闻诸任邱刘宗万曰：“有旗人赴任丘催租，适村民夜演剧，观至二鼓乃散。归途酒渴，见树旁茶肆，因系马而入。主人出，言火已熄，但冷茶耳。入室良久，捧茶半杯出，色殷红而稠粘，气似微醒。饮尽，更求益。曰：‘瓶已罄矣，当更觅残剩。须坐此稍待，勿相窥也。’既而久待不出，潜窥门隙，则见悬一裸女子，破其腹，以木撑之，而持杯刮取其血。惶骇退出，乘马急奔。闻后有追索茶钱声，沿途不绝。比至居停，已昏瞀坠仆。居停闻马声出视，扶掖入。次日乃苏，述其颠末。共往迹之，至系马之处，惟平芜老树，荒冢累累，丛棘上悬一蛇，中裂其腹，横支以草茎而已。”此与裴硎《传奇》载卢涵遇盟器婢子杀蛇为酒事相类。然婢子留宾，意在求偶。此鬼鬻茶胡为耶？鬼所需者冥镪，又向人索钱何为耶？

田香谷言：景河镇西南有小村，居民三四十家。有邹某者，夜半闻犬声，披衣出视。微月之下，见屋上有一巨人坐。骇极惊呼，邻里并出。稍稍审谛，乃所畜牛昂首而蹲，不知其何以上也。顷刻喧传，男妇皆来看异事。忽一家火发，焰猛风狂，阖村几尽为焦土。乃知此为牛祸，兆回禄也。姚安公曰：“时方纳稼，豆秸谷草，堆秫篱茅屋间，衺延相接。农家作苦，家家夜半皆酣眠。突尔遭焚，则此村无噍类矣。天心仁爱，以此牛惊使梦醒也，何反以为妖哉！”

或者是鸡吃的有毒昆虫太多，长期以来毒素郁结在蛋上，就像毒菌有光的一样，也不是不可能的。

堂侄虞惇说：听任邱人刘宗万讲：“有个旗人到任邱县来收租，赶上村民夜里演戏，他看到二更天戏才散。返回旅馆途中，酒后口渴，见大树边有个茶馆，就拴马进了茶馆。茶馆主人出来，说炉火已经熄灭，只有凉茶了。店主人进去半天，才端出半杯茶，那茶殷红而黏稠，有点儿说不出的味儿。旗人一饮而尽，还要喝。主人说：‘瓶已经控干了，我再去找找有没有剩的。您坐在这里稍等片刻，别往里边偷看。’等了好久，也不见主人出来，旗人偷偷从门缝往里看，只见悬挂着一个裸体女人，肚子已经开膛，用一根木棍撑着，主人正拿着杯子刮女人肚子里的血。旗人吓得急忙逃出店门，骑上马拼命奔跑。只听后面有人追赶索要茶钱声，一路不停。等他跑回住处，已经昏昏沉沉，从马上掉了下来。主人听到马蹄声出来，把他扶进屋里。第二天他才醒过来，讲述了始末。大家一起去找，只见昨天拴马的地方，只有荒草老树，荒坟累累，在一处荆刺丛中，悬挂着一条蛇，腹部被剖开，有一根草棍横向撑着。”这和唐朝裴硎所著《传奇》记载卢涵遇到盟器丫头杀蛇当酒的故事相似。不过，丫头挽留宾客，用意在于希望结成夫妇。这里的鬼卖茶，为了什么呢？鬼所需要的是纸钱，又向人讨银钱干什么用呢？

田香谷说：景河镇西南有个小村庄，有三四十户居民。有个邹某，半夜听见狗叫，披着衣服出来察看。在微弱的月光下，看见屋顶上坐着的一个巨人。他害怕极了呼喊起来，邻里全都出来了。再稍微仔细地看坐着的那个，原来是自家养的牛昂首蹲在房上，谁也不知道是怎么上去的。顷刻吵吵嚷嚷传遍全村，男女老少都来看牛上房的怪事。这时，忽然有一家着了火，风狂火猛，全村几乎成了焦土。人们这才明白牛上房的怪事是牛祸，预兆火灾。姚安公说：“当时正在秋收，豆秸谷草堆积在秫篱茅屋之间，连绵相接。农家白天劳累一天，半夜时分都在酣睡。这时如果突然遭到焚烧，全村男女老少就都烧死了。天心仁爱，用这头牛惊醒全村人避火，怎么反而说成是牛妖呢！”

同郡某孝廉未第时，落拓不羁，多来往青楼中。然倚门者视之，漠然也。惟一妓名椒树者此妓佚其姓名，此里巷中戏谐之称也。独赏之，曰："此君岂长贫贱者哉！"时邀之狎饮，且以夜合资供其读书。比应试，又为捐金治装，且为其家谋薪米。孝廉感之，握臂与盟曰："吾傥得志，必纳汝。"椒树谢曰："所以重君者，怪姊妹惟识富家儿；欲人知脂粉绮罗中，尚有巨眼人耳。至白头之约，则非所敢闻。妾性冶荡，必不能作良家妇；如已执箕帚，仍纵怀风月，君何以堪！如幽闭闺阁，如坐囹圄，妾又何以堪！与其始相欢合，终致仳离，何如各留不尽之情，作长相思哉。"后孝廉为县令，屡招之不赴。中年以后，车马日稀，终未尝一至其署。亦可云奇女子矣。使韩淮阴能知此意，乌有"鸟尽弓藏"之憾哉！

胶州法南野，飘泊长安，穷愁颇甚。一日，于李符千御史座上，言曾于泺口旅舍见二诗，其一曰："流落江湖十四春，徐娘半老尚风尘。西楼一枕鸳鸯梦，明月窥窗也笑人。"其二曰："含情不忍诉琵琶，几度低头掠鬓鸦。多谢西川贵公子，肯持红烛赏残花。"不署年月姓名，不知谁作也。余曰："此君自寓坎坷耳。然五十六字足抵一篇《琵琶行》矣。"

益都李生文渊，南涧弟也。嗜古如南涧，而博辨则过之。不幸夭逝，南涧乞余志其墓。匆匆未果，并其事状失之，至今以为憾也。

一日，在余生云精舍讨论古礼，因举所闻一事曰：博山有书生，夜行林莽间，见贵官坐松下，呼与语。谛视，乃其已故表丈某公也，不得已近前拜谒。问家事甚悉。生因问：

我同郡的一位举人考取功名前，穷困潦倒，放荡不羁，常来往于妓院。然而烟花女子都不怎么搭理他。只有一个叫椒树的妓女这个妓女已不知姓名，这个名字是妓院里的人给她起的绰号。赏识他，说："这位郎君怎么会长久地贫穷下去呢！"时常请他来宴饮亲热，并且拿出接客的钱资助他读书。等到应考时，椒树又出钱为他准备行装，还为他家准备了柴米油盐。举人感激她，拉着椒树的手发誓说："倘若我得到一官半职，一定娶你为妻。"椒树辞谢说："我所以器重您，只是怪姐妹们只认识富家儿；我想让人们明白，在敷脂粉、穿绸缎的女人里，也有慧眼识贤的人。至于白头偕老的约定，我是不敢想的。我性情放荡，必定当不成良家妇女；如果我成了您的妻子，依然纵情声色，您怎么受得了！如果把我幽禁在闺阁中，我就像进了监狱，我怎么受得了！与其开始欢合，最终离异，还不如互留相思之情，作为长久的思念。"后来，这个举人官居县令，他多次请椒树来，椒树都没有答应。后来，椒树年纪大了，门前车马渐渐稀少，她也没有到县衙去过一次。这也可称得上是一位奇女子了。假如当年淮阴侯韩信能够体会这层意思，哪里还会有"飞鸟尽，良弓藏"的遗憾呢！

胶州人法南野，在长安城流浪漂泊，十分穷困潦倒。一天，他在御史李符千家中做客时，说他曾在泺口旅馆见过两首诗，第一首说："流落江湖十四春，徐娘半老尚风尘。西楼一枕鸳鸯梦，明月窥窗也笑人。"第二首说："含情不忍诉琵琶，几度低头掠鬓鸦。多谢西川贵公子，肯持红烛赏残花。"诗后没有署年月、姓名，不知道是谁写的。我说："这是您自己寄托坎坷的遭遇而已。不过这五十六个字，能够抵得上白居易的《琵琶行》了。"

益都的李文渊秀才，是南涧的弟弟。和南涧一样喜好古物，但见识广博，议论精到，超过南涧。不幸年纪轻轻就死了，南涧请我写一篇墓志。我在匆忙之间，没有写成，而且连文渊的事迹行状都丢失了，到现在还感到遗憾。

曾有一天，在我的生云精舍中讨论古代礼仪，李秀才谈到听来的一件事：博山有个书生，夜间赶路经过树林，看到松树下坐着一位大官，大官叫他过去说话。仔细一看，这位官员原来是去世的表丈某人。没有办法，书生只好上前行礼。官员详细地询问书生家里的情况。书生就问：

“古称体魄藏于野，而神依于庙主。丈人有家祠，何为在此？”某公曰：“此泥于古不墓祭之文也。夫庙祭地也，主祭位也，神之来格，以是地是位为依归焉耳。如神常居于庙，常附于主，是世世祖妣与子孙人鬼杂处也。且有庙有主，为有爵禄者言之耳。今一邑一乡之中，能建庙者万家不一二，能立祠者千家不一二，能设主者百家不一二。如神依主而不依墓，是百千亿万贫贱之家，其祖妣皆无依之鬼也，有是理耶？知鬼神之情状者，莫若圣人。明器之礼，自夏后氏以来矣。使神在主而不在墓，则明器当设于庙。乃皆瘗之于墓中，是以器供神而置于神所不至也，圣人顾若是颠耶？卫人之袝离之，殷礼也；鲁人之袝合之，周礼也。孔子善周。使神不在墓，则墓之分合，了无所异，有何善不善耶？《礼》曰：‘父没而不忍读父之书，手泽存焉尔。母亡而不忍用其杯棬，口泽存焉尔。’一物之微，尚且如是，顾以先人体魄，视如无物；而别植数寸之木，曰此吾父吾母之神也，毋乃不知类耶？寺钟将动，且与子别。子今见吾，此后可毋为竖儒所惑矣。”生匆遽起立，东方已白。视之正其墓道前也。

陈裕斋言：有僦居道观者，与一狐女狎，靡夕不至。忽数日不见，莫测何故。一夜，搴帘含笑入。问其旷隔之由。曰：“观中新来一道士，众目曰仙。虑其或有神术，姑暂避之。

“自古以来，人家都说人死后遗骸埋在郊野，灵魂依附在家庙的神主牌位上。表丈本来有家祠，怎么会在这里呢？”官员说：“这是人们拘泥于自古不去坟墓祭祀的说法而已。家庙家祠是祭祀的地方，主要祭祀神主牌位，灵魂的降临，是以祠庙神主作为依附的。如果灵魂经常留在家庙里，附在神主牌位上，那就是世世代代的祖先和活着的子孙人鬼杂处。而且，家庙里有神主牌位，有封号有官位的人才是这样。现在一个地区一个乡村，能建造家庙的，一万家里也不到一两家；能建立祠堂的，一千家里也不到一两家；能设立神主牌位的，一百家里也没有一两家。如果灵魂只是依附牌位而不依附坟墓，那么千千万万贫穷卑贱的人家，他们的祖先都成了无处依附的鬼魂了，有这种道理吗？了解鬼神情形的，再没有比得上圣人的了。墓中安放明器的礼制，从夏后氏以来就有了。假使灵魂在神主牌位，而不在坟墓里，那么明器应当放在家庙里。可是明器都埋在坟墓里，难道是用明器供奉灵魂，却偏偏放在灵魂不到的地方，圣人怎么会糊涂到这个地步呢？卫国人夫妻合葬，两棺之间有东西隔开，是殷代的礼制；鲁国人夫妻合葬，两棺之间不隔开，是周代的礼制。孔子推重周代的礼制。假使灵魂不在坟墓，那么合葬后隔不隔开，都没有什么不同，又有什么推重不推重呢？《礼记》上说：‘父亲死后，不忍心阅读父亲的书籍，因为其中有父亲手翻过的痕迹。母亲死后，不忍心用她的杯碗，因为上面有母亲饮用过的痕迹。’那么小的物品，还这样重视，居然将先辈的遗体看得像没有一样，却另外竖起几寸长的木块，说这是父母的神魂所在，这不是太不会区别事情的性质了吗？寺院的钟声快要响了，我这就和你告别。你今天见到我，今后就不会被那些卑贱的儒生所迷惑了。”书生连忙站起来，天已经亮了。书生一看，原来自己正站在那位官员坟墓前面的墓道上。

陈裕斋说：有个人借住在道观里，跟一个狐女相好，狐女没有一夜不来。忽然狐女好几天没来，猜不出是为什么。一天晚上，狐女掀开门帘笑嘻嘻进屋。问她几天没来的缘故，狐女说：“道观里新来了个道士，众人都把他看成是神仙。我担心他真有神术，所以暂避一时。

今夜化形为小鼠，自壁隙潜窥，直大言欺世者耳。故复来也。”问：“何以知其无道力？”曰：“伪仙伪佛，技止二端：其一故为静默，使人不测；其一故为颠狂，使人疑其有所托。然真静默者，必淳穆安恬，凡矜持者伪也；真托于颠狂者，必游行自在，凡张皇者伪也。此如君辈文士，故为名高，或迂僻冷峭，使人疑为狷；或纵酒骂座，使人疑为狂，同一术耳。此道士张皇甚矣，足知其无能为也。”时共饮钱稼轩先生家。先生曰：“此狐眼光如镜，然词锋太利，未免不留馀地矣。”

司爨者曹媪，其子僧也。言尝见粤东一宦家，到寺营斋，云其妻亡已十九年。一夕，灯下见形曰：“自到黄泉，无时不忆，尚冀君百年之后，得一相见。不意今配入转轮，从此茫茫万古，无复会期。故冒冥司之禁，赂监送者来一取别耳。”其夫骇痛，方欲致词，忽旋风入室卷之去，尚隐隐闻泣声。故为饭僧礼忏，资来世福也。此夫此妇，可谓两不相负矣。《长恨歌》曰：“但令心如金钿坚，天上人间会相见。”安知不以此一念，又种来世因耶！

《桂苑丛谈》记李卫公以方竹杖赠甘露寺僧，云此竹出大宛国，坚实而正方，节眼须牙，四面对出云云。案，方竹今闽、粤多有，不为异物。大宛即今哈萨克，已隶职方，其地从不产竹，乌有所谓方者哉！又《古今注》载乌孙有青田核，大如六升瓠。空之以盛水，俄而成酒。案，乌孙即今伊犁地。

今天晚上，我变幻成一只小老鼠，从墙洞偷偷地观察他，原来这道士不过吹牛骗人罢了。所以我又来了。”那人问：“你凭什么说他没有道力？”狐女说：“凡是伪仙伪佛，大抵只有两套伎俩：一种是假装沉默，让人揣摩不透；另一种是假装颠狂，让人疑心他真的有所倚仗。然而，真正静默的人，必然表现为淳朴、肃穆、闲适、恬静，凡是装腔作势的就是假的；真正依托颠狂状态的人，一定是言语行动真实自然，凡是东张西望、神情不安的就是假的。比如像您这样的文士，故作高傲，有的迂腐孤僻，使人觉得他耿直；或者借酒骂人，让人觉得他有些狂放，这是同一种把戏。这个道士东张西望，太明显了，我断定他没有什么本事。”当时，几个人一起在钱稼轩先生家喝酒。钱先生说：“这个狐女眼光明亮如镜，然而词锋过于尖刻，未免不给别人留有馀地呵。”

我的厨师曹老婆子，她的儿子是个和尚。他说曾经见到一位粤东籍的官员，到寺里办斋做佛事，说他的妻子已经死了十九年。一天夜晚，妻子在灯下现形，对他说：“自从到了黄泉，我无时不在思念郎君，还指望郎君百年之后，夫妻得以相见。不料今日被送入转轮投生，从此茫茫万古，再也没有相见之期。因此，我才冒着冥司的禁令，买通了监送我的鬼卒，来与郎君道别。”他又惊讶又悲伤，正要与妻子说话，忽然一阵旋风进屋将妻子卷走，还隐隐约约地传来了妻子的哭泣声。所以他才来寺庙施舍功德做法事忏悔，修来世之福。这对夫妇，可谓两不相负啊。白居易的《长恨歌》说：“但令心如金钿坚，天上人间会相见。”怎么能知道不是因为这一念，又种下来世的姻缘呢！

《桂苑丛谈》记载李德裕把方竹杖赠给甘露寺的老和尚，说这种竹子出自大宛国，质地坚实，呈正方形，竹节枝叉四面都是对称的。据考证，这种方竹在福建、广东很多，不是什么稀罕之物。大宛就是今天的哈萨克一带，已经归入国家版图，那里从来不产竹子，哪来的什么方竹？晋人崔豹在《古今注》里记载，乌孙国出产一种青田核，有盛六升水的葫芦瓢那么大。把核挖空灌进水，不一会儿，水就会成变酒。据考，乌孙就是今天的伊犁地区。

问之额鲁特，皆云无此。又《杜阳杂编》载元载造芸晖堂于私第。芸香，草名也，出于阗国，其香洁白如玉，入土不朽烂；舂之为屑，以涂其壁，故号曰芸晖。于阗即今和阗地，亦未闻此物。惟西域有草名玛努，根似苍术。番僧焚以供佛，颇为珍贵。然色不白，亦不可泥壁。均小说附会之词也。

黎荇塘言：有少年，其父商于外，久不归。无所约束，因为囊家所诱，博负数百金。囊家议代出金偿众，而勒写鬻宅之券。不得已从之。虑无以对母妻，遂不返其家，夜入林自缢。甫结带，闻马蹄隆隆，回顾，乃其父归也。骇问："何以作此计？"度不能隐，以实告。父殊不怒，曰："此亦常事，何至于此！吾此次所得尚可抵。汝自归家，吾自往偿金索券可也。"时囊家博未散，其父突排闼入。本皆相识，一一指呼姓字，先斥其诱引之非，次责以逼迫之过。众错愕无可置词。既而曰："既不肖子写宅券，吾亦难以博诉官。今偿汝金，汝明日分给众人，还我宅券可乎？"囊家知理屈，愿如命。其父乃解腰缠付囊家，一一验入。得券即就灯焚之，愤然而出。其子还家具食，待至晓不归。至囊家侦探，曰："已焚券去。"方虑有他故。次日，囊家发箧，乃皆纸铤。金所亲收，众目共睹，无以自白，竟出己橐以偿，颇自疑遇鬼。后旬馀，讣音果至，殁已数月矣。

我曾经问过当地的额鲁特人，他们都说没有这样的东西。唐人苏鹗撰写的《杜阳杂编》里记载，唐大臣元载在他的私宅里建造了一座芸晖堂。芸香是一种草，产于于阗国，它洁白如玉，埋入土中都不会腐烂；舂成碎末，用来粉刷墙壁，所以把这房子叫做“芸晖堂”。于阗就是现在新疆和阗地区，也没有听说过出产芸香。西域只有一种名叫玛努的草，根很像中药的苍术。番地的僧人焚烧它来供奉神佛，非常珍贵。然而它的颜色并不洁白，也不能用来涂抹墙壁。这些都是小说的附会之词。

黎荇塘说：有个年轻人，父亲出外经商，很久不回家了。他没有人管束，被赌头引诱，赌输了几百两银子。赌头和年轻人商量，由他代为出钱还大家的赌债，勒逼年轻人写了契约把住宅卖给他。年轻人没有办法，只好按赌头说的去做。他觉得无法跟母亲和妻子交代，没有回家，夜里到树林里去上吊。刚把带子结上，就听到马蹄声滚滚而来，回头一看，竟然是父亲回来了。父亲惊讶地问：“你为什么做这种打算？”年轻人心想无法隐瞒，就说了实情。父亲并不生气，说：“这也是常有的事，何必寻死呢！我这次回家，赚到的钱还可以抵赌债。你自己先回家，我自己去还赌债，并且讨还卖房契约就是了。”当时，赌头家的赌场还没散，父亲突然闯进门去。这些人父亲本来都是认识的，于是一一指名道姓，先是骂他们引诱儿子，接着又骂他们追逼赌债不对。在场的人惊讶万状，都说不出话来。后来，父亲说：“既然我那不争气的儿子写了卖房契约，我也知道不能以赌债告官。现在我还给你银子，你明天去分给其他人，先把卖房契约还给我，行吗？”赌头知道自己理亏，就答应了。父亲解下腰上缠袋里的银子交给赌头，赌头一一查验之后收好。父亲收回卖房契约，就在灯上烧了，愤愤地走了出去。年轻人回到家，为父亲准备了饭菜，可是等到天亮，父亲还没有回家。到赌头家去探看，赌头说：“你的父亲已经烧掉卖房契约，走了。”这才担心有别的原因。第二天，赌头打开银箱，发觉那些银子都是纸钱。但银子是自己亲自点收的，大家也都看到，现在没有办法说清楚，只好拿出自己的银子来还债。赌头心中疑惑大概是碰上鬼了。过了十几天，果然讣告到了，原来这个父亲已经去世几个月了。

李樵风言：杭州涌金门外，有渔舟泊神祠下，闻祠中人语嘈杂。既而神诃曰："汝曹野鬼，何辱文士？罪当笞。"又闻辩诉曰："人静月明，诸幽魂暂游水次，稍释羁愁。此二措大独讲学谈诗，刺刺不止。众皆不解，实所厌闻。窃相耳语，微示不满，稍稍引去则有之，非敢有所触犯也。"神默然，少顷，曰："论文雅事，亦当择地择人。先生休矣。"俄而磷火如萤，自祠中出，遥闻吃吃笑不已，四散而去。

刘燏，沧州人。其母以康熙壬申生，至乾隆壬子，年一百一岁，尚强健善饭。屡逢恩诏，里胥欲为报官支粟帛，辄固辞弗愿。去岁，欲为请旌建坊，亦固辞弗愿。或询其弗愿之故。慨然曰："贫家嫠妇，赋命蹇薄，正以颠连困苦，为神道所怜，得此寿耳。一邀过分之福，则死期至矣。"此媪所见殊高。计其生平，必无胶胶扰扰意外之营求，宜其恬然冲静，颐养天和，得以葆此长龄矣。

李樵风说：杭州涌金门外，有艘渔船停在神祠岸边，听到祠中人声嘈杂。接着听到神祠里的神诃斥说："你们这些野鬼，怎么能羞辱读书人呢？论罪责应该挨鞭子。"又听见申辩说："月明人静，我们这些野鬼幽魂到水边暂时闲游，稍稍能解脱一点儿愁闷。这两个穷酸却专门讲学谈诗，喋喋不休地吵扰。众鬼都不懂他们说的什么，实在讨厌继续听他们讲话。我们私下商量，稍微向他们表示不满，让他们离开一点儿，这是有的，并非敢冒犯读书人。"神沉默了片刻，对两位文士说："谈论诗文本是雅事，不过也应该选择地点和对象。你们这两位先生就算了吧！"不一会儿，只见磷火像萤火虫般从神祠飘出，远远听到不停的嬉笑声，向四处散去。

刘熥是沧州人。他母亲生于康熙壬申年，到乾隆壬子年，已经是一百零一岁了，依然身板硬朗，胃口也很好。皇上屡次颁布施恩的诏书，当地的差吏也想代她向官府申报，领取尊老的粮食布匹，她都坚决辞谢了。去年又要为她请求表彰，建立碑坊，她也坚决不同意。有人问她拒绝的原因，老人感慨地说："我一个穷人家的寡妇，天生命薄；正因为我这辈子颠沛困苦才被神明怜悯，得到了这样的长寿。一求非分之福，那么死期就到啦。"这个老太太的见识非常高明。估计她这一生，一定没有忙忙碌碌意外的争求，正因为她恬淡静和，颐养天年，才得以能长寿啊。

卷十二　槐西杂志二

安中宽言：有人独行林莽间，遇二人，似是文士，吟哦而行。一人怀中落一书册，此人拾得。字甚拙涩，波磔皆不甚具，仅可辨识。其中或符箓、或药方、或人家春联，纷糅无绪，亦间有经书古文诗句。展阅未竟，二人遽追来夺去，倏忽不见。疑其狐魅也。一纸条飞落草间，俟其去远，觅得之。上有字曰："《诗经》'於'字皆音"乌"，《易经》'无'字左边无点。"

余谓此借言粗材之好讲文艺者也。然能刻意于是，不愈于饮博游冶乎？使读书人能奖励之，其中必有所成就。乃薄而挥之，斥而笑之，是未思圣人之待互乡、阙党二童子也。讲学家崖岸过峻，使人甘于自暴弃，皆自沽己名，视世道人心如膜外耳。

景州宁逊公，能以琉璃舂碎调漆，堆为擘窠书。凹凸皴皱，俨若石纹。恒挟技游富贵家，喜索人酒食。或闻燕集，必往搀末席。一日，值吴桥社会，以所作对联匾额往售。至晚，得数金。忽遇十数人邀之，曰："我辈欲君殚一月工，堆字若干，

安中宽说：有个人独自在山林中赶路，碰上两个人，像是书生，一边走一边吟诵诗文。一个人怀里掉下一本书册，被赶路人拾起。本子上的文字十分拙笨，笔画都不很分明，勉强能辨认出来。有抄录道士的符箓、药方、有人家门户上的春联，纷乱混杂，毫无头绪，还夹杂着经书、古文、诗词的句子。没等赶路人翻完，那两个人急忙追上来把本子夺去，转眼就不见了。赶路人怀疑他们是狐精。有一张纸条飘落到草丛里，等那两个人走远后，他才拣起来。上面写着："《诗经》中的'於'字都读作'乌'，《易经》中的'无'字左边没有点。"

我认为这是借此讽刺那些才疏学浅而又喜欢谈论学问的人。然而能在这方面专心一意，不是胜过只知道饮酒赌博、拈花惹草的人吗？假如这些人都能受到称赞和勉励，那么其中有些人一定会学有所成。如果鄙视他们、斥责他们、嘲笑他们，这就忘记了圣人是怎样一视同仁对待互乡、阙党两个小孩的了。那些讲学家过于高傲，使得人们甘心自暴自弃，他们自己只是沽名钓誉，把社会风气和人们的愿望都看成是与己无关的事。

景州的宁逊公，能把琉璃舂成碎末，用油漆调匀，堆砌成大字。这些字凹凸有致，脉络走势的皱褶，很像石头的纹理。宁逊公自恃有这种技能，常在富贵人家走动，喜欢要人家招待他喝酒吃饭。只要听到什么地方有宴会，一定去坐在末席混吃混喝。有一天，刚好是吴桥镇赛神集会，宁逊公就把自己做的对联匾额拿出去卖。到了傍晚，对联匾额卖出去了，得了几两银子。忽然，碰到十几个人来邀请他，说："我们想请您费一个月的工，堆出一些字，

分赠亲友，冀得小津润。今先屈先生一餐，明日奉迎至某所。”宁大喜，随入酒肆，共恣饮啖。至漏下初鼓，主人促闭户。十数人一时不见，座上惟宁一人。无可置辩，乃倾囊偿值，懊恼而归。不知为幻术为狐魅也。李露园曰：“此君自宜食此报。”

某公眷一娈童，性柔婉，无市井态，亦无恃宠骄纵意。忽泣涕数日，目尽肿。怪诘其故。慨然曰：“吾日日荐枕席，殊不自觉。昨寓中某与某童狎，吾穴隙窃窥，丑难言状，与横陈之女迥殊。因自思吾一男子而受污如是，悔不可追，故愧愤欲死耳。”某公譬解百方，终怏怏不释。后竟逃去，或曰：“已改易姓名，读书游泮矣。”梅禹金有《青泥莲花记》，若此童者，亦近于青泥莲花欤！

又，奴子张凯，初为沧州隶，后夜闻罪人暗泣声，心动辞去，鬻身于先姚安公。年四十馀，无子。一日，其妇临蓐，凯愀然曰：“其女乎！”已而果然。问：“何以知之？”曰：“我为隶时，有某控其嫂与邻人张九私。众知其枉，而事涉暧昧，无以代白也。会官遣我拘张九。我禀曰：‘张九初五日以逋赋拘，初八日笞十五去矣。今不知所往，乞宽其限。’官检征比册，良是，怒某曰：“初七日张九方押禁，何由至汝嫂室乎？’杖而遣之。其实别一张九，吾借以支吾得免也。去岁，闻此妇死。

分送给亲友，也希望得点儿利润。今天晚上，我们先请您随便吃一顿，明天再接你到某某地方。”宁逊公很高兴，跟着他们进了酒店，一起大吃大喝。到头更天时，酒店主人催他们离开，说要关门了。那十几个人一下子不见了，酒席上只剩下宁逊公一个人。宁逊公无可申辩，只好把口袋里的银子都拿出来付了酒钱，又懊丧又气愤地回家。不知道这件事究竟是幻术还是狐狸精作怪。李露园说：“这个人应该受到这种报应。”

某先生眷恋着一个男童，这个男童性情温柔和婉，既没有市侩的习气举止，也没有因为受宠而骄纵的意思。忽然他连着哭了好几天，眼睛都哭肿了。某公奇怪地问他怎么了。他感慨地说：“我天天给您侍寝，根本不知道自己是什么样子。昨天，寓所里的某人和男童鬼混，我从墙壁缝隙偷看，那种丑态简直难以形容，这和女人躺着的玉体完全不一样。因此我想到，我堂堂一个男子却受到如此的污辱，真是后悔都来不及呀，所以我羞愧愤恨，想一死了之。”某公想方设法劝解他，但他始终郁郁不乐。后来还是逃走了。有人说：“那个男童已经改名换姓，用心读书，求取功名了。”梅禹金写有《青泥莲花记》，像这个男童，也和出污泥而不染的莲花差不多了。

又，有个家奴张凯，起初是沧州的差役，后来因为在半夜听到罪犯偷偷哭泣的声音，内心受到震动而辞去，卖身给先父姚安公做仆人。张凯四十多岁时，还没有儿子。一天，他的妻子临产了，张凯神情忧伤地说：“恐怕是个闺女吧！”妻子果然生了个女儿。妻子问：“你怎么知道的？”张凯说：“我当差役时，有个人指控他嫂子和邻居张九通奸。众人都知道张九冤枉，可事情牵扯到男女私情，没法替他辩白。恰好长官派我拘捕张九。我就禀告说：‘张九在初五因为拖欠田税被拘捕，初八那天打了十五大板后放了。现在已经不知道他上哪儿去了，求您再宽限几天吧。”长官查看了证据，翻阅了簿册，确实如此，就怒斥告状的人说：“初七那天张九还被关押着，他怎么能到你嫂子的房间里去呢？”把他打了一顿棍子赶出了衙门。其实这是另一个张九，我不过是借他搪塞一番，让那个女人免受冤枉。去年，我听说那个女人死了。

昨夜梦其向我拜，知其转生为我女也。”后此女嫁为贾人妇，凯夫妇老且病，竟赖其孝养以终。杨椒山有《罗刹成佛记》，若此奴者，亦近于罗刹成佛欤？

冯平宇言：有张四喜者，家贫佣作。流转至万全山中，遇翁妪留治圃。爱其勤苦，以女赘之。越数岁，翁妪言往塞外省长女，四喜亦挈妇他适。久而渐觉其为狐，耻与异类偶，伺其独立，潜弯弧射之，中左股。狐女以手拔矢，一跃直至四喜前，持矢数之曰：“君太负心，殊使人恨！虽然，他狐媚人，苟且野合耳。我则父母所命，以礼结婚，有夫妇之义焉。三纲所系，不敢仇君；君既见弃，亦不敢强住聒君。”握四喜之手痛哭，逾数刻，乃蹶然逝。四喜归，越数载，病死，无棺以敛。狐女忽自外哭入，拜谒姑舅，具述始末。且曰：“儿未嫁，故敢来也。”其母感之，詈四喜无良。狐女俯不语。邻妇不平，亦助之詈。狐女瞋视曰：“父母詈儿，无不可者。汝奈何对人之妇，詈人之夫！”振衣竟出，莫知所往。去后，于四喜尸旁得白金五两，因得成葬。后四喜父母贫困，往往于盎中箧内无意得钱米，盖亦狐女所致也。皆谓此狐非惟形化人，心亦化人矣。或又谓狐虽知礼，不至此，殆平宇故撰此事，以愧人之不如者。姚安公曰：“平宇虽村叟，而立心笃实，平生无一字虚妄。与之谈，讷讷不出口，非能造作语言者也。”

昨天夜里，梦见她向我下拜，知道她将转世托生，成为我的女儿了。”后来，这个女儿嫁给商人做妻子，张凯夫妇年老多病，全都依靠她孝敬奉养以终天年。杨椒山撰有《罗刹成佛记》一书，像这个奴仆的经历，也和恶鬼成佛差不多吧！

冯平宇说：有个叫张四喜的人，家境贫穷，靠给人打工为生。漂流到万全山中，被一对老夫妇收留，让他侍弄菜园子。老夫妇喜欢他勤劳刻苦，招他做了入赘女婿。过了几年，老夫妇说要去塞外看望长女，四喜也带着妻子另谋生路。时间久了，四喜渐渐发现他妻子原来是狐精，觉得与异类婚配很羞耻，趁她独自站在某处时，偷偷地弯弓搭箭，射中了她的左腿。狐女用手拔出箭，一下子跳到四喜面前，拿箭指着他责备说：“你太无情，太让人痛恨！尽管这样，别的狐狸媚人，都是苟且野合的。我却是受父母之命，按照礼仪与你结婚，有夫妇之义。由于三纲的约束，我不敢仇恨你；你既然嫌弃我，我也不愿勉强住下去招你讨厌。”说完握着四喜的手痛哭，过了一会儿，忽然跳开消失了。四喜回到家里，过了几年病死，穷得连殓葬的棺材也没有。忽然，狐女从外面哭着进来，拜见公婆，详细诉说了经过。又说：“我未再嫁，所以敢来探望。”四喜的母亲非常感动，痛骂四喜没有良心。狐女低着头不说话。邻居的一个女人打抱不平，也跟着骂。狐女瞪起眼睛说：“父母骂儿子，没什么不可以的。你怎么能当着妻子的面，骂人家的丈夫！”怒冲冲地抖抖衣服走了，不知去了哪里。她离开后，家里人在四喜的尸身旁边发现五两银子，这才安葬了死者。后来四喜父母贫困，常常能在箱子或盆盆罐罐里意外地发现钱米，大概也是狐女给的。听到这个故事的人都说这个狐女不但身形化作人，心灵也已经化成人了。有人又说，狐精即使知礼，恐怕还到不了这种地步，很可能是冯平宇故意编造一个故事，用来羞辱那些连狐女都不如的人。姚安公说：“平宇虽然是个乡下老汉，但心性朴实、忠厚，平生没说过一句虚妄不实的话。跟他交谈，他结结巴巴说不出什么，不是能编故事的人。”

卢观察抝吉言：茌平有夫妇相继死，遗一子，甫周岁。兄嫂咸不顾恤，饿将死。忽一少妇排门入，抱儿于怀，詈其兄嫂曰：“尔弟夫妇尸骨未寒，汝等何忍心至此，不如以儿付我，犹可觅一生活处也。”挈儿竟出，莫知所终。邻里咸目睹之，有知其事者曰：“其弟在日，常昵一狐女。竟或不忘旧情，来视遗孤乎？”是亦张四喜妇之亚也。

乌鲁木齐多狭斜，小楼深巷，方响时闻。自谯鼓初鸣，至寺钟欲动，灯火恒荧荧也。冶荡者惟所欲为，官弗禁，亦弗能禁。有宁夏布商何某，年少美风姿，赀累千金，亦不甚吝，而不喜为北里游。惟畜牝豕十馀，饲极肥，濯极洁，日闭门而沓淫之。豕亦相摩相倚，如昵其雄。仆隶恒窃窥之，何弗觉也。忽其友乘醉戏诘，乃愧而投井死。迪化厅同知木金泰曰：“非我亲鞫是狱，虽司马温公以告我，我弗信也。”余作是地杂诗，有曰：“石破天惊事有无，后来好色胜登徒。何郎甘为风情死，才信刘王爱媚猪。”即咏是事。人之性癖，有至于如此者！乃知以理断天下事，不尽其变；即以情断天下事，亦不尽其变也。

张一科，忘其何地人。携妻就食塞外，佣于西商。西商昵其妻，挥金如土，不数载赀尽归一科，反寄食其家。妻厌薄之，诟谇使去。一科曰：“微是人无此日，负之不祥。”坚不可。妻一日持梃逐西商，一科怒詈。妻亦反詈曰：“彼非爱我，昵我色也。我亦非爱彼，利彼财也。以财博色，色已得矣，

观察使卢㧑吉说，茌平县有对夫妇相继身亡，留下一个孩子，刚满周岁。死者的哥哥嫂嫂都不怜悯，不照顾，快要饿死了。忽然一个少妇推门而入，把小孩抱在怀里，骂死者的兄嫂说："你们的弟弟夫妇尸骨未寒，你们俩怎么能心狠到这种地步！不如把孩子交给我，还能找到个活命的地方。"她带着孩子离开，谁也不知她去了哪里。邻里们都亲眼看到这些，有个了解内情的人说："那个弟弟在世的时候，时常和一个狐女亲近。估计那个狐女是不忘旧情，来探望他留下的孤儿吧？"这个狐女与张四喜的狐妻很相似。

乌鲁木齐有很多妓院，小楼深巷，经常听到鼓乐之声。从谯楼计时的鼓声响起，直到寺院晨钟敲响，那里总是灯火闪耀。风流放荡的人在那里为所欲为，官府不禁止，也禁止不了。宁夏的布商何某，年轻貌美，风度翩翩，积累了千金资财，他也不太吝啬，却不喜欢去逛青楼妓馆。只是养了十几头母猪，养得格外肥壮，洗得十分干净，他每天关起门来，轮流与母猪性交。母猪们也和他依偎在一起，就像和公猪相亲相爱一样。他的仆人常偷看，何某却没有察觉。一次他的朋友借着醉酒，开玩笑问起这事，何某羞惭难当，跳井死了。迪化厅同知木金泰说："如果不是我亲自审理这桩案子，即使是司马光亲自告诉我这件事，我也不会相信。"我写的乌鲁木齐杂诗中，有一首道："石破天惊事有无，后来好色胜登徒。何郎甘为风情死，才信刘王爱媚猪。"吟咏的就是这件事。人的性情怪癖，竟然有到这种地步的！由此可知，按道理去判断天下的事情，不能完全了解所有的变化；按人情去判断天下事情，也不能完全了解所有变化。

张一科，已经忘了他是哪里人了。他带着妻子到塞外谋生，在一个西商家里做雇工。商人喜爱他的妻子，为她挥金如土，没有几年，财产都归了张一科，反而在张一科家中寄食。妻子厌恶蔑视这个商人，谩骂着叫他走。张一科说："没有这个人，我们也没有今天的日子，背弃他是不吉利的。"坚决不肯把商人赶出去。有一天，妻子拿着木棒赶商人，张一科怒骂妻子。妻子也回嘴骂道："他并不是喜爱我，而是迷恋我的姿色。我也不是喜欢他，而是贪图他的财产。他用财产来交换女色，女色已经得到了，

我原无所负于彼；以色博财，财不继矣，彼亦不能责于我。此而不遣，留之何为？”一科益愤，竟抽刃杀之。先以百金赠西商，而后自首就狱。又一人忘其姓名，亦携妻出塞。妻病卒，困不能归，且行乞。忽有西商招至肆，赠五十金。怪其太厚，固诘其由。西商密语曰：“我与尔妇最相昵，尔不知也。尔妇垂殁，私以尔托我。我不忍负于死者，故资尔归里。”此人怒掷于地，竟格斗至讼庭。二事相去不一月。

相国温公，时镇乌鲁木齐。一日，宴僚佐于秀野亭，座间论及。前竹山令陈题桥曰：“一不以贫富易交，一不以死生负约，是虽小人，皆古道可风也。”公颦蹙曰：“古道诚然。然张一科曷可风耶？”后杀妻者拟抵，而谳语甚轻；赠金者拟杖，而不云枷示。公沉思良久，慨然曰：“皆非法也。然人情之薄久矣，有司如是上，即如是可也。”

嘉祥曾映华言：一夕秋月澄明，与数友散步场圃外，忽旋风滚滚，自东南来，中有十馀鬼，互相牵曳，且殴且詈。尚能辨其一二语，似争朱、陆异同也。门户之祸，乃下彻黄泉乎！

“去去复去去，凄恻门前路。行行重行行，辗转犹含情。含情一回首，见我窗前柳。柳北是高楼，珠帘半上钩。昨为楼上女，帘下调鹦鹉。今为墙外人，红泪沾罗巾。墙外与楼上，相去无十丈。云何咫尺间，如隔千重山？悲哉两决绝，从此终天别。别鹤空徘徊，谁念鸣声哀！徘徊日欲晚，决意投身返。手裂湘裙裾，泣寄稿砧书。可怜帛一尺，字字血痕赤。一字一酸吟，

我本来就没有什么对不起他；我用女色来博取财产，他的财产已经光了，他也不能责备我。这时候不赶他走，留着干什么！”张一科更加愤怒，竟然拔刀把妻子杀死了。他先拿出一百两银子送给商人，然后自首进了监狱。还有一个人，忘了他的姓名了，他也带着妻子到塞外去。妻子病死后，他穷得回不了家乡，就要讨饭了。忽然，有个西商把他叫到店里，送他五十两银子。这个人觉得赠送的银子太丰厚，一定要商人讲出理由。商人悄悄地说：“我和你妻子最亲热，你并不知道。你妻子临死前，悄悄把你托付给我。我不忍心辜负死者，所以资助你回家乡。”这个人愤怒地把银子扔在地上，和商人打架一直打到官府。这两件事相隔不到一个月。

相国温福公当时镇守乌鲁木齐。有一天，在秀野亭宴请下属，酒席之间谈论到这两件事。当过竹山县令的陈颢桥说：“一个不因为贫富变化就改变交情，一个不因为生死变化就背叛诺言，他们虽然都是市井小民，但都有古时纯朴的道义，值得流传的。”温公皱着眉头说：“当然是古时纯朴的道义。不过，张一科的行为值得宣扬吗？”后来，杀妻的张一科被判抵罪，但判决很轻；赠送银子的商人被判杖刑，但不用带枷示众。温公想了很久，感慨地说：“都不符合律条。不过，人情淡薄已经很长久了，衙门这样报上来，就这样发落算了。”

嘉祥县人曾映华说：秋天一个月色澄明的晚上，他和几个朋友在场园外散步，忽然，从东南方旋风滚滚一路刮来，其中有十几个鬼，互相拉扯着，又打又骂。还能听清他们说的一两句话，好像是在争论宋代理学家朱熹、陆九渊的学术异同。各立门派的祸患，还一直延续到阴间呢！

有一首诗云：“去去复去去，凄恻门前路。行行重行行，辗转犹含情。含情一回首，见我窗前柳。柳北是高楼，珠帘半上钩。昨为楼上女，帘下调鹦鹉。今为墙外人，红泪沾罗巾。墙外与楼上，相去无十丈。云何咫尺间，如隔千重山？悲哉两决绝，从此终天别。别鹤空徘徊，谁念鸣声哀！徘徊日欲晚，决意投身返。手裂湘裙裾，泣寄稿砧书。可怜帛一尺，字字血痕赤。一字一酸吟，

旧爱牵人心。君如收覆水，妾罪甘鞭箠。不然死君前，终胜生弃捐。死亦无别语，愿葬君家土。傥化断肠花，犹得生君家。”右见《永乐大典》，题曰《李芳树刺血诗》，不著朝代，亦不详芳树始末。不知为所自作，如窦玄妻诗，为时人代作，如焦仲卿妻诗也。世无传本，余校勘《四库》偶见之。爱其缠绵悱恻，无一毫怨怒之意，殆可泣鬼神。令馆吏录出一纸，久而失去。今于役滦阳，检点旧帙，忽于小箧内得之。沉湮数百年，终见于世，岂非贞魂怨魄，精贯三光，有不可磨灭者乎！陆耳山副宪曰：“此诗次韩蕲王孙女诗前；彼在宋末，则芳树必宋人。”以例推之，想当然也。

舅氏安公实斋，一夕就寝，闻室外扣门声。问之不答，视之无所见。越数夕，复然。又数夕，他室亦复然。如是者十馀度，亦无他故。后村中获一盗，自云我曾入某家十馀次，皆以人不睡而返。问其日皆合，始知鬼报盗警也。故瑞不必为祥，妖不必为灾，各视乎其人。

明永乐二年，迁江南大姓实畿辅。始祖椒坡公，自上元徙献县之景城，后子孙繁衍，析居崔庄，在景城东三里。今士人以仕宦科第，多在崔庄，故皆称崔庄纪，举其盛也。而余族则自称景城纪，不忘本也。椒坡公故宅，在景城、崔庄间，兵燹久圮，其址属族叔楘庵家。楘庵从余受经，以乾隆丙子举乡试，拟筑室移居于是。先姚安公为预题一联曰：“当年始祖初迁地，此日云孙再造家。”后室不果筑，而姚安公以甲申八月弃诸孤。

旧爱牵人心。君如收覆水，妾罪甘鞭箠。不然死君前，终胜生弃捐。死亦无别语，愿葬君家土。傥化断肠花，犹得生君家。”这首诗见于《永乐大典》，题目叫做《李芳树刺血诗》，没有注明创作年代，也不清楚李芳树的生平。不知是自述，就像窦玄妻子写的诗一样呢，还是由同时代的人代写，就像焦仲卿妻诗一样。这首诗世上没有流传的本子，我在校勘《四库全书》时偶然发现的。我喜欢诗歌的缠绵悱恻，却没有一丝怨恨恼怒的情绪，恐怕连鬼神听后都会为之落泪的。我让馆吏把这首诗抄录出一份，可是时间一长就找不到了。来到滦阳供职后，在清点旧书时，忽然在一个小箱子里见到了这首诗。它被埋没了几百年，终于又重见于世，这难道不是那个女子的贞节哀怨的灵魂，直贯日、月、星三光，才让诗歌具有了不可磨灭的价值吗？陆耳山副都御史说：“这首诗编排在南宋蕲王韩世忠孙女所作的诗之前；蕲王的孙女生活在宋代末年，那么芳树一定是宋朝人。”根据惯例推断，想来应当是这样。

舅舅安实斋先生，一天晚上，已经睡了，忽听到屋外有敲门声。问是谁，没有回答，去看，也没看见人。过了几晚，又发生这事。再过几晚，别的房间也发生这事。就这样发生过十多次，除此之外没有别的变故。后来村里抓住一个盗贼，他供称曾进入某家十多次，都因为人没有睡，空手而归。问日期，正好与舅舅家听到敲门的时间完全符合，这才知道是鬼敲门示警。所以，好的兆头不见得就吉祥，妖异之事也未见得就一定带来灾祸，这是因人而异的。

明朝永乐二年，朝廷降旨把江南大族迁往京城附近。纪氏的始祖椒坡公，从金陵的上元县迁到献县的景城，后来子孙繁衍，一部分人就到崔庄居住，地址在景城东面三里外。现在，当地人中科举做官的，大多出在崔庄，所以都称为崔庄纪，称赞崔庄的纪氏兴旺。我家的一族自称为景城纪，表示不忘根本出处。椒坡公的旧居在景城、崔庄之间，经过战乱，早已经倒塌了，宅基属于堂叔檠庵家所有。檠庵曾经跟我读过经书，乾隆丙子年乡试中举，他打算在原来宅基上建房居住。姚安公预先为他题了一副对联：“当年始祖初迁地，此日云孙再造家。”后来，房子没有建成，姚安公在甲申年八月去世了。

卜地惟是处吉，因割他田易诸棨庵而葬焉。前联如公自谶也。事皆前定，岂不信哉？

侍姬沈氏，余字之曰明玕。其祖长洲人，流寓河间，其父因家焉。生二女，姬其次也。神思朗彻，殊不类小家女。常私语其姊曰：“我不能为田家妇，高门华族，又必不以我为妇。庶几其贵家媵乎？”其母微闻之，竟如其志。性慧黠，平生未尝忤一人。初归余时，拜见马夫人。马夫人曰：“闻汝自愿为人媵，媵亦殊不易为。”敛衽对曰：“惟不愿为媵，故媵难为耳。既愿为媵，则媵亦何难！”故马夫人始终爱之如娇女。尝语余曰：“女子当以四十以前死，人犹悼惜。青裙白发，作孤雏腐鼠，吾不愿也。”亦竟如其志，以辛亥四月二十五日卒，年仅三十。初仅识字，随余检点图籍，久遂粗知文义，亦能以浅语成诗。临终，以小照付其女，口诵一诗，请余书之，曰：“三十年来梦一场，遗容手付女收藏。他时话我生平事，认取姑苏沈五娘。”泊然而逝。方病剧时，余以侍值圆明园，宿海淀槐西老屋。一夕，恍惚两梦之，以为结念所致耳。既而知其是夕晕绝，移二时乃苏。语其母曰：“适梦至海淀寓所，有大声如雷霆，因而惊醒。”余忆是夕，果壁上挂瓶绳断堕地，始悟其生魂果至矣。故题其遗照有曰：“几分相似几分非，可是香魂月下归？春梦无痕时一瞥，最关情处在依稀。”又曰：“到死春蚕尚有丝，离魂倩女不须疑。一声惊破梨花梦，恰记铜瓶坠地时。”即记此事也。

风水先生占卜，只有这里是吉地，因此拿出其他田地与桑庵交换，把姚安公葬在这里。那副对联好像是姚安公自己的谶语一样，凡事都是早已预定的，难道不是吗？

我的侍妾沈氏，我为她取字为明玕。她的祖先是长洲人，后来流落到河间县，她的父亲就把家安置在那里了。她父母生了两个女儿，沈氏排行老二。她聪敏灵巧，一点儿也不像小家小户的女子。她曾经私下对姐姐说："我不能做种田人家的女人，高门大户又肯定不会娶我做夫人。将来我也许是显贵人家的妾吧？"她母亲大概听说了她的想法，最终满足了她的愿望。她生性乖巧伶俐，一辈子不曾得罪过一个人。她刚嫁给我时，拜见马夫人。马夫人说："听说你自愿做妾，妾也是很不容易做的呢。"沈氏整理了衣衽恭恭敬敬回答说："只因为不愿意做妾，故而妾才难做。既然情愿做妾，妾又有什么难做的呢？"因此马夫人始终把她当娇宠的女儿一样喜爱。沈氏曾经对我说："女子应该在四十岁以前死，这样人们还会追念她、怜惜她。假如活到身穿蓝裙、满头白发时，像孤独的小鸡和腐烂的老鼠那样被人嫌弃，我实在不愿意。"后来也终于遂了她的心愿，她在乾隆辛亥年四月二十五日去世，年仅三十岁。起初，她只认得几个字，以后跟随我核查校对图书，时间长了，能大概明白文章的意思，也能用浅显的语言写诗了。临死前，她把自己的一幅小像交给女儿，口诵一首诗，请我书写下来，诗云："三十年来梦一场，遗容手付女收藏。他时话我生平事，认取姑苏沈五娘。"之后，平静地去世了。在她病重的时候，我在圆明园值班，住在海淀槐西老屋。一天夜里，我恍恍惚惚两次梦见她，以为是自己一心挂念才梦见她的。后来才知道她在这天夜里曾经昏厥过，过了两个时辰才苏醒过来。她对她母亲说："刚才我梦见自己到了海淀的寓所，听见巨响像打雷一样，就被吓醒了。"我追忆那天晚上发生的事，确实墙上的挂瓶因为绳子断了摔在地上，我这才领悟到她的魂到过槐西老屋。因此我就在她的遗像上题诗："几分相似几分非，可是香魂月下归？春梦无痕时一瞥，最关情处在依稀。"另一首写道："到死春蚕尚有丝，离魂倩女不须疑。一声惊破梨花梦，恰记铜瓶坠地时。"诗中所记述的就是这件事。

相去数千里，以燕赵之人，谈滇黔之俗，而谓居是土者，不如吾所知之确，然耶否耶？晚出数十年，以髫龀之子，论耆旧之事，而曰见其人者，不如吾所知之确，然耶否耶？左丘明身为鲁史，亲见圣人；其于《春秋》，确有源委。至唐中叶，陆淳辈始持异论。宋孙复以后，哄然佐斗，诸说争鸣，皆曰左氏不可信，吾说可信。何以异于是耶！

盖汉儒之学务实，宋儒则近名，不出新义，则不能耸听；不排旧说，则不能出新义。诸经训诂，皆可以口辩相争，惟《春秋》事迹厘然，难于变乱。于是谓左氏为楚人、为七国初人、为秦人，而身为鲁史，亲见圣人之说摇。既非身为鲁史，亲见圣人，则传中事迹，皆不足据，而后可惟所欲言矣。沿及宋季，赵鹏飞作《春秋经筌》，至不知成风为僖公生母，尚可与论名分、定褒贬乎？元程端学推波助澜，尤为悍戾。

偶在五云多处即原心亭。检校端学《春秋解》，周编修书昌因言：有士人得此书，珍为鸿宝。一日，与友人游泰山，偶谈经义，极称其论叔姬归酅一事，推阐至精。夜梦一古妆女子，仪卫尊严，厉色诘之曰："武王元女，实主东岳。上帝以我艰难完节，接迹共姜，俾隶太姬为贵神，今二千馀年矣。昨尔述竖儒之说，谓我归酅为淫于纪季，虚辞诬诋，实所痛心！我隐公七年归纪，庄公二十年归酅，相距三十四年，已在五旬以外矣。

相距几千里的燕赵之人，谈论云南、贵州一带的风俗，却说住在滇黔当地的人，不及我了解得真切细致，这种说法对不对呢？比别人晚出生几十年，作为一个扎着发髻、缺牙露齿的小孩子，谈论老前辈的事情，却对见过老前辈的人说，你知道得不如我确切，对还是不对呢？左丘明身为鲁国史官，亲眼见过孔圣人；他对于《春秋》一书，的确了解它的源流始末。到了唐朝中叶，陆淳等人开始持有不同的见解。宋代人孙复以后，又有些人一哄而起帮助争斗，都认为左丘明的说法不可信，只有自己的说法才可信。凭什么会有如此不同的观点呢！

大概是因为汉代儒者治学致力于实际，宋代儒者看重名声，假如推演不出新义，就不能耸人听闻；假如不推翻旧说，也就推不出新义。对各种经典的注释引申，都能加以争辩讨论，只有《春秋》记事井然有序，很难改动。于是宋儒们就提出一系列说法，说左丘明是楚国人，是战国初年的人，是秦朝人等等，而左丘明是鲁国史官，亲眼见过孔圣人的说法就被动摇了。既然左丘明不是鲁国史官，又没有亲眼见过圣人，那么《左传》解释《春秋》史实的记事就都不足为凭了，宋儒们就可以想怎么说就怎么说了。这种风气沿袭到宋代末年，赵鹏飞写作《春秋经筌》时，竟然不知道成风就是鲁僖公的生母，这样怎么还能和他们一起讨论名分、确定人物的褒贬呢？元代人程端学更是推波助澜，尤其粗暴荒谬。

我偶然在五云多处即“原心亭”。校订程端学的《春秋解》，编修周书昌就说：有个读书人得到这部书，当稀世珍宝一样重视。一天，他和朋友到泰山游览，偶尔谈论经义，极力称赞程端学评论叔姬回归酅地一事，认为他推理阐述得极为精辟。夜里，他梦见一位身着古装的女子，仪仗及卫士都庄重而有威严，女子正颜厉色地质问他：“武王的长女太姬，是主宰东岳泰山的神。天帝认为我能经受艰难，保持贞节，事迹接近共姜，因此让我归属于太姬成为尊贵的神，至今已有两千多年了。昨天你称赞那个臭儒生的看法，说我回到酅地是和纪侯的弟弟纪季淫乱，真是胡说八道，你们用不实之辞来诬陷攻击我，实在让我痛心！我在鲁隐公七年嫁给纪侯，庄公二十年回到酅地，其间相距三十四年，我已经是五十多岁的人了。

以斑白之嫠妇，何由知季必悦我？越国相从，《春秋》之法，非诸侯夫人不书，亦如非卿不书也。我待年之媵，例不登诸简策，徒以矢心不二，故仲尼有是特笔。程端学何所依凭而造此暧昧之谤耶？尔再妄传，当脔尔舌，命从神以骨朵击之。”狂叫而醒，遂毁其书。余戏谓书昌曰：“君耽宋学，乃作此言！”书昌曰：“我取其所长，而不敢讳所短也。”是真持平之论矣。

杨令公祠在古北口内，祀宋将杨业。顾亭林《昌平山水记》，据《宋史》谓业战死长城北口，当在云中，非古北口也。考王曾《行程录》，已云古北口内有业祠。盖辽人重业之忠勇，为之立庙。辽人亲与业战，曾奉使时，距业仅数十年，岂均不知业殁于何地？《宋史》则元季托克托所修，“托克托”旧作“脱脱”，盖译音未审。今从《三史国语解》。距业远矣，似未可据后驳前也。

余校勘秘籍，凡四至避暑山庄：丁未以冬、戊申以秋、己酉以夏、壬子以春，四时之胜胥览焉。每泛舟至文津阁，山容水意，皆出天然，树色泉声，都非尘境；阴晴朝暮，千态万状，虽一鸟一花，亦皆入画。其尤异者，细草沿坡带谷，皆茸茸如绿罽，高不数寸，齐如裁剪，无一茎参差长短者。苑丁谓之规矩草。出宫墙才数步，即鬖髿滋蔓矣。岂非天生嘉卉，以待宸游哉！

李又聃先生言：有张子克者，授徒村落，岑寂寡俦。偶散步场圃间，遇一士，甚温雅。各道姓名，颇相款洽。

就凭我一个鬓发斑白的寡妇，你们怎么知道纪季会喜欢我呢？按照《春秋》的记事原则，一个女人远嫁他国，如果不是诸侯夫人就不记入史册，就像不是公卿不记入史册一样。当时我只是个待嫁的陪嫁女子，按照《春秋》体例，这件事本不该在史书记载，只是因为我忠贞不二，孔子才破例记了下来。程端学根据什么捏造出这种男女之间不清不白的诽谤呢？你要是再敢胡乱传播，就割你的舌头，命令随从的神用骨朵揍你。”这个读书人狂叫着吓醒过来，连忙毁掉了《春秋解》这本书。我开玩笑地对周书昌说："你爱好并沉溺在宋学当中，才编造出这些话。”周书昌说："我吸取宋学的长处，而不敢掩饰宋学的短处。”这才是公正之论。

杨令公神祠在古北口内，是祭祀宋代将军杨业的。顾亭林的《昌平山水记》一文，根据《宋史》说杨业战死于长城北口，应当在云中郡，不是古北口。据宋人王曾的《行程录》考查，已载古北口内有杨业祠堂。大约辽国人敬重杨业的忠心英勇，所以为他建造了这个祠堂。辽国人亲历与杨业的战斗，王曾奉命出使辽国时，距杨业战死仅几十年，他与辽国人怎么能都不知道杨业死于何地呢？《宋史》是元代末年的托克托编写的，“托克托”过去译作“脱脱”，这是译音不准确。这里根据《三史国语解》。距离杨业的年代已经更遥远了，似乎不能根据后人的记载来推翻前人的说法。

我因为校勘皇室的典籍，四次到避暑山庄：丁未年的冬天、戊申年的秋天、己酉年的夏天、壬子年的春天，四季的风景都游赏过了。每次泛舟到文津阁，只见山的容颜、水的意韵，都是天然模样；树木姿态、流泉声响，都不是尘世的境界；阴晴朝暮，千态万状，即使一只鸟一朵花，也可以写入画图之中。其中特别奇怪的是，沿坡连谷的细草，绿茸茸的像地毯一样，只有几寸高，整齐得像裁剪过的，没有一根长一点儿短一点儿的。园丁称这些细草为规矩草。出了山庄围墙才几步远，这种草就参差不齐随意滋长了。这难道不是天生美好的草木，等待皇上来游玩么！

李又聃先生说：有个叫张子克的人，在一个偏僻的村庄里教书，清冷寂寞，没有朋友。一天，他偶然在晒谷场散步，遇到一个读书人，外表很是温文尔雅。两人各自通报了姓名后，在一起谈得很融洽。

自云家住近村，里巷无可共语者，得君如空谷之足音也。因共至塾，见童子方读《孝经》。问张曰："此书有今文古文，以何为是？"张曰："司马贞言之详矣。近读《吕氏春秋》，见《审微》篇中引'诸侯'一章，乃是今文。七国时人所见如是，何处更有古文乎？"其人喜曰："君真读书人也。"自是屡至塾。张欲报谒，辄谢以贫无栖止，夫妇赁住一破屋，无地延客，张亦遂止。

一夕，忽问："君畏鬼乎？"张曰："人未离形之鬼，鬼已离形之人耳，虽未见之，然觉无可畏。"其人恧然曰："君既不畏，我不欺君，身即是鬼。以生为士族，不能逐焰口争钱米。叨为气类，求君一饭可乎？"张契分既深，亦无疑惧，即为具食，且邀使数来。考论图籍，殊有端委。偶论太极无极之旨，其人怫然曰："于传有之：'天道远，人事迩。'六经所论皆人事，即《易》阐阴阳，亦以天道明人事也。舍人事而言天道，已为虚杳；又推及先天之先，空言聚讼，安用此为？谓君留心古义，故就君求食。君所见乃如此乎？"拂衣竟起，倏已影灭。再于相遇处候之，不复睹矣。

余督学闽中时，院吏言：雍正中，学使有一姬堕楼死，不闻有他故，以为偶失足也；久而有泄其事者，曰姬本山东人，

读书人说自己住在邻近的村子里，小街小巷的竟没有一个能谈得来的人，如今碰到张子克，就好像在寂静的山谷里听到了人的脚步声一样，倍感亲切。接着，两人一起来到私塾学堂，看到孩子们正在读《孝经》。读书人就问张子克："这部书有今文的和古文的两种，您认为哪部书是真的呢？"张子克说："对此，司马贞论述得很详尽了。最近我读《吕氏春秋》时，看到《审微》篇中引用《孝经》'诸侯'一章中的词句，竟是今文。战国时的人所看到的《孝经》文字便是这个样子，哪里还有另外的古文呢？"那个读书人非常高兴地说："您是个真读书的人。"从此，他多次到私塾来，张子克打算到他家回访，读书人总是说家中贫困，没有栖身之地，夫妇俩租一间破房子，实在没有地方接待客人，张子克就不再提回访的事了。

一天夜里，那个读书人突然问张子克："您怕鬼吗？"张子克说："人不过是魂魄没有离开躯体的鬼，而鬼则是灵魂出窍的人而已，我虽然没见过鬼，但是觉得鬼并没什么可怕的。"读书人一脸羞惭的样子说道："您既然不怕鬼，那我就不再瞒您了，我就是个鬼。因为我生在世家大族，不愿追着放焰口时争饭抢钱。承蒙你接受我，与我气味相投，请我吃顿饭行么？"张子克与鬼的情分已经很深了，也就不怀疑、不害怕他，立即备下饭菜，而且邀请他常来。读书人考察议论古代经典图书，剖析恰当，讲来头头是道。偶尔谈论到"太极无极"的旨义时，读书人不高兴地说："《左传》早就说过：'自然界的道理很遥远，人世间的道理很切近。'六经所谈论的都是关于人的问题，即使《易经》在阐释阴阳变化时，也是用天道在证明人事。舍弃人事论说天道，已经是虚幻渺茫了；这里又推而谈及开天辟地以前的事，泛泛而谈，争论不休，这又有什么用处呢？我本以为您注重古代经籍的义理，因此才到您这里要口吃的，难道您的见识就是这样吗？"他一甩衣服站了起来，转眼工夫就无影无踪了。后来，张子克到相遇的地方去等候，却再也没有见到他。

我担任福建督学时，听学院的官吏说：雍正年间，此地学使有一个姬妾从楼上坠落摔死，没有听说其他原因，都以为是偶然失足的缘故。过了一段时间，有人泄露了事情真相，说这个妾本来是山东人，

年十四五，嫁一窭人子。数月矣，夫妇甚相得，形影不离。会岁饥，不能自活，其姑卖诸贩鬻妇女者。与其夫相抱，泣彻夜，啮臂为志而别。夫念之不置，沿途乞食，兼程追及贩鬻者，潜随至京师。时于车中一觌面，幼年怯懦，惧遭诃詈，不敢近，相视挥涕而已。既入官媒家，时时候于门侧，偶得一睹，彼此约勿死，冀天上人间，终一相见也。后闻为学使所纳，因投身为其幕友仆，共至闽中。然内外隔绝，无由通问，其妇不知也。一日病死，妇闻婢媪道其姓名、籍贯、形状、年齿，始知之。时方坐笔捧楼上，凝立良久，忽对众备言始末，长号数声，奋身投下死。学使讳言之，故其事不传。然实无可讳也。

大抵女子殉夫，其故有二：一则撑柱纲常，宁死不辱。此本乎礼教者也，一则忍耻偷生，苟延一息，冀乐昌破镜，再得重圆；至望绝势穷，然后一死以明志。此生于情感者也。此女不死于贩鬻之手，不死于媒氏之家，至玉玷花残，得故夫凶问而后死，诚为太晚。然其死志则久定矣，特私爱缠绵，不能自割。彼其意中，固不以当死不死为负夫之恩，直以可待不待为辜夫之望。哀其遇，悲其志，惜其用情之误，则可矣；必执《春秋》大义，责不读书之儿女，岂与人为善之道哉！

壬申七月，小集宋蒙泉家，偶谈狐事。聂松岩曰：贵族有一事，君知之乎？曩以乡试在济南，闻有纪生者，忘其为寿光为

十四五岁时嫁给一个贫家子。婚后几个月，夫妇感情很好，形影不离。恰值荒年，无法谋生，她的婆婆就把她卖给专门买卖妇女的人贩子。与丈夫两人相抱着，哭了一夜，在臂膀上咬出齿痕作记号而分别。丈夫放不下她，沿途讨饭，赶着追上了买走她的人贩子，偷偷跟随着到了京城。一路上常在她坐的车上互相匆匆看上一眼，但因为年幼胆小，怕受到呵斥责骂，不敢挨近，只是相互看着挥泪而已。后来，她被送到官媒家，丈夫还常常在门边等候，偶尔见到一面，彼此相约都不要寻死，盼望将来天上人间，总有见面的时候。后来丈夫听说她被学使纳为姬妾，就投身学使的幕僚手下做了仆人，一同到了福建。但他们两人内外隔绝，无法通音讯，妻子并不知道这些。有一天，丈夫因病去世，妻子听婢女们说起他的姓名、籍贯、形貌和年龄，这才知道。她当时正坐在笔捧楼上，听到丈夫的死讯，呆呆地站了很久，忽然对众人详细诉说了事情始末，长号几声，奋身跳下楼而死。学使忌讳人家讲这件事，所以一直没有传出来。但是这件事其实没有什么可忌讳的。

大抵女子殉夫而死，有两种情况：一是为了坚持纲常礼教，宁死不受污辱，这是恪守礼教；另一种是忍辱偷生，苟延生命，希望与爱人破镜重圆；到了完全绝望的时候，才一死以表明心志。这是发自情感。上面所说的这个女子，不死于人贩子之手，不死在官媒之家，就像一块美玉被玷污、一朵鲜花被摧残，得到前夫的凶讯而后自尽，确实死得太晚了。但是她以死相从的心愿早已确定，只不过由于缠绵的情爱，难以割舍而已。在她的意识里，本来就没有将应当死而不死看作是辜负了丈夫的恩爱，而是将能够等待而没有等待当成辜负了丈夫的期望。我们哀挽她的遭遇，悲悼她的志向，惋惜她专情的错误，是可以的；非要举出《春秋》里的大道理，以贞节等礼教来要求没有读过书的青年男女，这难道就是与人为善的态度么？

乾隆壬申年七月，几个朋友在宋蒙泉家聚会，偶然谈到狐精的故事。聂松岩说："你们纪氏族里有一件事，您知道吗？以前我在济南参加乡试时，听说有个姓纪的人，忘记他是寿光人还是

胶州也。尝暮遇女子独行，泥泞颠踬，倩之扶掖。念此必狐女，姑试与昵，亦足以知妖魅之情状。因语之曰：“我识尔，尔勿诳我，然得妇如尔亦自佳。人静后可诣书斋，勿在此相调，徒多迂折。”女子笑而去。夜半果至，狎媟者数夕，觉渐为所惑，因拒使勿来。狐女怨詈不肯去。生正色曰：“勿如是也。男女之事，权在于男。男求女，女不愿，尚可以强暴得；女求男，男不愿，则心如寒铁，虽强暴亦无所用之。况尔为盗我精气来，非以情合，我不为负尔情。尔阅人多矣，难以节言，我亦不为隳尔节。始乱终弃，君子所恶，为人言之，不为尔曹言之也。尔何必恋恋于此，徒为无益？”狐女竟词穷而去。乃知一受蛊惑，缠绵至死，符箓不能驱遣者，终由情欲牵连，不能自割耳。使泊然不动，彼何所取而不去哉？

法南野又说一事曰：里有恶少数人，闻某氏荒冢有狐，能化形媚人。夜携罝罟布穴口，果掩得二牝狐。防其变幻，急以锥刺其髀，贯之以索，操刃胁之曰：“尔果能化形为人，为我辈行酒，则贷尔命。否则立磔尔！”二狐嗥叫跳掷，如不解者。恶少怒，刺杀其一，其一乃人语曰：“我无衣履，即化形为人，成何状耶？”又以刃拟颈，乃宛转成一好女子，裸无寸缕。众大喜，迭肆无礼，复拥使侑觞，而始终掣索不释手。

胶州人了。一个傍晚碰到一个女子独自赶路，在泥泞的路上差点儿摔倒，请纪某搀扶她。纪某想她肯定是个狐女，姑且和她亲热，也可以了解妖魅的情形。就说："我认识你。你也别骗我，然而能得到像你这样的女子觉得也挺好。等到夜深人静时你可以到我的书房去，别在这里调情，平白生出枝节来。"那个女子笑着走了。半夜，女子果然来了。两人在一起亲热了好几个夜晚，纪某觉得自己渐渐被狐狸精迷住了，就拒绝她让她别再来了。狐女却怨气冲冲骂了起来，不肯离去。纪某认真地说："不要这样。男女之间的事，主动权在男子。男子追求女子，女子不答应，男人还能用强暴的手段得到她；而女人追求男人，假如男子不愿意，他的心就像铁一样又冷又硬，即使用强暴的手段，也毫无用处。更何况你是为盗取我的精气而来，并非跟我情意相投，我这样做算不上是辜负了你。你经历过的男人多了，很难讲什么贞节，因此我与你厮混，也算不上是败坏了你的节操。那种始乱终弃的行为，是君子所厌恶的，可那是针对人而说的，并不是对你们这些狐狸精说的。你又何必对此念念不忘，这对你有什么好处呢？"狐女无话可说，只好走了。由此可知，有些人一旦受到妖精的蛊惑，以致缠绵而死，用道佛的符箓也不能把妖怪赶走，根本原因是因为被情欲所控制，自己不能割舍罢了。假使对各种引诱毫不动心，淡然处之，妖怪得不到什么，又为何不走呢？

法南野又讲了一件事：乡下有几个品行恶劣的年轻人，听说某家荒坟中有狐精，会变化形状，迷惑人们。于是，乘夜色带着捕捉野兽的网，安放在狐狸的洞口，果然抓到两只雌狐。为了防止狐狸变形，连忙用锥子刺穿狐狸的大腿，用绳索穿过吊住，拿着刀威胁说："你们如果能变化成人形，侍候我们喝酒，就饶你们的性命。否则立即把你们杀了！"两只狐狸又叫又跳，就像听不懂似的。这帮恶少大怒，刺死了一只狐狸。另一只狐狸才口吐人言说："我没有衣服，马上变化成人形，成什么样子呢？"恶少又把刀架在狐狸的脖子上，这只狐狸才变成一个漂亮女人，一丝不挂。众人大喜，轮流非礼，又抱住狐女，让她侍候饮酒，却一直抓住那条绳索不肯松手。

狐妮妮软语，祈求解索。甫一脱手，已瞥然逝。归未到门，遥见火光，则数家皆焦土，杀狐者一女焚焉。知狐之相报也。狐不扰人，人乃扰狐，多行不义，其及也宜哉。

田白岩说一事曰：某继室少艾，为狐所媚，劾治无验。后有高行道士，檄神将缚至坛，责令供状。佥闻狐语曰："我豫产也，偶挞妇，妇潜窜至此，与某昵。我衔之次骨，是以报。"某忆幼时果有此，然十馀年矣。道士曰："结恨既深，自宜即报，何迟迟至今？得无刺知此事，假借藉口耶？"曰："彼前妇贞女也，惧干天罚，不敢近，此妇轻佻，乃得诱狎。因果相偿，鬼神弗罪，师又何责焉？"道士沉思良久，曰："某昵尔妇几日？"曰："一年馀。""尔昵此妇几日？"曰："三年馀。"道士怒曰："报之过当，曲又在尔，不去，且檄尔付雷部！"狐乃服罪去。清远先生蒙泉之父曰："此可见邪正之念，妖魅皆得知。报施之理，鬼神弗能夺也。"

清远先生亦说一事曰：朱某一婢，粗材也。稍长，渐慧黠，眉目亦渐秀媚，因纳为妾。颇有心计，摒挡井井，米盐琐屑，家人纤毫不敢欺，欺则必败。又善居积，凡所贩鬻，来岁价必贵。朱以渐裕，宠之专房。一日，忽谓朱曰："君知我为谁？"朱笑曰："尔颠耶？"因戏举其小名曰："尔非某耶？"

狐女温柔地讲好话，请求解开绳索。恶少刚一松手，狐女马上逃走不见踪影了。这帮恶少还没有回到家，就远远看见了火光，原来他们几家都被烧光了，杀死狐狸的人，有个女儿被烧死了。这才知道是狐精的报复。狐狸精没有骚扰人，人却骚扰狐精，做了太多的缺德事，这种结局是应该的。

田白岩讲了一件事，他说：某人的续弦夫人年轻漂亮，但她被狐狸精迷惑住了，虽然多方求符咒法术制服，却没有效果。后来有一位操行高尚的道士，命令神将把妖狐捆到法坛前，责令他从实招供。在场的人听狐狸说："我出生在河南，有一次偶尔把妻子打了一顿，她都偷偷逃到这里，与某人相好了。我恨之入骨，因此来报复。"某人想起来自己年轻时的确有这么一回事，但事情已经过去十多年了。道人说："既然怨恨结得那么深，理应当时就报复，你为什么迟迟不报复？是不是你从哪儿打听到有这么一回事，以此为借口？"狐狸说："某人的前妻有贞操，我害怕受到上天的惩罚，因此不敢接近她，而这个女人轻薄放荡，这才引诱她上了钩。因果报应，就连鬼神都不加惩罚，尊师何必指责我呢？"道士沉思了很长时间，问道："某人和你的妻子相好了多长时间？"回答："有一年多时间。""那么你和这个女人又相好了多长时间？"回答说："有三年多时间。"道士大怒道："你的报复过了头，理屈的又在你，你要是再不走的话，我将把你押送到雷神那里去！"狐狸认罪后离开了。清远先生蒙泉的父亲说："由此可见，邪恶与正直的念头，妖精都知道。报施的道理，即便是鬼神也不能阻拦。"

清远先生也讲了一件事说：朱某有个婢女，粗粗笨笨的。长大一点儿，渐渐变得聪明起来，眉目形貌也渐渐改变，变得秀美了，朱某因此纳她为妾。她颇有心计，料理家事井井有条，柴米油盐等日常费用，仆人丝毫不敢贪占欺骗，骗了她，也一定会查出来。她又善于做买卖，囤积收藏，凡是她收购的货物，第二年价格肯定会上涨。朱某因此渐渐富裕起来，对她十分宠爱，甚至不接近其他姬妾了。有一天，她忽然问朱某说："你知道我是谁吗？"朱某笑着说："你疯了吧？"开玩笑地说出她的小名道："你不是某某吗？"

曰："非也，某逃去久矣，今为某地某人妇，生子已七八岁。我本狐女，君九世前为巨商，我为司会计。君遇我厚，而我干没君三千馀金。冥谪堕狐身，炼形数百年，幸得成道。然坐此负累，终不得升仙。故因此婢之逃，幻其貌以事君。计十馀年来，所入足以敌所逋。今尸解去矣。我去之后，必现狐形。君可付某仆埋之，彼必裂尸而取革，君勿罪彼。彼四世前为饿殍时，我未成道，曾啖其尸。听彼碎磔我，庶冤可散也。"俄化狐仆地，有好女长数寸，出顶上，冉冉去；其貌则别一人矣。朱不忍而自埋之，卒为此仆窃发，剥卖其皮。朱知为夙业，浩叹而已。

从孙树庥言：高川贺某，家贫甚。逼除夕，无以卒岁。诣亲串借贷无所得，仅沽酒款之。贺抑郁无聊，姑浇块垒，遂大醉而归。时已昏夜，遇老翁负一囊，蹩躠不进，约贺为肩至高川，酬以雇值。贺诺之。其囊甚重。贺私念方无度岁资，若攘夺而逸，龙钟疲叟，必不能追及。遂尽力疾趋，翁自后追呼，不应。狂奔七八里，甫得至家，掩门急入。呼灯视之，乃新斫杨木一段，重三十馀斤，方知为鬼所弄。殆其贪狡之性，久为鬼恶，故乘其窘而侮之。不然，则来往者多，何独戏贺？是时未见可欲，尚未生盗心，何已中途相待欤？

她回答：“不是，某某早就逃走了，现在她在某地是某人的妻子，生的孩子也已经七八岁了。我是狐女，你九世前是个富商，我是会计替您掌管财物。那时你对我很宽厚，我却侵吞了你三千多两银子。冥间遭到谴谪，轮回堕落成为狐狸，我修道炼形几百年，幸而成道。但因为侵吞你银子这件事的负累，还是不能成仙。所以我借这个婢女逃走的机会，幻化为她的形貌来侍奉你。十多年来，总计我给你带来的收入，足以偿还当初侵吞的数目了。现在，我要尸解成仙了。我成仙去后，遗下的身体一定会现出狐形。你可以把我的尸首交付仆人某某埋葬，他必然将我扒皮，你不要处罚他。他在四世前饿死在路边，当时我还没有得道，吃了他的尸身。现在任他剖裂我的尸身，也许可以解除冤债啊。”说完化作狐狸倒地而死，同时有个仅仅几寸长的美貌女子，从狐狸的头顶上出来，冉冉飘去；这个女子的容貌，就不是原来的样子，而是另一个人了。朱某不忍心将她的尸身交出去，就自己掩埋了，但还是被狐女说的那个仆人将尸身又偷偷挖掘出来，扒了狐皮卖了换钱。朱某知道这是前世注定的冤孽，也只好长叹着感慨一番罢了。

堂孙树森说：高川县的贺某，家里很穷。快到除夕了，家里还没有过年的东西。他去亲戚家借，什么都没有借到，亲戚只是备些酒食招待他。贺某闷闷不乐，倍感无聊，姑且用酒来消解心中的郁闷，结果喝得酩酊大醉回家。天已经全黑了，他碰到一个老翁，背一个口袋，走起路来歪歪斜斜，半天也没走几步。老翁请贺某替他把口袋背到高川，说给贺某报酬。贺某答应了。那个口袋特别沉重。贺某暗中盘算，自己正没有过年的钱呢，要是抢了这口袋东西逃走，那个老翁老态龙钟、疲惫不堪的必定追不上。于是他猛跑起来，老翁在身后连追带喊，他也不理睬。他狂奔了七八里路，一进家门便连忙关上大门，让人拿灯来一看，口袋里却是新砍下来的一段杨树，有三十多斤重，这才知道被鬼捉弄了。大概贺某贪心狡诈的本性早就被鬼厌恶了，因此才趁他穷困到极点时耍弄他。要不然来往的人那么多，为什么只戏弄贺某一个人呢？况且那时贺某还没看见想要的东西，也还没生出盗心，鬼为什么已经在半路等着他了呢？

树畬又言：垛庄张子仪，性嗜饮，年五十馀，以寒疾卒。将敛矣，忽苏曰："我病愈矣。顷至冥司，见贮酒巨瓮三，皆题'张子仪封'字；其一已启封，尚存半瓮，是必皆我之食料，须饮尽方死耳。"既而果愈，复纵饮二十馀年。一日，谓所亲曰："我其将死乎！昨又梦至冥司，见三瓮酒俱尽矣。"越数日，果无疾而卒。然则《补录纪传》载李卫公食羊之说，信有之乎！

宝坻王孝廉锦堂言：宝坻旧城圮坏，水啮雨穿，多成洞穴，妖物遂窟宅其中。后修城时，毁其旧垣，失所凭依，遂散处空宅古寺。四出祟人，男女多为所媚。忽来一道士，教人取黑豆四十九粒，持咒炼七日，以击妖物，应手死。锦堂家多空屋，遂为所据；一仆妇亦为所媚。以道人所炼豆击之，忽风声大作，似有多人喧呼曰："太夫人被创死矣！"趋视，见一巨蛇，豆所伤处，如铳炮铅丸所中。因问道士："凡媚女者必男妖，此蛇何呼太夫人？"道士曰："此雌蛇也。蛇之媚人，其首尾皆可以噏精气，不必定相交接也。"旋有人但闻风声，即似梦魇，觉有吸其精者，精即涌溢。则道士之言信矣。又一人突见妖物，豆在纸裹中，猝不及解，并纸掷之，妖物亦负创遁。又一人为女妖所媚，或授以豆，耽其色美，不肯击，竟以陨身。夫妖物之为祟，事所恒有，至一时群聚而肆毒，则非常之恶，天道所不容矣。此道士不先不后，适以是时来，或亦神所假手欤！

树森又说：垛庄的张子仪，喜欢喝酒，五十多岁时，感受寒邪生病死了。家人为他装殓时，他忽然苏醒过来，说：“我病好了。刚刚到阴间，看见有三只大酒缸，都贴着‘张子仪封’的字条；其中一只缸已经打开，还有半缸酒。这些一定都是我喝的，喝光了才会死啊。”随后，他的病果然好了，又痛痛快快喝了二十多年酒。有一天，他对亲友说：“我大概快死了吧！昨天做梦又到阴间，看见那三缸酒都空了。”过了几天，果然没得什么病就去世了。那么，《补录纪传》记载的李卫公吃羊的故事，确实是有的吧！

宝坻县的举人王锦堂说：宝坻县的旧城坍塌毁坏后，经雨水冲刷剥蚀，形成了许多洞穴，妖物们就在里边藏身。后来修城时，拆毁了旧墙，妖物失去了安身之处，就分散到空屋子或古庙里。它们到处害人，不少男女都被它们迷惑住了。忽然，县里来了个道士，他让人们拿来四十九粒黑豆，口念咒语炼了七天。用黑豆打妖物，豆一出手妖物就立刻死去。王锦堂家里有不少空屋子，被许多妖物占据了；一个仆人的妻子也被妖物迷惑了。用道士炼过的黑豆打过去，忽然响起一阵巨大的风声，好像听见许多人在呼喊：“太夫人被打受伤死了！”跑过去一看，是一条大蛇，被黑豆打中的地方，就像被铳炮的铅弹击中一样。人们问道士：“凡是迷惑女人的必定是男妖，这条蛇为什么称作太夫人呢？”道士说：“这是条雌蛇。当蛇诱惑人的时候，它的头和尾都可以吸取人的精液元气，不一定非要性交。”不久就有人一听见风声，就像梦魇一样，觉得有一股力量在吸自己的精液，精液立即涌流而出。看来道士的话是可信的。又有一个人突然发现妖物，黑豆包裹在纸里来不及打开，就连同纸一齐扔了出去，妖物也照样受了伤逃走了。还有一个人被女妖所迷惑，虽然把黑豆给了他，可他却沉湎女妖的美色不肯打她，最后因此而丧命。妖怪们祸害人的事，那是常常会发生的，到了一时汇聚成群，放肆害人的时候，就为天道所不容了。这个道士不早不晚恰巧在这时候来到宝坻，或许是神借他的手来消除祸害吧！

某侍郎夫人卒，盖棺以后，方陈祭祀，忽一白鸽飞入帏，寻视无睹。俶扰间，烟焰自棺中涌出，连甍累栋，顷刻并焚。闻其生时，御下严：凡买女奴，成券入门后，必引使长跪，先告戒数百语，谓之教导；教导后，即褫衣反接，挞百鞭，谓之试刑。或转侧，或呼号，挞弥甚。挞至不言不动，格格然如击木石，始谓之知畏，然后驱使。安州陈宗伯夫人，先太夫人姨也，曾至其家。常曰其僮仆婢媪，行列进退，虽大将练兵，无如是之整齐也。又余常至一亲串家，丈人行也，入其内室，见门左右悬二鞭，穗皆有血迹，柄皆光泽可鉴。闻其每将就寝，诸婢一一缚于凳，然后覆之以衾，防其私遁或自戕也。后死时，两股疽溃露骨，一若杖痕。

刑曹案牍，多被殴后以伤风死者，在保辜限内，于律不能不拟抵。吕太常含晖，尝刊秘方：以荆芥、黄蜡、鱼鳔三味鱼鳔炒黄色各五钱，艾叶三片，入无灰酒一碗，重汤煮一炷香，热饮之，汗出立愈。惟百日以内，不得食鸡肉。后其子慕堂，登庚午贤书，人以为刊方之报也。

《酉阳杂俎》载骰子咒曰："伊帝弥帝，弥揭罗帝。"诵至十万遍，则六子皆随呼而转。试之，或验或不验。余谓此犹诵"驴"字治病耳。大抵精神所聚，气机应之，气机所感，鬼神通之。所谓"至诚则金石为开"也。笃信之则诚，诚则必动；

有个侍郎的夫人去世，大殓盖棺以后，正在陈设祭品，忽然有一只白鸽飞进帐幔里，人们到处寻找，却找不到。正在纷扰忙乱的时候，浓烟从棺材里涌出来，顷刻间大火把棺木连同几间屋子都烧光了。听说这位夫人生前对奴仆十分严酷：只要是买进女奴，签了契约进家门后，一定要让女奴直挺挺地跪着，先说上几百句话警告一番，叫做教导；教导之后，把女奴衣服剥掉，反绑双手，打一百鞭子，叫做试刑。如果挣扎、叫喊，就打得更凶。一直打到不敢叫喊不敢挣扎，就像鞭子打在木头石块上那样“格格”作声，才叫做懂得了害怕，然后再供她驱使。安州陈宗伯的夫人，是我先母太夫人的姨辈，曾经到过侍郎夫人家里。经常说起她家的男女仆人进进出出像是列队行动，即使是大将军训练士兵，也没有那样整齐有序。还有一位老前辈，是我的亲戚。我常常到他家去，进他的内室，只见门的左右挂着两条鞭子，鞭穗上都有血迹，鞭柄都磨得很光滑，能照见人影。听说，他每天睡觉前，把婢女一个个绑在长凳子上，然后再盖上被子，防止婢女逃走或者自杀。后来他死的时候，两条大腿生疮腐烂，骨头都露出来，仿佛是板子打的痕迹。

刑事案件的案卷中，经常有被打伤后因感受风邪而死的，按刑律规定，凡打人致伤，由官府立出限期，责令被告为伤者治疗，如伤者在这个期限内因为受伤致死，伤人者就不得不以死罪抵命。太常吕含晖，曾经刊刻一个治伤的秘方：用荆芥、黄蜡、鱼鳔鱼鳔炒成黄色三味各五钱，艾叶三片，掺入一碗无灰酒，兑成浓汤，煮一炷香的时间，趁热饮服，出汗就立刻痊愈了。只是要求在百日以内，不得吃鸡肉。后来吕含晖的儿子吕慕堂，在庚午年考中举人，众人都认为是刊刻秘方的善报。

《酉阳杂俎》中记载有骰子咒说：“伊帝弥帝，弥揭罗帝。”据说念到十万遍，六只骰子就可按照赌博者的呼叫指挥随意转动。试着做，有应验的也有不应验的。我认为这就好像念“驴”字治病一样。一般说来，精神凝聚，就有气机感应，气机所感，可交通鬼神。这就是人们常说的“达到了至诚的程度，连铜铁石头也会感动得裂开”。坚信就有诚心，有诚心就一定能感动鬼神；

姑试之则不诚，不诚则不动。凡持炼之术，莫不如是，非独此咒为然矣。

旧仆兰桂言：初至京师，随人住福清会馆，门以外皆丛冢也。一夜月黑，闻汹汹喧呶声、哭泣声，又有数人劝谕声。念此地无人，是必鬼斗。自门隙窃窥，无所睹。屏息谛听，移数刻，乃一人迁其妇柩，误取他家柩去。妇故有夫，葬亦相近。谓妇为此人所劫，当以此人妇相抵。妇不从而诟争也。会逻者鸣金过，乃寂无声。不知其作何究竟，又不知此误取之妇他年合窆又作何究竟也。然则谓鬼附主而不附墓，其不然乎！

虞惇有佃户孙某，善鸟铳，所击无不中。尝见一黄鹂，命取之。孙启曰："取生者耶？死者耶？"问："铁丸冲击，安能预决其生死？"曰："取死者直中之耳，取生者则惊使飞而击其翼。"命取生者。举手铳发，黄鹂果堕。视之，一翼折矣。其精巧如此。适一人能诵放生咒，与约曰："我诵咒三遍，尔百击不中也。"试之果然。后屡试之，无不验。然其词鄙俚，殆可笑噱，不识何以能禁制。又凡所闻禁制诸咒，其鄙俚大抵皆似此，而实皆有验，均不测其所以然也。

蔡葛山先生曰："吾校《四库》书，坐讹字夺俸者数矣，惟一事深得校书力。吾一幼孙，偶吞铁钉，医以朴硝等药攻之，不下，日渐尪弱。后校《苏沈良方》，见有小儿

如果只是抱着试试看的态度，就说明没有诚心，没有诚心，就感动不了鬼神。凡是修炼的法术，都是这样，并非只是骰子咒如此。

我原来的仆人兰桂说：他刚到京城的时候，跟别人住在福清会馆里，会馆门外是乱坟岗。一个夜晚，没有月光，他听到乱纷纷的喧闹声、哭泣声，还有几个人劝解的声音。他想这片荒地没有人家，一定是鬼在争斗。兰桂从门缝偷偷地向外张望，却什么也没看见。屏住呼吸仔细听，过了好一会儿才听明白，原来是一个男子为他的妻子迁葬，错把别人家妻子的棺材挖走了。被错挖走棺材的女人有丈夫，就埋在附近。这个死鬼说自己的妻子被人抢走了，就该用挖坟人的妻子来抵偿。可那个女死鬼不答应，于是吵起来。恰好巡夜的人敲锣经过，群鬼这才没了声响。不知这场争执后来到底怎样了，也不知那位错迁的女鬼，将来和那边男人合葬时又是怎样的情形。如此说来，说鬼魂依附神主牌而不依附坟墓，大概是错误的吧！

虞惇家有个雇工孙某，擅长打鸟枪，瞄准目标没有打不中的。虞惇曾经看见一只黄鹂，就让孙某打下来。孙某问道："你是要活的还是要死的？"虞惇奇怪地问："铁弹发射，怎么能预先决定黄鹂是生是死呢？"孙某说："假如要死的，我就直接打中它；假如要活的，我就先把它惊飞起来，再打它的翅膀。"虞惇就说要活的。孙某抬手射击，黄鹂果然掉落下来。拿来一看，折了一只翅膀。孙某的射术精湛到如此程度。碰巧，有个人能念诵放生的咒语，他与孙某相约说："我诵念三遍咒语，而你就是打上一百枪也不中。"试了一下果然这样。以后又多次试验，没有不灵验的。然而那咒语粗俗不堪，听起来实在可笑，不知它怎么能让神射手射不中的。而且，凡是听到过的起禁制作用的各种咒语，粗俗可笑的程度大致全都像放生咒一样，却都很灵验，都猜不出这到底是什么原因。

蔡葛山先生说："我校勘《四库全书》时，因为校错文字而几次被罚了俸禄，只有一件事，因为校勘图书而意外得到很大的收获。我有个小孙子，偶尔误吞了铁钉，医生用朴硝等药物催泻，铁钉没有泻下来，人却一天天虚弱了。后来，我校勘《苏沈良方》，见有小儿

吞铁物方，云剥新炭皮研为末，调粥三碗，与小儿食，其铁自下。依方试之，果炭屑裹铁钉而出。乃知杂书亦有用也。此书世无传本，惟《永乐大典》收其全部。余领书局时，属王史亭排纂成帙。苏沈者，苏东坡、沈存中也，二公皆好讲医药。宋人集其所论，为此书云。”

叶守甫，德州老医也。往来余家，余幼时犹及见之。忆其与先姚安公言：常从平原诣海丰，夜行失道，仆从皆迷。风雨将至，四无村墟，望有废寺，往投暂避。寺门虚掩，而门扉隐隐有白粉大书字。敲火视之，则“此寺多鬼，行人勿住”二语也。进退无路，乃推门再拜曰：“过客遇雨，求神庇荫；雨止即行，不敢久稽。”闻承尘板上语曰：“感君有礼。但今日大醉，不能见客，奈何？君可就东壁坐，西壁蝎窟，恐遭其螫；渴勿饮檐溜，恐有蛇涎；殿后酸梨已熟，可摘食也。”毛发植立，噤不敢语。雨稍止，即惶遽拜谢出，如脱虎口焉。姚安公曰：“题门榜示，必伤人多矣。而君得无恙，且得其委曲告语。盖以礼自处，无不可以礼服者；以诚相感，无不可以诚动者。虽异类无间也。君非惟老于医，抑亦老于涉世矣。”

朱导江言：新泰一书生，赴省乡试。去济南尚半日程，与数友乘凉早行。黑暗中有二驴追逐行，互相先后，不以为意也。稍辨色后，知为二妇人。既而审视，乃一妪，年约五六十，肥而黑；一少妇，年约二十，甚有姿色。书生频目之。

吞铁物方，说剥取新炭的皮，磨成粉末，用它调三碗粥，给小孩子吃了，铁钉自然会泻出来。我按照药方试了试，果然见炭末裹着铁钉泻了出来。这才知道杂书也有用处。这本书世间没有流传本子，只有在《永乐大典》中收录全文。我在主持书局工作时，让王史亭编定成册。苏沈就是苏东坡、沈存中，这两位先生都喜欢谈论医药。宋代的人收集他们的议论，编成这本书。”

叶守甫，是德州的老医生，常来往我家，我小时候还见过他。记得他曾与先父姚安公说过一件事：他经常从平原县到海丰县去，有一次，夜里迷了路，仆从也都分不清东西南北了。风雨将至，四周又没有村落，他远远看见远处有一荒废的古庙，就赶过去避雨。庙门虚掩着，门板上隐隐约约有白粉写成的大字。他点着火一看，上面写着“此寺多鬼，行人勿住”两句话。但他当时进退无路，于是推开门，拜了两拜祝告说：“过客途中遇雨，恳求神灵暂且容纳；雨一停就走，绝不敢久留。”忽然听到屋顶天花板上有声音说：“感谢您有礼貌。但今天我喝醉了，无法见客，怎么办呢？您可以靠着东墙坐，西墙有蝎子洞，怕它螫着您；渴了不要喝屋檐流下的水，怕里面有蛇的口涎；殿后的酸梨树果子已经熟了，你可以摘下来吃。”叶守甫吓得毛发直立，一声不敢出。雨稍稍小一点儿，就慌忙拜谢，急匆匆走了，像脱离虎口一样。姚安公说：“在门上题字告示，必定因为伤人很多了。而你能够平安无事，反而得到了忠告，这都是得益于您委婉、谦恭的话语。大约以礼节要求自己的人，就没有人不被你的礼节所折服；用诚意来感召，就没有人不被你的诚意所感动。即使是异类，这一点儿也没有区别。你不但医道老到，处世也是十分老到啊。”

朱导江说：新泰县有个书生，到省城去参加乡试。在距离济南还有半天路程的时候，和几个朋友趁凉快在天没亮时就上路了。黑暗中有两头驴跟着，一会儿在前，一会儿在后，他们也没有在意。等到天濛濛亮时，这才看出骑驴的是两个女人。再仔细一看，一个是老太太，大约五六十岁的样子，长得又胖又黑；另一个是少妇，差不多二十岁左右，身材、相貌都很不错。那个书生不断地打量她。

少妇忽回顾失声曰:“是几兄耶?”生错愕不知所对。少妇曰:“我即某氏表妹也。我家法中表兄妹不相见,故兄不识妹。妹则尝于帘隙窥兄,故相识也。”书生忆原有表妹嫁济南,因相款语。问:“早行何适?”曰:“昨与妹婿往问舅母疾,本拟即日返。舅母有讼事,浼妹婿入京,不能即归。妹早归为治装也。”流目送盼,情态嫣然,且微露十馀岁时一见相悦意。书生心微动。至路岐,邀至家具一饭。欣然从之,约同行者晚在某所候。至钟动不来。次日,亦无耗。往昨别处,循岐路寻之,得其驴于野田中,鞍尚未解。遍物色村落间,绝无知此二妇者。再询,访得其表妹家,则表妹殁已半年馀。其为鬼所惑、怪所啖,抑或为盗所诱,均不可知,而此人遂长已矣。此亦足为少年佻薄者戒也。

时方可村在座,言:“游秦、陇时,闻一事与此相类。后有合窆于妻墓者,启圹,则有男子尸在焉。不知地下双魂,作何相见。《焦氏易林》曰:‘两夫共妻,莫适为雌。’若为此占矣。”戴东原亦在座,曰:“《后汉书》尚有三夫共妻事,君何见之不广耶?”余戏曰:“二君勿喧。山阴公主面首三十人,独忘之欤?然彼皆不畏其夫者。此鬼私藏少年,不虑及后来之合窆,未免纵欲忘患耳!”东原喟然曰:“纵欲忘患,独此鬼也哉?”

她忽然回头大声问道："是几哥吧？"书生惊愕地不知该怎样回答。少妇说："我就是某某家的表妹，我们的家法表兄表妹不能见面，所以你不认得我。我却曾经隔着门帘偷偷地见过哥哥，所以我能认得你。"书生想起来，确实是有个表妹嫁到了济南，于是两个人就从从容容聊了起来。书生问："清早赶路去哪儿呢？"少妇回答说："昨天和你妹夫一起到舅母家去探问她的病情，本来打算当天就赶回来。可是舅母家碰上了件打官司的事，央求你妹夫到京城去周旋，就没有能在当天赶回来。我今早回来是为他收拾行装的。"少妇说话时眉目传情，神态妩媚动人，还流露出早在十几岁时就对书生一见钟情的意思。书生有点儿动心了。走到岔路口时，少妇邀请书生到家一起吃顿饭。书生高兴地答应了，就和一起赶路的人约定晚上在某个地方等着他。但他们一直等到报晓的钟声敲响也不见书生来。第二天，还是没有消息。后来他们又到那天分别的地方，沿着岔路寻找，发现他骑的那头驴还在田野里，驴鞍子都没卸下来。又找遍了村子的各个地方，竟没有一个人认得那两个女人。于是又打听到书生的表妹家，得知他表妹早就去世半年多了。那个书生到底是被鬼迷惑了，被妖怪吃掉了，还是让盗贼诱拐了，就都不得而知，而这个书生从此也就再没有消息了。这件事也足以让那些轻薄的青年男子引以为戒。

当时方可村也在座，他说："我曾经去过秦、陇一带，也听说过一件类似的事情。有个男子死后，家人打算给他和亡妻合葬，打开墓穴一看，发现里面还有个男人的尸首。真不知这对夫妻的鬼魂，在阴间该怎么相见。焦延寿《焦氏易林》中写道：'两个丈夫娶一个妻子，妻子死后不知该随哪一个。'这好像预先告诉有这种事似的。"戴东原也在座，他说："《后汉书》中还记载了三个丈夫共娶一个妻子的事呢，您的见识也不算广博了。"我开玩笑地说："你们两位不要争论了。山阴公主有三十个面首，难道你们都忘了吗？但是，那种女人都是不怕丈夫的。而这个女鬼却私下收留另一个年轻男子，不考虑以后与丈夫合葬的事，这未免太放纵情欲而不顾及后患了！"戴东原长叹一声说："放纵情欲，忘记后患的，难道只有这个鬼吗？"

杂说称娈童始黄帝，钱詹事辛楣如此说，辛楣能举其书名，今忘之矣。殆出依托。比顽童始见《商书》，然出梅赜伪古文，亦不足据。《逸周书》称“美男破老”，殆指是乎？《周礼》有不男之讼，注谓天阉不能御女者。然自古及今，未有以不能御女成讼者；经文简质，疑其亦指此事也。

凡女子淫佚，发乎情欲之自然。娈童则本无是心，皆幼而受绐，或势劫利饵耳。相传某巨室喜狎狡童，而患其或愧拒，乃多买端丽小儿未过十岁者；与诸童媟戏时，使执烛侍侧。种种淫状，久而见惯，视若当然。过三数年，稍长可御，皆顺流之舟矣。有所供养僧规之曰：“此事世所恒有，不能禁檀越不为，然因其自愿。譬诸挟妓，其过尚轻；若处心积虑，凿赤子之天真，则恐干神怒。”某不能从，后卒罹祸。夫术取者造物所忌，况此事而以术取哉！

东光有王莽河，即胡苏河也。旱则涸，水则涨，每病涉焉。外舅马公周箓言：雍正末，有丐妇一手抱儿，一手扶病姑涉此水。至中流，姑蹶而仆。妇弃儿于水，努力负姑出。姑大诟曰：“我七十老妪，死何害！张氏数世，待此儿延香火，尔胡弃儿以拯我？斩祖宗之祀者尔也！”妇泣不敢语，长跪而已。越两日，姑竟以哭孙不食死。妇呜咽不成声，痴坐数日，亦立槁。

杂书记载，传说玩弄男童最早始于黄帝时代，钱辛楣詹事就主张这种说法，还能举出名字，现在我已经忘记了。这大概是后人的附会寄托。玩弄男童的事最早见于《尚书·商书》，但出自晋人梅赜的伪古文《尚书》，也不足以作为根据。《逸周书》说："美貌男子迷惑君主、离间老臣"，大概指的就是这类人吧？《周礼》谈及生理有缺陷的男子打官司的事，注释认为这种人是先天生理缺陷，不能与女子交媾。然而从古到今，没有因为不能与女子交媾而打官司的事；典籍里文字简单质朴，我怀疑也是指这类事情。

大凡女子纵欲放荡，是出自她们性欲的本能。供玩弄的男孩，本来没有这样的欲望，都是年幼受到欺骗，要么被胁迫，要么被利诱。相传某个富豪喜欢淫乱漂亮伶俐的男孩，可是又担心他们害羞拒绝，就买回许多不足十岁的漂亮男孩；自己和男孩淫乱取乐时，就让他们举着蜡烛在一边侍奉。久而久之，种种淫秽的情状，小孩子看惯了，以为是理所当然的事。等过了三几年，孩子们长大些时，可以供他玩弄了，就像顺水行舟那样自然就范，听从他摆布了。有一个由富豪供养的和尚规劝他说："世上常有这种事，我也不能禁止施主不去做这等事。然而要出于他们的自愿。就如同玩弄妓女一样，罪过还算轻些；假如处心积虑，去摧残孩子天生的童真，恐怕天神也会发怒的。"富豪不听劝告，终于招致大祸。凭借权术谋取，是造物主忌恨的，更何况是这种下三滥的事，还处心积虑去做呢！

东光县有一条王莽河，即胡苏河。天旱时水干见底，发大水时河流涨满，人们常常害怕过河。岳父马周箓先生说：雍正末年，有个讨饭妇人，一手抱着儿子，一手扶着生病的婆婆，涉水过河。走到河中间，婆婆扑倒在水里。讨饭妇人扔掉儿子，用力背起婆婆出水。婆婆大骂道："我是七十岁的老太婆，死了又有什么关系！张家几代人，就指望这个孩子承继香火，你为什么把儿子抛开来救我？断绝祖宗祭祀的人，就是你啊！"讨饭妇人只是哭，不敢回答，直挺挺地跪着。过了两天，婆婆痛哭孙子，绝食而死。讨饭妇人哭到发不出声音，痴痴呆呆地坐了几天，也成为一具枯尸。

不知其何许人，但于其姑詈妇时，知为姓张耳。有著论者，谓儿与姑较，则姑重；姑与祖宗较，则祖宗重。使妇或有夫，或尚有兄弟，则弃儿是。既两世穷嫠，止一线之孤子，则姑所责者是。妇虽死有馀悔焉。

姚安公曰："讲学家责人无已时。夫急流汹涌，少纵即逝，此岂能深思长计时哉！势不两全，弃儿救姑，此天理之正，而人心之所安也。使姑死而儿存，终身宁不耿耿耶？不又有责以爱儿弃姑者耶？且儿方提抱，育不育未可知。使姑死而儿又不育，悔更何如耶？此妇所为，超出恒情已万万。不幸而其姑自殒，以死殉之，其亦可哀矣！犹沾沾焉而动其喙，以为精义之学，毋乃白骨衔冤，黄泉赍恨乎！孙复作《春秋尊王发微》，二百四十年内，有贬无褒；胡致堂作《读史管见》，三代以下无完人。辨则辨矣，非吾之所欲闻也。"

郭石洲言：朱明经静园，与一狐友。一日，饮静园家，大醉，睡花下。醒而静园问之曰："吾闻贵族醉后多变形，故以衾覆君而自守之。君竟不变，何也？"曰："此视道力之浅深矣。道力浅者能化形幻形耳，故醉则变，睡则变，仓皇惊怖则变；道力深者能脱形，犹仙家之尸解，已归人道，人其本形矣，何变之有！"静园欲从之学道。曰："公不能也。凡修道人易而物难，人气纯，物气驳也；成道物易而人难，物心一，

不知她是哪里人，只是听到婆婆骂她时，知道她姓张而已。有人写文章议论，说儿子与婆婆比较，婆婆重要；婆婆与祖宗比较，祖宗重要。假使讨饭妇人还有丈夫，或者丈夫有兄弟，那么抛开儿子是对的。既然两代穷寡妇，只有一线单传的独子，那么婆婆的责备是对的。这个讨饭妇人即使死后，还是应该后悔的。

姚安公说："讲理学的道学家责备人真是没个完。在汹涌湍急的河流中，机会一下子就过去了，哪有时间深思熟虑从长计议呢！在不能两全的情况下，抛开儿子去挽救婆婆，是天理的正道，也是可以让人心感到安帖的。假如婆婆淹死了，儿子活着，讨饭妇人一生就不会于心有愧吗？不是又有人会责备她因为爱护儿子而抛弃了婆婆吗？而且，儿子还只是抱在怀里的婴儿，能不能养活还不知道。假如婆婆淹死了儿子也养不活，讨饭妇人更不知道怎样后悔了。这个讨饭妇人的行为，超出世间常情很多了。她婆婆不幸自殒性命，她又跟着去死，这也真够悲哀的了！有人还唾沫横飞地信口乱讲，认为是精深的理学，这不是使死者受到冤屈，阴间的灵魂也要怨恨吗！孙复写《春秋尊王发微》，对二百四十年间的人物，只有批评没有表扬；胡致堂写《读史管见》时，写到夏、商、周三代以后，就没有一个品德完美的人了。这些议论倒是够雄辩的，却并不是我愿意听到的。"

郭石洲说：贡生朱静园，与一个狐精交了朋友。有一天，狐精到朱静园家饮酒，喝得大醉，在花丛下睡着了。等他酒醒，朱静园问道："我听说你们这一类醉后多半会变回原形，所以给你盖上被子，自己在旁边守着。你竟然没有变，为什么？"狐精答道："这就要看道力的深浅了。道力浅的能够变成人形或幻化人形，但是醉酒则变，熟睡则变，仓皇惊恐的时候也会变回原形；道力深的能够脱掉形骸，就像神仙的尸解一样，已经归入人道了，人就是它的本形，还有什么可变的呢！"朱静园想跟他学道。他说："你不能学。修道过程，人比较容易而动物比较难，这是因为人的气纯，动物的气杂；修成正果，却是动物比较容易达到，人很难达到，是因为动物的心思单纯，

人心杂也。炼形者先炼气，炼气者先炼心，所谓志气之帅也。心定则气聚而形固，心摇则气涣而形萎。广成子之告黄帝，乃道家之秘要，非庄叟寓言也。深岩幽谷，不见不闻，惟凝神导引，与天地阴阳往来消息，阅百年如一日，人能之乎？”朱乃止。

因忆丁卯同年某御史，尝问所昵伶人曰：“尔辈多矣，尔独擅场，何也？”曰：“吾曹以其身为女，必并化其心为女，而后柔情媚态，见者意消。如男心一线犹存，则必有一线不似女，乌能争蛾眉曼睩之宠哉？若夫登场演剧，为贞女则正其心，虽笑谑亦不失其贞；为淫女则荡其心，虽庄坐亦不掩其淫；为贵女则尊重其心，虽微服而贵气存；为贱女则敛抑其心，虽盛妆而贱态在；为贤女则柔婉其心，虽怒甚无遽色；为悍女则拗戾其心，虽理诎无巽词。其他喜怒哀乐，恩怨爱憎，一一设身处地，不以为戏而以为真，人视之竟如真矣。他人行女事而不能存女心，作种种女状而不能有种种女心，此我所以独擅场也。”李玉典曰：“此语猥亵不足道，而其理至精。此事虽小，而可以喻大。天下未有心不在是事而是事能诣极者，亦未有心心在是事而是事不诣极者。心心在一艺，其艺必工；

人心复杂。要修炼形体，必须先炼气，要炼气又必须先炼心，这就是所谓心志是气之主帅。内心安定才能使气凝聚，形体牢固；内心摇荡就会使气涣散，形体枯坏。广成子对黄帝说的话，确实是道家的核心要义，并不是庄子老爷子的寓言。在深山幽谷之中，不看不听，只是凝聚精神导引，精神与天地阴阳一起变化流转，经历百年如一日，这样修炼，人能够做到吗？”朱静园听从劝告，打消了修道的念头。

由此我想起丁卯年科举同年的一位某御史，曾经问他宠爱的一个戏子说：“你们演戏的同行很多，只有你的演技特别高，为什么呢？”那个戏子说：“我们男人扮演女人，必须要将心思也变成女人的心思，然后才会有温柔的感情、娇媚的姿态，让看戏的人见了销魂。假如演戏时还存有一丝男子的心思，就必然有一丝不像女子的地方，这样怎么能赢得观众对善貌多情女子的那种喜爱呢？说到登场演剧，演贞洁的女子就要端正心思，即使在嬉笑的时候也不能失去内在的贞洁；演淫荡女子的时候就要心思放荡，虽然端庄而坐的时候也不要掩盖那种淫荡的情态；演身份高贵的女子时也要使内心尊贵沉稳，虽然穿着普通的衣服也要流露出一种高贵的气质；演身份卑贱的女子就要收敛压抑内心，心思谨慎畏惧，即使穿着高贵华丽的服装也总显示出卑贱的神态；演贤惠的女子要使内心温柔婉顺，即使在发怒时也不会又窘又急变脸大骂；演性格蛮横凶暴的女子要使其内心乖戾凶恶，即使在理屈词穷的时候也专一无理取闹。其他喜怒哀乐、恩怨爱憎等各种感情，都要设身处地一一体会，在内心不以为是在演戏而是真实的生活，观众看起来也就当作真的一样了。别的演员在演女子的行为时不能保持女子心态，做女子的种种姿态时不能有女子的种种心思，这就是所以只有我能够胜过众人的原因。”李玉典说：“这番话虽然粗俗不堪，不值得称道，但是包含的道理却很精辟。演戏是小事，却可以用来比喻重大事件。心思不在某件事情而能使某事达到登峰造极的境地，天下没有这样的道理；专心在某件事情却不能使某事登峰造极，天下也没有这样的道理。专心用在某种技艺上，这种技艺必然精巧；

心心在一职，其职必举。小而僚之丸、扁之轮，大而皋、夔、稷、契之营四海，其理一而已矣。此与炼气炼心之说，可互相发明也。”

石洲又言：一书生家有园亭，夜雨独坐。忽一女子搴帘入，自云家在墙外，窥宋已久，今冒雨相就。书生曰：“雨猛如是，尔衣履不濡，何也？”女词穷，自承为狐。问：“此间少年多矣，何独就我？”曰：“前缘。”问：“此缘谁所记载？谁所管领？又谁以告尔？尔前生何人？我前生何人？其结缘以何事？在何代何年？请道其详。”狐仓卒不能对，嗫嚅久之，曰：“子千百日不坐此，今适坐此；我见千百人不相悦，独见君相悦。其为前缘审矣，请勿拒。”书生曰：“有前缘者必相悦。吾方坐此，尔适自来，而吾漠然心不动，则无缘审矣，请勿留！”女趑趄间，闻窗外呼曰：“婢子不解事，何必定觅此木强人！”女子举袖一挥，灭灯而去。或云是汤文正公少年事。余谓狐魅岂敢近汤公，当是曾有此事，附会于公耳。

乌鲁木齐多野牛，似常牛而高大，千百为群，角利如矛矟。其行以强壮者居前，弱小者居后。自前击之，则驰突奋触，铳炮不能御，虽百练健卒，不能成列合围也；自后掠之，则绝不反顾。中推一最巨者，如蜂之有王，随之行止。尝有一为首者，失足落深涧，群牛俱随之投入，重叠殪焉。又有野骡野马，

专心做某项工作，某项工作必定完成得很好。小到宜僚弄丸、轮扁斫木造车轮，大到皋陶、夔、后稷、契等人之治理国家，道理都是一样的罢了。这与狐精的炼气、炼心之说，可以相互印证。”

郭石洲又说：一个书生家中有座花园，园中有一座亭子。一个下雨的夜晚，他一个人独坐，忽然一个女子掀帘子进来，说自己就住在园墙外，就像登徒子偷看宋玉一样对书生爱慕已久，现在冒雨前来相会。书生说：“暴雨下得这么急，你的衣服鞋子都没有湿，这是为什么？”女子无话可说，只好承认自己是狐女。书生问：“这一带年轻人很多，你为什么偏偏来和我相会？”狐女回答：“因为我们俩前世有缘。”书生问：“这缘分是由谁记载下来的？由谁来掌管？又是谁把这缘分告诉了你？你前世是什么人？我前世又是什么人？我们又因为什么结下了缘分？这缘分又结在哪一朝代、哪个年份？请你详详细细地告诉我。”狐女仓促回答不上来，吭哧了半天才说：“你长年累月也不到这里来，恰巧今天来到这里坐着；我见过成百上千的男人，都不喜欢，唯独见到您才有了爱慕之心。这就是缘分所定，这不是很清楚了么，请您别再拒绝了。”书生说：“既然前世有缘，我就该喜欢你。可我刚才坐在这里，你从外面进来，可我的心漠然，一点儿不为你所动。可见我们俩没有缘分，这也是很清楚的，你不能留在这儿！”正当狐女进退两难的时候，只听窗外喊道：“你这个丫头怎么这样不懂事，何必非得找这种榆木疙瘩一样的男人！”狐女举起衣袖一挥，扇灭油灯离开了。有人说，这是汤文正公年轻时候的事。我认为，狐怪们怎么敢靠近汤公，可能是另外一个人的事，附会到汤公身上罢了。

乌鲁木齐的野牛很多，像普通的牛，但身形高大，成百上千聚集成群，牛角锋利如同长矛。野牛群行动时，强壮的牛在前面领头，瘦弱年幼的跟在后边。假如在前边向牛群攻击，野牛们就会狂奔冲撞，就连枪炮也抵挡不住，即使身经百战的强健兵卒也不能包围它们；假如在牛群后面袭击，野牛群就狂奔而去绝不回头。野牛群中有一头个头最大的，就像蜜蜂有蜂王一样，牛群都跟随着它或行或止。曾有一头为首的野牛，失足跌进了深渊，群牛也都随着它一个个跳了下去，重重叠叠地摔死在一起。乌鲁木齐还有野骡子和野马，

亦作队行，而不似野牛之悍暴，见人辄奔。其状真骡真马也，惟被以鞍勒，则伏不能起。然时有背带鞍花者，鞍所磨伤之处，创愈则毛作白色，谓之鞍花。又有蹄嵌踣铁者，或曰山神之所乘，莫测其故。久而知为家畜骡马逸入山中，久而化为野物，与之同群耳。骡肉肥脆可食，马则未见食之者。

又有野羊，《汉书·西域传》所谓羱羊也，食之与常羊无异。又有野猪，猛鸷亚于野牛，毛革至坚，枪矢弗能入。其牙铦于利刃，马足触之皆中断。吉木萨山中有老猪，其巨如牛，人近之辄被伤。常率其族数百，夜出暴禾稼。参领额尔赫图牵七犬入山猎，猝与遇，七犬立为所啖，复厉齿向人。鞭马狂奔，乃免。余拟植木为栅，伏巨炮其中，伺其出击之。或曰："傥击不中，则其牙拔栅如拉朽，栅中人危矣。"余乃止。又有野驼，止一峰，脔之极肥美。杜甫《丽人行》所谓"紫驼之峰出翠釜"，当即指此。今人以双峰之驼为八珍之一，失其实矣。

景城之北，有横冈坡陀，形家谓余家祖茔之来龙。其地属姜氏。明末，姜氏妒余族之盛，建真武祠于上，以厌胜之。崇祯壬午，兵燹，余家不绝如线。后祠渐圮，余族乃渐振，祠圮尽而复盛焉。其地今鬻于从侄信夫。时乡中故老已稀，不知旧事，误建土神祠于上，又稍稍不靖。余知之，急属信夫迁去，始安。

也是成群结队地行动，却不像野牛那样凶猛暴躁，见到人就逃跑。它们的样子和家养的骡马一样，只是给它们带上鞍子或拴上缰绳时，它们就趴在地下不起来了。然而，也时常能见到背上有鞍花的骡马，马鞍磨伤的地方，伤好之后皮毛变成白色，叫做鞍花。也有蹄子上镶有铁掌的骡马，有人说那是山神骑过的，但谁也不知道究竟是怎么回事。时间长了，人们才知道，那是家养的骡马逃进了深山，久而久之就变成野生畜类，和野骡子野马结成一群。骡肉又肥又脆，可以吃，但是没看到有人吃马肉的。

又有野羊，就是《汉书·西域传》里说的羱羊，吃起来和平常的羊没有什么不同。又有野猪，凶猛程度仅次于野牛，猪皮很坚韧，枪击箭射都打不穿。野猪的牙齿比快刀还要锋利，马脚被它咬住，也会折断。吉木萨山里有只老野猪，像牛那样大，人靠近就会被咬伤。老野猪常常夜间带着几百头野猪出来，疯狂践踏庄稼。参领额尔赫图带上七只猎犬进山打猎，突然碰上老野猪，七只猎犬马上就给它咬死了，又呲着獠牙冲过来咬人。参领快马加鞭逃走，才避免了伤亡。我想把大木头打进土里作栅栏，埋伏下大炮，等老野猪出来时，用炮轰它。有人说："假如炮击不中，老野猪用牙齿拔栅栏就像拔烂木头似的，栅栏里的人就危险了。"我才放弃了这种想法。又有野骆驼，只有单峰，切碎煮来吃，味道十分肥美。杜甫的《丽人行》里所说"紫驼之峰出翠釜"，应该是指这种食物。现在有人认为双峰驼的驼峰是八珍之一，就不符合实情了。

景城北面，有一条隆起的山丘，风水先生说这是我家祖坟的龙脉。这块地是姜家的。明朝末年，姜家嫉妒我家族兴旺，就在山坡上建了一座真武大帝祠，用来诅咒制胜。明崇祯壬午年，经过战乱，我家族人丁单薄。后来真武大帝祠渐渐破落，我们这个家族也渐渐复兴，真武祠全部坍塌之后，我家族更加兴旺起来。现在，这处山丘已卖给堂侄信夫。这时，当地的老人已经很少了，不了解过去的情况，又错把土地庙建在山坡上，纪氏家族又有点儿不安了。我知道这件事之后，马上嘱咐叫信夫把土地祠迁走，家族才得以安宁。

相地之说，或以为有，或以为无。余谓刘向校书，已列此术为一家，安得谓之全无；但地师所学必不精，又或缘以为奸利，所言尤不足据，不宜溺信之耳。若其凿然有验者，固未可诬也。

《象经》始见《庾开府集》，然所言与今法不相符。《太平广记》载棋子为怪事，所言略近今法，而亦不同。北人喜为此戏，或有耽之忘寝食者。景城真武祠未圮时，中一道士酷好此，因共以“棋道士”呼之，其本姓名乃转隐。一日，从兄方洲入所居，见几上置一局，止三十一子，疑其外出，坐以相待。忽闻窗外喘息声，视之，乃二人四手相持，共夺一子，力竭并踣也。癖嗜乃至于此！南人则多嗜弈，亦颇有废时失事者。从兄坦居言：丁卯乡试，见场中有二士，画号板为局，拾碎炭为黑子，剔碎石灰块为白子，对着不止，竟俱曳白而出。夫消闲遣日，原不妨偶一为之；以此为得失喜怒，则可以不必。东坡诗曰：“胜固欣然，败亦可喜。”荆公诗曰：“战罢两奁收白黑，一枰何处有亏成？”二公皆有胜心者，迹其生平，未能自践此言，然其言则可深思矣。辛卯冬，有以《八仙对弈图》求题者。画为韩湘、何仙姑对局，五仙旁观，而铁拐李枕一壶卢睡。余为题曰：“十八年来阅宦途，此心久似水中凫。如何才踏春明路，又看《仙人对弈图》。”“局中局外两沉吟，犹是人间胜负心。那似顽仙痴不省，春风蝴蝶睡乡深。”今老矣，自迹生平，亦未能践斯言，盖言则易耳。

明天启中，西洋人艾儒略作《西学凡》一卷。言其国建学育才之法，凡分六科：勒铎理加者，文科也；斐录所费哑者，理科也；默弟济纳者，医科也，勒斯义者，法科也；加诺搦斯者，教科也；

风水先生看地形的讲法，有人认为有道理，有人认为没有道理。我认为，刘向校勘古籍时，已经把风水术作为一家，怎么能说全无道理呢；不过，有些风水先生学问不一定精深，也有人以此谋财，所讲的没有根据，不应该迷信罢了。如果确实经得起检验，就不能认为是胡说了。

《象经》一书，最初见于《庚开府集》，只是所讲和现在下棋的方法不同。《太平广记》记载棋子作怪的事，所讲的比较接近现在的方法，但也有所不同。北方人喜欢这种游戏，有人甚至着迷到了废寝忘食的地步。景城真武祠倒塌前，祠里有个道士热衷下棋，大家叫他"棋道士"，他本来的姓名倒不为人所知了。有一天，堂兄方洲到道士住的地方，见桌子上放着棋局，只有三十一个棋子，方洲以为道士外出了，就坐下来等他。忽然听到窗外有喘息的声音，过去一看，原来是两个人四只手拉扯在一起，在争夺一枚棋子，争得精疲力尽，都倒在地下。癖好竟然到了这种地步！南方人则多半嗜好围棋，也常有浪费时间、耽误事情的。堂兄坦居说：他参加丁卯年乡试，看到考场里有两个秀才，在号板上画上棋盘，捡碎炭做黑子，碎石灰块做白子，不停地对局，最后居然都交了白卷出场。为了消闲，偶然下下棋原也无妨；但因下棋而得失喜怒，就大可不必了。苏东坡有诗说："胜固欣然，败亦可喜。"王荆公有诗说："战罢两奁收白黑，一枰何处有亏成？"这两位都有好胜之心，看看他们一生所为，并未能实践自己的诗意，但他们的话还是值得深思的。辛卯年冬天，有个人拿《八仙对弈图》来请我题辞。图中画着韩湘子、何仙姑对局下棋，其他五个仙人在旁边观看，只有铁拐李枕着一个葫芦睡大觉。我给这幅画题了两首诗："十八年来阅宦途，此心久似水中凫。如何才踏春明路，又看仙人对弈图。""局中局外两沉吟，犹是人间胜负心。那似顽仙痴不省，春风蝴蝶睡乡深。"我现在老了，回顾平生经历，也未能实践诗中的意思，真是讲比做容易呀。

明代天启年间，西洋人艾儒略著《西学凡》一卷，谈到他们国家设立学科培育人才的方法，共分六科：勒铎理加是文科；斐录所费哑是理科；默弟济纳是医科；勒斯义是法科；加诺搦斯是教科；

陡禄日亚者，道科也。其教授各有次第，大抵从文入理，而理为之纲。文科如中国之小学，理科如中国之大学，医科、法科、教科皆其事业，道科则彼法中所谓尽性至命之极也。其致力亦以格物穷理为要，以明体达用为功，与儒学次序略似；特所格之物，皆器数之末，所穷之理，又支离怪诞而不可诘，是所以为异学耳。

末附唐碑一篇，明其教之久入中国。碑称贞观十二年，大秦国阿罗木远将经像来献，即于义宁坊敕造大秦寺一所，度僧二十一人云云。考《西溪丛语》，贞观五年，有传法穆护何禄，将祆教诣阙奏闻。敕令长安崇化坊立祆寺，号大秦寺，又名波斯寺。至天宝四年七月，敕波斯经教，出自大秦，传习而来，久行中国。爰初建寺，因以为名；将以示人，必循其本，其两京波斯寺，并宜改为大秦寺。天下诸州县有者准此。《册府元龟》载，开元七年，吐火罗鬼王上表献解天文人大慕阇，智慧幽深，问无不知。伏乞天恩唤取问诸教法，知其人有如此之艺能；请置一法堂，依本教供养。段成式《酉阳杂俎》载，孝亿国界三千馀里，举俗事祆，不识佛法。有祆祠三千馀所。又载德建国乌浒河中有火祆祠，相传其神本自波斯国来。祠内无像，于大屋下作小庐舍向西，人向东礼神。有一铜马，国人言自天而下。据此数说，则西洋人即所谓波斯，天主即所谓祆神。中国具有纪载，不但此碑也。又杜预注《左传》"次睢之社"曰："睢受汴，东经陈留，是谯彭城入泗。此水次有祆神，皆社祠之。"

陡禄日亚是道科。学科教育有次序，一般先文科后理科，以理科为主。文科类似中国的小学，理科类似中国的大学，医科、法科、教科都是专业教育，道科就是他们认为探索实践基本规律的最重要的学问。他们的努力是把推求万物的原理作为根本，注重弄清原理、学以致用，这跟儒家学问的次序大致相同；只是他们所分析的事物都是具体的物体，所推究的道理却离奇怪诞不能深入追问，这就是西学为什么是异端学说的原因了。

书后附有唐代碑文一篇，强调他们的宗教传入中国很久了。碑文说，贞观十二年，大秦国阿罗木从远方带着书籍图像来献给皇上，唐太宗就下旨在义宁坊建造一座大秦寺，设僧人二十一人，等等，碑文就是这样一些文字。考证《西溪丛语》，也记载贞观五年，有个传法的传教士何禄向朝廷奏请祆教的事情。朝廷诏示在长安崇化坊建立祆教寺院，称为大秦寺，又叫波斯寺。到天宝四年七月，朝廷降旨，波斯经文宗教都来自大秦国，传播已经很长时间，在中国已有历史。最初建立寺院时，以国名来命名；今后宣告世人时，应该按照原来的含义，东西两京的波斯寺，都应改名为大秦寺。全国的州县有相同的寺院也以此为准。《册府元龟》记载，开元七年，吐火罗鬼王上表，向朝廷献上懂得天文的人大慕阇，智慧渊博深刻，有问必答。乞求皇上大恩，询问他各种教派的情况，了解到这个人有如此的学问技能；请求为他设立一所传法的地方，按照本宗教方式供奉。段成式的《酉阳杂俎》中记载，孝亿国面积三千馀里，百姓都信奉祆教，不懂佛法。有祆教祠三千多处。又载德建国乌浒河中有火祆祠，相传这个神灵来自波斯国。祠堂内没有神像，在大屋子下面建一间简陋的朝西小屋，人们朝东面敬神。有一匹铜马，该国的人说是从天上降下来的。根据以上几种说法，西洋人就是所谓的波斯，天主就是祆教的神。中国的书籍中都有所记载，不仅仅是这块碑文有这样的记载。还有，杜预注释《左传》“次睢之社”这句时说：“睢水承受汴水，向东经过陈留、谯及彭城，流入泗水。这条水边有祆神，都当作土地神来祭祀皆社祠之。”

顾野王《玉篇》亦有“祆”字，音阿怜切，注为祆神。徐铉据以增入《说文》。宋敏求《东京记》载宁远坊有祆神庙，注曰：“《四夷朝贡图》云：‘康国有神名祆毕，国有火祆祠，或传石勒时立此。’”是祆教其来已久，亦不始于唐。岳珂《桯史》记番禺海獠，其最豪者号白番人，本占城之贵人，留中国以通往来之货，屋室侈靡逾制。性尚鬼而好洁，平居终日，相与膜拜祈福。有堂焉以祀，如中国之佛，而实无像设，称为聱牙。亦莫能晓，竟不知为何神。有碑高袤数丈，上皆刻异书如篆籀，是为像主，拜者皆向之。是祆教至宋之末年，尚由贾舶达广州。而利玛窦之初来，乃诧为亘古未有。艾儒略既援唐碑以自证，其为祆教更无疑义。乃当时无一人援据古事，以抉源流。盖明自万历以后，儒者早年攻八比，晚年讲心学，即尽一生之能事，故征实之学全荒也。

田氏姊言：赵庄一佃户，夫妇甚相得。一旦，妇微闻夫有外遇，未确也。妇故柔婉，亦不甚愠，但戏语其夫：“尔不爱我而爱彼，吾且缢矣。”次日，馌田间，遇一巫能视鬼，见之骇曰：“尔身后有一缢鬼，何也？”乃知一语之戏，鬼已闻之矣。夫横亡者必求代，不知阴律何所取。殆恶其轻生，使不得速入转轮，且使世人闻之，不敢轻生欤？然而又启鬼阚之渐，并闻有缢鬼诱人自裁者。故天下无无弊之法，虽神道无如何也。

戈荔田言：有妇为姑所虐，自缢死。其室因废不居，用以贮杂物。后其翁纳一妾，更悍于姑，翁又爱而阴助之；家人喜其遇敌也，又阴助之。姑窘迫无计，亦恚而自缢；

顾野王的《玉篇》也有“祆”字，音阿怜切，注解为祆神。徐铉作为依据，增补进《说文》一书中。宋敏求《东京记》记载宁远坊有祆神庙，注释说：“《四夷朝贡图》说，康国有个叫祆毕的神灵，国内有火祆祠，有人传说是石勒时建立的。”这说明祆教来源很久了，也不是从唐代开始的。岳珂《桯史》记载番禺的洋鬼子，其中最有势力的称为白番人，本来是南海占城的贵族，留在中国进行海内外交易，住宅豪华，超过官府规定的制度。他们喜好鬼神，又喜爱清洁，平常每天都时时礼拜祈祷，祈求幸福。有专门的殿堂祭祀，类似中国人拜佛，但没有具体的神像陈设，叫做“聱牙”。也不清楚究竟拜的是什么神。有个碑，长阔几丈，上面刻着奇怪的文字，像篆书、籀书的形状，当作天主象征，众人都向巨碑礼拜。祆教到了宋朝末年，还由海上商船传到广州。可是利玛窦刚来中国时，却惊讶地认为中国自古没有祆教。艾儒略用唐碑作为证据，那么一定是祆教了，这一点更不用疑惑。当年没有一个人根据古代事实来辨明源流衍变。原因是明代从万历以后，儒生们年轻时攻读八股文，年老时讲理学，就算是尽了一生的能耐了，因而考证事实的学问全都荒废了。

田家的姐姐说：赵庄有个佃户，夫妇感情很好。有一次，妻子听到丈夫有外遇的风声，又不能确定。妻子本来温柔和顺，也不很生气，只是和丈夫开玩笑说：“你不喜欢我却喜欢她，我要上吊了。”第二天，妻子送饭到田头，碰到一位看得见鬼的巫师，巫师吃惊地说：“你身后有个吊死鬼，这是怎么回事呢？”这才知道一时的玩笑话，鬼已经听到了。非正常死亡的人一定要寻找替身，不知道阴间法律是怎么定的。大概是讨厌这个人轻生，让他不能够很快进入轮回，并且让世上的人知道，因此不敢轻生吧？不过，这又开创了鬼监看人的说法，还听到有吊死鬼引诱人自杀的事。所以，天下没有一点儿缺陷的法律是不存在的，即使是鬼神制定的，也难以避免啊。

戈荔田说：有个儿媳妇被婆婆虐待，上吊死了。她上吊的那间屋子因此没人敢住，就用来贮存杂物。后来，老翁娶了个妾，比婆婆更加凶悍，老翁宠爱她，又暗地里帮助她；家里人暗暗高兴婆婆有了敌手，都暗地里帮着这个妾。婆婆走投无路，也愤然想要上吊自杀；

家无隙所，乃潜诣是室。甫启钥，见妇披发吐舌当户立。姑故刚悍，了不畏，但语曰："尔勿为厉，吾今还尔命。"妇不答，径前扑之。阴风飒然，倏已昏仆。俄家人寻视，扶救得苏，自道所见。众相劝慰，得不死。夜梦其妇曰："姑死我当得代；然子妇无仇姑理，尤无以姑为代理，是以拒姑返。幽室沉沦，凄苦万状，姑慎勿蹈此辙也。"姑哭而醒，愧悔不自容。乃大集僧徒，为作道场七日。戈傅斋曰："此妇此念，自足生天，可无烦追荐也。"此言良允。然傅斋、荔田俱不肯道其姓氏，余有嗛焉。

姚安公言：霸州有老儒，古君子也，一乡推祭酒。家忽有狐祟，老儒在家则寂然，老儒出则撼窗扉、毁器物、掷污秽，无所不至。老儒缘是不敢出，闭户修省而已。时霸州诸生以河工事愬州牧，期会于学宫，将以老儒列牒首。老儒以狐祟不至，乃别推一王生。自后王生坐聚众抗官伏法，老儒得免焉。此狱兴而狐去，乃知为尼其行也。是故小人无瑞，小人而有瑞，天所以厚其毒；君子无妖，君子而有妖，天所以示之警。

前母安太夫人家有小书室，寝是室者，中夜开目，见壁上恍惚有火光，如燃香状，谛视则无。久而光渐大，闻人声乃徐徐隐。

可是家里没有僻静的地方，她就悄悄地跑到儿媳妇上吊的屋子里去。刚打开门，就看见儿媳妇披头散发，吐着舌头，当门站着。婆婆本来凶悍，一点儿也不害怕，只是说："你不要恶鬼作怪，我现在来偿还你的性命。"儿媳妇没有答话，径直向她扑来。一阵阴风扑面，婆婆马上昏倒在地。不一会儿，家里人寻找看见了，扶起来救醒，婆婆把见到儿媳妇鬼魂的事说出来。众人劝解安慰，打消了她寻死的念头。夜里，婆婆梦见儿媳妇说："如果婆婆吊死，我当然可以得到替代；不过，做儿媳妇的没有仇恨婆婆的道理，更没有把婆婆当做替代的道理，所以我拒绝你，让婆婆你生还。我死后留滞在阴暗的地方，凄楚悲凉，痛苦万状，婆婆千万不要再走这条路啦。"婆婆哭醒了，惭愧后悔，无地自容。她请来许多僧人，为儿媳妇做了七天的水陆道场。戈傅斋说："这个儿媳妇有这样的想法，完全可以依靠自己得到投生的机会，不必烦劳僧人超度啊。"这话很恰当。不过，戈傅斋、戈荔田都不肯讲出这家人的姓氏，我感到有点儿遗憾。

姚安公说：霸州有个老儒生，是位颇有古风的君子，一个乡里的人都推举他为祭酒。他家里忽然有狐狸作怪，老儒生在家时，十分安静，老儒生一出门，狐狸就摇动门窗、毁坏器具、抛掷污秽东西，什么坏事都做。因此，老儒生不敢出门，只是在家里读书修身养性。当时，霸州的秀才因为治河的事情想要弹劾霸州的长官，约定在学校集会，准备把老儒生列在状纸署名的第一位。老儒生因为狐狸作怪，没有到场，大家只好另外推举一位王秀才做带头人。后来，王秀才因此被判聚众抗官的罪名处死，而老儒生却免了灾祸。案发之后，狐狸就离开了老儒生的家，人们这才知道，是狐狸精在阻挠老儒生出门参与聚众告状。所以，小人不会有吉祥预兆；小人一旦有吉祥的预兆，那是上天用这个方法加重他的罪恶；君子不会遭遇妖怪作祟，如果君子碰上妖怪作祟，那是上天用这个方法向他们报警。

前母安太夫人娘家有间小书房，睡在这间书房里的人，半夜睁开眼，看到墙上仿佛有火光，像点着的香头，仔细再看，就什么也没有了。时间一久，亮光逐渐大起来，听到有人的声音，才慢慢隐灭。

后数岁，谛视之竟不隐，乃壁上悬一画猿，光自猿目中出也。佥曰："此画宝矣。"外祖安公讳国维，佚其字号。今安氏零落殆尽，无可问矣。曰："是妖也，何宝之有！为虺弗摧，为蛇奈何？不知后日作何变怪矣？"举火焚之，亦无他异。

崔媪家在西山中，言其邻子在深谷樵采，忽见虎至，上高树避之。虎至，昂首作人语曰："尔在此耶，不识我矣！我今堕落作此形，亦不愿尔识也！"俯首呜咽良久。既而以爪掊地，曰："悔不及矣。"长号数声，奋然掉首去。

杨槐亭言：即墨有人往劳山，寄宿山家。所住屋有后门，门外缭以短墙为菜圃。时日已薄暮，开户纳凉，见墙头一靓妆女子，眉目姣好，仅露其面，向之若微笑。方凝视间，闻墙外众童子呼曰："一大蛇身蟠于树，而首阁于墙上。"乃知蛇妖幻形，将诱而吸其血也。仓皇闭户，亦不知其几时去。设近之，则危矣。

琴工钱生钱生尝客裘文达公家，日相狎习，而忘问名字乡里。言：其乡有人，家酷贫，佣作所得，悉以与其寡嫂，嫂竟以节终。一日，在烛下拈纻线，见窗隙一人面，其小如钱，目炯炯内视。急探手攫得之，乃一玉孩，长四寸许，制作工巧，土蚀斑然。乡僻无售者，仅于质库得钱四千。质库置椟中，越日失去，深惧其来赎。此人闻之，曰："此本怪物，吾偶攫得，岂可复胁取人财！"具述本末，还其质券。质库感之，常呼令佣作，倍酬其直，

过了几年，人盯着仔细看，亮光也竟然不隐灭，原来，墙上挂着一幅画猿，亮光是从画里猿猴的眼睛里发出来的。大家都说："这幅画宝贵啊。"外祖安老先生名国维，不知道他的名号。现在安家人丁稀少，已经没有人可问了。说："这是妖怪，有什么可宝贵的呢！毒蛇在小的时候不杀掉，长成大蛇就不知怎么对付呢！不知今后会兴什么怪呢！"就点火把画烧了，也没有其他的怪异。

崔老太的家在西山里面，她说，有个邻居的儿子在深山砍柴，忽然看见老虎来了，就爬上大树躲避。老虎来到树下，抬起头，说起人话来："你在这里啊，不认识我了！我现在堕落变成这个模样，也不愿意让你认识我了！"说罢，低着头呜咽了很久，之后用爪子刨着地说："后悔也来不及了。"长长叫了几声，猛然扭头走了。

杨槐亭说：即墨县有个人要到崂山去，晚上借住在山民家里。他住的那间屋子有个后门，门外围了一圈矮墙，墙里就是菜园。当时太阳快落山了，他打开后门纳凉，看见墙头上有一个打扮得很漂亮的女子，眉目姣好，只露出一张脸，像是冲着他微笑。那人正盯着女子看，就听见墙外一群孩子喊叫："一条大蛇把身子缠绕在树上，脑袋搁到了墙头上。"那人才知道是蛇精变成了人的样子，想引诱他，吸他的血。他慌忙关上后门，也不知道蛇精什么时候离开的。假如靠近蛇，就危险了。

琴师钱生钱生曾在裘文达公家做清客，我和他经常开玩笑，却忘记问他的姓名籍贯。说：他家乡有个人，家庭十分贫苦，他做雇工所得的钱粮，都交给守寡的嫂嫂，嫂嫂竟得以守节到去世。有一天，他在灯下搓麻线，看见窗缝里有个人脸，像铜钱那么小，双眼炯炯有神地向屋里看着。他连忙伸手抓进来，原来是一个玉雕的小孩儿，长约四寸多，制作精巧，被泥土腐蚀得斑斑点点。乡下偏僻，没有地方可以卖，只在当铺当了四千铜钱。当铺把玉孩儿放在木箱子里，一天后就不见了，当铺害怕这个人来赎。这个人听说这件事，就说："这玉孩儿本来是个奇怪的东西，我偶然抓到，怎么能再来威胁人家强取赔偿金呢！"他把事情经过讲了出来，还把当票还给当铺。当铺很感激他，经常请他来做工，加倍给他工钱，

且岁时周恤之，竟以小康。裘文达公曰：“此天以报其友爱也。不然，何在其家不化去，到质库始失哉？至慨还质券，尤人情所难，然此人之绪馀耳。世未有锲薄奸黠而友于兄弟者，亦未有友于兄弟而锲薄奸黠者也。”

王庆垞一媪，恒为走无常。即《滦阳消夏录》所记见送妇再醮之鬼者。有贵家姬问之曰：“我辈为妾媵，是何因果？”曰：“冥律小善恶相抵，大善恶则不相掩。姨等皆积有小善业，故今生得入富贵家；又兼有恶业，故使有一线之不足也。今生如增修善业，则恶业已偿，善业相续，来生益全美矣。今生如增造恶业，则善业已销，恶业又续，来生恐不可问矣。然增修善业，非烧香拜佛之谓也。孝亲敬嫡，和睦家庭，乃真善业耳。”一姬又问：“有子无子，是必前定，祈一检问。如冥籍不注，吾不更作痴梦矣。”曰：“此不必检，但常作有子事，虽注无子，亦改注有子；若常作无子事，虽注有子，亦改注无子也。”先外祖雪峰张公，为王庆垞曹氏婿，平生严正，最恶六婆，独时时引与语，曰：“此妪所言，虽未必皆实，然从不劝妇女布施佞佛，是可取也。”

翰林院供事茹某忘其名，似是茹铤。言：曩访友至邯郸，值主人未归，暂寓城隍祠。适有卖瓜者，息担横卧神座前。一卖线叟寓祠内，语之曰：“尔勿若是，神有灵也。”卖瓜者曰：“神岂在此破屋内？”叟曰：“在也。吾常夜起纳凉，闻殿中有人声。蹑足潜听，则有狐陈诉于神前。大意谓邻家狐媚一少年，将死未绝之顷，尚欲取其精。其家愤甚，伏猎者以铳矢攻之。

逢年过节还经常周济他，他竟然不愁温饱了。裘文达公说："这是上天对他友爱的报答。不然的话，玉孩儿在他家时为什么不消失，要到当铺才消失呢？至于慷慨归还当票，更是常人难以做到的，也不过是他的品质所必然产生的行为罢了。世界上还没有刻薄奸诈却友爱兄弟的人，也没有友爱兄弟却又刻薄奸诈的人。"

王庆垞的一位老妇人，是常常走无常的巫婆。就是《滦阳消夏录》记载的那个能看见送妻再嫁之鬼的老妇。有富贵族人家的姬妾问她："我们这些人都做人家的姬妾，是什么因果？"她说："阴间的法律是小善小恶可以相互抵偿，大善大恶则不能相互抵偿。姨娘们都积下了小的善业，所以此生能进入富贵家庭；又都兼有恶业，所以你们还有美中不足。今生如果能增修善业，就能抵偿过去的恶业，善业相加，下辈子就能完美了。今生如果增修恶业，将善业抵消，恶业相加，下辈子就不可想象了。但是增修善业，并不是说烧香拜佛。孝顺长辈，尊敬正室夫人，使家庭和睦，才是真正的善业。"其中一人又问："有子无子，这必然是命运前定的，请你查一查。如果阴间的簿籍上注定我无子，我也就不再痴心妄想了。"老妇人说："这不必查，只要常做有子的善事，即使阴籍注明无子，也可改注有子；要是经常做无子的恶事，即使阴籍上注明有子，也可改注无子。"我的外公张雪峰先生，是王庆垞曹家的女婿，平生严肃正直，最恨媒婆、巫婆这一类人，但却常常叫这个老妇人来说话，他说："这个老太太说的虽然不见得都是事实，但是她从来不劝妇女焚香布施讨好佛菩萨，这是可取的。"

翰林院供事茹某忘了他的名字，好像叫茹铤。说：从前，我到邯郸去拜访朋友，碰上主人不在家，就暂时住在城隍庙里。刚好有个卖瓜的人，把担子一放，就横躺在神像前面。住在庙里的一个卖线老人对卖瓜人说："你可别躺在这里，神可是有灵的。"卖瓜人说："神怎么会在这样破旧的房子里呢？"卖线老人说："当然在这儿。我常常半夜起来乘凉，听见殿堂里有人声。有一次我蹑手蹑脚地悄悄听了一阵儿，原来是一只狐狸在神像前诉冤。大概意思是，邻居家的一只狐精把一个年轻人迷惑住了，年轻人快要死了，还剩下一口气，那个狐精还想吸他的精气。年轻人的家人气极了，就让猎人设了埋伏用枪、箭袭击。

狐骇，现形奔。众噪随其后。狐不投己穴，而投里许外一邻穴。众布网穴外，薰以火，阖穴皆殪，则此狐反乘隙遁。故讼其嫁祸。城隍曰：‘彼杀人而汝受祸，讼之宜也。然汝子孙亦有媚人者乎？’良久，应曰：‘亦有。’‘亦曾杀人乎？’又良久，应曰：‘或亦有。’‘杀几人乎？’狐不应。城隍怒，命批其颊。乃应曰：‘实数十人。’城隍曰：‘杀数十命，偿以数十命，适相当矣。此怨魄所凭，假手此狐也。尔何讼焉？’命检籍示之。狐乃泣去。尔安得谓神不在乎？”乃知祸不虚生，虽无妄之灾，亦必有所以致之；但就事论事者，不能一一知其故耳。

汪主事康谷言：有在西湖扶乩者，降坛诗曰：“我游天目还，跨鹤看龙井。夕阳没半轮，斜照孤飞影。飘然一片云，掠过千峰顶。”未及题名，一客窃议曰：“夕阳半没，乃是反照，司马相如所谓‘凌倒景’也，何得云‘斜照’？”乩忽震撼久之，若有怒者，大书曰：“小儿无礼！”遂不再动。余谓客论殊有理，此仙何太护前，独不闻古有一字师乎？

俞君祺言：向在姚抚军署，居一小室。每灯前月下，睡欲醒时，恍惚见人影在几旁，开目则无睹。自疑目眩，然不应夜夜目眩也。后伪睡以伺之，乃一粗婢，冉冉出壁角；侧听良久，乃敢稍移步。人略转，则已缩入矣。乃悟幽魂滞此不能去，又畏人不敢近，意亦良苦。因私计彼非为祟，何必逼近

狐精吓得现了原形逃跑了。大伙吵吵嚷嚷地在后边追赶。那个狐精不钻自己的窝，却跑到离自己家一里多远的另一个狐狸窝里去了。大家把网安置在洞口外面，用火熏，一窝的狐狸都被熏死了，那只狐精反倒趁机逃走了。所以幸存的狐狸在神像前告状，说迷惑人致死的狐狸嫁祸于别的狐狸。城隍说：‘它杀了人却是你家遭了难，你告状是应该的。可是，你的子孙中也有迷惑人的吗？’过了很久，狐狸才答道：‘也有。’城隍问：‘也杀死过人吗？’又过了很长时间，狐狸才回答：‘或许也有。’城隍再问：‘杀了几个人呢？’狐狸不吭气。城隍发怒，命手下扇狐狸的嘴巴。狐狸这才说：‘实际上杀了几十个人。’城隍说：‘你们害死了几十条人命，让你用几十条命抵偿，这样一来，也就相当了。这是冤魂依凭着那个狐精，借助它报仇。你还告什么状呢？’城隍说完，就让手下翻查生死簿让狐狸看。狐狸只好哭着走了。你怎么能说神灵不在呢？”由此可知，灾祸不会凭空出现，即使是突如其来的灾祸，也一定有导致灾祸的原因；只是那些就事论事的人，不能一一搞清其中的原因罢了。

主事汪康谷说：有人在西湖扶乩，乩仙的降坛诗道：“我游天目还，跨鹤看龙井。夕阳没半轮，斜照孤飞影。飘然一片云，掠过千峰顶。”还没来得及写上姓名，有个客人私下议论说：“既然是夕阳一半已落山，就该是光线反射，正如司马相如所说的‘凌倒影’，怎么能说是‘斜照’呢？”吊笔的架子突然震动很久，像是在发怒，又写下四个大字：“小儿无礼！”之后就不再动了。我觉得那个客人说得很有道理，乩仙何必过于护短，难道就没听说过古代有一字师的故事吗？

俞祺君说：以前在姚抚军的衙门里时，住一个小房间。每当灯前月下，将醒未醒的时候，隐隐约约看到桌子边有个人影，睁开眼睛看时，又不见了。怀疑自己眼花，但是也不会夜夜都眼花的呀。后来，俞祺君装睡等着，原来人影是个粗使婢女，慢慢从墙角出来；仔细听了很久，才敢移动脚步。我略略翻身，她就缩进墙角去了。俞祺君这才醒悟，这个幽魂滞留此地不能离开，又怕人，不敢走近，可能感觉很痛苦的。因此心想，她也不是作怪，何必靠近她，

使不安，不如移出。才一举念，已仿佛见其遥拜。可见人心一动，鬼神皆知。“十目十手”，岂不然乎？次日，遂托故移出。后在余幕中，乃言其实，曰：“不欲惊怖主人也。”余曰：“君一生慎密，然殊未了此鬼事。后来必有居者，负其一拜矣。”

族侄肇先言：曩中涵叔官旌德时，有掘地遇古墓者，棺骸俱为灰土，惟一心存，血色犹赤。惧而投诸水。有石方尺馀，尚辨字迹。中涵叔闻而取观。乡民惧为累，碎而沉之，讳言无是事，乃里巷讹传。中涵叔罢官后，始购得录本，其文曰：“白璧有瑕，黄泉蒙耻。魂断水滑，骨埋山趾。我作誓词，祝霾圹底。千百年后，有人发此。尔不贞耶，消为泥滓。尔傥衔冤，心终不死。”末题“壬甲三月，耕石翁为第五女作”。盖其女冤死，以此代志。观心仍不朽，知受枉为真。然翁无姓名，女无夫族，岁月无年号，不知为谁。无从考其始末，遂令奇迹不彰，其可惜也夫！

许文木言：康熙末年，鬻古器李鹭汀，其父执也。善六壬，惟晨起自占一课，而不肯为人卜。曰：“多泄未来，神所恶也。”有以康节比之者。曰：“吾才得六七分耳。尝占得某日当有仙人扶竹杖来，饮酒题诗而去。焚香候之，乃有人携一雕竹纯阳像求售，侧倚一贮酒壶卢，上刻‘朝游北海’一诗也。康节安有此失乎？”年五十馀无子，惟蓄一妾。一日，许父造访，

让她不安宁，不如搬出去算了。刚刚冒出搬出去的想法，就仿佛看见婢女远远地向自己行礼。可见人的心思一动，鬼神都会知道。“十目十手”，人的一举一动，都逃不出人们的耳目，难道不是这样吗？第二天，俞祺君就找个借口搬了出去。后来，俞祺君做了我的幕僚，才把这件事说出来，还说：“我不想让主人受到惊吓。”我说：“先生一生谨慎，但是还没有明白鬼的事情。以后一定还会有人到那个小房间住，你辜负了那个女鬼对你一拜。”

我的本族侄子肇先说：从前，中涵叔在旌德做官时，有个人挖地发现了一座古墓，棺材、骨头都化成了灰土，只有一颗心还在，血的颜色还是红的。这个人害怕，就把心扔进了水里。墓穴里还有一块一尺见方的石碑，还能辨认出上面的字迹。中涵叔听说后就让人取来看看。可是乡里的老百姓害怕因此而受连累，就砸碎了石碑，把碎块扔进河里，都说根本没有这么一回事，是乡里人在瞎传。中涵叔罢官后，才买到那块墓碑的抄本，碑文上写道：“白璧有瑕，黄泉蒙耻。魂断水漘，骨埋山趾。我作誓词，祝霾圹底。千百年后，有人发此。尔不贞耶，消为泥滓。尔倘衔冤，心终不死。”文末题“壬申三月，耕石翁为第五女作”。大概这个耕石翁的女儿是含冤而死的，老人借碑文替女儿申冤明志。看那颗心依然不朽，就知道那女子确实是受了冤枉。可是，那位耕石翁没有留下姓名，也没有留下女子的夫族的情况，落款的时间没有年号，不知冤死的到底是谁。没办法考察事情的原委，这件奇特的事迹就无法显扬，实在太可惜了！

许文木说：康熙末年，有一个卖古玩的李鹭汀，是他父亲的朋友。擅长阴阳五行的占卜之术，只是每天早晨起来，为自己占一卦，而不肯为别人算卦。他说：“过多泄露未来的事，会遭到神灵的厌恶。”有人将他与邵康节相提并论。他说：“我不过得到邵康节之术的六七分罢了。我曾经推算某日当有神仙拄着竹杖到来，饮酒并且题诗之后离开。当天立刻焚香等候，原来是有人来卖一个竹雕的吕纯阳像，雕着吕纯阳斜倚在一个装酒葫芦上，还刻着他的‘朝游北海’一诗。邵康节哪里会有这种失误呢？”他五十多岁了，还没有儿子，家里只有一个妾。有一天，许文木的父亲去拜访他，

闻其妾泣，且絮语曰：“此何事而以戏人，其试我乎？”又闻鹭汀力辩曰：“此真实语，非戏也。”许父叩反目之故。鹭汀曰：“事殊大奇！今日占课，有二客来市古器，一其前世夫，尚有一夕缘；一其后夫，结好当在半年内；并我为三，生在一堂矣。吾以语彼，彼遽恚怒。数定无可移，我不泣而彼泣，我不讳而彼讳之，岂非痴女子哉！”越半载，鹭汀果死。妾鬻于一翰林家，嫡不能容，过一夕即遣出。再鬻于一中书舍人家，乃相安云。

庞雪崖初婚日，梦至一处，见一青衣高髻女子。旁一人指曰：“此汝妇也。”醒而恶之。后再婚殷氏，宛然梦中之人。故《丛碧山房集》中有悼亡诗曰：“漫说前因与后因，眼前业果定谁真？与君琴瑟初调日，怪煞箜篌入梦人。”记此事也。按“箜篌入梦”凡二事：其一为《仙传拾遗》载薛肇摄陆长源女见崔乎；其一为《逸史》载卢二舅摄柳氏女见李生，皆以人未婚之妻作伎侑酒，殊大恶作剧。近时所闻吕道士等，亦有此术语详《滦阳消夏录》。

叶旅亭言：其祖犹及见刘石渠。一日，夜饮，有契友迫之召仙女。石渠命扫一室，户悬竹帘，燃双炬于几。众皆移席坐院中，而自禹步持咒，取界尺拍案一声，帘内果一女子亭亭立。友视之，乃其妾也，奋起欲殴。石渠急拍界尺一声，见火光蜿蜒如掣电，已穿帘去矣。笑语友曰：“相交二十年，岂有真以君妾为戏者。适摄狐女，幻形激君一怒为笑耳。”友急归视，妾乃刺绣未辍也。如是为戏，庶乎在不即不离间矣。

听到他的妾在哭，并絮絮叨叨说："这是什么事能拿来开玩笑，不是在试探我么？"又听到李鹭汀一个劲儿辩解说："这是真话，不是开玩笑。"许父打听他们争吵的原因。李鹭汀说："此事真是特别奇怪！今天占卦，有两个客人来买古玩，一个是她的前世丈夫，还有一夜之缘；另一个是她的后夫，他们在半年内就要结为夫妻；加上我一共是三个丈夫，活着的时候都聚在一起了。我把这个卦象告诉她，她立刻发起怒来。命数已定，不可更改，我不哭她倒哭了，我不忌讳她倒忌讳，真是个痴女子啊！"过了半年，李鹭汀果然去世。他的妾被卖到一个翰林家里，因为嫡妻不能容纳，只过了一夜就被打发出来。又卖到一个中书舍人家，这才安顿下来。

庞雪崖刚结婚时，梦中来到一个地方，看见一位穿着青衣、发髻高高的女子。旁边一个人指着她说："这就是你的妻子。"他醒后很不高兴。后来他第二次结婚娶了殷家的女儿，她长得很像梦中见到的人。因此他在《丛碧山房集》中写了首悼亡诗："漫说前因与后因，眼前业果定谁真？与君琴瑟初调日，怪煞箜篌入梦人。"诗中记载的就是这件事。关于"箜篌入梦"在古书中有两处记载：一是《仙传拾遗》记载薛肇勾来陆长源的女儿与崔孚见面；一是《逸史》记载卢二舅勾来柳家女儿的生魂与李生相见。这两件事都把当事人的未婚妻当作歌女来为他们劝酒，太恶作剧了。最近听说吕道士等人也有这种法术详见《滦阳消夏录》。

叶旅亭说：他的祖父还见到过刘石渠。一天，他们在夜晚相聚喝酒，有个好友逼着他招仙女来。刘石渠就让人打扫出一间屋子，门上挂着一个竹帘子，在几案上点燃起两根蜡烛。喝酒的人都坐到院子里，刘石渠走着禹步念起咒语来，然后用界尺在几案上"啪"地一拍，竹帘内果然有一个女子风姿绰约地站立在那里。好友仔细一看，那个仙女竟然是自己的妾，他跳起来要打。刘石渠赶忙又拍了一下界尺，只见一道火光弯弯曲曲地像一道闪电，穿过竹帘消逝了。刘石渠笑着对好友说："咱们相交了二十年，怎么能真拿您的妾开玩笑。刚才，我只是招来一个狐女，幻形来激怒你，博大家一笑而已。"好友急忙跑回家去看，他的妾一直在刺绣，没有中断过。像这样的法术，差不多都是在不远不近的地方让人隐约去看的。

余因思李少君致李夫人，但使远观而不使相近，恐亦是摄召精魅，作是幻形也。

费长房劾治百鬼，乃后失其符，为鬼所杀。明崇俨卒，剚刃陷胸，莫测所自。人亦谓役鬼太苦，鬼刺之也。恃术者终以术败，盖多有之。

刘香畹言：有僧善禁咒，为狐诱至旷野，千百为群，嗥叫搏噬。僧运金杵，击踣人形一老狐，乃溃围出。后遇于途，老狐投地膜拜，曰：“曩蒙不杀，深自忏悔。今愿皈依受五戒。”僧欲摩其顶，忽掷一物幂僧面，遁形而去。其物非帛非革，色如琥珀，粘若漆，牢不可脱。瞀闷不可忍，使人奋力揭去，则面皮尽剥，痛晕殆绝。后痂落，无复人状矣。又一游僧，榜门曰“驱狐”。亦有狐来诱，僧识为魅，摇铃诵梵咒，狐骇而逃。旬月后，有媪叩门，言家近墟墓，日为狐扰，乞往禁治。僧出小镜照之，灼然人也，因随往。媪导至堤畔，忽攫其书囊掷河中，符箓法物，尽随水去。妪亦奔匿秫田中，不可踪迹。方懊恼间，瓦砾飞击，面目俱败；幸赖梵咒自卫，狐不能近，狼狈而归。次日，即愧遁。久乃知妪即土人，其女与狐昵；因其女，赂以金，使盗其符耳。此皆术足以胜狐，卒为狐算。狐有策而僧无备，狐有党而僧无助也。况术不足胜而轻与妖物角乎！

由此我想起李少君为汉武帝招引来李夫人的灵魂，只允许他远看而不让他接近，恐怕也是招来了妖精鬼怪，变化成李夫人的形象之类吧。

费长房能用符咒惩治各种鬼怪，结果后来符咒丢了，终于被鬼怪杀死。明崇俨死时，有刀插进胸膛，也不知凶器从何而来。有人说，他驱使鬼怪太刻薄，最后被鬼怪刺杀。依赖法术的人，最后败在法术上面，这样的情况很多。

刘香畹说：有个很擅长用符咒禁治鬼魅的僧人，被狐精骗到旷野的地方，成百上千的狐狸围着他又叫又咬。僧人挥舞金杵，打倒了一个化作人形的老狐狸，才突围逃出来。后来在路上遇到那只老狐狸，老狐狸跪在地上行礼，说："感谢您以前没有杀我，我也觉得十分后悔。现在，我愿意皈依佛法，接受五戒。"僧人正想摸摩老狐的头顶为它受戒，老狐忽然抛出一样东西蒙在僧人脸上，隐形逃走了。这块东西不是丝绸，也不是皮革，颜色像琥珀，粘呼呼的像油漆，贴在脸上剥不下来。僧人看不见又透不过气，无法忍受，就请人用力把这层膜揭掉，结果连脸上皮肤都剥了下来，僧人痛得几乎昏死过去。后来脸上结痂脱落之后，僧人已经不像人样了。还有一个云游僧人，在门上张贴告示，自称"能够驱赶狐精"。也有狐精来引诱，被僧人识破，手摇铃铛，念动咒语，狐精吓得逃走了。一个月后，有个老妇人上门，说家住坟场附近，天天被狐狸骚扰，请僧人前去禁制惩治狐精。僧人拿出小镜子照了照老妇人，确实是人类，就跟随她前往。老妇人带着僧人走到堤岸边，突然抢过僧人的书袋丢到河里去，里面的符箓、施法的器具，全都顺水飘走了。老妇人逃到高粱地里躲了起来，再也找不到她。僧人正在懊恼，忽然有碎砖烂瓦砸过来，打得他头破血流；好在僧人还会念咒自卫，狐精不能靠近，狼狈地逃回来。第二天，就惭愧地悄悄走了。过了很久才知道老妇人是当地人，她的女儿和狐精相好；狐精就通过女儿收买老妇人，让她抢走僧人的符。这些人都是有法术可以战胜狐精的，最终却被狐精用计打败。因为狐精有计谋，僧人没有准备；狐精有同党，僧人没有帮手。何况，法术并不十分高明，却轻易和狐精对抗呢！

舅氏五占安公言：留福庄木匠某，从卜者问婚姻。卜者戏之曰："去此西南百里，某地某甲今将死，其妻数合嫁汝。急往访求，可得也。"匠信之，至其地，宿村店中。遇一人，问："某甲居何处？"其人问："访之何为？"匠以实告。不虑此人即某甲也，闻之恚愤，掣佩刀欲刺之。匠逃入店后，逾垣遁。是人疑主人匿室内，欲入搜。主人不允，互相格斗，竟杀主人，论抵伏法。而匠之名姓里居，则均未及问也。后年馀，有妪同一男一妇过献县，云叔及寡嫂也。妪暴卒，无以敛，叔乃议嫁其嫂。嫂无计，亦曲从。匠尚未娶，众为媒合焉。后询其故夫，正某甲也。异哉！卜者不戏，匠不往；匠不往，无从与某甲斗；无从与某甲斗，则主人不死；主人不死，则某甲不论抵；某甲不论抵，此妇无由嫁此匠也。乃无故生波，卒辗转相牵，终成配偶，岂非数使然哉？又闻京师西四牌楼，有卜者日设肆于衢。雍正庚戌闰六月，忽自卜十八日横死。相距一两日耳，自揣无死法，而爻象甚明。乃于是日键户不出，观何由横死。不虞忽地震，屋圮压焉。使不自卜，是日必设肆通衢中，乌由覆压？是亦数不可逃，使转以先知误也。

画士张无念，寓京师樱桃斜街。书斋以巨幅阔纸为窗幢，不着一棂，取其明也。每月明之夕，必有一女子全影在幢心。启户视之，无所睹，而影则如故。以不为祸祟，亦姑听之。一夕谛视，

舅氏安五占公说：留福庄有个木匠，找算命先生占问自己的婚姻。算命先生开玩笑说："从这里向西南走一百里，某地的某甲今天要死了，他的妻子命里注定应该嫁给你。你赶快去找，就能成事。"木匠信以为真，到了那个地方，住在村里的客店。他遇见一个人，问道："某甲在哪里住？"这个人问他："找他干什么？"木匠就如实说了。没想到这个人就是某甲，听完后气得要命，从身上抽出佩刀就要杀木匠。木匠逃进客店，翻墙跑了。这人怀疑店主把木匠藏在屋里，要进去搜。店主不许，两个人就打了起来，格斗中某甲竟失手杀了店主，官府判某甲死刑。而木匠的姓名籍贯，却都没来得及问。过了一年多，有个老妇人带着一个年轻的男人和一个少妇路过献县，说是小叔子和守寡的嫂子。老妇人突然死亡，他们没有钱收殓埋葬，小叔子就提议嫂子再嫁。嫂子没办法，只好委屈地答应了。那个木匠这时还没有娶妻，众人就为他说媒撮合。后来木匠询问这个少妇的前夫，正是某甲。真是怪事啊！假如算命先生不开玩笑，木匠不会去那个地方；假如木匠不去那个地方，就不会与某甲打斗；假如没有与某甲打斗，店主就不会死；店主不死，某甲就不会判死刑；某甲不判死刑，那么这个少妇就不可能嫁给木匠了。真是无缘无故平地起风波，最后辗转牵连，终于凑成一对配偶，这难道不是命运使然吗？又听说京城西四牌楼，有个算命先生天天在大街上摆摊算卦。雍正庚戌年闰六月，这个人忽然自己算了一卦，算出他自己应当在本月十八日遭横祸死亡。只差一两天就到日子了，他想不出有什么死的道理，但是爻象显示得很明白。于是十八日这天他就关紧房门不出去，倒要看看会怎样遭横祸死。没想到那天忽然发生地震，房屋倒塌，他被压死了。假如他不为自己占卜，那天必然会在大街上摆卦摊，怎么会被压死？这也是定数不可逃，反而由于占卜预先知道而误了性命啊。

画师张无念，住在京城的樱桃斜街。他的书斋窗户上贴了一张巨大的画纸，窗户中间没有一根窗框，为的是便于采光。每到月色明朗的夜晚，一定有一个女子的全影映在画纸的中央。打开房门看，却什么也没看见，那个全影依然映在窗纸上。画师觉得那个身影既然不惹祸不作怪，也就随它的便了。一天夜里，画师仔细地端详窗上的全影，

觉体态生动，宛然入画。戏以笔四围钩之，自是不复见，而墙头时有一女子露面下窥。忽悟此鬼欲写照，前使我见其形，今使我见其貌也。与语不应，注视之，亦不羞避，良久乃隐。因补写眉目衣纹，作一仕女图。夜闻窗外语曰："我名亭亭。"再问之，已寂。乃并题于幔上。后为一知府买去。或曰，是李中山。或曰狐也，非鬼也。于事理为近。或曰本无是事，无念神其说耳。是亦不可知。然香魂才鬼，恒欲留名于后世。由今溯古，结习相同，固亦理所宜有也。

姚安公官刑部江苏司郎中时，西城移送一案，乃少年强污幼女者。男年十六，女年十四。盖是少年游西顶归，见是女撷菜圃中，因相逼胁。逻卒闻女号呼声，就执之。讯未竟，两家父母俱投词，乃其未婚妻，不相知而误犯也。于律未婚妻和奸有条，强奸无条。方拟议间，女供亦复改移，称但调谑而已。乃薄责而遣之。或曰："是女之父母受重赂，女亦爱此子丰姿，且家富，故造此虚词以解纷。"姚安公曰："是未可知。然事止婚姻，与贿和人命、冤沉地下者不同。其奸未成无可验，其贿无据难以质。女子允矣，父母从矣，媒保有确证，邻里无异议矣，两造之词亦无一毫之牴牾矣，君子可欺以其方，不能横加锻炼，入一童子远戍也。"

觉得女子体态生动，可以入画。他就玩笑似的用笔在那个全影四周勾画了下来，从那以后，那影子就再没有出现，而墙头上却不时有一位女子露出脸来向下看。画师突然明白，这个鬼想让我为她画张像，前些时候，让我看到她的身形，现在又想让我看看她的相貌。画师跟她说话，她却不回答；注视她时，她也不害羞躲避，过了很久她才隐去。画师于是补画了女鬼的眉毛、眼睛及衣服的褶皱，画成了一幅仕女图。夜里，画师听见窗外有人说："我的名字叫亭亭。"再问她，就悄无声响了。画师就把"亭亭"的名字也题写在画纸上。后来仕女图被一位知府买走了。有人说，知府就是李中山。有人说那个女子是狐女，而不是鬼。这种猜测更近于情理。有人说根本没有这回事，是张无念神化自己的画技而已。这也说不定。不过，美貌的女子和才子，常常想让自己名垂千古。从现在追溯到古代，人的习性都是相同的，按道理说，这也很自然。

姚安公任刑部江苏司郎中时，西城移来一桩案子，是一个少年奸污一名幼女案。少年十六岁，女孩十四岁。原来是这个少年游玩西顶后回家，看到女孩在菜园里摘菜，就胁迫女孩。巡逻的兵卒听到女孩呼叫，就把少年抓起来。审讯还没结束，男女两家的父母都到衙门里说，女孩本来是男孩的未婚妻，因为不认识才冒犯了女孩。按照法律条文，未婚夫妻和奸是有条款可以处置；强奸未婚妻却没有条款。官员们正在商量如何处置，女孩的口供也改了，说男孩只是调戏了她。于是官员不疼不痒地训斥了少年一通就让他们走了。有人说："这个女孩的父母接受了男方的一大笔贿赂，女孩也看上了少年的翩翩风度；男孩的家境宽裕，所以才编造了一套假话来解决这场纠纷。"姚安公说："是不是这样，都说不定。不过这桩案子只事关婚姻，与那些贪赃枉法、使死者含冤九泉的案子不同。少年强奸未遂，就查不出什么，贿赂没有证据也无法对质。女孩已经认可了这桩婚事，父母也同意，媒人、保人加以证实，街坊邻居也都没有什么异议，男女双方的话也没有一丝矛盾的地方。在这种情况下，做君子的可以因为正直受到欺骗，却不能横生枝节罗织罪名，把一个少年流放到远方。"

某公夏日退朝，携婢于静室昼寝，会阍者启事，问："主人安在？"一僮故与阍者戏，漫应曰："主人方拥尔妇睡某所。"妇适至前，怒而诟詈。主人出问，笞逐此僮。越三四年，阍者妇死。会此婢以抵触失宠，主人忘前语，竟以配阍者。事后忆及，乃浩然叹曰："岂偶然欤！"

文水李华廷言：去其家百里一废寺，云有魅，无敢居者。有贩羊者十馀人，避雨宿其中。夜闻呜呜声，暗中见一物，臃肿团圞，不辨面目，蹒跚而来，行甚迟重。众皆无赖少年，殊不恐怖，共以破砖掷。击中声铮然，渐缩退欲却。觉其无能，噪而追之。至寺门坏墙侧，屹然不动。逼视，乃一破钟，内多碎骨，意其所食也。次日，告土人，冶以铸器。自此怪绝。此物之钝极矣，而亦出嬲人，卒自碎其质。殆见夫善幻之怪，有为祟者，从而效之也。余家一婢，沧州山果庄人也。言是庄故盗薮，有人见盗之获利，亦从之行。捕者急，他盗格斗跳免，而此人就执伏法焉。其亦此钟之类也夫。

舅氏安公介然言：有柳某者，与一狐友，甚昵。柳故贫，狐恒周其衣食。又负巨室钱，欲质其女。狐为盗其券，事乃已。时来其家，妻子皆与相问答，但惟柳见其形耳。狐媚一富室女，符箓不能遣，募能劾治者予百金。柳夫妇素知其事，妇利多金，

某公在一个夏日退朝之后，拉着婢女在幽静的房间里午睡，刚好守门人有事要报告，就问："主人在哪里？"一个僮仆故意同守门人开玩笑，就随口说："主人正抱着你老婆在某处睡觉。"守门人老婆恰好来这里，听了就愤怒地臭骂僮仆。主人出来问明原因，把僮仆打了一顿，赶了出去。过了三四年，守门人的老婆死了。正好碰上那个婢女顶撞主人失了宠，主人忘了以前的话，就把婢女配给了守门人。事后，主人想起以前的事，才长长地叹了口气说："这哪里是偶然的事呢！"

文水县的李华廷说：离他家百里远的地方有一座荒废的寺庙，据说里面有鬼怪，没人敢住。有十几个贩羊的人，因为躲雨住在那里。夜里听见"呜呜"的声音，然后看见一个东西，圆滚滚的，很臃肿，看不出面目来，它慢吞吞地走过来，行动非常迟缓笨重。那些人本来都是年轻无赖，一点儿也不害怕，一同用碎砖头砸它。打中时发出"铮铮"的声音，它渐渐往后退。众人觉得它也没什么本事，就大喊着追上去。那个东西跑到庙门边倒塌的墙边，就立住不动了。走近一看，原来是一口破钟，里面还有许多碎骨头，想来是它吃掉了人剩下的骨头。第二天，他们告诉了当地人，将这钟重新冶炼铸成别的东西。从此庙里就不再闹妖了。这种东西愚钝极了，还要出来害人，终于坏了自身。可能是它见过一些善于变幻的怪物，有作怪害人的，它也就跟着仿效。我家有个婢女，是沧州山果庄人。她说那个庄就是个强盗窝，有个人看强盗获利很多，很是羡慕，就跟着他们。恰巧捕捉强盗的人急急追上来，别的强盗厮杀一番逃跑了，而那个人却被抓住杀了头。那人与那口作怪的钟也是一路货色吧。

我舅舅安介然说：有个姓柳的人和一个狐精交朋友，关系非常亲密。柳某一向很穷，那个狐友就常常给吃的穿的救济他。柳某欠了一个大户的钱，大户想让柳某的女儿去抵债。狐友替他从大户家偷出了借钱的字据，了结了这件事。狐友时常到柳家来，妻子儿女都能和狐友对话，但是只有柳某能看到狐友的形状。后来这个狐友媚惑了一个富家女，用符也赶不走，富家就用一百两银子招募能制伏狐精的人。柳某夫妇一向了解狐友的情况，柳某的妻子贪图赏金，

怂恿柳伺隙杀狐。柳以负心为歉。妇谇曰："彼能媚某家女，不能媚汝女耶？昨以五金为汝女制冬衣，其意恐有在。此患不可不除也！"柳乃阴市砒霜，沽酒以待。狐已知之。会柳与乡邻数人坐，狐于檐际呼柳名，先叙相契之深，次陈相周之久，次乃一一发其阴谋。曰："吾非不能为尔祸，然周旋已久，宁忍便作寇仇！"又以布一匹、棉一束自檐掷下，曰："昨尔幼儿号寒苦，许为作被，不可失信于孺子矣。"众意不平，咸诮让柳。狐曰："交不择人，亦吾之过。世情如是，亦何足深尤？吾姑使知之耳。"太息而去。柳自是不齿于乡党，亦无肯资济升斗者。挈家夜遁，竟莫知所终。

舅氏张公梦征言：沧州佟氏园未废时，三面环水，林木翳如，游赏者恒借以宴会。守园人每闻夜中鬼唱曰："树叶儿青青，花朵儿层层。看不分明，中间有个佳人影。只望见盘金衫子，裙是水红绫。"如是者数载。后一妓为座客殴辱，恚而自缢于树。其衣色一如所唱，莫喻其故。或曰："此缢鬼候代，先知其来代之人，故喜而歌也。"

青县一农家，病不能力作，饿将殆，欲鬻妇以图两活。妇曰："我去，君何以自存？且金尽仍饿死。不如留我侍君，庶饮食医药，得以检点，或可冀重生。我宁娼耳。"后十馀载，妇病垂死，绝而复苏曰："顷恍惚至冥司，吏言娼女当堕为雀鸽，以我一念不忘夫，犹可生人道也。"

就怂恿柳某找机会杀死狐狸。柳某觉得那样做背弃友情，对不住狐友。妻子骂道："那个狐精能勾引某家的女儿，就不能勾引你的女儿吗？昨天他还用五两银子为女儿做了一身棉衣，恐怕他有这种心思吧。这个祸害非除掉不可！"柳某于是暗地里买了砒霜，打了酒等狐友来喝。狐友已经知道了柳家夫妇的歹心，趁柳某和几个乡邻在一起坐着的时候，它就在房檐上叫着柳某的名字，先叙往日交情的深厚，然后又述说周济柳某家已有很长的时间，之后一一揭发他们夫妇商定的阴谋。他说："我并不是不能给你家带来灾祸，只是我们交往时间长了，不能忍心与你们为敌！"说完，又把一匹布、一束棉花从房檐上扔下来，说："昨天你的小儿子哭着喊冷，我答应为他弄条被子，我不能对小孩子失信。"大伙听了狐精的话，都愤愤不平，一起谴责柳某。狐精说："我交友没选对人，这也是我的过失。世态人情就是这样，你们又何必过多地指责他呢？我姑且让他心里明白就是了。"狐精说完，叹着气离去了。从此以后，柳某就被乡人看不起，也没人肯资助他、救济他了。他只得携带一家老小连夜逃走，最终不知道上哪儿去了。

舅舅张梦征先生说：沧州佟家花园没有荒废时，三面环水，绿荫覆盖，游赏者常常借这个花园举办宴会。守园人在夜里常听到有鬼唱歌，歌辞是："树叶儿青青，花朵儿层层。看不分明，中间有个佳人影。只望见盘金衫子，裙是水红绫。"这样唱了好几年。后来有个妓女，受到座席上的客人的殴打和羞辱，悲愤至极，在花园一棵树上自缢身亡。她穿的衣服颜色与那首歌唱的完全一样，谁也不知道这是怎么回事。有人说："这是吊死鬼在等候替身，她已经预知替身是什么模样，所以高兴得唱歌。"

青县有个农民，生了病不能干体力活，眼看就要饿死，想把老婆卖掉，指望两个人都能活下去。他老婆说："我走了，你用什么养活自己呢？而且卖我的钱用完后，你仍然会饿死的。不如我留下来侍奉你，饮食医药，都有人照料收拾，也许还有望活下去。我宁可去做娼妓。"十几年后，这个农妇病危，昏迷过去又醒过来说："刚才恍惚之间到了阴间，阴间的官员说当娼妓的转生时应当判降为麻雀鸽子什么的，因为我念念不忘丈夫，所以还可以再托生为人。"

侍姬郭氏，其父大同人，流寓天津。生时，其母梦鬻端午彩符者，买得一枝，因以为名。年十三，归余。生数子，皆不育，惟一女，适德州卢荫文，晖吉观察子也。晖吉善星命，尝推其命，寿不能四十。果三十七而卒。余在西域时，姬已病瘵，祈签关帝，问："尚能相见否？"得一签曰："喜鹊檐前报好音，知君千里有归心。绣帏重结鸳鸯带，叶落霜凋寒色侵。"谓余即当以秋冬归，意甚喜。时门人邱二田在寓，闻之，曰："见则必见，然末句非吉语也。"后余辛卯六月还，姬病良已。至九月，忽转剧，日渐沉绵，遂以不起。殁后，晒其遗箧，余感赋二诗，曰："风花还点旧罗衣，惆怅酴醾片片飞。恰记香山居士语：'春随樊素一时归。'"姬以三月三十日亡，恰送春之期也。"百折湘裙飐画栏，临风还忆步珊珊。明知神谶曾先定，终惜'芙蓉不耐寒'。""未必长如此，芙蓉不耐寒"，寒山子诗也。即用签中意也。

世传推命始于李虚中，其法用年月日而不用时，盖据昌黎所作虚中墓志也。其书《宋史·艺文志》著录，今已久佚，惟《永乐大典》载虚中《命书》三卷，尚为完帙。所说实兼论八字，非不用时。或疑为宋人所伪托，莫能明也。然考虚中墓志，称其最深于五行，书以人始生之年月日，所直日辰，支干相生，胜衰死生，互相斟酌，推人寿夭贵贱、利不利云云。按，天有十二辰，故一日分为十二时。日至某辰，即某时也，

我的侍妾郭氏，父亲是大同人，流落到了天津。郭氏出生的时候，她的母亲梦见端午节有个卖彩符的人，当即买下一枝，后来就用“彩符”给她取了名字。她十三岁那年嫁给了我。生了几个儿子，都没有养活，只有一个女儿，长大以后嫁给了德州人卢荫文，他是观察使卢晖吉的儿子。卢晖吉喜欢占卜天象，替人算命。他曾推算郭氏的命运，说她活不到四十岁。果然，她在三十七岁时就死了。我在西域的时候，她已经病得很厉害了。她到关帝庙里求了一签，询问：“我还能不能和老爷再见上一面？”她得到一签，上写：“喜鹊檐前报好音，知君千里有归心。绣帏重结鸳鸯带，叶落霜凋寒色侵。”说我应该在秋冬之际回到京城，她看了心里非常高兴。当时，我的弟子邱二田正在我家住，听了说：“你们见面倒是一定能见面，可是诗的最后一句不是吉利话呀。”后来我在乾隆辛卯年六月回到家，她的病已经好得差不多了。到了九月，病情忽然恶化，而且一天比一天重，最后竟然去世。郭氏死后，翻晒她生前用过的衣箱物品，我写下两首感怀诗，一首道：“风花还点旧罗衣，惆怅酴醾片片飞。恰记香山居士语：‘春随樊素一时归。’”郭氏在三月三十日去世，刚好是送春的日子。另一首道：“百折湘裙飐画栏，临风还忆步珊珊。明知神谶曾先定，终惜‘芙蓉不耐寒’。”“未必长如此，芙蓉不耐寒”，是寒山子的诗句。这两首诗就化用了郭氏所求神签的意思。

传说算命是从唐朝人李虚中开始的，他推算时只要了解人出生的年、月、日，而不问人出生的时辰，这种说法来自韩愈为他写的墓志铭。李虚中论述算命的书，在《宋史·艺文志》中有记载，现在已经失传很久了，只有《永乐大典》还保存了他的《命书》三卷，还算是个完好无缺的本子。书上说他算命实际上兼论到生辰八字，并不是不问出生的时辰。有人怀疑《命书》是宋朝人假冒的，没有谁能说得清。查考《殿中侍御李君墓志铭》，韩愈认为李虚中对阴阳五行学说最精通，他只要把人出生的年月日以及生辰记录下来，就可以利用干支相生、盛衰死生的规律推求，推算出人的寿命长短、地位高低以及顺利不顺利等等。按，一天有十二个辰，所以一天分为十二个时。太阳运行到某一辰，也就是到了某一时刻，

故“时”亦谓之“日辰”。《国语》“星与日辰之位，皆在北维”是也。《诗》：“跂彼织女，终日七襄。”孔颖达疏：“从旦暮七辰一移，因谓之七襄。”是日辰即时之明证。《楚辞》“吉日兮辰良”，王逸注：“日谓甲乙，辰谓寅卯。”以辰与日分言，尤为明白。据此以推，似乎“所直日辰”四字，当连上年月日为句。后人误属下文为句，故有不用时之说耳。余撰《四库全书总目》，亦谓虚中推命不用时，尚沿旧说。今附著于此，以志余过。

至五星之说，世传起自张果。其说不见于典籍。考《列子》称禀天命，属星辰，值吉则吉，值凶则凶，受命即定，即鬼神不能改易，而圣智不能回。王充《论衡》称天施气而众星布精。天施气而众星之气在其中矣。含气而长，得贵则贵，得贱则贱。贵或秩有高下，富或赀有多少，皆星位大小尊卑之所授。是以星言命，古已有之，不必定始于张果。又韩昌黎《三星行》曰：“我生之辰，月宿南斗，牛奋其角，箕张其口。”杜樊川自作墓志曰：“余生于角星昴毕，于角为第八宫，曰疾厄宫，亦曰八杀宫，土星在焉，火星继木。星工杨晞曰：‘木在张于角为第十一福德宫。木为福德大君子，无虞也。’余曰，湖守不周岁迁舍人，木还福于角足矣。火土还死于角，

因此“时”也叫作“日辰”。《国语》中说“星与日辰的位置，都在天空的北方”就是这个意思。《诗经》中说：“织女星缓缓移动，从早到晚历经七辰。”孔颖达的注释说：“织女星从清晨到天黑经历了七个时辰，因此人们把这称作‘七襄’。”这就是日辰即时辰的证明。《楚辞》中有“吉日啊良辰”的句子，王逸作注说：“日指的是甲乙，辰指的是寅卯。”把“辰”与“日”分开说，就显得格外明白了。根据上述推论，似乎“所直日辰”这四个字，应该与上文的“年月日”相连，变成一句话。后人却错误地把这四个字与下文拼接在一起了，因此才出现李虚中算命不考虑出生时辰的说法。我在编写《四库全书总目》时，也说过李虚中算命不考虑出生的时辰，仍然沿用了旧说。现在把这事写在这里，记录自己的过失。

至于用金、木、水、火、土来算命的学问，传说是从唐朝人张果开始的。可他的学说在典籍中没有记载。考查《列子》上说，人禀承天命，隶属于星辰，命中该吉则吉，该凶则凶，命数早已注定，即使鬼神也不能改变，即使有超凡才智的人也无力回天。王充在《论衡》中指出，自然界给人元气而众星散布光明。天施予元气而众星之气也就包含在其中了。人的命运取决于含气的多少，元气充足生命才能生长，该贵则贵，该贱则贱。尊贵的人有等级高低的差别，富裕的人钱则有多有少，这些差别都是人所归属的星位的大小尊卑决定的。因此利用五星算命，自古就有，不一定是从张果开始的。此外，韩昌黎的《三星行》中写道：“我出生的时刻，正值月亮居于南斗之位，牛宿用力昂起犄角，箕宿张开了簸箕口。”杜牧给自己写的墓志铭说：“我出生时正值角宿、星宿、昴宿、毕宿同时出现在中天，而角宿居于主疾患、厄运、生杀的第八宫，即‘疾厄宫’，也叫做‘八杀宫’，当时土星正守在这里，而木克土，火克木，火星不久将紧随木星运行到土星所守的位置。星工杨晞说：‘木星守于张宿，刚好角宿处于第十一福德宫。木星是福分大的星，所以您不会有忧患。’我认为，我担任湖州刺史还不到一年就被提升为中书舍人，当然是木星把福分带给了角宿，对我来说也就足够了。而火星步木星后尘，运行到土星所守的位置，又把死亡带给了角宿，

宜哉。”是五星之说，原起于唐，其法亦与今不异。术者托名张果，亦不为无因。特其所托之书，词皆鄙俚，又在李虚中命书之下，决非唐代文字耳。

霍养仲言：一旧家壁悬挂《仙女骑鹿图》，款题“赵仲穆”，不知确否也。仲穆名雍，松雪之子也。每室中无人，则画中人缘壁而行，如灯戏之状。一日，预系长绳于轴首，伏人伺之。俟其行稍远，急掣轴出，遂附形于壁上，彩色宛然。俄而渐淡，俄而渐无，越半日而全隐。疑其消散矣。余尝谓画无形质，亦无精气，通灵幻化，似未必然；古书所谓画妖，疑皆有物凭之耳。后见林登《博物志》载北魏元兆，捕得云门黄花寺画妖，兆诘之曰：“尔本虚空，画之所作，奈何有此妖形？”画妖对曰“形本是画，画以象真；真之所示，即乃有神。况所画之上，精灵有凭可通。此臣之所以有感，感而幻化。臣实有罪”云云。其言似亦近理也。

骁骑校萨音绰克图与一狐友。一日，狐仓皇来曰：“家有妖祟，拟借君坟园栖眷属。”怪问：“闻狐祟人，不闻有物更祟狐，是何魅欤？”曰：“天狐也，变化通神，不可思议；鬼出电入，不可端倪。其祟人，人不及防；或祟狐，狐亦弗能睹也。”问：“同类何不相惜欤？”曰：“人与人同类，强凌弱，智绐愚，

这对我来说也是应该的。”这种五星算命的说法，本来起源于唐代，占卜的方法也和今天没什么两样。术士们假冒张果的名字，也不是没有原因的。只不过他们伪托的书籍，语言都俗不可耐，水平远在李虚中的《命书》之下，决不是唐人的作品。

霍养仲说：有个大户人家，在墙上悬挂了一幅《仙女骑鹿图》。落款是“赵仲穆”的名字，不知是不是他的真迹。仲穆名赵雍，是赵松雪的儿子。每当屋子里没人的时候，画中人就沿着墙壁走动起来，像是走马灯的样子。有一天，人们预先用长绳系在画轴上，埋伏下等候着。等到画中人走得远一点儿时，赶快把画轴拽出屋子，画中人只好将形象附在墙壁上，色彩还很鲜艳。过了一会儿，色彩渐渐变淡，渐渐消失，过了半天连轮廓也没有了。人们怀疑它消散了。我过去总认为画上的东西既没有质地，也没有精气，说它能通灵幻化，似乎不可能。古书记载的那些画妖，我怀疑都是有妖怪借图画形象来现形而已。后来看林登的《博物志》，记载北魏的元兆，抓住了云门黄花寺的画妖，元兆责问它说：“你本来是空虚的，是画出来的东西，怎么会有你这种妖怪的体形呢？”画妖回答说“形貌本来就是画，既然是画就应该形态逼真；逼真的形态显示出来的，就具有神灵。何况把人画到了图画上，精灵有了具体事物依靠凭借，就可以通灵。这就是我得到生活真实形象的感召，终于幻化成妖怪的原因。我确实有罪”等等。这种说法似乎有道理。

骁骑校尉萨音绰克图与一只狐狸交了朋友。有一天，狐友慌慌张张地跑来说：“我家里有妖精作怪，想借您家的坟地安顿我的家眷。”萨音绰克图奇怪地问：“我只听说狐狸给人捣乱，却没听说过有别的妖精给狐狸捣乱的，这到底是什么妖怪？”狐友说：“那是天狐。它们的变化神奇莫测，无法猜测；进出如同鬼怪、闪电般地迅疾，谁也搞不清它们的行踪。如果天狐害人，人肯定来不及防备；要是和狐狸为难，狐狸也看不见它。”萨音绰克图说：“天狐与狐狸本是同类，为什么不彼此怜惜呢？”狐友说：“人与人也是同类，可是照样强大的欺负弱小的，聪明的哄骗愚笨的，

宁相惜乎？”魅复遇魅，此事殊奇。天下之势，辗转相胜；天下之巧，层出不穷。千变万化，岂一端所可尽乎！

难道人类彼此怜惜了吗?”狐怪又碰上了天狐怪,这事非常稀奇。从天下的大势看来,都是一物降一物。天下的奇能异技,层出不穷。世上万物千变万化,怎么能只持一端就能穷尽事理了呢?